Das Magische Labyrinth VI

Max Aub

Bittere Mandeln

Aus dem Spanischen
übersetzt von
Albrecht Buschmann
und Stefanie Gerhold

Herausgegeben und
kommentiert von
Mercedes Figueras

Eichborn.**Berlin**

Originaltitel: Campo de los Almendros

Das vorliegende Werk wurde mittels finanzieller Unterstützung der Dirección General del Libro, Archivos y Bibliotecas del Ministerio de Educación y Cultura de España und der Europäischen Kommission gefördert.

Covermotiv: Pablo Picasso, Lámina 25, Boceto 25. *Madre con hijo muerto*, 1937

Die Übersetzer widmen die Arbeit an Max Aubs *Magischem Labyrinth* ihrem im November 2000 verstorbenen Freund und Kollegen Eugen Helmlé, dem sie viel verdanken.

2 3 4 05 04 03

Umschlaggestaltung: Christina Hucke
Layout und Satz: Petra Wagner, Hamburg
Lektorat: Wolfgang Hörner und Esther Kormann
Druck und Bindung: Druckerei Bercker, Kevelaer
ISBN 3-8218-0669-9

Verlagsverzeichnis schickt gern:
Eichborn Verlag, Kaiserstraße 66, 60329 Frankfurt
www.eichborn.de

Inhalt

In der Art von V. H.

Für Spanien, wo ich aufwuchs,
diese noch grünen Blätter
eines entwurzelten Baumes.
Liebe, möge der Wind dich forttragen.

Ach, wenn man nicht schreiben könnte!

Baltasar Gracián
Hand-Orakel und Kunst der Weltklugheit

Erster Teil

I.

»Diese Madrider Junta, ist die denn keine richtige Regierung? Und es gibt keinen Bildungsminister?«

»Die haben andere Sorgen!«

»Und auch keinen Generaldirektor der Bildenden Künste?«

»Woher denn!«

»Dann ... bin *ich* der Leiter! Der Chef! Der Besitzer!«

Ambrosio Villegas, Archivar und Interimsdirektor des San-Carlos-Museums, tänzelt hin und her und trällert vor den Rennaissance-Säulen im Hof des Botschafters *Die Eins und die Zwei:*

Ta ta ta tá, ta ta ta ta ta ta tá,
ta ta ta tá, ta ta ta ta ta ta tá.
Ich preise dich mit aller Liebe,
meiner Seele und dem Herzen;
schon rufen mich die Maler,
zu malen dich allerliebst.

Anmutige Dolores,
ich will dir ehrlich sagen,
ich sprech zu dir von Herzen,
besser kann es nicht geraten,
in dieser Bauernweise,
das will ich ehrlich sagen.

Er zieht das Tremolo am Ende der hehren Verse des albernen Volksliedes, hüpft über die bunten Fliesen in der Mitte des Saals, tanzt vor der furchteinflößenden *Erscheinung des Kolosseums* von Don José Benlliure. Darüber der totenblasse Himmel der *Grablegung der Heiligen Cecilia* von Cecilio Plá, dergleichen hat er noch nie gesehen.

Juan Valcárcel sieht seinen Freund an, als wäre er verrückt geworden. (Sind wir das nicht alle? Dann will das nichts heißen.) González Moreno lacht, bleckt die Zähne. Um noch eins draufzusetzen, schwingt Villegas sich auf den Löwen von Bocairente und singt noch ein Lied aus der Gegend:

> Und mit einem Sechser eine Zigarre
> mit zweien eine Pfeife
> mit dreien eine Gitarre
> und mit einer Peseta ein Mädchen.

»He, jetzt ist es aber gut. Wenn jemand reinkommt …«

»Wer soll denn kommen? Und wenn schon, dann schmeiß ich ihn raus. Hier befehle ich. Das Museum befindet sich ab heute in meinem Besitz.«

Wirklich, sie haben, um das Ereignis zu feiern, etwas zu tief ins Glas geschaut. (Außerdem: Wozu noch Vorrat halten?)

Das Carmen-Gebäude ist nicht eben ein Weltwunder, aber der schöne Innenhof, die verwitterten Statuen und die behauenen Stelen geben ihm die Aura eines großen Baudenkmals. Freilich bietet der Mittelsaal keinen sehr glanzvollen Anblick: Die gotischen Tafelbilder fehlen, die besseren Juan de Juanes, die Ribaltas, alles aus dem Kloster Portaceli: das große Retabel, gestiftet von Frater Bonifaz, dem Bruder San Vicente Ferrers, jenem Heiligen, der zuerst geheiratet und dann bei den Kartäusern Aufnahme ersucht hatte, wo er es bis zum Generalprior brachte, ein wichtiger Mann bei den Verhandlungen über das Kirchenschisma, Vermittler in Caspe und Bibel-Übersetzer. Auch die Nicolaus und die Osunas sind nicht da, und natürlich auch nicht der Pintoricchio. Auf dem Damast aus heimischer Seide die Umrisse der fehlenden Goyas und des Selbstporträts von Velázquez, die sicher – so weit irgend etwas sicher sein kann – in den Kellergewölben der Serranos-Türme lagern. Wie dem auch sei, der Rest ist immer noch ein beachtliches Museum, vor allem für den, der wie Villegas Muñoz Delgrain mag; dessen Gemälde hängen noch, weil sie viele sind und sehr groß; dabei sind sie, wie er meint, ein Vermögen wert; man schenkt dem Valencianer einfach nicht die Beachtung, die er verdient. Ambrosio Villegas ist ein Mann des neunzehnten Jahrhunderts, liberal, Freimaurer, Freigeist und davon überzeugt, daß Spanien, hätte man nur die Agrarreform durchgesetzt, ein Paradies wäre.

»Lange wirst du nicht deine Freude daran haben.«

»Bis die anderen da sind. Aber bis dahin, wer soll es mir wegnehmen? Niemand!«

»Aber mit oder ohne Regierung, niemand will es dir wegnehmen.«

»Man kann nie wissen. Eines Morgens, eines Mittags segelt ein Brief auf deinen Schreibtisch, ein dienstliches Schreiben, und – schwupp! – schon bist du nicht mehr Direktor vom San Carlos. Aber jetzt, wer soll mir etwas anhaben? Als ob eine – die Frau, mit der du dein ganzes Leben lang schlafen wolltest, auf einmal zu dir sagt: Jetzt!«

Und wieder fängt er an zu singen:

Und wer die Gitarre stimmt
der stimmt die Gitarre.

Natürlich nur, bis die anderen da sind! Bestimmt sind schon einige ganz scharf auf die Stelle!«

»Und wir? Was wird aus uns?«

Ambrosio Villegas schaut den Museumswärter an, einen Greis, der hier alt geworden ist, in den Fluren und Sälen dieses Hauses. Er weiß nicht, was er ihm antworten soll.

Ich bin nicht tot. Der Krieg ist vorbei, und ich bin nicht tot. Das ist die Wahrheit. Die anderen haben den Krieg gewonnen. Vorerst. Unsere Stunde wird noch kommen. Sie haben eine Runde gewonnen, den Kampf werden sie verlieren. Wer zweifelt daran? Niemand, schon gar nicht er.

Eingezwängt, den Kopf eingezogen; am Bauch drückt ihn Máximos Ellenbogen, am linken Bein Federicos Pistole, im Rücken die Wampe von wer weiß wem. Wo man hinsieht Schweigen. Schwarze Nacht. Vicente denkt an Asunción: die Liebe, die einzige Wahrheit. Er macht sich Vorwürfe, so zu fühlen: Es ist falsch, nicht die Wahrheit, er belügt sich. Liebe ist nicht alles. Dann wieder der Betrug: Nur auf die Liebe kommt es an, nur die Liebe zählt. Jetzt Asunción an sich drücken, und alles andere kann zur Hölle fahren! In den Graben, in den Tod.

Was würde Álvarez denken, wenn er seine Gedanken lesen könnte? Was würde Uribe zu ihm sagen?

Er ist nicht tot. Er ist dem Tod nicht aus dem Weg gegangen, er hat ihn auch nicht gesucht (wozu?). Er hat Befehle ausgeführt, kein Himmelfahrtskommando übernehmen müssen. Zweiunddreißig Monate Krieg hat er unverletzt überstanden. Doch eigentlich war er die letzten zwölf gar nicht mehr in Gefahr. Er hatte nicht darum gebeten, man schickte ihn weg. Leicht gesagt: Asunción, an Asunción denken, jetzt, da er Madrid mit sechzig oder siebzig Stundenkilometern hinter sich läßt, da jede Minute eine größere Entfernung zwischen ihm und Lolas Leiche anzeigt, Lola tot, und natürlich wird er sie nie wiedersehen. Lola, aus und vorbei. Jetzt Asunción, seine Liebe, sein Leben; bis heute und in alle Ewigkeit. Lola, was hätte er tun sollen? Krieg ist Krieg. Vor genau sechs Monaten und sieben Tagen hat er Asunción zum letzten Mal gesehen, sie in seinen Armen gehalten. Also, wer würde den ersten Stein werfen? Pedro? Luis? Dolores? Sie hätten sie nach Madrid versetzen sollen, oder in die Nähe. (Nein. »Nein, du bleibst in Valencia, hier wirst du gebraucht.«) Oder ihn nach Valencia. (»Nein, wir brauchen dich in Madrid, nächste Woche kannst du sie besuchen fahren.«) Dazu kam es nie. Erst jetzt, da alles verloren ist, sogar die Ehre. Schon Franz I. sagte: »Glückliches Spanien, bewaffnete Männer sind es, die du gebierst und nährst.«

Ob es Asunción gelungen ist, nach Almería aufzubrechen, abzuhauen? Sie ist nicht tot. Er kann es sich nicht vorstellen. In Valencia hat es keine Kämpfe gegeben. Aber was heißt das schon. Sie haben sich am Telefon verabredet: in Alicante. Ob sie mich hören konnte? Die Verbindung war unterbrochen worden. Er hätte nach Valencia fahren sollen. Alles kommt zusammen, nimmt ihm die Luft zum Atmen. Was soll er tun, wenn er sie nicht findet? Was werden sie tun, wenn sie sich nicht finden? So schwer wird es nicht sein. Alicante ist nicht groß, und obwohl alle von der Partei sich verstecken, versteckt leben müssen, wird er irgendwie einen Anhaltspunkt finden.

Schlaglöcher, Schaukeln, Straucheln, Stürzen, Schwächeln, herumgeschubst die Oberkörper, Rippen, Brustkästen all derer, die dicht gedrängt auf der Ladefläche des Lastwagens stehen. Stöße, Schläge und die Müdigkeit, die stärker ist: Alles schmerzt, die Arme, die Beine, die Füße, die Schultern. Ein Alter, nur noch gestützt von denen um ihn herum, knickt immer wieder ein. Er beneidet die, die es geschafft haben, sich an die Bordwand zu lehnen oder hinten an die Laderampe zu setzen, wo sie die Beine in der Luft baumeln lassen. Die Zeit multipliziert sich mit sich selbst in der unermeßlichen Nacht.

Gerade haben sie Tarancón hinter sich gelassen.

Vom Kamm der Anhöhe, am Saum des Eichenwaldes, sieht Vicente, wie die Straße eine Kehre macht und dann verschwindet. Weiter unten, wo die Vegetation üppiger ist, muß Wasser fließen – ein Bach, ein *Möchtegernfluß?* In der ganzen Gegend keine Menschenseele. Er steigt hinab. Von überall kann man ihn sehen. Er tritt aus dem Dickicht hervor, und auf halbem Weg zur Landstraße bemerkt er plötzlich eine Patrouille der Guardia de Asalto. Er wirft sich zu Boden. Ganz ruhig, er schließt die Augen. (Was ist er? Deserteur? Weder ist er zur Gegenseite gewechselt noch hat er seinen Eid gebrochen. Ist er auf der Flucht? Er versucht, sich in Sicherheit zu bringen. Ist Verlieren Verrat? Warum versteckt er sich? Sie würden ihn festnehmen, vielleicht. Es muß Tausende in seiner Lage geben. Ist das ein Grund?) Er zählt bis hundert. Dann betrachtet er die trockene Erde, den Staub, ein paar Kieselsteine. Sicher gibt es auch Ameisen. Lasse ich die Männer vorbeiziehen? Früher oder später werden sie mich schnappen, wenn ich weiter der Landstraße folge, und sei es in einiger Entfernung. Er tastet nach der Handgranate. Alle wieviel Kilometer gibt es eine Patrouille? Er weiß es nicht, auch nicht, wie viele hier unterwegs sind. Er spürt die Sonne auf seinem Rücken, lang hingestreckt, das Gesicht auf dem Boden; er hebt den Kopf, Steinchen drücken ihn. Ein seltsames Tier, golden, mit acht kurzen Beinen und zwei Fühlern, die sich unentwegt bewegen: irgendein Insekt. Wie dieses Tier wohl heißt? Er wirft sich seine Unwissenheit vor. Wie heißt dieses Tierchen? Eines der tausend Dinge, die er nicht weiß und auch nie wissen wird. Ich kann bis zum Straßenrand robben, sie abpassen, in die Luft jagen. Zwei mehr, zwei weniger ... Ist es das wert? Ich muß auf die andere Seite. Vielleicht gehen sie vorbei, ohne mich zu sehen, und ich ziehe weiter. Aber wenn sie mich entdecken? Lohnt es sich, unter diesen Umständen zu töten, jetzt, wo alles verloren ist? Was dann? Ihre Gewehre, selbst wenn sie danach noch funktionieren, nützen mir nichts. Ich kann nicht mit einer Mauser rumspazieren, und Pistolen tragen sie keine. Was heute wohl Pistolen kosten? Außerdem sind sie von unserer Seite; zumindest waren sie es, bis gestern, bis dieser idiotische, verrückte Verteidigungsrat anfing, uns Kommunisten an die Wand zu stellen, ins Gefängnis zu sperren, und wozu? Um Frieden zu schließen? Welchen Frieden? So wie die Dinge stehen, wieso sollte Franco irgendwelche Bedingungen akzeptieren? Die sind verrückt.

Asunción, wo sie wohl ist? Ist sie festgenommen worden? Er stellt sie sich im Gefängnis vor. Wieder sieht er sie in Madrid, schlafend neben ihm, am Bahndamm – im November würde es schon drei Jahr her sein! Als Tote. Tot, mit gespreizten Beinen hingestreckt auf freiem Feld. Er versucht, sie sich frei vorzustellen, in Valencia, in Alicante. Er schafft es nicht. Sie werden sterben, er und sie, sie beide, alle. Nein: Sie wird ihn erwarten, zusammen werden sie weggehen. Ihr Blick, ihr anhaltender Blick. Ihr schmales Gesicht. Ob sie krank ist? Ob sie tot ist, wie Lola? Er denkt an seine Frau so fest, daß ihm die Brust schmerzt. Wo, wann werden sie sich wiedersehen? Werden sie sich wiedersehen? Nie hat ihm irgend etwas so viel Kraft gegeben, so viel Willen, solche Entschlossenheit: Asunción, sein Leben.

Die Sonne tut wohl. Hier, auf der Erde, geht es ihm gut. Er könnte schlafen.

Und schlief. Nicht lange, wie er am Sonnenstand erkannte. Als er den Kopf hob, äußerst langsam und vorsichtig, war weit und breit niemand.

Er steht auf, geht weiter, hinunter zur Landstraße, immer

schneller. Er hat Hunger. Dort angekommen, stößt er direkt auf einen Bauern, der im Schutz einiger Sträucher sein Geschäft verrichtet.

»Guten Abend.«

»Abend.«

»Ist es weit bis Requena?«

»Drei Meilen.«

Er geht sechs Schritte, kehrt um:

»Haben Sie etwas zu essen?«

Der Bauer – klein, knochig, dunkelhäutig, seit Wochen unrasiert, die Hose schon wieder hochgezogen und die Hacke geschultert – sieht ihn ohne zu antworten an. Vicente wiederholt seine Frage. Wieder keine Antwort.

»Ich kann bezahlen.«

Er steckt die Hand in die Hosentasche und fühlt die Granate. Als er von Geld reden hört, findet der Angesprochene seine Stimme wieder.

»Dort drüben sind Straßenwärter.«

Er deutet nach rechts, wo die Soldaten verschwunden sind.

»Das ist nicht mein Weg.«

»Geh mit Gott.«

Geh mit Gott, wie sich die Welt in wenigen Stunden gewandelt hat! Vor einigen Tagen hätte er gesagt: »Salud.«

Vicente entfernt sich; er überquert die Straße, geht geradeaus weiter. ›Ich muß vorsichtiger sein.‹ Vor Schreck zieht sich ihm der Magen zusammen. Der Hunger, denkt er.

Eine Stunde später, inzwischen ist er auf der gegenüberliegenden Anhöhe, erkennt er an einer Kreuzung eine Häusergruppe, wie hingewürfelt. Noch immer drückt bleiern die Sonne. Der Durst ist stärker als der Hunger, er hat keine andere Wahl, als sich dem Schicksal zu fügen.

Eine elende Hütte, die Dachpfannen scheckig, die Mauern verdreckt mit altem Schlamm. Er wartet, mal sehen.

Niemand zeigt sich, kein Hund schlägt an. Es wird Abend, Windstille, je später es ist, desto schäbiger wirkt alles. Am erstbesten Haus klopft er an, ist es nicht einerlei, so ärmlich wie sie alle sind?

»Jemand da?«

Eine zwergenhafte Fratze taucht auf.

»Was wollen Sie?«

»Etwas Wasser, bitte.«

»Wer sind Sie?«

Es ist ein Mädchen, mit dem Gesicht einer alten Frau.

»Hast du nicht einen Krug oder eine Schüssel?«

Eine alterslose Frau, in Trauer, trocken:

»Dort steht ein Eimer.«

Er geht in den Hof.

»Gott vergelt's.«

»So soll es sein.«

»Mutter …«

Ein dralles Mädchen. Überraschend an diesem Ort.

»Geh sofort rein.«

Und zu dem Fremden:

»Sonst noch etwas?«

Zwecklos. Der Ton sagt alles.

»Wie heißt dieses Dorf?«

»Es ist nicht einmal ein Dorf und hat auch keinen Namen. Manche sagen La Cruz, anderer Fresnillo.«

»Aber wenn man einen Brief schreiben will?«

»Wem?«

»Ihnen.«

»Ich habe schon alle bekommen, die ich bekommen muß.«

»Verzeihung. Und danke für das Wasser.«

»Keine Ursache.«

»Kann ich in einem der Häuser etwas zu essen bekommen?«

»Glaube ich nicht. Was es hier gibt, reicht noch nicht einmal für uns Frauen.«

»Das war keine Bitte.«

»Ich sage es nur.«

Die Dunkelheit kommt, wie immer, schleichend.

In den frühen Abendstunden des 12. März hatte Vicente Madrid erneut verlassen. In Utiel wollte man von allen die Papiere sehen. Er und zwei weitere landeten im Gefängnis.

»Zu welcher Partei gehörst du?«

Er hätte lügen können, er hatte den Ausweis nicht dabei. Unüberlegt antwortete er:

»Kommunist.«

Die anderen konnten nicht leugnen.

»Jetzt werdet ihr dafür bezahlen.«

»Bezahlen, wofür?«

»Für die Schweinereien, die ihr mit uns gemacht habt.«

»Ich?«

»Du und dein Gesocks.«

Drei Tage später ließen sie sie laufen.

»Und warum jetzt das?«

»Befehl von oben.«

Sie waren nicht schlecht behandelt worden. Bis Requena ergatterte er einen Platz in einem Auto. Dort ging das Benzin aus, und nirgendwo war welches aufzutreiben. Er ging zum Bahnhof. Niemand wußte, wann ein Zug, ob überhaupt ein Zug fahren würde. Asunción nahm sicher an, er sei festgenommen oder tot. Vielleicht würde sie wie verabredet in Alicante auf ihn warten. Jetzt, von Requena aus, ging niemand ans Telefon. Was war aus Tante Concha geworden? Wie war es ihr ergangen?

Als er aus der kleinen Telefonzentrale heraustrat, wurde er erneut festgenommen. Sie brachten ihn auf ein Kommissariat. Niemand beachtete ihn. Bei Einbruch der Dunkelheit haute er ab, querfeldein.

›Von Requena bis Valencia müßten es ungefähr siebzig Kilometer sein. Und wenn sie mich wieder ins Gefängnis stecken, sobald ich ankomme? Es kann doch nicht sein, daß die Levante-Armee … Am besten halte ich mich ab Chiva in Richtung Bétera und Náquera. Sie können ja nicht alle Armeeoffiziere eingesperrt haben.‹

Im Kommissariat fragte er nach den letzten Meldungen.

»Nichts Neues.«

»Was sagt der Kriegsbericht?«

»Nichts.«

II.

Nach dem Telefongespräch mit Vicente geht Asunción sofort zu Gaspar Requena.

»Ich habe gerade mit Vicente gesprochen.«

»Wo ist er?«

»In Madrid, auf dem Weg nach Alicante. Er sagt, wir sollen uns dort treffen.«

»Bin gespannt, wie du das anstellen willst.«

»Deshalb bin ich hergekommen.«

Sie sind alleine in dem langen, großzügigen, düsteren Büro; jetzt kommt es ihr größer vor als damals, als es immer voller Leute war; plötzlich kommt ihr das so weit weg vor.

»Und du, was hast du vor?«

»Weiß ich noch nicht.«

»Wann marschieren sie ein?«

»Wann es ihnen paßt.«

Gaspar ist ein Wrack – zerhauen von Axthieben –, hart wie immer, aber die senkrechten Falten wirken in dem Halbdunkel, als wäre er eine Skulptur aus wurmstichigem Holz.

»Bei wem kann ich mitfahren?«

»Sieh selbst, wie du zu Rande kommst.«

»Gibt es keine Autos?«

»Nein.«

»Und die anderen?«

»Später haben wir ein Treffen. Vielleicht ist es einfacher über Gandía.«

»Er hat mir gesagt in Alicante.«

Asunción geht zur Tür.

»Alles Gute. Salud.«

»Salud.«

Gaspar Requena sieht ihr nach. Er glaubt nicht, daß er sie jemals wiedersehen wird. Obwohl er sich das nicht eingestehen will: Er hat sie in Valencia zurückgehalten. An guten Gründen mangelte es nicht. Sie machte ihre Arbeit glänzend, in der Zeitung, in der Krippe, in der Zelle. Aber mit einem bißchen guten Willen, etwas Entgegenkommen, hätte er auf sie verzichten können. Er wollte nicht. Ihre Gegenwart entschädigte ihn für vieles, was er nie gehabt hatte und was auch künftig immer fehlen würde. Eine solche Frau an seiner Seite zu haben. An hübschen Dingern mangelte es ihm nicht. Aber welche hatte diese Augen, diese Entschiedenheit, diese Beweglichkeit, diesen Körper, diese Ausdauer? (Welche besaß diese Reinheit? In seinem Starrsinn will er das nicht erkennen, aber es ist so.)

Niemals hätte er ihr auch nur ein Wort gesagt: Er war schon zu alt für sie. Vierzig Jahre sind nichts, wenn es wirklich nur vierzig sind, aber zwölf im Gefängnis zählen doppelt. Ganz zu Schweigen davon, daß er außer Befehle zu geben nichts gelernt hatte, auch wenn er nur die Befehle gab, die zu geben man ihm befahl. Außerdem, wann überhaupt? Seit Jahren machte er nichts anderes als Berichte diktieren, sie diskutieren, Meinungen bekämpfen, am Versammlungstisch sitzen; endlos disputieren, dem Sektierertum entgegentreten und es möglichst besiegen, Rivalitäten mal kaum merklich, mal völlig unverblümt austragen, hartnäckig und stur. Er heiratete, als er noch sehr jung war und bei den Gaswerken arbeitete. Sie starb, als er in der Sowjetunion war: Plötzlich hatte sie blutigen Auswurf, und so schied sie dahin. Dann war da noch eine, an die er sich lieber nicht erinnerte. Sie hielt ihn nicht aus. Sie wollte ein Kind, sie bekam es und ging fort. Was diese Seite des Lebens betrifft, hat Gaspar Requena kein Glück gehabt. Er beklagt sich nicht. Bei wem auch? Jetzt sieht er Asunción nach, so rein, so aufrichtig, so verliebt in diesen Vicente Dalmases, der so jung ist wie sie, und noch dazu ein Söhnchen aus besseren Kreisen. Tapfer, das schon. Aber eben doch ein Söhnchen.

Wie viele Nächte hat er nur von ihr geträumt? Und jetzt geht sie fort. Schluß damit. Jetzt heißt es wieder kämpfen, es hilft alles nichts.

Im Hinausgehen trifft Asunción auf Raúl Tirado:

»Was erwartet uns heute?«

»Wenn du das wüßtest, wärst du schon nicht mehr hier.«

»Wieso?«

»Du weißt doch, was gestern passiert ist ...«

Sie weiß es nicht, es ist ihr egal. Sie muß aufbrechen. Vicente. Keine Zeit für Rätsel. Vicente in Alicante. Irgendwie hinkommen. Sie springt die Treppe hinunter, während Raúl zu Gaspar hineingeht.

»Was hast du vor?«

»Alle fragen dasselbe. Und du?«

»Ich bleibe«, sagt der Besucher entschlossen.

»Der Befehl lautet: Fortgehen. Na ja, jeder, wie er kann.«

»Oder wie er will.«

»Willst du nicht?«

»Nein.«

»Die Partei ...«

»Ich scheiße auf die Partei.«

Gaspar sieht ihn voller Befremden an.

»Bist du noch ganz bei Trost?«

»Ich will die beiden von der Guardia Civil kriegen, die meine Eltern umgebracht haben – sonst finde ich keine Ruhe. Wenn ich gehe, wer weiß, wann ich wiederkommen würde.«

»Der Befehl lautet abhauen.«

»Ich bleibe. Ich habe ein Versteck und warte ab.«

»Das wird nicht leicht sein.«

»Wer hat dir gesagt, daß es leicht sein würde?«

Gaspar wundert sich: Immer ist Raúl gehorsam, wenn nicht unterwürfig gewesen.

»Aha. Und wozu bist du hierhergekommen?«

»Um es dir zu sagen.«

»Warum?«

»Weiß ich nicht.«

Er schweigt einen Augenblick. Sagt bescheiden:

»Vielleicht aus Gewohnheit.«

Asunción tritt hinaus auf die Plaza de San Agustín, die dunkel daliegt. So viele Monate lang hat man ihr nicht erlaubt, nach Madrid zu fahren und Vicente wiederzusehen, »weil die Partei sie braucht«, und jetzt ist alles vorbei. Nach vorne blicken. Vicente wiedersehen und vergessen. Vergessen, was? Um nach vorne zu schauen. In der Stadt, im Dunklen, bewegen sich die Leute wie Spinnen oder Würmer. Sie kommen und gehen, eilig, hastig, keiner steht still. Madengewimmel. Angst? Was tun? Wen treffen? Plötzlich niemand mehr. Der Geist leer, wie die Plaza: alle auf den Gehsteigen an die Häuserwände gedrückt, in Deckung.

Dann – als sie die Bäume erkennt – wird ihr bewußt, daß genau in diesen Tagen der Frühling beginnt, daß sie in den beiden vergangenen Jahren – oder waren es drei? – nicht auf den Wechsel der Jahreszeiten geachtet hat, daß die Monate über jeden Wetterwechsel hinweggegangen sind, daß sie sich an Ereignisse erinnert, an Vorfälle, nicht an die Stimmungen draußen, daß es ihr egal war, ob die Sonne schien oder ob es regnete, ob es heiß war oder kalt. Sie hatte sich nicht um die Welt gekümmert, sondern um ihre Organisation. Das findet sie jetzt schlecht. ›Wahrscheinlich werde ich alt‹, denkt sie.

Am Vortag ist sie zwanzig Jahre alt geworden. Als erstes muß sie sich von Tante Concha verabschieden, da hilft alles nichts. Außerdem mag sie sie sehr.

Tante Concha will vom Krieg nichts wissen:

»Erzählt mir nichts: eine Teufelsbrut. Zur Hölle mit allen, den einen wie den anderen.«

»Und wenn es keine Hölle gibt?«

»Das wär ja noch schöner. Wenn es keine gäbe, für euch würde man sie erfinden.«

»Haben wir den Krieg gewollt?«

»Ihr führt ihn.«

»Ja und? Sollen wir aufgeben?«

»Was weiß ich, es ist mir auch egal, ich will nichts davon wissen und auch nicht darüber reden.«

»Schon gut, Tante.«

Tante Concha hat die Tochter von Juanito Valcárcel in Pflege. Sie hat sich in glühenden Kriegshaß hineingesteigert, um so heftiger, je näher die Niederlage zu rücken drohte:

»Kriege führen, Kriege gewinnen, zum Donnerwetter nochmal ...«

»Haben Sie mich denn nicht mehr lieb, Tante?«

»Was hat denn das damit zu tun? Aber ihr seid einer wie der andere abscheulich und werdet als verkohlte Scheite enden, alle miteinander, für eure Sünden werdet ihr büßen. Sieh dich doch an, lebst mit dieser Monse zusammen!«

»Aber Tante, Sie sind doch nie zu Hause!«

Asunción ist nicht mehr das stille Mädchen, aber auch ganz bestimmt keine, die das große Wort führt. Meistens kann sie sich mit ihren Augen verständlich machen. Obwohl sie schon immer groß waren, scheinen sie in diesen letzten Monaten noch gewachsen zu sein, und ihr Blau ist noch tiefer geworden. Manch einer würde alles geben, was er hat, nur damit sie mit ihm spricht. Sie schützt sich, so gut sie kann: Meistens tut sie so, als wäre sie schwer von Begriff. Dann gibt sie keine Antwort, versucht, den Blick zu verschließen, die Iris zu einer Barrikade zu machen. Hinter der verschanzt sie sich.

»Glaub nur nicht, daß es dich weiterbringt, wenn du dich immer wegduckst.«

Das sagt ihr die Tante, und die ist nicht die erste. Sie hatte heftige Auseinandersetzungen mit ihren Genossen, vor allem mit Requena, der ihr nie etwas gesagt hat. Er hätte sie nach Madrid schicken können. Sie ist sicher, daß er das hätte tun können.

»Unmöglich: Wir brauchen dich hier.«

Er ist es, der sie braucht, das hat er ihr zwar nie gesagt, aber sie weiß es. Befehl ist Befehl, erst recht im Krieg.

»Aber, wenn ich ...«

»Du bleibst hier. Nächsten Monat kannst du gehen.«

(Sechs sind seit dem letzten Streit vergangen.)

»Wie stellst du dir das vor, fortgehen? Ich kann doch meine Tochter nicht mitnehmen.«

»Laß sie hier.«

Valcárel schaut seinen Freund an.

»Bei wem? Wie?«

»Wo sie in Pflege ist ... Franco wird sich nicht lange halten.«

»Das sagst du. Ich weiß genauso wenig wie jeder andere, wie lange die neue Lage andauern wird, aber ich bin weit davon entfernt, deinen Optimismus zu teilen.«

»Bestimmt kommt bald der europäische Krieg.«

»Und darauf hoffst du? Als Grundlage für das Leben meiner Tochter, meine ich, und für meins?«

»Also dann, was hast du vor? Angenommen, du bleibst. Im besten Fall landest du im Gefängnis. Wer kümmert sich dann um Claudia?«

»Warum sollten sie mich ins Gefängnis stecken?«

»Du bist Republikaner, und Freimaurer noch dazu.«

»Wer hat dir gesagt, daß ich Freimaurer bin?«

»Niemand. Jeder. Du weißt, was im anderen Teil Spaniens los ist. Und gerade fällt mir ein: Wir haben uns zwar glücklicherweise seit zwanzig Jahren nicht mehr gesehen, aber schließlich warst du in derselben Loge wie mein Bruder Fernando.«

»Was ist aus ihm geworden?«

»Gestorben, natürlichen Todes. Heutzutage klingt das seltsam. Wenn wir von jemandem sprechen und einer sagt, er ist tot, will man unweigerlich hinzufügen: gefallen am Jarama, in Bilbao, in Asturien ... Freunde hast du wenige, und unter den Faschisten keine, nehme ich an. Wer wird sich für dich verwenden? Wo willst du unterschlüpfen? Wenn einer deiner Freunde Falangist wäre oder unter deinen Bekannten ein Priester ...«

Paulino Cuartero hat recht.

»Was hätte die Kleine davon, wenn ich gehen würde?«

»Du würdest ...«

»Um mich geht es nicht.«

»Wenigstens würdest du am Leben bleiben.«

»Ich kann nichts.«

»Einen Kanten Brot kann man sich überall verdienen, in Frankreich, in Algerien, in Amerika.«

»Was habe ich auf Sankt Helena verloren?«

»Du bist nicht Napoleon. Wirklich nicht, so sehr du es bedauern magst.«

»Ich bin schon halb tot.«

»Das heißt halb lebendig. Du lebst.«

»Emigrant. In meinem Alter.«

»Jammer nicht. Du bist fünfzig, noch nicht einmal ganz. Vor dir liegen noch viele Jahre. Und spanische Emigranten gibt es Hunderttausende.«

»Ich bin nicht das Problem, sondern Claudia.«

Ich habe etwas übersprungen, denkt Cuartero. Er faßt nach:

»Wir werden nicht Emigranten sein, sondern Vertriebene.«

»Das ist das gleiche.« (Er lügt.)

»Wenn du meinst. Keinen Streit jetzt. Wie komme ich von hier fort?«

»Mit mir.«

»Wohin?«

»Nach Alicante.«

Die Sicherheit seines Freundes imponiert dem Trödler. Einige Augenblicke lang denkt er nicht an seine Tochter, sondern an sein Geschäft, an das er sich, ob er will oder nicht, gewöhnt hat. An seine Bücher. Seine unbequeme Bequemlichlichkeit. Er fängt noch einmal von vorne an:

»Ob Concha sich das Mädchen aufhalsen läßt?«

»Das mußt du wissen.«

»Warum sollte sie? Du kennst die Leute nicht. Wie käme sie dazu, sich das Mädchen aufzuhalsen? Und mein Geschäft?«

»Läßt sich bestimmt versteigern.«

»Das sagt sich so leicht.«

»Hast du niemanden?«

»Nein. Marcelo, den Jungen, der mir zuletzt geholfen hat, haben sie umgebracht ... in Brunete.«

»Irgendein Nachbar, ein Konkurrent.«

»Das sind alles ...«

Juan Valcárcels abschätzige Geste drückt besser als alles andere seine Verbitterung über das Leben aus.

»Mach den Laden dicht.«

»Und wovon soll dann die Kleine leben?«

»Vor allem mußt du als erstes mit der Frau reden, die sich um sie kümmert.«

»Sie wird nicht wollen.«

»Du, wie immer der Pessimist vom Dienst. Frag sie, jetzt sofort.«

»Wann gehst du fort?«

»Sobald ich mit dem Gouverneur gesprochen habe, komme ich bei dir vorbei.«

»Wird nicht nötig sein.«

»Abwarten.«

Don Juanito hat noch nie daran gedacht, sich von seiner Tochter zu trennen, von seinem Geschäft schon gleich gar nicht. Nicht von ungefähr, sein Leben sieht so etwas einfach nicht vor. Fortgehen, sich mit etwas Neuem auseinandersetzen, das findet er irrwitzig. Nicht, daß er nicht auch seine Träume hätte. Trotzdem, er lebt einfach so. Lesen, seine einzige Zerstreuung, kann er überall, über die Revolution diskutieren (die Französische, versteht sich) vermutlich auch. Darum schreckt ihn das Gefängnis nicht. Auch nicht das Sterben: Wozu sich Sorgen machen, wenn danach nichts kommt? Und wenn doch, so wird es bestimmt Bibliotheken geben im Limbus, denn dorthin, so hat er seit einiger Zeit entschieden, wird er kommen, wenn es Gerechtigkeit gibt. Wenn nicht, ist es auch egal.

Concha tritt ein.

»Ich muß Ihnen etwas sagen ...«

»Ja bitte?«

»Es kann sein, daß ich gehe.«

»Sie auch?«

»Wie, Sie gehen auch weg?«

»Ich? Nein.« (Asunción)

»Würden Sie sich weiter um das Mädchen kümmern?«

»Selbstverständlich.«

»Und um das Geschäft?«

»Davon habe ich doch keine Ahnung.«

»Es ist nicht schwer. Sie könnten sich jemanden suchen, der Ihnen hilft.«

»Wie Sie meinen.«

Juan Valcárcel ist baß erstaunt.

»Aber entschuldigen Sie, das Mädchen muß jetzt etwas essen, wo ich nur mit Müh und Not eine Handvoll Reis auftreiben konnte.«

Die Dicke steigt die Treppe hoch, wie immer bringt sie sie auf der dritten Stufe zum Knarren. Das Glöckchen an der Ladentür klingelt; ein Laufbursche in Trauerkleidung tritt ein, er läßt Paulino Cuartero keine Zeit, seinen Triumph auszukosten.

»Sind Sie Señor Valcárcel?«

»Was willst du?«

»Ich komme von *La Mastaba*.«

La Mastaba, das Beerdigungsunternehmen in der Calle de Colón.

»Wer ist gestorben?«

»Angeblich Ihre Frau.«

Die Überraschung ist stärker als der Schmerz. Seit sieben Jahren war Ángeles im Provinzirrenhaus. Vor zwei Wochen hatte er sie besucht, sie kam ihm vor wie immer: mager, weggetreten, stumm, sie erkannte niemanden. Hoffnungslos. Jetzt ist sie gestorben.

»Warum hat man mir nicht früher Bescheid gesagt?«

»Weiß ich nicht.«

»Um wieviel Uhr ist die Beerdigung?«

»Um vier.«

»Mein Beileid«, sagt Cuartero. »Wenn es dir nichts ausmacht, komme ich mit.«

Sie hatten sich über Ambrosio Villegas wieder miteinander angefreundet. Meistens trafen sie sich einmal am Tag im Museum. Wenn er nichts Besseres zu tun hatte, schaute Paulino in Juan Valcárcels Geschäft vorbei, um sich eine Sammlung von Einzeldrucken anzusehen, Theaterstücke aus dem siebzehnten Jahrhundert, die der Buchhändler aufgetrieben hatte. Sie gefiel ihm, und Juan schenkte sie ihm sogar. Nur, was sollte er jetzt mit dem Stapel anfangen?

Die Familie ist eine sonderbare Kreatur – schwarz, formlos, mit tausend Tentakeln –, die nur dann auftaucht, wenn eines seiner Mitglieder stirbt. Und selbst dann ist sie niemals vollständig zu sehen. Die Feste der Namensheiligen werden nicht mehr so selbstverständlich begangen wie früher – derzeit schon gar nicht; Geburten vergehen unbemerkt, bei Hochzeiten fehlt dieser und jener, miteinander zerstritten – vor allem, wenn zwei Familien zusammenkommen. Nur der Tod von einem aus den eigenen Reihen bringt sie alle zusammen: Da stehen sie nun und mustern sich mit Befremden und Erstaunen.

»Ist das der?«

»Ist das nicht die?«

Kerzen, Mantillas, Übermäntel, Kaffee, Cognac, Blumen, Zigarren, gedämpftes Getratsche.

»Wer ist das denn?«

»Wer ist die denn?«

»Nie sehen wir uns.«

»Wie groß der geworden ist!«

»Wie alt der geworden ist!«

Theater des neunzehnten Jahrhunderts. Keiner mag den anderen mehr leiden. Nur noch auf dem Land, und selbst dort ...

Sie gehen durch die Calle de Lauria.

»Du kanntest sie nicht, oder?«

»Nein.«

»Aber dein Bruder.«

Aus Valladolid gebürtig wie Paulino, war Fernando Cuartero vor etwa zwanzig Jahren in Valencia gelandet, als er hinter einer zweiten Sopranistin her war – eine Geschichte, an die sich nur noch Pilar ab und an erinnerte, als Beleg männlicher Lüsternheit. Pilar in Paris, Rosario zerfetzt in Barcelona. Und er inzwischen in Valencia. Mein Gott!

»Schreibst du kein Theater mehr?«

»Ist das nicht genug, was wir derzeit erleben?«

Eine Komödie oder ein Drama: er allein bei einer Totenwache. Keine schlechte Idee: dranbleiben, in diesen Tagen, in denen er nichts zu tun hat.

Die Beileidsbekundungen. Der Sarg. Die Kerzen. Kein Zweifel, man hatte sie geköpft. Eine Verwechslung. Nun gut, in diesen wirren und absurden Zeiten brauchte man deshalb keinen Skandal heraufzubeschwören. Aber warum hatte man sie guillotiniert? Sie war immer eher eine Reaktionärin gewesen. Ja, wegen der Gironde ...

Für Juan Valcárcel zählt nur eins, und das ist die Französische Revolution. Er hat alle Bücher zum Thema gelesen, die er zwischen die Finger bekam; und das waren nicht wenige in den vierzig Jahren, in denen er mindestens drei oder vier Stunden täglich mit Lektüre verbracht hat.

»Du wirst noch blind werden.«

»Was hast du nur davon, wenn du dir so die Augen ruinierst.«

»Wie kann man nur seine Zeit so verplempern!«

»Hast du nichts besseres zu tun?«

Wer hatte ihm das zu Hause nicht alles gesagt. Die Eltern, die Ehefrau. Er zuckte mit den Schultern, theoretisch, denn eigentlich hob er gerade einmal die Augen oder nahm die Brille ab, um sie sich erneut aufzusetzen und weiterzulesen, die Wechselfälle der Nationalversammlung, die Reden Desmoulins', die Bekanntmachungen Saint-Justs. Weil er Geschichtsbücher las, die mal für die einen, mal für die andern waren, gab er – zumindest bis 1936 – niemandem den Vorzug. Ihn begeisterte schlicht die Französische Revolution als Ganzes.

Ebenso ergeht es ihm mit seinem Wahnsinn. Er weiß sehr wohl: Die Tatsache, daß er sich ganz sicher für verrückt hält, bestätigt das Gegenteil; ihm ist klar – warum? –, daß derjenige, der es denkt – oder weiß? –, verrückt ist und auch nicht. Der Beweis: Er fiebert nicht, phantasiert nicht und verfällt auch nicht in Raserei. Er kalkuliert. Aber, wie seltsam, Wissen ist etwas ganz anderes als sich sicher sein. Und er ist sich sicher, daß er den Verstand verloren hat, wenn auch nicht den Lebenssinn. Dies geschah, so ist es festgehalten, im Jahr 1928. Genau am 28. Oktober, doch welche Lektüre der Auslöser war, ist ihm entfallen; dies nebenbei bemerkt. Die Französische Revolution (dazu ein bißchen Garibaldi) ist seine goldene Kette in die Vergangenheit, aber zum Ausgang aus seinem Labyrinth, hier und jetzt, geleitet sie ihn nicht. Nun gut, wenn er – einmal allein – ernsthaft darüber nachdenkt – was nicht oft vorkommt, da er dann schnell einschläft –, weiß er, wie viele Finger er an der Hand hat, sogar an beiden. Doch er hat nie recht verstanden, warum ausgerechnet Ángeles den Verstand verlieren mußte. Die Ärzte auch nicht; was ihn nicht wundert, er hat nie viel von ihnen gehalten.

Montags, mittwochs und freitags widmet er fünf Minuten der Onanie, das hilft ihm, sich Ángeles physisch zu vergegenwärtigen; in anderen Stunden erscheint sie ihm durch die Wände hindurch. Alle acht Tage besucht er sie, ohne zu wissen, warum und wozu: Sie erinnert sich an niemanden und wird immer dünner. Man sagt ihm, sie würde essen, aber sie wird immer magerer. Sie ist nur noch Haut und Knochen. Und klar, in ihrem schwarzen Aufzug, mit wer weiß wie vielen Unterröcken und einem schwarzen Kopftuch, das unter ihrem Kinn verknotet ist, kann man gar nicht genau erkennen, wie dünn sie wirklich ist. Sie redet auch nicht, starrt nur vor sich hin. Was sieht sie? Was denkt sie? Was will sie? Juan Valcárcel würde alles geben, um es zu erfahren, aber es bleibt bei dem Wunsch. Ángeles ist dreiunddreißig Jahre alt und sieht aus wie sechsundsechzig.

Juan verschafft es Genugtuung, daß er verrückt ist und die anderen es nicht wissen. (Sie sollen es auch nie erfahren.) Was das angeht, verliert er nie den Überblick. Im Gegenteil, von außen, wo er zu stehen glaubt, kalkuliert er die Dinge in Gottes Welt mit größtmöglicher Objektivität. Es gab eine Zeit, lang ist es her, da empörte er sich über die Ungerechtigkeiten um ihn herum; inzwischen beurteilt und sammelt er sie für jenen künftigen Tag, an dem die wirkliche Abrechnung ansteht, nach Art des Robespierre, versteht sich.

Der Gedanke, Valencia zu verlassen und alles aufzugeben, bringt seine tiefen Überzeugungen ins Wanken. Ihm fehlen die festen Bezüge, denn so gut er seine Lektion auch gelernt hat – Blanc, Thiers, Michelet, sogar den Wortlaut der Reden im Konvent –, er ahnt, daß es ihm schwerfallen wird, durch die Welt zu ziehen ohne die beiden Bücherreihen gegenüber seinem Sessel. (Der gläserne Lampenschirm, außen grün, innen weiß; das hohe Fußteil seines Messingbetts, der gestreifte, an den Rändern verschlissene Teppich auf dem Fliesenboden.)

Dort, in ihrer Grabnische auf dem städtischen Friedhof, wird es ihr gutgehen. Weder zu hoch noch zu tief. ›Für Ángeles, ihr sie liebender Gatte.‹ Untröstlich ist er nicht. Für ihn lebt sie weiter, wo also ist der Unterschied? Außer daß er donnerstags nicht mehr ins Irrenhaus geht. Seit Jahren schon denkt das Mädchen, sie sei tot. Wie viele andere auch. Niemand macht Aufhebens darum, daß einer verrückt ist, zumal, wenn es sich um einen selbst handelt.

Ángeles' Familie. Sieh einer an! Sie hatte Familie. Er kennt sie alle. Grüßt sie. Gibt ihnen die Hand. Umarmt sie. Sieht sie an, als wäre es das erste Mal. Welch seltsame Lebewesen! Wie seltsam sind die Lebewesen!

»Nun hat die Arme ihre Ruhe gefunden.«

»Sie ruhe in Frieden.«

»Mein Beileid.« (Beileid – wobei?)

»Vielleicht war es besser so.« (Was haben wir schon verloren?)

Paulino Cuartero steht abseits, sieht zu ihm hinüber. Wie war er nur auf die Idee gekommen, heute im Geschäft vorbeizuschauen? Sicher, er wollte die Drucke sehen ... Villegas wird er nichts sagen. Ein ›Tut mir leid‹ weniger. Immerhin war er ein Freund der Verstorbenen. Freund? Er kannte sie.

»Wohin jetzt?« fragt Cuartero.

»Ins Museum«, sagt Valcárcel.

Sie nehmen die Straßenbahn.

»Sag ihnen nichts davon.«

Cuartero irrt sich in seinen Vermutungen über das Warum. Aber ihm zieht sich das Herz zusammen – man sagt doch so? –, weil er an Pilar denkt. Wenn sie jetzt nicht von der Grabnische dieser Frau seines Freundes zurückkämen, sondern von der Beerdigung Pilars ... In Paris gibt es keine Grabnischen. Was würde er mit den Kindern machen? Was würde er machen? Merkwürdig, denkt er, während er dank der anderen wieder zu sich kommt, dabei habe doch ich viel bessere Chancen, die nächste Leiche zu sein.

Genau zu dem Zeitpunkt, als Ángeles verrückt wurde, gelangte Juan Valcárcel zu der Überzeugung, daß er es auch war. Er sagte nichts und tat nichts, was Verdacht wecken konnte. Aber er wußte, daß er verrückt geworden war, weil er seine Frau so sehr liebte, daß ihm diese Folge selbstverständlich erschien. Die Gleichzeitigkeit von Ángeles' Tod und der Niederlage der Republik erschien ihm ebenso selbstverständlich. Seitdem Juan Valcárcel zu der Überzeugung gelangt war – also seit man ihn davon überzeugt hatte –, daß Ángeles besser in einem Irrenhaus aufgehoben sei, verkroch er sich in seinem Haus und schwor, niemals eine andere Frau anzurühren. So geschah es. Mit Ausbruch des Krieges mußte er wieder ab und zu auf die Straße, um irgendwelche Angelegenheiten zu regeln, vor allem für das Mädchen.

Am Abend dann dachte er darüber nach, daß die Idee, nach dem Tod Ángeles' fortzugehen, gar nicht so schlecht war. Im Grunde haßte er seine Tochter, die er für die geistige Verwirrung ihrer Mutter verantwortlich machte. Die Liebe zwischen Juan und Ángeles war perfekt gewesen. Beide waren jungfräulich in die Ehe gegangen und hatten gemeinsam die Freuden des Beischlafs entdeckt, bis zu dem Tag, als sie ein Buch mit pornographischen Abbildungen verschlang (es hatte zwischen einem Stoß Textausgaben gesteckt) und ihr der Sex zu Kopf stieg.

Don Juanito erfuhr nie von der Existenz dieses Werks, denn Ángeles verbrannte es, nachdem sie es auswendig gelernt hatte.

Während all jener Jahre war seine Begeisterung für die Französische Revolution ungebrochen, mit der kleinen Veränderung, daß seine Sympathien zuletzt mehr den besonders radikalen Gruppen galten.

Allerdings fand Juanito Valcárcels Verrücktheit kulinarischen Niederschlag: Über Monate hinweg nahm er aus Überzeugung nur Milch zu sich, bis ihn eine schwere Verstopfung dazu zwang, die Diät zu wechseln. Es folgten Phasen, in denen er ausschließlich Schnecken aß, Kohl oder Karotten. Da er sich alles selbst zubereitete, kam ihm niemand auf die Schliche. Er schlief viel und trank reichlich schweren Wein aus Utiel, was womöglich miteinander zusammenhing. Er vernachlässigte das Geschäft, achtete aber strikt darauf, daß die Kunden seine Verwirrtheit nicht bemerkten. Das war nicht weiter schwer, zumal er selbst nie wußte, ob er nun verrückt war oder nicht.

Kurz vor dem Militäraufstand gewöhnte er sich an, zu jeder Tages- und Nachtzeit Kaffee zu trinken. Egal, ob gut oder schlecht, Hauptsache Bohnenkaffee; er trank ihn mit oder ohne Zichorie, als zweiten Aufguß, Mokka oder abgestanden, Perlkaffee oder Bitterbohne. Mit dem Krieg und je länger dieser dauerte – wie sollte es anders sein –, wurde der Kaffee immer teurer und schwieriger zu beschaffen, daran änderte nichts, daß er jeden geforderten Preis zahlte. Nicht nur seine Bilanzen, auch seine Ersparnisse bekamen das deutlich zu spüren, doch an dem edlen Getränk fehlte es ihm nie. Er lud allerdings nie jemanden ein, außer Concha, was seinen Umgang mit dem Weib, das ebenso gierig nach dem Gebräu war, sehr erleichterte. Manchmal wurde auch Asunción in die Runde aufgenommen, die unter den waltenden Umständen wahrlich ein Festtagskränzchen war. In Amerika wäre ihm zumindest der Kaffee sicher.

Asunción klopft mehrmals an die Tür. Es dauert, bis ihre Tante herunterkommt und öffnet.

»Hallo. Was ist denn passiert, daß ich die Ehre habe, dich zu sehen? Komm rein.«

»Und Don Juanito?«

»Der ist bei der Beerdigung seiner Frau.«

»Was?«

»Ja, Ángeles ist gestorben.«

Asunción hat immer geglaubt, der Trödler sei verwitwet. Aber ihr bleibt keine Zeit, näher nachzufragen.

»Ich gehe weg.«

»Wohin?«

»Nach Alicante. Vicente hat mich angerufen, aus Madrid.«

»Und du willst einfach so weggehen?«

»Warum nicht?«

»Ohne Kleider und ohne alles?«

»Was ich anhabe, reicht, ich schlage mich schon durch.«

Concha spürt, wie ihr der Kummer die Kehle hinaufsteigt. Sie will das nicht, aber sie kann nicht gegen das Gefühl ankämpfen, das sie überkommt. Es bricht aus ihr heraus:

»Ach, mein liebes Kind! Ach, Asunción! Schon deinem Vater habe ich es gesagt, er ruhe in Frieden! Seit er wieder geheiratet hat, war uns keine gute Stunde vergönnt!«

Sie umarmt sie, küßt sie, überschwemmt sie. Asunción ist sich sicher gewesen, daß es unweigerlich so kommen mußte.

»Wann sehen wir uns wieder? Ich weiß nicht, aber vielleicht nie wieder.«

»Aber Tante …«

»Nein, sag nichts. Hier haben die Mauren gesiegt. Erinnere dich nur an deinen Großvater und an Cucala; an die Karlisten. Musiziert der Vater, wird der Sohn Tänzer. Was hattest du nur unter all den Männern verloren? Die und die Politik sind der Grund allen Übels. Und du allein mittendrin, ohne etwas vom Leben zu wissen. Mit wem gehst du?«

»Das weiß ich noch nicht. Aber machen Sie sich keine Sorgen, mit irgendeinem Genossen …«

»Genossen! Genossen! Diese Brut. Ihr Verrückten, denkt, ihr könnt so mir nichts, dir nichts die Welt verändern!«

In der Ladentür, die nur angelehnt geblieben ist, taucht Ambrosio Villegas auf.

»Guten Tag. Ist Juanito nicht da?«

Er bemerkt, daß etwas vorgefallen ist …

»Was ist los?«

»Ángeles ist von uns gegangen, und die hier geht weg.«

»Ángeles ist gestorben? Wann?«

»Ich weiß nicht. Die Beerdigung ist um vier.«

»Und du, wohin gehst du?«

»Nach Alicante. Um Vicente wiederzusehen.«

Asunción hält sich an den Archivar, um gehen zu können.

»Wohin gehen Sie jetzt?«

»Zur Zivilverwaltung.«

»Ich komme mit Ihnen, wegen der Losung.«

Überschwengliches Küßchen hier, Küßchen da.

»Du läßt mich allein!«

»Es ist doch nicht für lang.«

»Ja, ja, glaub das nur.«

Wangen, Lippen, Augen und Stirn sind naß von Rotz und Tränen der Dicken, die nun hemmungslos heult.

Ambrosio Villegas unterbricht:

»Wenn du mitkommen willst, dann komm. Die Beerdigung um vier? Vom Irrenhaus aus?«

»Ich weiß nicht«, sagt die Tante, die sich die Tränen trocknet, bevor sie sich schneuzt.

»Auf Wiedersehen, Tante.«

Und allein bleibt sie zurück. Sie betrachtet den sich im Laden auftürmenden Krimskrams: Werkzeug, Spielzeug, Schreibtische, Vorlegetische, Toilettentische, Vogelstangen, Blumenständer, Kommoden, Anrichten, Koffer, Stühle, Kohlenbecken; alles wackelig, dreckig, irgendwie übereinandergestapelt, darauf Packen zusammengebundener Bücher, Teller, Kissen, Blumenkübel, Vasen, Uhren, Lampen; alles alt, ausgefranst, aus dem Leim; die Anrichte, die Truhe und ihr Aufsatz mit den gedrechselten Säulchen, die Presse zum Kopieren der Korrespondenz, die Rechnungsbücher, die Papierhaufen; alles schon halb über den Jordan, zerknittert, verwittert. Concha fühlt sich älter, als sie ist, und läßt sich in einen niedrigen Stuhl fallen, ihren Lieblingsstuhl. Sie senkt den Kopf, schließt die Augen, möchte sterben, erinnert sich aber – ein Blitz –, daß sie die Kleine vor dem halb aufgegessenen Teller Reis zurückgelassen hat, und unter Mühen, aber entschlossen, richtet sie sich auf und steigt die Treppe hinauf. Die dritte Stufe knarrt.

»Ich komme schon, Kleines, ich komme.«

Auf der Plaza de Tetuán verabschiedet sich Asunción von Villegas. Er fragt: »Wolltest du nicht zur Zivilverwaltung?«

»Ich schaue kurz rein, mal sehen, wer da ist.«

Das Parteibüro. Früher gehörte das Haus der Familie Fernán Núñez.

»Wußtest du«, fragt sie ihr Begleiter, bevor er sie gehen läßt, »daß in diesem Haus Ferdinand VII. 1812 die Verfassung außer Kraft setzte?«

»Nein.«

»Und daß hier María Cristina ihren Verzicht auf die Krone unterschrieb?«

»Natürlich nicht, mein Gott!«

Niemand nimmt die Geschichte ernst, stellt der Bibliothekar wieder einmal fest.

Gegenüber das Kloster Santo Domingo und das Generalkapitanat, Soldaten und Zivilisten gehen ein und aus, Autos halten an, andere fahren weg. Der Himmel grau, schwer. Die Eingangstore mit den Renaissanceornamenten sind verschlossen. Die riesengroße Wand aus schrundigen Steinquadern hat in Villegas noch nie viel ausgelöst, weder Liebe oder Bewunderung noch Tristesse.

Als er an dem Tor vorbeigeht, stößt er auf General Miaja, der in einen Pelz gehüllt ist.

»Hallo, Herr General. Wie stehen die Dinge?«

»Sehr gut, sehr gut«, sagt der rotwangige und kurzsichtige Offizier, in einen Wagen steigend. »Sehr gut.«

Dämmerung. Hunderte ergießen sich über den Puente del Mar in die Stadt und vermischen sich mit denen, die über die Serranos-Brücke in die Stadt gekommen sind. Auf dem Panzer die Leiche des *Uruguayers*.

Sie strömen auf die Plaza de Tetuán. Kein Lufthauch. Die reglosen Magnolien im Glorieta-Park fangen in ihren lackierten Blättern das Licht dieses strahlenden Tages.

Die Kasernen verschlossen, Santo Domingo golden im Widerschein des Himmels, zerfurchtes Gestein.

Der Panzer – ein mit vernieteten Eisenplatten ummäntelter Lastwagen – kriecht voran und schlägt Funken, wenn das Metall übers Pflaster schrammt.

Ausgestreckt auf der flachen Haube des Mammuts blutet noch immer die Leiche, und auf den rostigen Eisenplatten bahnt sich das dunkle Rinnsal seinen Weg. Dem Toten fehlt ein Auge, dort ist der Nackenschuß ausgetreten, an der rechten Augenbraue quillt Hirnmasse hervor.

»Was wollen die hier? Was suchen sie? Was erhoffen sie sich?«

Das war gestern vor etwa drei Jahren gewesen. Ambrosio Villegas beschleunigt den Schritt in Richtung Zivilverwaltung.

Jetzt kommen andere, diesmal mit wirklichen Panzern. Sie lassen sie einfach stehen.

Am Ende des Flures im Parteibüro trifft Asunción Bonifacio Álvarez. Sie hatte gedacht, nicht noch einmal zurückzukommen. Was hat sie getrieben? Möglichst schnell ihre Tante loszuwerden? Die vertrauten Wege? Sie hätte in der Schule vorbeigehen können, Monse suchen. Gegen jeden Rat kehrte sie ins Parteibüro zurück.

»Was unternehmen wir?«

»Nichts. Abwarten.«

»Was mache ich?«

»Geh nach Hause und warte ab. Pilar wird dir Bescheid geben.«

»Aber Vicente?«

»In Madrid, oder?«

»Nein, in Alicante.«

»Ja und?«

»Ich will ihn wiedersehen.«

»Na dann.«

Bonifacio Álvarez steht da, auf dem Sprung nach draußen; klein, hart, ein rechter Dickschädel, woran auch der Krieg nichts ändern konnte; seine Haare kurz geschoren, borstig, fast weiß. Er ist alles und nichts gewesen: Polizist, Chefredakteur einer Zeitschrift, Politkommissar, Leiter der Werkstätten der Stahlhütte von Sagunt, wo er in seiner Jugend gearbeitet hat. Derzeit ist er der ›Verantwortliche‹ für Agitprop. Noch nie hat er alleine eine Entscheidung getroffen.

»Die nehmen schon die ersten Genossen fest.«

»Soll ich deshalb nach Hause gehen?«

»Die werden uns nicht gleich alle einen Kopf kürzermachen.«

(Als wollte er sagen: Du zählst nicht.)

»Was ist eigentlich in Madrid passiert?«

»Ich weiß es nicht.«

(Er weiß es nicht.)

»Es heißt, die Regierung sei geflohen.«

»Das glaube ich nicht« – er korrigiert: »Sie ist bestimmt nicht geflohen.«

»Und der Krieg?«

»Über Madrid heißt es: Alles wie immer.«

»Ohne uns?«

Es will Asunción nicht in den Kopf, daß der Krieg ohne die Kommunisten weitergehen soll.

»Salud. Ich schaue noch bei ...«

Er läuft mit großen Schritten los; das Mädchen will ihm hinterher, merkt aber, daß es unnütz ist. Sie kennt ihn und begreift, welches Durcheinander von Ideen und Empfindungen er gerade schultern muß. (»Durch den Kopf gehen, ihm? Also bitte!«)

»Geh nach Hause.«

Das einstige Haus ihrer Eltern; wie damals. Noch einmal Tante Concha. Seit sie mit Vicente verheiratet ist, sieht Asunción ihre Tante selten. Nicht, weil sie sie nicht mag, sondern aus Zeitmangel, redet sie sich ein: Die Familie besuchen ist nur Zeitverschwendung. Manchmal, wenn sie in irgendeiner Versammlung den sinnlosen, lähmenden und für sie unverständlichen Diskussionen zuhört, denkt sie an den Fettkloß; aber er ist nicht mehr Teil ihres Lebens. Es ist Krieg. Ja, und noch etwas kommt hinzu: Das Engagement für die Arbeit. Und jetzt, wie ein Axthieb:

»Geh nach Hause.«

Es ist unmöglich, daß der Krieg zu Ende gehen soll, ohne daß sie ihn gewonnen haben. Sie sagt sich das jeden Tag, jeden Augenblick; in der Zeitschrift der Jugendorganisation hat sie es geschrieben. Ángel Santiesteban hat es ihr bestätigt, den halten alle für älter, als er ist, er ist gerade einmal fünfundzwanzig.

Sie hört das Telefon, schließt die Tür auf. Als sie den Hörer abnimmt, ist die Verbindung bereits unterbrochen.

Seit ihrer Heirat wohnt Asunción mit Monse zusammen, einem Mädchen, das mit ihr in der Schule an der Calle de Sagunto arbeitet. Sie ist nicht nur so schwarzhaarig, wie Asunción blond, sondern in allem völlig anders:

»Ich kenne keine Tiere, die so ähnlich und so verschieden sind wie die Menschen.«

»Außer die Frauen.«

»Stimmt. Ohne sie wäre die Welt ganz schön langweilig.«

»Wenn da nicht die Pflichten wären.«

»Das sagst du, du nimmst alles so ernst.«

Rundes Gesicht, große Augen, Pony über der Stirn, glattes Haar, Monse – Monserrat – hat einen wunderbaren Körper, kleine Brüste, prachtvolle Schenkel, kräftige Beine, alles an ihr ist voll. Seit ihrem vierzehnten Lebensjahr hat sie für hundert Bildhauer und Maler Modell gestanden. Es macht ihr nicht das Geringste aus, vor irgendwem nackt hin- und herzuspazieren und sich dem erstbesten hinzugeben, um zu gefallen. Manchmal besorgt sie es sich auch selbst, aber ohne es zu übertreiben. Kleidung ist ihr lästig. Sommers wie winters trägt sie nichts unter ihren Kleidern, egal was sie anhat.

»Ich verstehe dich nicht.«

»Ich auch nicht. Na und?«

»Aber ...?«

»Schau, Liebes, warum denn nicht? Mir geht es nicht schlecht dabei, und die Kerle sind schier verrückt nach mir. So war es von Anfang an, warum groß nachdenken?«

»Hast du dich nie verliebt?«

»Doch.«

»Oft?«

»Nein. Einmal.«

»Und?«

»Was hat das eine mit dem anderen zu tun? Ich gehe mit diesem ins Bett und mit jenem, und mit dem dort auch. Das kostet nichts, bedeutet nichts. Bedeutet mir nichts. Du bist aus einem anderen Holz geschnitzt. Ich mache keine Affäre daraus«, sagt sie lachend. »Du bist Vicente treu. Gut und schön, dagegen will ich gar nichts sagen. Du bist anders erzogen worden, hast dich anders erzogen. Für dich ist die Monogamie der Liebesbeweis schlechthin. Für mich nicht; dieser oder jener, genauso könnte ich ein Glas Wasser trinken. Stell dir nur vor, man würde die Leute daran gewöhnen zu glauben, zusammen essen hätte die gleiche Bedeutung wie zusammen ins Bett gehen ...«

»Hat es aber nicht.«

»Alles Gewohnheit, meine Liebe, nur Gewohnheit. Katholizismus und dieser ganze Zinnober. Liebe ist etwas anderes.«

»Warum diskutieren wir dann noch?«

Wonach sucht Monse im Leben? Überall will sie etwas aufspüren, aber nicht in das Geheimnis der Erde dringt sie ein, sondern in das der anderen. Was ist das Geheimnis? Was möchte sie entdecken? Geradeaus, drum herumschleichend und im Zickzack versucht sie herauszubekommen, was sie sucht. Hinter dem einen und dem anderen her, läßt sie der

Leidenschaft freien Lauf. Stolpert über Hindernisse, obwohl sie nicht zu weit geht. Kehrt zu ihrem Schlupfwinkel zurück, nichts ist vor ihren scharfen Sinnen sicher. Sie findet nichts außer Begehren, List und Ekel. Da sie keinen anderen Weg weiß, als vom einen zum anderen zu ziehen, findet sie Trost nur mit sich selbst. »Worum bettle ich?« fragt sie sich. Sie schwirrt zwischen Bekannten und Unbekannten umher, auf der Suche nach Erkenntnis, tastet sich in einer stummen, wenn nicht gar blinden Welt voran, wirft den Köder aus in trübem Gewässer. »Flittchen«, schimpft sie sich in schlimmen Momenten, derer es nicht wenige gibt. Sie gerät ins Grübeln. Manchmal schwinden ihr die Kräfte.

»Sieh mal, es ist ganz einfach. Die Männer – die Frauen natürlich auch – teilen uns in zwei Kategorien auf: die Ehrbaren und die anderen. Nach der Definition sind erstere passiv, die anderen aktiv. Das heißt, die Anständigen – die ständig Anständigen – warten ab, sind still, zumindest am Anfang; die anderen ergreifen Initiative oder einfach zu. Darum sind sie, was das betrifft, überlegen, darum fahren die elftausend Jungfrauen vor Wut aus der Jungfernhaut.«

»Wie kannst du nur so darüber reden.«

»Ich jedenfalls bin zu der Überzeugung gelangt, daß der Mittelweg das beste ist. Die Männer macht das verrückt, die wissen nicht, woran sie sind.«

»Und wozu das alles?«

»Zu gar nichts, von deinem Standpunkt aus. Von meinem sieht es anders aus.«

»Warum?«

»Ich genieße es.«

(›Wenn Gaspar mir hätte helfen wollen.‹)

»Wer nimmt mich mit nach Alicante?«

»Die von der Partei?«

»Die warten.«

»Worauf?«

»Keine Ahnung.«

Monse denkt einen Augenblick nach, dann fällt ihr ein:

»Vielleicht mein Onkel und meine Tante ...«

Monses Onkel ... Schließlich und endlich stammt sie aus guter Familie. Von ihren Eltern kann man nicht viel sagen: Sie starben jung und ließen sie in Obhut der Großmutter Manuela und deren Sohn Jaime zurück, der mit der *Korsettmacherin* verheiratet war. Jaimito, der Enkel, war drei Jahre älter als Monse. Das Geschäft und die ›Fabrik‹ lagen in der Calle de Zaragossa, neben dem Kolumbus-Markt. Die Geschäftsräume natürlich ebenerdig, die Werkstätten im Souterrain. Die Herrschaften logierten in der Beletage. Spezialität des Hauses waren Besätze, Quasten und Troddeln. Posamenten schon seit eh und je. Die Großmutter war die Anmut in Person. Mit mehr oder weniger deftigem Mutterwitz, was kein Wunder war bei jemandem wie ihr, die in einer fruchtbaren Gegend aufgewachsen war, wo es an gutem Essen nicht mangelte. Nicht spöttisch, schon eher scharf; so gepfeffert wie zotig und derb. Schamlos, unnachgiebig, ungehobelt wie keine zweite – außer ihrer Schwiegertochter –, von ihr kam immer, was man am wenigsten erwartete. Inzwischen, mit achtzig Jahren, ist sie kurzatmig, west im Bett vor sich hin, umhüllt vom Geruch der Medikamente. Alle Kraft geht ins Hecheln, ohne daß sie deshalb Luft bekäme, die Augen tief versunken in violetten Höhlen, und die schon grünlichen Krähenfüße passen farblich zur labberigen Wamme. Was bleibt, ist das Licht in ihren Augen, feurig und voller Zorn. Noch immer findet sie Kraft genug, um ihrem Sprößling zu sagen:

»Nicht mehr lang, und deine Mutter schaut sich die Lenden des Heiligen Petrus aus der Nähe an ...«

Als Fräulein, als Gattin, als Witwe – nicht umsonst war sie dafür berühmt, sich überall dort herumzutreiben, wo sie die meisten Herzen für sich gewinnen konnte und andere

Körperteile noch dazu. Don Jaime, der Erbe, stand ihr in nichts nach und hob jeden erreichbaren Rock, am liebsten in der düsteren Kammer am Ende des Zwischengeschosses, wo die besonders wertvollen Stoffe lagerten.

Keinem Lehrmädchen in der Werkstatt – die taufrischen mochte er am liebsten – blieb es erspart, sich entweder gegen seine anhaltenden Übergriffe zu wehren oder sich geschlagen zu geben. Nichts war dem Lüstling fremd: wirkliche oder vorgespielte Verhältnisse, wütende Zurückweisungen, interessierte Zustimmung, Notzucht und Blamagen, Beischlaf und Handarbeit, dumpfe Ausschweifungen und Abwehrkämpfe bis zum äußersten. Was für sich genommen noch nichts Besonderes war, doch zudem überwachte seine Angetraute das Kabuff durch ein Guckloch, das durch die Mauer zum angrenzenden Zimmer geschlagen worden war, und zudem rief diese mit der Zeit ihren Sohn hinzu, um ihm die väterliche Geilheit vor Augen zu führen.

Die *Korsettmacherin* war außerdem verlogen bis dorthinaus und tratschsüchtig wie ihre Schwiegermutter, wenn auch nicht ganz so versessen auf Geschichtchen, die das Blut in Wallung bringen.

»Zucker? Ich habe Gruben gesehen, ganze Zuckergruben, oben bei Segorbe!«

Als guter Valencianer war Don Jaime, Spottname *Korsettaufmacher,* Republikaner, Mitglied im Ateneo Mercantil, Meister im Domino, Karambolage-Spieler und selbstredend Freimaurer. Jaimito hingegen dachte nur an Fußball, war Anhänger des F. C. Valencia und entsprechend Erzfeind von Gimnástico und später Levante. Auch Hahnenkämpfe, die in der Arena im hinteren Lagerraum der Eisenwarenhandlung Mata y Planchadell veranstaltet wurden, fanden sein Gefallen. Dort verlor er allerhand Geld, was nicht wenig Zank nach sich zog: Die Familie, vom ersten bis zum letzten, war nicht nur lüstern, sondern auch noch geizig.

Kurz nach dem Beginn des Militäraufstands befestigte die *Korsettmacherin* – sicherlich auf Anregung von Doña Manuela, denn alleine wäre sie nie darauf gekommen – an der Tür zum Ort der Ausschweifungen ihres Gatten einen gut sichtbaren Anschlag, der exakt so aussah wie die, die man an den Hurenhäusern der nahegelegenen Calle de Gracia, inzwischen vergesellschaftet von der CNT, angebracht hatte:

Behandle sie mit Respekt, als wäre sie deine Mutter oder deine Schwester.

Der Angesprochene nahm das nicht übel, denn in der Zwischenzeit ging er schon bei Amparito Guillén ein und aus – der Ausdruck trifft es genau –, die bei der Handarbeit mit Quasten rein gar nichts mehr überraschen konnte. 1937 wurde Ramoncito geboren, an dem die *Korsettmacherin* sofort einen Narren gefressen hatte, vielleicht, weil sie Zeugin seiner Zeugung gewesen war. Die Dinge liefen erst aus dem Ruder, als Jaimito, der nicht so wüst veranlagt war wie seine Vorfahren, auch den Gunstbezeugungen Amparos teilhaftig wurde und den Entschluß faßte, sich mit ihr zu vermählen, um sie vor den väterlichen Nachstellungen und der schamlosen und nicht eben billigen Bevorzugung zu retten, ein Vorhaben, das seine Mutter unterstützte und das in jenen bewegten Zeiten auch ohne große Umstände über die Bühne ging. Die Szene zwischen Vater und Sohn kann man nicht wiedergeben. Sehr wohl aber, was ein Jahr später geschah, als die Dinge schlechter liefen, nach der Geburt Jaimes III., des ehelichen Enkels der *Korsettmacherin*, die sich mit ihrer Schwiegertochter überhaupt nicht vertrug und sie mit einem klassischen Spitznamen rief und piesackte, dessen Nennung hier ausgespart werden muß.

»Sieh, mein Junge, deine Mutter hat, wie du zugeben mußt, einen guten Riecher, und sie ist zu dem Schluß gekommen, daß wir, man weiß ja nie, für eine Weile zu Onkel

Chimo nach Frankreich gehen werden. Wir werden uns schon durchschlagen.«

»Wer bleibt hier?«

»Dein Onkel Martín.«

»Ich kann die Stadt nicht verlassen. Ich habe meine Einberufung bekommen.«

»Keine Sorge, da kümmert sich schon deine Mutter drum.«

Jaime ist zur Arbeitsbrigade im Hafen einberufen, zu irgendwas müssen Beziehungen ja gut sein, wenn man Jugendfreundin eines Exministers für Bau- und Verkehrswesen ist.

»Mit dem französischen Konsul ist alles abgesprochen. Aber unter keinen Umständen kommt deine Frau mit, diese ... Die Kinder schon.«

»Das geht nicht.«

»Und ob!«

»Schwierig.«

»Schwierig, schwierig, wenn ich das schon höre. Ich will keine Hure in der Familie. Was dir fehlt, ist Schamgefühl. Wie stellst du dir das vor, wie willst du dich mit so einer in einem anständigen Haus einführen?«

»Mit Einführen kennen Sie sich ja aus.«

Schallende Ohrfeige.

»Du widersprichst mir nicht.«

»Weiß mein Vater bereits davon?«

»Dein Vater macht, was ich ihm sage.«

»Und die Großmutter?«

»Es gibt keine Großmutter mehr. Martín kümmert sich gerade um die Beerdigung.«

»Mir hat keiner etwas gesagt.«

»Sie ist heute morgen gestorben. Du warst schon weg. Das Schiff läuft morgen aus. Also aufgepaßt: Ich will nicht mit ansehen, was hier los ist, wenn die Guten einmarschieren. Ihr seid alle Pantoffelhelden. Jetzt übernehme ich das Kommando. Also, hopp, hopp. Bring die Kinder her, unter welchem Vorwand auch immer, Hauptsache, die Alte kriegt nichts mit.«

In diesem Augenblick treten Asunción und Monse ein.

»Nach Alicante? Bei dir piept's wohl! Gerade erst ist die Oma abgekratzt! Gott, was für eine Welt! Nach Alicante! Los, los, bete einen Rosenkranz, das ist das Beste, was du tun kannst!«

Wer eine halbe Stunde später auftaucht, zusammen mit der Polizei, ist ›die da‹.

Asunción rennt überstürzt hinaus, während sich die Frauen ankeifen. Monse kann kaum an sich halten vor Lachen.

»Alle gleich. Denn eins mußt du wissen: Anständige findest du nirgendwo. Oder glaubst du, dein Mann hat all die Monate auf dich gewartet? Bitte, meine Liebe, zeig ein bißchen gesunden Menschenverstand. Der Mann ist ein niederes Wesen, das ohne uns nicht existieren kann. Ich weiß auch nicht, wie wir zu dieser Gunst des Himmels gekommen sind. Aber so ist es. Also, warum sollen wir das nicht ausnutzen?«

»Er ist mein Genosse«, sagt Asunción.

»Auch das noch. Ich vergaß, daß du zu allem Überfluß auch noch Kommunistin bist.«

»Ist das etwa schlecht?«

»Nein. Im Gegenteil.«

»Ja und?«

»Ich weiß nicht. Es kommt mir seltsam vor, wenn ich Frauen treffe, die sich um die Zukunft der Welt kümmern. Wo es doch ohne uns eh keine gäbe. Lassen wir das; den Frauen in meinem Alter war das nicht wichtig.«

Monse ist fünfundzwanzig Jahre alt. Asunción gibt spitz zurück:

»Vielleicht bekommst du ja eine Tochter, der das wichtig ist.«

Monse sieht sie für einen Augenblick an, mit einer gewissen Härte im Ausdruck.

»Nein.«

Asunción begreift, daß sie verbotenes Gelände betreten hat.

III.

Ambrosio Villegas trifft den Gouverneur, als dieser gerade aus dem Temple tritt.

»Wohin gehst du?«

»Nach El Grao. Komm ein Stück mit.«

Er gesellt sich zu ihm.

»Wie stehen die Dinge?«

Molina Conejero gibt keine Antwort.

»Denkst du, das geht noch lange so weiter?«

»Ich weiß nicht. Im Augenblick gibt es keine neuen Befehle.«

»Warum dann diese Schlammschlacht gegen die Kommunisten?«

»Welche Schlammschlacht?«

»Die gegen die Kommunisten.«

»Hier ist nichts vorgefallen. Und das bleibt auch so.«

»Anders als in Madrid.«

»Das ist nicht unsere Schuld.«

Molina Conejero, Sozialist seit Jahr und Tag, ist mit dem Verteidigungsrat von Oberst Casado einverstanden.

»Ich habe gerade Miaja getroffen.«

»Was hat er gesagt?«

»Daß alles gut läuft.«

Der Gouverneur kennt den alten Eigenbrötler, den Verteidiger Madrids.

»Was macht er hier?«

»Auf seinem Posten stehen, denke ich.«

Langes Schweigen. Für ihn steht weiterhin jeder auf seinem Posten.

»Ich verstehe dich nicht.«

Molina würde am liebsten antworten, daß es ihm ebenso gehe, aber er schweigt.

Alberto Chuliá betrat Pepas Haus, als wäre es sein eigenes. Seit zwei Jahren hat er sie nicht mehr gesehen; für ihn ist es, als wäre er nie fort gewesen. Pepa Chuliá, seine Schwester, ist seit über zwanzig Jahren Ambrosio Villegas' Geliebte.

»Hallo du! Ist Ambrosio zu Hause?«

»Ja, er schläft.«

»Weck ihn.«

»Woher kommst du?«

»Aus Paris. Und geh mal ans Fenster, da siehst du den Wagen, den ich mitgebracht habe …«

Pepa wunderte sich nicht über die Entschlüsse, Reisen, Phantastereien, Lügen ihres Bruders, und ebensowenig kommentierte sie jetzt, was ihr wie ein Wahnsinn vorkam. Er war der einzige in der Familie, der nicht den Himmel anflehte, als sie ihren Mann sitzenließ – einen Pantoffelhelden, bei dem man kaum glauben mochte, daß er Metzger war –, um sich mit Villegas zusammenzutun, einem alten Freund Albertos. In Alboraya wirbelte der Skandal mächtig Staub auf; da das Dorf aber gut fünf Kilometer von der Calle de Isabel la Católica entfernt liegt, hatte in der Stadt niemand etwas dazu zu sagen, außerdem ist Moral eine Sache der Bevölkerungsdichte.

»Weck ihn.«

»Du weißt doch, daß er das nicht mag.«

Chuliá blickt von oben auf sie herab, mit dieser ›olympischen‹ Verachtung, die er für alles hat; abgesehen davon ist er einen Kopf größer als sie. Er geht ins Schlafzimmer, mit der ihm eigenen Autorität, die ihn nie im Stich läßt.

»He du, wach auf.«

»Was machst du hier?«

»Das sage ich dir nicht, aber es ist von äußerster Wichtigkeit. So wichtig, daß es den Kriegsverlauf noch ändern kann.«

Auch Villegas wundert sich nicht ... Er blinzelt nur herüber zu dem berühmten Erfinder, die Augen zusammengekniffen vor Müdigkeit und mit einem Hauch Ironie, die zu zeigen er sich hütet, denn er weiß um den maßlosen Stolz seines unehelichen Schwagers. Gerade einmal, daß er sagt:

»In der derzeitigen Lage? Und deine Aufforstungspläne?«

»Jetzt gibt es Wichtigeres zu tun.«

»Schön. Was willst du?«

Chuliá wirft einen Blick auf die angelehnte Tür. Er schließt sie.

»Ich bin im Reina Victoria, mit einer Frau. Einer Klassefrau, aber ich muß für ein paar Tage weg und kann sie nicht mitnehmen.«

»Wohin gehst du?«

»Das ist meine Sache.«

»Also, was willst du?«

»Nichts. Daß du Bescheid weißt, wenn sie etwas braucht. Ich werde ihr deine Telefonnummer geben, die im Museum.«

»Gut.«

Villegas richtet sich auf, reckt sich, sucht seine Kleider, schlüpft hinein, greift sein Jackett.

»Du gehst?«

»Ins Museum. Kommst du mit?«

Chuliá schaut auf seine Armbanduhr. Er hält sie Ambrosio unter die Nase.

»Wetten, daß du so eine flache noch nie gesehen hast. Kostet ein Vermögen.«

Villegas weiß, daß sein alter Freund darauf brennt, ihm von seinen neusten Plänen zu erzählen. Ebenso ist er sich sicher, daß jede Nachfrage nur Leugnen nach sich und das Gespräch in die Länge ziehen würde. Abwarten.

»Kommst du zum Abendessen?« fragt ihn seine Schwester, als er hinausgeht.

»Nein. Ich bin verabredet.«

»Wie üblich.«

»Genau.«

»Du bist so bedeutend, daß du schon nicht mehr durch diese Tür paßt, aber wenn du dich schon blicken läßt, könntest du auch hier zu Abend essen.«

»Ich könnte, aber ich kann nicht.«

»Wieso denn?«

»*No pot ser.* Es geht eben nicht.«

Vor der Einfahrt steht ein riesiger schwarzer Wagen, in dem, gut zu erkennen, vier bewaffnete Männer sitzen.

»Folgt uns«, befielt der Boß hochtrabend.

»Denen wird der Schrecken in die Knochen fahren«, sagt er zu Villegas, während sie die Straße entlangspazieren.

»Wem?«

»Den Scheißfaschisten.«

»Soll die Umgebung vermint werden?«

»Nein, *fill meu.* Aber um zum Kern der Dinge vorzustoßen, muß man zurückgehen an ihren Ursprung. Wo begann der Aufstand der Militärs?«

»In Marokko, es sei denn, du hast etwas anderes herausgefunden.«

»Genau dorthin muß man zurückgehen.«

»Wie das?«

»Im Flugzeug, wie sonst. Und ich habe nur einen Platz morgen, von Alicante aus. Deshalb muß ich Tula hierlassen. Wenn ich es ihr sage, bringt sie mich um.«

»Was hast du vor in Casablanca?«

»In Casablanca gar nichts. In Marrakesch. Ich werde einen Aufstand der Moros gegen Franco anzetteln.«

»Und mit der Reconquista beginnen ...«

Einen gewissen ironischen Unterton hat Villegas bei seiner Antwort nicht vermeiden können. Chuliá ist völlig aus dem Häuschen, wie immer, wenn er ahnt, daß man ihn nicht ernst nimmt:

»Zum Teufel nochmal! Ausgerechnet du! Das ist ein genialer Einfall.«

»Wie alle deine Einfälle.«

»Selbstverständlich.«

Er meint das ernst.

»Wir werden ja sehen, was los ist, wenn ihnen diese Banderillas erst einmal im Hintern stecken.«

»Findest du nicht, daß es dafür ein bißchen spät ist?«

»Nein. Man muß den Gegner unvorbereitet erwischen. Das ist eine Regel, die immer funktioniert. Wie in drei Teufelsnamen sollen sie damit rechnen, daß sich jetzt ihre Eliteeinheiten erheben könnten?«

»Und du hast alles vorbereitet?«

»Alles. Es kann nichts schiefgehen. Die Regierung, sprich Vayo, ist einverstanden.«

»Aber es gibt keine Regierung mehr.«

»Das sagst du. Sie ist in Paris, und obwohl Vayo das nicht gesagt hat, bin ich mir sicher, daß die französische Regierung ihr Möglichstes tun wird. Wie sollen sie hinnehmen, daß ein Verbündeter Hitlers, daß Hitler selbst ihnen von den Pyrenäen aus droht?«

»Dann hätten sie nur die Waffen durchlassen müssen. Ganze Züge standen an der Grenze, und dort sind sie geblieben.«

»Was weißt du schon! Man darf seine Sache nicht so offensichtlich machen.«

»Das wird viel Geld kosten. Hast du welches?«

»Millionen.«

»Wo?«

»In Rabat.«

Villegas zweifelt nicht daran, daß an dem, was Chuliá sagt und tut, irgend etwas dran ist, aber er weiß auch, wie es bei ihm geht: Mit einem einzigen Quader errichtet er eine Kathedrale, in seinem Hirnkasten, eine komplette Kathedrale. Auch er kennt Vayo, und er zweifelt auch nicht daran, daß der Außenminister der Regierung Negrín diesen Plan für gut befunden und unterstützt hat, zumindest theoretisch und vor einigen Monaten. Für Chuliá hat Zeit keine Bedeutung, im Grunde unterscheidet er nicht zwischen Vergangenheit, Gegenwart und Zukunft.

»Wirklich, Vayo persönlich ...?«

»Seit drei Monaten bin ich an der Sache dran. Das wird die Sensation, in der ganzen Welt.«

Dabei verschweigt er, daß er ungeachtet der Umstände beschlossen hatte, das Projekt allein zu Ende zu führen. Vor Monaten hatte er mit zwei Marokkanern gesprochen, in Paris, am Rande einer Ingenieurstagung, an der er als Delegierter der ›Gewerkschaft der Arbeiter im Wasserbau Südspaniens‹, gegründet von ihm selbst, teilgenommen hatte. Das mit dem Geld hatte er zusammen mit ein paar alten Kumpels geregelt, Falschmünzern, denen er den Auftrag gegeben hatte, Hundertdollarnoten zu drucken. Die Scheine sind nicht perfekt, aber Chuliá zweifelt keine Sekunde, daß sie für die Mauren gut genug sind.

»Truppen haben sie dort keine stationiert. Das wird über Nacht gehen. Ich habe eine Dschellaba, wenn du die siehst, legst du die Ohren an.«

Villegas sieht Alberto Chuliá schon vor sich, wie er mit seiner flammenden Nase, seiner mit strohig wehendem Haar bedeckten Glatze, seiner knusprig brotbraunen Haut hoch zu Pferde sitzt und wie ein Delacroix für Arme in seine

Dschellaba gehüllt den Befehl zum Angriff auf Melilla gibt, und er muß einfach grinsen.

»Was ist? Hast du etwas dazu zu sagen?«

»Nein, alles bestens: das Ei des Kolumbus. Und was wirst du ihnen versprechen?«

»Komm mir jetzt nicht mit Theorien und Haarspaltereien.«

»Ohne Theorie keine Revolution.«

»Gerade so gibt es keine Revolution, oder, anders gesagt, es kommen nur Mißgeburten heraus. Revolutionen macht man einfach, und dann sieht man weiter. Oder glaubst du etwa, die Französische Revolution hätten Voltaire oder Diderot gemacht? Also bitte! Vorwärts und volle Kraft voraus! So wie Villa und Zapata in der Mexikanischen Revolution – ich war ja dabei! Theorie, was denn für Theorie: die von arm und reich, fertig!«

»Was auch nur eine Theorie ist.«

»Genauso wie du ißt, wenn du Hunger hast. Dieser Kerl hat uns jetzt genug genervt! Und wir haben diesen Krieg verloren, weil wir die Revolution nicht gemacht haben.«

»Was auch wieder eine Theorie ist.«

Chuliá wird bleich vor Zorn, wie immer, wenn ihm jemand widerspricht. Er fährt fort:

»Bring mich nicht zur Raserei. Meine Entschlossenheit muß ich nicht erst unter Beweis stellen. Das ist keine Theorie, laß dir das gesagt sein. Bürgerliche und liberale Revolution. Und was ist jetzt damit? Sieh dich doch um.«

»Und mit welchen Waffen hättest du dich der Rebellion entgegengestellt, während deiner Revolution?«

»Das weiß ich doch nicht.«

»Die Waffen sind nicht mehr dieselben.«

»Die Waffen im Kampf gegen den Feind sind immer dieselben: Höchstens sind die einen besser, die anderen schlechter.«

»Trotzdem, das ist und bleibt niederster Subjektivismus.«

»Jetzt schlägt's aber dreizehn! Hier war der Subjektivismus vielleicht gepflegter, aber ihr habt verloren, während wir ihnen in Mexiko mit niederstem Subjektivismus mächtig eingeheizt haben … so machen wir das hier jetzt auch.«

»Machst du dir da nicht etwas vor?«

»Ich?«

»Man muß die Dinge anpacken und nicht nur darüber reden.«

»Wir Anarchisten haben vielleicht wenig Theorie, dafür fehlt es uns sonst an nichts. Nicht umsonst sind wir Spanier …«

Chuliá verbindet ohne Bedenken die unterschiedlichsten Lehren miteinander: Die Liebe zu den Ärmsten und ihren Entbehrungen mit seiner eigenen schamlosen Gier; einen Universalismus, wie er absoluter nicht geht, mit seinem sturen Glauben an die für ihn offenkundige Überlegenheit alles Spanischen; sobald jemand Parmaschinken rühmt, bringt er die lyrischsten Lobeshymnen auf den Schinken aus Trévelez mit seinem Vegetarismus unter einen Hut; und er bringt es fertig, vernagelten Antimilitarismus mit maßloser Verherrlichung der flandrischen Heere zu verbinden, auch wenn das keiner hören mag. Derart entgegengesetzte Standpunkte treiben ihm keineswegs die Schamesröte ins Gesicht, zumal er, würde man sie ihm zum Vorwurf machen, auf sein Recht auf Widersprüchlichkeit pochen würde. Mit den Jahren und ihren Unannehmlichkeiten ist seine Begeisterung für das Kastilische gewachsen.

»Sind die auf der anderen Seite nicht auch Spanier?« fragt Villegas stichelnd.

»Dieser Faschismus ist gut für die Deutschen oder die Italiener; wir haben keinen Grund, uns mit so einem Quatsch abzugeben. Blut? Drang nach Eroberung? Bei uns? Der Spanier hat reines Blut, eben weil er Spanier ist. Ein Reich?

Wir haben doch eins. Oder? Bei uns ist der Faschismus doch nur eine Reaktion. Reine, offene, ungeschminkte Reaktion. Eine Sache der Bankiers, Großgrundbesitzer, Pfaffen und Militärs. Weiter muß man nicht suchen. Das kannst du drehen und wenden, wie du willst. Darum hat auch der Sozialismus in Spanien nichts verloren. Unsere Sache ist der Anarchismus, der macht weniger Arbeit. Nieder mit allen! Nieder mit der Autorität, also weg mit den Autoritäten. Der Spanier besitzt solche Größe, daß er sich selbst mehr als genug und allem gewachsen ist. Und weil noch keiner das Gegenteil bewiesen hat und weil, wie ich annehme, bis dahin noch reichlich Zeit vergehen wird: Nichts wie los! Den Anarchisten ist der Haß auf die Kommunisten angeboren. In ihren Augen sind sie das Schlimmste vom Schlimmen. In Barcelona und in Madrid haben sie sich gegenseitig umgebracht, und sie werden sich hier umbringen, bis keiner mehr piep sagt. Aber wenn der Augenblick kommt, in dem der Kampf gegen die Faschistenschweine wieder richtig losgeht, dann wird dir Hören uns Sehen vergehen! Und weißt du, wessen Verdienst das sein wird? Meiner.«

Er meint es ernst.

»Schön, und wozu bist du nach Valencia gekommen?«

»Das Flugzeug hatte eine Panne, hier in Alicante, es fliegt erst morgen weiter.«

Er verschweigt, daß er gekommen ist, um ihm und seiner Schwester, die noch nie an seine Visionen geglaubt hat, mit seiner Uhr und seinem Wagen zu imponieren, und natürlich mit Tula.

»Da bleibt euch die Spucke weg, was?«

Julián Templado verschlug es die Sprache, als er auf der Straße Paulino Cuartero in die Arme lief.

»Du, was machst du denn hier?«

»Das frage ich dich.«

»Naja, ganz einfach: Du weißt doch, Rivadavia hat mich in den Zentralen Sektor geschickt, und von Madrid nach Valencia ist es ein Katzensprung.«

»Fatalerweise.«

»Immerhin ein Katzensprung. Und du? Warst du nicht in Barcelona?«

»Sicher. Der Zufall, mein Lieber. Tineo ist Schuld.«

»Tineo?«

»Ein Arschloch.«

Julián war überrascht, so sprach Paulino sonst nicht.

»Der sitzt im Augenblick bestimmt in Paris. Hat ihn ja auch eine Stange Geld gekostet ...«

(Auch Paulino Cuartero hatte nie einen Gedanken daran verschwendet, daß der Krieg verlorengehen könnte. Die Tretmühle, in die er eingespannt war – kein freier Augenblick, tot ins Bett fallen, an die Aufgaben des kommenden Tages denken, erst das eine, dann das andere –, verbot es ihm, die Ereignisse an sich heranzulassen. Den Kriegsbericht hörte er sich teilnahmslos an, als ob die Entfernung zwischen Segre und Barcelona unüberwindlich sei. Der offizielle Optimismus war ihm Hilfe genug, sich der Wirklichkeit zu verschließen. Als ihm Rivadavia am 14. Januar vor dem Eingang zum Erziehungsministerium, wo er sich neue Anweisungen für die Evakuierung von Gemälden geholt hatte, eröffnete, sie sollten vielleicht besser abhauen, hob er die Brauen und rang sich ein nicht ganz ernst klingendes »Meinst du?« ab.

»Es ist aus.«

»Aber Negrín hat gestern gesagt ...«

»Komm mir nicht damit. Die stehen schon in Valls, und diese Katalanen sind Schlappschwänze.«

»Also, im Ministerium hat mir keiner etwas gesagt.«

»Warum sollten sie dir etwas sagen?«

»Naja …«

»Hast du einen Paß?«

»Ja, den Diplomatenpaß. Noch von damals, als ich fürs Ministerium in Paris bei der Weltausstellung war. Hier.«

Er zückte seine Brieftasche und zeigte das in blasses Juchtenleder gebundene Heftchen. Rivadavia blätterte es durch und fragte:

»Was hörst du von Pilar?«

»Stinksauer, ohne Geld.«

»Sie ist noch in Paris?«

»Ja.«

»Also, der ist abgelaufen. Geh zum Außenministerium, sie sollen ihn dir verlängern.«

»Wer ist dafür zuständig?«

»Tineo. Kennst du ihn?«

»Ja. Das ist doch dieser Galicier, der Freund von Templado.«

»Und beeil dich.«

»Nur mal halblang!«

Er ging noch einmal hinauf zur Abteilung für Kunstgüter. Renau war nicht da, und er wagte es nicht, jemanden direkt nach der Lage zu fragen. Nur:

»Gibt es neue Befehle?«

»Nein.«

Beunruhigt nahm er die Straßenbahn und fuhr bis zum Paseo de Pedralbes. Die drei Kreuzungen bis zum Außenministerium ging er zu Fuß. Er suchte Tineos Abteilung, ließ sich melden. Guardiola kam aus dem Büro.

»Wie steht's?«

»Gar nicht gut. Heute nacht ziehen wir um nach Figueras.«

»Wer?«

»Das ganze Ministerium.«

»Ist es schon so ernst?«

»Sie rücken ungehindert vor.«

»Aber Barcelona wird sich verteidigen.«

»Das sollte man annehmen. Aber für alle Fälle ...«

»Und Vayo?«

»Ist gestern abend nach Toulouse gefahren. Kommt morgen zurück.«

»Hierher?«

»Das glaube ich nicht. Die Regierung wird in Figueras arbeiten. Von dort soll der Umzug in den Zentralen Sektor beginnen.«

»Und Azaña?«

»Ist in der Nähe der Grenze.«

»Das ist der Untergang.«

»Nicht übertreiben. Selbst wenn wir Katalonien verlieren, bleibt uns der Zentrale Sektor: Wir rücken über die Stellungen um Valsequillo vor.«

Der Türhüter ließ Paulino eintreten. Tineo war ein kleiner, junger Mann – wie alt mochte er sein, zweiunddreißig? –, abgezehrt, sehr selbstbewußt und pingelig.

»Guten Tag, was liegt an? Was wünschen Sie?«

Anders als die meisten duzte er niemanden. Tief in ihm glühte der Stolz, auf dem Weg ›nach oben‹ zu sein.

»Wenn du so gut wärst, mir meinen Reisepaß zu stempeln, verlängern oder wie man das nennt.«

»Zeigen Sie her.«

Er sah ihn sich genau an.

»Üben Sie noch immer diese Funktion aus?«

»Nein.«

»Dann tut es mir leid, ich kann Ihnen keine Genehmigung erteilen.«

»Aber, ich bitte Sie ...«

»Nein, tut mir leid: Sie haben keine diplomatische Mission mehr und folglich auch kein Anrecht auf einen Diplomatenpaß.«

»Wissen Sie, wie es um uns steht? Wissen Sie, was Guardiola mir gerade gesagt hat?«

»Ja, aber was hat das damit zu tun? Gehen Sie ins Innenministerium, dort bekommen Sie ohne Umstände einen normalen Reisepaß.«

»In Ordnung.«

Was sollte er sonst sagen? Er fühlte, daß das, was er gerade erlebte, in seinem Leben noch eine Rolle spielen würde: Das Ziehen im Bauch war eindeutig. Scheißbürokratie; nein, Scheißbürokraten. Was hätte es diesen Idioten Tineo gekostet, ihm einen Stempel und eine Unterschrift zu geben? Aber nein: zuerst die Vorschriften, dann das Leben. Wenn es hart auf hart kam, was hatte er dann überhaupt von einem Diplomatenpaß? Er entschied, es auf sich beruhen zu lassen und sich nicht weiter um Papierkram zu kümmern.

Als er das Ministerium verließ, traf er Fernández Balbuena.

»Mensch, Cuartero!«

»Hallo!«

»Was hast du vor?«

»Jetzt?«

»Nein, überhaupt.«

Beide arbeiteten sie für die Kommission zum Schutz und zur Rettung der Kunstschätze.

»Würde es dir etwas ausmachen, in den Zentralen Sektor zu gehen? Also, zuerst nach Madrid, dann weiter nach Valencia. Wir brauchen jemanden, der die restlichen Bestände im San-Carlos-Museum sichert. Willst du hin?«

»Wie?«

»Im Flugzeug natürlich.«

Cuartero zögerte einen Augenblick. Paris, Pilar wiedersehen, die Kinder. Der Zorn, den die Geschichte mit Tineo in ihm entfacht hatte, war stärker, und er schlug ein.)

»Und was machst du hier?«

»Nichts. Nicht viel jedenfalls. Die Gewölbe unter den Türmen sind gesteckt voll. Im Museum ist noch ein bißchen was, aber nichts von Bedeutung. Und was die Statuen angeht ... sie werden schon nicht mehr bombardieren. Kennst du Ambrosio Villegas?«

»Nein. Wer ist er?«

»Der Bibliothekar. Wenn du nichts zu tun hast, geh bei ihm vorbei. Wie ich dich kenne, wird er dir gefallen. Und Don Juanito erst. Dort läßt sich bestens die Zeit totschlagen.

Totschlagen, denkt Templado, wie passend.

»Und Pilar?«

»Sie ist in Paris.«

»Wie geht es ihr?«

»Schlecht.«

»Gesundheitlich?«

»Nein, sie hat kein Geld. Und ich kann ihr keins schikken.«

Weiter hatten sie sich nichts zu sagen, außer man finge an mit »Es ist vorbei« und so weiter, aber dazu hatte keiner der beiden Lust. Das war nicht ihre Art.

»Und du warst die ganze letzte Zeit in Madrid?«

»Gott sei Dank nicht. Und du?«

»Ich schon.«

»Und?«

»Mord's was los.«

(Templado war nie ein ernster Mensch gewesen.)

»Ángeles ist gestorben?«

Keiner wagt es, ihm sein Beileid auszusprechen. Valcárcel war ein alter Freund von Chuliá – der in längst vergangenen Zeiten die Berufung zum Künstler verspürt und sein Atelier neben dem Laden des Trödlers gehabt hatte. Villegas und Cuartero kannten sich aus den letzten Jahren in Madrid.

Don Juanito und Templado, der irgend etwas Umständliches brummelt, werden einander vorgestellt. Sie setzen sich im Büro des Direktors zusammen. Überall an den Wänden stehen vergitterte Regale, darauf Aktenbündel, Protokolle, erstklassige Ausgaben, darunter Erstausgaben. Die Stimmung ist angenehm. Villegas holt Gläser und Anisschnaps.

»Hast du keinen Cognac?«

»Jérez liegt nicht in Spanien.«

»Französischen«, sagt Chuliá.

»Wer sollte mir den mitbringen?«

»Ich, wenn du mir etwas gesagt hättest.«

Das Gespräch geht dort weiter, wo Villegas und Chuliá es unterbrochen haben, denn der Erfinder – schließlich ist er der Mittelpunkt der Welt – findet das ganz normal:

»Ihr glaubt«, hebt er wieder an, »daß diese Gemälde wichtiger sind als das menschliche Leben. Als ein Menschenleben. Ein einziges. Ich nicht. Ohne Kunst kann man leben. Tot, da hat man nichts mehr von ihr. Ich weiß schon, ihr haltet mich für einen Banausen, einen Klippschüler. Wir (›Wen meint er mit wir‹, fragt sich Cuartero) halten euch für verkorkste Bourgeois. Ich selbst habe gehört, wie Azaña in einer Rede gesagt hat, *Die Speere* wären ihm wichtiger als eine Provinz.«

»Das bezweifle ich.«

»Ich habe es gehört. Und selbst wenn er das nicht so gesagt hat, ändert das nichts: Die meisten von euch denken so. Völliger Blödsinn. Das Leben zählt, nicht diese Hülle, diese Blase namens Kunst. Das Singen ist dem Menschen angeboren, dazu muß er nicht auf tote Hilfsmittel zurückgreifen. Zum Malen braucht man Pinsel und Leinwand. Zum Singen reicht die Kehle. Alles Menschliche vergeht. Nach Unsterblichkeit zu streben ist Blödsinn. Das ganze Brimborium um die Kunst wird früher oder später verschwinden. Die Museen sind eine jüngere Erfindung und vergänglich.«

»Aber nicht Bibliotheken.«

»Na und? Der Mensch zählt, so wie er ist; man kann ihn noch so sehr mit Farbe bespritzen, schminken oder ihm Perücken aufsetzen, er bleibt, wer er ist. In einer gemächlichen Phase der Geschichte, ohne Höhen und Tiefen, kann es schon passieren, daß die Kunst einen täuscht und die Leute glauben, das sei Kultur; im Angesicht eines Krieges wird schnell klar, daß diese Hochliteratur und Glanzmalerei zu nichts taugen.«

»Der könnte eine Figur aus einem Roman von Baroja sein«, flüstert Cuartero Villegas zu.

»Heutzutage ist Kunst Zufall und nicht der kausale Regelfall wie noch im Mittelalter. Damals waren die Kirchen und Gott wichtig. Da niemand mehr glaubt, werden auf einmal die Altarbilder für wichtig genommen. Es ist wie bei den Ärzten, denen geht es auch nicht mehr um die Gesundheit, sondern um die Mikroben.«

»Letztlich aber nur, um zu heilen«, merkt Cuartero an, der keinen Grund sieht, seinen Katholizismus zu offenbaren.

»Nein, du irrst. Die haben die Krankheiten richtig liebgewonnen. Wie ihr eure Leinwände. Der Stolz spielt da eine große Rolle. Das ist wie mit der Hygiene. Kürzlich ist in Paris der Sohn von diesem Doktor Pasteur gestorben; zwanzig Jahre alt; hatte sein Lebtag kein Lebensmittel zu sich genommen, das nicht pasteurisiert gewesen wäre. Dann aß er ein Eis von der Straße und ist daran gestorben. Er hatte keine Abwehrkräfte. So ein Eis kann jeder essen, und nichts passiert. Wenn das mit der Hygiene wahr wäre, gäbe es die Welt nicht. Es gibt einen Überschuß an Ärzten, Hospitälern, an Malern, Ausstellungen, Konzerten und Museen. Anstatt zu leben und es damit gut sein zu lassen, spezialisieren sich die Leute. Wenn das so weitergeht, stehen nur noch Spezialisten gegen Spezialisten.«

»Nun, was schlagen Sie vor?« fragt Cuartero.

»Ich? Nichts. Mönchszellen müssen nackt sein.«

»Das waren sie doch schon immer.«

»Aber was für ein Unterschied! Oder kann man etwa Lenin mit Jesus vergleichen? Sicher, das hätten die Kommunisten gerne. Aber Lenin lebt noch, sagt man zumindest; es gibt Leute, die haben ihn gesehen, aber er läuft herum wie einbalsamiert. Die Katholiken haben erst Jahrhunderte nach Jesus' Tod begonnen, ihn zu malen. Zuerst wurde Gottvater dargestellt. Wer ist Gott Vater der Kommunisten? Marx? Dafür spricht schon mal der Bart ...«

»Man könnte eine Verordnung in Kraft setzen, daß nur noch Landschaften gemalt werden dürfen«, schlägt Villegas vor.

»Wozu? Man kann doch aufs Land fahren.«

»Aber die Leute schauen sich das Land nicht an, wenn sie rausfahren. Auf Gemälden schon.«

»Falsch. Was die Landschaftsmaler darstellen, ist nicht die Natur, sondern ihr Geist. Ihr eigener. Der interessiert keinen.«

So barsch urteilt Chuliá. Mit ihm kann man nicht diskutieren. Trotzdem tun sie es.

»Der große Unterschied zwischen der Kunst der Renaissance und der heutigen – besser gesagt ihrer heutigen Nichtexistenz, oder zumindest der Nichtexistenz einer Kunst, die in ihrer Relevanz der Petrarcas oder Calderóns, Donatellos oder Velázaquez' gleichkäme – besteht darin, daß seinerzeit die Kunst der Wissenschaft voraus war; heute ist es umgekehrt. Das heißt also, heute ist die Wissenschaft für Visionen, für die Erschaffung von Mythos und Schönheit zuständig und hat damit die Kunst von ihrem Platz verdängt.«

»Und jetzt? Schlagen Sie das Gegenteil vor?« fragt Cuartero sticheInd.

»Genau: Die Kunst soll zu etwas nutze sein.«

»Sind Sie Kommunist?«

»Ich? Wofür halten Sie mich?«

»Verzeihen Sie meine Unwissenheit.«

»Wenn ich sage, sie soll zu etwas nutze sein, meine ich nicht, daß sie sich herablassen soll, vor irgendwelchen Weltanschauungen, welchen auch immer, in die Knie zu gehen, sondern daß sie etwas schaffen soll; damit aus der Kunst neues Leben entsteht.«

»Das bedeutet also, daß du jetzt aus Liebe zur Kunst nach Marokko fährst?« merkt Villegas amüsiert an.

»Halt den Mund, du Schwatztasche! Dir kann man aber auch nichts sagen. Von wegen verschwiegen wie ein Grab! Schnatterschwuchtel du!«

Nach dem für solch einen Ausbruch obligatorischen Schweigen übergeht Villegas, der diese Spielchen kennt, die Beleidigung und redet von etwas anderem, verschanzt hinter seinem Tisch wie ein Professor:

»›Man muß essen, um zu leben, und nicht leben, um zu essen‹, heißt es; dabei ist der Spanier so eingebildet und stolz auf seine Genügsamkeit. Aber nicht hier ist die Weisheit, sondern in dem, was Guicciardini anmerkt, den ich gerade gelesen habe: ›Sie arbeiten, wenn die Notwendigkeit sie dazu zwingt, und anschließend ruhen sie, solange ihre Ersparnisse reichen.‹«

»Wir wissen schon, daß du hochgelehrt bist. Es geht aber darum, nicht zu arbeiten.«

»Guicciardini war 1512 hier: ›Die Armut ist groß‹«, liest er vor, »›aber nach meiner Auffassung rührt sie weniger von der Kargheit des Landes als aus der Wesensart seiner Bewohner, die die Arbeit scheuen; lieber schicken sie die Rohstoffe, die ihr Königreich hervorbringt, in andere Länder, um sie dann in anderer Form wieder zurückzukaufen, wie zu beobachten bei Wolle und Seide, die sie in die Fremde schicken und als Stoffe und Gewebe zurückkaufen.‹«

»Und Amerika?« fragt Chuliá, als wäre nichts vorgefallen.

»Das steht auf einem anderen Blatt. Erstens bleibt niemand derselbe, sobald er aus dem Haus tritt. Außerdem war die Eroberung Amerikas keine Arbeit. Arbeit, was wir Arbeit nennen, heißt, etwas Bestimmtes in vorher festgesetzter Zeit erledigen. Dem Spanier ist es zuzutrauen, dreimal mehr zu arbeiten als vorgesehen, solange man es nur nicht Arbeit nennt. Von daher sein Stolz (und sein Hunger), den lebendig zu halten weitaus mehr Anstrengung kostet, als sich irgendeiner ehrbaren Arbeit zu widmen, von der er sich eingeengt fühlt. ›Und da sie wenig arbeiten, sind sie dem Diebstahl sehr zugeneigt.‹«

»Sobald man die Anstrengungen der anderen derart geringschätzt, ist es doch klar, daß Diebstahl nicht das schlechteste sein kann. Der Dieb kann als Herr durchgehen.«

»Das heißt also: Guicciardini schlußfolgert, daß wir ›gute Diebe‹ seien.«

»Haben wir uns in vierhundert Jahren irgendwie verändert?«

»›Sie schätzen die Literatur nicht hoch, und weder unter den Adeligen noch unter den anderen Klassen finden sich die geringsten Kenntnisse.‹ Vergeßt nicht, daß er im Venezianisch der Renaissance schreibt. ›Nach dem Anschein und in den äußeren Verrichtungen sind sie sehr religiös, aber nicht in Wirklichkeit; sie sind verschwenderisch in ihren Zeremonien und feiern sie mit viel Ehrfurcht, mit viel Demut in den Worten und bei der Ausführung; mit Handkuß stellt jeder jedem sich ganz zu seinen Diensten, aber sie sind von wechselhafter Wesensart, und man darf ihren Angeboten nur wenig Vertrauen schenken.‹«

Cuartero schaut in den Innenhof, der sich golden färbt, zum Himmel, der durch das Immergrün hindurchscheint; er dreht sich zu Chuliá, der gerade erneut aus der Haut fährt:

»Das war früher. Ich werde nicht darüber diskutieren, ob das schlaue Geschwätz dieses Florentiners stimmt oder nicht, aber ich bin viel in der Welt herumgekommen, und ob in China, Rußland oder Mexiko – ganz zu schweigen von Deutschland oder Frankreich –, in keinem Land habe ich so viel Solidarität, so viel unverstellte Ehrbarkeit, so viel Vertrauen gefunden.«

»Das schlimme ist, du hast noch nicht einmal unrecht. Ganz besoffen wird man vor lauter Solidarität, und dann kommen die Bösen und hauen alles kurz und klein.«

Kurze Stille. Villegas blättert und fährt fort:

»›Es ist möglich, daß ihre Soldaten besser sind als ihre Generäle, und daß ihre Bewohner zu Kampfe besser geeignet sind als zum Regieren oder Befehlen. Auch entstammten sie nicht einem Königreich, sondern waren zersplittert unter vielen und verschiedenen Herren und in viele Königreiche, deren Namen noch fortbestehen.‹ Habt ihr das ›noch‹ bemerkt, diese Betonung, zu Anfang des sechzehnten Jahrhunderts? Und er zählt sie auf: ›Aragonien, Valencia, Kastilien, Murcia, Toledo, León, Córdoba, Sevilla, Portugal, Granada, Gibraltar.‹ Gibraltar. Und weiter: ›Glücklich für den, der es angegriffen hat, denn er hatte nicht mit einem vereinten Spanien zu kämpfen, sondern das eine Mal mit einem Teil, das andere mit einem anderen.‹«

»Heute ist der Bruch anders. Wirtschaftlich vor allem.«

»Glaubst du das?«

Villegas fragt das mit düsterer Ironie.

»Glaubst du, daß die maurischen Elitesoldaten und die Fremdenlegionäre, die Franco mitgebracht hat, darauf achten werden? Weil sie Millionäre sind? Habt ihr Badajoz schon vergessen?«

Badajoz, was man aus Badajoz erzählt bekam. Der sozialistische Abgeordnete, der in der Stierkampfarena mit Banderillas gespickt wurde, bevor sie ihn totschlugen. Das

Gemetzel an so vielen, in der Arena, die Maschinengewehre oben auf den Rängen.

»Wir sind nie ein anständiges Volk gewesen.«

»Stänker nicht. Genau das Gegenteil ist der Fall«, blafft Chuliá.

»Nein. Uns steht etwas im Weg, und zwar nicht das Lernen, sondern die Anstrengung, die man zum Lernen aufbringen muß. Deshalb kriegt der Kommunismus hier auch keinen Fuß auf den Boden. Oder hast du irgendeinen Spanier gesehen, der Stachanowist ist?«

»Vielleicht einen Katalanen oder Basken ...«

»Nicht einmal die. Du erinnerst dich doch an das Lied. Naja, natürlich nicht, du hingst damals ja noch am Fläschchen. Aber es war gut:

Die Russen kommen über Land
Die Briten übers Meer
Und ich, ich bin ein Spanier
In meinem Bett gefällt's mir sehr.

Oder das hier:

Mich rufen sie den Deppen
Die Deppen aus meiner Stadt
Sie müssen schuften
Doch ich hab's Schuften satt.

Prozessionen und Fußball stehen hier hoch im Kurs, denn die sind etwas für Gaffer.«

»Damit kannst du aber nicht die Prozessionen von Antequera meinen, die man ›die Streitbaren‹ nennt.«

»Sicher meine ich auch die, denn dort kommen die Dolchstöße ins Spiel. Dolchstöße für die Jungfrau des Friedens oder der Hilfe. ›Ich scheiße auf den da, hoch lebe die Jungfrau der Hilfe, zum Teufel mit der Jungfrau des Friedens.‹ Im Dolchstoßen sind wir gut; schließlich muß man nur den Arm ausstrecken, und schon quellen die Eingeweide raus wie Butter. Nicht einmal umbringen tun sich die Leute selber.«

»Wir waren schon immer begeisterte Dilettanten. Wie er gesagt hat: Sich hinsetzen und die anderen arbeiten lassen. Deshalb gibt es weder Philosophen noch Staatsmänner. Uns reicht es, die Gedanken schweifen zu lassen. Ernsthaft nachdenken ist zuviel Arbeit. Wir begnügen uns mit dem, was wir haben.«

»Aber du wirst nicht leugnen ...«

»Ich leugne gar nichts. Aber dasselbe sagen die Italiener über Italien, die Griechen über Griechenland und so weiter. Je nach Gemütslage.«

»Und die Deutschen sagen es nicht?«

»Natürlich nicht, denn die sind Barbaren: Sie mögen Musik.«

»Ich sehe den Zusammenhang nicht.«

»Ich schon, denk nur an den Mythos von Orpheus. Um Musik genießen zu können, muß man Tier sein.«

»Du magst keine Musik?«

»Sie begeistert mich. Es kommt nur darauf an, welche Art von Musik, ob die Jota oder Beethoven.«

»Das ist alles Musik.«

»Das stimmt nicht. Musik, das ist die Jota, die von innen kommt; das andere kommt von außen. Der gleiche Unterschied, ob du jemandem den Hintern versohlst oder ob dir jemand was in den Hintern steckt.«

»Nichts als Schwuchteleien im Kopf«, sagt Villegas, um ihn zu ärgern.

»Darauf kann ich was Schönes erwidern, mal abgesehen von den Ägyptern, den Griechen, den Römern, über die wir nichts wissen: Leonardo schwul; Michelangelo schwul; Verlaine schwul; Wilde schwul; Benavente schwul; und alle

Kommunisten sind schwul, weil man ihnen nur etwas sagen muß, und schon glauben sie es. Niedere Wesen.«

»Leonardo und Michelangelo? Niedere Wesen, wenn du mich fragst.«

»Und was ist mit Danton, Robespierre, Desmoulins, Saint-Just?« heult Juanito Valcárcel auf.

Cuartero hält es nicht mehr aus. Er geht auf Chuliá los.

»Jetzt hören Sie mir einmal zu: Sie haben gerade gesagt, sobald man etwas glaubt – und felsenfest, füge ich hinzu –, ist man schwul.«

»Vom intellektuellen Standpunkt aus: ja.«

»Ich mache Sie darauf aufmerksam, daß ich Katholik bin.«

Chuliá bleibt ungerührt, lächelt, fragt hinterlistig:

»Hundert Prozent kirchentreu?«

»Lenk nicht ab«, greift Villegas ein, um den Zorn zu dämpfen. »Der Antiklerikalismus ist in diesem Land so alt wie der Klerus. Hör dir das an, eines der wenigen Gedichte, die ich auswendig weiß. Es ist von Gil Vicente, aus einem Werk, das er zu Ehren von Isabel geschrieben hat, der Tochter des Königs von Portugal, als sie nach Kastilien kam, um ihr Verlöbnis mit Karl I. zu feiern. Es heißt *Dem Tempel des Apoll:*

> Sollen die Mönche Wurzeln schlagen
> in Erde, die nichts taugt,
> daß die Beine in den Himmel ragen,
> die Tonsuren tief im Erdreich staken,
> wie der Obstbau es verlangt.
> Doch wenn an ihnen keine Früchte tragen
> in solcher Wüstenei,
> dann heißt es schnell zur Fackel greifen,
> ein jeder ist mit Spaß dabei,
> dann sollen sie im Feuer reifen ... Amen!

Nicht schlecht, was? Und vorher heißt es:

Die Brüder, so schön anzusehen,
wollen nicht zum Feuer gehen,
pusten alle Kerzen aus …
dann kommt die Glut zum Gotteshaus!

Klosterverbrennungen sind eine nationale Notwendigkeit.«

»Wenn das Volk brennende Kirchen sieht, was, glaubst du, denkt es?«

»Das Volk denkt nicht.«

»Was soll der Blödsinn: Das Volk denkt. Ich meine Hinz und Kunz und Strunz. Und wenn sie die Kirchen brennen sehen, ist ihnen das egal, weil es nicht ihre sind. Wenn sie das so sähen, würden sie krepieren. Sie – Hinz und Kunz – haben nichts als ihre Arme. Die Steine gehören ihnen nicht, das geht ihnen nicht nahe, sie haben nichts zu verlieren; außer dem Vergnügen an der Zerstörung von fremdem Besitz.«

»Die Wüste …«

»*Fiat justitia, pereat mundus!* Nein, mein lieber Herr Christ: Gerechtigkeit in der Wüste zieht mich nicht so an wie Sie. Ich bevorzuge ein bißchen Ungerechtigkeit und das Leben, jawohl, das Leben. Juristen sind von Grund auf reaktionär – das hat schon Bebel gesagt oder Lenin –, und auch Beamte, in denen Beamtenblut fließt, sind Juristen. Ihr habt vergessen, daß Marx der Zerstörung eine große Bedeutung zuschrieb; der Zerstörung des Beamtenapparats, wie Lenin betont.«

»Politik interessiert mich nicht, und sie hat mich auch noch nie interessiert.«

»Red nicht solchen Stuß.«

»Macht es in der Lage, in der wir uns befinden, einen Unterschied, ob ich Stuß rede oder es bleiben lasse? Ich habe die Volksfront nicht gewählt. Die CNT hat sich geirrt mit ihren Ministern und dem ganzen Trara. Ich weiß schon, Minister sein ist nett. Noch hübscher, wenn man einen vier Tage vorher hat sagen hören: ›Nie werde ich Minister‹, und vier Tage später ist er es. Das ist historisch verbürgt: Juan López hat es mir gesagt, hier.«

»Tut doch nicht so, als wärt ihr besser als die anderen«, sagt Cuartero, der Chuliá allmählich einfach übergeht.

»Immerhin haben wir es versucht.«

»Ihr müßtet es erst einmal versuchen, aber ihr seid ja so ignorant!«

»Männer braucht es, das ist es, was fehlt: Männer!« ruft Chuliá.

»Wie dich«, gibt ihm Villegas zurück.

»Selbst wenn du es als Scherz meinst.«

Chuliás Verbitterung rührt daher, daß er nicht alles machen kann. Wenn nichts ihm entgeht; wenn er in der Lage ist, jedwedes Problem zu lösen, warum wird dann jemand anders damit beauftragt? Das ist kein Neid – wie könnte er Neid empfinden, wo er sich so überlegen fühlt? –, sondern Wut darüber, daß er unmöglich überall gleichzeitig sein kann.

»Und Sie, was sind Sie noch außer Katholik?« fragt er Cuartero.

»Die Kommunisten sagen, ich bin Anarchist. Die Anarchisten behaupten, ich bin Kommunist. Entsprechend schwer fällt es mir zu leben, zumindest, wenn ich nicht zu denken aufhöre. Das machen nämlich viele, weil es doch so wichtig ist, das Ziel zu erreichen. Aber welches Ziel? Wenn man das nicht erkennt, werden die Mittel das wichtigste. Aber die heutigen Mittel gefallen mir ganz und gar nicht.«

»Das heißt also, Sie wollen, daß die Reichen weiter die Armen ausbeuten?«

»Vor allem will ich nicht streiten.«

Valcárcel unterbricht:

»Das ist uralt. In der Französischen Revolution riefen sie: Brüderlichkeit oder Tod.«

»Jetzt reicht es aber mit der Französischen Revolution!«

»In ihr ist alles!«

Bei Juanito Valcárcel gab es einen grundsätzlichen Gegensatz zwischen seinen anarchistischen Vorstellungen – er war persönlicher Gegner, wie man das nannte, des Privateigentums – und dem Geschäft, das er von seinen Eltern geerbt hatte. Er löste ihn mit den ihm zu Gebote stehenden Geistesgaben, indem er den Antiquitätenladen in ein banales Trödlergeschäft verwandelte. Er schacherte ehrbar, was in längst vergangenen Zeiten die Zahl der Kundschaft zu seiner Verzweiflung erhöht hatte.

»Du machst aus Vermutungen Gewißheiten« sagte Villegas zu ihm.

Die Verkleinerungsform *Juanito* trug er wegen seiner Größe, nicht wegen seines Alters, das man ihm an den Schläfen gut ablesen konnte; die Halbglatze hatte er schon als junger Mann gehabt. Das Blau seiner Augen war hell, seine Haut zimtbraun, und im Nacken plagte ihn ein Abszeß, den keiner heilen konnte, weshalb er schon als Junge immer ein Taschentuch, stets makellos, an Stelle einen Kragens tragen mußte. Wenn es kalt wurde, trug er eine Baskenmütze.

»Tauschen ist keine Geschäftemacherei«, sagte er, unsicher, um sich selbst zu überzeugen. »Ohne Tauschhandel kein Leben.«

»Es bleibt trotzdem ein Wechsel, eine Umwandlung, eine Berechnung«, hielt ihm Villegas entgegen, um ihn auf seine Art sanft zu necken. »Geben und Nehmen.«

»Irgendwie muß man doch essen in dieser verfluchten Welt.«

»Unterm Strich bist du Materialist.«

Der Trödler sah ihn fest an:

»Das wäre ja noch schöner. Nie und nimmer!«

Valcárcel war wie ein Niemand: Er war untröstlich und konnte dem Himmel nicht verzeihen, daß er der einzigen Liebe seines Lebens den Verstand geraubt hatte. Ganz zu schweigen davon, daß das Mädchen seit seinem sechsten Lebensjahr nicht gehen konnte; jetzt, mit zwanzig, sah sie aus wie eine Alte. Rührte sich nicht aus ihrem Sessel, las Heftchenromane. Concha, die Dicke, führte sie, hob sie aus dem Bett in den Rollstuhl und zurück.

In vielen Nächten träumt Juanito Valcárcel, daß man ihn in einem Preßkasten foltert. Millimeter um Millimeter drückt man immer weiter zu. Die Bretter, vor allem die seitlichen, rücken immer näher zusammen, rauben ihm den Atem, brechen ihm die Rippen, eine nach der anderen, quetschen ihm die Arme in den Körper, und dann, erst dann spürt er, wie sich der obere und der untere Teil des Sarges nähern, wie sie ihm den Schädel stauchen und die Zehen, und ganz langsam wird er zu Brei.

»In hundert Jahren haben wir alle eine Glatze.«

»So lange dauert's nicht«, murmelt Cuartero.

Es wird dunkel, Licht gibt es nicht.

»Hör mal, würde es dir etwas ausmachen, ein Mädchen nach Alicante mitzunehmen?«

»Noch eins?«

»Nicht wie du denkst, nein. Ein erstklassiges Mädchen.«

»Daran zweifele ich nicht. Weiß Pepa Bescheid?«

»Darum geht es doch gar nicht. Im Ernst, sie muß dort ihren Mann treffen, und sie hat niemanden, mit dem sie fahren kann.«

»Selbstverständlich.«

So kam Asunción am Morgen des 20. nach Alicante. Auf der Reise blieb ihr nichts erspart. Sobald Chuliá erfahren hatte, daß sie Kommunistin war, wetterte er los:

»Eins darfst du nie vergessen: Der Kommunismus stützt sich nach innen auf die Polizei und nach außen auf die Armee, und ein Polizist und ein General können zwar Kommunisten sein, aber sie bleiben immer Polizisten und Generäle ... Niemand kann besser bezeugen als ich, was die Kommunisten alles angerichtet haben, aber genauso kann ich dir sagen, daß alle ihre Maximen wie fortgeblasen sind, wenn einer nicht gehorcht, aus welchen Gründen auch immer: Dann schließen sie dich aus, und du weißt, was das bedeutet, du wirst automatisch zum ›Volksfeind‹. Und das will eine politische Partei sein? Nein, das ist ein Orden, eine Kirche. So gesehen muß man nicht mehr viel hinzufügen. Aber wenn man Teil einer Partei sein will, etwas geben, mitmachen, Einfluß nehmen will – nein. Die Oberheinis befehlen, Punkt.« Er wechselt die Tonlage, sich seiner Wirkung bewußt, vielleicht auch seiner Inkonsequenz. »Naja, ein Problem bleibt bestehen, wie verändert man die Welt ohne dieses Monolithische, ohne diese eiserne Disziplin?«

»Die Welt ändert sich, ob wir wollen oder nicht.«

»Dann werde doch Muslimin, setz dich vor deine Hütte und sieh in aller Ruhe zu, wie die Leiche deines Freundes vorbeigetragen wird.«

»Dafür müßte man, erstens, zunächst einmal dem Kapitalismus das Fell über die Ohren ziehen. Und das wäre noch sehr hart. Zumindest hier.«

Chuliá staunt, daß es junge Menschen gibt, die es mit ihm aufnehmen können.

»Und was hast du gemacht in diesen Tagen, als es in Madrid hoch herging?«

»Ich habe dasselbe versucht wie jetzt: Vicente wiederzusehen.«

»Wo arbeitest du?«

»Beim Radio.« (Sie lügt, weil sie ihm nicht traut.)

(Chuliá erinnert sich – wie sollte er sich auch nicht an den

11. Juli 1936 erinnern! Man kann es kaum glauben, daß das drei Jahre her sein soll ... In Valencia brachten an diesem Tag einige junge Faschisten die Radiostation unter ihre Kontrolle, in der Calle Juan de Austria gegenüber der Redaktion von *El Pueblo*. Das Gebäude gehörte der Familie Carles, die dort ihr Bankhaus hatte. Er erinnert sich an den Sprecher, dann an diesen Serret, Autor einer für ihn legendären Moralpredigt, der am Mikrophon starb, Angina pectoris. Was wohl aus jenem Llopis Piquer geworden sein mochte, einer etwas mißratenen Gestalt, mit übergroßem Kopf – ähnlich der Sebastián de Morras von Velázquez –, einem Typ mit schwarzem Rembrandthut und Drang zur Dichtung, der bei *El Pueblo* Botengänge erledigte, Umschläge und Kurzmitteilungen schrieb. Zuletzt brachte er es bis zum Redakteur im Vermischten. Er hielt sich für sehr wichtig; war einziges Kind eines Hausmeisters an einer Schule – Morote, der damalige Direktor, hatte ihn unterstützt und ihm das Studium ermöglicht. Ein phlegmatischer Bursche, klein, breit, mit seinem Riesenschädel und seinen literarischen Leidenschaften. Er empfahl Bücher zur Lektüre: Gedichte von Núñez de Arce. Gut und bescheiden seine bucklige, sehr ansehnliche Mutter. Sie lebten sehr eng verbunden: Ihr größter Traum war, daß der Junge es weit bringen möge, egal worin, was anfangs ja auch in Erfüllung zu gehen schien. Er schrieb Gedichte, fing bei *El Pueblo* an ...

Chuliá kommt das wie Vor- und Frühgeschichte vor. Das ist es.)

»In ganz Spanien haben sich die Faschisten erhoben und die Radiostationen besetzt! Ich habe es gerade gehört.«

Sie standen zusammen in einem Café, wollten mit seiner Frau und ein paar Freunden zum *Marcelina* Abend essen gehen. Die Bar gehörte einigen Jungs, Republikanern aus Utiel, die wegen ihrer politischen Überzeugungen von dort weggegangen waren. Zuerst hatten sie ein anderes Café gehabt, in der Posada del Rincón neben dem Romea-Kino, wo der Kiosk und das Busunternehmen waren, Ecke Calle de Linterna, wo Paco Galán wohnte, dessen Bruder ein Strumpfgeschäft hatte, das auf Torerostrümpfe spezialisiert war. Dieser Paco Galán! So ein Stierkampffanatiker ... Seine Mädchen kamen ihn im Geschäft besuchen, dort lehnten sie sich an den Tresen, und er gab ihnen Strümpfe und Trikotagen heraus. Er wollte immer Schauspieler sein, Rezitator. Im Debattierclub ›Junger Geist‹ im Haus der Demokratie, in der Calle de Alfredo Calderón ... Jetzt bei den Faschisten. In einer Ecke des Cafés saß Faustino Valentín, ein Abgeordneter.

»Geh mir nicht auf den Wecker.«

Er saß zusammen mit Sanchís Requena, einem ehemals anarchistischen Kämpfer im Untergrund, bevor er zu der Gruppe der Dreißig stieß. Er hatte einigen Einfluß in den Stahlwerken von Sagunt.

»Hast du mich verstanden?«

»Das darf man nicht ernst nehmen.«

Der andere bleibt hartnäckig.

»Aber wenn es doch stimmt! Die schreien rum, daß in Spanien der faschistische Staat ausgerufen worden ist.«

Der Abgeordnete zuckt mit den Schultern:

»Glaub denen kein Wort. Ich warte hier auf Martínez Barrio, und wegen einem solchen Unsinn werde ich mich keinen Zentimeter fortbewegen.«

Chuliá wandte sich an Sanchís Requena:

»Für alle Fälle, kommst du mit? Hast du eine Pistole dabei?«

In der Calle de Juan de Austria, zwischen dem Eingang zur Zeitungsredaktion und dem Innenhof des Gebäudes, wo die Radiostation ihren Sitz hatte, standen zwölf oder vierzehn Personen, die sich nicht hochzugehen trauten.

»Worauf, zum Teufel, wartet ihr?«

Marmorfliesen in der Eingangshalle, prächtiges Treppenhaus, und den Handlauf krönt eine große goldglänzende Kugel. Im Sender sitzt, mit Seilen an einen Stuhl gefesselt und halbtot vor Angst, der arme Llopis Piquer. Einmal losgebunden erzählt er, wie fünf oder sechs junge Kerle mit Pistolen in der Hand ihm Handfesseln angelegt und ihn zu erklären genötigt hatten, wie der Sender funktionierte.

Es wurde immer voller, und in Llopis Piquer erwachte der Drang, seine Männlichkeit zu beweisen. Er erkannte einen gewissen Vicente Cantí, den Sohn des leitenden Ingenieurs im Rathaus, Student in Deusto. Ihm kam eine Idee. Mit dem Vater war er befreundet, und immer wieder einmal hatte der ihm Andeutungen gemacht, sein Sohn habe ›seltsame Ideen‹. Mit ›seltsamen Ideen‹ meinte der gute Don Vicente den Falangismus, der gerade in Mode kam. Er wußte, daß der Sohn und seine Freunde sich regelmäßig in der Nähe, in der Avenida Victoria Eugenia, in einem Café trafen. Auf dem Weg zurück zur Straße, inzwischen voller Menschen, schnappte er sich den Pförtner von *El Pueblo*.

»Hast du eine Pistole? Gib sie mir.«

»Ich gehe, wohin du gehst.«

»Du bleibst. Gib sie mir.«

Chuliá und Sanchís Requena gingen schnurstracks zu dem Café. Es war ein modern ausgestattetes Café, um acht Uhr abends: feine junge Herren.

Chuliá wies Sanchís Requena an: »Du bleibst an der Tür«, und einen Guardia de Asalto, der mit ihnen gekommen war: »Du ans Fenster. Solange ihr nichts seht, tut ihr nichts. Ich gehe rein.«

Hinten im Raum Juan Manuel Rincón; um einen runden Marmortisch herum der junge Vicente Cantí, Sohn von Francisco Morote – der vom Kommunisten zum Falangisten geworden war – und noch zwei, drei andere. Chuliá griff zur Pistole:

»Keine Bewegung, ihr spielt mit eurem Leben.«

Der Sohn von Cantí: »Aber Don Alberto, was ist los?«

Der Sohn von Morote: »He, nicht schießen.«

»Gut, aufstehen und Gesicht zur Wand.«

In diesem Augenblick kam der Soldat herein, und den Burschen wurde mulmig. Sie nahmen ihnen zwei kleine Pistolen ab und brachten sie in einem Wagen zur Zivilverwaltung.

Chuliá kehrte in das andere Café zurück, wo er seine damalige Frau gelassen hatte, eine dicke Blonde, ein Waschweib, das ihn sofort in einem ihrem Körperumfang entsprechenden Valencianisch ankeifte:

»Anderthalb Stunden wart ich schon auf dich! Du Stracksack, schämst du dich nicht? Bei dem Hunger, den ich hab!«

Wie ursprünglich vorgesehen, brachen sie auf, um ins *Marcelina* essen zu gehen. Als sie in die Calle de Colón einbogen, nahm ein Wagen ihre Verfolgung auf. In der Straße nach El Grao kam ein zweiter dazu, und als er sie überholte, wurde, ohne zu zielen, das Feuer auf sie eröffnet. Sie erwiderten das Feuer aufs Geratewohl und entschieden dann, ihre Pläne nicht zu ändern.

Zwei Wochen später, in den ersten Tagen der Erhebung, war Chuliá im *Negresco,* einem großen Café in der Calle de Ribera, und trank einen Espresso; im ersten Stock hatten einige Parteien ihren Polizeiposten eingerichtet, wo verdächtige Personen vorgeführt wurden. Von der Straße brachte Vizcaíno, ein großer, dicker Sozialist, einen Festgenommenen herein, einen etwa fünfundzwanzigjährigen Mann, attraktiv, zierlich, gut gekleidet, ohne Krawatte. Der Festgenommene sah Chuliá und kam auf ihn zu:

»He, du kennst mich nicht, aber ich dich schon. Und ich will mich lieber dir stellen als irgendeinem anderen.«

»Ich kenne ihn nicht, keine Ahnung, wer er ist.«

»Vielleicht reicht es dir zu wissen, daß ich es war, der an der Straße nach El Grao auf dich geschossen hat.«

»Das ist eine gute Empfehlung.«

»Ich kann nicht untertauchen, das ziemt sich nicht für einen Mann. Genauso wenig kann ich eine Schießerei mit euch anfangen, das würde zu nichts führen. Nimm meine Pistole, du hast sie dir verdient, immerhin habe ich mit ihr auf dich geschossen, und auch auf dich, Martincho, denn du warst auch in dem Wagen.«

Darin irrte er sich. Er wurde in den ersten Stock gebracht. Vizcaíno wollte ihn verhören, aber Chuliá war dagegen:

»Sieh doch, dir wird er nichts sagen. Wir schaffen ihn einfach zur Zivilverwaltung, das ist das beste.

»Wenn wir gewonnen hätten«, sagte der Festgenommene zu Chuliá, »hättest du als erster dran glauben müssen. Und du auch« – zu Martincho gewandt – »auch wenn wir gedacht haben, du seist nur ein Stierkampffanatiker.«

Und zu Vizcaíno:

»Ich sage dir weder, wie ich heiße, noch, wo ich wohne, weder, wie man mich nennt, noch, wer meine Freunde sind. Da ihr mich umbringen müßt und umbringen werdet, sag doch selbst, was habe ich von einem Verrat? Den ich im übrigen nie begehen würde. Ach, auch wenn das jetzt nicht hierher paßt, habt ihr heute schon gegessen? Ich habe nämlich noch nichts zu mir genommen. Könntet ihr mir einen Espresso bringen?«

»Bitte«, sagte Chuliá, »einen Espresso und ein Abendessen.«

»Verdammt, du spinnst wohl!« protestierte Vizcaíno.

»Laß ihn, er soll essen. Ich zahle. Wo willst du zu Abend essen, hier oder unten?«

»Eigentlich lieber unten.«

Zum Essen setzten sie sich an einen Tisch, der zur Straße hinausging. Martincho, Vizcaíno, Chuliá und der Festgenommene. Um sie herum standen viele Leute. Entspannt nahmen sie ihr Essen zu sich und plauderten über Belanglosigkeiten: daß die Feria ins Wasser gefallen war. Was man jetzt mit den Stieren anstellen würde?

Gegen elf Uhr schaute der Festgenommene zu Vizcaíno:

»He, du, du bist doch der, der zuständig ist: Wann sollen wir Richtung Saler rausfahren?«

Vizcaíno wurde unruhig.

»Warum so eilig?« fragte ihn Chuliá.

»Mir kann es egal sein. Vor allem geht es mir um den da, der scheint mir ein harter Kerl zu sein ... (zu Chuliá gewandt) Kommst du nicht mit?«

»Nein, ich nicht.«

»Dann, Chuliá, auf ein Wiedersehen: Am Ende werdet ihr verlieren.«

Sie stiegen in einen Wagen, sechs Mann.

»In Madrid traf ich Vizcaíno eines Tages wieder, und er sagte: Dieser Kerl verfolgt mich noch immer. So einen unerschrockenen Typen habe ich nie wieder gesehen, auch keinen, der uns so verlacht oder erniedrigt hätte. Er ließ den Wagen anhalten, befahl uns auszusteigen, zündete sich mit einem Feuerzeug eine Zigarette an, und dann packte er mich am Kragen und sagte: ›Jetzt kannst du schießen.‹ Du kannst mir glauben, hinterher zogen wir ab, ohne uns noch einmal umzudrehen.«

»Das sind tapfere Männer nach meinem Geschmack!«

»Da irrst du dich aber«, widersprach ihm Uliberri. »Nach deiner Vorstellung von Tapferkeit sind die am tapfersten, die am schnellsten singen.«

Der Valencianer ging in die Luft.

»Was weißt du denn schon! Tapferkeit ist Tapferkeit, und wenn ein Typ unerschrocken ist, kannst du ihn noch so sehr prügeln.«

»Sieh mal, ich sage das, weil ich es weiß«, hob Uliberri an, der schon einiges gesehen hatte. »Wer nach deinen Vorstellungen tapfer ist, der gibt nichts auf das Leben. Weder auf sein eigenes noch auf das der anderen. Wenn so einer geschnappt wird, zählt für ihn einzig und allein, daß es schnell vorbei ist: sterben, und davor möglichst wenig Schmerzen. Ihre Tapferkeit – die Tapferkeit solcher Herren – richtet sich rein auf sich selbst. Die anderen sind denen völlig egal. Ist es mit ihnen vorbei, kann die Welt untergehen. Also singen sie.«

»Was weißt du denn schon!«

»Ich sage das, weil ich es weiß. Wer kein Sterbenswörtchen sagt, naja, so absolut kann man es auch wieder nicht sagen, es gibt solche und solche ... Überraschungen erlebst du immer. Diejenigen, die nichts sagen, sind meistens die mit Überzeugungen. Sie schweigen, weil sie wissen. Damit will ich nicht sagen, daß sie mehr über die Organisation oder die Organisationen wissen, über die man sie befragen könnte, nein: Sie wissen, wozu sie kämpfen, sie sind vorbereitet. Sie lernen zu leiden.«

»Soso, du meinst also, die Gelehrten halten am meisten aus? Ich bitte dich!«

»Jeder hat Angst, die Frage ist, wie man sie aushält. Jeder scheißt sich in die Hosen; die Frage ist, ob einem das etwas ausmacht. Ich weiß von einem Falangisten, einem von diesen Tapferen, wie sie dir gefallen, der genau deshalb zu plaudern anfing: weil er sich vor Angst in die Hose gemacht hatte. Er erklärte es seinem Zellengenossen, der ihm Vorwürfe machte: ›Aber wieso hätte ich denn nicht alles erzählen sollen, was ich weiß, wenn ich mir eh in die Hose geschissen habe!‹ In seinen eigenen Augen erniedrigte ihn das, denn tiefer konnte er nicht mehr sinken. Also, da es mit ihm zu Ende ging, konnte die Welt untergehen. So zu sterben, mit einem ›Es lebe die Republik‹ auf den Lippen, ist einfacher als du denkst. Schwieriger ist es, weiter zu schweigen, wenn dir die Fingernägel ausgerissen werden oder die Zehennägel.«

Er machte eine Pause.

»Am schlimmsten ist es, wenn es heißt, du hättest gesungen, und es stimmt nicht.«

»Erzähl.«

»Nein.«

Uliberri war ein toller Kerl. Zum Polizisten wurde er durch Zufall und einen Einfall Julio Godínez', der ihn brauchte, weil er von heute auf morgen, nur wegen seiner Freundschaft mit dem Minister, Gouverneur von Murcia geworden war. Für Godínez waren Öffentlichkeit und Applaus sehr wichtig.

»Ich, ich bin hier.«

Das ging ihm runter wie Honig. Dieser Kitzel: »Herr Gouverneur ...« Er rief Uliberri, damit er Sympathiekundgebungen für ihn organisierte. Das erledigte er so gut, daß er für andere Aufgaben nach Madrid gerufen wurde.

»Auch wenn du das nicht glaubst, zwischen Verhörendem und Verhörtem entsteht so etwas wie Freundschaft.«

»Die Folter als Ausdruck der Liebe ...«

»Stimmt, auch wenn du es ironisch meinst: ein Gefühl.«

»Es gibt andere.«

»Und andere, die andere nicht kennen. Im allgemeinen enden alle mit dem Tod.«

»Des Bösen. Des Gegners.«

»Es ist eine Freundschaft.«

»Was nie ausgesprochen wird. Ich bin dein Freund, sagt der Kommissar zum Gefangenen und lügt. Aber dahinter gibt es etwas Subtileres. Der Kommissar – nicht der Polizist, der ihn mit Schlägen bearbeitet, nicht der Richter mit seinem Heiligenschein der Legalität –, der Kommissar ist der erste, mit dem der Gefangene wirklich spricht, der erste, dem er sich in Worten öffnet, der erste, mit dem er Licht ins Dunkel bringt. Das zählt, du glaubst es kaum. Viele lassen sich einwickeln, im Guten, wohl wissend, daß sie eingewickelt werden. So können sie sich ein bißchen erholen.«

Uliberri, was für ein Kerl! Ganz abgesehen von der Geschichte auf Ibiza, was der alles wußte! So viel, daß nie jemand wußte, was er dachte oder was er war. Verschwunden. Groß, schlank, aus León oder Zamora, trotz seines baskischen Namens. Man konnte meinen, das wichtigste für ihn sei gewesen, keine Spuren zu hinterlassen. Was ihm gelang. ›Was aus dem wohl geworden ist?‹ fragte sich Chuliá und rückte sich zurecht.)

Asunción war eingeschlafen. Sie blinzelte ein wenig, als sie durch Gandía fuhren.

Um halb elf kamen sie in Alicante an. Der Himmel war noch immer grau. (»In Alicante ist besseres Wetter als in Valencia, immer.«) Tiefe Wolken, bleiernes Meer. Auf der Landstraße gab es kaum ein Durchkommen, entweder war sie mit fahrenden Autos verstopft, oder andere, die verlassen im Graben lagen, verengten sie; einige zerstört, andere nur mit offenen Hauben. (»Mit aufgesperrtem Mund.«) In der Ferne der Rauch einiger Schiffe.

»Wo lassen wir dich raus?«

»Irgendwo.«

»Kennst du Alicante?«

»Nein.«

»Wohin willst du gehen?«

»Weiß ich nicht.«

»Wen suchst du?«

Sie antwortete überrascht:

»Vicente.«

Seit Gandía hatten sie kein Wort miteinander gewechselt, außer über die Uhrzeit, die Strecke, das Wetter. Wie sollte er wissen, daß ...? Vicente, was sonst konnte sie bewegen? Wozu in aller Welt würde sie sonst unter diesen Umständen von Valencia nach Alicante fahren, wenn nicht, um Vicente wiederzusehen.

Chuliá fragte:

»Woher weißt du, daß er hier ist?«

»Er hat mich benachrichtigt.«

Der Paseo de los Mártires – zerbombt. Die Strandbäder – zerbombt; die Palmen – staubbedeckt. Die Leute abgerissen, unrasiert. Überall Bärte. Nieselregen. Tristesse, gleichmäßig verteilt zwischen Himmel und Erde. Männer, Frauen, Invalide, von hier nach dort. Flugzeuglärm. Leute rennen zu den Luftschutzkellern: Zumindest einige, und die nicht allzu schnell.

»Wo soll ich dich rauslassen?«

»Ich weiß nicht.«

»Versuch es hier, im Rathaus. Domínguez könnte ...«

»Wer ist das?«

»Der Zuständige für die Organisation.«

»Der Organisation von was?« fragte einer aus der Eskorte spitz. Chuliá fühlte sich nicht angesprochen. Eingezwängt, ohne Ärger gelangten sie zum Ende ihrer Reise.

»Tout le monde descend«, sagte der Valencianer.

»Fährst du zu Air France?«

»Ja, und du?«

Der Bewaffnete zuckte mit den Schultern. Chuliá war ihm unangenehm, wegen seines Atems, den er, wenn auch nur von der Seite, seit Valencia hatte ertragen müssen.

»Leihst du uns den Wagen?«

»Ich schenke ihn euch.«

Die Handbewegung – hochtrabend.

IV.

21. März

Der Tag blendet. Weiß das Haus, wie alle anderen weit und breit, auch wenn jetzt, im Krieg, kaum eines frisch gekalkt ist. Es liegt erhöht, die anderen an den nahen Abhängen. Es sind Häuser von Sommerfrischlern, außerhalb des Dorfes, das in Valencia allseits geschätzt ist wegen seiner reinen Luft, dem erklärten Feind der Tuberkulose, diesem Gespenst, das allmorgendlich und bei jedem Husten die Mütter in Schrecken versetzt. Groß die Eingangstür, und die beiden Treppenbögen, die zu ihr hinaufführen, überwölben ein kleines Fenster, durch das Licht in den Keller dringt. Oben zwei Fenster – ein weiteres am Balkon über der Tür –, die genau über denen im Erdgeschoß liegen. Davor ein Garten, nicht groß – zwei Zypressen, einige Oleander mit dunklen Blättern –, ungepflegt; dahinter ein Hühnerstall und ein kleiner Nutzgarten; danach kommt die Schlucht, nicht sehr tief, ein sanfter Abhang voller Kräuter und Felsblöcke, mit sechs Oliven- und vielen Feigenbäumen, als ob dieser Boden nur knorrige Hölzer hervorbringen könnte.

Die Straße, weder breit noch gut, ist eigentlich nicht einmal eine, denn rechts führt sie ins nichts; in die andere Richtung ins Dorf hinunter.

Alles riecht leicht, aber beständig nach Thymian, Rosmarin, Majoran, Schopflavendel; der Duft der Hänge. Dann die Pinien, deren Aroma sich über das der Sträucher legt. Der März ist, wie fast jedes Jahr, sehr wechselhaft gewesen:

Es hat geregnet – Pfützen und Schlamm –, doch auch die Sonne hat geschienen und die Gerüche verstärkt. Náquera hat immer, auch mitten im Krieg, den Eindruck völligen Friedens abgegeben, was sich jetzt, zwischen Frieden und Krieg, in ein dunkles Gefühl der Unruhe verwandelt hat.

In der Ferne fühlen einige Orangenbäume ihre ersten Blütenknospen hervorbrechen; die Johannisbrot- und vor allem die Feigenbäume werden wieder einmal alles geben wie nirgendwo sonst. Und es gibt Wildblumen, die schon im März wachsen: gestreifte Glockenblumen, Malvengewächse, Zistrosen; andere, die wie Heidekraut aussehen, aber angeblich keins sind; Wegerich, Kleeblatt, Ehrenpreis, Mastixsträucher, Zwergpalmen, Spiegelkraut und Venuskamm. Weiter hinten der Pinienwald von Serra.

Die Erde ist rot, wenn man sie aufhackt, mit tausend blassen Gesteinssplittern durchsetzt. Auch schwarzen Marmor gibt es, wie ein urzeitlicher Archipel tritt er hin und wieder zutage.

Der breite Flur geht durch bis zum Hühnerstall; um dorthin zu gelangen, muß man sechs hohe Stufen hinuntergehen. Rechts die Stube, links das Eßzimmer; daneben die geräumige Küche mit ihren dunkelroten Bodenfliesen; der Wandsockel ist ebenfalls gefliest, mit weißen, gelben und blauen Kacheln aus dem nahen Manises; einige der kleinen Bodenfliesen sind zersprungen, in ihren Ritzen sitzt fettiger Staub. Wenig Küchengerät: einige Kasserolen, eine Stielpfanne, einige Tongefäße, ihre Glasur glänzt; ein halbes Dutzend nicht zusammenpassender Gläser; einige Teller; im Spülstein eine Zinkwanne; die Wasserhähne dreckig. Alles wirkt verlassen. Auf dem Pinienholztisch dunkle Flecken; an die Wand gerückt eine Bank, so lang wie der Tisch; gegenüber drei Stühle, Sitzflächen und Lehnen aus Stroh; das Geflecht abgewetzt, die schmutzigen Spuren der Zeit.

In dem, was das Eßzimmer gewesen sein mag, hängen

noch zwei Porträts der Hausbesitzer oder von deren Eltern, als sie heirateten, vor vielen Jahren; er mit Schnauzer und Backenbart; sie mit hochgetürmtem Haarknoten und Keulenärmeln; die Taille eng geschnürt, wespendünn. Ebenholzrahmen, breit und schlicht. In der Mitte ein improvisierter Tisch aus einer Arbeitsplatte und Böcken. An der Wand gegenüber hängt eine alte Lithographie der *Erschießung der Aufständischen des 2. Mai* von Goya, mit einem breiten, vergilbten Rand, gerahmt mit halbiertem schwarzen Rohr.

»Doch, wenn Krieg herrscht, ist das Leben viel einfacher; weil man, weil Tausende wissen, was sie wollen. Du wachst auf und schläfst ein mit einem Ziel (und sei es nur der offizielle Kriegsbericht). Alles hat eine andere Farbe, und die Stunden einen Sinn. Vorher, was warst du da? Irgendwer, wohlgelitten oder auch nicht. Die Universität? Ja und? Nein. Ein Ziel vielleicht, ein fernes zumal, aber bestimmt nicht die Rettung der Seele. Jetzt bist du Teil des Spiels, jeden Tag, den du dabei bist, treibt dich etwas, hebt dich etwas empor: Die Möglichkeit zu verlieren. Verstehst du? Das gibt dir das gewisse Etwas. Du hast dich in etwas hineinbegeben, das dich in die Niederlage führen kann. Der ganze Reiz des Spiels liegt im Untergang, in der Bedrohung. Wenn wir uns des Sieges sicher gewesen wären, verstehst du, des *Sieges* absolut sicher, was hätten wir gewinnen können? Nichts. Und als Unterlegene: ab in den Fluß. Man stirbt, fertig aus. Politiker *können* so nicht denken, auch nicht die leitenden Generäle, denke ich; wobei es generell vernünftig wäre, wenn Generäle so dächten. Was hast du getan, als noch kein Krieg war? Du kannst dich nicht einmal erinnern. Es war die Vorhölle. Wenn wir gewinnen, wird der Krieg weitergehen. Und wenn wir verlieren, ebenso. So zumindest stellen wir uns das vor, und das treibt uns an, hält uns aufrecht. Ist es nicht so? Das ist das wahre Leben, alles andere war bestenfalls Vegetieren. Es sei denn, man begreift auch den Frieden als Krieg. Und die Liebe. Der heilige Frieden der Ehe. Zum Teufel damit! Was hat man davon? Bleiben noch die Geliebten, aber die sind idiotische Notbehelfe, denn Ehemänner mit Geliebten sind doch nur zweimal verheiratet; und wenn man eine Geliebte hat, ist man wie verheiratet. Du bist doch nicht etwa verliebt?«

»Doch«, antwortet Rafael Saavedra.

»Verlobt?«

Er antwortet nicht, und die Züge seines kindlichen Gesichts ziehen sich zusammen.

»Aber du hast sie schon genommen?«

»Nein«, antwortet er grollend, und nicht nur, weil Templado schon etwas älter ist.

»Wie alt bist du?«

»Zwanzig. Einundzwanzig«, korrigiert er.

»Stimmt.«

»Wieso stimmt?«

»Ich weiß nicht. Ich nehme an, viele in deinem Alter glauben, sie hätten schon mehr gelebt als du. Der Krieg liefert Frauen, und an den Frauen bemißt sich das Alter des Mannes.«

Rafael schweigt; was dieser Mann sagt, tut ihm schrecklich weh. Vielleicht ist es die Wahrheit; aber nicht für ihn, denn er hat Alicia, vor allem ihre Augen, die ihm ständig gegenwärtig sind, zu jeder Stunde; ihre grün kannelierten blauen Augen. Außerdem lügt dieser Mann. Er lügt bewußt. (Ihm, Rafael, ist es bewußt.) Denn wo sind sie denn, all diese Frauen? Er hat keine einzige auch nur gesehen, seit er an die Front gekommen ist. Vielleicht in den Städten. Aber auch das nicht. Cuenca ist nicht Madrid, und auch nicht Barcelona, aber eine ziemlich große Stadt, und welche Frauen haben sich ihm angeboten? Vielleicht in den großen Städten, aber das waren bestimmt Straßenmädchen. Und er hat sich geschworen, nie mit so einer ins Bett zu gehen. Davor ekelt er sich. Allein der Gedanke, daß ein anderer Mann sie *nach ihm* in die Arme nahm ...

»Was hast du studiert?«

»Jura.«

»Wieviel fehlt dir noch, besser, wieviel hat dir gefehlt?«

»Zwei Jahre.«

»Und hast du Lust, das Studium zu beenden?«

Er merkt, daß er ihn nur im Scherz fragt; er antwortet nicht. Wie alle anderen hat er den Befehl von General Menéndez erhalten, sich nicht zu rühren. Viel Hin und Her, weil man die Kommunisten sucht, um sie ins Gefängnis zu stecken. Weiß jemand, daß er einer ist? Er sieht nicht einmal so alt aus, wie er ist. Die Regierung Negrín ist verschwunden. General Miaja gibt jetzt in Madrid die Befehle, unter dem Oberbefehl von Oberst Casado.

»Was ist los? Was ist passiert in Madrid?«

»Wissen Sie etwas?«

»Ein bißchen, was jeder weiß.«

»Ja und?«

»Nichts. Die maurischen Truppen haben gewonnen, weil sie in der Überzahl waren.«

Julián Templado hat keine Lust, diesem kleinen Naseweis etwas zu erzählen. Nachdem er vor vier Tagen aus Madrid nach Valencia gekommen ist, hat er sich nach Náquera begeben, weil er mit Federico de la Iglesia befreundet ist und er bei ihm in Sicherheit und von ihm versorgt sein würde.

Nachdem die Verletzten des Gegenangriffs vom 9. März in Rosales evakuiert waren, war es González, der ihm gesagt hat, er solle verschwinden.

»Hier gibt es keinen Ausweg.«

»Und wohin soll ich gehen?«

»Geh nach Cuenca, rede mit Monzón, dem Gouverneur. (Wenn er das noch ist, denkt er.) Ein hervorragender Mann.«

Der Führer der VII. Division kann nicht wissen, daß Monzón bereits in Oran ist, auf dem Weg nach Marseille, als Begleiter der *La Pasionaria,* so wie es *Ercoli* vorgeschlagen hat.

Als Templado in Cuenca ankam, fand er die Stadt in den Händen von Casado-Anhängern vor, in einem fürchterlichen Durcheinander, die ersten Faschisten bereits auf der Straße. Die Provinz war immer reaktionär gewesen, und während des Krieges liefen ganze Bergdörfer zum Feind über. Bis der Gouverneur, ein Kommunist, damit Schluß machte, ihnen Lastwagen zum Fortgehen zur Verfügung stellte, mit denen er sie nach Valencia ins Gefängnis schaffte. Jetzt gingen die ›Nationalen‹ in der Stadt ein und aus, ganz unbehelligt, und zischelten sich zu:

»Es ist nur eine Frage von Stunden.«

Das ist Tage her. Jetzt plaudert Templado mit diesem Bürschchen. Von der hinteren Galerie des Hauses betrachtet er die Pracht der Landschaft, wie für den Menschen erschaffen. Berge, Hügel, Erhebungen, die nicht so hoch sind, als daß man sie nicht leicht besteigen könnte, und der lebhaft glühende Abend, malvenfarben in allen Nuancen. Dort hinten Serra, dort Portaceli (wo sind die Einsiedler von einst? denkt der hinkende Arzt), eine weite, sanfte Mittelgebirgslandschaft; weiter nach unten, noch hinter Bétera, die Huerta von Valencia. (Was weiß die Natur von der Geschichte? Morgen – oder übermorgen – werden hier die Faschisten das Sagen haben; die kaum merklich gebrochene Linie des Horizonts, die Farben werden dieselben sein – eine Binsenweisheit.) Wie kann er daraus diese Ruhe schöpfen? Er weiß es nicht; es ist so.

Pinienwäldchen auf den Kuppen, dort hinten schlängelt sich die Landstraße nach Teruel. Feigen- und Johannisbrotbäume, Weinberge, Olivenhaine und in den Senken Ackerland. Die Pinienwälder von Portaceli. Dieser Geruch. Die Gerüche werden dieselben sein, außer seinem, nach Verwesung.

Auf der Steinmauer, mit dem Rücken zu dem Schauspiel des Sonnenuntergangs, ihre Maschinengewehre auf den Knien, sitzen ein Posten und ein Politkommissar, drehen sich jeder eine halbe Zigarette und reden über das, was alle umtreibt, ohne ein Blatt vor den Mund zu nehmen:

»Was meinst du, was passieren wird?«

»Das Schlimmste.«

»Was sollen wir machen?«

»Man wird es uns schon sagen.«

»Du bist natürlich ...«

»Natürlich bin ich ...«

»Auf dumme Fragen antworte ich nicht: Wir Kommunisten haben eine einzige Linie, ein einziges Ziel, einen einzigen Willen, und weil diese Linie wissenschaftlicher Natur ist, irren wir uns nie; das ist es, was ihr nie verstehen werdet, warum ihr vor Neid vergeht. Die UdSSR führt die Welt auf einen neuen Weg ...«

»Und Stalin ist ihr Prophet.«

»Lach du nur.«

»Ich lache nicht.«

Quintín ist ein einfaches Gemüt, und der Kommunismus reicht ihm, um ruhig zu schlafen. Er war Stukkateur. Jetzt ist er Kommissar. Er ist weit weg von seiner Frau, die in Zaragoza geblieben ist. Er ist glücklich. Die Nachrichten sind schlecht, aber das bereitet ihm kein Kopfzerbrechen; das sind Dinge von außen. Er ist sich seiner Sache sicher, für ihn ist alles eine Frage der Zeit. Sie können nicht verlieren. Solche Herren wie diesen Valentín Mijares, alt, um die fünfzig und auch noch Sozialist, ignoriert man am besten; sollen sie nur schwarzsehen:

»Du wirst schon sehen, wie sie uns hier sitzenlassen.«

Im Eßzimmer haben sich Ignacio Mantecón, der designierte oberste Kommissar der Levante-Armee, und der noch verbliebene Generalstab versammelt: Federico de la Iglesia, Paco Ciutat und Fernando Errandonea. Nach dem Essen betrachten sie die Lithographie mit der *Erschießung des 2. Mai* und suchen sich Vorbilder aus, für den Tag, an dem es bei ihnen soweit sein wird:

»Ich mache es wie der in der Ecke.«

»Also, der in der Mitte hat eine gewisse Würde.«

»Ich wie der dort.«

Sie wissen genau, was ihnen blüht.

Das Telefon klingelt.

»Hallo?«

»Weil sie ›Kommunistenschweine‹ waren!«

Mantecón legt auf:

»In Palmar sind die Leichen von zwei eurer Genossen aufgetaucht (Mantecón ist von der Republikanischen Linken), mit Pappschildern: ›Kommunistenschweine‹.«

»Fahren wir zu Méndez.«

»Wieso Méndez! Wir gehen sofort zur CNT!«

»Du«, sagt Errandonea zu Mantecón, »bleibst hier, keine Widerrede.«

»Ich? Das ist ja die Höhe!«

»Strenger Befehl vom General.«

»Schon gut. Aber wenn es dich in Valencia erwischt ...«

»Passiert mir das gleiche wie euch. Nichts, mein Lieber, gar nichts. Dort läuft nämlich nichts mehr.«

Templado schaut herein:

»Ist was passiert?«

»Wir müssen nach Valencia, etwas erledigen. Kommst du mit?«

»Kommt ihr zurück?«

»Selbstverständlich.«

»Warum soll ich mir dann Umstände machen? Ich mag Valencia nicht, und Clemencia macht gerade Kaninchen mit Reis …«

Er mag sich nicht aufraffen. Die Nacht soll kommen, Abendessen, Schlafen gehen. Schlafen. ›Träumende Proletarier, vereinigt euch.‹ Viel besser als: ›Proletarier aller Träume, vereinigt euch.‹ Náquera oder das Bad der Welt am Schöpfungstag. Stille. Weder Flugzeuge noch Bombardements, also auch keine Verletzten zu versorgen. (Weiß überhaupt jemand, daß er Arzt ist? Befreundet mit Mantecón, mit de la Iglesia, das reicht.) Alles ist verloren, sogar die Ehre, die Casado über Bord geworfen hat. Bedeutet ihm wirklich nichts mehr etwas? Manuela ist in Madrid geblieben. Nicht einmal verabschiedet hat er sich. Wozu auch? Es bleiben zwei Möglichkeiten, das Exil oder sich verkriechen, irgendwo; schließlich weiß niemand, wer er ist, er hat nichts getan und hat es auch nicht vor. Und überhaupt, ihn kümmert das alles nicht. Für ihn zählt, essen, schlafen und nicht aufwachen.

Sie fahren Richtung Valencia, am Steuer Federico de la Iglesia, neben ihm Mantecón, ein Mann Eskorte, mit einer Maschinenpistole; hinten sitzen Ciutat, Errandonea und ein weiterer Mann mit einer Mauser.

»›Kommunistenschweine‹«, sagt Mantecón. »Das erinnert mich an einen Anarchisten. Wie hieß er noch? Es fällt mir nicht ein. Aus Caspe. Er stand in Zaragoza vor Gericht – das muß 1925 oder 26 gewesen sein –, ich erinnere mich auch nicht mehr, weswegen: ein Attentat, ein Überfall, ist auch egal. In seinem Plädoyer redete sich der Staatsanwalt wie gewöhnlich in Rage, unter das Niveau von ›Kommunistenschwein‹ kam er allemal. Am 18. Juli saß der Mann in Barcelona im Gefängnis. Er wurde natürlich freigelassen, und wie es der Zufall will, erfährt er, daß eben dieser Staatsanwalt in Salou in der Sommerfrische ist. ›Den überlaßt ihr mir.‹ Ich erspare euch die Nacherzählung der Suche, jedenfalls schaffte er ihn zu sich nach Hause nach Caspe und sperrte ihn in einen winzigen Schweinestall. Dort hielt er ihn fast ein Jahr lang fest, zusammengekrümmt fristete der Anwalt sein Dasein, ohne aufstehen oder sich setzen zu können; er brachte ihm zu essen und zu trinken, aber er zwang ihn, auf allen Vieren zu fressen, wie ein Schwein. Bis ich davon Wind bekam. Der arme Mann konnte sich nicht einmal mehr aufrichten.«

»Was hast du mit ihm angestellt?«

»Er kam vor Gericht und wurde zum Tode verurteilt. Aber da seit einem Jahr keine Urteile mehr vollstreckt werden, wird er noch dort sitzen.«

»Nichts als Schweinereien ... Und dein Anarchist?«

Mantecón zuckt mit den Schultern.

Sie erreichen die Vororte der Stadt, stärker belebt als sonst. Menschen strömen aus allen Richtungen zusammen. Viele sind aus eigenem Entschluß keine Soldaten mehr, haben ihre Ausrüstung weggeworfen, sich – wenn sie welche hatten – die Schulterstreifen abgerissen und ihre Waffen aufgegeben, aber nicht diesen zögerlichen Gesichtsausdruck derer, die sich nicht mehr darauf verstehen, alleine ihren Weg zu gehen.

»Und dann sind die so dreist und behaupten, die letzten Beförderungen Negríns, wegen derer angeblich der ganze Mist mit Casado und Konsorten losging, hätte es nur gegeben, um nochmal Belagerung von Numancia zu spielen ... So eine Unverschämtheit! Dabei wollte er nur die Kontrolle über die Küste und die Häfen sichern, damit möglichst viele Leute gerettet werden ...!«

»Alles wird davon abhängen, wie die Geschichte geschrieben wird.«

»Das sollen sie machen, wie sie lustig sind: Zuerst einmal müssen wir ...«

Sie stiefeln in das Büro der CNT. Es spricht Mantecón, ohne ihnen auch nur Zeit zum Luftholen zu lassen.

»Wenn das nicht aufhört, ihr wißt schon, wovon ich rede, dann kommen wir mit einem Panzerregiment zurück. Ihr könnt es euch aussuchen.«

»Wir ...«

»Ja genau, ihr. Punkt, aus, Ende der Diskussion.«

Die Anarchisten wissen, daß die Levante-Armee, zumindest in Teilen, diesen Männern hier gehorcht.

»Und jetzt ins Hauptquartier«, sagt Errandonea.

Sie machen sich auf den Weg.

General Aranguren, der Ortskommandant, empfängt sie sofort, trotz seines steifen Beins und seines miserablen Gesundheitszustandes.

»Herr General, im Gefängnis sind viele Kommunisten, darunter der Abgeordnete Uribe. Wollen Sie sie Franco übergeben?«

Der General weist das weit von sich, greift zu dem Telefon neben sich und gibt fürs erste den Befehl, Uribe freizulassen.

»Herr General, glauben Sie ...?«

»Ich glaube nichts.«

General Menéndez tritt ein. Er sieht die Anwesenden, blickt fest zu Mantecón, sagt aber nichts. Ciutat wiederholt die Frage, spricht aber nicht nur über die in Valencia Festgenommenen, sondern auch über die dreißig, die der Verteidigungsrat aus Madrid geschickt hat. Menéndez, ein großer, kräftiger Mann, antwortet:

»Ich weiß Bescheid.«

Errandonea bleibt hartnäckig:

»Wenn wir schon von Gefangenen reden, was wird aus denen, die wir in dem Lager bei Náquera haben?«

»Wenn Madrid fällt, werden sie freigelassen.«

»Und wir?«

»Das wissen Sie selbst.«

»Und Sie, General?«

Menéndez antwortet trocken mit einer Gegenfrage:

»Sonst noch etwas?«

»Zu Befehl.«

»Uns bleibt nichts anderes übrig, als uns wie Männer zu benehmen», sagt Mantecón auf dem Rückweg nach Náquera. »Schade, denn am liebsten wäre ich eine Fliege. Selbstmord kann doch nicht die Lösung sein. Wenn ich recht darüber nachdenke, komme ich nicht weiter als bis zu meiner Nasenspitze; alles, was darüber hinausgeht, ist unmöglich zu verstehen, am liebsten würde ich kotzen.«

»Keiner hindert dich daran.«

»Warum bist du Kommunist geworden?« forscht Templado nach. »Antworte nicht. Du weißt es nicht. Darum, weil es das tollste war, weil du alles geben wolltest. Stimmt's?«

Rafael Saavedra antwortet nicht, so sehr beeindruckt es ihn, daß ein Älterer sich für ihn interessiert.

»Woher bist du?«

»Aus Segovia.«

»Hat dich die Rebellion in Madrid überrascht?«

»In Valencia, während der Feria.«

»Und wie hat es dich hierher verschlagen?«

»Ich wollte bei Oberst Iglesias sein.«

»Du hast den falschen Weg genommen.«

»Ich verstehe nicht.«

»Du wärst besser nach Segovia gegangen.«

»Ist das Ihr Ernst?«

»Junge! Wie alt warst du, als der Krieg losging, sechzehn Jahre, siebzehn? Was weißt du von deiner Familie?«

»Nichts. Ich will auch nichts wissen.«

»Reaktionäre?«

Der Junge schweigt.

»Sieh mal, man muß auch verlieren können und sich die Dinge für eine bessere Gelegenheit aufheben. Zieh diese Uniform aus, schlag dich nach Madrid durch, und sobald die einmarschieren, hebst du den Arm.«

»Das schaffe ich nicht.«

»Aber natürlich. Und geh nach Segovia. Erzähl, daß du gerade erst einberufen worden bist. Daß du aber auf ihrer Seite warst.«

»Meinen Sie das im Ernst?«

»Ich rede wie ein Vater zu dir. Und deine Verlobte?«

»Ist in Madrid geblieben«, sagt er mit noch dünnerer Stimme.

»Sicher ist sie aus guter Familie.«

»War.«

Julián Templado betrachtet den Jungen, der zittert.

»Entschuldige. Aber hör trotzdem auf mich. Ein Bombenangriff?«

»Unter ihrem Haus begraben.«

Ein Kämpfer, Maschinengewehr im Anschlag, kommt zu ihnen, bei ihm Vicente Dalmases. Templado sieht ihn an. Der Soldat fragt:

»Kennst du ihn?«

»Ich glaube, ja. Woher kenne ich dich?«

»Aus Madrid.«

»Wie heißt du?«

»Vicente Dalmases.«

»Du warst mit Carlos Riquelme befreundet, oder?«

»Ja.«

»Geht in Ordnung«, sagt Templado zu dem Posten. »Wann hast du ihn zum letzten Mal gesehen?«

»Vor vier oder fünf Tagen.«

»Was hatte er vor?«

»Zu bleiben. Er gibt das Krankenhaus niemals auf.«

»Dafür gibt er etwas anderes auf.«

»So ist er.«

Vicente sagt zu Rafael:

»Hallo.«

»Ihr kennt euch?«

»Ja.«

»Ich rede ihm gerade zu, daß er nach Madrid zurückgeht und von dort in sein Dorf. Findest du nicht auch, daß es das beste ist?«

»Ich weiß nicht.«

Die gleiche Verunsicherung.

»Du, was hast du vor?«

»Wenn es geht, weiter bis Valencia.«

»Es geht. Dort ist die Lage ziemlich ruhig, noch.«

»Haben sie die Kommunisten nicht ins Gefängnis gesteckt?«

»Einige. Es reicht ihnen normalerweise, sie ihrer Ämter zu entheben.«

»Dann gehe ich weiter.«

»Willst du nicht etwas essen?«

»Doch.«

»Komm rein. Kennst du Ferrís?«

»Natürlich.«

»Er wohnt dort, mit seiner Genossin.«

Er zeigt auf das Haus. Vicente ist sprachlos.

»Wenn du nichts dagegen hast.«

Er geht hinein, stößt auf Clemencia.

»Du kennst doch Asunción Meliá?«

»Ja.«

Ferrís kommt aus den hinteren Räumen vor.

»Hallo. Was treibst du denn hier?«

»Weißt du etwas von Asunción?«

»Nichts. Sie hat bei den Milizen der Kulturorganisationen gearbeitet, bis zur Erhebung Casados; und bei der Zeitung, mit Bolea; und in so einem Heim für Flüchtlinge, irgend so etwas.«

»Das weiß ich schon. Wo ist sie?«

»Ich weiß nicht, wir wissen es nicht«, sagt Clemencia. »Ich nehme an, immer noch in Valencia.«

»Dort ist nichts passiert?« fragt er ungläubig nach.

»In Madrid doch auch nicht. Es reichte ihnen, uns rauszuschmeißen und jeden von uns zu schnappen, den sie kriegen konnten.«

»Ihr wißt also nichts?«

»Von Asunción? Sie wird es gemacht haben wie alle anderen: sich verstecken und viel unterwegs sein, für alle Fälle.«

»Man kann also nach Valencia durchkommen?«

»Wenn man ein bißchen aufpaßt.«

»Aber nicht mit diesen Füßen da«, sagt Clemencia. »Warte mal.«

Sie bringt heißes Wasser, gießt es in eine Schüssel.

»Komm, das wird dich entspannen. Du kannst nicht jetzt auf der Stelle nach Valencia gehen. Sieh dir doch nur deine Füße an!«

Sie hilft ihm, den rechten Schuh auszuziehen.

»Fahren keine Autos?«

»Die Ortseingänge sind verbarrikadiert, Guardias de Asalto oder Carabineros, die Einheiten vom Grenzschutz, kontrollieren die Papiere. Tagsüber kannst du mit deiner Uniform noch ohne größere Schwierigkeiten durchkommen. Aber nachts, um diese Uhrzeit, kann es dir passieren, daß dich irgendeiner von denen hinter Gitter bringt, nicht weil er dir wirklich böse will, aus reiner Schikane. Um zu sehen, wie du reagierst, um dich zu ärgern.«

Clemencia redet in einem fort. Manche nennen sie die Mühle, weil sie nie aufhört.

»Ob heute oder morgen macht doch keinen Unterschied. Angenommen, zu Fuß oder mit dem Rad kommst du bis Bétera. Und weiter? Züge fahren nur auf gut Glück. Autobusse, ich weiß nicht einmal mehr, wann ich den letzten gesehen habe. Die vom Generalstab haben Wagen, aber die rücken sie um nichts in der Welt raus.«

»Recht haben sie.«

»Niemand behauptet das Gegenteil.«

»Kannst du einen Panzer fahren? Da staunst du, aber die gibt's, vielleicht schenken sie dir sogar einen.«

»Warte bis morgen«, rät Ferrís. »Was verlierst du schon? Hier gibt es etwas zu essen und ein Bett.«

Essen, schlafen. Alles andere würde sich finden.

»Leg die Füße hoch.«

Paco Ferrís, Valencia, Asunción, das Milchgeschäft in der Calle de Lauria, die Handelsakademie. Als wäre es gestern gewesen. Paco Ferrís, wie ihn jeder kannte. Wie ist es möglich, daß er sich so sehr verändert hat? Der Krieg. Nein, es ist nicht, als wäre es gestern gewesen. Nichts ist, als wäre es gestern gewesen. Gestern war er in den Bergen; jetzt ist er hier. Und Asunción? Sein Hafen. Sollen sie nur reden, er muß weiter.

Nach dem Abendessen kann er sich nicht rühren, die vielen Meilen stecken ihm in den Knochen. Müde ist er nicht, er kann sich schlicht nicht überwinden aufzustehen.

»Bleib bis morgen. Am Ende schaffst du es vielleicht bis zur Madera-Brücke, aber rüber dann nicht mehr.«

»Wie war es in Madrid?« fragt Clemencia.

Vicente zuckt die Schultern.

»Viele Tote?«

»Ich weiß es nicht. Viertausend, heißt es.«

»Keine Diktatur kann ohne Gewalt überleben.«

»Deshalb bin ich keiner von euch, ich war es nicht und werde es nie sein«, sagt Paco.

(Was soll das heißen? Er ist hier, zusammen mit uns? Ist er denn nicht bei der Partei?)

»Meinst du, ich verabscheue diese Methoden nicht genauso wie du?«

»Ach?«

»Gewalt, genauer gesagt, die Polizei, die Spitzel, die Gefängisse. Der Gnadenschuß. Bei der heutigen Politik – und bei der von gestern, die leider wohl auch die von morgen sein wird – und so, wie die Polizei, die Spitzel, die Gefängnisse des Feindes nun einmal sind, bevorzuge ich immer noch unsere.«

»Also immer so weiter? Bis ans Ende aller Tage?«

»Auf das brauchst du nicht zu warten. Weiter so, bis der Kommunismus sich in der ganzen Welt durchgesetzt hat. Bis der Staat verschwunden ist«, versichert die ebenso überzeugende wie übergewichtige Frau.

»Wenn so viel Zeit ihr mir gewähren möget«, frotzelt Ferrís.

»Ja und?« regt sich Clemencia auf.

»Ja und, dann essen wir doch«, sagt Templado, der gerade hereinkommt.

»Darum«, sagt Ferrís, ohne auf ihn zu achten, »bin ich nicht in der Partei, und ich werde auch nicht eintreten.«

»Von diesem Wasser trink' ich nicht ...«

»Niemals werde ich eintreten«, beharrt er, »weil ihr nicht wißt, was Freundschaft ist.«

Vicentes Blicke sprechen für sich; für ihn ist es umgekehrt.

»Tu nicht so naiv, Bruder. Ständig Scherze und Vertraulichkeiten, Umarmungen und Schulterklopfen, Singen und gemeinsames Essen, solange ihr einer Meinung seid, solange ihr gehorcht, solange ihr mit dem Strom schwimmt. Aber von dem Augenblick an, an dem du – warum und wegen wem auch immer – zeigst, daß du von der ›unfehlbaren Linie der Partei‹ abweichst, ist alles vorbei; Ende und aus. Was ist aus den Umarmungen geworden? Wo ist das Schulterklopfen geblieben? Wie hat sich der gemeinsam getrunkene Wein verflüchtigt? Sie schneiden dich, gehen, lassen dich allein.«

»Ist das nicht normal?«

»Für dich vielleicht; für mich ist das abscheulich. Überleg doch, ich rede nicht von Leuten, die zufällig gemeinsam in einem Komitee sitzen, einer Sitzung, einer Zelle oder Versammlung, sondern von Freunden. Von echten Freunden, von Busenfreunden, also von Jugendfreunden. Euer Mangel an menschlichem Empfinden stößt mich ab. Und leugne nicht, ich habe es gesehen.«

Keiner sieht das verstörte Gesicht der Frau.

»Ich leugne ja nicht.«

»Aber du findest es nicht schlimm?«

»Nein.«

»Aber was heißt es dann, Mensch zu sein? Wenn die Überzeugungen stärker sind als die Freundschaft, will ich nichts damit zu tun haben.«

Vicente schaut Paco Ferrís an, ohne Vermutungen darüber anstellen zu wollen, was den so weit treibt.

»Da sind mir die Anarchisten lieber. Ich habe gesehen, wie sie Mord, Raub, Betrug, Desertation verziehen haben, nur weil jemand zu einer Gruppe gehört.«

»Man muß also nur seine Wahl treffen.«

»Wenn das so einfach wäre: Man muß auch die Unvereinbarkeiten, die Umschwünge, das Zaudern, das Auf und Ab, die Rückschritte, die Zweifel akzeptieren.«

»Wer hat die nicht?« sagt Templado.

»Aber ihr verschweigt sie.«

»Nein.«

»Ich vergaß, du bist Wirtschaftsprüfer.«

Er sagt das, um zu verletzen. Was ihm auch gelingt.

»Recht hast du.«

Vicente läßt einige Sekunden verstreichen, um ihn dann zu fragen:

»Das nennst du also Freundschaft?«

»Harte Worte haben mich noch nie gekratzt. Apropos, lies das hier, mein letzter Artikel für *Adelante,* der nicht mehr erschienen ist.«

»Warum?«

»Ich habe ihn am fünften oder sechsten geschrieben, aber die Zeitung ist nicht mehr erschienen. Und laß dir gesagt sein, ich würde jede einzelne Zeile unterschreiben.«

»Warum hast du dann nicht mit deinem vollen Namen gezeichnet?«

»Den hebe ich mir für andere Dinge auf.«

»Hast du in den letzten Jahren etwas geschrieben?«

»Notizen, Aufzeichnungen. Vielleicht zeige ich sie dir einmal. Aber lies das, dann siehst du, daß ich noch schreiben kann!«

»Gibt es jetzt Abendessen oder nicht?« jammert Templado.

»Einen Augenblick noch«, bittet Clemencia.

Sie zieht sich in die Küche zurück, damit Vicente Zeit hat, Pacos Text zu lesen. Sie weiß, was ihrem Geliebten wichtig ist.

Man sagt: »Das Urteil wird die Geschichte fällen«. Als ob wir nicht Geschichte wären, oder als ob die Zukunft mehr zählte als Vergangenheit und Gegenwart. Irgendwann einmal hat mir jemand in Bilbao gesagt: »Entweder wache ich morgen früh als Ministerpräsident auf, oder mir ist alles egal.« Damals war das noch Spinnerei. Einige Jahre später hätte er es werden können, aber er weigerte sich. Aus Bequemlichkeit, Furcht vor der Verantwortung, mangelndem Selbstbewußtsein?

Wie viele andere in der Opposition wuchs er, machte

seinen Weg und gewöhnte sich an seine Rolle. Als Redner griff er die Macht lieber an, als sie zu verteidigen; als Parteimensch konnte er nur selten die Mehrheit seiner Glaubensbrüder hinter sich scharen, und wenn, dann suchte er Ausflüchte, um nicht mit seinen Genossen der Parteiführung einer Meinung sein zu müssen; weder mit Largo Caballero noch mit Besteiro hat er sich je verstanden, weil er seine Privatlösung suchte, eine, die für ihn vorteilhaft war, vorausgesetzt allerdings, daß niemand sie teilte und sie womöglich noch als seine eigene hätte verkaufen können.

Der geborene Widerredner, Journalist aus Berufung zum Widerspruch, der sich wie ein Aal durch den Schlick der Gerüchte, der Tuscheleien und Mauscheleien schlängelte, dabei seinen Vorlieben und Abneigungen eine Bedeutung zumaß, die sie nicht hatten, denn so beleibt wie er war, machte er aus Mücken Elefanten. Trotz seines klaren Blicks drehte er es stets so, daß er sich der Realität nicht stellen mußte, es sei denn schwadronierend. Geistreich, schlagfertig, von scharfer Intelligenz, gewieft, ehrbar, soweit das ein Berufspolitiker sein kann, ein Strippenzieher der Macht, die ihm das Hirn aussaugte; ein Mann mit stupendem Gedächtnis, wie alle, die sich auf diesen Weg einlassen und Politiker mit Leib und Seele sind. Länger als jeder andere mischte er in der republikanischen Politik Spaniens mit.

»Was wird Prieto sagen?«

»Was wird Prieto tun?«

Nichts geschah ohne Prieto, und Prieto tat nichts und ließ niemanden etwas tun. Um zu stören? Nein, schlicht deshalb, weil man nichts tun oder tun lassen wollte, was er nicht oder anders wollte. Immer sagte er nein, Meister der Vorbehalte.

Angesichts eines ganzen Politikerlebens wirken die Neuen Ministerien in Madrid und das Projekt, die Bahnhöfe zu zentralisieren, eher wie das Werk eines Bürgermeisters als wie das eines Ministers.

Sein Einfluß war persönlicher Natur – er war ausgesprochen sympathisch und gewinnend; seine Kraft war das Wort, ob gesprochen oder geschrieben; auf das Wort beschränkte er sich, was gut ist für einen Schriftsteller und schlecht für einen Politiker. Seine provinziellen Aversionen, seine richtigen Vorhersagen – allesamt beeindruckend – hinderten ihn daran, ein wirkliches Ziel zu entwickeln, dem er alles geopfert hätte; sein persönlicher Haß, verstärkt durch seine Unbeugsamkeit, trieben ihn zu Extremen, was bedauerlich war, vor allem für das Volk, das von ihm immer so viel und mehr als von jedem anderen erwartet hatte.

Er enttäuschte alle, außer mit seinen Worten. Er riß die Macht nicht an sich: Er frustrierte und lähmte, weil er große Projekte und Renommiervorhaben, an denen er mitwirkte, unfertig zurückließ. So viele Dinge er in die Hand nahm, so viele ließ er am Ende fallen, aus Trägheit, Ermüdung oder vielleicht, weil er sich bewußt geworden war, daß er wenig erreichte im Vergleich zu dem, was er hätte erreichen können, Gefangener seiner Jugenderinnerungen.

Weil er sich den anderen überlegen wußte – er war es auch lange Jahre –, war er jahrzehntelang Dreh- und Angelpunkt der spanischen Politik, dabei rieb er sich und die anderen auf: Er würde lange genug leben, um zuletzt alleine dazustehen, zurückzublicken und keine Gewissensbisse dabei zu haben.

Er war ein großer Liebhaber der Zarzuela und jeder Art von gutem Essen, entsprechend dick, ochsenäugig, schlagfertig, verschlossen, verletzend in seiner Klarsicht, mehr seinen persönlichen Vorlieben verpflichtet als dem öffentlichen Wohl, doch nicht, um sich zu bereichern. Ein zutiefst bürgerlicher Mensch, ganz Kind seines Jahrhunderts und nicht, wie er es wollte, der sozialistischen Sache. In diesem Widerspruch zwischen seinem Etikett und seinem wirklichen Denken wurzelte zu einem guten Teil sein Unvermögen, weil er immer hin- und hergerissen war. Sich selbst nannte er diszipliniert, aber nur, um die Widersprüche zwischen den anderen Dickschädeln seiner Partei unter einen Hut zu bringen. Darum überwarf er sich mit allen Aufsteigern, erst recht, wenn sie in seinem Gefolge großgeworden waren.

Wer aus Dummheit oder Neid Schaden anrichtet, kann natürlich das glückliche Los ziehen, vergessen zu werden. Prieto, der heute hinter den sieben Bergen in Sicherheit ist, wird noch eine ganze Weile lang als einer der verhängnisvollsten spanischen Politiker unserer Zeit in Erinnerung bleiben.

»Na, was sagst du?«

»Gut. Nur, was soll das jetzt?«

»Du kommst aus Madrid und fragst mich das?«

»Gerade deshalb. Nicht, weil Prieto das und noch viel mehr nicht verdient hätte. Nicht was in ihm steht, ist der Grund, warum dein Artikel nicht erschienen ist, sondern das Wie. Und ich glaube nicht, daß es sich um das Kapitel eines Romans handelt.«

»Wart's ab.«

Clemencia kommt herein, bringt ein paar Spiegeleier.

»Wurde auch höchste Zeit«, seufzt Julián Templado, der bereits am Tisch sitzt.

»Hast du ihn gelesen?« fragt sie den Arzt. »Wie findest du ihn?«

»Gut.«

Er hat ihn nur überflogen, aber er will nicht diskutieren, sondern essen.

»Du bewegst dich nicht vom Fleck«, befiehlt Clemencia Vicente. »Gleich bringe ich dir mehr heißes Wasser.«

»Und dieser Junge draußen?« fragt Vicente.

»Ist nach Valencia zurückgegangen. Er kommt jeden Tag. Gut, er kam jeden Tag. Er brachte die Korrekturfahnen der

Zeitung, für Oberst de la Iglesias, der bis letzte Woche Chef des Generalstabs war.«

»Bestimmt kennt er Asunción.«

»Aber ja«, sagt Clemencia. »Da bin ich nicht drauf gekommen. Wie blöd ich manchmal bin ...«

»Wie heißt er?«

»Rafael irgendwas.«

»Rafael Saavedra.«

»Ein toller Junge.«

»Er hat mir erzählt, wie er um den Militärdienst herumgekommen ist.«

»Aber er ist doch ...?«

»Ja und nein. Er wurde für untauglich erklärt. Deshalb arbeitet er bei der Zeitung.«

Templado macht eine Pause, nicht nur, um zu kauen:

»Er arbeitete.«

»Aber wozu kommt er dann her?«

»Um seine Freunde zu sehen.«

»Macht er denn nichts?«

»Er hört Radio Burgos ab, wenn der Kriegsbericht kommt, im Auftrag der Partei«, sagt Clemencia. »die einzige Möglichkeit zu erfahren, was los ist.«

»Und was ist los?«

»Nichts.«

(Am 19. Juli 1936 wurde Rafael Saavedra achtzehn Jahre alt. Im Zentralbüro der Milizen reichte es, daß er den Ausweis der Republikanischen Studentenschaft vorzeigte. Sie gaben ihm eine Armbinde, ein Gewehr ohne Munition und schickten ihn los, er solle den Bahnübergang an der Straße nach El Grao bewachen.

Er lebte in Madrid im Haus seiner Tante, in der Calle de Caballeros. Es war schon gute Gewohnheit: Zur Feria kam er nach Valencia, von wo er weiterfuhr nach Zarauz, um dort den August mit seinen Eltern zu verbringen. Noch in der

Nacht des Militäraufstandes wollte er nach Madrid zurückkehren, aber es fuhren keine Züge: Die Garnison von Albacete hatte sich erhoben. Erst Anfang August konnte er die Reise antreten. Madrid, aufgeheizt, versetzte ihn in Staunen und Begeisterung.

Als sein Jahrgang einberufen wurde, fand er sich im Rekrutierungsbüro ein; zu seiner Überraschung wurde er für untauglich erklärt, wegen eines Trachoms. Seiner Tante Manuela, der Schwester seines Vaters, fuhr der Schreck in die Glieder; sie gingen zum Augenarzt.

»Nein, absolut nicht. Unglaublich! Wer hat Ihnen denn das gesagt?«

»Hier, sehen Sie.«

»Junge, meinen Glückwunsch! Andere zahlen ein Heidengeld, um so einen Wisch zu bekommen.«

Rafael wußte nicht, was tun.

»Sei nicht blöd, mach's dir schön«, meinte seine Tante.

Das gelang ihm nur halbwegs, vor allem wegen seiner Verlobten. Er wurde Fahnenkorrektor der Zeitschrift *El Mono Azul*, denn ihn begeisterte alles, was mit Buchstaben zu tun hatte. Gedichte schrieb er auch, doch er zeigte sie niemandem, denn sein gesunder Menschenverstand sagte ihm, daß sie schlecht waren. Trotzdem veröffentlichte er den einen oder anderen Kurzroman, versteckt auf den letzten Seiten.

»Untauglich ...«

»Ach!« meinte der Arzt, »unter meinen Berufsgenossen, naja, das mit den Genossen sagt sich so, gab es, gibt es eine Menge Saboteure. Noch nie gab es so viele Untaugliche wie heute.«

»Aber ein Trachom?«

»Wer weiß. Bestimmt hat man dich mit jemandem verwechselt.«

»Meinen Sie?«

»Sicher. Schließlich heißt du Rafael Saavedra und nicht Margarita Nelken. Saavedra? Vielleicht dachten sie, du bist der Sohn des Orthopäden aus der Calle de Montera, den kenne ich. Der ist zwar kein hundertprozentiger Reaktionär, aber er hat einen Sohn in deinem Alter.«

»Und der heißt Rafael?«

»Keine Ahnung. Schon möglich. Der steckt jetzt irgendwo an der Front, und seine Vater ist fuchsteufelswild und empört sich darüber, daß seine Freunde aus dem Rekrutierungsbüro so unzuverlässig sind.«)

Madrilene war Ferrís durch einen Irrtum, um einen Monat verrechnet. Vor fünfundzwanzig Jahren wollte Doña Mariana Rodríguez de Ferrís unbedingt ihren Gatten, seines Zeichens Schuhfabrikant in Almansa, in die Hauptstadt begleiten, um bei der Regelung höchst wichtiger Bankgeschäfte zugegen zu sein. Keine ihrer bisherigen Geburten – sechs – war danebengegangen; zumindest nicht, was den Termin betraf; was das Geschlecht betraf, allerdings sehr wohl: Alle waren Mädchen. Aus welchem Grund auch immer – vielleicht eine frühe Eingebung –: das Wesen kam schwächelnd zur Welt und kränkelte sein ganzes Leben lang, ohne daß die Ärzte den Grund für seine nicht von der Hand zu weisende Anfälligkeit nennen konnten. Paco – benannt nach seinem Paten, dem Bürgermeister der Stadt – war immer blaß, weshalb ständig mit einer schlagartigen Verschlechterung seiner angeschlagenen Gesundheit gerechnet wurde, mit tödlichem Verlauf, wie alle Frauen der Familie von vornherein schon zu wissen glaubten. Mariana, Ángela, María, Carmen, Julia und Adriana, seine Schwestern, schirmten ihn zuverlässig ab gegen Zugluft, Mikroben, Kälte und Hitze. Bis zu seinem zehnten Lebensjahr hatte Paco Ferrís nichts anderes im Blickfeld als Röcke. Seine Erziehung war – wie sollte es anders sein – eine häusliche; wer hätte es gewagt, auch nur die Möglichkeit anzudeuten, daß er eine Schule besuchen könnte? Er war unter den Fittichen von Doña Josefa Angulo, einer breithüftigen ›staatlich geprüften Grundschullehrerin‹, die mehr noch als die Eltern darauf achtete, »seinen Hirnkasten nicht zu überladen«, was der Lehrerin, in Anbetracht ihrer begrenzten Fähigkeiten, auch schwergefallen wäre; ihr auffälligstes Merkmal war ihr fast vollständiges Goldgebiß, in das sie beinahe die gesamte bescheidene Erbschaft ihrer Eltern, kleiner Krämer, gesteckt hatte. Schließlich kam der junge Mann in das Alter, in dem man auf die höhere Schule geht, mit den sich daraus ergebenden Schwierigkeiten.

»Er soll als ›Freier‹ zur Schule gehen.« (Also zu Hause bleiben.)

»Er soll den Abschluß in Murcia machen.« (Das den Ruf hatte, nicht so streng zu sein.)

»Ja, als ›Freier‹, aber bei den Salesianern, extern.«

»Bist du des Wahnsinns, Julio! Wir können doch nicht zulassen, daß der Kleine das Haus verläßt! Er wird untergehen. Du bist herzlos. Du willst mich umbringen.«

Don Julián Ferrís hatte ein Herz, sogar ein großes, nur viel genutzt hat es ihm nicht.

Die einzige, die damit einverstanden war, daß der Bruder das Haus verließ, war Adriana, die sich schon darauf freute, dann die jüngste zu sein.

Don Claudio Moreno, der Hausarzt der Familie – groß, glatzköpfig, mächtiger Schnauzer, Zelluloidkragen, großer Raucher und großer Chamelospieler – äußerte keine Meinung, da er wie gewöhnlich der Auffassung war, daß »die Natur die beste Medizin ist«. Don Santiago Abascal, ein Konkurrent und Freund des Vaters, urteilte knapp:

»Laßt den Jungen gehen, er muß die Welt sehen. Wenn nicht, wer übernimmt sonst übermorgen die Fabrik?«

Der Pate war schon gestorben, Schlaganfall; Patin war Doña Mariana gewesen. Seinem geistlichen Führer Don López Becerra, wegen seiner liberalen Neigungen in der Familie nicht gut beleumundet, war es einerlei:

»Alles hat seine gute und seine schlechte Seite«, wägte er ab.

»Was willst du eigentlich?« fragte ihn eines Tages seine älteste Schwester, die praktisch veranlagt war und bereits den Hausstand mitzutragen begann.

»Ich?« antwortete der Junge perplex, da man ihn noch nie nach seiner Meinung gefragt hatte. »Ich? Weiß ich nicht.«

Also ließen sie ihn weiter mit den Puppen seiner Schwestern spielen, mit seinen Zinnsoldaten, seinen Sammelalben, alles weitere zählte nicht. Er war ein stilles Kind.

»Aus dem wird noch ein Verseschmied«, sagte Feli, das älteste der Hausmädchen. »Laßt ihn doch etwas anderes sehen als eure Unterröcke, den armen Kerl.«

Ob man es glaubt oder nicht, dieses Dienstmädchendiktum gab den Ausschlag, und der Junge ging zu den Salesianern. Er guckte groß und verstand nichts. Er war ein miserabler Schüler. Seine nicht bestandenen Prüfungen kümmerten niemanden außer ihn selbst. Er fing an, sie zu bestehen, als er merkte, daß ihm das Lernen ganz leichtfiel, wenn er sich nur dransetzte, mit Ausnahme der Mathematik, die sich ihm einfach nicht erschließen wollte.

Sein Gesundheitszustand besserte sich; er blieb klein, aber sein drahtiger und schlanker Wuchs weckte in ihm das Interesse für sein Aussehen, vor allem für sein fülliges, gelocktes Haar. Freunde hatte er keine, Bekannte wenige, und die Pubertät brach, kein Wunder bei diesem Vorleben, völlig unvermittelt über in herein.

Seine angeborene Schwächlichkeit, sein leidender Blick und die ihm fehlende Kraft – vom Turnen war er befreit –, sein Beiseitestehen bei wilden Spielen und seine Vorliebe für

Literatur machten ihn bald zur Zielscheibe des Spotts bei den Kräftigeren. Es fehlte ebensowenig an beleidigenden Spitznamen wie an Lehrern, denen er auffiel. Sein Spitzname *Schwuchteline* gelangte an das Ohr seines Vaters.

»Weißt du, wie sie dich nennen?«

»Ja.«

»Und?«

»Es ist mir egal.«

»Wie, es ist dir egal?«

»Das sind alles Idioten. Das ist doch das Problem, Papa. Es wimmelt nur so von Idioten auf der Welt. Jeden Tag mehr.«

Dem guten Mann verschlug es die Sprache. Als er sich wieder gefangen hatte:

»Aber, gefallen dir denn die Frauen nicht?« (Paco Ferrís war gerade sechzehn Jahre alt geworden.)

»Aber natürlich! Zu Hause sehe ich doch nichts anderes ...«

»So habe ich meine Frage nicht gemeint.«

»Wie dann?«

»Ob dich ihre Natur interessiert?«

»Dies scheint mir kein Konversationsthema für Vater und Sohn zu sein.«

Don Julián glotzte seinen Sprößling mit offenem Mund an und verließ sein Arbeitszimmer.

»Ich mache mir Sorgen um den Jungen«, eröffnete er seiner Gattin.

»Warum?«

»Hoffentlich ist er uns nicht zu warm geraten.«

»Was meinst du damit?«

»Ach nichts.«

»Du hast ja auch immer die Mädchen bevorzugt.«

»Die machen wenigstens keinen Ärger.«

»Klar, du mußt dich ja nicht mit ihnen rumschlagen!«

Die zweite und die dritte waren schon verheiratet. Die älteste fühlte sich offenbar zum Rosenkranzbeten berufen.

»Das muß es doch auch geben!« tröstete sich, sehr halbherzig, die gute Frau.

»Sicher, aber das nicht.«

»Ich kann dir nicht folgen, Julio.«

»Das brauchst du auch nicht.«

»So überheblich wie du muß man erstmal sein.«

Don Julio offenbarte seine Sorgen dem Hausarzt.

»Lassen Sie ihn, lassen Sie die Natur ihre Arbeit machen«, meinte Don Claudio.

»Und wenn sie sie in die falsche Richtung macht?«

»Schauen Sie, Don Julio, wenn es so kommen sollte, kann man dagegen nichts ausrichten.«

»Ich bitte Sie! Finden Sie es gerecht, daß einer sein Leben lang schuftet, dreißig oder vierzig Jahre lang wie ein Sklave ackert, seiner Frau sieben Kinder macht, ein mehr oder weniger florierendes Geschäft aufbaut, und das alles nur, damit sein einziger Sohn, sein natürlicher Nachfolger, ein Warmer wird?«

»Moment mal. Erstens habe ich nicht gesagt, daß das gerecht ist. Zweitens: Was macht Sie eigentlich so sicher, daß er homosexuell sein soll? Daß er klein ist? Daß er die wilden Spiele nicht mag? Na und?«

»Mathematik will ihm auch nicht in den Kopf.«

»Ich sehe den Zusammenhang nicht.«

»Ich schon: Zahlen sind Männersache.«

»Vielleicht wird er ein brillanter Anwalt. Und was das Geschäft angeht, an Enkeln wird es Ihnen nicht fehlen.«

»Die Enkel können mir gestohlen bleiben! Das ist nicht dasselbe. Ich habe immer gedacht ...«

»Da liegt das Übel, mein lieber Don Julio. Man darf nicht denken, man muß den Dingen ihren Lauf lassen.«

»Ja, ja, ich weiß schon: die Natur.«

»Sie sagen es.«

»Und wenn es der Natur einfällt, daß mein Junge mehr auf ...«

»Abwarten und zusehen, was passiert.«

»Don Claudio!«

»Ich scherze nicht. Der Junge ist doch noch nie wirklich auf der Straße gewesen. Wollen Sie meinen Rat hören?«

»Es wurde langsam Zeit.«

»Schicken Sie ihn nach Madrid.«

»Allein?«

»Selbstverständlich. Dann kommt, was kommen muß. Haben Sie nur Vertrauen. Alles in allem habe ich den Eindruck, daß es keinerlei physische Anzeichen dafür gibt, daß der Junge auf Abwege gerät.«

So kam es, daß Paco Ferrís zwar nicht in Madrid, das Doña Mariana seit jener Geburt, die sie für eine Frühgeburt und in schrecklicher Erinnerung hielt, aber in Valencia sein Abitur ablegte. Dort hatte die gute Frau einen Bruder, verheiratet und unter der Fuchtel seiner Gattin, der den Neffen ohne übertriebene Begeisterung aufnahm.

Don Germán war Herr eines Orangenexportimperiums; die Plantagen gehörten seiner Frau. Seine einzige Sorge galt den Temperaturen, damit die Navel-Ernte, weit weg in Valles bei Sagunt, keinen Frost abbekam. Doña Amparo suchte in der Anrufung der Heiligen Jungfrau Halt, die sie ständig darum anflehte, das Thermometer möge nicht bis in die von ihrem Gatten so gefürchteten Bereiche fallen, denn mit der Kälte wurde er physisch und moralisch unerträglich, was soweit ging, daß er ihr zu widersprechen wagte.

»Entweder, man beschäftigt sich mit Sex oder mit Politik.«

»Und die Literatur?«

»Die speist sich entweder aus dem einen oder dem anderen.«

»Nicht aus beidem?«

»Das entscheiden die Götter.«

»Also du.«

»Ich?«

Dionisio Velázquez sah Paco Ferrís einen Augenblick an und machte dann eine wegwerfende Handbewegung. Dionisio wollte Maler werden, und was ihm zu schaffen machte außer seiner Leber – ab und zu – war sein Nachname, den er bald nicht mehr führte; er unterschrieb mit Dionisio, nichts weiter.

»Und dich interessiert die Politik nicht?«

Es war die letzte Phase der Diktatur Primo de Riveras.

»Nicht die Bohne.«

»Aber die anderen Menschen?«

»Existieren nicht.«

Paco hatte sich in dem Jahr, das er in Valencia verbrachte, einer Gruppe junger Männer angeschlossen, die etwas älter waren als er. Nicht viel: Dionisio war zweiundzwanzig Jahre alt, Alberto Domínguez dreiundzwanzig, Emilio Ferrer einundzwanzig, Blas Ortega zwanzig, ebenso Vicente Dalmases. Sie redeten über Musik, Literatur, Malerei; meist schlecht, aber leidenschaftlich. Alberto war Bildhauer, Emilio Dichter, Blas Kunstkritiker; Vicente studierte Wirtschaft. Keiner von ihnen hatte die heimatliche Scholle je verlassen, außer vielleicht, um sich für einige Tage in Barcelona oder Madrid umzuschauen. Obwohl sie keine unmittelbare Kenntnis der in Europa herrschenden Strömungen besaßen, sondern nur aus wenig spezialisierten Zeitungen und Zeitschriften, wetterten sie wild gegen die Alten, unterstützt von einem Journalisten von *La Voz de Valencia* und vom Konsul von Paraguay, der kurz in Paris gelebt hatte. Im großen und ganzen nahm niemand Notiz von ihnen, sie jedoch hielten sich für den Nabel der Welt, und Paco war sich sicher, endlich seine Berufung gefunden zu haben: Er wollte Schriftsteller werden, was er vor seiner Familie jedoch tunlichst verschwieg.

Trotz der väterlichen Präsenz von Federico Ramírez, dem Journalisten, und Carlos María de Alfaro, dem Konsul, dominierte Dionisio die gelehrten Zusammenkünfte. Von weitem betrachtet, war er der Intelligenteste, ganz zu schweigen von seinen finanziellen Möglichkeiten, die ihm nicht wenig Respekt eintrugen. Er, besser gesagt sein Vater, Leiter der Steuerbehörde, finanzierte sechs Nummern einer Zeitschrift, *Huerta,* die sich keine Meriten erwarb, weder in Madrid noch in Barcelona, und das zurecht. Dort veröffentlichte Ferrís erstmals ein Prosagedicht, das er seiner ältesten Schwester mit der wer weiß wie ernst gemeinten Auflage schickte, es niemandem zu zeigen; aus gutem Grund respektierte das Mariana.

Zu dem schlechten Leumund, den die Gruppe in der Stadt hatte, trug auch die schändliche Beziehung zwischen Dionisio und Blas bei, die sie niemandem verheimlichten, der sich die mindeste Mühe machte, etwas von ihr zu erfahren. Unter anderem, weil sie nichts dabei fanden und weil Dionisio in ihr den Beleg seiner Überlegenheit sah.

Dionisio Velázquez interessierte sich sofort für Paco Ferrís. Er zitierte ihn in abgelegene Cafés, wo er es sich erlauben konnte, sich wie ein Papst aufzuspielen. Erziehen wollte er den Jungen aus Almansa. Der ließ ihn machen, eher belustigt als beeindruckt. Dennoch prägte es ihn unweigerlich, allein schon wegen seiner Jugend und der Umstände.

»Helfen wollen ist sinnlos. Egal wem. Jeder nach seiner Fasson, etwas anderes bleibt einem nicht übrig. Wer sollte denn einem anderen schon helfen können? Es sei denn finanziell … Das heißt mit etwas, was nichts mit dem Leben zu tun hat, damit der andere tun kann, was er für richtig hält. Andere Arten der Unterstützung sind gänzlich sinnlos. Dafür hat Gott das Geld erschaffen. Nur mit Geld kann man fremde Seelen retten. Keine Widerrede: Sonst arbeitet niemand mit. Oder kennst du jemanden, der für einen Gefallen dankbar gewesen wäre? Menschenfreund zu sein ist das letzte, Mildtätigkeit eine Beleidigung; wer von dem gibt, was er zuviel hat – ein paar Münzen oder ein doppeltes Buch –, wirft nur Überflüssiges ab, Ballast, Plunder. Außer man tut es aus Lust am Geben, am Schenken, dem eigenen Vergnügen zuliebe, weil man die Hingabe genießt, einen billigen Fick nebenbei. Fristen sind wie Niederlagen. ›Wer sich auf Fristen einläßt, hat schon verloren‹, so ein Blödsinn: Alles kommt noch, alles war schon, nichts ist umsonst. Nichts. Kapiert? Überall steckt Eigennutz dahinter, also auch der der anderen. Immer handelt man aus irgendeinem Grund. Man bringt sich nicht um wegen nichts. Man beherrscht sich, immer ist man Herr oder Besitzer von irgend etwas; völlige Besitzlosigkeit gibt es nicht. Zum Beispiel kann man immer noch töten, was eine andere Art des Gebens ist. Was ist der Unterschied zwischen Geben und Nehmen? Wer dankt einem wirklich eine gute Tat? Nur diejenigen, die sie dir doppelt vergelten können. Dankbarkeit, das ist was für Geber, nie für Nehmer. Freigiebigkeit nährt nur den Neid. Ich spreche jetzt nicht von den Worten, Masken in unserem Labyrinth. Die zücken wir und lenken sie mit langen Stöcken, auf Distanz. Der Mensch ist undankbar, oder Sklave. Zu guter Letzt bedeutet Freiheit Undankbarkeit, oder es ist keine. Freiheit heißt, jemanden, der dich gut behandelt hat, schlecht zu machen und schlecht zu behandeln. Das Gegenteil hat keinen Sinn. Frei ist, wer sich von seinen Eltern, seinen Lehrern, seiner Familie losmacht. Dankbarkeit ist Sklaverei. Dafür hat Gott das Geld erfunden, die gewöhnlichste Quelle der Freiheit. Darum diese enorme Bewunderung für die sogenannten ›unabhängigen Geister‹, das heißt für die Undankbarsten. Dankbarkeit, Loyalität, das sind so schwer lastende Verpflichtungen, daß sie den Menschen in niederste Vulgarität hinabziehen. Der Umkehrschluß: Undankbarkeit, Hartherzigkeit, Vergeßlichkeit und Illoyalität sind die Grundlagen menschlicher Größe, Fundamente der Geschichte, dessen, was bleibt; Fortschritt gibt es nicht. Der Mensch kann nur voranschreiten, indem er alles Vorhergehende mißachtet, allein schon deshalb, weil er es nicht mehr verändern kann. Um hochzukommen, muß er das Frühere erniedrigen, sich auf Kosten von was auch immer erhöhen. Das ist nicht leicht, weil du, wenn du es bewußt tust, weißt, daß deine Nachfolger – denen du, selbst ohne es zu wollen, einen Gefallen tust, allein schon dadurch, daß du lebst – dich ebenfalls kurz und klein schlagen werden. Die Welt ist ein riesiges Gebirge aus feinstem Staub, in dem der Unfähige untergeht, sobald er seinen Verstand gebrauchen kann, während die anderen noch einmal durchatmen dürfen, bis sie in dem untergehen, was sie selber haben untergehen lassen. Das Interesse an der Welt entspringt der Annahme einer unergründlichen Maschinerie – von der du nicht weißt, ob sie überhaupt funktioniert, ob sie gut oder schlecht funktioniert –, zusammengesetzt aus unseren heterozyklischen, willkürlichen, extravaganten, unangemessenen und meist monströsen Vorstellungen, die häufig lächerlich und immer magisch sind. Die Idee des Fortschritts – die die Welt seit Jahrhunderten vergiftet – ist das eigentliche Bild der Undankbarkeit: mehr wollen auf Kosten der anderen, obwohl die ihrerseits ›voranschreiten‹. Jeder will gewinnen – egal was. Wird man nicht natürlich, wenn man sich von der Natur abkehrt?«

Meistens trafen sich die jungen Männer in Dionisios Atelier, das in schwarzer Seide ausgeschlagen war, unterteilt mit einer spanischen Wand mit philippinischer Bespannung, darin zwei türkische Diwane, Perserteppiche, niedrige Tischchen, chinesische, hieß es, und ein Klavier, auf dem Blas einige Stücke von Debussy und Ravel spielte, so, wie er sie in Erinnerung hatte. Ferrís, der keine musikalische Ader besaß, zeigte Begeisterung für die *Pavane* und *La cathédrale engloutie*. Dionisio trug meist einen schwarzen Seidenkimono, bestickt mit golden, rosafarben und grün glänzenden Blumen, den er seiner Mutter entführt hatte. Entgegen dem, was man hätte annehmen können, waren sie abstinent, außer dem Südamerikaner, der sich jede Nacht zu Hause betrank, um seine Frau nicht hören zu müssen, und außerdem mochte er Whisky einfach sehr gerne.

Seine ersten amourösen Stolperschritte tat Paco Ferrís mit einer Hausangestellten seines Onkels, ohne größere Schwierigkeiten; dank seines Geldes gab es keine Gunst, die nicht ihren, meist geringeren, Preis gehabt hätte. Über Reiben, Fummeln und Masturbieren zwischen den üppigen Brüsten des Hausmädchens gingen sie jedoch nicht hinaus. So entdeckte das Jüngelchen unerwartete Dinge: Zum Beispiel die Menstruation, von der er keinen blassen Schimmer gehabt hatte und die ihm wirklichen Widerwillen verursachte, was auch damit zusammenhing, daß jene Rosario wenig auf sich achtgab und an diesen Tagen des Monats nichts weiter tat, als Unterröcke aus Sackleinen zu tragen, die sie häufig auswusch. Unnötig zu sagen, daß von Beischlaf nicht die Rede war, denn den hob sich das Mädchen für einen aus ihrem Dorf auf, für den Tag, an dem sie sich unter das Ehejoch begeben würde. Paco fragte sich schließlich sogar ernsthaft, ob ihm Frauen gefielen. Dionisio gab ihm einige erotische Erzählungen zum Lesen, die seine Verwirrung noch steigerten.

Zu jener Zeit veröffentlichte Doktor Marañón seine Abhandlung *Entwicklung der Sexualität und intersexuelle Phänomene,* die dem Maler, der schon von Sade, Gide und den Surrealisten gehörte hatte, zur Bibel wurde.

»Wenn jeder von uns zwei Geschlechter hat, beim einem stärker, beim anderen weniger stark ausgeprägt, sehe ich nicht ein, warum man sich auf eines beschränken sollte. Das ist eine Verirrung. Da haben uns die Griechen einiges voraus. Sei nicht blöd. Ein Mann ist so gut wie eine Frau, und wenn man weiß, wie, kann man mit Männlein wie Weiblein gleich gut seinen Tastsinn befriedigen. Andersrumsein – wie diese Worte wohl für unsere Eltern klingen? – ist völlig natürlich. Kein Laster. Lasterhaft können nur Frauen sein. Ihnen bleibt keine andere Wahl, auch wenn sie noch so intelligent sind, das hat Marañón sehr gut erkannt: Entweder sind sie als Mütter die Dummen, oder sie sind als Kinderlose kratzig und unerfüllt. Der schlechte Leumund der Homosexualität ist nichts anderes als der Beweis, daß die Menschheit nicht in der Lage ist, einen Schritt nach vorn zu tun, und zwar seit Jahrhunderten. Sonst müßte man mit den gleichen Argumenten Glatzköpfe oder Linkshänder verfolgen.«

»Ich bin Linkshänder«, sagte Paco, lächelnd.

»Verstehst du, was sich ändert, ist lediglich die Form, denn im Grunde ist seit Anbeginn der Zeit alles gleich geblieben. Immer hat es Männer gegeben, Frauen, Mannweiber, weibische Männer; dumme, intelligente, dumm-intelligente, intelligent-dumme. Du und ich, wir werden uns ausgezeichnet verstehen.«

»Wir verstehen uns sehr gut, das heißt bis zu einer bestimmten Grenze, über die wir nicht hinwegkommen.«

»Abwarten«, sagte Dionisio.

Er versuchte es. Paco Ferrís beeindruckte das kein bißchen. Blas war zwischendurch heftig eifersüchtig. Paco sah ihn überrascht an.

»Wenn es ihm Spaß macht? Aber was geht es mich an?«

»Aber du …«, schrie ihn der Schwule aufgelöst an.

»Ich? Mich interessiert das nicht.«

Clemencia tauchte auf, als er schon in Madrid war; denn Paco entschied, Literatur- und Geistesgeschichte zu studieren, was in Valencia nicht ging. Dionisio gab ihm Empfehlungsschreiben an zahlreiche seiner Freunde mit, zumeist Maler. Paco Ferrís wurde mit ihnen nicht grün und verstand sich besser mit einigen Schriftstellern, die sich im Café *Granja del Henar* trafen: Sender, Sánchez Ventura, Díaz Fernández, Arderiús. Dort lernte er Clemencia Velasco kennen, groß, fett, häßlich, jung. Selbstverständlich hatte sie alle Bande zu ihrer aus Palencia gebürtigen Familie gekappt. Sie liebte Reiten, Fechten, im volkstümlichen Stil eines Gil Vicente Verse schreiben, formal dem nacheifernd – bei anderen geriet es formelhaft –, was García Lorca und Rafael Alberti machten. »Sie ist nicht unbedingt schlecht«, sagten ihre besten Freunde. Hier und dort veröffentlichte sie ihre Lieder. Sie erkannte schnell, was Sache war (Paco brachte zu den Treffen einen jungen Maler mit, Santiago Maco, von dem jeder wußte, daß er andersrum war), und entschied, mit der in dieser Situation gebotenen Eile zu handeln, zumindest stellte es sich ihr so dar.

Sie verfügte über ein wenig Geld, das ihr die Familie schickte, da es ihr als Halbwaise gesetzlich zustand. Wenig, aber genug, um sich ein Kabuff in der Calle de Velázquez zu mieten – ehemals Teil der Portierswohnung –, das sie kein bißchen in Ordnung hielt, zumal ihr weder Sauberkeit noch das gute Leben wirklich wichtig waren.

»Doch, natürlich, ich werde fett wie eine Kuh.«

Sie hatte sich angewöhnt, nur Milchkaffee zu sich zu nehmen; das aber zu jeder Tageszeit. Paco gefiel ihr, weil er intelligent, klein und zierlich war.

»Pinocchio, komm her«, rief sie ihm zu.

Ein Sofa, ein hinkender Tisch, zwei Stühle, ein Schrank, der sich nicht richtig schließen ließ, ein Waschbecken auf einem Toilettentisch mit entzweigebrochener Marmorplatte, das war ihr Mobiliar. Drei Teller, zwei Gläser und ebenso viele oder ebenso wenige Töpfe. In der Küche eine Stielpfanne, ein paar Flaschen und zwei versaute Lappen, die bestens zu einem Paar Handtücher paßten; mehr nicht.

Ihre Aussteuer bestand aus drei Kleidern und zwei Paar Schuhen. Viele Bücher, wohin man blickte – auf französisch, auf englisch –, und damit endet die Aufzählung, denn der Teppich verdiente diese Bezeichnung schon seit langem nicht mehr, er war ausgefranst und hatte Löcher, unter denen Dielenbretter mit bröseligen Astlöchern in den unterschiedlichsten Formen zum Vorschein kamen.

Clemencia nahm Paco ebenso umstands- wie mühelos für sich ein, und der junge Schriftsteller sah plötzlich – wie man so sagt – den Himmel offen vor sich liegen, ein bißchen in Form einer Lawine, eines Meerbusens, einer Wiese mit hohem Gras. Clemencia war ihm Mutter, Geliebte, Gattin, Tochter, Tante, Nichte, Patin, Köchin – eine schlechte zwar, aber immerhin. Sie bettete ihn in Watte und lernte sogar, Spiegeleier so zu braten, wie der Bursche sie am liebsten mochte: schön knusprig.

Der Krieg führte sie direkt zur Allianz der Antifaschistischen Intellektuellen. Von dort wechselte Paco in die XI. Division, zu Herrera Petere und seiner Frau – einem zauberhaften blonden Ding –, zu Juan Paredes, Miguel Hernández und dem Stierkampfzeichner Martínez de León, einem alten Spaßvogel. Alle miteinander gaben sie die Divisionszeitung heraus. Sie trafen sich in einem Haus in der Calle de Lista, gegenüber dem Führungsstab des V. Armeekorps unter Kommando von Modesto. Die Kasernen lagen in Ciudad Lineal. Dort kreuzten ab und zu Rafael Alberti und seine Frau María Teresa León auf, die im *Teatro de la Zarzuela* ihre Inszenierung probten.

Anfang 1938 wurde die XI. nach Katalonien verlegt; nicht jedoch Paco Ferrís, der damals eine Lungenentzündung hatte. Einige besuchten ihn im Lazarett und verabschiedeten sich mit einem herzlichen und unaufgeregten:

»Beeil dich.«

Keiner glaubte, daß sie sich nicht wiedersehen würden. Die ›Nationalen‹, das Armeekorps der Fremdenlegion unter Befehl von General Gambera, eroberten am 7. April den Brückenkopf Tornell, von dem aus sie zum Mittelmeer vorstießen, am 15. erreichten sie es. Damit war Spanien noch einmal mehr geteilt. An demselben Tag holte Clemencia Ferrís aus dem Lazarett und schaffte ihn in ihr Kabuff. Einen Monat später wurde er als politischer Kommissar zur Levante-Armee beordert. So kam es, daß Ferrís in Náquera landete, unter dem Befehl von Carranque, Politkommissar und Adjutant von Ortega, dem Generalkommissar der Armee. Clemencia stieß zwei Tage später zu ihnen; sie vertraute nichts und niemandem. Das Leben war ruhig, die Verpflegung ausreichend, das Wetter prächtig. Ferrís konnte vollständig genesen und spielte mit dem Gedanken, einen Roman zu schreiben.

Eines Morgens im November 1938 tauchte sein Onkel auf, Gonzalo Muñoz. Er trat ins Haus, war überrascht, Clemencia zu sehen, die er mit einer Hausangestellten verwechselte. Das bemerkte die Frau und berichtigte ihn, mehr oder weniger amüsiert.

»Ist er nicht da?«

»Wer?«

Der gute Onkel wußte nicht weiter, rang nach dem einen Wort. Zuletzt entschloß er sich:

»Der Herr ... Herr Paco Ferrís. Er ist mein Neffe.«

Daß Paco hier Verwandte hatte, erstaunte Clemencia, und erst recht, daß es sich um so einen gewöhnlichen Onkel handelte. Er hatte nie etwas aus seiner Vergangenheit erzählt, und sie hatte nicht nachgefragt. Zumal es ihr völlig egal war.

»Nein. Was wollen Sie von ihm?«

»Ihn sehen natürlich.«

»Er ist im Hauptquartier.«

Gonzalo drehte seinen Hut in den Händen.

»Geht es ihm gut?«

»Ja.«

»Richtig gut?«

»Natürlich. Seitdem geht's ihm blendend.«

»Seitdem ... seit was?«

»Seit er die Lungenentzündung auskuriert hat.«

»Ach so. Und jetzt geht es ihm gut?«

»Rundum.«

»Und was macht er?«

»Er ist im Kommissariat.«

»Das habe ich erfahren. Darum bin ich hier.«

»Aha.«

»Und wo ist das Hauptquartier?«

»Das kann ich Ihnen nicht sagen.«

»Und Sie ... kümmern sich um ihn?«

»So gut ich kann.«

»Das freut mich.«

Kurz nach seiner Ankunft in Madrid und seiner Verbindung mit Clemencia hatte Ferrís alle familiären Kontakte abgebrochen, unter anderem – auch wenn er darüber nicht nachdachte –, weil er sie finanziell nicht mehr nötig hatte. Seine Allerliebste versorgte ihn mit dem Nötigsten, und seine Beiträge für Zeitschriften und Zeitungen (die er mit den unterschiedlichsten Namen zeichnete, um seinen eigenen für Höheres zu bewahren) brachten ihm genug ein, um im Café nicht schlecht dazustehen. Er hatte entschieden, daß er nichts zu schaffen hatte mit dem Schuhgewerbe, mit Almansa, seinen Eltern, seinen Schwestern, der Geschichte, der Vergangenheit. Um Schriftsteller zu sein, ein guter zumal, mußte er aus dem Nichts auftauchen. Dazu die Verachtung: Er hatte bemerkt – wieder eine seiner Entdeckungen –, daß er intelligent war. Clemencia trieb ihn zu neuen Höhen. Er las, was als das beste galt, und wunderte sich nicht: Das, so sagte er sich, hätte ich auch schreiben können. Dummerweise bekam er nichts Gescheites zusammen, wenn er den Stift zur Hand nahm, es sei denn, es war eilig und klar umrissen. Er ging von der für ihn elementaren Annahme aus, daß Literatur Ausdruck der Uneinigkeit zwischen Welt und Autor sein müsse. Die Aufgabe war nur, herauszufinden, worin sie bestand, und obwohl er die Antwort im Kopf hatte und in der Brust fühlte, bekam er sie nicht zu fassen.

»Sie haben deine Tante ins Gefängnis gesteckt.«

»Das wird seine Gründe haben.«

»Nichts Ernstes: Sie ist angeklagt, alte Scheine versteckt zu haben.«

»Wie einem in Radio Burgos geraten wird.«

»Das weiß ich nicht. Vielleicht.«

»Und weiter?«

Mit einem bewußt verletzenden Ton in der Stimme.

»Kannst du nicht etwas unternehmen?«

»Nein. Und wenn ich es könnte, würde ich es nicht tun.«

Der arme Mann wußte nicht, was er sagen sollte, und noch weniger, was denken.

»Sehen Sie: Weder Sie noch Ihre Frau bedeuten mir etwas. Sie brauchen sich außerdem keine Sorgen zu machen, es wird ihr nichts passieren. Es wird niemand mehr erschossen. Man wird sie freilassen.«

»Bist du sicher?«

»Völlig. Sie werden sie freilassen.«

»Wer, sie?«

»Die aus Burgos. Wir haben verloren. Sagen Sie nicht, daß Sie das nicht wissen.«

»Du kannst zu uns kommen, wann immer du willst. Dort wird dich niemand belästigen.«

»Das habe ich nicht vor.«

»Du mußt nicht denken, daß wir irgend jemanden dafür verantwortlich machen, was mit deinem Vater passiert ist.«

Ferrís hielt es nicht mehr aus.

»Gehen Sie und lassen Sie mich in Frieden.«

Sein Vater war sechs Monate nach Ausbruch des Krieges zum ›Spaziergang‹ abgeholt worden, in Albacete, wo er sich im Haus eines Freundes in Sicherheit glaubte. Paco Ferrís erfuhr erst viel später davon und versuchte sich einzureden, es sei ihm nicht wichtig. Er distanzierte sich so lange von der Angelegenheit, bis er sich schließlich von jeder Schuld freisprach: Was habe ich damit zu tun, mir hat doch niemand etwas gesagt? Was kann ich tun? Was hätte ich tun können? Ich hätte nichts getan. Er hat es verdient. Verdient? Rechts war er, selbstverständlich, na also. Was kümmert es mich? Habe ich nicht mir meiner Familie gebrochen? Mit der Vergangenheit hatte er nichts zu schaffen. Und auch nicht mit der Zukunft.

Als Templado in Náquera ankam, führten sie lange Gespräche. Sie kannten sich aus Madrid. Der Arzt war erstaunt.

»Wie bist du denn hier hineingeraten?«

»Keine Ahnung; irgendwann kam ich zu dem Schluß, daß es unerträglich ist, die Militärs einfach so über das Leben der anderen entscheiden zu lassen. Nein, sagte ich. Und meldete mich beim Fünften Regiment.«

»Clemencia« – Pause – »war daran nicht unbeteiligt.«

In jenen toten Märztagen war nichts zu tun. Seltsame Stunden: Was würde geschehen? Wo würden sie enden?

Die Soldaten machten einen Bogen um Náquera, weil sie wußten, daß dort ›Stabsoffiziere‹ waren; sie suchten sich andere Wege, verstopften die Straßen nach Valencia, und die

Küstenstadt füllte sich mit immer noch bewaffneten Deserteuren. Sie kamen und gingen, ohne zu wissen, woran sie sich halten sollten. Sie brachten Kanonen und Panzer in Stellung oder, besser noch, ließen sie einfach am Ufer des Turia stehen.

»Verstehst du? Es ist schon traurig, wir sind Individuen, aber die anderen bedeuten uns etwas. Naja, traurig von deinem Standpunkt aus. Von meinem aus betrachtet ... Ich bin ich, und es ist mir egal, was du denkst. Du möchtest natürlich wissen, was ich von dir denke, aber ich denke nur an mich. Man kann nur an sich denken und damit durch die Welt ziehen: blindlings, versteht sich. Stöße einstecken, Stiche, Schläge, Niederlagen, Brüche und nochmal Brüche, die ganze Welt ist voller Brüche.«

Ferrís schwieg und sah zu, wie der Tag zu Ende ging.

»Wenn einem wirklich nichts anderes wichtig wäre als das eigene Denken und Wollen! Aber nichts da. Der Mensch will auf fein machen. Das nennt sich dann Ethik.«

»Und die Liebe?«

»Die kommt danach, wenn überhaupt, als Verzierung. Aber die Grundlagen, Templado, die werden nicht aus Grimassen gemacht. Sich mit seinen eigenen Gefühlen zufriedenzugeben, kann doch nur Ausdruck dessen sein, daß man sich der eigenen Überlegenheit bewußt ist. Darum ist der Stoizismus eine aristokratische Philosophie.«

»Und du bist Stoiker?«

»Zumindest aristokratisch.«

»Darum hast du an unserer Seite Krieg geführt?«

»Natürlich.«

»Du tust mir leid.«

»Niemand verdient Mitleid, denn Mitleid ist ein dunkles und niederes Gefühl. Man kann nicht mitleiden, und wenn doch, dann mehr des Gefühls als der Leute wegen. Entweder regeln sich die Dinge, oder man gibt sie auf.«

»Für einen Philosophen wie dich wäre es nicht schlecht, sich zu erinnern, daß ›dem Menschen nichts besser steht als die Größe der Gefühle‹, wie dein Seneca sagt.«

»Es kommt immer darauf an, was man unter Gefühl versteht.«

»Für dich: Tod oder Souveränität!«

»Diese Auffassung von Tod und Souveränität wird in der spanischen Geschichte nur dreimal entwickelt: Seneca, Quevedo und die Autoren der 98er Generation.«

»Die 98er? Hör doch auf! Wenn du Goya sagen würdest ...«

»Ich sage nicht Goya, weil ich nicht von Gefühlen spreche, sondern von Würde.«

»Die kein Gefühl ist ...«

»Nein. Sondern eine Haltung, mit der man dem Leben gegenübertritt. Der Spanier ist Stoiker aufgrund seiner persönlichen Würde: Weil er Schamgefühl empfindet, sobald er um Hilfe bittet oder sie in Anspruch nimmt, egal von wem. Und seine Einsamkeit entspringt nicht seiner Misogynie, sondern seinem Mannesstolz. Seneca und Christus sind mehr oder weniger Zeitgenossen, ihre widersprüchlichen Einflüsse haben Spanien geprägt: Für das Verständnis des Spaniertums sind beide gleichermaßen wichtig. Seneca steigt von Córdoba aus auf, und Christus kommt mit dem Wind der Levante. Der eine ist der Baum, der andere der Wind oder die Musik: Die Musik, die kein Anderswo kennt, wie Bergamín sagen würde.«

»Und du glaubst tatsächlich, Seneca war Spanier?«

»Es sei denn, Córdoba läge auf dem Mond.«

»Er war Römer. Im Ernst: Du müßtest auf der anderen Seite stehen. Im Grunde bist du Falangist.«

»Auf der anderen Seite sind aber halt keine Falangisten, sondern Bankiers und Militärs; und Schuhfabrikanten.«

Julián Templado schaut Ferrís voller Befremden an, so

kannte er ihn nicht. Clemencia kam herein, mit den täglichen Spiegeleiern, die nach Sieg dufteten.

»›Welch unwirtlicher Ort ist dies, an dem es kein Fleisch zu essen gibt und selbst kein Ei zu keiner Zeit.‹ Ich sage das nur, weil es von der heiligen Teresa ist. Und die hat nie gelogen. Das Essen darf man wie den Frieden niemals allzusehr aus der Nähe betrachten. Nicht umsonst vergleicht Fray Luis ihn mit dem Himmel: unbeweglich. Doch, doch, vertrau mir! Außerdem kannst du mir glauben: Abendessen ist eine barbarische Angewohnheit, darum gibt es so viele Verwechslungen zwischen Frühstück und Hauptmahlzeit, die für die einen mittags stattfindet und für die anderen abends. Das kommt vom frühen Aufstehen, und die Sonne ist schuld. Ein anständiger Spanier frühstückt nicht, wir sind Nachtmenschen, und tagsüber wird geschlafen; das dämpft die Lust aufs Mittagessen, denn so kurz nach dem Aufstehen ißt es sich nicht gut. Und um Worte zu sparen – denn die machen meist hungrig –, sollte man vor zwölf nicht aufstehen. Frühstücken, das ist was für den hohlen Zahn; Mittagessen ist da schon besser. Laß uns rübergehen.«

Es gab nicht viel und vor allem nichts Feines. In Null Komma nichts hatten sie die Steckrüben und den Mangold aufgegessen.

Dann unterhielten sie sich weiter, auf der Terrasse auf einer Steinbank, vor der Tür auf dem Boden das zitternde Rechteck aus Licht. Kühle Nacht, leichte Brise, ländliche Dunkelheit.

»Du, was willst du vom Leben?« fragte der nun doch interessierte Arzt.

»Ruhm. Was ich will, ist Ruhm. Verstehst du? Richtigen Ruhm.«

»Was ist Ruhm?«

»In alle Sprachen übersetzt werden und daß man dafür bezahlt wird.«

»Blasco Ibañez?«

»Bei ihm war es so. Bei mir wäre es anders, aber im Grunde muß das Gefühl das gleiche sein.«

»Wenn du die Wahl hättest zwischen einem sorgenfreien Leben, völlig sorgenfrei, und dafür unscheinbar, und einem beschwerlichen Leben, aber mit Nachruhm, was würdest du nehmen?«

»Das fragst du noch?«

Die Stille tat weh. Clemencia stand auf, um den Abwasch zu machen.

Nichts zu tun und auch keine Lust, mit den anderen zu reden.

»Ich habe geglaubt, die Wahrheit würde aus mir einen freien Menschen machen. Darum bin ich hier, auf eurer Seite: Aber ihr seid dumm, und trotzdem geht es mir nicht aus dem Kopf, daß die Wahrheit die einzige Form von Freiheit ist, die wir erreichen können. Die Faschisten lügen wissentlich, weil sie glauben, damit ihren Zielen zu dienen. Wie die Kommunisten.« (Er drehte den Kopf, um sich zu vergewissern, daß Clemencia nicht zuhörte.) »Am Ende glauben sie sogar ihrer eigenen Propaganda. Ich habe so viele gesehen, die überzeugt sind von dem, was sie sagen oder schreiben, weil sie selbst es gesagt oder geschrieben haben! Nicht weil es die Wahrheit wäre, sondern weil man es ihnen eingeredet hat.«

»Daß nur Clemencia dich nicht hört.«

»Und wenn schon.«

Clemencia war schon vor dem Krieg Mitglied der Kommunistischen Partei gewesen.

»Wenn du wirklich die Wahrheit suchst, dann wird der Krieg dir nicht viel weiterhelfen, fürchte ich.«

»Die Nachrichten natürlich nicht. Der Krieg selbst, das ist schon etwas anderes. Du siehst dich, wie du dich nie zuvor gesehen hast.«

»Die anderen auch?« fragte der hinkende Arzt in seiner gewohnt böswilligen Art.

»Die Welt ist, wie ich sie denke, denn auch ich bin ein Teil von ihr. Wenn die Welt zuläßt, daß ich sie denke, wie ich sie denke, dann ist sie so, wie ich sie denke, so wirr ich sie mir auch immer denken mag. Ich will an meine Freiheit glauben. Aber das einzig Freie an meiner Freiheit ist meine Phantasie.«

»Phantasie hat nichts mit Freiheit zu tun. Ich würde sogar sagen, sie ist ihr Gegenteil. Schließlich kann man sich in der Phantasie sogar vorstellen, man sei frei, das ist doch die Höhe.«

»Frei, das sind nur die Sieger.«

»Also bist du angeschmiert.«

»Abwarten.«

Die Frau trat aus dem Haus.

»Geht ihr nicht mit den anderen?«

»Nein.«

»Also, ich habe eine Versammlung.«

»Was sonst. Und Dalmases?«

»Schläft.«

Trotz seiner bleiernen Müdigkeit, oder vielleicht gerade deswegen, findet Vicente erst spät und schwer in den Schlaf. Anfangs gelingt es ihm nur, seine Augen zu entspannen. Die Erschöpfung ist stärker als die Müdigkeit. Seine Anspannung bei dem Gedanken, daß er am nächsten Tag Asunción sehen wird, führt ihn überallhin, nur nicht in den Schlaf.

Templado und Ferrís kommen aus dem Dorf zurück. Sie waren nur losgezogen, um ein wenig rauszukommen. Der schwache Mond, meist von Wolken verdeckt, reicht aus, um den Weg zu weisen. In einer Taverne haben sie Wein bekommen, kratzigen zwar, aber richtigen Wein.

»Wenn man besoffen ist, kann man alles sagen«, salbadert Paco. »Und trotzdem, ich bin besoffen und habe nichts zu sagen. *Something more?* Es ist seltsam: Wenn ich besoffen bin – und anderen, die ich kenne, geht es ebenso –, kann ich gut fremde Sprachen sprechen. *Where do you go?* Nirgendwo hin. Endstation. Von hier komme ich nicht mehr weiter. *Terminus,* wie die Franzosen sagen. Hier endet das Gleis, *avec deux tampons.* Zwei Scheiben aus grauem Eisen, rot angestrichen und an einem Querbalken befestigt. Es gibt kein Dahinter. Wenn ich besoffen bin, schaue ich mich gerne im Spiegel an. Ich finde, ich sehe anders aus, bin ein anderer. Der da bin ich? Zweifellos. Ich bin es. Ein seltsames Gesicht habe ich. Der da soll also ich sein? Wer versichert mir, daß ich das bin? Diese Augen! Diese seltsame Nase! Auch da gibt es kein Dahinter ... Es könnte sich auch herausstellen, daß ich es nicht bin. Wie komisch ... Wie ist man von innen? Die Muskeln, das Blut. Weißt du das, Doktor? Ein Pickel. Dieser Herr, der ich bin, hat einen Pickel auf der rechten Backe, nein, auf der linken ... Ich bin besoffen, wie schön, ein Hochgefühl! Eigentlich ist Besoffensein angenehm. Man fliegt. Die Welt wird weit, und überall geht man auf Teppichen. Ich kann sagen: Alfonso ist ein Schwachkopf. Und das stimmt. Oder: Gustavo ist ein Geizhals. Was ebenfalls stimmt. Doch das ändert nichts daran, daß man mich töten wird. Töten wie einen Hund. Und es macht mir nichts aus. Die Wahrheit ist: Besoffen macht es mir nichts aus. Im Wachzustand schon. Nur, man kann nicht immer beschickert sein.«

»Mußt du dich immer so wichtig nehmen? Hast du etwa dafür bezahlt, daß du auf die Welt kommst? Reiner Zufall, daß es dich gibt. Und das willst du verteidigen? Weide dich meinetwegen an deinem Anblick. Wie ein Huhn oder ein Kohlkopf; die verdanken ihr Leben meist anderen, die sie brauchen: Sie wurden gezüchtet.«

»Glaubst du, wir auch?«

»Das glaube ich nicht; das wüßten wir.«

»Glaubst du, die Kohlköpfe wissen, daß man sie gepflanzt hat?«

»Man müßte sie fragen.«

»Ich versichere dir, sie wissen es nicht.«

»Welche Macht erlaubt dir, das zu wissen?«

»Das würde uns zu der Annahme führen, daß auch wir gezüchtet werden. Das hieße, den Katholiken und all den anderen aus dieser Ecke recht geben.«

Templado schwieg einen Augenblick.

»Gut, betrachten wir das Ganze einmal anders: als reinen Zufall, sonst nichts. Welche Bedeutung hat dann das Leben?«

»Du meinst deins.«

»Ja, natürlich meins. Und das der anderen.«

»Also, was bedeutet es? Warum willst du dann wissen, ob es so ist oder anders? Warum hast du gekämpft? Warum sind wir hier?«

»Es gibt einen Grund, also weißt du offensichtlich nicht, was du sagst.«

»Mal ganz ehrlich, ihr wollt die Menschen doch nur ihrer Geschichte berauben. Ich meine damit nicht eure geschichtlichen Verkürzungen oder Sichtweisen – jeder so gut er kann –, sondern daß ihr wirklich den Menschen in die Welt stellen wollt, als hätte er keine Vergangenheit, als würde er keinen Schatten werfen, als ob das, was gerade existiert, das einzig Existierende wäre.«

»Dir geht es doch nur um deinen eigenen Schatten. Sieh ihn dir an, den schenkt dir der Mond. Gleich hast du keinen mehr, der Wolken wegen.«

Ferrís stolpert. Er bleibt stehen.

»Sogar die Füße verwickeln sich drin.«

Er wird fuchsig.

»Ich tue, was mir paßt.«

»Das glaube ich nicht. Gerade das tust du nicht. Du bist einer von denen, die auf ihre Erinnerung fixiert sind.«

»Der Mensch ist seine Erinnerungen. Kannst du dir eine Welt ohne Erinnerung vorstellen? Nein. Die Erinnerung ist die Grundlage der Menschlichkeit. Sich erinnern – wenn man nur kurz darüber nachdenkt, ist das schrecklich: Weil damit der Tod – das Tote, das Vergangene – in jedem Augenblick das Leben bestimmt. Also, warum machst du mir meine Begeisterung für die Unsterblichkeit eigentlich zum Vorwurf, wo sie doch das Reinste am Menschen ist, der sicherste Grund seiner Existenz.«

»Das stellst du dir so vor. Du bist, was du tust; die Gründe gehen auf deine eigene Rechnung; durchrechnen mußt du für dich selbst; auf die Rechnung kommt nur, was du bist. Nicht einmal der Wein, den du gekippt hast, sondern nur die Wirkung, die er auf dich hat.«

»Das sagt ein Mediziner?«

»Ich bin keiner, ich vergesse alles, meine Sinne sind abgestumpft.«

»Typisch Hallodri.«

»Das bin ich. Aber im Ernst jetzt, wenn du an die Zeit glaubst – diese gestrige Entdeckung –, kannst du nicht leben: Sie erdrückt dich. Dann bleibt dir nur eine Rettung: So schnell wie möglich auf die andere Seite zu wechseln, beschämt darüber, was du nicht getan hast.«

»Oder darüber, was ich danach tun würde.«

Er bleibt stehen, um zu pinkeln.

»Vielleicht höre ich auf dich.«

Er knöpft die Hose zu.

»Sieh mal, es gibt nur zwei Arten zu schreiben: Sich entblößen – man sagt auch, sich nach außen kehren – oder sich rausputzen. Der Schriftsteller von der verängstigten Sorte versucht, alles abzuwerfen, womit er bekleidet erscheinen könnte. Je nackter, desto besser. Der andere, der berühmte, braucht Unmengen Zierrat und Glitter. Es regiert die Geschichte, und es gibt, wie sollte es anders sein, wirre Epochen, in denen der Künstler glaubt, sich entblößen, sein Innerstes nach außen kehren zu müssen, und dabei verstrickt er sich nur in einem Spinnennetz. Außerdem, Herr Doktor, man kann zwar sich entblößen, aber unmöglich die anderen. Um andere zu malen, muß man sich an das halten, was sie bedeckt; und sei es ihre Haut.«

»Man kann sie häuten.«

»Du vielleicht, im Dienste der Anatomie. Normalsterbliche würden nur Blut und Innereien sehen, *my friend.* Und jetzt Schluß mit dem Gerede, die anderen schlafen schon.«

»Auf zum Entblößen.«

Vicente träumt wenig. Wenn ich träume, überlegt er, erinnere ich mich nicht.

Und nun, dösend, erschöpft, dann wieder wach, zerschlagen, erinnert er sich an den Alptraum zwischen Wachen und Schlafen. Oder träumt er?

Das Meer, ein Meer ohne Wellen, schwarz, endlos: aus Teer. Ohne Himmel. Wenn es einen gibt, sieht er ihn nicht. Vicente sieht das schwarze Wasser von oben. Wo ist er? Auf einem Schiff? Auf der Spitze des höchsten Mastes? Denn fliegen, fliegen tut er nicht: Er steht still, sieht von oben die wundersame Fläche des schwarzen Ozeans, der allmählich um sich selbst zu kreisen beginnt. Schweres schwarzes Wasser, ölig, mit weiten, dünnen Spiralen aus bräunlichem Schaum, moosig und schmutzig. Wer, was verursacht die Drehung? Es geht kein Wind. Das Wasser dreht sich immer schneller. Aus dem vagen Drehen werden Wirbel. Das Auge des Strudels, das immer weiter in die Tiefe sinkt, lange, dünne Spiralen dunklen Schaums mit sich ziehend. Alles in seinem Gesichtskreis dreht sich auf diesen unendlich tiefen, grundlosen Schlund zu. Ein Mahlstrom.

Diese Kraft der Strömung fesselt ihn, ruft ihn zu sich, bannt ihn. Widerstehen. Das kann er (an den Mast geklammert?). Das kann er, durch Willenskraft. Nichts, was er sieht, widersteht, die Strömung reißt alles fort, was ihr in den Weg kommt, verschlingt Gegenstände, die er nicht klar erkennen kann. Stämme, Boote? Irgendwelche Dinge. Kein Wind, der das Phänomen erklären könnte.

Der Sinne beraubt, bricht er zusammen. Ertrunken, der Verstand setzt aus; alles ist Auge. Das Kreiseln beschleunigt sich. Er stürzt. Aber, nein, er sieht, starrt weiter auf das Ende. Das schwarze Wasser kreiselt und dreht sich und zieht alles mit sich. In der immer enger werdenden Tiefe ein noch schwärzerer Punkt. Schwindel, Beklemmung, Schauder. Wetterleuchtendes Erwachen, Kopfschmerz. Ende der Welt. Er interpretiert: Wir sind verloren. Ich bin verloren. Einziges Licht: Asunción. Sie suchen, sie suchen. Sie muß hier sein, dort, dort draußen. Draußen verloren. Wie sie finden unter Tausenden? Mit Lautsprecher. Wo? Sie finden, und alles wird sich finden. Sie finden, und alles wird leicht. Unter Mühen und Schmerzen richtet er sich auf. Knirschen – so empfindet er es – in den Bewegungen seines Körpers. Und seines Denkens. Er bekommt ihn nicht aus dem Sinn, den unermeßlichen Strudel.

Er geht, sucht, stolpert; erstarrt. Das Meer, das dunkle Meer. Still. Wenn es sich jetzt zu drehen beginnen, uns alle verschlingen würde ... Die Leute auf einem Haufen, wie nie zuvor. Nie waren es so viele. Er geht, sucht, stolpert, schreit:

»Asunción!«

Ich träume. Ihm wird bewußt, daß er träumt. Er glaubt zu träumen. Er glaubt, wach zu sein. Er muß den Traum augenblicklich zerstören, am besten stößt er ihm mitten ins Mark. Er steuert festen Schritts (worauf denn!) auf das Zentrum des Schlundes. Dort öffnet sich ein langer Gang, ein endlos langer Gang, der sich im Fluchtpunkt seiner Blicke verliert. (Wie ist es möglich, daß alles, obwohl es gleich hoch und gleich breit ist, in einem sichtbaren Punkt zusammenläuft? Weil er zwei Augen hat. Er erinnert sich nicht an das Naturgesetz. Wenn er einäugig wäre, würde er die Dinge sehen, wie sie sind. Er führt die rechte Hand zum rechten Auge und reißt es sich aus – ohne Schmerzen – und spürt, wie das Blut über seine rechte Wange rinnt.) Doch der Gang sieht noch immer unverändert aus, in einem engen Punkt zusammenlaufend, dem er festen Schritts entgegengeht.

Die riesengroße Photographie eines menschlichen Auges; die Iris, die Pupille, das Weiß, das Lid, die Wimpern, die Braue. Der Gang beschreibt einen Bogen, dringt in das Auge ein, führt in das Weiß, durchdringt von der Iris her die Pupille, und die schließt sich wie die Blende der Kodak, die ihm sein Vater zum fünfzehnten Geburtstag geschenkt hat. Er stolpert, stürzt, der Kopf liegt in der Kuhle der Guillotine. Oben das Messer. Wann wird es fallen? Es fällt, sein Kopf kullert hinab. Er sieht ihn in dem großen Weidenkorb, blutleer, die Augen geschlossen, grau. Mantegna: der *Übergang der Jungfrau.* Asunción: Botticelli: das Gesicht der Venus. Er steht auf, rennt los. Raus hier, dem Labyrinth entfliehen. Dort ist das Gitter, das Tor. Er rennt: Endlich, dort ist es. Er erreicht es: Winzig klein, beinahe unsichtbar, öffnet es sich zum Garten von Tante María. Die noch immer mit Früchten behangenen Orangenbäume, einige auch am Boden, die Orangenblüten am Aufknospen. Sie duften. Er träumt nicht: Gerüche kann man nicht träumen. Er steht wirklich mitten im Garten von Tante María, in Alcira. Die Erde rot; die Kräuter grün; die Orangen in deren Farbe; der Himmel blau und der Fruchtsaft im Mund, wie er ihm zwischen den Lippen hervorquillt: Blut, das ihm das Hemd verklebt.

Es regnet unablässig. War ich das, der da geträumt hat, oder jemand anders? Asunción. Erektion. Austreten, blind.

Wer ist diese Clemencia? War Paco nicht schwul?

Irgendwie schafft er es zurück in das kalte Bett.

Wo ist meine Freiheit geblieben, meine Fähigkeit, frei zu entscheiden? Wenn ich tue, was ich nicht will ...? Wenn ich es wissentlich tue, getrieben von dem, was ich nicht will, das stärker ist als das, was ich will ...? Aber dann ist für die anderen das, was ich nicht will, das was ich will. Und dann bin ich nicht mehr ich. Der Mensch ist sein Wille. Und ich bin kein Mensch.

Er schläft. Der Tag bricht gleich an. Er wacht auf.

»Hast du geschlafen?«

»Kaum.«

»Gehst du schon?«

»Ja. Danke für alles.«

Vom Fuß der Treppe kommt er noch einmal zurück.

»Ich freue mich für dich und Paco. Umarm ihn von mir. Und Grüße an Templado. Wir sehen uns.«

»Und deine Füße?« ruft ihm Clemencia noch nach.

»Bestens«, antwortet er, ohne sich umzudrehen.

Vicente nahm in Bétera die Schmalspurbahn. Beim Halt in Rocafort wanderte seine Erinnerung zu Don Antonio Machado, den er kurz nach der Hochzeit mit Asunción einmal besucht hatte, zusammen mit einigen anderen vom Studententheater, als er eine Woche Heimaturlaub nahm. Dieser alte, zahnlose Mann in seinem abgewetzten Plüschsessel wirkte auf ihn rastlos, als wäre er ständig unterwegs. Sie sprachen über die grünen Hügel von Espeluy. Drei schiefe Falten zeichneten seinen Mund, eingefallen, denn er hatte kein Gebiß mehr; unrasiert seit Tagen. Hager, der Anzug schlotterte, das Hemd aufgeknöpft, die Wangen aufgeblasen, die Schultern von Schuppen beschneit. Seine stille Resignation, mit der Last seines Bruders Manuel auf den Schultern.

Manuel, am Leben, in Burgos. Don Antonio, beerdigt, in Frankreich. Niemand erwähnte seinen Bruder, er schon, mit seinem Sevillaner Akzent:

»Mein Freund Cassou hat ein Theaterstück geschrieben. Die Tragödie eines Soldaten. Heute könnte man es aufführen. Es ist von Manolo und mir. Aber ich würde meinen Namen druntersetzen. Ihm könnte man Schwierigkeiten machen.«

Das dünne graue Haar in den Nacken gestrichen, ungekämmt, Stirnglatze, ein Inbild von Müdigkeit, der Blick verschleiert, bis er die Brille aufsetzte, später, als sie ihm eines ihrer Theaterprogramme hinhielten. Ein paar Mädchen rannten herum; sein Bruder Pepe, der der Mutter zur Hand mußte – alle trugen Schwarz –, verschwand durch einen breiten, gefliesten Flur im Innern des Hauses. Die Möbel waren alt, von schlechtem Geschmack: die Villa eines neureichen oder vielleicht schon länger reichen Valencianers. Der nach hinten gelegene Garten mit seinen halbherzig gepflegten Rabatten und Blumenbeeten, eingesäumt von modernen Kacheln, alles sich selbst überlassen. Aber der Obstgarten duftete zauberhaft; dahinter teilte eine Reihe hoher Bäume den Horizont, der bereits meerblau leuchtete.

Orangenbäume und Quellen. Hinten das Dorf und vorne heraus die Ahnung des Meeres. Don Antonio kam mit hinaus und begleitete sie mit schlurfenden Schritten zur obersten Treppenstufe.

»Ich werde Gedichte über Valencia schreiben. Sobald ich von hier fort bin. Das war immer so. Die Erinnerung ist eine große Kraft.«

Die Erinnerung, die Erinnerung an Asunción überwältigt ihn, als wenn sie ihm in dieser Bimmelbahn gegenüber säße. Godella, Burjasot, schließlich der Bahnhof Puente de Madera.

Als erstes lief er, so schnell er konnte, zum Haus von Tante

Concha. Er fühlte seinen Herzschlag im Hals und in den Schläfen. Klingeln. Niemand antwortete. Nochmal klingeln. Dann stieg er in den ersten Stock hinunter.

»Ist bei den Meliás niemand zu Hause?«

»Die Señora Concha kommt nur zum Schlafen, und auch nicht jeden Tag.«

»Und Asunción?«

»Die haben wir schon seit Tagen nicht mehr gesehen.«

(Sie lebt!)

Es gibt keinen Grund, warum sie ihn hinters Licht führen sollten, schon gar nicht Señora Petra, die ihn kennt. Soll er es wagen, ins Parteibüro zu gehen? Die Wahrscheinlichkeit ist groß, daß niemand mehr dort ist, und er liefe nur Gefahr, festgenommen zu werden. Am besten bei den Jover-Brüdern vorbeischauen. Auch wenn ihre Theatergruppe *El Retablo* nicht mehr existiert, die Mitglieder haben sich, und sei es nur aus Zufall, nicht aus den Augen verloren. Er fährt mit der Straßenbahn bis zur Gran Vía, steigt an der Ecke Almirante Cadarso aus. Alles unverändert. Das Hausmädchen öffnet ihm. Keiner der Jungs ist da.

»Und die Dame des Hauses?«

Sie zeigt auf sich.

»Guten Tag. Ich weiß nicht, ob Sie sich an mich erinnern. Wissen Sie etwas von José?«

»Er liegt verwundet im Lazarett von Onteniente.«

»Und Julián?«

»Ich weiß nicht, er war in Madrid.«

»Ja, ich habe ihn gesehen.«

»Wann?«

»Vor einigen Monaten. Und Julio?«

Der Señora steigen die Tränen in die Augen. Sie kann nicht antworten.

»Verzeihen Sie, gnädige Frau, aber ich suche meine Frau. Asunción. Asunción Meliá. Wissen Sie etwas von ihr?«

Die Frau schüttelt den Kopf. Vicente wagt nicht, weiterzufragen, er merkt, daß er den Bogen überspannt. Trotzdem hakt er nach:

»Und Luis Sanchís?«

Das Hausmädchen greift ein.

»Die Señora muß sich entschuldigen.«

Vicente wendet sich an das Mädchen.

»Und Sie, wissen Sie etwas über einen von ihnen?«

»Das Fräulein Josefina habe ich kürzlich gesehen.«

Josefina Camargo. Wo wohnte sie noch? Beim Markt. Aber wo? Josefina Camargo – Santiago Peñafiel. Hastig verabschiedet er sich. Peñafiels Hilfe in Anspruch nehmen? Niemals. Aber andererseits ... Noch immer schmerzt ihn ihre Affäre. Er hat keine rechte Erinnerung an ihn, statt dessen steht ihm augenblicklich die nächtliche Beichte von jenem 6. November vor Augen, in Madrid, und etwas unerträglich Bitteres stößt ihm auf. Das Mädchen öffnet die Tür einen Spalt.

»Und Santiago Peñafiel haben Sie nicht gesehen?«

»Den haben sie an der Aragón-Front umgebracht. Sie und Ihre Leute sind schuld. Wer hat euch denn gerufen, euch jungen Leute, daß ihr euch einmischt in Männersachen? Verflucht seid ihr! Zur Hölle werdet ihr fahren, zu Recht, Kopf voran!«

Vicente Dalmases springt die Treppe hinunter. Peñafiel gefallen. Entgegen seinen Überzeugungen freut er sich. Ein Gespenst weniger zwischen ihm und Asunción. Peñafiel, wie er Asunción besitzt. Sicher – das hat er sich schon hunderttausend Mal gesagt –, damals gehörte mir Asunción noch gar nicht. Aber natürlich gehörte sie zu mir, auch wenn wir das nicht ausgesprochen hatten!

Josefina Camargo suchen ... Sie suchen, aber wo? Vielleicht in der Allianz der Intellektuellen. Vielleicht ... So schnell er kann, geht er zum Trinquete de Caballeros. Er trifft auf Paco Bolea, der aus der Ex-Redaktion des *Diario de Valencia,* später *Verdad,* herauskommt.

»Hallo!«

»Hast du etwas von Josefina Camargo gehört?«

»Nein.«

»Und von Asunción?«

»Seit Tagen habe ich sie nicht gesehen. Seit die Zeitung nicht mehr erscheint. Wohnte sie nicht bei ihrer Tante?«

»Ja, aber da ist niemand zu Hause.«

»Natürlich. Zur Zeit schlafen wir jede Nacht woanders, für alle Fälle. Hör mal, warum fragst du nicht bei Don Juanito nach?«

»Wer ist das?«

»Der Antiquar, naja, der Trödler.«

»Warum bei ihm?«

»Ihre Tante kümmerte sich um seine Tochter.«

»Wo wohnt er?«

»Keine Ahnung, aber ich glaube, er geht jeden Tag ins Museum; er ist ein guter Freund von Ambrosio Villegas.«

»Villegas ist in Madrid.«

»Da bist du wirklich nicht auf dem letzten Stand: Schon vor langer Zeit haben ihn die von der Junta hierher versetzt. Nach Katalonien wollte er nicht.«

»Dann gehe ich gleich zu ihm. Auf bald.«

Und jetzt? Wohin?

Vicente ist völlig erschöpft, als er am Carmen-Museum ankommt. Ambrosio Villegas; die anderen. Don Juanito Valcárcel. Die Adresse: Tante Concha, das behinderte Mädchen.

»Claudia, komm her und sag meinem Neffen guten Tag. Er heißt Vicente.«

»Und Asunción?«

»Das weißt du besser.«

»Nein.«

»Sie ist nach Alicante gefahren, um dich zu treffen.«

»Wann?«

»Vor vier Tagen.«

Vicente läßt sich in einen Sessel fallen, der sich ächzend zur Seite neigt.

»Nicht dorthin, setz dich hierher.«

Vicente rührt sich nicht. Er kann nicht.

»Du bist nicht nach Alicante?«

»Ich konnte nicht.«

»Von wo kommst du?«

Der junge Mann macht eine unbestimmte Handbewegung.

»Aus Madrid.«

»Das weiß ich doch! Was hast du jetzt vor?«

Schlafen, denkt Vicente, aber er sagt:

»Nach Alicante fahren.«

Pause.

»Wann?«

»Jetzt.«

»Erstmal solltest du schlafen.«

Vicente hat nicht die Kraft, zu antworten. Dann fragt er:

»Wie geht es Ihnen?«

»Wie soll es mir schon gehen? Gut.«

Vincente reißt sich zusammen und sucht Monse. Er findet sie in der Arbeiterschule, in der Calle de Sagunto, wo das Leben weitergeht, zumindest im Kinderhort. Die junge Frau ist baß erstaunt, als sie ihn sieht:

»Du kommst erst jetzt?«

»So ist es.«

»Asunción sucht dich in Alicante bestimmt wie eine Verrückte.«

»Du weißt nicht, wo ich sie dort finden kann?«

»Keine Ahnung.«

Wer könnte es ihm sagen? Wen um Hilfe bitten?

»Am besten fährst du so schnell wie möglich hin.«

Die Partei um Hilfe bitten.

»Wer ist noch hier?«

»Alle, einige schon im Gefängnis, aber man bekommt keinen zu Gesicht. Andere, einige sind in Náquera ...«

»Da komme ich gerade her.«

»Hernández soll dort sein, Checa war dort, den hatten sie in Alicante festgenommen. Vielleicht findest du Ángel Gaos. Es heißt, er sei für die Evakuierung verantwortlich. Er dürfte einige Fäden in der Hand halten. Am besten, du machst dich so schnell wie möglich auf den Weg.«

»Das habe ich vor. Und Bonifacio?«

»Müßte bei sich zu Hause sein. Zumindest kann man dir dort sagen, wo er sich aufhält.«

Die Müdigkeit vergrößert seine Verwirrung, alles wird ihm ein einziges Drunter und Drüber. Das wilde Geschrei der Gören treibt ihn tiefer in den Strudel seines Unglücks. Sie kreischen, rennen, jagen, spielen.

»Aber ausruhen solltest du dich. Du bist leichenblaß, warum gehst du nicht nach Hause und schläfst dich aus?«

Morgen ist ein neuer Tag. Sie hat recht, aber er lehnt ab.

»Gib mir ein paar Aspirin.«

Er schluckt sie, an einem der Tische im großen Speisesaal sitzend. Lange, leere Tische.

»Wie geht es ihr?«

»Gut. Aber sie denkt an nichts anderes, als bei dir zu sein.«

Vicente läßt seinen Kopf auf den Unterarm sinken. Vor seinen Augen verschwimmt alles, und auf der Stelle schläft er ein. Monse zögert, und dann geht sie hinaus.

Zur Essenszeit weckt ihn das Gejohle der Kleinen. Er liest wie ein Schwachsinniger die großen Plakate an der Wand.

Die Begabung
Nicht das Geld

Öffnet das Tor zum Studium

Kultur ist nicht länger
Privileg einer Minderheit

Die Volksfrontregierung hat Tausende von Stipendien geschaffen, um allen begabten Kindern des Volkes ein Studium zu ermöglichen. Erfragt die genauen Bedingungen an den Unterrichtsstätten, an euren Arbeitsplätzen, bei euren Arbeiterorganisationen und beim

Bildungsministerium

»Gehst du nicht nach Hause?«

»Nein. Ich weiß nicht. Ich gehe zu Bonifacio Álvarez. Danach ...«

»Danach?«

»Muß ich sie finden, egal wie.«

Villegas und Valcárcel gehen bei den Salesianern vorbei. Gerade haben sie im Hinterraum einer Eisenwarenhandlung, die Pepa in der Calle de Serranos aufgetan hat, einige Würste erstanden.

»Also, es kostet dich wirklich nichts, im Museum vorbeizuschauen. Nimm die Straßenbahn ... Eine Sache von zehn Minuten.«

Als er herauskommt, läuft er Don Juanito in die Arme, der auf dem Weg zu ihm war. Er wundert sich über die ungewöhnliche Uhrzeit.

»Begleite mich.«

»Was soll ich machen?«

»Darüber haben wir schon genug gesprochen. Das ist deine Sache.«

»Eben darum.«

Die Salesianer ... Villegas erinnert sich, wie sich in den ersten Tagen der Militärerhebung ganze Gruppen einfanden, um sich zu den ›Milizen‹ zu melden, alle Art von Leuten, gute, schlechte, mittelprächtige. Wie sich das nahegelegene Flußbett entvölkerte; dort lagerten die Entlaufenen aus San Miguel de los Reyes, Bettler, Lüstlinge, Landstreicher, Krüppel, die den Fluß zum Bett genommen hatten, im Schutz der Brücken, vor allem unter der Serranos-Brücke; die Schnorrer, die Almosenmeister, die von der Suppenküche, ein paar aus dem Irrenhaus, einige Huren im Blaumann – alle standen Schlange und hatten etwas Rotes bei sich: ein Taschentuch, eine Schärpe, ein Schiffchen, und ein Klumpfuß war mit einer Blume gekommen.

»Schreib den da auf die Liste.«

»Mich auch.«

Was ist aus ihnen geworden? Vielleicht wird der eine oder andere wieder das, was er war.

Die Serranos-Tore; damals stand dort dieser Grobian Escriche, uniformiert als russischer General – so wie er sich einen vorstellte –, mit Tschamara aus Schaffell und Pelzmütze, im August bei brütender Hitze, und von einer Kiste aus salbaderte er all jenen hinterher, die nichts Besseres zu tun hatten; gab eine ununterbrochene Reihe von Gemeinplätzen von sich:

»Compañeros ...! Kameraden! Die Republik! Die Demokratie! Die Reaktion! Das Vaterland ist in Gefahr! Auf in die Schützengräben ...!«

Dann war da dieser Spaßvogel, der aus vollem Hals rief: »Und du, warum bist du noch hier?«

Der Volkstribun war verdattert. Gestern, vor drei Jahren, der Drang, die Begeisterung, die entschiedene Meinung, das Aufbäumen gegen die Aggressoren, die Fähigkeit, sich entgegenzustellen, der Ausbruch aus dem Alltag, aus dem Labyrinth der täglichen Routine ... Torres, sein Friseur, plötzlich Anführer einer Kolonne ... Dieses Besiegtsein.

»Was soll ich tun?«

Don Juanito redet und redet immer weiter. Sie gehen am Haus der Waisenhilfe vorbei.

»Um diese Kinder mache ich mir Sorgen. Nicht die Erwachsenen sollten weggehen, sondern sie«, sagt Villegas.

»Man kann nicht jeden evakuieren, das geht nie.«

»All die Kleinen, die jetzt ihre Näschen zu den Flugzeugen am Himmel recken und sagen: ›Es sind unsere!‹, die sind es, die wirklich den Krieg verlieren und ihr Leben. Fortan werden sie unter Francos Ägide zur Schule gehen, bei den Pfaffen, du wirst schon sehen; stimmt, sehen wirst du es nicht, aber du kannst dir vorstellen, was sie ihnen über ihre Väter beibringen werden. Über dich, über mich.«

»Du hast keine Kinder, und meine Tochter ...«

Juanito Valcárcel muß bitter aufstoßen, wegen seines ständig übersäuerten Magens.

»Das ist auch keine größere Umstellung als das, was die Jesuiten-, Maristen- oder andere Klosterschüler bei einem Sieg unserer Seite hätten mitmachen müssen.«

»Aber wir haben verloren, die Reaktion wird sich einnisten, und zwar für fünfzehn oder zwanzig Jahre. Das kannst du mir glauben.«

»Mach dir keine Sorgen, wir Spanier sind dazu geboren, an widrigen Umständen zu wachsen. Das Wohlleben ist nichts für uns. Wie lange dauerte die Französische Revolution? Na also.«

»Nur daß wir noch nicht einmal die Revolution hinbekommen haben. Wir haben die Konterrevolution aufzuhalten versucht, vergeblich. Wir wußten die Gelegenheit nicht zu nutzen.«

»Noch heute sind die Brücken der römischen Pflasterstraßen wichtig. Nicht wegen ihrer heutigen oder früheren Funktion, sondern wegen ihrer Schönheit.«

»Aber sie wurden ...«

»... zu einem bestimmten Zweck errichtet. Einverstanden. Na und? Und die Tempel? Auch Romane werden geschrieben, um Geld zu verdienen.«

»Damit machst du jede Argumentation kaputt.«

»Welche Argumentation? Ich habe nur gesagt, daß ich mir um diese Kinder Sorgen mache.«

»Reg dich ab, die werden schon groß werden, und vielleicht war das, was wir getan haben, nicht umsonst.«

»Was werden sie sagen, wenn sie erfahren, was wir gerade erleben? Zu diesem Ende, das wir ihnen aufbürden, ohne es zu wollen?«

»Mach dir keine Sorgen, das wird man ihnen nicht erzählen, und wenn doch, dann so, daß sie keine Lust haben, etwas über uns zu erfahren. Sie werden alles auf eigene Faust wiederentdecken müssen.«

»Was hast du anderes getan?«

Zu Fuß erreichen sie das Carmen-Museum.

»›Das Volk: unendliche Geduld und unbegrenzte Kraft‹, hat Robespierre gesagt«, fängt Don Juanito wieder an.

»Der Mut, das Ungestüm, die Begeisterung waren 1936 dieselben wie 1792. Der Wunsch und die Entschlossenheit. Aber nicht die Bewaffnung. Die Franzosen waren mehr als ihre Invasoren – wie wir auch –, aber ihre Bewaffnung war gleichwertig. Der Mensch, von seinem eigenen Werk besiegt.«

Sie stehen vor dem Museumseingang. Die helle Stimme Juanito Valcárcels schraubt sich in spitze Höhen.

»Sieh mal, der *Mercure de France* schrieb 1792: ›Nicht ein einziges Linienregiment, auf das sich zählen ließe. Statt dessen frisch ausgehobene Freiwillige, die von der deutschen

Taktik mehr überrascht sein werden als Klosterbrüder in der Bibelstunde oder geächtete Adelige. Nicht ein hochrangiger Offizier, der eine gewisse Reputation besäße; die Generäle sind Feldwebel, von denen die meisten noch nie eine Landkarte gesehen haben; es gibt ganze Korps ohne Offiziere, oder mit Ersatzoffizieren, deren Unerfahrenheit und früherer Rang jegliches Vertrauen untergraben.‹«

»Aber wir haben in Madrid gewonnen, in Barcelona, hier. Die Franzosen hingegen haben 1793 Niederlagen kassiert. Niederlagen am Anfang sind gut.«

»Am 1. August 1793 verkündete Carnot: ›Jeder Bürger, der ein Gewehr besitzt und sich nicht auf den Weg zur Grenze macht oder sein Gewehr einem Freiwilligen überläßt, wird hiermit zum ehrlosen Verräter des Vaterlandes erklärt, der die Todesstrafe verdient.‹«

»Stimmt: ›Alle Waffen an die Front.‹«

»Wir aber haben die meisten Waffen in der Etappe zurückgehalten, für eventuelle Zwischenfälle.«

»Die ja auch eingetreten sind.«

»Wenn wir diszipliniert gewesen wären ...«

»Die Disziplin hängt von den Waffen ab, die zum Einsatz kommen. Als man drei Minuten brauchte, um ein Gewehr zu laden, mußte man seine Soldaten dazu bringen zu schießen, während die anderen nachluden. Dieser Automatismus ist der Grund, warum Militärs die preußische Infanterie bewundern. Aber heutzutage? Wenn zwei Mann ausreichen, um ein Maschinengewehr zu bedienen?«

»Fatalerweise haben wir die Taktik des Feindes akzeptiert, dabei hätten wir ihm unsere aufzwingen müssen.«

»Welche?«

»Ich weiß nicht. Aber es gab bestimmt eine; wir sind nicht drauf gekommen.«

Villegas antwortet nicht. Er hört zu, versteht, aber er denkt nach, was er tun soll; er weiß es nicht.

»Die Disziplin, das, was man im abwertenden Sinn unter Disziplin versteht, rührt aus einer militärischen Notwendigkeit: dem Gehorsam. Disziplin ist nicht nur ein Automatismus, mit dem man die menschliche Energie möglichst gut auszunutzen versucht; sagen wir besser: Wenn das Disziplin wäre, hätte unsere der Tatsache Rechnung tragen müssen, daß wir eine Revolutionsarmee hatten, statt dessen haben wir versucht, sie als Spiegelbild der faschistischen Armee aufzubauen. Unsere Guerilleros, unsere Sprengkommandos haben gezeigt, daß wir über Mittel verfügten, die die anderen nicht hatten. Uns fehlte ein genialer Führer. ›Das Volk führt keine langen Kriege‹, schrieb 1793 einer der Volkskommissare (ein etwas hübscherer Titel als der unserer widersinnigen ›Politkommissare‹). Findest du nicht auch?«

Villegas zuckt die Schultern. Es ist ihm egal. Er will nur seine Würste im Büro deponieren. Er geht wieder los.

»›Das Volk operiert immer als Masse und offensiv.‹ Carnot wußte, daß seine Leute sich jederzeit auflösen konnten; daß sie angreifen mußten, um sich stark zu fühlen. ›Strenge Disziplin, keine genaue.‹ Unsere war weder streng noch genau. ›Die Truppen stets in unermüdlicher Bewegung halten.‹ Das heißt keine Pausen, keine Schützengräben; keine Fronten, keine Aragón-Front und auch keine Extremadura-Front. Kein Plaudern oder Fußballspielen mit dem Feind. Ich weiß, ich weiß. Aber laß mich ausreden. ›Bei jeder sich bietenden Gelegenheit den Kampf mit dem Bajonett suchen und dem Feind bis zu seiner völligen Vernichtung nachsetzen.‹ Zu jedem Zeitpunkt alles auf eine Karte setzen. Sicher, die Bewaffnung und die Umstände waren andere, aber so anders auch wieder nicht.«

Das alles im Gehen: spazieren und schwatzen. Sie treten ins Büro. Villegas macht es sich in seinem Direktorensessel bequem.

»Wie bedauerlich, daß du nicht Generalstabschef bist!«

»Lach du nur, aber Stärke besteht zu einem Großteil aus summierter Reflexion; auf diese Weise wurde die Taktik geboren, die Napoleon erst ermöglichte. Seine Gegner merkten das nicht vor 1808 oder 1809. Die Soldaten der Revolutionsarmee ertrugen es nicht, die üblichen Feuersalven über sich ergehen zu lassen, sondern stürzten sich lieber blind ins Gefecht, formierten sich neu, marschierten im Winter, was allen bis dahin geltenden Regeln widersprach. Das war die Geburt des Bewegungskrieges. Da liegt der Grund für unseren Sieg in Teruel, aber der für unsere Niederlage auch. Und mit unserem Durchhalten am Ebro – als wären wir eine reguläre Armee – begann die Niederlage dieser Tage. Wir brauchen die Bewegung, Bewegung, und sei es im Rückzug. Was versprach Napoleon den Seinen? Beim Italienfeldzug 1796 Ruhm, Land, Geld. ›Für euch, die Entrechteten, die ihr in Lumpen geht.‹ Und was versprachen wir? Disziplin und Volksfront! Dazu die Todesstrafe für jeden, der stiehlt. Und da stehen wir nun, mit dem Rücken zur Wand.«

Vicente Dalmases trat in Bonifacio Álvarez' Zimmer (ein einfaches Eisenbett, ein Nachttischchen, eine Fußmatte, eine Waschschüssel, ein Stuhl, Hausschuhe, eine Kommode).

»Wir haben also verloren?«

»Man kann nicht überall gewinnen.«

»Wo haben wir denn gewonnen?«

»In China.«

»Wir hätten besser hier gewonnen und dort verloren.«

»Was zählt, ist die Sache der Revolution.«

Lügt er? Nein. Er ist so. Er wiederholt, was man ihm beibringt, auch wenn er es nicht glaubt. In all den Jahren in der Partei hat er schon viele Kröten geschluckt, und er wird es weiterhin tun, weil er davon überzeugt ist, daß es keinen anderen Weg gibt. Man gibt einen Befehl? Er führt ihn aus. Ihn rettet auch nicht seine Individualität: Er verbietet sich, selbst zu denken. Was auch nicht nötig ist, wie Uribe ihm erklärt:

»Wozu willst du dir Ärger machen? Taktik ist Taktik, und wenn die in Moskau etwas entschieden haben, wird es gute Gründe dafür geben.«

»Ich verstehe nicht, wie Madrid verlorengehen konnte; wie Casado und Besteiro beinahe ohne Unterstützung die Oberhand gewonnen haben.«

»Um die Einheit der Volksfront nicht zu gefährden«, antwortet er, wie man es ihm eingebleut hat.

»Welche Einheit, bitteschön?«

»Das ist nicht unsere Schuld.«

»Was willst du tun?«

»Die Evakuierung organisieren, so gut es geht. Diese Hurensöhne haben nichts getan, nichts vorgesehen, nichts vorbereitet.«

»Soll Domínguez sie organisieren, dafür ist er doch hergeschickt worden.«

»Wir müssen die Evakuierung *unserer* Leute organisieren.«

»Und das heißt?«

»Den Unterschied zwischen Taktik und Strategie hast du noch nie verstanden.«

Das stimmt.

»Fürs erste können wir auf die Lastwagen zählen, die zum Transport der Leute nach Alicante nötig sind.«

»Das kann nicht so schwer sein.«

»Die genauen Routen festlegen, präzise Uhrzeiten weitergeben, die Treffpunkte, die Leute benachrichtigen.«

»Gut.«

»Das ist nicht so leicht, wie du denkst, Kamerad, keiner darf bei sich zu Hause schlafen – wenn er nicht ein sicheres Versteck hat –, sondern jede Nacht an einem anderen Ort. Und keine Aufstellungen, Listen, Adreßbücher.«

»Als würden wir wieder in den Untergrund gehen.«

»Da sind wir schon längst. Und du wirst mir helfen.«

»Asunción erwartet mich in Alicante.«

»Du wirst sie schon wiedersehen. Aber jetzt brauchen wir dich hier.«

»In Ordnung.«

»Kannst du sie nicht benachrichtigen?«

»Sicher, wenn man sie findet.«

»Tu, was du kannst.«

»Keine Sorge.«

Álvarez beglückwünschte sich selbst. Mit einer Unterstützung vom Schlage eines Vicente Dalmases hatte er nicht gerechnet; sobald er ihn eintreten sah, stand für ihn fest, daß er auf seine erprobte Effizienz nicht verzichten würde.

Straßen, Alleen, Boulevards. Die geöffneten Geschäfte mit wenigen Waren, die anderen – die Mehrheit – geschlossen. Die Bombardements haben die Hälfte der Häuser in der Nähe des Hafens in Schutt und Asche gelegt: am Canalejas-Park, am Paseo de los Mártires, am Paseo del Postiguet und am Paseo de Gomís. Asunción läuft von der Zivil- zur Militärverwaltung, vom Lokal der UGT zu denen anderer Berufsverbände. Niemand weiß irgend etwas von Vicente; sie kennen ihn nicht einmal.

»Der dort ist aus Madrid gekommen.«

»Der dort ist neu angekommen.«

»Keine Ahnung.«

»Nie gehört.«

Häppchenweise erfährt sie, daß das XX. Armeekorps weiterhin von Kommunisten kontrolliert wird; daß Checa und Vega gefangengenommen worden sind; daß General Escobar in Ciudad Real mit den Kommunisten kurzen Prozeß gemacht hat; daß niemand weiß, wie es weitergeht. Das wenige Geld, das sie dabei hatte, ist aufgebraucht, für ein Paar Leinenschuhe. In einer Schule für Arbeiter gibt man ihr zu essen, als man mitbekommt, daß sie Lehrerin einer ähnlichen Einrichtung ist.

Wo schlafen? Am Paseo de Menéndez Muñoz liest sie an einer Straßenbahn: ›Muchamiel‹. Eine diffuse Kindheitserinnerung steigt in ihr auf: Muchamiel. ›Muchamiel – das beste aus Honig‹. Der Name hat sich ihr eingeprägt. Ihr schmeckte Honig, er schmeckt ihr noch immer, und Honigbonbons. Sie hat das Wort zu Hause gehört. Ihr Vater. Aus dem Mund ihres Vaters, mit seinem katalanischen Akzent. Muchamiel. Amparo, die Mörderin. Ihr Vater tot, Luis Romero der Mörder. Wo steckt nur Vicente? Wenn er plötzlich hier auftauchte, vor ihr, vor der Bank am Paseo, auf die sie sich müde, unschlüssig und verzweifelt hat fallen lassen? Ihr Vater, so gesprächig. Muchamiel. Das reimte sich auf irgend etwas. Es mußte etwas sein, das mit seinem Beruf als Straßenbahnschaffner zusammenhing. Die Straßenbahn nach Muchamiel. Ein Genosse. Ein Genosse, der zu Hause auf Besuch war, wegen einer Gewerkschaftsangelegenheit. Mit einem Nachnamen, der sich auf Muchamiel reimte. Wilhelm Tell. Am besten war es vielleicht, am Fahrscheinhäuschen zu fragen. Die Plaza Santa Teresa. Der Anschlag: ›Bis Cruz de la Piedra – 15 cts., Condomina – 20 cts. …‹ Ein Straßenbahner.

»Entschuldigung, Compañero.«

»Was kann ich für dich tun?«

»Ich suche einen Schaffner von der Linie nach Muchamiel, der in der Gewerkschaftsleitung war, vor gut drei oder vier Jahren, und dessen Nachname auch auf ›Miel‹ oder so ähnlich endet.«

»Woher bist du?«

»Aus Valencia. Mein Vater war einer von euch.«

»Du meinst wohl Héctor Buñuel.«

»Genau den.«

»Wo wohnt er?«

»Oben in San Juan.«

»Wie komme ich dorthin?«

»Mit der Bahn nach Muchamiel. Oben, an der Haltestelle San Juan, fragst du dich durch. Er wohnt um die Ecke.«

Sie wartet etwa eine halbe Stunde. Wenigstens hat sie jetzt etwas, woran sie sich festhalten kann. ›Bis San Juan – 30 cts.‹ Das Militärlazarett; in der Ferne die Stierkampfarena, die Calle de Sevilla; dort oben die Burg. Als sie Santa Faz erreicht, will sie aussteigen.

»Nein, noch nicht.«

Ein Berg, ein Hügel, herrschaftliche Häuser. Die Straßen der Reichen.

»San Juan.«

Sie fragt. Findet. Sie erkennt ihn sofort. Er erinnert sich.

»Und dein Vater? Ich habe schon lange nichts mehr von ihm gehört. Und seine Frau?«

Was antworten? Egal was, nur nicht die Wahrheit. Nicht wegen ihres Vaters, sondern wegen des Betrugs.

»Gestorben.«

»Amparo?«

»Nein, mein Vater.«

»Und Amparo?«

»Ich weiß nicht.«

»Und wann ist er gestorben?«

»In den ersten Tagen des Krieges.«

»Du weißt gar nicht, wie sehr ich das bedaure. Ich habe ihn hoch geschätzt. Er war ein Mann, ein wirklicher Mann.«

Sie horchen: die Frau und sechs kleine Kinder, die beim Wort ›Tod‹ sofort die Ohren spitzen.

»Ein einziges Unglück, das alles«, sagt die Ehefrau.

»Und du, was tust du in Alicante?«

»Ich suche meinen Mann.«

»So jung und schon verheiratet!«

»So jung bin ich gar nicht.«

»Wann hast du geheiratet?«

»Vor zwei Jahren.«

»Und dein Mann?«

»Die ganze Zeit in Madrid. Er hat mich angerufen und gesagt, wir sollen uns hier treffen. Ich finde ihn nicht.«

»Kommunist?«

Asunción zweifelt einen Augenblick, vertraut auf die Freundschaft.

»Ja.«

»Dann weiß ich auch nicht. Etelvino Vega ist gekommen, um die Provinz zu übernehmen, aber sie haben ihn festgenommen.«

»Ich glaube, er ist freigelassen worden.«

»Ich weiß nicht. Ich will nichts wissen.«

»Ich möchte nicht zur Last fallen ...«

»Um Gottes Willen! Und selbst wenn, es reicht, daß du Meliás Tochter bist.«

Die Frau fügt hinzu:

»Er ruhe in Frieden.«

Asunción blieb in San Juan. Am folgenden Morgen, nachdem sie Verónica beim Durchfegen der Wohnung, beim raschen Waschen und Anziehen der Kleinsten geholfen hatte, fuhr sie zurück in die Stadt.

»Schließlich kennt mich ja niemand.«

»Du bist auch Kommunistin?«

»Ja.«

»*Mare meua!* Ich verstehe das nicht.«

»Ihr Mann ...«

»Ist bei der UGT, und das ist schon genug. Wir sprechen nie über diese Dinge. Er hat genug damit zu tun, Essen für die Bande herbeizuschaffen.«

Die Anlaufstellen, die ihr Héctor Buñuel genannt hatte, halfen ihr nicht viel weiter. Niemand kannte Vicente.

»Könnte ich vielleicht nach Valencia telefonieren?«

»Aber natürlich.«

»Ich habe nur kein Geld.«

»Mädchen! Sag das doch gleich.«

Sie sprach mit ihrer Tante, in Valcárcels Wohnung. So erfuhr sie, daß Vicente in Valencia war.

»Sag ihm, er soll nicht losfahren. Ich komme noch heute zurück.«

Es fuhren keine Züge. Sie nahm einen Autobus bis Denia. Als sie Villajoyosa erreichten, zwang ein Bombenangriff sie zur Umkehr; teils zu Fuß, teils auf Pferdewagen. Am folgenden Morgen bekam sie wieder eine Telefonverbindung. Vicente war am Apparat, er hatte diese Nacht bei dem Trödler geschlafen.

(Was heißt das eigentlich: ›Ihr hüpfte das Herz‹ oder ›Das Herz wollte ihr schier zerspringen‹ oder ›Das Herz zersprang vor Freude‹? Jetzt wußte sie es.)

»Bleib, wo du bist. Ich komme.«

»Wann?«

»Ich weiß nicht. Bald.«

»Wann?«

»In drei oder vier Tagen.«

»So lange noch?«

»Ja.«

»Warum?«

»Das kann ich dir nicht sagen. Aber warte auf mich! Wo bist du?«

»Jetzt in der Telefonzentrale. Aber ich wohne in San Juan. Bei einem Genossen meines Vaters. Wo sollen wir uns treffen?«

»Am Hafen.«

»Der wird beinahe täglich bombardiert.«

»Keine Sorge. Wir treffen uns dort.«

»Wo?«

»Am Hafen. Er ist nicht so groß.«

»Kennst du ihn?«

»Nein.«

»Er ist nämlich sehr groß.«

»So wie der von Valencia?«

»Nein. Kleiner.«

»Na also. Wir werden uns schon finden, Liebste.«

»Wo?«

»Am Eingangstor.«

»An welchem?«

»Sagen wir am Haupteingang.«

»Wann?«

»Das kann ich dir nicht sagen. Ich weiß es nicht genau. Wenn die Schiffe kommen.«

»Jeden Tag kommen welche.«

»Höchstwahrscheinlich ... Ich weiß nicht.«

»Kannst du nicht zu mir kommen?«

»Wohin?«

»Hausnummer 13, Calle de Canalejas, in San Juan.«

»Es ist besser am Hafen. Ich werde sofort dorthin gehen. Ruf mich morgen oder übermorgen um die gleiche Zeit an. Ich werde sehen, daß ich hier bin, vielleicht kann ich dann mehr sagen.«

»Wie geht es dir?«

»Gut. Und dir?«

»Auch gut. Du weißt gar nicht, wie sehr ich mich danach sehne, dich wiederzusehen.«

»Nicht so sehr wie ich.«

»Das waren sechs Minuten, und wir brauchen die Leitung, Compañero.«

Sie wurden getrennt.

Sie hatten sich gesprochen! Oh Sternstunde des Telefons! Wunder der Stimme in einem Kabel! Himmlische Verbindung! Lieblingsmusik! Seit Ewigkeiten nicht so guter Dinge!

Die Traurigkeit begraben, das Herz trotz der Eindrücke besänftigt, sie fühlt sich voller Kraft. Die Harmonie der kühlen feuchten Brise vom Meer! Sie steigt vor San Juan aus und klettert einen steinigen Hügel hinauf, auf ihm sind Mandelbäume, dessen kleine grüne Blätter gerade sprießen. Sich zufriedengeben mit der geliebten Stimme, die rauh ist vor Ergriffenheit. Was für eine Erleichterung! Die Landstraße, weiter oben der Lärm der Autos, wird ihr zum Halt in der Ferne. Sie hält inne. Muchamiel. Doch, noch immer hat sie Honig auf den Lippen, dank der Stimme, die vom Himmel fiel.

Ihre Zufriedenheit hielt nicht lange, aber sie ging weiter. Ihre Füße glühten noch, als Héctor ihr sagte, was er in der Gewerkschaftszelle erfahren hatte: daß es keinen Ausweg gab und die Fünfte Kolonne auf den Straßen von Alicante schon dreist Präsenz zeigte.

V.

»Herr Direktor, Herr Direktor! Jemand versucht die ganze Zeit, Sie zu erreichen, Anruf vom Hotel Victoria.«

»Die werden schon wieder anrufen.«

Es dauerte keine fünf Minuten. Wie zu erwarten, war es Tula.

»Wissen Sie etwas von Alberto, Alberto Chuliá?«

»Er ist nach Alicante zurückgefahren.«

Eine kurze Stille trat ein.

»Brauchen Sie etwas?«

»Nein, danke.«

»Ich stehe zu Ihren Diensten.«

»Kennen Sie einen Ort, an dem man noch anständig essen kann? Was sie einem im Hotel auftischen, ist der letzte Schlangenfraß.«

»Möchten Sie mit mir essen?«

Ambrosio Villegas läßt sich von seiner Neugierde treiben. Er gibt Paca Bescheid, daß er nicht nach Hause kommt, und Alfredo, daß er so gut es geht kochen solle.

»Ich habe noch Kaninchen.«

Alfredo ist unzufrieden, wenn er nicht etwas ergattern kann, was die anderen nicht haben; Wilderer, Schmuggler, Schwarzmarkthändler, Hamsterer; alles im kleinen Stil, mehr braucht er nicht zu seinem Glück.

»Ich habe mich sowieso schon gefragt, warum dieser Hundsfott mir soviel Geld gibt.«

Das Nebenzimmer ist schmuddelig, mit roter, inzwischen rissiger Farbe gestrichen; die Stühle sind häßlich, aber bequem, wenn auch etwas zu niedrig für die Höhe des Tisches; das Tischtuch beinahe sauber, der Wein erstklassig, die Muscheln perfekt, und das Kaninchen mit Kartoffeln zart und voll im Geschmack.

»Seit Jahren nicht gegessen.«

»Das sieht man Ihnen nicht an.«

»Kaninchen, meine ich.«

»Mögen Sie es nicht?«

»Ich habe zu viele gegessen.«

»Wo?«

Sie macht eine unbestimmte Handbewegung, um das Gesprächsthema zu wechseln.

»Es gab nur noch einen Platz im Flugzeug.«

»Und deshalb läßt er mich in Valencia sitzen? Es wird doch noch mehr Flugzeuge geben.«

»Was wollen Sie tun?«

»Nach Paris zurückkehren. Ich glaube zwar nicht, daß es mir dort gefallen wird, aber das hier wird nichts mehr. Er hat mich mit einer Marokko-Reise beschwatzt. Ich habe sie nicht wegen ihm angetreten, sondern wegen des Wetters. Paris ist zu dieser Jahreszeit unerträglich. Ich mag es sowieso nicht.«

»Was mögen Sie?«

Tula zweifelt, zuckt mit den Schultern. Dann antwortet sie aus Gefälligkeit:

»Barcelona.«

»Katalanin?«

»Selbstverständlich.«

Sie essen, trinken, rauchen. (Tula hat französische Zigaretten dabei.)

»Das hier wird nichts mehr.«

»Und überhaupt. Kein Mann ist es wert, daß man so etwas für ihn tut. Ihr seid doch alle Schweine, mit Verlaub.«

»Selbstverständlich, mit den Frauen können wir uns nicht vergleichen.«

»Sparen Sie sich Ihren amüsierten Ton. Ihr habt nichts mit uns gemeinsam. Ein Hund und eine Hündin haben viel mehr gemeinsam. Ein Mann und eine Frau nichts.«

»Das liegt an der Spezialisierung; die hat viel früher begonnen, als die Leute denken.«

»Sie scheinen mir intelligent.«

»Sie sind zu gütig.«

»Machen Sie sich keine Hoffnungen: Das hilft Ihnen nicht weiter.«

Sie schiebt nach:

»Sich Hoffnungen machen.«

»Ich mache mir keine Hoffnungen.«

»Auch nicht, daß Sie mit mir ins Bett gehen?«

»Darauf bin ich noch nicht gekommen.«

»Dann kommen Sie jetzt drauf. Ich stehe zu Ihrer Verfügung.«

»Um sich an Alberto zu rächen?«

»Seien Sie nicht albern. Ich erinnere mich nicht einmal mehr an seinen Namen. Nein: Ich habe gut gegessen, und es käme mir gelegen, es so ausklingen zu lassen, wie es sich gehört.«

Sie fuhren zum Hotel.

»Ich glaube, alle Männer sind schlecht, sie sind und bleiben niedrig, stolz oder brutal.«

»Wo ist der Unterschied zwischen niedrig, stolz, brutal und, sagen wir, neidisch, grausam, böse?«

»Das Schlechte müßte eigentlich mehr sein als die Summe aller Laster, und damit kommen die Männer immer wieder durch: Das ist der Haken.«

»Und bei den Frauen ist das nicht so?«

»Das wäre ja noch schöner!«

Ambrosio merkt, daß es etwas Dunkles in Tulas Leben

geben muß. Er hat nicht die geringste Lust, es herauszufinden; abgesehen davon ist er zur Tertulia eh schon spät dran.

»Was sagt man in Paris zu unserer Sache hier?«

»Denen steht's bis hier« – sie zeigt zum Hals –, »wenn es nach denen geht, ist es lieber heute als morgen vorbei. Noch nie haben sie so viele Spanier auf einmal gesehen, und sie verwechseln uns immer mit den Zigeunern. Hier, in Ordnung; aber dort sind wir Hungerleider. Zumindest für die Franzosen, mit denen ich Umgang pflege.«

»Ich muß los.«

»Es war mir ein Vergnügen, dich kennengelernt zu haben. Du machst dir wenigstens keine Hoffnungen und bist kein Angeber.«

»Das ist ja schon einmal was.«

»Fang gar nicht erst an damit, es ist der falsche Weg.«

»Ich muß mich also in mein Schicksal als Mann fügen?«

»Was bleibt dir anderes übrig?«

»Willst du wirklich nichts?«

»Nein. Was kannst du mir bieten, was ich nicht hätte? Einen Goya, einen Velázquez wirst du mir nicht geben ... Alles andere habe ich bekommen, ich bin wunschlos glücklich, also ... *arrivederci.*«

Als Villegas das Hotel verließ, rief Tula beim Portier an.

»Besorg mir einen Wagen.«

»Es gibt keine. Die sind vergesellschaftet.«

»Wo es Geld gibt, gibt es Autos.«

»Das geht nicht.«

»Wieviel?«

»Ich sage doch, es geht nicht.«

»Wieviel?«

Der Riesenstapel Geldscheine verblüfft den Mann in der schmuddeligen Livree.

Vicente ging bei Bonifacio Álvarez vorbei.

»Ich habe mit Asunción gesprochen.«

»Ich nehme an, du hast ihr nichts gesagt.«

»Nichts wovon?«

»Was du hier machst.«

»Wofür hältst du mich?«

»Es wäre nicht das erste Mal.«

»Wie bitte?«

»Es wäre wirklich nicht schlecht, wenn du es endlich begreifen würdest. Oder hast du schon vergessen, warum du im August 1936 an die Front gegangen bist?«

Schweres Schlucken.

»Ist sie hier?«

»Nein. In Alicante. Du mußtest mich ja unbedingt …«

Ein Ton voller Vorhaltungen.

»Hätte ich unsere Leute im Gefängnis fragen sollen?«

Kurze Pause.

»Geht es ihr gut?«

»Ja.«

»Hast du alles vorbereitet, was dir aufgetragen wurde?«

»Im Rahmen des Möglichen, ja.«

»Gut, dann sollen sie den Leuten die vereinbarten Orte und Uhrzeiten mitteilen; ab morgen früh um vier. Ich nehme an, die Lastwagen schaffen zwei Touren und übermorgen nochmal zwei. Du fährst im letzten mit.«

»Und du?«

»Ich, ich bleibe hier.«

»Wie, du bleibst hier?«

»Einer, ein paar müssen doch bleiben, oder? Oder meinst du vielleicht, wir geben alles auf?«

Er verschwieg ihm, daß er bei Pedro Checa hartnäckig versucht hatte, Vicente zugeteilt zu bekommen. Davon sagte er nichts. Nur die letzten Befehle:

»Sollte es noch Straßensperren geben, müßt ihr durch,

egal wie. Zwei bewaffnete Männer vorne, zwei Mann hinten, dazu Handgranaten. Am Hafen setzt du dich sofort mit den Verantwortlichen der Partei für die Evakuierung in Verbindung.«

»Und dann?«

»Das liegt bei dir. Sobald die Ausgewählten für die zwölf Lastwagen am Hafen ausgestiegen sind, ist die Mission für dich beendet. Salud.«

»Salud.«

Sie gaben sich die Hand. Zu einer Umarmung rangen sie sich nicht durch. Sie sahen sich an.

»Auf bald.«

Keiner von beiden glaubt daran.

»Für euch kommen Schiffe, aus Marseille und Oran.«

Gleich nach ihrer Ankunft in Alicante stieß Tula hinter einer Straßenecke auf den Cadillac, mit dem Chuliá gefahren war, und auf zwei seiner Begleiter, die mit dem Besitzer eines Bekleidungsgeschäftes, das kurz vor der Schließung stand, schacherten. Sie wies ihren Fahrer an, auf sie zu warten, und stieg aus.

»Wo haben Sie den General gelassen?«

»Am Flughafen. Den Wagen hat er uns geschenkt.«

»Das darf er. Er gehörte ihm. Hat er Ihnen nichts gesagt?«

»Nein. Daß wir das Mädchen an der Zivilverwaltung absetzen sollen.«

»Welches Mädchen?«

»Das wir aus Valencia mitgenommen haben.«

»Jung?«

»Ja, und blond.«

»Das hat gerade noch gefehlt. Hurensohn!«

»Ich glaube nicht, daß es war, wie Sie denken. Sie war auf der Suche nach einem Mann. Außerdem Kommunistin.«

»Was weißt du denn, was ich denke?«
Sie ging zurück zu ihrem Wagen.
»Auf zu Air France.«

»Ich will einen Flug nach Paris.«
Der Mann dort sah sie belustigt an und antwortete ernst:
»Es gibt keine Flüge.«
»Einen wird es dieser Tage schon geben.«
»Wer weiß, wann.«
»Irgendwann bestimmt.«
»Das kann zwei Wochen dauern, einen Monat, zwei.«
»Völlig egal.«
»Sie müßten den Flug in Francs zahlen.«
»Nehmen Sie auch Dollars?«
»Selbstverständlich. Sie haben ein Visum?«
»Hier, bitte.«
»Wo dürfen wir Sie benachrichtigen?«
»Ich werde telefonisch nachfragen.«
Sie ließ sich ins Hotel Victoria bringen. Eine halbe Stunde später begann ein Bombenangriff. Käsebleich stürzte sie in den Keller. Als der Fliegeralarm vorbei war – in der Luft stand noch der Staub, und die Krankenwagen rasten durch die Straßen –, ging sie in die Calle de Torrijos und klingelte an einem einstöckigen Haus. Am Fenster zeigte sich Concha. Die Puffmutter erstarrte zu Stein.
»Was willst du denn hier?«
»Wohnen. Hauptsache weit weg vom Hafen.«
»Ich bin allein.«
»Dann hast du jetzt Gesellschaft.«
»Mein Haus ist geschlossen!«
»Ich zahle dir Miete für das Zimmer. Siehst du nicht, daß die Welt Kopf steht? Geld habe ich genug. Und von Männern will ich nichts sehen: Karten, Kaffee, Cognac.«
»Sollst du haben. Ich komme runter.«

Das Haus hat drei Stockwerke, gemauert aus Granit- und Ziegelstein, mit bauchigen und blumenverzierten Eisengeländern, auch Stuckrosetten und Traufleisten fehlen nicht, und auf dem früher einmal glänzenden Mauersockel prangen mit Kalk oder Teer gepinselte Parolen: ›Hoch lebe die UdSSR‹, ›Volksfront‹ und mehrmals und immer wieder verwischt: ›Vereinigung Proletarischer Brüder‹. Am Schlußstein des Torbogens hängt eine mächtige Lampe im altmodischen Stil, die Balkonsimse zieren Sterne und Blüten; die Toreinfahrt ist weit und sauber und breit genug für ein Auto. Das Haus, das Anfang des Jahrhunderts erbaut worden sein muß, als Blasco Ibáñez und Rodrigo Soriano mit knallenden Spazierstöcken um sich schlagend durch die Straßen zogen, verströmt unverkennbar bürgerliche Sicherheit. Die Besitzer, so ist es üblich, wohnen vermutlich in der Bel Etage; doch dem ist nicht so, dort lebt Carlos Dalmases, Steuerverwalter des Bezirks; in den drei Räumen rechts, die zur Calle Isabel la Católica gehen, hat er sein Büro eingerichtet, und in den übrigen – über zehn, elf, um genau zu sein – kamen seine neun Kinder zur Welt. Nicht schlecht für neunundzwanzig Ehejahre, wenn man in Betracht zieht, daß noch einmal die gleiche Anzahl Nachkommen bei der Geburt oder kurz davor oder danach verstorben sind.

Davor erhebt sich in ihrer ganzen Breite die Jesus-und-Maria-Kirche, ein Betonbau, Industriegotik mit gestutztem Turm, offensichtlich reichte die Mildtätigkeit der Pfarrgemeinde nicht für mehr; auch der Portikus ist unvollendet. Die vergoldeten Altäre funkeln im Schein künstlicher Kerzen, und die Heiligen sehen ohne flackernde Kerzen noch falscher aus, als wären sie gerade auf eigenen Beinen aus einem Schaufenster in der Calle de la Paz hierhergelaufen. Derzeit sind die hellen Holztore verschlossen.

Ambrosio Villegas wohnt im zweiten Stock rechts. Als er zur Tür hereintritt, kommt ihm Pepa entgegen:

»Wetten, du errätst nicht, wer da ist.«

Hinter ihr taucht Luis González Moreno auf. Villegas zeigt sich nicht überrascht.

»Freut mich, dich zu sehen.«

»Mich nicht.«

Villegas begreift genau die Bedeutung der Worte seines alten Freundes.

»Von wo kommst du?«

»Aus Madrid.«

»Warum bist du hier?«

»Um mit euch zu Abend zu essen.«

»Laß uns rübergehen. Wie geht es dir?«

»Völlig am Ende.«

»Wieso?«

»Wieso schon.«

»Erklär uns, warum.«

González Moreno macht eine fahrige Handbewegung: Was soll das noch? Sie setzen sich, warten auf die Linsen, denen Paca wegen Luis' Besuch noch einige Würste beigibt; danach gibt es Malzkaffee mit Milch und Schwarzbrot.

»Wenn wir die Welt und das Schicksal mal ausklammern, fing doch alles im Dezember letzten Jahres an, als Fernando Piñulea seines Postens als Generalkommissar der Zentrumsarmee enthoben wurde. In Madrid kümmerte sich keiner um die Offensive gegen Katalonien. Zu dieser Zeit hörte ich einen sozialistischen Armeeführer sagen: ›Unter diesen Umständen lohnt es sich nicht weiterzukämpfen.‹ Er hatte natürlich recht, aber nicht deshalb, sondern weil wir zweihundert Geschützbatterien hatten und sie sechshundert, wir fünfzig Panzer und sie hundert. Oder meinst du, die Kommunisten hielten den Krieg für gewonnen und wollten sich Posten sichern? Oder daß sie davon ausgingen, ihn alleine weiterführen zu können? Natürlich nicht. Im Januar fand in Barcelona ein Treffen zwischen der UGT und der CNT statt, um über die Verteidigung Kataloniens zu beraten, und heraus kam lediglich, die Regierung um eine Erhöhung der Lebensmittelrationen zu bitten … Negrín war überzeugt, selbst damals noch, daß man dreißig Batallione mit je zweihundert entschlossenen Männern aufstellen könne, ausgewählt durch die Parteien und Organisationen. Es blieb bei Worten. Santillán bat um das uneingeschränkte Recht, fünftausend Mann von der CNT auszuheben. Negrín willigte ein. Und – nichts passierte! Als aber, am 23. Januar, der Befehl zur Evakuierung kam, flohen Hunderttausende. Damals besuchte ich Fernando Vázquez, der in einer Villa außerhalb der Stadt lebte. Dort war alles voll mit Soldaten, desertiert von der Front, fest entschlossen, nicht dorthin zurückzukehren, und zu schwach, um weiterzufliehen. Und wie die Kolonnen bei ihrem Rückzug zusammengeschossen wurden! Was sagte Azaña gleich zu einem seiner Leute: ›Ich stelle fest, daß ich mich geirrt habe. Spanien ist etwas anderes, das, was wir immer gehaßt haben, seit der Gegenreformation. Da kann man nichts machen.‹ Nach außen lag er noch auf einer Linie mit Casado; innerlich war er schon lange ein gebrochener Mann.«

Ambrosio hört seinem alten Freund aus Kindertagen mit Erstaunen zu. Nicht, daß die Propaganda in Radio und Zeitung ihn hinters Licht geführt hätten, nein, die Schilderung entsprach genau seinem Empfinden. Dabei hätte er trotz aller Rückschläge nie den Gedanken gewagt, der Krieg könne verlorengehen.

»Was meinst du, steckten sie unter einer Decke?«

»Wer?«

»Azaña und Casado.«

»Nein, wo denkst du hin! Weißt du, wie die Jahrgänge genannt wurden, die bei der Generalmobilmachung in letzter Sekunde einberufen wurden, die über Vierzigjährigen?«

»Nein.«

»Die Konserven-Jahrgänge. Von wegen ›Jetzt geht's ans Eingemachte‹.«

»Hier nicht.«

»In Madrid auch nicht. Dort hat niemand damit gerechnet, daß man sich ergeben könnte. Aber die Führer waren entschlossen, dem Krieg ein Ende zu setzen, wie auch immer. Noch nie habe ich soviel Haß und Mißgunst gesehen. Ganz zu schweigen davon, daß Negríns Rückkehr und die Ankunft der in Katalonien geschlagenen kommunistischen Offiziere echtes Unbehagen auslösten. Immerhin, schließlich hatte man in Madrid über dreißig Monate lang dem Feind widerstanden; die Rückkehrer aus Frankreich ließ man ins Leere fallen. Außerdem meinten die Anarchisten, jetzt sei ihre Stunde gekommen. Für die zählt nicht der Zeitpunkt, sondern die Gelegenheit. Es war Melchor Rodríguez, der Casado vorschlug, eine neue Volksfront solle die Regierung übernehmen. Zudem standen Casado und Besteiro schon seit einiger Zeit in Kontakt mit der englischen Regierung, um uns mit dem Degen den Todesstoß zu versetzen. Dann kamen Azañas Rücktritt, die Anerkennung Francos durch England und Frankreich. Vielleicht, auch wenn es kaum zu glauben ist, vertraute Casado auf Francos Wort. ›Entweder wir werden alle gerettet, oder wir sterben alle in Schande‹, so hatte Negrín es ausgedrückt, und der Verteidigungsrat trat nach seinen eigenen Worten an, diese in die Wirklichkeit umzusetzen, ›für die erste und letzte, für die einzige Aufgabe‹. Ich glaube, es war der San Andrés, der das verlesen hat. Casado sagte daraufhin klipp und klar: ›Das Spanische Volk wird die Waffen erst niederlegen, wenn es die Garantie für einen Frieden ohne Verbrechen hat.‹ Dann ging das Gerangel um die Posten los. So ist Pater Benito – Feliciano Benito, der 1936 die Regierung Largo Caballero in Tarancón festgenommen hat – Kommissar der Zentrumsarmee geworden ... stolz wie ein Gockel.«

»Ich erspare dir meinen Kommentar. Und die letzten Tage?«

»Eines Morgens stand Artillerieoberst Cendaños oder Centaños, ich weiß nicht genau, jedenfalls der Chef des Artilleriekommandos, vor Casado: ›Zu Ihren Diensten.‹ Cendaños legte ihm ein Problem aus seinem Militärbereich dar, da platzte er plötzlich heraus: ›Oberst Casado, ich bin der Emissär von General Franco.‹ Man kann sich Casados Gesicht vorstellen ... zumal er auch physisch am Ende war. Der Artillerist, er war in Begleitung, beglückwünschte ihn und legte ihm dar, daß sie nur die Mission hätten, über die bedingungslose Kapitulation Einverständnis zu erziehlen. Casado plusterte sich auf, er sei bereit, bis zuletzt zu kämpfen. Cendaños reichte ihm, sehr selbstbewußt, ein Dokument mit den Bedingungen. Bedingungen, das ist freundlich ausgedrückt. Wie nicht anders zu erwarten gewesen war, verweigerte Franco jegliche Art der Verhandlung. Trotzdem hat das Hin und Her zwischen Madrid und Burgos eine Woche gedauert. Die Militärs – und der Verteidigungsrat – erwogen, die Evakuierung der Zivilbevölkerung Madrids zu organisieren und die Streitkräfte des Zentralen Sektors hinter den Tajo zurückzuziehen. Am Ende aber wurde, wie zu erwarten, nichts beschlossen. Jedenfalls erarbeitete man einen Plan, dessen Umsetzung gestern hätte beginnen sollen. Am 19., glaube ich, teilte Cendaños ihm mit, daß der Generalísimo in Verhandlungen einwillige, aber ausschließlich über Einzelheiten der Kapitulation, und nicht mit ihm, sondern ausschließlich mit Offizieren im Rang nicht über dem eines Obersten; am 23. flogen Garijo und Ortega nach Burgos. Ihre Gegenüber wollten sie nicht einmal anhören – sie empfingen sie in rüpelhaftester Weise, verließen mit ihnen nicht einmal den Flugplatz – und legten ihnen ein Dokument vor, in dem die Übergabe unserer Luftwaffe auf vorgestern festgesetzt war, das sollten sie Casado bringen. Wie du dir denken kannst, sind die Piloten, als sie das mitbekamen, sofort nach Frankreich oder Algerien geflogen. Garijo und Ortega haben sich vor achtundvierzig Stunden erneut nach Burgos aufgemacht, um einen Aufschub von fünfundzwanzig Tagen zu erbitten, damit wir – jeder, der will und kann – die Möglichkeit haben, auszureisen, auf englischen und französischen Schiffen. Mit eingezogenem Schwanz kamen sie zurück. Gestern sprach Casado telefonisch mit Burgos, und Franco ließ ihm mitteilen, daß heute an allen Fronten der Vormarsch beginnen werde. Gestern gegen Mittag haben sie Pozoblanco eingenommen. Eine Front gibt es nicht mehr.«

Stille breitet sich aus. Paca kommt mit den Linsen herein.

»Wieviel Mann haben wir zur Verfügung, grob geschätzt?«

»Ob du es glaubst oder nicht, etwa achtzigtausend.«

»Und was hast du vor?«

»Ungelogen: Ich bin hergekommen, um die Wahl einer neuen UGT-Führung zu organisieren ...«

In den Worten des Arbeiterführers liegt so viel Bitterkeit, daß Ambrosio Villegas das Gespräch in eine andere Richtung lenkt. Er fragt ihn nach seiner Familie; Luis González Moreno kommt auf sein Thema zurück.

»Und du, was hast du vor?«

»Wie, was ich vorhabe? Durchhalten.«

»Geh fort.«

»Wohin?«

»Wohin es geht: nach Frankreich, nach Algerien. Danach wird man weitersehen. Ich jedenfalls gehe, und zwar sofort.«

»Wo willst du schlafen?«

»Das weiß ich nicht.«

»Bleib hier.«

»Ich muß mich mit Leuten treffen.«

»Nimm den Schlüssel mit. Muß ich dir extra sagen, daß du dich wie zu Hause fühlen sollst?«

»In Ordnung. Danke. Und danke für das Essen, Paca.«

»Gern geschehen, wirklich.«

»Wenigstens seid ihr hier. Bis gleich, besser gesagt: bis morgen.«

Von einem Tag auf den anderen hat sich die Physiognomie der Stadt verändert. ›Oder liegt es an mir?‹ fragt sich Villegas. Ja, so wird es sein, ich bin unaufmerksam. Die ziellosen Soldaten, die Leute, die nichts mit sich anzufangen wissen, dann die gut gekleideten Menschen mit dem Lächeln im Gesicht. Die Zufriedenheit der künftigen Sieger, der künftigen Jäger. Ist es die Luft? Oder sind es gar die Steine, die spüren, daß ein Wechsel bevorsteht? Der hier mit dem arroganten Gesichtsausdruck. Dort ...

»Was sollen wir machen?« fragt Paca.

»Fürs erste trinken wir die halbe Flasche Cognac, die uns Chuliá mitgebracht hat.«

Paca sieht ihn an, sagt nichts – sie hat nie groß etwas gesagt, aus Bewunderung für ihren Mann (man kann es wahlweise auch Liebe nennen). Sie öffnet den Wandschrank.

In dem stattlichen Büro – Mahagonitäfelung, Goldleisten, Intarsienarbeiten, Samtpolster, Quasten, Historienschinken, steife Stühle, ein dunkler Teppich, der alles Sonnenlicht schluckt und jetzt die elektrischen Leuchten zu Funzeln degradiert – besprechen sich González Moreno und Molina Conejero, der Gouverneur, ein aufrechter Mann, Sozialist, seit er denken kann.

»Erzähl mir nicht, du hättest mich nicht erwartet. Ich habe Telegramme aus der Führung mehrerer Industriegewerkschaften bekommen, ich soll das Nationalkomitee der UGT zusammenrufen. Für Diskussion und Neuwahlen! Ich konnte nicht früher, ich konnte nicht einmal den Fuß vor die Gewerkschaftszentrale setzen, um nach Hause zu gehen ... Ich schwöre dir, am liebsten hätte ich laut gelacht. Und die Lage ist auch zum Lachen! Euch war es offenbar egal, daß sie uns in Madrid wie die Kaninchen abgeknallt haben. In der derzeitigen Lage politische Fragen diskutieren! Spinnt ihr?«

»Laß mich aus dem Spiel, ich habe mit meinen Sachen schon genug zu tun.«

»Aber die Tatsache, daß man mir, kaum war ich angekommen, mit vorgehaltener Pistole den Wagen weggenommen hat, das geht dich sehr wohl etwas an.«

»Wann?«

»Vor zwei oder drei Stunden.«

Molina schaut auf die Uhr. Ein Uhr morgens. Es ist schon der 27.

»Welches Kennzeichen?«

»Ist das dein Ernst?«

»Nein.«

Molina, von den Mühen gezeichnet, innerlich erschöpft, hält sich äußerlich aufrecht.

»Was willst du? Sie versuchen, irgendwie an Fahrzeuge ranzukommen. Und hier ...«

»Was ist hier?«

»Die Schiffe, die hierhergekommen sind, haben Befehl, ohne Passagiere auszulaufen. Willst du das Telegramm von Trifón Gómez sehen, aus Frankreich, in dem er mir das bestätigt?«

»Ich glaube dir. Wenn wir nicht wir wären, würde ich sagen, Gott hat uns seine schützende Hand entzogen.«

»Wo haben sie dir den Wagen weggenommen?«

»Vor der Tür des Provinzbüros der Gewerkschaft, in der Calle de Luis Vives, fast an der Ecke Calle de la Paz. Besonders fuchst es mich wegen einer Mappe mit Familienphotos, die ich dabeihatte. Die Papiere können mir gestohlen bleiben. Das war heute der Tag der Pistolen, später meinten noch ein paar, sie müßten sich aufspielen; irgendwelche Schwachköpfe, die kein Mitspracherecht bei der Versammlung hatten. Wahrscheinlich, weil sie entwaffnet werden sollen ... Nette Freunde sind das in deiner Largo Caballero-Fraktion ...«

Das Gespräch hat einen bitteren Grundton. Molina und Rodríguez sind alte Freunde und Genossen. Sie schätzen sich für ihre Fähigkeiten, obwohl sie unterschiedlichen Flügeln der Sozialistischen Partei angehören.

»Morgen, also heute, haben wir noch ein Treffen. Ich habe Zabalza gebeten, einen Lagebericht zu verfassen.«

»Zabalza?«

»Warum nicht?«

»War er nicht für Besteiro, den Verteidigungsrat, die Kapitulation?«

»Inzwischen wohl nicht mehr.«

»Und was machst du jetzt? Ich meine morgen.«

»Ich werde Valcárcel besuchen.«

»Möchtest du etwas essen?«

»Ich habe schon gegessen, bei Villegas.«

»Alte Liebe im Misericordia-Viertel ...«

»In der jetzigen Lage sind das Viertel und die Kindheit wichtiger, als man meint. Komisch, aber so ist es. Gibt es neue Nachrichten?«

»Offiziell keine.«

»Wenigstens etwas. Wißt ihr etwas Neues? In der Versammlung vorhin kursierten so viele Gerüchte, daß man überhaupt nicht mehr weiß, wie es weitergeht. Wie sieht's aus?«

»Nichts. Wie es aussieht, gehen die Verhandlungen mit Burgos weiter.«

González Moreno zuckt die Schultern.

»Offenbar weiß ich mehr als du. Auf bald.«

»Auf bald. Geh hier hinaus.«

Der Gouverneur führt seinen Genossen zu einer in der Täfelung versteckten Tür.

»Wohin gehst du? Willst du hingebracht werden?«

»Ich schaue im Parteibüro vorbei, mal sehen, wen ich dort treffe.«

Er stößt auf Sánchez, Jiménez, Monfort und Medina, die in dem baufälligen Büro um einen Tisch sitzen. Die Sozialisten hatten sich bei den Enteignungen nicht bereichern wollen. Sie waren dort geblieben, wo sie immer gewesen waren, seit Molina Conejero Bezirkssekretär war.

»Hallo.«

Sie begrüßen ihn. Sie kennen ihn nur flüchtig, aber immerhin.

»Und Pascual Tomás?«

»Der ist gerade fortgegangen.«

»Tja, wer irgendwie weg kann, ist los nach Gandía, nach Denia, nach Callosa, sogar bis nach Villajoyosa, um sich ein Boot, einen Kahn, eine Barkasse zu suchen.«

»Untergang garantiert.«

»Und ihr?«

»Wir? Siehst du doch. Wir warten.«

González Moreno weiß nicht, daß sie Freimaurer sind und daß man ihnen mitgeteilt hat, sie sollten warten, bis man ihnen am nächsten Tag ein Schiff schicken würde. Darüber haben sie gerade geredet. Jetzt sind sie auf der Hut.

»Stimmt es, daß Gómez Osorio jetzt neuer Präsident des Führungsausschusses ist?«

»Das hört man.«

»Und daß es in der Vereinigten Jugend Krach gibt, weil sie sich wieder trennen wollen?«

»Das nehme ich an.«

»Da hinten sind zwei Jungs, die seit zwei Stunden auf dich warten.«

»Wo?«

»Im Büro des leitenden Sekretärs, weil du doch gesagt hast, du schaust vorbei …«

Es sind Claudín, der Führer der Vereinigten Sozialistischen Jugend, und Manuel Navarro Ballesteros, ehemaliger Chefredakteur von *Mundo Obrero,* der kommunistischen Parteizeitung.

»Was gibt's?«

»Wir möchten mit dir reden, über unsere Gefangenen in Madrid. Die übergeben sie glatt noch den Franquisten.«

»Ihr wißt doch …« (Das Wohlwollen liegt in den drei Punkten.)

»Außerdem will Checa mit dir reden.«

»Wo ist er?«

»Versteckt.«

»Wenn ihr wollt, gehen wir sofort.«

Ihr Wagen steht vor der Tür.

»Ich kann dir versichern, die UGT wird alles in ihrer Macht Stehende tun, damit die kommunistischen Gefangenen nicht Franco in die Hände fallen.«

»Und ich versichere dir meinerseits, daß das Politbüro der Kommunistischen Partei zu keinem Zeitpunkt den Befehl zum Aufstand gegen den Verteidigungsrat gegeben hat.«

»Das ist mir bekannt.«

Er hütet sich zu sagen, daß er das nicht gutheißt. González Moreno ist überzeugt, daß Casado, wenn die Kommunisten nur gewollt hätten, niemals durchgekommen wäre.

»Und du?« fragt ihn Checa, »Wie kommt es, daß du noch hier bist?«

»Und du?«

González Moreno bittet um eine Telefonverbindung mit Wenceslao Carillo. Sofort, sagt man ihm, bekomme er seine Verbindung mit Madrid. So ist es. Mit Mühe schluckt er die zornigen Kommentare hinunter, die ihm auf der Zunge liegen, und kommt direkt zur Sache:

»Was habt ihr mit den Kommunisten vor, die ihr als Gefangene habt?«

»Sie freilassen.«

»Wartet damit nicht zu lange.«

»Die dreißig, die uns am meisten Ärger gemacht haben, wurden nach Valencia überstellt, schon vor Tagen. Die anderen sind schon draußen.«

»Hör gut zu«, sagt González Moreno zum Gouverneur, als er wieder in dessen Büro tritt, »du hast mir versprochen, die Kommunisten freizulassen, die sie dir aus Madrid geschickt haben, und statt dessen hast du die Wachen in den Gefängnissen verstärkt.«

»Man wollte sie überfallen.«

»Wer?«

»Die gleichen wie immer. Ein paar von der CNT und fünfzig Wildgewordene, und wie die Dinge derzeit stehen, sind das genug, um zehntausend wegzupusten und nochmal so viele umzulegen. Sollen die Faschisten sie freilassen.«

»Und die Kommunisten, die sie dir aus Madrid geschickt haben?«

»Die sind schon draußen.«

»Und die vom SIM, die Geheimdienstler, die du da drin hast?«

»Das ist eine andere Geschichte. Das ist ein Haufen Arschlöcher. Ich schwöre dir, die Entscheidung hat mich Überwindung gekostet. Ich habe viel darüber nachgedacht, das kannst du mir glauben.«

»Aber sie werden sie erschießen.«

»Hundertprozentig, und zwar als erste. Es ist schon ärgerlich, daß ich das nicht selbst tun konnte. Du weißt ja, seit einem Jahr stellen wir niemanden mehr an die Wand. Und dabei ist dieser *Pataqueta* ... Chuliá ist wieder und wieder darauf herumgeritten, er sei aus dem Misericordia-Viertel, wie er und wie du, er sei mit seiner Schwester verlobt gewesen, habe mit ihr getanzt und Wahlurnen zerschlagen, damals wegen der Republikaner. Aber er ist und bleibt ein Zuhälter, ein billiger Zuhälter und Ganove. Vielleicht ist er von denen noch der beste: Die anderen sind Mörder, Erpresser, käufliche Informanten. Und die soll ich auf freien Fuß setzen? Wozu? Damit sie wieder morden, damit sie wieder rauben, damit sie wieder denunzieren und die Umstände ausnutzen, die diesen Leuten, wie auch immer die Dinge stehen, eh egal sind? Damit sie morgen *uns* denunzieren, weil sie dafür geboren sind, weil ihnen nichts und niemand etwas bedeutet? Die anderen habe ich freigelassen, alle. Du, was hättest du getan?«

»Ich weiß es nicht.«

Sie treten zum Balkon, blicken auf den Fluß, der im Mondlicht liegt, die Brücke, die Eukalyptusbäume, die Leute, die noch im Morgengrauen auf den Beinen sind, die aufgegebenen Panzer und Geschütze. Der Turia ist ausgetrocknet, und doch ist er das Leben. Er lebt nicht, er gibt Leben. Die Arbeit der Menschen: er dient, er gibt sich hin, dank seiner gedeiht Gemüse, sprießen Kräuter, Blüten, Bäume; reine Ehrensache.

»An der Ehre als politischem Wort kommt einem so mancher Zweifel.«

»Und ob. Ich glaube allerdings nicht, daß die Ehrlosen, *els deshonrats*, wie wir auf valencianisch sagen, besser sind. In der Politik, mein Alter, gibt es Geheimnisse, die wir, die Ehrbaren, nicht haben, aber Schamlosigkeit ist es nicht. Es ist etwas anderes. Zu viele Skrupel sind natürlich ebenso fehl am Platz.«

»Aber wie es aussieht, bleiben wir anständig bis zum Ende.«

»So sind wir erzogen, und so bleiben wir.«

»Sicher, uns fehlt das Zeug für einen Machiavelli.«

»Und für einen Napoleon.«

»Also, warum läßt du sie dann nicht frei?«

»Würdest du es tun?«

»Ich glaube schon. Immerhin standen sie auf unserer Seite.«

»Wozu? Damit sie klauen, was nicht niet- und nagelfest ist?«

»Manchmal auch für ihre Organisation.«

»Die? Nein. Da waren ja die von der Eisernen Kolonne noch besser.«

»Erinnerst du dich an den Tag, an dem sie hier vorne einmarschiert sind?«

»Da muß ich mich nicht erinnern! Ich war auf der Straße. Beim ersten Schußwechsel machten sie sich aus dem Staub.«

»Auf in die Dörfer, zum Plündern.«

»Wäre man ihnen nur in die Parade gefahren …«

»Wären die Dinge dann anders gelaufen?«

»Ich glaube schon.«

»Mach dir nichts vor. Die Hauptschuld trägt unser geliebter Genosse Blum.«

»Nicht er allein.«

»Aber mehr als die von der Eisernen Kolonne.«

»Ein Grund mehr, die da freizulassen.«

»Willst du die Akten sehen?«

»Nein.«

Sie trinken eine Tasse Kaffee, schlechten Kaffee, aber immerhin Kaffee. Als die Nachrichten kommen, hören sie Radio. Es spricht del Río, der Verteidigungsrat, der die Friedensverhandlungen mit Franco für gescheitert erklärt, nachdem man – wie die bedauernsschwere Stimme des Sprechers erklärt – eigentlich zu einer Einigung gelangt war.

»Und jetzt?« fragt González Moreno. »Denn eins mußt du dir klarmachen, das hier, das wurde jetzt auch an allen Frontabschnitten gehört. Die müssen nur noch losspazieren.«

»Bin gespannt, was die anderen sagen.«

Sie hören den Kriegsbericht aus Burgos: Vormarsch in Andalusien und Extremadura, ohne Gegenwehr.

»Und Madrid?« fragt Molina verängstigt.

»Ich vermute, da werden sie morgen triumphal Einzug halten. Oder übermorgen, wie sie wollen.«

»Und dann ist sie am Ende?«

»Wer ist dann am Ende?«

»Die Republik.«

»Ja. Das Ende ist meistens nicht schön. Der Tod zieht alles mit ins Verderben. Dann steht man wieder auf und findet sich in Numancia wieder – wo, wie man uns glauben macht, alle gestorben sind – oder in Sagunt. Hier werden es Gandía oder Alicante sein. Jetzt heißt es nur noch fliehen.«

»Ich hätte nie geglaubt, daß es so zu Ende gehen würde.«

»Ich auch nicht. Niemand. Naja, zumindest wenige.«

»Du wirst Apellaniz, den *Pataqueta,* den *Esmolaor* nicht freilassen?«

»Nein.«

»Sie werden sie sofort nach dem Einmarsch an die Wand stellen.«

»Ein paar billige Zuhälter weniger, das schadet der Welt nicht.«

Es ist Tag geworden.

VI.

27. März

»Du, hör mal: Wir sollten ernsthaft darüber nachdenken.«

»Worüber?« fragt Cuartero.

»Wie wir von hier wegkommen.«

Paulino hebt den Kopf, schaut Julián leicht erstaunt an.

»Sag nur, dir ist das am Ende gar nicht wichtig?«

Es ist noch nicht Tag. Templado ist zum Schlafen in Cuarteros Zimmer im Hotel *Inglés* geblieben, wo der zwei Zimmer hat.

»Und wie sollen wir wegkommen? Sozialisten, Kommunisten, Anarchisten, die werden schon ihre Wege, ihre Möglichkeiten haben; nehme ich zumindest an. Aber du und ich ...«

»Du bist immerhin bei der Republikanischen Linken.«

»Und du bist – immerhin, wie du so schön sagst – bei der berühmten Kommission zum Schutz und zur Rettung der Kunstschätze. Und meine Mitgliedschaft in der Izquierda Republicana können wir vergessen. Es ist eine Lachnummer; aber wenn wir von unseren Ururenkeln, falls wir welche bekommen sollten, schon längst vergessen sein werden, wird der Name Azaña noch etwas bedeuten.«

»Wie der von Salmerón oder Castelar.«

»Das wäre das Mindeste, aber er wird mehr bedeuten.«

»Weil wir mehr Tote zählen.«

»Wir müssen mit Villegas reden, das ist unsere Chance.«

»Weißt du, wo er wohnt?«

»Ja. Außerdem müßte er ein Telefon haben.«

Um neun Uhr erreichten sie ihn. Sie verabredeten sich um zehn Uhr im Museum.

»Nun, ich weiß auch nicht, was ich euch sagen soll.«

»Und was wird aus dir?«

»Ich? Ich werde schon für mich sorgen.« (Er möchte ihnen nicht sagen, daß man ihn benachrichtigt hat, er solle sich bereithalten. Die Nachricht kam, woher er sie am wenigsten erwartet hätte: von den Freimaurern.) »Ich werde mit dem Gouverneur sprechen.«

»Bald schon kann es zu spät sein.«

Molina sagte ihm, er werde tun, was er könne, sie sollten gegen sechs Uhr nachmittags zur Zivilverwaltung kommen. Sie gingen hin.

»Gestern hat man uns wie die Deppen herumstehen lassen.«

»Ich hatte euch doch gesagt, daß keine Schiffe auslaufen.«

Der Gouverneur wird gerufen. Er kommt heraus. Templado sieht sich in dem Büro um.

»Nicht schlecht als Schlupfloch.«

»Unsere Uneinigkeit ist schuld, unser Unvermögen, den Weg zum Sieg zu erkennen. Wir werden von unseren Widersprüchen besiegt, nicht von unseren Ansprüchen.«

»Wo ist der Unterschied? Der schlimmste Feind ist man sich selbst.«

»Und recht hat immer der Stärkere.«

»Wenn es bei uns keine Gräben zwischen den Meinungen gegeben hätte, gäbe es weder Franco noch Franquismus.«

»Dabei hätten wir Gräben, bei Gott, gebrauchen können, Schützengräben voller Soldaten.«

»Witze helfen jetzt auch nicht weiter.«

»Meinst du etwa, deine Binsenwahrheiten sind besser?«

Templado schaut Cuartero von der Seite an.

»Da hast du auch wieder recht.«

»Ohne die anderen ist der Mensch nichts, er könnte sich nicht ausdrücken. Was uns eint, das zählt: die Solidarität.«

»Was zur Zeit eine Solidarität der Flüchtigen ist.«

»Auch das.«

»Warum machst du dir etwas vor? ›Rette sich wer kann‹, das meint für die meisten alles andere als Solidariät.«

»Kommt darauf an, von wo aus man es betrachtet«, sagt Cuartero.

»Stimmt, du von deiner göttlichen Warte aus ... Siehst du mich mit angesengtem Hintern?« fragt Templado.

»Und nicht nur mit dem.«

»Man muß es ausnutzen, solange es noch geht.«

»Und vor allem soll uns der Gouverneur einen Wagen besorgen«, unterbricht Villegas beim Hereinkommen. »Wo steckt er?«

Molina ist nicht zurückgekommen. Sie fragen nach. Er hat das Haus verlassen. Sie besprechen sich.

»Sagen Sie ihm, wir kommen wieder.«

Angriff von allen Seiten. Ab und zu ein Schuß, wie auf einer Jagdpartie. Sie rücken über die Landstraßen vor, die Panzer vorneweg. In den halbverlassenen Dörfern hängen plötzlich weiße oder nationale Fahnen.

Renán Adriasséns ist cleverer als die anderen. Ihn kriegen sie nicht. Er kennt die Gegend, auch wenn er nicht aus ihr stammt, aber wozu hat einen der Krieg von hier nach dort getrieben? Die meisten haben sich in ihr Dorf oder das der Schwiegereltern davongemacht. Er nicht. Er schlug sich durch die Linien, ließ Castellón links liegen, fuhr auf einem Karren mit bis Boriol, auf einem anderen bis Cabanes. In Albocácer klaute er einen Wagen, in Chert Benzin, fuhr hinunter bis Vinaroz, wo er sich in einem Güterzug versteckte, von dem er absprang, als dieser in Santa Bárbara einrollte.

Den Ebro überquerte er in Amposta, mit einem Boot; um Tortosa machte er einen Bogen; dann überlegte er es sich anders, machte kehrt, stahl aus einer Vorortgarage einen Lieferwagen und nahm die Straße nach Cherta.

Er ist allein. Das Land ist verlassen: nur die Bäume da, alte Olivenbäume auf sanften Hügeln, zwischen denen sich die Straße windet. Wunderschöner Morgen, reines Blau. Er ist allein, eingekesselt und weiß nicht wohin. Als erstes weg von der Landstraße, vergessen, wer er ist. Er hat falsche Papiere, das heißt, falsch sind sie nicht, sondern von jemand anderem, der mausetot ist: seine Schuld, er wollte den Wagen nicht im Guten rausrücken.

Von Motoren versteht er nichts, darum hat er den Wagen hundert Meter weiter hinten zurücklassen müssen; von dort aus, wo er jetzt ist, sieht man ihn nicht. Eine Panne, womöglich nichts Gravierendes. Aber er kennt sich nicht aus. Er hätte das Fahrzeug anzünden sollen, denn so würden sie es eher früher als später entdecken und auch den Toten, weil sie dann unweigerlich nach dem Besitzer zu suchen beginnen würden.

Renán Adriasséns geht den gleichen Weg zurück, leichten Herzens. Das mag er an sich, daß er ohne Zögern tut, was er entschieden hat. Niemand in der Nähe. Versteckt hinter einem Korkeichenstamm sieht er sich aufmerksam um, allein zwischen all den Oliven. Niemand in der Nähe; dort, in der Ferne, über dem Rücken der gekrümmten Olivenbäume, ein Streifen blaues Meer. Er rennt zum Wagen, einem betagten Chevrolet, den der Verstorbene besser gepflegt hat als sich selbst. Er kommt näher, schraubt den Tankdeckel ab, entzündet ein Streichholz, wirft es hinein, dann rennt er Richtung Meer. Er dreht sich um, sieht nach dem lodernden Feuer. Jetzt macht er sich Vorwürfe: Das wird Aufmerksamkeit auf sich ziehen. Er rennt los, stolpert, läuft weiter. Rennt.

Ametlla dürfte nicht weit sein. Was soll er in Ametlla? Wenn er es wenigstens bis Morra de Ebro schaffen würde, aber selbst da, was soll er dort? Sicher sind alle Leute, die er kennt, entweder tot oder im Gefängnis. Bis Gandesa hätte er es schaffen müssen, genau: Dort hätte ihn Pedro Hurtado verstecken können, aber der Wagen wollte es anders. Zunächst einmal muß er sich von der Landstraße fernhalten. Dort würden sie ihn gleich festnehmen. Dennoch, er kann sich nicht durchringen, als ob der Asphalt oder die Nähe zu ihm die Nabelschnur zur Welt wäre. Wenn er sich entfernt und den Weg verliert, wird er sich selbst verlieren. Er ist kein Mensch vom Lande, auch wenn er die Gegend gut kennt: Diese Erhebung dort müßte der Monsant sein, dort hinten müßte Benifallet liegen, an der Straße nach Gandesa. Er muß sich entscheiden. Wenn er umkehrt, um nach Vandellós und Mora zu gehen, findet er vielleicht einen Weg. Auf der Landstraße gelangt er nach Perelló. Von dort stammte Juanot, Spitzname Cap de Gat, der immer sagte, wo es langgeht. Aber heute? Heute sagt niemand mehr, wo es langgeht. Er ist abgeschnitten von der Welt, allein. Er geht zehn Minuten querfeldein, weg vom Meer. Dann erkennt er, daß es sinnlos ist, setzt sich unter einen Olivenbaum, greift einen Brocken Erde und zerkrümelt ihn. Was soll er tun? Er fragt sich, ob er Angst hat. Nein, Angst hat er keine. Er steckt in einer Sackgasse, in einem Loch, aus eigener Schuld und wegen Fons, mit dem er verabredet hatte, daß der ihn mitnähme, was er dann aber doch nicht getan hat: dieser Hurensohn, er war es schon immer, weshalb das bei ihm noch eine harmlose Bezeichnung war. Ein weiterer Grund: Er hatte nicht damit gerechnet, daß die Faschisten die Landstraße von oben her abschneiden würden. Abgesehen von der idiotischen Hoffnung – jetzt kommt sie ihm idiotisch vor –, daß sie niemals so weit kommen würden. Wieso? Weil er dort war, auf dem Rückweg.

Renán, ein aufrichtiges Gemüt, hatte schon immer einen klaren Blick für die Dinge. Wie er zu sagen pflegte: Ärger mochte er noch nie, und Eitelkeit lag ihm fern. Er war ein Mann von durchschnittlichem Aussehen, gut gebaut, aber knochig, überall schien etwas hervorzuspringen: Sogar seine Nase sah aus wie ein Ellenbogen. Zusammengewachsene Augenbrauen, blauschwarzer Bart, schmale Stirn, durchfurcht von tiefen, langen Falten; gekräuseltes Haar; und seine riesengroßen Hände ließen ihn rauflustig aussehen, ebenso seine mächtige Brust und ein Paar Bizepse, das auch unter einem Jackettärmel nicht zu übersehen war, wobei er selten Jacketts trug, lieber kurzärmelige Hemden, damit gar nicht erst Zweifel aufkamen. Er war noch nie ein Freund von Veränderungen gewesen, als Anarchist wurde er geboren – väterliches Erbteil –, also blieb er es, ohne daß ihm ein einziges Mal der Gedanke gekommen wäre, es sein zu lassen; ohne darauf stolz zu sein, verachtete er doch all jene zutiefst, die es nicht waren; ein bißchen Erbarmen schwang auch mit; manchmal fiel ihm auf, daß es nicht unbedingt deren Schuld war. Sein Glaube war rein, ungetrübt von dem Drang zu wissen, auf welchen Säulen er ruhte. Das war etwas für die, die das brauchten, die immer Zweifel hegten. Ihm reichte es, gesehen zu haben, wie sein Vater mit fünf Kugeln im Bauch zusammenbrach. Ihm war es egal, wie die Welt von morgen organisiert sein würde, das lag außerhalb seiner Reichweite. Dafür wußte er haargenau, wie sie jetzt funktioniert, und das war ganz einfach, den Reichen wurde das Leben geschenkt, und den Armen blieb die Sklaverei. Das reichte ihm, um zu der Überzeugung zu gelangen, daß damit ein für allemal Schluß gemacht werden mußte: Mal sehen, wer den ersten Stein auf ihn werfen würde! Wer das wagte, sollte sich vor seiner Antwort in acht nehmen.

Er war so alt wie das Jahrhundert. Mit siebzehn Jahren nahm er an seinem ersten Attentat teil, zwei Jahre später lernte er das Gefängnis kennen; bis 1936 blieb er ihm stets verbunden; er wurde begnadigt und nach Afrika deportiert. Sein ganzes Leben lang hatte er nichts anderes gemacht als Politik, obwohl er das, darauf angesprochen, vielleicht nicht erzählen würde. Frauen gab es drei in seinem Leben, gut verteilt über die Jahre, alle zufrieden mit seiner Art, denn er war unfähig, gegen irgend jemanden die Hand zu erheben. Mit seinem gesetzten Verhalten wuchs seine Autorität unter den Compañeros, die nie an seinem moralischen Rüstzeug oder seiner Tapferkeit zweifelten, denn nie sagte er nein, wenn es galt, seine Haut aufs Spiel zu setzen oder noch mehr. Er war bei den Textilarbeitern, obwohl ihn sein Einsatz für das öffentliche Wohl daran hinderte, seinem Beruf längere Zeit am Stück nachzugehen. Mit dem Krieg wurde für ihn alles ganz leicht, er gab die Befehle, als wäre es das Selbstverständlichste von der Welt; er unterschrieb Anordnungen, wie die Dinge zu tun seien, ohne sich um die Widersprüche zu kümmern, in die er sich verstrickte. Die Stunde war gekommen, in der die entsprechenden Leute zahlen mußten. Über die Zukunft machte er sich weder zu viele noch zu wenige Gedanken, und für Zuwendungen und Hortereien gab er sich nicht her, außer für einen guten Zweck. Als man ihn nach Abrechnungen fragte, lehnte er aufrichtig ab: Es würde schon hinkommen. Weil sie ihn kannten, ließen sie ihn seinen Krieg führen, auf seine Art: In den ersten Tagen des Militäraufstandes kämpfte er mit der Pistole in der Hand in vorderster Reihe, die Augen hellwach, nie einen Schritt zurück, und dann säuberte er in der Etappe.

Eines Tages im Oktober wurde er nach Puigcerdá geschickt, dort traf er auf Compañeros, deren Ungehorsam er mißbilligte, dennoch schloß er sich ihnen an. Sie machten sich zu Herren dieses Grenzabschnitts: niemand, der dort ohne ihre Erlaubnis rein- oder rausgekommen wäre. Das Komitee in Barcelona schickte weitere Compañeros, die sie zur Vernunft bringen sollten, aber sie beachteten sie nicht einmal, und Gewalt kam nicht in Frage: Sie waren schon gut hundert Mann. Die Organisation in der Hauptstadt kam darauf, sich deren Autorität zunutze zu machen und ihnen die Ausreise einiger Bonzen zu überantworten, die für einen guten Preis ihr Leben retten wollten. Man schickte sie also nach Puigcerdá, in dem Glauben, dort ließe sich bequem die Grenze übertreten – was auch stimmte. Als der Auftrag sie erreichte, fand Renán das nicht gut, es kam zu einem Wortwechsel mit *Hinkebein aus Málaga,* der neben ihm der zweite Befehlshaber war, und da die Mehrheit auf Seiten des Andalusiers stand, kehrte er nach Barcelona zurück.

Was *Hinkebein* tat, ist bekannt: die Reichen kamen meist in ihren Wagen, und man leitete sie zum Rathaus; *Hinkebein* ließ sie stundenlang in den Fluren warten, umringt von seinen Männern, von denen es untertrieben wäre zu sagen, daß sie nicht sehr vertrauenswürdig wirkten: sehr selbstsicher, wegen der nahen Grenze und ihrer Waffen, mit denen sie, so verrieten ihre grimmigen Mienen, perfekt umzugehen verstanden. Dann wurden sie zu *Hinkebein* vorgelassen:

»Du, wer bist du?«

»Der und der.«

»Und du willst nach Frankreich?«

»Ja.«

»Wieviel hast du dort bezahlt?«

»So und so viel.«

»Gut. Wenn du hier rüber willst, rückst du das gleiche nochmal raus.«

Dann brach ihnen der Schweiß aus, sie flehten, wurden ohnmächtig. *Hinkebein* blieb ungerührt, und die Wohlhabenden rückten schließlich alles raus, was sie hatten.

»Können wir jetzt gehen?«

»Nein, erst wenn es Nacht ist.«

Im Dunkeln fuhren sie mit ihnen über die Landstraße.

»Seht ihr das Licht dort? Das ist Frankreich.«

Sie stolperten los, und zweihundert Meter weiter bellte ihnen eine Patrouille entgegen:

»Wer da? Wer seid ihr?«

»Der und der.«

»Wohin wollt ihr?«

»Nach Frankreich.«

»Papiere.«

»Wir haben keine.«

»Dann könnt ihr nicht weiter.«

Die fingen an zu erklären.

»Wenn ihr wollt, kehren wir um, es hat alles seine Ordnung.«

»Also gut ... Vorwärts, marsch.«

Sie gingen los, und wenn sie nur noch zehn oder fünfzehn Meter vor sich hatten, mähten sie sie nieder.

In Barcelona erfuhr man davon und beschloß, daß Schluß sein mußte mit dem Geschäft – zu *Hinkebeins* großer Empörung:

»Elende Verräter! Die sind gekauft!«

Sturmeinheiten rückten an und machten kurzen Prozeß mit denen, die nicht über die Grenze gegangen waren, darunter auch mit *Hinkebein,* der tausend Möglichkeiten gehabt hätte, sich aus dem Staub zu machen, es aber nicht wollte; bis zuletzt verteidigte er sich, er sei im Recht: Man müsse sie bis aufs Mark aussaugen und dann unter die Erde schaffen. Etwas anderes hätten sie nicht verdient. Es regte ihn auf, daß man sich mit Geld sein Leben erkaufen konnte:

»Sind sie nicht Faschisten? Also gehören sie umgebracht und gut gemolken.«

Inzwischen denkt Renán, daß *Hinkebein* recht hatte. Hätte man nicht einen übriggelassen, die Dinge würden jetzt anders laufen. Er war beim Rückzug in Katalonien dabei, ging über die Grenze, wurde ins Lager von Saint Cyprien gesteckt, floh in der ersten Nacht, ging nach Llivia – das kannte er wie seine Westentasche. Er schaffte es durch die Linien, ging nach Barcelona, wo sie ihn festnahmen, ohne zu wissen, wer er war, schickten ihn an die Front, wo er, in der Nähe von Sagunt, sofort wieder auf die republikanische Seite wechselte. Die staunten nicht schlecht, schickten ihn nach Valencia, wo er problemlos jemanden fand, der ihn kannte, nur um Anfang März schon wieder an der Front zu stehen, oder was man so nannte. Seit seiner Rückkehr von dort hatte er keinen Schuß mehr abgefeuert.

Welcher Tag ist heute? Er rechnet nach, kommt durcheinander. Der 25., der 26., der 27., der 28.? Durchkommen bis Gandesa. Und dann? In Valencia hätte er bleiben sollen, bei diesem verrückten Don Juanito Valcárcel, der sich viele Gedanken macht, wie er. In seinem Haus ist er Lehrjunge gewesen, er hat ihn Lesen gelehrt. Was wohl aus Don Juanito geworden ist? Was aus Doña Ángeles? Ein bißchen wirr im Kopf, aber herzensgut. Nie hat er so viel gegessen:

»Komm, nimm noch ein belegtes Brötchen.«

Zum ersten Mal weiß Renán nicht, was er tun soll.

»Haben Sie schon gefrühstückt? Wollen Sie etwas essen?«

»Nein, nichts, danke Concha.«

»Die Kleine ist eingeschlafen. Ich gehe kurz zu Hause vorbei. Weißt du schon, daß Vicente mit Ascunción gesprochen hat?«

»Ja, er hat es mir gesagt. Bis gleich.«

Wenn er jetzt auf sie eingeht, wird sie ewig bleiben. Beleidigt – nicht tödlich, aber immerhin – zieht die Dicke ab und knallt die Ladentür zu. Die Glocke klingelt. Eigentlich möchte Juan Valcárcel alleine sein und nachdenken. Nachdenken worüber? Sich in seinem Geschäft umsehen, das ihm nichts bedeutet; die Bücher – die wenigen –, sein Leben. Wenn er Robespierre gewesen wäre! Alle Figuren einen Kopf kürzer machen! Wenn er Marat gewesen wäre, keines Blickes hätte er diese Charlotte gewürdigt! Abrechnen mit all diesen Reaktionären! Nicht einen übrig lassen! Aber nicht jetzt, sondern zu seiner Zeit. Wann war die rechte Zeit? Ströme von Blut, zur Taufe der Welt.

Ein Messer, ein Messer!

Der Trödler denkt nie an Feuerwaffen. Das offensichtliche Verbrechen ist der *Land*besitz (etwas in seinem Kopf könnte ins Rutschen geraten, deshalb die Beschränkung auf *Land;* die Bücher gehören ihm): Da liegt der Ursprung allen Übels, das über den Menschen hereingebrochen ist. Hier entspringen Laster, Verbrechen, Diktaturen. Solange es Reiche und Arme gibt, triumphiert der Besitz des Einzelnen ...

Er denkt, er sei kein Anarchist, weil er persönlich der Gewalt immer aus dem Weg gegangen sei, sie stößt ihn ab:

»Sich falsche Vorstellungen zu machen, ist das schlimmste. Und genau davon leben die Anarchisten. Zum Beispiel die Vorstellung vom persönlichen Mut. Mut ist ein Gefühl, das, wie alle anderen Gefühle auch, Schwankungen unterliegt. Zumal, wenn das Leben in Gefahr ist. Andererseits beweist sich wirklicher körperlicher Mut, da kann man sagen, was man will, allein im Angesicht des Todes. Ein mutiger Mann stellt sich der Gefahr, aber wenn man das Tag für Tag tun muß, ein Woche lang, acht oder zwanzig Monate und über Jahre hinweg, dann erweist er sich, wenn man es am wenigsten erwartet, als Feigling; schlicht und ergreifend, weil ihm in diesem einen Augenblick etwas, ein kleines bißchen, gefehlt hat. Dieses kleine bißchen mehr heißt ›Disziplin‹. Die Armeen von Carnot ... Diese ganzen Anarchisten, Kräutersammler und Pillendreher: im Herzen Pazifisten, aber verliebt in ihre Pistolen, mit denen sie alles im Handumdrehen lösen; Freunde von Geistheilern, nicht, weil sie

Pflanzen bevorzugen, sondern aus Angst vor der Chirurgie, die man von langer Hand und vorsichtig angehen muß; da gibt es welche, die behandeln Wundbrand mit Senfpflastern: amputieren, kommt nicht in Frage! Und so verfaulen sie, die feinen Magier.«

Vor Menschenmassen Reden halten, sie überzeugen. Valcárcel glaubt sich dazu fähig; er sieht sich, wie er eine Tribüne besteigt. Die Begeisterung trägt ihn, treibt ihn, er schwingt sich auf:

»Alles oder nichts! Land, Freiheit oder Tod! Mit Feuer und Stahl! Sein oder Nichtsein! Landarbeiter aller Ländereien, vereinigt euch! Land, Land für alle! Zum Angriff! Die Reichen sind Feiglinge! Hart bleiben und Kopf ab.«

Man applaudiert ihm, folgt ihm, hebt ihn hoch, trägt ihn auf den Schultern.

»Anpacken! Schluß mit Worten!«

Eine große Rede zur Überflüssigkeit politischer Arbeit. Weg mit den Gesetzen. Die Äcker mit den abgeschlagenen Köpfen des Adels düngen ... Weg auch mit Streiks, denn die unterstützen das Recht auf Besitz. An die Arbeit, jeder für jeden!

»Wir haben verloren, weil unsere Führer Millionäre sind, wie Azaña, wie Prieto, wie Negrín, Leute, die kein anderes Ziel kannten, als ihren Reichtum zu mehren ... die Köpfe sollen rollen, die der Bankiers, der Großgrundbesitzer und der Pfaffen! Nicht einen verschonen!«

Das Glöckchen an der Ladentür klingelt. Juanito Valcárcel ist erstaunt, als José Burgos eintritt. Schon lange haben sie sich nicht mehr gesehen. Früher, als der berühmte Professor noch in Valencia lehrte, interessierte er sich einige Jahre lang für Briefmarken und schaute beinahe täglich vorbei.

»Das ist aber eine Überraschung.«

»Allerdings. Der Gouverneur hat mich zu sich bestellt. Ich muß rüber, aber auf dem Weg ...«

José Burgos ist Sozialist und eng befreundet mit Julián Besteiro.

»Vom ersten Tag an hielt Besteiro unseren Untergang für besiegelt. Was für ein Weitblick!«

Juanito Valcárcel ist noch nicht ganz aus seinem Traum erwacht, und gänzlich unerwartet legt er los:

»Von wegen, was für Aussichten! Ein Kollaborateur, der nichts hat und alles verspielt!«

»Augenblick mal!«

»Oder glauben Sie an die Vorsehung? Der Krieg wäre längst gewonnen, wenn wir nicht so viele Besteiros hätten, so viele H... söhne.«

Er hält sich zurück, als er die Krawatte des renommierten Wissenschaftlers sieht; der reagiert angegriffen:

»Entschuldigen Sie, aber diejenigen, die bald gewinnen werden, sind noch viel schlimmere H... söhne, was glauben Sie. Das kann also kein Grund sein.«

»Ist Ihnen klar, was hier bevorsteht?«

»Ja sicher. Aber wenn wir die kriminelle Politik Negríns weiterbetrieben hätten, wären Tausende Spanier an Hunger gestorben.«

»Es ist schwieriger und dauert länger, an Hunger zu sterben, als erschossen zu werden.«

»Glauben Sie, Franco wird alle erschießen?«

»Wenn er kann, ja.«

»Das ist nicht wahr. Die sind auch Spanier, wie wir.«

»Ein Grund mehr.«

»Wenn wir Madrid und das restliche Spanien ohne Blutvergießen übergeben, läßt sich bei General Franco noch eine gewisse Milderung der Friedensbedingungen erreichen. General Franco hat sich in dem von ihm besetzten Gebiet vernünftig benommen.«

»Das sagt die *Times*.«

»Ist das nichts? Der französische Geschäftsträger ...«

»Und der englische und der belgische und der Schweizer und der aus Pipikakaland …«

»Was haben Sie denn erwartet?«

»Alles, nur nicht, sich auszuliefern.«

»Ach, stimmt ja: Numancia, Sagunt …«

»Ist das nichts?«

»Nichts im Vergleich zu einem Menschenleben.«

»Einverstanden, aber wenn Sie das, was von Spanien übrig ist, aufgeben, bleibt über drei oder vier Generationen nichts. Allein aus Scham schon wird man schweigen.«

»Sind Sie Kommunist geworden?«

»Dazu würden mich keine zehn Pferde bringen. Wie viele ehrbare Menschen hat Franco erschießen lassen? Tausende, Tausende und Abertausende. Und wenn die hier ohne wirkliche Garantien einmarschieren, rechnen die mit allen ab, angefangen mit Ihnen.«

»Ich wäre bereit …«

»Das bezweifle ich. Ihre Gutgläubigkeit, Franco und seine Leute könnten Milde walten lassen, bringt mich in Rage. Sie wollen doch nicht Ihr ganzes ehrbares Leben über Bord werfen.«

Der Professor, verletzt, richtet sich auf, fährt ihn an, noch immer beherrscht:

»Ich verbiete Ihnen …«

»Entschuldigung, Don José.«

»Ich weiß, was ich Ihnen sage.«

»Nein. Sie und Leute Ihres Schlages …«

Ein Lächeln huscht über Burgos' langes Gesicht.

»Und wer sind die Leute meines Schlages?«

»Die von der *Institución Libre*.«

»Die hätten das gleiche getan wie ich.«

»Gestatten Sie mir, daran zu zweifeln, Professor.«

»Zweifeln Sie nur, Juanito, zweifeln Sie.«

Er stolziert hinaus wie ein gekränkter Hahn. Valcárcel

wundert sich über sich selbst. Was ist los mit ihm? Sonst verschweigt er seine Ideen und mäßigt die der anderen. Diskutieren macht ihm nur mit sich selbst Spaß. Welche Reden er dann hält! Welche Erfolge!

Concha traf Monse bei sich zu Hause an, wo sie einige Kleidungstücke von Asunción zusammensuchte.

»Was willst du damit?«

»Vicente soll sie mitnehmen.«

»Wann geht er?«

»Das weiß ich nicht, ich weiß nur, daß er geht. Wenn ich ihn nicht finde, bringe ich sie hin. Sie ist so überstürzt aufgebrochen, daß sie nichts mitgenommen hat.«

»Du gehst auch fort?«

»Wohl oder übel.«

»Wann?«

»Ihnen kann ich es ja sagen: heute nacht.«

»Und die Kinder im Heim?«

»Essen und Spielzeug sind ausreichend vorhanden. Für die ist es egal. Sie passen sich an alles an.«

»Das glaubst du.«

»Ich kenne sie.«

»Was soll ich da sagen ...?«

»Sie glauben bereitwillig, was man ihnen beibringt. Sie kennen ja nichts anderes, also erwarten sie nicht mehr. Daß die guten alten Zeiten besser waren, das ist etwas für die Alten.«

Concha fährt auf.

»Hör mal, ein bißchen mehr Respekt!«

Monse hat vor niemandem Respekt.

»Gut, meinetwegen für Urgroßeltern, wenn Ihnen das Wort besser gefällt. Machen Sie sich keine Sorgen um sie; und außerdem, ihre Grausamkeit schützt sie.«

Concha ist empört, fassungslos:

»Wie? Kinder sollen grausam sein? Sag nicht so schreckliche Dinge!«

»Sie kümmern sich um ein Mädchen, das sich nicht bewegen kann. Denn könnte es sich ... Setzen Sie den besten, den zärtlichsten Kindern eine Fliege vor, einen Wurm, einen Schmetterling, und Sie werden ja sehen.«

Sie stopft den kleinen Koffer voll.

»Oder eine Eidechse, eine Schabe. Hauptsache, die Tierchen können ihnen nichts anhaben ... Sie pieksen sie, reißen ihnen wer weiß was aus, töten sie so ungerührt, daß einem angst und bange wird. So lange sie überlegen sind. Ein großer Hund widersetzt sich. Wenn nicht, quälen sie ihn zu Tode.«

»Was hat denn das damit zu tun! Sie sind gut.«

»Ich schenke sie ihnen.«

Sie will keine Diskussion. Concha eigenartigerweise auch nicht. Zu sehr ist sie getroffen von dem, was für sie Herzlosigkeit ist. Von Monse hat sie nie viel gehalten, jetzt noch weniger. Trotzdem kann sie die Zunge nicht zügeln:

»Wie gehst du fort? Was wirst du tun?«

»Wie Vicente, fortgehen, wo alle hingehen.«

»Wenn du Asunción siehst ...«

»Ja, schon gut. Machen Sie sich keine Sorgen. Haben Sie keine Pantoffeln?«

»Wir haben Valsequillo eingenommen.«

Rafael Saavedra erinnert sich an den Monat Januar. Vor zwei Monaten war das, sie kommen ihm vor wie zwei Jahre. Valsequillo. Die von *Adelante* hatten ihn in die Estremadura geschickt, um eine Reportage über die bevorstehende Entlastungsoffensive für die unter Druck geratene Front in Katalonien zu schreiben. Januar oder Dezember? Er erinnert sich nicht genau an das Datum. Er sollte mit der Brigade von Recalde zusammentreffen. Das war nicht einfach. Von Pozoblanco schickte man ihn nach Hinojosa del Duque, und von dort querfeldein nach Valsequillo.

»Die Brigade von Recalde?«

»In den Pedroches.«

Ausgedehnte Steineichenwälder.

»Dort.«

»Wo?«

Wo sind nur die Pedroches? Rein in den Wald. Pfade. Festgestampfte Erde. Essensreste. Unterstände. Dort mußte die Brigade gewesen sein: Die Glut der Feuer war noch nicht verloschen. Aber niemand weit und breit. Nur er allein in diesem mächtigen Steineichenwald, bis die gegnerische Luftwaffe kam und ihr Bombardement begann. Zwei Uhr nachmittags. Der längste Nachmittag seit der Erschaffung der Welt. Endlos die Kette der dreißig oder vierzig Flugzeuge, es regnete Bomben, bis es dunkel wurde, bis sechs Uhr. Bomben, Bomben, Bomben. Hunderte von Bomben für ihn allein in diesem Wald, die die Steineichen entwurzelten: umgestürzte Stämme, gespaltene Stämme, Stämme, verletzt von den horizontal oder blindlings kreuz und quer sirrenden Metallsplittern. Der Gestank nach Feuer, nach Staub, nach Pulver, nach aufgewühlter Erde.

Er warf sich in einen Bombenkrater (es müßte ein großer Zufall sein, wenn genau dorthin noch eine fallen würde), mit dem einen Zahnstocher im Mundwinkel, wie ihn jeder dort hatte. Ein Zahnstocher, dann noch einer; er aß sie. Valsequillo. Die Offensive. Die Artikel. Welche Artikel? Als er die Brigade fand, war der Angriff abgeblasen worden.

Madrid, wieder einmal. Und eine einzige Granate. Alicia. Hunderte vom Bomben in dem Steineichenwald, und eine einzige auf die Plaza del Carmen. Die zerfetzten Bäume; das Haus, zerfetzt. Die Wurzeln in der Luft. Rafael Saavedra erinnert sich an die Beerdigung seines Großvaters – vor nicht langer Zeit –; wie die Totengräber das Grab öffneten – oder schlossen? –, mit Schaufeln voller Erde, die kleinen Wurzeln des Unkrauts oder der Sträucher in der Luft; die untersten zuoberst. Häuser haben keine Wurzeln.

»Verdammt nochmal, Pedrín, du fällst noch von deinem Moped ...«

Dieser Winzling aus der Calle Arganzuela, immer mit demselben Spruch:

»Verdammt nochmal, Pedrín, du fällst noch von deinem Moped ...«

»Hallo.«

Er trifft ihn im Parterre.

»Wohin gehst du?«

»Rüber.«

Er zeigt geradeaus, auf ein flaches Gebäude zwischen der Calle de las Monjas de Santa Catalina und der Calle del Bisbe.

»Ich auch.«

Sie haben dasselbe vor. Der *Madrileño* ist gerade bei der Zivilverwaltung gewesen und fühlt sich als Herr der Welt, weil er einen Reisepaß hat, in dem steht: Gültig in allen Ländern.

»Draußen warten ein paar Leute von der Vereinigten Jugend«, teilt man dem Gouverneur mit.

»Was wollen sie?«

»Dich sehen.«

»Was wollen sie?«

»Visa, Reisepässe.«

»Man soll sie ihnen geben.«

»Allen?«

»Allen.«

Saavedra sieht den Kleinen an und lächelt.

»Was denkst du gerade?«

»Ich erinnere mich an Villafamés. Was wohl aus del Bono geworden ist?«

»Keine Ahnung. Unterwegs wird er sein.«

Villafamés, eine berühmte Schlucht. Am Weg des *El Cid,* Richtung Valencia und die Almogávares in Richtung Konstantinopel ...

Seit dem Durchstoß nach Vinaroz (noch hatten sie Castellón nicht erreicht) kümmerte sich Rafael nun darum, daß die Zeitung an die Front kam. Del Bono, Politkommissar der Reservearmee, war ein beinahe zwei Meter großer Riese, der erwartete, daß alles genauso gemacht wurde, wie er es sagte. Am schwierigsten war es, die Lastwagen mit den Zeitungen zu den Einheiten zu dirigieren, die sich mitten im Rückzug befanden:

»Um die Moral zu heben«, sagte er.

Das war nicht zu machen, natürlich nicht: Immer waren sie dreißig oder vierzig Kilometer weiter als dort, wo man sie suchte. Darauf dieser tollwütige Drangsalierer:

»Das ist Sabotage ... ich lasse dich erschießen.«

Rafael Saavedra glaubte ihm aufs Wort. Mit Pedro Garfias und Miguel Hernández fuhr er nach Castellón, um »zur Hebung der Moral« eine Kundgebung zu veranstalten. Von dort weiter nach Valencia. Natürlich war es nicht das, was ihn zum Lachen brachte, sondern die köstlichen Bemerkungen dieses Winzlings, del Bonos Fahrer und Leibwächter.

»Sag nur, du erinnerst dich nicht an meinen ersten Auftritt hier?«

»Nein.«

»Ich war doch so hungrig.«

»Mensch! Wie konnte ich das vergessen! Die Sache mit dem Topf für alle, aus dem du uns kein bißchen übriggelassen hast.«

Bis dahin hatten alle aus einer Schüssel gegessen. Wegen Nachhuthungers schaufelte Rafael wie zwanzig.

»Der Kerl hat noch mindestens sieben Kilometer Magen in Reserve, wo noch gar nichts drin ist«, sagte der Madrilene.

Von da an deckten sie für jeden einen Teller.

»Verdammt nochmal, Pedrín, du fällst noch von deinem Moped ...«

»Mir scheint, wir sind schon gefallen.«

Sie traten ein, um Bonifacio Álvarez zu sprechen.

»Was sollen wir machen?«

»Wie, was sollen wir machen? Durchhalten.«

»Widerstand leisten«, wiederholt Saavedra mit einem Hauch Ironie.

Bonifacio Álvarez sieht ihn an.

»Selbstverständlich. Was denn sonst? Wenn etwas ist, werdet ihr zu gegebener Zeit verständigt.«

Widerstand leisten ... Widerstand leisten heißt siegen! Rafael Saavedra steht auf der Straße und erinnert sich an eine Versammlung etwa vor einem Jahr, an der er zufällig teilnahm, in Náquera, nach der Ebro-Schlacht und nach dem Abkommen von München, nach dem es kein Entkommen mehr gab. Dieser niedrige Saal. Wer berichtete? Er glaubt, sich an Navarro Ballesteros zu erinnern, damals Chefredakteur von *Frente Rojo*. Neben ihm der berühmte *Alfredo,* ein Italiener, angeblich sehr wichtig. Der arme Navarro wußte nicht weiter, und dabei sprach er fast eine Stunde lang. Niemand konnte ihm recht folgen, nur so weit, daß sich die Dinge geändert hatten und daß ›Widerstand‹ nicht mehr ›Sieg‹ hieß. »Es kann ein großer europäischer Krieg kommen, ein Krieg, der alle betrifft.« Dann wurde nach Meinungen gefragt. Rafael wagte es, aufzustehen und frei heraus zu sagen, daß er das mit den veränderten Dingen nicht verstanden habe. Hatte nicht Kamerad Stalin gesagt, Spanien sei die Vorhut der progressiven Menschheit, das Grab des Faschismus? Er sprach schlecht, verschreckt, stammelnd. Navarro unterbrach ihn und rügte ihn als »Chauvinisten«.

»Es gibt andere, wichtigere Dinge auf der Welt.«

Da stand Ángel Gaos auf, um das Wort zu ergreifen. Er sagte das gleiche wie Saavedra, nur besser. Er wurde ebenso unterbrochen, von *Alfredo:*

»Wir haben genug gesprochen. Das wichtigste ist, daß der Bericht des Genossen Navarro einstimmig angenommen wird. Und was die Zweifel des Genossen Gaos betrifft, so werden wir zwei Genossen bestimmen, die sie ihm ausräumen.«

Rafaels Zweifel zählten nicht; er sprach nicht nur schlecht, sie kannten ihn nicht. Er war ein Niemand. Das war klar.

Villafamés, del Bono, Hernández ... Die Johannisbrotbäume. Unbewässertes Land. Schönheit: der Duft, die Vögel, die Bäume, die Dörfer auf den Anhöhen. Miguel dürfte weiterhin in Madrid sein. Auf diesem großen Landgut lebten die Besitzer, in einem Seitenflügel. Miguel, auf freiem Feld. Miguel, unter einem Johannisbrotbaum sitzend, mit schrecklichen Kopfschmerzen. Er rief ihn.

»Hör mal, das hat gestern einer aus der Brigade gesungen.«

Er begann, leise zu singen:

Ich will nicht, daß du gehst
Noch daß du bleibst
Noch daß du mich alleine läßt
Noch daß du dich entfernst.

Ich will allein ...
Gar nichts will ich
Drum will ich alles.

Mein Liebster bat mich darum
Bei einem Fest.
Da ich es ihm nicht gab
Nahm er von mir
Mein Taschentuch
Das ich bei mir trug.

An dieser Stelle wechselte der Ton des Liedes:

Schau nur, wie gut steht mir
Das Grün der Felder
Wie meinem Geliebten
Sein breiter Hut.

In einer Kommode entdeckten sie in einer Schublade ein Buch von Teodoro Llorente, mit Heinrich-Heine-Übersetzungen.

»Los, lies mir vor.«

Miguel hörte zu, seine unzähligen Fältchen machten sein sonnengegerbtes dunkles Gesicht, sein Mondgesicht, das aussah wie ein Laib Brot, noch dusterer:

Neuer Frühling gibt zurück
Was der Winter dir genommen.

»Lies mir die Romanzen vor. Die vertreiben mein Kopfweh. Ungelogen. Wo dieser Don Teodoro wohl Deutsch gelernt hat?«

»Verdammt nochmal, Pedrín, du fällst noch von deinem Moped …«

»Also, lebend kriegen die mich nicht.«

Der Madrider Wicht schaut zu Rafael Saavedra: Er weiß nicht, wovon er redet.

Der *Madrileño* erlebte den Krieg, als wäre er sein zuhause, ein anderes hatte er nicht. Das gemeinsame, das er zusammen mit seiner Mutter in Madrid bewohnt hatte (sein Vater, absolut unbekannt; das ist eine andere Geschichte), ist von selbst aus seinem Gedächtnis verschwunden. Er wurde geboren, als er am 18. Juli 1936 auf einen Lastwagen Richtung Sierra stieg. Was er seitdem erlebt hat, das ist sein Leben, der Rest existiert nicht. Und jetzt, in langen Lastwagenkolonnen, ist Somosierra so gut wie Buitrago, Aranjuez, Almadén, Almería, Teruel, La Puebla de Valverde, Viver, Castellón, Sagunt, Valencia. Das sind Städte, Dörfer – größere und kleinere – Landgüter, Felder, Berge, Ebenen, Plantagen, Felsen, Erde: Alles ist Krieg, nimm, was du kriegen kannst, das Essen, schluck runter, schlaf, so gut es geht, schieße, wenn man dir ein Gewehr gibt. Von hier nach dort ziehen, immer zusammen mit einem Genossen, und die Freiheit des Volkes verteidigen. Und wenn es regnet, soll es regnen; wenn die Sonne scheint, soll sie scheinen; dagegen kann man nichts machen. Gegen die Faschistenschweine sehr wohl. Das brauchte ihm niemand zu erzählen. Er hat es gesehen.

Lesen hat man ihm in der Jarama-Schlacht beigebracht, Rechnen gelernt hat er überall. Außerdem kennt er jeden, und jeder kennt ihn. Er gefiel del Bono, dem riesigen, und er wurde sein Adjutant: mal sehen, ob er wächst. Er wuchs, aber eher innerlich als äußerlich.

»Verdammt nochmal, Pedrín, du fällst noch von deinem Moped …«

Immer fluchte er, war witzig und gutgelaunt. Der *Madrileño,* das ist weder Spitz- noch Schimpfname: einen anderen hatte er nicht.

»Wie heißt du?«

»Der *Madrileño.*«

»Ich meine deinen Namen, den Rufnamen.«

»Genau der: der *Madrileño.*«

»Und davor?«

»Davor?«

Er erinnert sich nicht einmal.

»Glaubst du, wir haben das Recht, Luis mitzunehmen?«

»Ja.«

»Welches Recht haben wir, seinen Lebensweg vorherzubestimmen?«

»Wir sind seine Eltern.«

»Mehr nicht. Wir nehmen ihn mit nach Frankreich, nach Chile, wohin auch immer, und machen ihn erst einmal zum Exilanten.«

»Wenn wir nach Frankreich gehen, wird er eine andere Sprache lernen, und schon machen wir einen gesitteten Mann aus ihm.«

»Sittlichkeit hängt nicht vom Ort ab, sondern von anderen Dingen.«

»Sollen wir bleiben?«

»Um uns geht es nicht. Haben wir ihn gefragt? Haben wir ihm mehr gesagt als ›Komm mit uns‹ und ›Pack deine Sachen‹?«

»Fragen wir ihn doch.«

Luis Jiménez ist fünfzehn Jahre alt.

»Paß mal auf, mein Junge: Wir wissen weder, wohin es uns verschlägt, noch, was uns erwartet. Wir gehen einfach. Du bist schon ein Mann, du hast die Wahl: hierbleiben, oder mit uns Spanien verlassen. Was ist dir lieber?«

»Mit euch weggehen.«

»Habe ich es dir doch gesagt.«

»Laß mich mal: Also, mein Junge, deine Antwort erscheint mir normal und befriedigt mich zutiefst. Du mußt aber bedenken, daß wir nicht wissen, was aus uns wird. Ob wir im Gefängnis landen, ob wir zu essen haben werden.«

»Warum geht ihr dann fort?«

»Weil wir die Faschisten nicht ertragen wollen, ganz abgesehen davon, daß dein Vater womöglich standrechtlich erschossen wird. Bist du dir auch unter diesen Bedingungen sicher, daß du mit uns gehen willst?«

»Und hier müßte ich bei den Großeltern bleiben?«

»Ja.«

»Dann gehe ich lieber mit euch.«

»Denk nicht über die anderen nach, selbst wenn es deine Großeltern sind, die dir furchtbar altmodisch vorkommen und mit denen du deine großen und kleinen Reibereien hast; es geht um dich.«

»Mama, willst du nicht, daß ich mit euch komme?«

»Wir möchten, daß du für dich entscheidest.«

»Sie haben es für dich getan, damals, vor zwanzig Jahren, und du bedauerst es noch immer.«

Es war das erste Mal, daß Agustín das ansprach. Er sah ihr in die Augen.

»Das ist die Wahrheit.«

Mili, fünfunddreißig Jahre alt, ist Russin; ihre Eltern sind in Nordamerika. Sie wollte in die Kommunistische Partei eintreten; sie haben sie nicht akzeptiert. Ihr Vater war ein namhafter Sozialdemokrat, in Petrograd. Rafael Jiménez hat sie in Paris geheiratet, als Student, Stipendiat.

Luis empfand und empfindet keinerlei Begeisterung für den Krieg, es ist ihm auch egal, ob die einen oder die anderen gewinnen. Ihn interessieren Blumen und Fische. Aber für ein paar Tafeln Schokolade würde er alles geben und dafür, daß Manuela, das Hausmädchen der Großeltern, sich mit weniger Geschrei an die Brüste fassen ließe.

»Gehen wir nach Frankreich oder nach Amerika?«

»Macht das einen Unterschied? Auf jeden Fall müssen wir übers Meer.«

»Nur wenn wir über den Atlantik fahren.«

»Das liegt nicht in unserer Hand.«

»Wenn wir nach Amerika gehen, komme ich mit. Denn hier geht der Krieg ja weiter.«

»Und deine Freunde?«

»Ihr wißt doch genau, daß Gabriel mein einziger Freund ist, und der geht auch mit seinem Vater fort.«

»Und seine Mutter?«

»Die bleibt mit den jüngeren Geschwistern hier.«

»Also, was willst du tun?«

Luis zweifelt einen Augenblick; er ist nicht schnell in seinen Entscheidungen.

»Ich gehe mit.«

»Weder Vicente noch Templado sind zurückgekommen?«

»Nein. Was willst du von ihnen?«

»Sie sollen das lesen.«

»Was ist das?« fragt Clemencia.

»Ein paar Zeilen über den Verfall.«

»Zeig her.«

Paco Ferrís reicht ihr mißmutig das Blatt. Es hat ihm noch nie gefallen, wenn Clemencia liest, was er schreibt. Ihrem Urteil vertraut er nicht, vielleicht, weil sie eine Frau ist. Außerdem – er weiß auch nicht, warum – schämt er sich, daß sie mitbekommt, was er denkt. Artikel, Verlautbarungen, das ja; schließlich schreibt er die, als ob sie sie schriebe.

›*Vom Verfall*

Nichts zu Ende bringen. Sich treiben lassen, kleinmütig. Alles wird kleiner, als ob es sich entfernte, dabei ist es noch nah. Alles wird stumpf, stumpft ab. Zertretene Ehre. Alles wird zunichte und entflieht. Die Soldaten zerstreuen sich; ich zerstreue mich; alles entweicht mir: Ich werde flach, leer, der Zimmerboden voller Müll, das Gute für das Böse. Was schmerzt, wird stärker. Der Bauch entspannt, alles überzogen von Materie: Das ist Gerechtigkeit. Ich zersetze mich mit meinen eigenen Waffen. Keiner wagt zu sagen: Laß es, alles strömt zu den Kloaken ...‹

Die Frau liest weiter, gibt das Blatt zurück:

»Hier, Victor Hugo! Du sagst es selbst: Das ist eine Sauerei.«

»Mag sein.«

»Spar dir den Zweifel.«

»Haben wir etwa gewonnen?«

»Ist das ein Grund, dich aufzugeben? Und ständig: ›alles‹!«

Paco Ferrís zerreißt das Blatt.

»Du hast recht«, sagt er, wütend wegen der letzten Bemerkung. Er geht hinaus.

»Wohin willst du?«

»Nachsehen, ob es Neuigkeiten gibt; ob das Gute oder das Böse gewinnt.«

Clemencia bleibt zurück, wie so oft, sie weiß nicht, was sie tun soll. Wie immer fühlt sie, daß er ihr wie ein Aal entwischt. Daß sie sich sicher ist, alles Menschenmögliche getan zu haben, beruhigt sie nicht.

»Verstehst du, das berühmte Problem mit der Henne und dem Ei ist unwichtig geworden. Es gibt ein neues – du sagst vielleicht, es ist dasselbe –, aber es ist zumindest eine Variante.«

»Sag.«

»Wer hat das Ei oder die Henne geschaffen?«

»Bist du jetzt Deist geworden?«

»Nein. Sieh doch einmal. Du bist Materialistin, Atheistin. Ich auch. Wir sind. Gut. Also weiter: Die Materie – wie wir sagen – bestimmt den Geist, die Intelligenz, alles, was den Menschen vom Stein unterschiedet.«

»Stimmt.«

»Und wenn die Materie den Geist wie einen Embryo, wie einen Virus in sich trüge?«

»Das kann nicht sein, denn wenn es so wäre, würdest du an Gott glauben.«

»Wieso? Ist die Transformation der Materie ein größeres Wunder als die der Intelligenz? Wundert man sich mehr, wenn ein Fisch sich in einen Vogel, einen Menschen verwandelt, als wenn die Intelligenz oder der Instinkt eines Hundes oder einer Ratte sich auf dich überträgt? Oder hast du dir das Universum noch nicht angesehen? Muß auf jedem Planeten Intelligenz anders aussehen, oder können wir uns damit trösten, daß wir uns in einem Punkt schon ähneln werden, da wir aus derselben Materie geschaffen sind? Abgesehen von den Unterschieden, die von den Umständen bestimmt werden. Glaub mir, das Ei und die Henne sind absolut gleichzeitig entstanden, am selben Tag, in derselben Nacht oder bei demselben langen Ereignis.«

»Und damit hast du alles gelöst? Unerträglich machst du es uns damit! Vorher gab es ein Problem: die Henne oder das Ei. Du multiplizierst es.«

»Mit eins.«

»Das findest du wenig?«

»Wie schrecklich die Existenz Gottes für diejenigen wäre, die an ihn glauben! Für uns, die Atheisten, hat das nicht die geringste Bedeutung. Wenn es ihn gibt, ist es nicht unsere Schuld, nicht an ihn zu glauben. Schuld tragen die Gläubigen, die am Geheimnis teilhaben, die im Besitz der Wahrheit sind und trotzdem nicht nach seinem Gesetz leben.«

Eigentlich reden Mantecón und de la Iglesia nur um des Redens willen. Paco kommt herein.

»Was gibt's?«

»Nichts.«

»Wie, nichts?«

»Nicht einmal offizielle Kriegsberichte. Als ob der Krieg vorbei wäre.«

»Du sagst es.«

»Warum bleiben wir dann nicht hier? So schlecht sind wir nicht dran, wir kümmern uns einfach nur noch darum, nichts mitzukriegen.«

»Du hast eine Frau, du Idiot«, platzt Mantecón heraus.

»Die kannst du geschenkt haben.«

»Das traue ich dir glatt zu.«

»Stell mich nicht auf die Probe.«

Don José Burgos, mit seinen fünfzig Jahren und all seiner Gelehrtheit auf dem Buckel, lächelt im Vorzimmer Luis Moreno an, der ihn einfach nicht versteht.

»Bestimmt verstehen Sie mich nicht. Keine Sorge: das entbehrt jeglicher Bedeutung.«

»Aber ein Biologe wie Sie?«

»Sehen Sie doch: Die Wissenschaft lebt und wächst unter Gottes Schutz, und auf seinem Boden – seinem Nährboden – wird sie weiter gedeihen. Was wir tun? Die belebte Erde, die des Menschen, erweitern und vergrößern. Ja und? So weit man auch geht, es gibt immer einen Horizont.«

Er macht eine Pause, dann, nachdrücklich und leise:

»Den göttlichen Horizont.«

Luis Moreno hält gegen:

»Aber eines Tages werden Menschen diesen Punkt erreichen, der für Sie der Horizont ist, sie werden Ihre Topographie ausweiten und auf die Erklärung stoßen.«

»Und wenn Sie den Blick in die Welt lenken«, sagt Burgos mit leicht ironischer Betonung, »werden Sie hinter dem Himmel den nächsten Horizont entdecken.«

»Einverstanden, aber eines Tages, wenn sie weiter und weiter gehen, gelangen sie wieder an den Ausgangspunkt. Es sei denn, sie wollen mir hier leugnen, daß die Erde rund ist ...«

»Nicht aber das Universum. Genau das ist unsere Begrenzung; wir sitzen in einem Labyrinth fest, einem magischen Labyrinth.«

»Glauben Sie an die Magie?«

Burgos schaut seinen Gesprächspartner an und beschließt, ihm einen Streich zu spielen; er antwortet rundweg:

»Ja.«

Luis Moreno ist verwirrt. Er fragt:

»Aber ... Sie gestatten mir, diese Ihre Antwort zu veröffentlichen?«

José Burgos legt seine Hand – langgliedrig, weich, gepflegt – auf die Schulter seines Gesprächspartners, lächelt und murmelt ernst:

»Nein.«

Das Gespräch geht nicht weiter, weil ein Amtsdiener den Professor ins Büro des Herrn Gouverneur lotst, während er gleichzeitig den Journalisten bittet:

»Sei so gut und warte.«

Bei der Verabschiedung fragt Moreno den Professor:

»Warum sind Sie auf der Seite des Volkes?«

»Mein junger Freund, etwas anderes gibt es doch in Spanien nicht.«

»Herr Dekan, ich habe Sie rufen lassen, um Ihnen zu sagen, daß Sie daran denken sollten, Valencia zu verlassen.«

»Ich?«

»Natürlich.«

»Aber warum? Sie haben mich schon aus Madrid rausgeholt ...«

»Die franquistischen Truppen werden innerhalb weniger Tage hier einmarschieren.«

»Ich glaube, ich habe nichts zu befürchten.«

»Ich denke das genaue Gegenteil.«

»Werden Sie fortgehen?«

»Das ist eine völlig andere Frage. Ich habe die Pflicht zu bleiben; unter anderem, um Personen wie Sie zum Gehen aufzufordern.«

»Ich war nie in der Politik aktiv.«

»Das glauben Sie. Hier habe ich die Liste mit den Personen, die liquidiert werden sollen, sobald sie hinter diesem Tisch sitzen. Sie stehen ganz oben.«

Don José Burgos kommt aus dem Staunen nicht heraus.

»Aber, wie soll ich fort? Und meine Familie? Und meine Bücher? Mein Labor?«

»Ich stelle Ihnen und Ihrer Familie meinen Wagen zur Verfügung. Ich haben gerade mit dem Gouverneur von Alicante gesprochen. Morgen wird ein französisches Schiff auslaufen, gegen fünf Uhr nachmittags. Ich bitte Sie bloß, diese Nachricht für sich zu behalten.«

»Ich danke Ihnen vielmals für Ihre Aufmerksamkeit, aber ich werde bleiben.«

»Sie wissen, was Sie erwartet.«

»Der Löwe wird schon nicht so wild sein, wie Sie ihn beschreiben.«

Molina Conjero begreift, daß Beharren sinnlos wäre; außerdem bleibt anderes zu tun. Er hat seinen Teil beigetragen, und die Nacht hält immer einen guten Rat bereit.

Villegas kehrte mit Cuartero und Templado zur Zivilverwaltung zurück.

»Es tut mir leid«, sagt Molina, »aber ich habe keinen einzigen Wagen.«

»Später vielleicht?« fragt Villegas.

»Das weiß ich nicht. Kann sein. Und wenn es eng wird, könnt ihr immer noch in einem Lastwagen der Guardia de Asalto mitfahren. Bequem ist es nicht, es sind offene.«

»Wann sollen wir wiederkommen?«

»Gegen zehn.«

»Gibt es Neuigkeiten?«

»Wenige und schlechte.«

Trotz der Dunkelheit, die hereinbricht, sind die Straßen voller Menschen.

Molina Conejero setzt sich nicht erst, um mit Asens zu streiten. Der hat sich in sein Büro gemogelt. Zwei Adjutanten wachen an der Tür.

»Was ist Krieg, wenn nicht das Recht, zu stehlen und zu töten? Was sonst? Hast du noch nie jemanden getötet?«

»Nein.«

»Dann hast du nicht das Recht, zu reden oder Befehle zu geben.«

»Töten ist einfach.«

»Entschuldige, ich vergaß: Du tötest nicht, du unterschreibst Urteile. Wie viele Todesurteile hast du unterschrieben?«

»Ich weiß es nicht.«

»Einige werden es gewesen sein.«

»Inzwischen unterschreibe ich keine mehr. In letzter Zeit sind wir wieder Menschenfreunde geworden, wir morden nur noch lautlos, wie ihr.«

»Stimmt, ich habe viele getötet, ja und? Blut stinkt nicht. Es riecht zumindest nicht schlecht. Man gewöhnt sich daran. Und die Leute läßt du mir frei.«

»Nein.«

»Aber was haben sie dir getan?«

»Mir? Nichts. Der Republik.«

Asens steht wie versteinert da.

»Und was, bitteschön, soll das heute noch?«

Der Anarchist, ein kleiner, dünner, dunkelhäutiger und bärtiger Mann mit langen, zerzausten Haaren trägt die Abzeichen eines Oberstleutnants.

»Das wirst du mir bezahlen.«

»In Gold oder in bar?«

»Ich sage nur, daß du dafür bezahlen wirst. Du Arschloch.«

Sie schaffen ihn raus.

»Er ist der Bruder von Estanislao.«

»Und wer ist Estanislao?«

»Esmolaor.«

»Das hätte er doch gleich sagen sollen.«

Um zehn Uhr kamen Templado und Cuartero zurück zur Zivilverwaltung.

»Der Gouverneur ist nicht da.«

»Er hat uns aber bestellt.«

»Wenn Sie warten möchten ...«

»Wird er lange fort sein?«

»Ich denke ja. Er ist zum Hauptquartier gegangen, und das kann dauern, man weiß nie.«

»Was sollen wir tun?«

»Diese Frage stellt sich zur Zeit wohl jeder.«

»Ich glaube nicht, daß er heute nacht noch zurückkommt«, sagt der Amtsdiener nachdrücklich. »Zumindest hat er mir gesagt, ich solle nicht warten. Man kann natürlich nie wissen.«

»Du bist ein Philosoph.«

»Ich bin, was ich bin, und ich sehe keinen Anlaß, warum Sie mich beleidigen müssen. Ich stehe an meinem Platz und tue, was man mir befielt.«

»Das war doch keine Beleidigung.«

»Gut. Hätte ja sein können.«

»Was sollen wir tun?«

»Ich denke, wir gehen, rufen Villegas an, und morgen beginnt ein neuer Tag.«

»Hoffentlich.«

Sie gingen hinaus auf die Plaza de Tetuán.

»Ich bin empört über den Mangel an Verantwortung unter den Menschen.«

Templado sah ihn an und prustete los. Das Gelächter, so absurd, stellte die Nacht auf den Kopf. Die Pflastersteine glänzten, vor kurzem mußte es geregnet haben.

Cuartero ging weiter, verletzt.

»Die Verantwortung«, wiederholte Templado. »Hör mal, was ist Verantwortung? Jetzt und hier, das ist die Zeit, das Zeitalter der Verantwortlichen. In jedem Haus, in jeder Organisation gibt es einen ›Verantwortlichen‹. Hundert Verantwortliche. Tausend.«

»Der Verantwortliche ist einer, der einen Schuldschein ausstellt auf die möglichen Fehler der anderen.«

»Nein. Heute nicht. Der Verantwortliche ist derjenige, der vorausschaut. Der ansprechbar ist, der antwortet, der anordnet. Er ist kein Versicherungsunternehmen. Der Oberverantwortliche: Gott.«

Cuartero fühlte sich nicht angesprochen.

»Oder der göttliche Funken, den jeder – wenn du daran glaubst – in sich trägt. Laß uns zu den Nutten gehen.«

Sie liefen Federico Miñano in die Arme, einem studierwütigen Arabisten und Säufer aus Überzeugung. Ein dicker Alicantiner, furchtbar feige, intelligent, unverheiratet, die Nase gestrichen voll, außer vom schweren Roten.

»›Aus dem Schwerte, nicht aus dem Schreibkiel rinnt der Ruhm.‹ So sang ein großer, vielleicht der größte aller arabischen Dichter: ›Vorbei die Annäherung! Hört auf mit Missionen, es sei denn mit Fäusten / die greifen den scharfen und glänzenden Stahl / dessen Klinge den Tod bringt und die endgültige Lösung / allen Streits zwischen Unterdrücker und Unterdrücktem.‹« Er tobt. »Die Stärke, nichts kann gegen die Stärke bestehen. Darum ziehen wir uns zurück, wenn wir sie verlieren in dieser Welt, schließen uns zu Hause ein und wollen nichts mehr wissen. Aus Scham. In Spanien ist die Trauerzeit lang und streng. Wir haben uns in unseren Hof zurückgezogen, und dort sind wir noch immer. Seit dem Westfälischen Frieden fühlt sich der Spanier entehrt. Noch immer haben wir den Verlust des Imperiums nicht verkraftet. Einige schriftstellernde Dilettanten haben versucht, sich dagegenzustellen. Was hat es genützt? Andere sind nach Deutschland gegangen und haben uns zu überzeugen versucht, wir seien Europäer. Was für Europäer? Scheißeuropäer. Habt ihr zu Abend gegessen?«

»Nein.«

»Dann los.«

»Wohin?«

»Nicht weit. In die Calle de la Paz. Netter Name, für diese Zeiten. Da wir stehen, wo wir stehen, hat mir der Koch vom *Ideal Room,* ein großer Weinkenner und lebenslustiger Mann, versprochen, seinen Weinvorrat aus dem Fenster zu werfen, bevor die anderen das mit ihm tun.«

»Der Friede«, sagt Cuartero und geht los. »So etwas wie das verlorene Paradies.«

»Brauchen die Menschen das Paradies? Der Friede existiert nicht. Die Menschen und die Imperien werden im Krieg geschmiedet. Die Leute fliehen, man stirbt, verändert sich.«

»Aber du, du bleibst.«

»Wie kannst du daran zweifeln. Wenn du allerdings denkst, jetzt kommt der Frieden, dann irrst du dich.«

»Also?«

»Was soll ich ohne meine Bücher? Ohne die Nationalbibliothek vor der Tür ...«

»In Kairo ...«

»Zahlst du mir Reise und Aufenthalt? Nein, mein Lieber, die Gelehrten müssen stets auf seiten der Regierung stehen, egal welcher.«

»Das Britische Museum ...«

»Ich bleibe dabei. Wenn ich gehen muß – und ich muß gehen –, dann sollen die zahlen, die Geld haben.«

Von seiner Mutter spricht er nicht. Dafür Templado:

»Du mußt auch an deine Mutter denken.«

Miñano bleibt stehen, um ihn anzusehen.

»Genau. An meine Mutter.«

Felipe Miñano hat viele Lehrangebote und Ehrungen ausländischer Universitäten abgeschlagen, um sich nicht von seiner Mutter zu trennen – was nicht der größte Hinderungsgrund war –, und schon gar nicht von den Früchten der Weinberge seiner Heimat und von deren Nebenwirkungen, die von der Öffentlichkeit protestantischer Länder, wo man sich mehr für seine gehaltvolle Arbeit interessierte, wenig goutiert würden. Aus Petrel gebürtig, weiß er die Gutedeltraube von ihren Verschnitten zu unterscheiden, einen Jaén von einem Tempranillo (»Wichtig ist das erste Jahr«), ganz zu schweigen von den Trauben, die alle kennen: Muskateller oder Grenache (manch einer verwechselt Muskateller und Hebén), und natürlich kennt er jeden Weinberg der Region. Im Rioja gibt es – für ihn – nichts, was einem Laguardia oder Labastida gleichkäme. Und wenn die Reblaus nicht gewesen wäre, wo stünde heute der Bordeaux?

Der berühmte Arabist ist ein rechter Schluckspecht, aber er trägt das mit großer Würde. Frauen interessieren ihn kaum.

»Warum heiratest du nicht, mein Sohn?«

»Wozu?«

(Solange Roter fließt, sind alle Frauen grau.)

Sie gehen ohne Eile.

»Und ihr?«

»Mal sehen.«

»Wollt ihr, wie jeder, nach Alicante?«

»Weißt du einen anderen Ausweg?«

»Um die Wahrheit zu sagen, ihr habt euch ganz schön zu Deppen gemacht.«

»Kommt drauf an, was du darunter verstehst.«

»Und überhaupt«, meint Cuartero, »ich habe keine Lust auf das geballte Spießertum, das hier demnächst herrscht.«

»Nicht zu vergessen die Friedhöfe«, schiebt Templado sanft nach.

»Ihr glaubt also noch an die Menschen ...«

»Zumindest an ein ehrbareres Spanien.«

»Ihr solltet Historiker werden. Spanien ist ein seit Jahrhunderten verknöchertes Land. Niemand kann es bewegen.«

»Der Teufel«, meint Templado spitz.

»Stimmt, der Teufel. Oder glaubt ihr, die Leute interessieren sich für Engel? Das ist, als würde man beschließen, ab sofort solle jede Mahlzeit nur aus Nachspeisen bestehen: Honigtörtchen, Obstkuchen, Eierspeisen, Gewürzkuchen, Pudding, Schokoladencreme, Mokka. Die Welt ist nichts ohne die Conquista. Oder sind meine Arabischkenntnisse etwa angeboren?«

»Hier ist geschlossen.«

»Für die anderen, wie auch das Paradies«, sagt Miñano. »Alles nur eine Frage der Zeichen.«

Er klopft. Man öffnet. Sie treten ein. Das Abendessen ist außergewöhnlich: Kaviar, Schinken, Langusten, Rebhuhn; alles aus der Dose, aber der Kaviar, der Schinken, die Langusten, das Rebhuhn und die Weine sind exzellent.

»Die Reste.«

»Was nicht wenig ist.«

»Was nicht weniger gut ist«, witzelt Templado.

»Alle haben uns verraten«, sagt der Gastgeber, ein grauhaariger Dickschädel.

»Wer sind alle?«

»Die Franzosen, die Engländer, die Russen.«

»Zu den ersten beiden – besser: gegen die ersten beiden –

sage ich nichts. Sie werden dafür zahlen müssen. Bei den Russen bin ich nicht einverstanden: Sie haben getan, was sie konnten.«

»Verschonen Sie mich mit Ihren Märchen!«

»Sie haben die Welt gegen sich.«

»Hört mal, das alles ist unwichtig«, sagt Miñano. »Dieser Krieg war von vorne bis hinten ein spanischer, vom 18. Juli 1936 bis heute; daß dieser oder jener die Partei seiner Wahl unterstützt, kommt in jedem Bürgerkrieg vor. Aber der Kern der Angelegenheit ist hausgemacht, er war es, und er wird es sein, wie die Karlistenkriege oder die Karwoche.«

»Ich bin einverstanden mit ihm dort, weil er die Russen respektiert«, sagt der Mann vom *Ideal Room.*

»Weil du Kommunist bist.«

»Ich? Gott bewahre! Aber im Geographieunterricht wird gelehrt, zumindest hat man mir das beigebracht, daß wir keine gemeinsame Grenze mit den Sowjets haben.«

»Bist du Sozialist?« fragt Templado.

»Ja.«

»Und Prieto-Anhänger.«

»Ja.«

»Dann wundert mich das nicht.«

»Was wundert dich nicht? Daß Don Indalecio die Dinge vom ersten Tag an klar gesehen hat?«

»Wie Azaña.«

»Wie Azaña: Die beiden kennen die spanische Geschichte. Immer gewinnen die Reaktionäre«, verkündet Miñano.

»Im neunzehnten Jahrhundert konnten die Liberalen ...«

»Unter der Bedingung, daß alles nach den Spielregeln der Konservativen lief«, kommentiert Cuartero.

»Warum wartest du dann nicht auf sie? Also, morgen oder übermorgen sind die doch hier.«

»Weil ich keine Lust habe«, gibt Cuartero mit belegter Stimme zurück. »Und weil sie im Unrecht sind.«

»Und du glaubst, das lohnt sich? Wißt ihr, ihr seht die Welt nicht. Ihr verstellt euch selbst den Blick, stellt die Welt in euren Schatten.«

»Das ist unsere Schattenseite«, frotzelt Templado.

»Du hast auch einen Schatten«, merkt Miñano trocken an.

»Die Welt ist eine einzige Scheiße, und es lohnt sich nicht, auch nur einen Finger für sie krumm zu machen.«

»Das ist genau das Gegenteil von dem, was ich denke«, verkündet Cuartero.

»Pah! Sie glauben an Gott, aber ich bin römisch-katholischer und apostolischer Christ«, blafft der Arabist und schenkt sich von dem Jahrgangswein nach. »Wenn ich sterbe, ist mir das Himmelreich sicher, während Sie im Exil vor die Hunde gehen und in Hauseingängen um Almosen betteln werden. Oder Sie werden orthodoxer Mönch, protestantischer Pastor oder so etwas in der Art.«

»Danke für die Vorhersage.«

»Gern geschehen. Man glaubt kaum, wie viele intelligente Leute sich etwas vormachen lassen ...«

Er schweigt, trinkt: Nicht, weil er müßte, sondern, weil er weiß, daß sie ihn an seiner empfindlichsten Stelle treffen können.

»Für mich war Azañas größter Fehler, daß er als Kriegsminister nicht kurzen Prozeß mit der Armee gemacht hat. Und auf die Ehre, das gegebene Wort vertraute.«

»Er ist ein Mann des Wortes.«

»Der Worte.«

»Nicht nur er.«

»Aber er verkörperte wie kein zweiter die Republik«, betont Cuartero.

»Entsprechend ist es uns ergangen.«

»Durch Unwissenheit erstarkt der Stumpfsinn«, legt Miñano los. »Die Weisen, eure Staatsmänner, sind wie Buridans Esel: Sie wollen sich absichern, aber es gibt keine

Sicherheit außer im Glauben, und den pflegen sie auf den steinigen Pfaden der Wissenschaft zu verlieren. Nur wir Gelehrte glauben an Gott.«

»Wie Don Marcelino.«

»Ein Spanier und Trinker. Wenn man nur wüßte, was sich dahinter verbirgt. Aber ich finde Don Marcelino gut, wie ihr euch denken könnt. Und Pasteur erst, der das Haus nie verließ. Biologen sind wirklich arme Kerle: Propheten wollen sie sein, sie wissen nur nicht, was sie verkünden sollen. Die Sinne betrügen die Vernunft, aber ohne Vernunft keine Geistesschärfe. Weil wir aus Lügen erschaffen sind, lügen wir ungewollt, und wenn unsere Lügen einmal ins Schwarze treffen, merken wir es nicht und können es nicht einmal vergessen.«

»Ihr geht mir jetzt lange genug auf den Wecker mit eurem theologischen Palavern«, nörgelt Templado, überwältigt von dem Überfluß an Speisen. »Eines Tages müßt ihr mir erklären, warum Gott, wenn er existiert, uns so mittelmäßig geschaffen hat.«

»Was hat denn das mit den Werken zu tun?« bemerkt Miñano. »Ihr Marxisten ...«

»Damit meinst du wohl Templado.«

»Und dich, du Katholik neuer Schule.«

»Ich bin kein Marxist, außer in Liebesdingen«, säuselt Templado, »denn ich glaube an den Überbau.«

»Ich meine das ernst. Ich sage ja nicht, daß Marx zu seiner Zeit schlecht war, wie Sainte-Beuve.«

»Was, zum Henker, hat das jetzt damit zu tun?«

»Sehr viel. Für die Franzosen waren Werk und Mensch untrennbar, wie heute für die Kommunisten nicht der Zweck zählt, sondern die Mittel. Nicht ein Werk und das, was drinsteckt, wird kritisiert, sondern der, der es geschaffen hat. Was man tut, nicht, was man sagt. Stellt euch nur vor, was für eine Welt sie errichten werden!«

»Deshalb glaubst du an Gott. Jetzt wird mir alles klar. Und der gesunde Menschenverstand taumelt, aber der geht uns Spaniern ja schon immer ab.«

»Anders als die Ehre«, hält Cuartero fest.

»Sicher, um noch auf die eigene Schwäche stolz zu sein. Am schwersten kommt uns der Satz über die Lippen: Ich habe mich geirrt. Schlecht singen und fluchen, daß sich die Balken biegen. Nicht auf die Wahrheit kommt es an, unbeugsam muß man sein. Nennen wir es einen Charakter aus einem Guß. Oder kann ein Gegner recht haben? Wir machen alles, außer die Flinte ins Korn werfen, wir warten, bis der Stärkere kommt und sie auf uns richtet.«

»Aber was ist Stärke anderes als das Recht des Stärkeren?« meint Miñano. »Ist es deshalb kein Recht mehr? Jeder hat seins, und wenn er will, stirbt er dafür.«

»Wer hindert einen daran?«

»›Märtyrer seiner selbst‹, das wäre eine gute Definition des Spaniertums, für Kulturtouristen«, palavert Cuartero. »Die Spanier sind wie alle anderen. Der Rest, der reine Unfug. Zu einem Teil hängt man von seinem Vater und seiner Mutter ab – unausweichlich für das Aussehen –, und zu einem anderen, viel größeren Teil davon, wie, wo und wann man erzogen wurde. Dick wird man, wenn man viel ißt.«

»Es gibt auch schlanke Fresser.«

»Eine Sache der Verdauung.«

»Das heißt, es gibt das Spanische nicht?«

»Aber natürlich! Wie die Sprache.«

»Und Velázquez ist ein spanischer Maler. Aus der *spanischen* Schule. Wäre er in Holland geboren – Rembrandt.«

»Und El Greco?«

»Venezianer. Ein Kleckser in Venedig und ein Spanier, als er in Toledo malte. Hier hat er mehr gemalt als dort. Aber ist das eigentlich wichtig? Biographien richten viel Schaden an. Das Werk zählt.«

»Nur durch sie rettet man sich.«

Miñano lacht aus vollem Hals, Wanst vorneweg.

»Überlassen Sie diese Angelegenheiten den Versammlungsrednern. Noch ein Rebhuhn?«

»Aber wenn Gott existiert, warum, zum Teufel, sind wir dann so, wie wir sind?« fängt Templado schon wieder an.

»Wenn du glaubst, der Mensch sei nur ein x-beliebiges Tier, wozu dann die Moral? Wozu jedwede Hoffnung?«

»Ach so, du suchst also, du brauchst eine Entlohnung! Man soll dich für dein Artigsein bezahlen! Es geht wohl nicht in deinen Dickschädel, daß man ein anständiger Mensch sein kann, ohne das mit Himmelsmusik vergolten zu bekommen! Ist es dir unvorstellbar, daß man gut sein, zu etwas gut sein kann, einfach so? Wo bleibt die Würde des Menschen, wenn Gott existiert?« (Vom Rotwein wird Templados Stimme laut.) »Wenn du wirklich findest, daß man nur im Glauben an ein höheres Wesen für eine Idee kämpfen kann, dann setzt du den Menschen ganz schön herab.«

»Und hier kann man nichts mehr machen«, unterstreicht der vom *Ideal Room*.

»Niemand sagt das.«

»Fügen wir uns der Einsicht«, fährt Templado fort, »daß Naturphänomene nicht exakt wahrgenommen werden können. Heißt das, daß es sie nicht gibt? Und die unendlich vielen anderen Phänomene, die uns aufgrund desselben Mangels an Perfektion entgehen? Wenn Gott uns – wie ihr glaubt – nach seinem Abbild geschaffen hat, ist er ein wenig perfektes Wesen.«

»Niemand behauptet das Gegenteil«, rülpst Miñano.

Der Tischherr nimmt sich Ananaskompott.

»Jetzt hast du uns aber genug aufgetischt.«

Der *Dickschädel* übergeht den doppelten Boden, redet weiter:

»Alle, die ihr an Gott glaubt, seid zwangsläufig Parteigänger einer Diktatur, welcher auch immer. Gott ist allmächtig, oder? Seht ihr? Wenn ihr wollt, sucht euch eine andere. Alle Diktatoren, so atheistisch sie in ihrer Frühzeit auch gewesen sein mögen, spannen, sobald sie an der Macht sind, Gott vor ihren Karren, weil das die einzige Möglichkeit ist, ihn mit ihrer Politik in Einklang zu bringen. Wenn der Vatikan auf der Seite der Diktatoren steht, dann nicht nur, weil er sie gutheißt, sondern, weil sie am besten zu seiner Organisation des Jenseits passen. Ist es der mildtätige Gott, der Gott der Sanftmut und der Vergebung, der die Hölle vorhersagt? Nein: Gott ist Diktator und die Hölle sein Konzentrationslager. Etwa nicht? Und zwar mit senegalesischen Wachsoldaten hinter dem Stacheldrahtverhau, mit aufgepflanzten Bajonetten, damit du nicht abhauen kannst. Ich bin aus Argelès geflohen, um hierher zurückzukehren. Seht her, Freunde, wir, die liberalen Sozialisten, sind die einzig vorstellbaren Atheisten, weil wir Gott und Teufel denselben Gruß entbieten: ›Treten Sie ein, meine Herren, treten Sie ein.‹ Der Liberalismus ist atheistisch, oder er ist gar nichts. Derzeit lacht man über die Liberalen: Wir seien aus dem letzten Jahrhundert, heißt es. Und die uns anklagen, was sind die? Söhne Gottes, Söhne Marias: Wer nicht spurt, bekommt eins drauf, und weiter geht's. Sehr modern, letzter Schrei. Wenn ihr die Geschichte durchforscht, möglichst weit zurück, seid ihr alle eins: die Söhne von Pharaonen, Khanen, Zaren. Wir Liberalen sind zarte Blumen, so überdauern wir, obwohl man auf uns herumtrampelt. Der arme Luzifer war der erste Liberale, und seht euch an, wie es ihm ergangen ist!«

»Jetzt hast du genug Unsinn geredet.«

»So viel nicht, mein Lieber, so viel nicht. Und wenn du glaubst, die Welt ist zu was anderem gut, dann irrst du dich gewaltig, garantiert gewaltig, garantiert.«

»Und du, was wirst du tun?«

»Ich? Jage mir eine Kugel in den Kopf. Ich war in Frankreich, habe genug gesehen; bin zurückgekehrt. Sollen sie mich verscharren.«

»Meinst du das ernst?«

»Gibt es einen Grund, warum ich das nicht tun sollte?«

(Antonio Beda, der *Dickschädel,* geboren in Almería, seine Familie stammt allerdings aus Zaragoza, weshalb er sich als Bergarbeiterkind bezeichnet. Sein Vater war aus der Sierra de Almagrera. Zu jener Zeit gerieten einige Grubenschächte unter Wasser, und weil es hieß, den Gruben in der Sierra de Gódor ginge es gut, zog die Familie im Jahr 1910 dorthin. Dem war aber nicht so, und der Vater, ohne Ersparnisse, kehrte nach Almería zurück, wo er Fässer baute für Trauben, die, in Sägespäne gebettet, exportiert wurden. Trauben mit dicker Schale, die gut aussahen, sich gut hielten und nach nicht viel schmeckten, wunderbar für Kunden aus kalten Ländern, die von Qualität keine Ahnung haben.

Dann wurden fünf Geschwister geboren, und die Dinge verkomplizierten sich. Der Vater starb, sich unter Schmerzen windend, ohne daß die Mutter je genau erfahren hätte, woran. Der Mutter, alt und zahnlos, seit sie in eine Grube gefallen war und sich schlimm den Mund verletzt hatte, blieb eine gespaltene Lippe, die immer wieder zu eitern anfing.

Antonio machte von Kindesbeinen an Musik. Anfangs spielte er die Orgel der Pfarrkirche, danach widmete er sich voller Eifer der Mandoline, der Gitarre, der Violine. Er haute ab nach Valencia, schaffte es, auf das Konservatorium aufgenommen zu werden, aber trotz des Interesses von Maestro Gomá blieb er dem Unterricht so häufig fern (er arbeitete in einer Druckerei, in der er zum ersten Druckereigehilfen aufstieg), daß er es sein lassen mußte, dabei zeigte er im zweiten Jahr Klavier schon außergewöhnliche Fähigkeiten. Die ältere Schwester, die in Almería die Familie versorgte – die meisten Jungen waren irgendwohin ausgeflogen –, starb, und der Mann – inzwischen war er einer – kehrte dorthin zurück, obwohl er gerade vorhatte, sich zu verheiraten. Verlobt war er schon.

Der Krieg führte ihn nach Aragón, nach Katalonien, nach Frankreich. Aus dem Lager von Argelès floh er am Tag nach seiner Einweisung, ging nach Marseille, schiffte sich irgendwie nach Valencia ein. Die Mutter war gestorben, von den Enkeln wußte man nicht viel. Antonio dachte sich, daß nun, wenn auch mit einiger Verspätung, die Zeit für den Stand der Ehe gekommen sei. Er suchte seine alte Verlobte, inzwischen verwitwet, geschieden oder wer weiß was, aber, das steht fest, Köchin im *Ideal Room*. Innerhalb von zwei Monaten machte ihm die Ex, inzwischen höchst gegenwärtig, das Leben unmöglich, aber Antonio entdeckte den versteckten Weinkeller des Restaurants und mit der selbstlosen Hilfe Miñanos die Wonnen, die dieser einem verschaffte, vorausgesetzt, man wußte zu haushalten. Die Gattin versuchte, ihn zu denunzieren, aber es gab niemanden mehr, bei dem sie das hätte tun können. Es kamen zwei von der Gewerkschaft, die köpften ein halbes Dutzend Flaschen von irgendeinem Wein, was ihnen das Wegsehen erleichterte. Lola lag im Krankenhaus, wegen der Tracht Prügel, die Antonio ihr verpaßt hatte. Es war das erste Mal, daß er die Hand gegen jemanden erhoben hatte. Sich eine Kugel in den Kopf zu jagen, war für ihn die einzige Lösung, denn er war wirklich Sozialist und Liberaler.)

»Vielleicht marschieren sie ein und machen dich gleich zum *Sommellier du Corps*.«

»Was ist das denn?«

»Chef irgendwelcher Abteilungen im königlichen Palast.«

»Gibt's nichts mehr zum Abfüllen, Junge?«

»Und ob.«

»Von mir aus kann es auch Wein aus deiner Billigtraube aus Almería sein. Irgendwann kommt immer der Augenblick, von dem an alles gut ist.«

»Ich hole die letzten.«

Miñano wird ungeduldig:

»Wird das jetzt noch was mit dem Wein?«

Beda kehrt mit vier Flaschen zurück:

»Die letzten, meine Lieben.«

Sie kosten.

»Was ist das denn für ein Wein?«

»Den müßtest du besser als jeder andere kennen: aus Alicante.«

»Über Weine Bescheid wissen ... Wer über sie Bescheid weiß, versteht nichts von ihnen, oder? Nur die Betrunkenen könnten ein Urteil fällen, aber die kosten und schweigen.«

»Das ist das gleiche wie in der Literatur«, antwortet Cuartero. »Urteile fällen die Gelehrten und die Pedanten.«

Miñano übergeht die Spitze. Er sieht zu den beiden Freunden und fährt fort:

»Ihr geht nach Alicante. Ich bin von dort. Wußtest du das schon? In Elda wird Spanisch gesprochen und in Petrel, eine halbe Meile weiter, Valencianisch, und ich sage auch lieber nicht, was die einen über die anderen sagen. Dort in Alicante gibt es in irgendwelchen Kellereien noch richtigen Wein – nicht diese Plörre. Aber nicht für euch. Wer von euch wüßte das Prickeln eines Blanquet überhaupt zu schätzen? Ah, der Blanquet! Keine Traube ist wie er, keine Rebe speichert so viel Sonnenwärme. Aus Blanquet und Muscateller – mit Doppel-l – wird Malvasier gekeltert – mir schmeckt der nicht. Der Wein aus Alicante wurde nur aus Monastell gekeltert ... Keiner verstand sich darauf besser als mein Großvater.«

Miñano schweigt.

»Also, du bleibst?«

»Ohne jeden Zweifel.«

»Gut, wir gehen.«

»Wohl bekomm's.«

»Gehen wir nach oben, mein Süßer?«

»Nein.«

»Was soll das?« fragt Cuartero.

»Damit du siehst, daß ich, ich glaube zum ersten Mal in meinem Leben, keine Lust habe.«

»Wozu hast du mir den denn hergebracht? Du solltest zum Arzt gehen.«

»War ich schon.«

»Was hat er gesagt?«

»Daß es schlimm ist ...«

»Abszeß?« fragt eine der Nutten.

»Absinth. Ist auch egal. Kümmer dich um den, der hat es nötiger als ich.«

Paulino Cuartero ist ebenfalls zu nichts mehr zu gebrauchen, und zum erstem Mal sieht ihn Templado tatsächlich aus dem Lot.

»Laß mich in Frieden!«

»Was kann denn das Mädchen dafür?«

»Da hast du recht: entschuldige.«

»Schon gut, Mann. Du reagierst aber heftig.«

Dann kommt die Kupplerin, seit einigen Tagen ihre Bekannte.

»Hallo Doktorchen.«

»Hallo Marijuana.«

»Wie, du bist Arzt?« fragt die Kleine.

»Nein.«

»Du glaubst es nicht, aber er ist ein Spaßvogel und sehr ernst. Was, du guckst nicht mal? Die Susana ist erste Sahne.«

»Das sehe ich schon.«

»Eben.«

»Sicher, aber du siehst doch: Ich mag nicht.«

»Du? Und warum nicht?«

»Einfach so.«

»Und was ist das, was auf deiner Leber kommt und geht?«

»Auf jeden Fall, daß es mir nicht kommt.«

Sonst ist er nicht obszön. Jetzt ist es Cuartero, der sich wundert. Das Mädchen schüttelt sich vor Lachen.

»Was für ein schräger Typ! Komm, laß uns gehen.«

»Nein.«

»Sieht so aus, als würden wieder ehrbare Zeiten anbrechen«, amüsiert sich die Verantwortliche.

»Sagt man.«

»Die ersten wagen sich schon wieder raus.«

»Wer?«

»Die von vorher. Es wurde auch Zeit. Hör mal, kennst du nicht den Gouverneur?«

»Nein.«

»Schade.«

»Wieso?«

»Um nachzufragen, ob er den *Esmolaor* freigelassen hat.«

»Sind nicht alle freigelassen worden?«

»Meinst du?«

»Ich bin sicher.«

»Dann verstehe ich etwas nicht.«

»Was?«

»Daß er noch nicht hier aufgetaucht ist.«

»Er wird anderes zu tun haben.«

»Der?«

Es hämmert an der Tür. Ein Leuchten geht über das Gesicht der Nutte. Besoffene wollen rein. Sie lassen sie nicht.

»Erst gab es nichts zu trinken, und jetzt frage ich mich, wo das alles herkommt; jeder treibt etwas auf.«

»Diese Nacht. Bald ist alles weg.«

Die kleine Hure hat Templado befummelt, auf seinen Knien sitzend. Er schaut sie an, willigt ein:

»Komm, laß uns gehen.«

»Sag ich doch«, gibt die Spitzbübin zurück.

Vicente tauchte um elf Uhr abends in der Wohnung von Monse auf, die ihm die Schlüssel gegeben hatte. Er wunderte sich sehr, daß sie noch immer dort war.

»Habe ich dir nicht gesagt, du sollst punkt acht am Justizpalast sein, um wegzufahren?«

»Schon. Aber der Lastwagen ist ausgefallen. Wir fahren um sechs Uhr früh ab.«

Vicente flucht wie tausend Teufel.

»Das wirft meinen ganzen Plan um.«

»Mach dir keine Sorgen.«

»Wie soll ich mir keine Sorgen machen!«

Er überlegt, ob er zu Bonifacio Álvarez gehen soll. Moment: wozu? Das ist seine Angelegenheit.

»Wir kommen eben ein bißchen später an.«

»Und weiter? Denkst du vielleicht, das ist die einzige Tour, die dieser Laster machen muß? Jetzt darf ich los und allen Bescheid sagen, die um vier losfahren sollten.«

»Kann ich dir helfen?«

Vicente zweifelt einen Augenblick; der Befehl ist eindeutig: Er allein soll die Arbeit erledigen.

»Nein.«

Wie aber soll er, zu Fuß, um diese Uhrzeit, die halbe Stadt ablaufen? Zumal viele Genossen bestimmt nicht bei sich zu Hause schlafen.

»Am einfachsten ist es«, hat Monse die Idee, »wenn du dorthin gehst, wohin du sie bestellt hast, um vier, und ihnen sagst, sie sollen später wiederkommen.«

»Es ist nicht ein einzelner Ort.«

»Besser so, als jetzt auf die Straße zu gehen.«

Sie hat recht.

»Schlaf ein paar Stunden. Du müßtest dein Gesicht sehen.«

Er stellt es sich vor, einen Spiegel braucht es dazu nicht.

»Hast du einen Wecker?«

»Ja.«

»Stell ihn bitte auf halb vier. Wo lege ich mich hin?«

»In das Bett von Asunción. Es sei denn, du möchtest in meins kommen.«

Er nimmt sie nicht ernst. Legt sich hin. Er möchte sich über den Vorfall nicht aufregen; in seinem, im Interesse aller; sechs oder acht Stunden mehr Trennung von Asunción. Das Bett von Asunción. Er sucht ihren Duft im Kissen. Vergeblich. Er strengt sich an. Nach und nach kommt ihm sein eigener Atem ähnlich wie ihrer vor. Monse, nackt.

»Stell dich nicht so an, denn was du gelebt hast, nimmt dir niemand mehr ...«

»Seltsamer Kerl, dieser Villegas.«

»Naja, wie jeder.«

Wieder bleibt Templado bei Cuartero. Schlafen ist zuviel gesagt.

»Laß mich schlafen.«

»Kannst du?«

»Wieso nicht?«

»Wegen morgen.«

»Morgen ist ein neuer Tag.«

»Dein Wort in Gottes Ohr.«

»Auf mich hört er eher als auf dich.«

Cuarteros Katholizismus: sprudelnde Scherzquelle.

»Warum sagst du, Villegas sei ein seltsamer Kerl?«

»Er hat jemanden bei sich zu Hause versteckt.«

»Wen?«

»Du kennst ihn nicht, ich auch nicht, einen Freund von Paca Chuliá.«

»Der ist wirklich ein seltsamer Kerl.«

»Alberto? Eine Kombination aus Genie und Arschloch, Spinner und Geizhals, Anarchist und Nationalsozialist, Abenteurer und Reaktionär; wie eben in den meisten ein bißchen von allem steckt. Aber bei ihm ist alles ehrlich und aus erster Hand.«

»Und wen hat Ambrosio bei sich zu Hause?«

»Einen, der sich hinstellte und sagte – bei der Generalmobilmachung –: ›Ich gehe nicht. Ich töte niemanden.‹ Und Villegas fand das gut. Ich habe es von Valcárcel erfahren. Glaub nicht, daß ich das schlecht finde.«

»Außerdem kann er Paca die Einkäufe erledigen.«

»Sie lassen ihn nicht auf die Straße.«

»Er ist nicht der einzige. Wir leben in einer Zeit des Eingeschlossenseins.«

»Der Fallen.«

»Nein. Aber im Ernst, wie viele sitzen in Kammern, dunklen Zimmern, Konsulaten, Botschaften?«

»Hier auf jeden Fall mehr als auf der anderen Seite. Wir müssen das jedenfalls ausbaden.«

»Und Valcárcel?«

»Der spinnt.«

»Er wirkt gutmütig.«

»Allein schon deshalb.«

Sie schlafen nicht.

»Weißt du, daß diese Susana heute nacht gar nicht schlecht war?«

Cuartero antwortet nicht. Er denkt an Rosario, an Pilar, an seine Kinder; er betet für sie zu Gott.

Templado wirft sich in dem klammen Bett hin und her. Schließlich schläft er ein. Cuartero schafft es nicht.

Die Sirenen heulen; niemand beachtet sie. Jetzt werden sie die Stadt nicht mehr bombardieren. Wie es wohl Pilar geht …? Den Kindern? Wann werden sie sich wiedersehen? Wovon werden sie leben? Von christlicher Nächstenliebe …? Templado ist so etwas egal. Dieser Tor. Ihm ist alles gleich. Wer denkt nicht schlecht von seinem Nächsten? Ich bereue, aber ich kann nichts dagegen tun. Es scheint zu regnen: auch das noch.

VII.

28. März

Mit dem ersten, noch schwachen Tageslicht verlassen die Truppen die Front: den Casa-de-Campo-Park, die Puente de los Franceses, die Universitätsstadt. Der Generalstabschef der Streitkräfte im Zentralen Sektor bittet telefonisch um Anweisungen. Oberst Casado befiehlt ihm, die Hände in den Schoß zu legen. Eine Stunde später erreicht Oberst Prada auf dem gleichen Weg der Befehl, die Übergabe seiner Truppen in die Wege zu leiten, im Klinikum, um elf Uhr früh.

Casado steigt in seinen Wagen.

»Zum Flugplatz.«

Vom Flugzeug aus sieht er die Auflösung der Armee.

In Valencia spricht er mit den Generälen Menéndez und Aranguren. Er versichert ihnen, daß Franco seine Versprechen erfüllen und daß jeder, der keine schweren Verbrechen verübt habe, in Freiheit bleiben werde.

General Aranguren, der den Sieger gut kennt, und General Menéndez, der ihn weniger gut kennt, sehen ihn, ohne zu antworten, an. Anschließend, in einem Vorraum, verkündet der Oberst vor etwa zwanzig Leuten:

»Generalísimo Franco hat mir versprochen, sich der Evakuierung nicht zu widersetzen. Er hat keinerlei Dokument unterschrieben, weil dies einer Erniedrigung gleichkäme, die man von einem Sieger nicht verlangen kann; aber Sie können auf sein Wort vertrauen. Sämtliche Versprechen, die er mir gegenüber gemacht hat, hat er erfüllt.«

»Und wohin gehen wir, Herr Oberst?« fragen sie ihn.
»Nach Alicante. Dort wird es Schiffe geben.«
Casado geht die Treppe hinunter.
»Für alle?« fragen sie nach.
»Ich persönlich habe eine Absprache nur für die Mitglieder der Junta.«
Niemand wagt, ihm zu sagen, was er denkt.

González Moreno schlief zwei Stunden bei Villegas zu Hause. Um neun Uhr kam ein Journalist mit der Nachricht, der Verteidigungsrat habe Madrid verlassen. Gerade habe Besteiro über Radio gesprochen und gesagt, er werde bleiben; anschließend stöpselte Melchor Rodríguez, der Anarchist, irgendwelchen Unsinn zusammen.

González Moreno, tief in einen Sessel gesunken, blieb ruhig, antwortete nicht auf das mehrmalige »Was sollen wir tun?« von Villegas. Das verschlossene Gesicht des Gewerkschaftsführers sah aus wie in aschgrauen Stein gemeißelt.

»Ich gehe ins Museum«, sagte Villegas.
»Wozu?« fragte Pepa Chuliá.
»Um mich zu verabschieden.«
»Von wem?«
»Von mir selbst. Du«, fragte er seinen Gast, »was wirst du tun?«

González Moreno winkte ab: Er sah die marokkanischen Elitetruppen, die Fremdenlegionäre, wie sie die Gran Vía hinunter zur Cibeles-Statue marschierten, und auf den Straßen jubelnd die Fünfte Kolonne. Er hörte Trommelwirbel und die Echos der Erschießungen. Er sah die Leute stürzen. Er konnte sich nicht bewegen. Sie marschierten in Madrid ein, in ›sein‹ Madrid, wo er sein ganzes Leben verbracht, wo er geheiratet hatte, wo seine Kinder geboren worden waren. Madrid, verloren.

Ambrosio Villegas ging ins Museum. Niemand war da. Er setzte sich vor das beschädigte Doppelgrab der Familie Boyl. Traurige Figuren, weinend, resigniert. Ein Teil des Monuments befand sich in Madrid. In Madrid, wo der Feind gerade einmarschiert. Wer wird Direktor des Archäologischen Museums werden? Ich ganz bestimmt nicht. Was wird aus mir? Abwarten. Und Pepa? Wird sich zeigen. Und wenn es sich eh zeigen wird, warum jetzt grüben? Ambrosio Villegas hat nie viel davon gehalten, Vermutungen anzustellen. Wenn ich mit denen von der Junta für Kunstschätze gegangen wäre, säße ich jetzt in Paris. Was habe ich in Paris verloren? Er hat keine guten Erinnerungen an seine kurzen Aufenthalte in der französischen Hauptstadt, ganz abgesehen davon, daß ihm bislang jede fremde Sprache – jede gesprochene Sprache – verschlossen geblieben ist. In das Grabmal der Ritter Boyl steigen und einfach sterben ... Was beweinen diese trauernden Figuren? Heute die Niederlage der Republik. Seit dem neunzehnten Jahrhundert haben sie alles beweint. Und sie werden es weiter tun, Jahrhundert um Jahrhundert. Sei weinen um ihn. Er um sie.

»Also, ich habe keine Lust.«

Von der Anhöhe am Rincón de Ademuz aus klingt das gut. Der Stein bestätigt die Rufe; in ebenem und fruchtbarem Gelände hätte es keine Bedeutung gehabt. Dort schon, zumal nur noch sechs Mann übrig sind.

»Ich werde euch nicht zurückhalten.«

Der *Konditor* blickt sie von so weit oben an, daß sie nicht wissen, was sie tun sollen, und das, obwohl sie den Entschluß gemeinsam gefaßt haben. Natürlich rechnen sie nicht auf den *Konditor*, sie kennen seine Art, außerdem ist er Oberleutnant.

»Also, ich habe keine Lust.«

Die Stimme echot tönern durch die Schluchten, klammert sich auf dem Weg nach unten an die wenigen Pinien. Die Sierra verdient hier ihren Namen, scharf und zackig, wie der Charakter des Widersachers.

»Wir haben uns abgesprochen«, wagt Noroña zu sagen.

»Und was geht mich das an?«

Sie konnten ihm sagen, was sie wollten – nichts sagte er ihnen, aus dem schlichten Grund, daß sich seit zehn Tagen niemand mehr bei der Stellung blicken ließ. An diesem verlorenen Paß – jetzt verstanden sie den Sinn des Wortes, unter anderem deshalb, weil Oscar Matraca mit ihren Papieren bis zum Fluß, der eher ein Rinnsal war, hinuntergestiegen war, macht's gut, und nichts wie weg zur Landstraße – fehlte es nicht an Munition, weil sie seit einem Monat nur Schüsse abfeuerten, um Kaninchen zu jagen; Verpflegung hatten sie: vor allem Brot. Und Francisco wie Santos und Magaña waren Männer vom Land.

»Wie es aussieht, wird das hier nichts mehr.«

»Für euch vielleicht nicht, für mich schon.«

Der *Konditor* wußte nicht viel, aber sehr wohl, was man so sagt.

»Gut, gehen wir.«

»In Ordnung, aber ihr laßt alles hier.«

»Wie, alles?«

»Alles, was der Armee gehört.«

Das magische Wort; niemand widersprach. Sie legten Waffen und Munition ab.

»Und was zu essen da ist.«

»Aber das Wasser ...«

»Deserteure trinken nicht ...«

»Du hör mal, es reicht jetzt.«

Der *Konditor* sah Miguel auf eine Art an, daß der nur ein wenig den Ton änderte, um beherrscht zu wiederholen:

»In Ordnung.«

»Und den Tabak.«

Denn der Tabak gehörte auch der Armee, und es war ausgeschlossen, daß jemand neuen brächte. Es war nur noch wenig da: insgesamt ein Päckchen. Dafür gab es Zigarettenpapier in Mengen. Seltsam, aber so war es.

Sie verschwanden durch die Schlucht. Als der *Konditor* alleine zurückgeblieben war, rieb er sich die von rötlichem Gestoppel kratzige rechte Wange, denn seit mehr als zwei Monaten war er nicht mehr unten im Dorf gewesen, um sich rasieren zu lassen – was ihn wirklich störte, denn für sein Alter – noch keine vierzig – hatte er weiche Haut; hinzu kam, daß er weder vom Land stammte noch Jahre mit Landarbeit verbracht hatte, was die Haut hart macht. Ganz im Gegenteil, städtischer Straßenkehrer war er, und das mit Stolz.

Die Berge gefielen ihm wirklich – vor allem dieser Teil hier –, und überhaupt: Keine zehn Pferde brächten ihn von hier weg. Er war hierher abkommandiert. Also blieb er. Daß die anderen gingen, was konnte er dagegen tun? Es war nicht seine Art, herumzubrüllen oder sich mit Gewalt durchzusetzen. Mit Gewalt vielleicht schon. Aber mit welcher Gewalt? Und wie? Ohne Zweifel würde es schwierig werden, das Maschinengewehr alleine zu bedienen, aber Gewehre hatte er mehr als genug. Die Falle war prächtig, kein Ausweg, nirgends, außer an einer Stelle. Hatte man ihm auf der Schule nicht etwas Ähnliches beigebracht? Kein Ausweg, außer an einer Stelle. Ein Dreieck? Vielleicht. Warum nicht? Drei Seiten weniger eine. Drei Seiten plus eine, denn viermal war er verwundet worden, nicht besonders schlimm: in Puertollano, am Jarama, in Guadelajara, in Castellón. Alle vier Male zufällig und bei Rückzugsgefechten. Naja, richtige Gefechte waren es nicht gewesen. Jetzt, das hatte er beschlossen, war Schluß. Von hier ging er nicht weg. Schon immer war er gerne alleine, weil er nicht diskutieren konnte, schon gar nicht jetzt, mit seinem halb gelähmten Arm, den er kaum kopfhoch heben konnte; beim Schießen war das aber nicht so wichtig. Außerdem war der Ort hier, auch wenn er erst zwei Monate da war, sein zweites Zuhause. Seinen früheren Wohnorten stand dieser Posten in kaum etwas nach. Vor allem aber war die Stellung ausgezeichnet: ein Loch von zwei mal drei Metern auf der Anhöhe, rundum Felsblöcke wie Schießscharten. Natürlich, wenn die anderen nicht gegangen wären ... Aber was machte das schon? Sollen die nur kommen, dann werden sie schon sehen, wer der *Konditor* ist! Er rührte sich nicht vom Fleck, heute nicht, morgen nicht. Und als Grab war der Ort auch nicht schlecht. Schließlich ging das einzig und allein ihn etwas an, und er hatte keine Lust, unter dem Befehl von Faschistenschweinen zu leben. Und zurückzuweichen kam nicht in Frage, rückwärts war er schon genug gegangen.

Er ist gestorben. Da sitzt er, gestorben. Er fühlt sich tot. Kugeln und Bajonette haben ihn durchlöchert. Gefesselt und geknebelt haben sie ihn auf der Erde zurückgelassen. Es bleibt ihm nichts mehr zu tun. Er fühlt eine große Erleichterung: Er hat keine Angst gehabt.

Er raucht. Der Tabak ist gut. Er verbrennt sich die Fingerspitzen. Leckt sie ab. Die Kippe, winzig, dunkel, Spucke. Aufgeraucht. Er schnippt sie weg. Er hat Hunger und Durst. Er raucht. Essen lenkt ihn ab. Wasser ist knapp. Wasser, verwässern, Wasser, Wasserflasche. Afrika. Die Elitetruppen. Wenn es Marokkaner sind, die angreifen ... Die Marokkaner, gegen die er in Chaouen gekämpft hat. Die sind gut. Stellen sich dem, was kommt. Im allgemeinen können die Spanier das nicht, der *Konditor* schon. Wenn es die marokkanischen Eliteeinheiten sind, dann kommen sie halt durch. Sie werden nicht durchkommen, *no pasarán*. Hinterher hieß es dann: »Und wenn sie durchkommen, es ist nicht wichtig.« Und wie das wichtig ist: Sie werden nicht durchkommen, selbst wenn es Marokkaner sind. Sie werden nicht durchkommen, solange ... Danach, danach ist es wirklich nicht mehr wichtig. Wie sagte doch Cañizares immer, dieser Scherzkeks: »Du darfst sie nur nicht ansehen ...«

Er raucht. Der Wind in den Zweigen, die Erde bebt.

Ambrosio Villegas kehrt nach Hause zurück, ruft nach Pepa. Die Antwort kommt aus dem Badezimmer, sie wäscht sich gerade die Haare.

»Komm her.«

»Sofort.«

Die Wohnung ist groß und angenehm, die Bibliothek hoch und weit, gut bestückt, das Ergebnis zwanzigjährigen Interesses für die spanische Kunst. In den Fluren, im Eßzimmer, im Salon, im Schlafzimmer hängen zahlreiche Gemälde, einige davon, zumindest für Villegas, von höchstem Rang.

»Was ist los?«

»Das weißt du doch. Trockne dich ab, nimm das Handtuch vom Kopf und pack die Koffer, mit dem Nötigsten; Luis wird heute nacht nach uns schicken.«

»Und wer bleibt in der Wohnung?«

»Ich weiß nicht. Deine Schwester, wenn du meinst, daß Francisquita nicht reicht.«

»Und die beiden zusammen auch nicht. Ich bleibe.«

Man sieht, daß sie sich das überlegt hat.

»Sei nicht bockig. Es war gut, daß du dich, als ich nach Madrid mußte, nicht von der Stelle gerührt hast, für alle Fälle. Aber jetzt, weiß der Himmel, wann wir wiederkommen.«

»Eben deshalb.«

Sie sind keine Kinder mehr. Seit fünfzehn Jahren leben sie in der Wohnung, die sie ganz nach ihrem Geschmack eingerichtet haben und in der es ihnen, wie Freunde und Neider es ausdrücken, »wie Gott persönlich« geht. Die Wand im Speisezimmer hat Climent bemalt; die im Empfangszimmer

Renau. An den Wänden zwei Sorollas, ein Agrosot, ein Madrazo, ein Sala, zwei Obiols, ein Nonell, eine frühe Picasso-Zeichnung, drei Porträts von Casas, einige Skizzen von Cecilio Plá; ein Porträt Pepas, von Mongrell; ein weiteres von Villegas, von Jenaro Lahuerta; eine Kopfplastik von Julio Antonio, ein Entwurf von Capuz. Etwa zehntausend Bücher und zehn Zeichnungen von Martínez Cubells.

»Ist das dein Ernst?«

»Und wie.«

»Du weißt, daß es für lange sein kann?«

»Glaube ich nicht. Wenn, dann sehen wir weiter.«

Seit sie zusammengezogen sind, vielleicht sogar deshalb, hat sich Pepa von Villegas' sorglosem Blick in die Zukunft anstecken lassen. Bei der Frau aber verbindet sich dies mit eiserner Besitzstandswahrung: Was ihr gehört, gehört ihr, und niemand darf es anfassen. Wenn sie ein Paar Socken verliert, macht sie daraus ein Drama. Als Villegas keine andere Wahl hatte und in den Prado wechselte, zur Junta zum Schutz und zur Rettung der Kunstschätze, wollte sie nicht nach Madrid umziehen. Wie soll sie dann jetzt fortgehen, ohne zu wissen, wie und wohin, und noch dazu alles in den Händen ihrer Schwester zurücklassen, die nicht weiß, wo rechts und links ist? Natürlich bedeutet das, daß sie sich auf unbestimmte Zeit von Ambrosio trennen muß. Aber letztlich gehört er ihr nicht so wie die Teppiche, die Decken, das Tafelgeschirr, die Gläser. Er wird bestimmt zurückkommen. Die Dinge protestieren nicht, sie bewegen sich nicht weg, wenn man sie nicht an einen anderen Ort stellt. Aber wenn man sie verläßt, weiß man nie, in welchem Zustand man sie wieder vorfindet.

»Also, ich muß fort.«

»Wohl wahr.«

Sie sind verbunden durch Gewohnheit und Liebe. Für beide wäre es schwierig, genau zu sagen, was zum einen, was zum anderen Gefühl gehört. Vielleicht gehört alles zu einem, das keinen Namen hat.

»Und der?«

»Wer?«

Sie schauen zur Kammer.

»Der ist gestern fort.«

»Ohne sich zu verabschieden? Das ist ja die Höhe!«

»Nein, meine Liebe. Er wird dir Schokolade vorbeibringen, sobald es welche gibt.«

»Nicht nur undankbar, sondern auch eine schlechte Kinderstube. Ich sage ja immer …«

Hauptquartier, Santo-Domingo-Kaserne, Artilleriestandort. Kommen, Gehen, rein, raus. Angelehnte Türen, offene Türen. Egal wer, man wird mitten im Satz stehengelassen; sie kommen und gehen, abrupte Schritte in die falsche Richtung, die meisten voller Argwohn; immer auf dem Sprung, durch die Flure, treppauf, treppab.

»Ich komme.«

»Komm mal.«

»Ich gehe.«

»Geh schon.«

Die Valencianer sagen: »Ich komme schon.«

Fliehen, ins Freie, sich befreien. Ein Hauptmann geht seinem Oberleutnant aus dem Weg, ein Kommissar seinem General. Alle, die hier reinkommen, wollen rauskommen. Rodríguez Vega, der nicht weiß, ob er noch Generalsekretär der UGT ist oder nicht, trifft Tillon, den französischen Erzkommunisten, und einen Schotten, dessen Name ihm entfallen ist, den er aber von irgendwelchen Versammlungen kennt.

»Sie marschieren in Madrid ein.«

Ein Oberst vom Generalstab.

»Heute nachmittag läuft ein französisches Schiff ein.«

»Wo?«

»Hier.«

»Warten Sie nur in Ruhe.«

Rodríguez Vega spricht mit Serafín Sánchez, einem Sozialisten aus dem Regionalverband Valencia.

»Wir treffen uns noch heute, heute vormittag in der Parteizentrale, um die Evakuierung zu organisieren.«

»Was lange währt, wird endlich gut.«

»Wo ist Edmundo Domínguez?« fragt, aus einer Tür heraus, eine sehr laute Stimme.

»Das weiß niemand.«

»Er müßte hier sein.«

Andere Stimme:

»Der ist gestern fortgegangen. Hat alles stehen- und liegenlassen.«

»Was?«

»Doch, zusammen mit anderen von der UGT.«

»Das kann ich nicht glauben.«

»Wie?«

Rodríguez Vega traut seinen Ohren nicht.

»Die Angst ist frei«, sagen sie ihm im Vorbeigehen.

Rodríguez Vega kann sich nicht erklären, woher bei Edmundo diese Panik kommt.

Dieselbe Stimme, aus der Tür heraus:

»Und Zabalza?«

»Er ist nicht hier, aber er tut, was er kann.«

»Aber Domínguez ist wirklich fortgegangen?«

»Ja.«

»War er nicht vor wenigen Tagen erst aus Madrid geschickt worden, um die Evakuierung zu organisieren?«

Sich retten. Abhauen. Sich klammern, woran auch immer, um möglichst weit aufs Meer hinauszukommen.

»Er hat Fersengeld gegeben.«

Feliciano Benito, der glühende Generalkommissar der Zentrumsarmee, kommt herein. Rodríguez Vega lächelt innerlich, denn es war der Anarchist, der die Stelle von Edmundo Domínguez als Kommissar des IV. Armeekorps übernommen hatte, in Cuenca. Vergangenheit.

(Rodríguez Vega kennt Feliciano Benito gut. Vor langer, wirklich langer Zeit haben sie zusammen im Gefängnis gesessen. Der Anarchist wegen eines Überfalls, den er in Villaverde verübt hatte. Feliciano glaubte alles, es reichte, daß man es ihm erzählte.)

Er geht, als wäre er besoffen. Rodríguez Vega ist sicher, daß *Padre Benito* kein Glas angerührt hat: Ihm ist bestimmt einfach das Herz in die Hose gerutscht, und er bekommt es nicht wieder hoch. Generalkommissar der Zentrumsarmee – und plötzlich gibt es keine Armee mehr!

»Die marschieren gerade in Madrid ein!«

(Feliciano Benito, der Zimmermann; Rodríguez Vega kommt in den Sinn, wie sie im Gefängnishof diskutiert hatten, um die Zeit totzuschlagen. Zur Zeit der Diktatur Primo de Riveras. Sie redeten, um zu reden, über ein Eisenbahnprojekt, das wer weiß wer geplant hatte und das wer weiß wann begonnen werden sollte. Großer Zwist: Ob sie eher hier oder eher dort vorbeifahren sollte, müßte: schnurgerade oder geschwungen. Die Dörfer, die Berge, die Flüsse, die Baubaracken, der Nutzen, die Kosten. Der eine plädierte für eine Streckenführung im Halbkreis, der andere für geradeaus: Tunnels sind bequemer und wirtschaftlicher. Feliciano Benito schnitt die Diskussion ab, indem er ganz im Ernst verkündete:

»Dann sollen sie doch beide bauen.«)

Er geht von diesem zum nächsten.

»Hallo.«

»Hallo.«

»Was tun?«

»Gehen wir?«

»Wohin?«

»Wie?«

»Der Löwe wird schon nicht so wild sein, wie man ihn beschreibt.«

Rodríguez Vega sieht sich den an, der das sagt; er kennt ihn nicht.

»Und Sie, glauben Sie …?«

Rodríguez Vega glaubt gar nichts, er rechnet, daß der Feind fünfzig Kilometer entfernt steht, daß ihn niemand daran hindert, weiter vorzurücken, und er morgen, spätestens in achtundvierzig Stunden, in Valencia sein wird.

Mit forschen Schritten treten Oberst Casado und Cipriano Mera, der Stabsoffizier des IV. Armeekorps, in den Raum. Rodríguez Vega legt sich mit ihnen an.

»Sie haben uns das eingebrockt …«

Gegen seinen Willen läßt er sich von der Empörung mitreißen und beginnt zu schreien:

»Sie hatten und haben die Verpflichtung …«

Casado, kühl, distanziert, antwortet trocken:

»Nein, nein und nochmals nein. Ich habe nur eine Verpflichtung gegenüber den Mitgliedern der Verteidigungsjunta. Alle anderen nach Alicante.«

»Alle?«

»Alle. Dort sind Schiffe, weitere werden kommen. Dies bestätigte mir soeben Herr …«

Er zeigt auf einen eleganten Mann, auf den niemand geachtet hat, da alle von dem hitzigen Wortwechsel gebannt waren. Allem Anschein nach ein Diplomat, vermutlich ein britischer.

Der Schotte ergreift das Wort:

»Frankreich und England werden mit Hilfe ihrer Kriegsmarine die Evakuierung all derer ermöglichen, die Spanien verlassen möchten. Das versichere ich Ihnen.«

Rodríguez Vega sagt zu *Padre Benito,* bevor er hinausgeht:

»In Wirklichkeit ist es doch so: Ohne die Kommunisten hat es keine halbe Stunde gedauert, und schon war ein Armeekorps wie von selbst aufgelöst ... Nein, ich zweifle nicht daran, daß ihr Anarchisten die antifaschistischsten Antifaschisten seid, die man sich nur denken kann. Nur habt ihr mit Armeeführern so viel Ähnlichkeit wie ich mit einer Giraffe. Ich finde das ja nicht schlecht, aber der Feind auch nicht. Wolltet ihr nicht die gegnerische Nachhut mit einem Fingerschnippen zerschlagen? Wolltet ihr nicht was weiß ich wie viele Kolonnen zu je zehntausend Mann aufstellen? Wolltet ihr nicht ...?«

»Halt jetzt den Mund.«

Molina Conejero telefoniert mit dem englischen Konsul.

»Herr Konsul, diese Schiffe, die aus Gandía auslaufen, müssen unbedingt dreihundert oder vierhundert Mann aufnehmen.«

»Unmöglich. Meine Regierung ist keinerlei Verpflichtung eingegangen, außer für die Mitglieder der Madrider Verteidigungsjunta.«

»Aber es kann doch nicht sein ...«

»Sehen Sie, Herr Gouverneur, versetzen Sie sich bitte in meine Lage. Es handelt sich um ein kleines Kriegsschiff, die *Galathea*. Ich weiß nicht, wie viele Platz haben.«

»Und das andere?«

»Die *Sussex?* Die geht nach Palma de Mallorca. Wenn Sie möchten ...«

Molina zügelt seine Empörung. Er schließt die Augen, dann sagt er:

»In solchen Fällen passen zweihundert hinein, wo sonst hundert reinpassen.«

»Das ist eine sehr eigenwillige Auffassung. Ich bedauere. Meine Empfehlung an Sie lautet, daß Sie mit Oberst Casado sprechen sollten.«

»Das habe ich bereits getan.«

»Und?«

»Er sagt das gleiche wie Sie. Sonst hätte ich es nicht gewagt, Sie zu belästigen ...«

Einige seiner Genossen von der valencianischen Parteigliederung, die ihn ein Leben lang begleitet haben, hören ihm zu: Serafín, Gerado, Jorge, José, Vicente.

Er hängt den Hörer ein, sieht sie an:

»So darf dieser Drecksack nicht durchkommen«, urteilt Serafín.

»Du bleibst schön hier. Klar ...?«

»Ich meine nicht den Herrn Konsul, mit Verlaub. Ich rede von Casado.«

»Trotzdem bleibst du schön hier. Übrigens halte ich genauso wenig von ihm. Und was hättest du schon davon?«

»Und du?«

»Ich habe es euch schon gesagt: Ich bleibe.«

González Moreno kommt herein, er ruft José Monfort.

»Du wirst verlangt. Rodríguez will dich sprechen, der Gouverneur von Alicante.«

»Er ist mein Schwager.«

»Das wissen wir.«

Am Apparat:

»Was gibt's?«

»Komm her.«

»Ich habe kein Auto.«

»Besorg dir eins, aber komm.«

»Mal sehen, ob ich Molina überreden kann ...«

»Ich erwarte euch vor Einbruch der Dunkelheit.«

»Mir wurde gesagt …«

»Man hat mir versichert …«

»Das ist eine Information aus erster Hand.«

»Ich habe es selbst gehört.«

»Heute nachmittag.«

»Es wird um fünf oder sechs Uhr einlaufen.«

»Es ist schon da.«

»Gestern lief ein anderes aus.«

Sich in Sicherheit bringen, den schützenden Hafen erreichen, sich retten. Wie konnte sich die Nachricht im Flug verbreiten? Fest stand: Ein französisches Schiff würde einlaufen: Es war auf dem Weg, lief ein, hatte schon Anker geworfen, legte in diesem Moment an.

»Im Morgengrauen läuft es aus.«

Hundert, tausend, zehntausend, fünfzigtausend Menschen auf dem Weg zum Hafen. Der Weg nach El Grao verstopft.

»Über Hondo kommen wir schneller hin.«

Zu Fuß, im Auto, in der Straßenbahn, wie es gerade geht; immerhin vier Kilometer.

Der Hafen liegt da wie immer; die Kräne ragen in die Höhe wie riesige Insekten; die wenigsten stehen noch gerade, die meisten sind durch die Bombenangriffe krumm und verbogen oder zerstört; die Schuppen von Maschinengewehrfeuer durchsiebt. Das Mauerwerk hat natürlich besser widerstanden, auch die Schienen der Güterzüge. Das Wasser, schmutzig und ruhig, unbewegt, spiegelt besonders deutlich wider, was am nächsten liegt: die gesunkenen Schiffe im Hafenbecken, die Schornsteine, die niedrig zwischen Masten hervorlugen. Nichts Neues. Nur daß sich jetzt am Leuchtturm, am Kai, an den Docks die Leute drängen.

Sanft brechen sich die Wellen an den rötlichen Quadern aus den Steinbrüchen von Puig, an den Betonblöcken am Norddock, die Gischt spritzt nur bis zu denen, die ganz vorne am Wasser stehen. Im Außenhafen sieht das Meer aus wie ein Spiegel.

»Hier können wir warten, bis wir schwarz werden.«

Sie wissen weder, wie recht sie damit haben, noch, daß hier auf dem Weg nach Madrid der gefangene Franz I. landete, nach seiner Zeit in Pavia. Daran denkt und das erzählt Villegas, der der Menge gefolgt ist, getrieben von der Sicherheit Don Juanitos und der Ungläubigkeit González Morenos.

»Bald findet hier wieder ein Tontaubenschießen statt«, sagt er mit bitterem Unterton.

Die Villa, die er bewohnte, sah beklagenswert aus. Richtung Norden, verloren im Dunst des Abends, lagen El Cabañal, Malvarrosa, vage war der Puig zu erkennen.

»Sagunt ist nicht zu sehen«, kommentiert Villegas stichelnd.

»Von hier noch nie.«

»Bei klarem Wetter und in klareren Zeiten konnte man manchmal die Feuer der Hochöfen sehen.«

Vicente Dalmases fährt in einem Lastwagen kreuz und quer, hinterläßt Nachrichten in den Straßen der Stadt, in der sich noch immer bewaffnete Soldaten drängen, die die Front verlassen haben. Er sucht, verabredet, versichert, hinterläßt Nachrichten.

»Die spanischen Truppen haben die Hauptstadt Spaniens von der roten Barbarei befreit und ernten so die Früchte ihrer früheren großen Siege und der Durchbrüche, die ab dem 25. an allen Frontabschnitten erfolgt sind.«

Sie sehen sich an.

»Die Durchbrüche, die ab dem 25. an allen Frontabschnitten erfolgt sind …«, wiederholt Paco Ciutat. »Kotzt euch das nicht an? Schalt den Kasten aus.«

Errandonea fragt ihn:

»Hast du schon den Befehl gegeben, die Gefangenen freizulassen?«

»Als sie hinkamen, war schon keiner mehr da: weder von ihnen noch von unseren Leuten.«

»Und wir?« fragt Mantecón.

»Nach Gandía, in meinem Wagen«, befiehlt Federico de la Iglesia, »und zwar ohne alles.«

»Und was, zum Teufel, machen wir in Gandía?«

»Angeln gehen und uns nicht angeln lassen« – er macht eine Pause –, »wenn das geht.«

Als sie aus Náquera herausfahren, sehen sie inmitten einer Menschenmenge einen jungen Brigadekommissar, dekoriert und dekorativ, der auf den Rand des Brunnens geklettert ist und mit großem Brimborium ein Bild der Heiligen Jungfrau der Schutzlosen küßt und schreit:

»Jungfrau der Schutzlosen, wovor hast du mich gerettet!«

Überrascht hält de la Iglesia den Wagen kurz an; Mantecón, der neben ihn getreten ist, schaut spöttisch hinüber zu dem Redner. Der zwinkert ihm vom Brunnen aus zu.

»Ihr Hunde, ihr laßt uns im Stich.«

Der junge Mann – zwanzig oder zweiundzwanzig – steckt den Kopf durchs Wagenfenster, fixiert sie, überlegt einen Augenblick und spuckt aus:

»Im Ausland werdet ihr nötiger gebraucht als wir.«

Sonst mußten sie kein Hindernis überwinden, um die Hafenmole von Gandía um drei Uhr nachmittags zu erreichen. Ruhig sagte Fernando Errandonea zu ihnen:

»Ich bleibe doch da. Gute Reise.«

Ohne abzuwarten, dreht er sich um und kehrt zum Wagen zurück, der sofort losfährt.

»Was ist denn in den gefahren?«

»Zum Besiegten bin ich nicht geschaffen, auch nicht zum Exilanten oder dazu, ›mit dem Leben neu anzufangen‹. Das behagt mir nicht. Ich bleibe lieber hier. Niemand kennt mich … bisher.«

»Ist das dein Ernst?«

»Voll und ganz. Ihr trottet wie die Lämmer dorthin, wohin man euch führt, immer den Leithammeln hinterher: nach Oran, nach Paris, nach Moskau, nach Chile, nach Mexiko, irgendwohin. Ich nicht.«

»Hast du beschlossen, in Almansa Schuhfabrikant zu werden?«

»Nein, zumindest nicht im Augenblick. Ich habe keinen Zweifel daran, daß in wenigen Monaten alles so sein wird wie vorher: Bankiers, Priester und vorneweg die Militärs …«

»Und was du vor hast, ist gut?«

»Das interessiert doch niemanden.«

»Bin ich niemand?« antwortet eine erstickte Stimme.

Woher ist nur Clemencia aufgetaucht? Der Zwerg muß sich sichtlich zwingen, um zu sagen:

»Niemand.« Aber er sagt es.

»Wohin gehst du?«

»Zu den Siegern.«

Clemencia glaubt es nicht. Das tut jetzt nichts zur Sache, darum fragt sie:

»Aber wie ist es möglich, daß du …?«

»Ich glaube, wir haben uns nichts mehr zu sagen«, sagt Ferrís entschlossen. »Abgesehen davon haben wir uns nie groß etwas gesagt.«

Was stimmte.

»Glaub ja nicht, daß ich dir dankbar bin. Durch dich habe ich viel Zeit verloren«, gibt sie zurück.

Der Wagen, vor der Tür. Paco geht seine Sachen holen. Rafael Saavedra fragt Clemencia:

»Was willst du tun?«

»Wenn er bleibt, bleibe ich auch.«

»Dich kennen sie. Paco nicht.«

»Das ist mir gleich.«

Die Stimme der Frau ist so voller Trostlosigkeit, Elend und Beklemmung, daß Rafael mit einem Schlag große Sympathie für sie empfindet.

Als sie in Valencia ankamen, sagte Ferrís zu Clemencia, die fuhr:

»Halt an.«

Saavedra fragte ihn:

»Wohin gehst du?«

»Dorthin, wo sie mich alle mal am Arsch lecken können.«

Er öffnete den Wagenschlag. Stieg aus mit seinem Köfferchen. Kehrte ihnen den Rücken zu. Clemencia griff an ihre Pistole, aber es fehlte ihr die Kraft, sie aus dem Halfter zu ziehen. Sie brach in Tränen aus, das war ihr zum letzten Mal als Mädchen passiert, als sie, schon damals ungeschickt, ihre Lieblingspuppe zerbrochen hatte. Rafael wußte nicht, was er tun sollte; die anderen, zwei Kommissare, die mit ihm zusammengepfercht auf der Rückbank saßen, ebensowenig.

Ferrís ging zu Fuß in die Calle de Colón, wo Dionisio Velázquez wohnte. Er klingelte, es öffnete eine Hausangestellte, eine alte Frau.

»Wen suchen Sie?«

»Wer ist zu Hause?«

»Niemand.«

Die Frau hatte Angst, wegen der Uniform des jungen Mannes.

»Um so besser.«

»Aber – das Haus steht unter dem Schutz des Konsulats von Paraguay.«

»Ich bin Paraguayer. Also, lassen Sie mich rein, erinnern Sie sich denn nicht an mich?«

Die Angestellte erkannte ihn, ließ ihn eintreten.

»Und der junge Herr Dionisio?«

»Wir wissen nichts.«

»Und die Herrschaften?«

»Über die Pyrenäen, glaube ich.«

»Sie leben hier alleine?«

»Mit meiner Tochter und zwei Enkeln.«

Ferrís war bekannt, daß Dionisio Anfang 1936 in die Falange eingetreten war.

»Dann werde ich hierbleiben, bis sie zurückkommen.«

»Aber ...«

»Ich übernehme die Verantwortung. Ich möchte mich umziehen. Seien Sie unbesorgt.«

Trotz des Widerstands der Alten ging er den Flur weiter, bis zu Dionisios ›Atelier‹.

Der drehte sich zu ihm um: gerade probierte er sein Blauhemd an, strahlend.

»Hallo.«

Sie sahen sich schweigend an, eine ganze Weile.

»Was willst du?«

»Dich besuchen. Wo warst du die ganze Zeit während des Krieges?«

»Hier.«

»Du bist nicht rausgegangen?«

»Wenig.«

Ferrís setzte sich, reckte sich. Dionisio fragte ihn noch einmal:

»Was willst du?«

»Bei dir sein. Die Besiegten können mir gestohlen bleiben.«

»Mir auch.«

Darauf schneidend:

»Hau ab.«

»Aber ... Wenn du denkst, ich würde dich kompromittieren, sei unbesorgt: Ich bin durch nichts aufgefallen.«

»Mag sein, aber dein Name steht auf den Listen. Du hast hier nichts verloren.«

»Warst du etwa nicht mein Freund?«

»Ich war.«

»Dir steigt der Sieg zu Kopf. Das hätte ich nie geglaubt.«

»Dann glaub es jetzt. Steh auf.«

Ungewollt gehorchte er.

»Heb den Arm. Ruf laut: *Arriba España!* Hoch Spanien!«

Paco Ferrís tat es.

»Und jetzt raus hier, ab in die Scheiße.«

Tobend:

»In die Scheiße! In die Scheiße! Die gleiche, in die ihr mich gesteckt habt, die ich fressen mußte all die Jahre!«

Ferrís zuckte die Schultern, sagte ihm ruhig:

»Du hast dich verändert.«

Er trat auf die dunkle Straße. Lehnte sich gegen die Wand.

»Es werden Flugzeuge kommen. Ich versichere Ihnen: Air France wird sie bereitstellen, um Sie nach Frankreich zu bringen.«

González Moreno hatte diesen Mann bei einer Hilfskonferenz für Spanien kennengelernt. Außerdem hatte er ihm beim Besuch Atlees gedolmetscht.

»Das Internationale Koordinations- und Informationskomitee zur Unterstützung des republikanischen Spanien hat dem Verteidigungsrat versprochen, Tausende Antifaschisten mit französischen Kriegsschiffen zu evakuieren. Mein Wort! Dieses Wort wurde Casado gegeben und Besteiro. Ich geben Ihnen mein Wort.«

»Davon haben wir genug.«

»Von was?«

»Von Worten.«

»Ich schwöre ...«

»Ich glaube Ihnen ja. Wann kommen sie?«

»Wer?«

»Die Schiffe.«

»Ich weiß nicht.«

»Wohin?«

»Ich weiß nicht.«

»Zum Teufel mit Ihnen.«

Der Norweger, oder was immer er sein mochte, erstarrte. Er sah Ferrís an.

»Der ist nicht richtig im Kopf«, versuchte der zu erklären.

»Er hat Angst, selbigen zu verlieren.«

Der Ausländer betrachtete Ferrís und seinen Koffer etwas aufmerksamer.

»Gehen Sie nach Alicante?«

»Ja.«

»Wenn Sie möchten, nehme ich Sie mit.«

General Aranguren liegt im Bett, spricht mit Oberst Casado, der vor ihm steht, stramm, ihm zuhört, mißlaunig.

»Sie gehen fort, nicht wahr, Herr Oberst? Für Sie läuft alles glatt. Ich finde das gut. Ich finde es normal, daß die Offiziere das Schiff verlassen, sobald es sinkt. Alles andere ist neunzehntes Jahrhundert, dümmlich und romantisch. Doch niemand wird es Ihnen verzeihen – und ich sage Ihnen das, weil wir alleine sind und niemand zuhört –, daß Sie eine Rebellion anführen, ohne vorher – das hat mir Ortega gesagt – auch nur eine Minute an die Evakuierung gedacht zu haben. Vollkommen überzeugt davon, daß sich allein durch die Tatsache, daß Sie, der Oberst Casado, Negrín ersetzen, alles ›ehrenhaft‹ regeln würde.«

»Wenn nicht ich, dann hätte es Miaja getan, oder Sie.«

»Ich bestimmt nicht. Und was General Miaja betrifft, Herr Oberst, gestatten Sie mir, daß ich meine Zweifel anmelde. Ihm fehlt ... allein die Ambition. Und, falls Sie das interessiert, um diese Zeit müßte er in Oran gelandet sein.«

»Und Sie, General?«

»Das ist meine Sache, und wie jedermann weiß, haben Sie den Dienstgrad verweigert, der es Ihnen erlauben würde, mir Fragen zu stellen. Ich kann mich kaum noch bewegen. Und selbst wenn es mir leichtfiele, würde ich es nicht tun. Sie haben die Wahl.«

Oberst Casado, dem das bitter auf den Magen schlägt, verläßt den großen Empfangsraum wieder. Dafür hat Rodríguez Vega sich Val geschnappt:

»Was ihr gemacht habt, dafür gibt es keinen Namen. Ihr erhebt euch gegen Negrín und macht seine Politik. ›Der Krieg für den Frieden.‹ Daß ich nicht lache. Einer von euren Leuten besaß vor einigen Tagen die Unverschämtheit, bei einer Vollversammlung – besser gesagt bei einer Leerversammlung – vorzuschlagen, unsere Kräfte neu zu organisieren, ›um von den Faschisten einen würdigen Frieden zu erzwingen‹. ›Erzwingen.‹ Geht dir das nicht auf den Sack? Natürlich nicht! Dir doch nicht. Was habt ihr erwartet? Daß die in Burgos, nur weil ihr Antikommunisten seid, die Beine breitmachen? Kommt Brüder! Alle auf einmal!«

In Rodríguez Vega kocht die Wut hoch. Val weiß nicht, was er antworten soll, die Wahrheit der anderen hat ihm die Stimme gebrochen. Er versucht es, kieksend:

»Das ist nunmal unsere Art des Vorgehens ...«

»Was für eine Art, nichts da! Ihr wart euch sicher, daß nur, weil wir Spanier sind ... Scheißspanier, stimmt's? Idiot.«

»Und wenn nichts passiert und Negrín geblieben wäre, was wäre dann?«

Rodríguez Vega beruhigt sich ein bißchen.

»Ich weiß es nicht. Aber so wäre es nicht abgelaufen.«

»Wieso?«

»Zumindest nicht in den kommenden drei oder vier Monaten. Und wie viele wären in dieser Zeit rausgekommen? Und sei es auf unserer Flotte. Ich finde es nicht so schlimm, daß sie nach Oran oder Tunis oder wohin auch immer gegangen sind, sondern daß wir hier sitzen und daran denken, wie viele noch an Bord Platz gehabt hätten.«

»Es kommt der Moment ...«

»Genau, wenn man verliert, kommt immer ein Moment, an dem dir der Arsch auf Grundeis läuft.«

Rodríguez Vega kehrt ins UGT-Büro zurück, rät seinen Genossen, mit Einbruch der Dunkelheit nach Alicante aufzubrechen. Sie verabreden sich für zehn Uhr bei der Gewerkschaft der Stahlarbeiter, um in einer Karawane zu fahren und so Überfälle auf die Fahrzeuge zu verhindern, die es zur Zeit ständig gibt.

Danach geht er zur Zivilverwaltung: Gerade haben sie erfahren, daß die franquistischen Truppen schon in Alcudia stehen, etwa sechzig Kilometer entfernt.

»Der erste Borgia-Papst ist dort geboren«, sagt Cuartero, sich in einem Sessel räkelnd.

»In einer halben Stunde stehen sie in Játiva.«

»Ich dachte, sie würden von Norden her einmarschieren.«

»Von Pascual Tomás hast du nichts gehört?« fragt Rodríguez Vega Molina Conejero.

»Nein.«

»Und natürlich auch nichts von unseren großen Freunden, den Herren Blum, Jouhaux oder Citrine.«

Der Gouverneur zuckt die Schultern.

Vor vierundzwanzig Stunden haben sie eine Liste der wichtigsten europäischen Persönlichkeiten aus Gewerkschaften und sozialistischen Parteien aufgestellt, haben ihnen

Kabel geschickt, in denen sie verzweifelt um Hilfe bitten. Das heißt um Schiffe, Schiffe, um aus dieser Falle, aus diesem Labyrinth herauszukommen, das die meisten in Gefangenschaft und in den Tod führen wird, unweigerlich.

Rodríguez Vega berichtet von den Hoffnungen, die man sich im Hauptquartier macht, von der Maßlosigkeit Casados. Er verabschiedet sich.

Er entfernt sich durch die Calle del Gobernador Viejo, sie ist menschenleer. Im Gewerkschaftsbüro ist niemand: Es ist noch vor der verabredeten Zeit, und schon suchen alle das Weite. Er kehrt zur Zivilverwaltung zurück. Er tritt zur gleichen Zeit ein wie Valldecabres, der Generalfeldrichter der Armee. Der ist in Madrid gerade in das gleiche Schlamassel geraten wie er. Aber für Valldecabres ist es beschämender, weil er in der Tat Teil des Verteidigungsrates und einer der Räte Casados gewesen ist.

»Er ist im Hauptquartier.«

»Ich will ihn nicht sehen.«

Bevor sie die Kreuzung mit der Landstraße nach Patraix erreichten, blieb der Wagen stehen. Clemencia untersuchte den Motor.

»Nichts zu machen«, verkündete sie.

»Was ist los?« fragte Rafael Saavedra.

»Der Vergaser.«

»Das kann man richten.«

»Du willst doch nur bleiben.«

»Nein.«

»Bring uns wenigstens nach Alicante«, sagte einer der Kommissare.

»Verstehst du etwas davon?«

»Nein. Aber wir können jemanden suchen.«

»Wenn du meinst. Ich gehe nach Valencia zurück.«

Autos fahren vorbei, Lastwagen. Sie versuchen, sie mit Argumenten zurückzuhalten, vergeblich. Eine Straßenbahn, beinahe leer, Richtung Stadt. Rafael Saavedra und Clemencia erreichen sie gerade noch.

»Was wirst du tun?«

»Ich weiß es nicht. Und du?«

In Valencia angekommen, was Saavedra vorkam wie die Rückkehr an die Mutterbrust, mußte er nicht lange nachdenken: Auf der Plaza de la Glorieta stieß er auf Vicente Dalmases, der ihn aus der Fahrerkabine eines Lastwagens heraus zurief:

»Vor dem *Equitativa,* heute abend um zehn.«

Um fünf Minuten nach zehn biegt ein halbleerer Lastwagen auf die Plaza Emilio Castelar. Zehn Personen steigen auf, und gegenüber des Justizpalastes ist das Fahrzeug schließlich voll.

»Wir werden erfrieren.«

»Hier ist eine Zeltplane. Am besten legt ihr euch hin und deckt euch zu.«

Rafael Saavedra erwischt den Platz neben einer Matrone, die er kennt – kaum, aber er kennt sie.

»Wo warst du?«

»In Torrente, mit Hernández.«

Mit dem Geschaukel beginnt die Frau, ohne jede Scham Hand an den Jungen zu legen, der sich beim Gedanken an den Damenbart der Dame zunächst ziert, sich aber schnell von den unwiderstehlichen Liebkosungen der findigen Frau besiegen läßt.

»Wo soll das enden?« fragen andere.

Rafael Saavedra weiß nicht, wo er sich verkriechen soll.

»Achte nicht auf die, alles Neid.«

Neid, worauf?

»Was machst du hier?«

»Ich gehe«, sagt Ángel Gaos, »wie du.«

»Bist du nicht Mitglied im Evakuierungskomitee?«

»Welches Komitee? Welche Evakuierung?«

»Mir wurde das gesagt.«

»Von wem?«

»Ich weiß nicht. Irgendeiner von der Partei oder in der Zivilverwaltung.«

»Es gibt nichts dergleichen.«

»Was hast du die letzten Tage gemacht?«

»Immer auf dem Sprung gelebt.«

»Mir hat man gesagt, du hättest im Gefängnis gesessen.«

»Wer?«

»Bolea.«

»Ich? Lüge. Ich habe ein paar Leute besucht, die mit mir beim Radio gearbeitet haben und die ein paar Tage drin waren.«

»So wird Geschichte geschrieben.«

»Und stell dir erst vor, was sie in hundert Jahren sagen werden.«

»Und was hast du die letzte Zeit getrieben?«

»Chef von Radio Valencia.«

»Ist das immer noch in der Don Juan de Austria?«

»Sicher. Dort hörten wir die Proklamation der Verteidigungsjunta.«

»Wart ihr viele?«

»Acht.«

»Und was habt ihr gemacht?«

»Ich ging schlafen. Die anderen kamen auf die Idee, zur Partei zu gehen, sie haben sie festgenommen. Sie brachten sie fort, nach Monteolivete. Als ich davon erfuhr, ging ich zu General Menéndez, dem Militärgouverneur. Ein Freund meines Vaters; er empfing mich sofort. Ich kam direkt zur Sache: ›Nehmen Sie mich fest, oder holen Sie sie raus.‹ Zwei, drei

Tage später ließen sie sie frei. Dann hörte ich mich hier und dort um. War im Hafen. Überall Freunde, Arbeiter von hier und dort. Sie sprachen von einem CAMPSA-Schiff. Nichts war zu sehen, außer Tausenden von Leuten, die das gleiche suchten. Dann bekam ich eine Nachricht von Vicente Dalmases, ich solle um acht Uhr hier sein.«

Plaza Emilio Castelar, Ecke Calle de Ribera. Ein offener Lastwagen nähert sich.

»Steig auf, Kamerad.«

Vierzig oder fünfzig, die stehend kaum Platz finden. Sie kennen sich nicht. Um elf sind sie in Alicante. Am Eingang zum Hafen werden sie abgesetzt. Der Lastwagen biegt wieder zurück auf die Landstraße nach Valencia.

Sie klingeln an Villegas' Haustür Sturm. Paca tritt auf den Balkon hinaus.

»Er kommt schon.«

Serafín Sánchez, Gerardo Jiménez, José Monfort und Vicente Medín erwarten ihn, eingezwängt zwischen Kartons und Koffern. Alle vier, Sozialisten und Logenbrüder, haben bis zuletzt geglaubt, daß man mit dem Feind zu irgendeiner Übereinkunft gelangen würde. Vor einigen Tagen lehnten sie es ab, mit einem Motorboot Richtung Callosa wegzufahren. Dann bot man ihnen an, sie auf die gleiche Weise von Denia, von Villajoyosa, von Benidorm, von Alicante aus fortzubringen. Sie einigten sich, lehnten ab. Erst zwei Tage zuvor, am 26., als Pascual Tomás, der Sekretär des casadotreuen Exekutivkomitees der Sozialistischen Partei, die Parteigliederungen aufforderte, mit der Wahl zum Nationalkomitee der Partei fortzufahren, gelangten sie zu der Überzeugung, daß nur noch die Flucht blieb.

»Wenn nur die kleinste Möglichkeit einer Übereinkunft bestünde, ich würde bleiben. Da ist nichts, wo man von außen mitmischen könnte«, bekräftigt Sánchez, der sich mit solchen Mauscheleien auskennt.

»Hallo, steig ein«, begrüßen sie Villegas. »Sieh zu, wie du Platz findest.«

Paca sieht, wie das Auto in die Calle de Colón abbiegt. Eine Weile bleibt sie auf dem Balkon. Blickt in den trüben Himmel. Sie geht hinein, und zum ersten Mal macht sie Licht, ohne die Vorhänge vorzuziehen. Sie setzt sich auf das Sofa. Josefa, das Hausmädchen, kommt herein.

»Was möchten Sie zu Abend essen?«

»Nichts. Außerdem gibt es nichts.«

»Von heute mittag sind noch Kichererbsen übrig.«

»Iß du sie, wenn du möchtest.«

Als sie Gandía erreichen, hält ein Zug *Carabineros* den Wagen auf. Medín steckt den Kopf raus.

»Was ist los?«

Überrascht erkennt er Oberst Nieto, der so gut wie zur Familie gehört.

»Hallo du! Was machst du denn hier?«

»Auf die von der Junta warten. Wohin fahrt ihr?«

»Nach Alicante.«

Nieto sieht sich seine Begleiter an; er kennt alle außer Villegas.

»Besser, ihr bleibt hier. Geht zum Hafen. Dort läuft ein englisches Schiff aus. Sie warten nur noch auf Casado.«

»Das war ja knapp. Danke.«

Als sie die Mole erreichen, treffen sie einige Bekannte, verteilt in Grüppchen.

»Sie lassen niemanden aufs Schiff. Wir müssen auf Casado und die anderen von der Junta warten. So ein Mist.«

Schließlich lagern sie zwischen Säcken und Kisten auf dem Boden. Ein Auto hält an. Sie stehen auf, um nachzusehen. Es ist Wenceslao Carillo, der fuchsteufelswild wird.

»Und Casado?«

»In Valencia.«

»Worauf wartet er?«

»Keine Ahnung.«

Ein Zug makelloser englischer Marineinfanteristen riegelt den Zugang zu den Treppen und den Beibooten ab.

Kein Durchkommen.

»Ich bin ...«

»Hier ist kein Durchgang.«

Kein Durchgang. Weitere Autos halten an. Die Gruppen werden größer. Die Leute empören sich, werden wild vor Wut, Panik, geraten außer sich.

»Worauf warten wir? Warum kommen wir nicht aufs Schiff?«

»Da war ein Schiff, aber es ist ausgelaufen, zumindest ist es nicht zu sehen. Die *Sussex*. Angeblich kommt noch eins.«

Mantecón, de la Iglesia, Ciutat legen sich zum Schlafen hin. Erfolglos. Weitere Autos.

»Ich glaube, die werden alles vermasseln.«

»Beim geringsten Anzeichen von Gewalt, das ist diesen Scheißengländern zuzutrauen, dampfen die ohne uns ab«, sagt Monfort, zur Ruhe mahnend.

»Wo ist das Schiff?«

»Ich weiß es nicht. Es heißt, wir sollen auf ein Sanitätsschiff und mit dem nach Gibraltar oder Marseille gebracht werden.«

»Sprecht ihr Englisch?«

»Keine Silbe.«

»Und Französisch?«

»Mit Händen und Füßen.«

Carillo entdeckt die Valencianer.

»Was macht ihr hier?«

»Das selbe wie du.«

»Ihr steht nicht auf der Liste.«

»Macht das was?«

»Daß ihr nicht aufs Schiff kommt.«

»Das hättest du wohl gerne!«

»Wir werden ja sehen. Fahrt nach Alicante.«

»Warum fährst du denn nicht?«

Die Schuppen, die Nacht. Wie viele Orangen sind wohl von hier nach England verschifft worden? Vielleicht nehmen sie uns deshalb auf, denkt Villegas. So fruchtbar die Erde, so alt. Die Borgias. Die Jesuiten. Das beste Klima der Welt ... Das paßt zwar nicht hierher, aber er erinnert sich an jenen alten Anarchisten aus der Gegend, der bei einer Veranstaltung gesagt hat:

»In den Zeiten von Flora und Fauna ...«

Mantecón sieht sich die Republikaner an, die Anarchisten, die Sozialisten, die vielen Militärs, die Kommunisten.

»Das also ist die Volksfront«, spöttelt er.

»Wenn wir nicht hier wären, um unsere Haut zu retten, bliebe kaum einer übrig.«

»Wieso?«

»Weil wir uns gegenseitig so lieben.«

»Wir werden auf Acis übers Meer fahren, auf der Flucht vor Polyphem.« (Mantecón ist auch noch Bibliothekar.)

»Was erzählst du?«

»Ich muß an die Galatea denken, daß wir dazu verdammt sind.«

»Wer war das?«

»Eine Nereide.«

»Klingt gut. Was ist das?«

»Eine Nymphe.«

»Eine Nutte?«

»So was Ähnliches.«

Die vom Verteidigungsrat betrachten die kommunistischen Militärführer, deren Absetzung sie nicht mehr geschafft haben. Die Anarchisten betrachten den Republikaner

Mantecón, der ihnen in ihren aragonesischen Kleinfürstentümern die Hölle heiß gemacht hat. Die negríntreuen Sozialisten schauen mit der gleichen Abscheu zu »denen von Besteiro«.

»Wenn die maurischen Elitetruppen nicht an der Küste stünden, würden wir uns hier vertragen wie Mauren und Christen.«

»Sie sind aber da.«

»Meine Herren«, sagt Casado zu den Offizieren, den offiziellen Repräsentanten der Regierung von Burgos, in einem Raum des Hauptquartiers, noch immer in Valencia, »ich hoffe, daß Sie das gegebene Wort des Generalísimo halten und es nicht mehr Repressalien als nötig geben wird.«

»Überlassen Sie das ganz uns.«

»Es wäre nicht schlecht, Oberst«, sagt ein Mann mittleren Alters und großer Bauchweite, »wenn Sie über das Radio sprechen würden, um zu Ruhe und Mäßigung aufzurufen.«

Casado schaut ihn an, sieht auf die Uhr.

»Das werde ich auf der Stelle tun.«

Er steht auf, grüßt, geht hinaus.

»Gute Reise«, wünscht ihm Dionisio Velázquez.

Die Stadt quillt über vor Menschen, einige grüßen sie hochmütig mit gestrecktem Arm. Die meisten sehen ihrem Wagen staunend nach.

In der Calle de Don Juan de Austria angekommen, steigt er die Treppe zum Studio von Radio Valencia hinauf, wo ein Sprecher gerade Zarzuela-Platten auflegt.

»Schalt das ab. Ich werde reden.«

Er spricht – wenig. Er ruft zu Ruhe auf. »Am guten Willen der Sieger kann kein Zweifel bestehen.« »Wir haben zu den bestmöglichen Bedingungen und ohne unnötiges Blutvergießen einen anständigen und ehrenhaften Frieden erreicht.« Er wiederholt mehr oder weniger das in diesen Tagen ohnehin schon Gesagte: »Ich kann versichern, daß in der regierungstreuen Zone nichts vorgefallen ist, was nicht mit unseren Plänen übereinstimmen würde, mit denen wir am 5. März die Macht im republikanischen Spanien übernommen haben. Entsprechend den von Franco gegebenen Zusagen bleibt jeder, der keine Kapitalverbrechen begangen hat, in Freiheit ... Generalísimo Franco hat mir versprochen, daß er sich der Evakuierung nicht widersetzen wird. Er hat keinerlei Dokument unterschrieben, weil das eine Erniedrigung bedeuten würde, die von einem Sieger nicht verlangt werden kann, aber Sie können auf sein Wort vertrauen. Alle Zusagen, die er mir gegenüber gemacht hat, hat er gehalten. *Viva España!* Hoch lebe Spanien!«

Als er hinunterkommt, erwarten ihn drei Wagen: ein Chrysler, in dem seine Frau und Val sitzen; ein Packard mit Salgado und García Pradas; ein Rolls-Royce mit González Marín und anderen von der CNT.

»Nach Gandía, dalli«, sagt der Noch-Oberbefehlshaber.

Am Hafen diskutiert Lord Faringdon von den Freunden des Spanischen Volkes mit General Matallana, ob eine Gruppe italienischer Gefangener auf der *Sussex* eingeschifft werden solle.

»Wozu, mein Herr? General Gambara und seine Truppen werden in Kürze hier auftauchen, es wäre also besser, an ihrer Stelle einige Spanier auf das Schiff zu bringen.«

Casado und die Seinen treffen ein; der Oberst hat immer noch eine prahlerische Geste parat:

»Ich als letzter.«

»Auf keinen Fall, Sie als erster.«

»Stillgestanden!«

»Ich bin Oberst Casado.«

»Daran zweifele ich nicht. Aber vor morgen geht niemand an Bord.«

»Aber ...«

»Es sei denn, er möchte mit der *Sussex* nach Palma de Mallorca auslaufen, um sich den dortigen Behörden zu stellen.«

Alle auf der Mole sind nähergekommen und drängen sich an die Treppen.

»Und General Menéndez?«

»Keine Ahnung.«

Der englische Konsul taucht auf. García Pradas diskutiert heftig mit General Menéndez. Gustavo Durán erscheint. Die Eskorte der Marineinfanterie entwaffnet alle, die einschiffen sollen. Durchsucht wird niemand, sie geben sich mit dem Wort und den Waffen zufrieden.

Menschen unterschiedlichster Herkunft treffen ein. In der Ferne einzelne Schüsse.

Im Morgengrauen taucht die *Galathea* auf, feindliche Flugzeuge kreisen.

»Die Passierscheine ...«

»Die Passierscheine ...«

Carrillo will Jenaro Giménez und seine Genossen zurückhalten. Giménez zieht seine Pistole und drückt sie seinem alten Kameraden in den Bauch. Er geht durch.

»Sind alle da?« fragt Casado.

»Bis auf Gómez Osorio und Valldecabres im Augenblick alle.«

»Los.«

Villegas bleibt ganz eng bei Giménez. Ein englischer Soldat trennt sie und stößt ihn; Villegas rempelt gegen einen anderen, der ihn brutal abdrängt; er taumelt, verliert das Gleichgewicht.

»Nein ...«

Er stürzt ins Wasser, sein Hinterkopf schlägt gegen einen aus der Mole gebrochenen Stein. Sofort geht er unter. Noch dazu kann er nicht schwimmen.

»Und Villegas?« fragt Medín in der Barkasse.

»Keine Ahnung.«

Als sie an Bord der *Galathea* gehen, fragt der Kommodore Mantecón wie alle anderen, mit allem Respekt:

»Sind Sie bereit, sich zu ergeben, wenn man es von Ihnen verlangt?«

Der Aragonese schaut ihn ziemlich verschmitzt an und antwortet fest:

»Nein.«

Ciutat, der hinter ihm steht, korrigiert:

»Er ist nicht taub, er ist Aragonese.«

30. März

In Molinas Büro besteht Valldecabres darauf, daß der Gouverneur und Rodríguez Vega ihn nach Gandía begleiten, wo ein Schiff sie erwartet; Molina weigert sich weiterhin.

»Was willst du hier machen?« wiederholt Rodríguez Vega, »was kannst du noch tun? Du hast deine Pflicht mehr als jeder andere erfüllt. Wenn du es nicht für dich tust, tu es für mich: Ich habe keinen Wagen, und in den von Valldecabres paßt niemand mehr rein.«

»In Ordnung, wenn ich euch begleiten soll, tue ich das; aber ich komme zurück.«

Die Standuhr in der Ecke schlägt drei Uhr morgens.

Die Landstraße ist von einer endlosen Autoschlange verstopft, aus den Fenstern vieler Wagen ragen Gewehre aller Kaliber und Art, für alle Fälle. Sie sind schon nicht mehr auf den Feind gerichtet; jeder will den Hafen so schnell wie möglich erreichen.

Es dauert Stunden, bis Gandía im grauen Morgenlicht vor ihnen auftaucht. Der Hafen liegt verlassen, menschenleer; Valldecabres fragt den einzigen Wachsoldaten aus, der rittlings auf einem Poller döst, den Kopf auf die um den Gewehrlauf geklammerten Hände gestützt. Im Wasser die Umrisse gesunkener Schiffe. Das sanfte Plätschern des Wassers, das gegen die Mole schwappt, klingt – in diesem Augenblick – wie das Trommeln bei einer Beerdigung.

»Ein Schiff? Die Engländer? Doch. Die sind vor Stunden ausgelaufen.«

Der Generalfeldrichter sagt nichts weiter. Casado hat ihn, nachdem er ihn wie keinen zweiten kompromittiert hat, in der Arena zurückgelassen. Villegas Leiche treibt in den Wellen.

Rodríguez Vega trifft die einzig vernünftige Entscheidung:

»Fahren wir nach Alicante.«

Molina Conejero wagt keine Widerrede. Sie fahren zurück auf die Hauptstraße. Weiter dreht sich der Rosenkranz aus Fahrzeugen. Oliva, Benisa, Calpe; aus dem Meer, hier etwas klarer, erhebt sich massig der steingraue Fels von Ilfach; Altea, Benidorm. Hunderte von Automobilen verstopfen die Landstraße; gerade ist das Dorf aus der Luft bombardiert worden; vier tote Frauen, ebenso viele Kinder, die noch dort liegen. Die Autos stecken fest, einige leer zurückgelassen.

Molina Conejero entscheidet, nach Valencia zurückzukehren:

»Was sollen die Leute von mir denken?«

»Wer soll etwas denken?«

»Egal wer: ich. Hier habt ihr Autos, um weiterzufahren. Mein Platz ist in Valencia, durchhalten, was und wie es auch kommen mag.«

Inzwischen haben sie es aufgegeben, ihn zu überzeugen.

Vicente Dalmases steigt von seinem Lastwagen, um herauszufinden, was los ist. Der Wagen des Gouverneurs wendet. Der Marsch geht weiter. Als sie San Juan erreichen, sagt Vicente zum Fahrer:

»Halt an.«

»Was ist los?«

»Ach nichts. Fahr weiter.«

»Wir sind gleich da. Halt dich noch kurz zurück.«

Überall an der Landstraße zurückgelassene Autos, zu beiden Seiten. Vicente schwingt sich vom fahrenden Lastwagen herunter. Noch sieht man nichts. Fast überfährt ihn ein Wagen ohne Licht.

In Benidorm, in schwarzer Nacht, trifft González Moreno auf einige Genossen von der UGT; keiner weiß, was tun; sie kommen nicht weiter auf der verstopften Straße, befürchten, daß wieder Flugzeuge kommen und bombardieren.

Ein halbes Dutzend Männer wankt aus einer Taverne, sternhagelvoll ballern sie in die Luft. Zwischen den Leuten und den Wagen hindurch arbeiten sich González Moreno und seine Leute einige Kilometer bis Villajoyosa vor, ständig müssen sie Hindernissen ausweichen.

»In Alicante sind Schiffe.«

»In Alicante werden Schiffe sein.«

»Die Italiener stehen in Gandía.«

González Moreno findet einen Glaubensgenossen, einen gewissen Juan González, der gerade im Schein einer Laterne Benzin aus einem verlassenen Auto in sein Motorrad umfüllt.

»Du hier?«

»Wie du siehst.«

»Was kaputt?«

»Nein. Mir ist das Benzin ausgegangen.«

»Geh in Alicante zur Zivilverwaltung, sag dem Gouverneur – weck ihn, wenn nötig –, daß ich dich schicke, daß ich schon hier bin, mit anderen Freunden, daß er einen Weg finden soll, uns sofort einen Wagen zu schicken.«

Sie suchen Schutz unter einer Plane, einem Verdeck, in einem verlassenen Lastwagen. Schwarze Nacht. Vereinzelte Schüsse. Tiefschwarze Schatten huschen durch die Dunkelheit.

Zwei Stunden später kehrt der Motorradfahrer zurück.

»Der Gouverneur ist gestern abend fortgegangen, um elf, auf einem englischen Schiff, der *Stambrook* oder so ähnlich. Eine halbe Stunde später wurde bombardiert. Es gibt viele Tote.«

Im Morgengrauen trifft González Moreno Rodríguez Vega, der zum Austreten ausgestiegen ist.

»Hast du einen Wagen?«

»Ja.«

»Einen Platz?«

»Auch das.«

»Weißt du, daß Rodríguez sich letzte Nacht eingeschifft hat?«

»Ja. Weißt du, mit wem?«

»Nein.«

»Mit Edmundo Domínguez.«

»Jetzt sind wir die Gelackmeierten.«

»Warum denn?«

»Stimmt auch wieder. Es gibt Platz für einen, für zehn und für zwanzig.«

»Sehen wir also weiter.«

Sie fahren los. Ob du willst oder nicht, morgen ist ein neuer Tag, vielleicht wie dieser, klamm, kalt, morastig, grau; aber ein neuer.

Zweiter Teil

Es sind viele, die diese Wahrheit nicht sehen wollen, denn sie leben in der Dunkelheit, und sie leiden mehr daran, als die Zigeuner leiden (Exodus, 10); und sie herrschte drei Tage lang, und für viele herrscht sie fünfzig Jahre.

Miguel de Mañara Vicentelo de Leca
Diskurs über die Wahrheit (XVI)

I.

Von der Ostmole aus, unter dem Vordach eines Schuppens auf Linsensäcken sitzend, starrt Asunción zur *Stambrook,* aus deren Schornstein Rauch kräuselt und die, wie es heißt, noch vor dem Abend Anker lichten soll.

»Vor fünf auf keinen Fall«, meint ein Hinkender.

»Um sechs«, versichert rundheraus ein Carabinero.

»Wie viele passen da drauf?«

»Wie viele Tonnen, meinst du, hat der Kahn?«

»Nun ... so um fünfzehnhundert.«

Die Landungsbrücke ist voller Menschen. Vor dem Zoll drängen sich zwei- oder dreitausend Leute. Die Gaffer auf der Westmole, dem Uferkai, von der Lonja del Pescado über die Plaza de Joaquín Dicenta bis zum Regatta-Club sind nur neugierig.

»Und das andere dort?«

»Die *Maritima,* auch aus England.«

»Auf dem nicht.«

»Sagen zumindest alle.«

»Der Kapitän hat kurz und bündig verkündet: ›Dies ist ein Frachtschiff, das keine Kriminellen und Mörder aufnimmt.‹«

»Die lassen niemanden durch.«

Zwei Marinesoldaten, das Gewehr im Anschlag, stehen oben auf der Gangway und passen auf.

»Nein.«

»Nein.«

»Nein.«

Sie brüllen herum und drohen mit den Karabinern; viele versuchen hochzusteigen, allein und in Gruppen. Die Mannschaft traut sich den Laufsteg hinunter, um eine Frau von der untersten Stufe zu vertreiben, wo sie seit der letzten Nacht sitzt. Für die anderen rückt sie beiseite.

»Get out!«

Einer fragt höflich:

»Where are you going?«

»Go on!«

Die Frau, mittleres Alter, scheint nicht zu hören. Jedenfalls reagiert sie nicht. Es bildet sich ein Kreis von Zuschauern. Die Frau ist vom Land: schwarzer Rock, schwarze Bluse, schwarzes Kopftuch. Sie umklammert zwei riesige Bündel. Sie schaut ins Leere, starr.

»Alle dieselben Hurensöhne«, sagt einer, den sie nicht hochlassen. »Gegen die kommst du nicht an.«

Einige Carabineros beobachten die Szene, wagen aber nicht einzugreifen, obwohl ein Bootsmann sie vom Laufsteg herab dazu auffordert.

»Ich weiß nicht, warum die so drängeln«, sagt ein Alter neben Asunción. »Es wird genug Schiffe geben, das sagen sie im Radio.«

Der Himmel bedeckt, das Wasser sanft, grau, grün, dunkel, dreckig, mit hunderterlei Abfällen auf der Oberfläche. Alles riecht nach Meer, sogar die Kleidung.

Essenszeit, langsam kehrt Asunción in die Stadt zurück. Über die Calle de San Telmo gelangt sie in die Calle Mayor, nimmt die Pi y Margall, kommt oberhalb des Paseo de Méndez Núñez heraus. Sie geht zu einem Kindergarten, wo sie mittags etwas zu essen bekommt.

Sie entdeckt Miguel Hernández am Straßenrand auf dem Bordstein sitzend. Der schaut sie überrascht an, mit seinen

Augen wie reife Trauben, mit hellblauen Einsprengseln, die Haut wie immer tief gefurcht: wie ein Landarbeiter seiner nahen Heimat.

»Woher kommst du?«

»Aus Madrid.«

»Wohin gehst du?«

»Nach Cox. Zu Josefina und dem Kleinen.«

»Wie bist du hergekommen?«

»Zuerst auf Schusters Rappen, den Rest zu Fuß.«

Seine Füße sehen schlimm aus. Er lacht, tieftraurig.

»Zum Teil auf Karren. Und Vicente?«

»In Valencia. Ich erwarte ihn hier. Hast du gegessen?«

»Nein.«

»Komm mit mir.«

»Nein, danke. Ich werde einen Augenblick ausruhen, und dann gehe ich weiter. Man hat mir schon gesagt, daß keine Züge fahren.«

»Aber nach Orihuela wird doch einer gehen?«

»Das hoffe ich.«

»Was hast du vor?«

»Wie, was ich vorhabe? Das habe ich doch gesagt: nach Cox gehen. Ich wollte nach Valencia, die Brüder Soler besuchen.«

Die Brüder Soler, die Druckerei *Tipografía Moderna.*

»Inzwischen müßte *Der Mann auf der Lauer* fertig gedruckt sein. Was heute soviel heißt wie: fertig zur Verurteilung.«

Er macht eine Pause, schaut sie an.

»Heute morgen sind sie in Madrid einmarschiert.«

»Ich weiß schon. Gehst du nicht fort?«

»Wohin?«

»Ich weiß nicht: nach Frankreich, nach Afrika.«

»Was habe ich dort verloren?«

Asunción weiß nicht, was sie sagen soll.

»Gut, dann bis bald.«

»Schöne Grüße.«

Er ist dünn, seine Nase noch prägnanter wegen der eingefallenen Wangen, aber er lächelt sie an, wie er sie immer anlächelt. Braungebrannt wie immer. Es muß ein Jahr her sein, daß sie sich gesehen haben. Das Kind, war es ihm nicht gestorben? Asunción weiß nicht, daß vor zweieinhalb Monaten ein anderes zur Welt gekommen ist. Sie hat lieber gar nicht erst gefragt. Wann wird Vicente kommen? Wenn sie in Madrid einmarschiert sind, werden sie das gleiche morgen in Valencia tun. Oder übermorgen. Also muß Vicente heute oder morgen kommen. Vielleicht heute nacht. Wen fragen? Noch immer sind sie Aussätzige, obwohl es heißt, alle seien freigelassen worden. Wo kann sie die Parteigenossen finden? Wo steckt wohl Etelvino Vega? Doch was soll er aus Valencia wissen? Auf jeden Fall und für alle Fälle wird sie heute nacht nicht nach San Juan zurückkehren. Irgendwie wird sie sich schon durchschlagen im Hafen.

Dorthin kehrt sie nach dem kargen Mittagessen zurück. Es sind mehr Menschen da als vorher.

»Wohin willst du?«

»Nur schauen.«

»Nicht zum Einschiffen?«

»Nein.«

»Geh durch.«

Die *Maritima* lichtet den Anker. Die Frau, die noch immer auf der letzten Stufe der Gangway gesessen hat, ringt mit einem Marinesoldaten. Sie reißt sich los, springt, klammert sich an ein Tau, das an der Bordwand des Schiffes baumelt.

»Zieht sie hoch!« schreien sie.

Kein Halt, sie fällt ins Wasser; sie geht unter, wird in die Schiffsschrauben geraten.

»Wer war das?«

»Das weiß keiner: eine Frau in Schwarz.«

Das Schiff gleitet zwischen den beiden Molen hindurch, dreht im Vorhafen leicht nach rechts und nimmt Kurs auf die offene See. Asunción geht vor zum Leuchtturm, schaut über den Hafen, die Stadt, die sandfarbene, trutzige Burg. Sie lehnt sich an die herumstehenden Kisten. Der Tod macht keinen Eindruck mehr auf sie; die dichtgedrängten Menschen dort gegenüber schon, die langsam auf die *Stambrook* hinaufgehen. Wie sollen nur alle Platz finden?

Von dort aus ist der Hafen wie eine riesige Bühne. Die Begegnung mit Hernández weckt in ihr die Erinnerung an das *Teatro de la Zarzuela,* die Proben für *Numancia,* in der aktualisierten Fassung von Alberti. (Wo Rafael und María Teresa jetzt sind?) Josefina, wie sie ihren Text spricht ... Vicente, der plötzlich neben ihr ist ... Dort, im Hintergrund, stehen anstelle der hohen Mauern von Numancia die Kaimauer aus wirklichem Stein, das Gitter, die gemordeten Palmen, die verwundeten Hotels: das Reina Victoria, das Grand Hotel Simón, das Hotel Restaurant Simón, das Hotel Restaurant Samper ... Der Paseo de los Mártires. Sie hat ein gutes Gedächtnis, sie hat es noch im Ohr:

> Oh hoher, stiller, weiter Raum des Himmels,
> der du mit deinen Schätzen hast bereichert
> den größten Teil des Bodens, der mir eigen,
> und der du mich erhöht hast über viele,
> laß dich durch meine Jammerklage rühren!
> Da du dem Kummervollen immer beistehst,
> steh bei auch mir in meiner schweren Not,
> mir, die ich bin die traurige Hispania.
> Ist's möglich, daß für alle Zeit als Sklavin
> ich fremder Völker hartes Joch muß tragen?

Darf ich denn keinen Augenblick nur sehen
im freien Winde meine Banner wehen?
Wahrscheinlich trifft mit Recht in aller Härte
mich heftig wie ein Schlag jedwede Pein,
da meine eignen allzu stolzen Söhne
einander hassen und zu Tod bekriegen.
Noch nie vermochten sie die hohen Hürden
der blutig wilden Zwietracht zu bezwingen,
nein, sie entfernten sich nur voneinander,
wenn sie die größte Eintracht nötig hatten.
So lockten sie durch ihre Zwistigkeiten
herbei die beutegierigen Barbaren,
die sich, was ich besitze, angeeignet,
indes sie mich und meine Söhne schlugen.
Die Römer, so niederträchtig und verschlagen,
versuchen tausend Mittel, um zu siegen,
doch scheuen sie zurück vom offnen Kampf
mit einer kleinen Schar von Numantinern.
Ach weh, laß der Römer Pläne scheitern,
auf daß dies kleine Volk der Numantiner
aus seiner Niederlage Früchte ziehe!

Ebenso den Fluß Duero, der antwortet:

Schon sehe ich, geliebte Hispania, den Tag aufziehen
wenn dereinst Jahrhunderte verflossen
voll düstrer Schrecken und Erstarrung,
dieselben Spanier, die mit finstrer Absicht
dich einem andren Römer in die Arme treiben
weil deine Söhne sich erheben.
Erfüllt wirst du vom Klang der Ketten,
wirst Verließ, Gelaß nicht endenden Leids.
Doch am Ende wirst du sehn die Zeit
da Hispaniens Schwert wird niederringen

die römischen Heerscharen, und da
du atmest die schwer erkämpfte Freiheit.
So sehen dann die fremden Völker
im Winde wehen deine Banner.

Wie leicht könnte er zu Hispania sagen:

Auf daß dies kleine Volk der Alicantiner
aus seiner Niederlage frische Kräfte ziehe!

Und zum Duero:

Was für ein schaurig schlimmer düstrer Tag
der nach dem Ratschluß der Gestirne
näher rückt für Alicante, und ich fürchte,
für sein Leid fehlt jede Linderung.

Im Halbdunkel des Orchestergrabens sagt Vicente, neben ihr:

»Woher hast du gewußt, daß ich hier bin?«

»Renau hat es mir gesagt. Sie werden einmarschieren.«

»Das sagst du mir?«

Inzwischen stimmte es: Sie waren einmarschiert.

»Ich will nur eins, daß du nach Valencia zurückgehst.«

Sie fing an zu weinen, das Gesicht auf den Armen, verschränkt über dem Theatersessel vor ihr. Wann war das? Der 5., 6. oder 7. November 1936, im *Teatro de la Zarzuela,* in Madrid. Tränen, die stärker waren als ihre Liebe und die sie drängten, zum ersten Mal ihre Hand auf Vicentes Strubbelkopf zu legen. Und wie sie sich küßten, stürmisch, auch zum ersten Mal. Noch immer fühlt sie, wie es ihr damals über den Rücken lief.

Rodríguez, der Gouverneur, schaut zu Edmundo Domínguez. Sie sind allein, in einem kleinen Büro der Zivilverwaltung.

»Was meinst du?«

»Ich weiß nicht.«

»Kommen noch mehr Schiffe?«

»Das nehme ich an.«

»Ich habe meine Zweifel. Sieh dir diesen Scheißengländer an, der niemanden mitnehmen wollte.«

Sie schweigen, denken dasselbe. Der Gouverneur, weil er Gouverneur ist; Domínguez, weil er geschickt worden ist, die Evakuierung möglichst vieler Menschen zu organisieren.

»Wie viele haben auf der *Stambrook* wohl Platz?«

»Wie Sardinen gepreßt, etwa dreitausend.«

»Wann läuft sie aus?«

»Wenn ich es sage.«

Sie sehen sich an. Beide sind Sozialisten, sind seit Jahren in der Partei; beide haben in der letzten Zeit alles Menschenmögliche für ihre Sache getan, die jetzt militärisch verloren ist.

»Es geht das Gerücht, daß nur Sozialisten und Republikaner auf das Schiff kommen.«

»Wer denn sonst? Wieso sollten wir als erstes die Militärs evakuieren?«

»Was können wir sonst noch tun?«

Sie wissen es: bleiben.

»Sie haben uns im Stich gelassen.«

Das ist wahr und stimmt doch nur bis zu einem gewissen Grad, ähnlich wie bei der Junta, die soeben, um elf Uhr morgens, Madrid übergeben hat. Sie zittern nicht aus Angst vor dem Tod; es ist etwas anderes: Sie könnten die Gelegenheit nutzten. Sie wollen sich retten, sie können an Bord, aber ihre Seele wird schamrot, wenn sie nur daran denken. Untätig warten sie bis in die Nacht hinein, die schneller als erwartet hereingebrochen ist. Worauf warten sie? Auf die Entscheidung. Die Entscheidung, die gefallen ist und die sie nicht zu formulieren wagen. Beim gegenwärtigen Stand der Dinge sind sie zu nicht mehr viel nütze, zu nichts. Mit der absehbaren Flucht Casados stehen sie da wie angeschlagene Stiere. Trotz alledem hält sie noch das Ehrgefühl zurück.

»Es gibt nichts mehr zu tun.«

Was stimmt, wenn sie den Kriegsverlauf meinen, was falsch ist, wenn sie sich meinen. Sie lassen das so stehen, lügen sich in die eigene Tasche.

»Wir sind nur noch Staffage.«

Es klopft, sie lassen niemanden herein. Es klopft, sie antworten nicht. Wohin die Verve früherer Zeiten? Sei erinnern sich nicht, haben nur Augen für die Uhr, schwanken. Weil sie Hasenfüße sind? Eher nicht: Es ist nicht nur die Welt über ihnen zusammengebrochen, sie haben auch noch die Verantwortung für die anderen. Sie fliehen nicht, sie werden nicht aus sich heraus fliehen, sondern wegen der anderen; um sie nicht zu sehen, um nicht auf sie zu warten, um ihnen nicht nein sagen zu müssen. Die Gelegenheit beim Schopf packen.

Die anderen …

»Die Schuld …«

»Nein, fangen wir damit nicht an.«

Es ist Zeit, zum Ende zu kommen. Es fehlt ihnen nur der Mut. Woher diese Feigheit, die sie bisher nicht kannten? Wie, warum geben sie auf? Sie wissen es nicht, aber es ist so. Kein Zweifel, sie schämen sich, ihnen schaudert beim Gedanken an den kommenden Tag: die Tausende, die noch kommen werden, ihre Genossen.

Verschüchtert und verzagt. Jeden Tag werden sie weniger, die Stunden schnüren sie ein. »Angst macht Beine«, sagt man; was nicht stimmt, sie erstickt sie. »Angst schnürt die Kehle zu.« Ohne Ausweg wissen sie sich nicht zu helfen.

»Ich glaube …«

»Was werden sie sagen?«

»Sollen sie doch sagen, was sie wollen! Auch wir haben ein Recht …«

Sie verschwinden durch die Tapetentür. Um halb elf gehen sie an Bord. Um elf lichtet die *Stambrook* die Anker.

Eine halbe Stunde später wird der Hafen bombardiert. Um Mitternacht noch einmal. Die Kais menschenleer. Die Sirenen über dem dunklen Meer. Zwischen Kisten und Bündel gekauert hebt Asunción den Kopf. Es gibt keinen Grund, weiter zu warten.

In der Kommandantur der Carabineros, der Zoll- und Grenzschutztruppen, trinken sie Cognac (bis vor kurzem nicht zu haben) und qualmen wie die Schlote.

»Vor einem Monat war nicht einmal ein Päckchen Feinschnitt zu bekommen.«

Sebastián Gálvez, ein im Dienst gealterter Gefreiter, weiß nicht, was er denken soll. Lieber denkt er nicht. Er ist Berufssoldat. Nie hat er etwas anderes getan als gehorchen, er wird weiterhin gehorchen. Er will nicht trinken, nicht rauchen.

»Was sollen sie uns schon tun?«

›Uns‹, den Alten, denen von früher. Aber lesen gelernt hat er mit der Republik. Das kann er nicht vergessen. Warum nicht? Eine Frage des Willens. Seine Kinder sind noch klein, er hat spät geheiratet. Sie hat mehr Antrieb. Aber sie wird schweigen lernen.

Er hat Dienst, aber er bleibt lieber in der Kommandantur. Es wird schon niemand etwas sagen. Alle Straßen sind verstopft, von überallher kommen die Leute. Hier beim Zoll wissen sie schon nicht mehr, was sie tun sollen.

»Trinkst du?«

»Nein.«

»Rauchst du?«

»Nein.«

Er spuckt aus.

In der Militärkommandantur ist alles ein einziges Kommen, Gehen, Tuscheln. Hoch, runter, rumschnüffeln. Wer führt? Wer regiert? Wer weiß, wer der Kopf ist? Wer übernimmt die Pflicht des Nächsten? Wer Verantwortung? Niemand macht Mut.

»Und Casado?«

»Weiß nicht.«

»Und Matallana?«

»Weiß nicht.«

»Und Aranguren?«

»Weiß nicht.«

Sie finden keine Vokabeln.

»Kommen Schiffe?«

»Es heißt, ja.«

Alle hilflos. Kommen Befehle, gehorchen sie nicht.

»Wo stehen sie?«

»In Gandía, heißt es.«

»Das stimmt nicht. Ich bin vor zwei Stunden durchgefahren.«

»Gibt es etwas Neues?«

»Ich weiß nicht.«

»Die Sache ist bestätigt ...«

»Was?«

»Sie sind auf einem englischen Schiff ausgelaufen.«

»Und der Gouverneur?«

»Welcher?«

»Der von hier.«

»Ich weiß nicht. Geh zur Zivilverwaltung.«

Sie forschen nach, fragen nach, suchen:

»Wo bekommt man Pässe?«

»Gebt ihr keine Pässe aus?«

»In der Zivilverwaltung.«

»Im Parteibüro der Sozialisten.«

In der Zivilverwaltung ist niemand.

»Der Gouverneur?«

»Ich weiß nicht.«

»Der ist fortgegangen.«

»Wohin?«

»Ich weiß nicht.«

»Mit dem englischen Schiff, das gerade ausgelaufen ist.«

»Das ist unmöglich.«

»Wenn ich es doch sage.«

»Und Domínguez?«

»Wer?«

»Edmundo Domínguez.«

»Der ist auch fort.«

»Aber der wurde doch aus Madrid geschickt, um die Evakuierung zu organisieren!«

»Vielleicht ist er ja im Hafen.«

»Wer gibt Pässe aus?«

»Keine Ahnung.«

»Braucht man ein Visum?«

»Ich weiß nicht.«

»Kommen mehr Schiffe?«

»Sie sind schon aus Marseille und Oran ausgelaufen.«

»Sein Schwager schickt mich, González Moreno.«

»Wo ist er?«

»In Villajoyosa.«

»Ich brauche einen Wagen. Er ist mit anderen auf dem Weg hierher. Wo ist der Gouverneur?«

»Da hinten schwimmt er.«

»Keine Witzchen um diese Uhrzeit.«

»Er ist nicht da, er ist fortgegangen.«

»Wo bekomme ich einen Wagen?«

»An jeder Straßenecke.«

In der Freimaurerloge sitzen sechs Alte um einen Tisch.

»Sie können uns nicht im Stich lassen.«

»Herriot!«

»Jouhaux!«

»Citrine!«

»Habt keine Angst. Alles wird sich richten. Sie können uns nicht einfach so sitzen lassen. Oder sollen wir unter diesen Umständen etwa anfangen, an der Freimaurerei zu zweifeln, an ihrer Kraft, an ihrem Einfluß in aller Welt? Ihr seid wie Kinder. Mir wurde versichert, daß in Oran ein Schiff ausgelaufen ist, nur für uns, mit zwei- oder dreitausend Plätzen. Ich denke, das wird reichen, die Logenbrüder sollen von überallher kommen.«

»Wie sollen wir kontrollieren? Wir wollen uns doch nicht übers Ohr hauen lassen, und die Logenlisten wird wohl keiner dabeihaben.«

»Darüber müssen wir nachdenken.«

»Wir sollten eine Kommission aus Seniorbrüdern bilden.«

Im Parteibüro der Sozialisten arbeiten alle unermüdlich, in drei Räumen stehen zehn Tische, an jedem drei Genossen, die Pässe ausstellen für die Genossen mit Parteibuch oder irgendeiner Bürgschaft.

»Für Frankreich reicht der Parteistempel.«

»Wer unterschreibt?«

»Egal. Wichtig ist der Paß.«

»Hast du kein Photo?«

»Nein.«

»Hör mal, der hier hat kein Photo.«

»Macht nichts, die französischen Genossen wissen doch Bescheid.«

In der Redaktion von *Avance* diskutieren sie, auf den Tischen sitzend.

»Ich finde, es besteht kein Anlaß, die Zeitung herauszubringen.«

»Ich würde sie herausbringen.«

»Eine Abschiedsnummer? Das wäre kontraproduktiv. Es sei denn, du schreibst endlich einmal einen würdigen Leitartikel.«

Noch vor acht Tagen haben sie eine flammende und wütend antikommunistische Nummer herausgebracht.

»Glaubst du, das würde uns helfen? Jetzt geht es darum, unsere Haut zu retten, egal wie.«

Sie scheuen sich, so geradeheraus zu reden.

»Auf den Schiffen, die zur Verfügung stehen, werden wir kaum Platz finden; und wenn, dann ersticken wir.«

»Was schlägst du vor?«

»Nach Santa Pola zu fahren.«

»Oder nach Torrevieja.«

»In einem Boot?«

»In einem Boot, auf einer Feluke, ist mir ganz egal.«

»Und Besteiro?«

»Der war nicht zu überzeugen.«

»Casado ...«

»Es sieht nicht gut für ihn aus, hat er mir gesagt. Sie werden ihn standrechtlich erschießen, versicherte ich ihm, um zu sehen ... Das werden sie nicht wagen, hat er mir geantwortet.«

»Er lebt in der Überzeugung, daß sie sich mit ihm nicht anlegen werden. Ich habe kaum je einen Menschen gesehen, der so halsstarrig ist. Stolz? Außerdem glaube ich, daß es ihm unangenehm wäre, ein Schiff, ein Flugzeug oder sonstwas mit Personen teilen zu müssen, die er geringschätzt. Und überhaupt, das Martyrium – mit Heiligenschein – schreckt ihn nicht, und sein Status als Professor für Logik und Abgeordneter für Madrid verleiht ihm auf unerfindliche Weise Kraft. Man kann es nicht anders sagen. Er fühlte sich die ganze Zeit lang als Nabel der Welt.«

»Du hast ihn nie verknusen können.«

»Ich verstehe einfach nicht, was ihn getrieben hat, sich gegen die Regierung zu erheben.«

»Seine Überzeugung, daß wir nicht gewinnen können, sein Haß auf die Kommunisten, seine Verachtung für Prieto, seine Abneigung gegen Negrín. Das alles brachte ihn auf die Palme. Kein bißchen Machiavellismus. Wie sein Meister Giner wollte er immer die Rolle des weltlichen Heiligen spielen.«

»Giner spielte nicht.«

»Einverstanden, aber du wirst doch zugeben, daß Besteiro alles in allem eine saubere Figur ist ...«

»... die sich gegen die Regierung erhoben hat, die er selbst mit an die Macht gebracht hat. Für mich sind Casado und er ebensolche Verräter wie Franco.«

»Die Geschichte wird das anders sehen.«

»Das hängt von vielen Dingen ab. Die Geschichte wird immer hinterher geschrieben.«

»Allein die Tatsache, daß er in Madrid bleibt, wird ihn retten.«

»Da hast du den Nagel auf den Kopf getroffen.«

»Glaubst du, daß Negrín geblieben wäre?«

»Im weiten Feld der Vermutungen kann jeder frei die eigene wählen.«

»Und wie lautet deine?«

»In letzter Sekunde wäre er gegangen, wenn er hätte gehen können, um weiterzukämpfen. Negrín hat keinen Hang zum Märtyrertum. Er hätte wenigstens nicht sein Wort gebrochen, anders als Casado.«

»Für irgendwas muß er ja Offizier sein. Ich beneide ihn nicht um die Jahre, die vor ihm liegen.«

»Was wäre aus Madrid geworden, wenn er es nicht übergeben hätte?«

»Ein Haufen Ruinen, Tausende Tote.«

»Wäre dir das lieber gewesen?«

»Deine Frage ist beleidigend.«

»Dann wärst du nicht hier.«

»Na und? Casado hat das Reinste in den Schmutz gezogen, was das spanische Volk seit 1808 geschaffen hat.«

In der Verwaltung des Armeemagazins haben sie nichts weiter als Lastwagen.

»Wenn ihr sie nehmen wollt, fahrt auf die Mole und schnallt euch Flossen an.«

Serafín Morata zog das durchaus in Erwägung.

II.

»Die Calle de Canalejas?« fragt Vicente in San Juan.

»Die zweite rechts.«

Er sucht die Nummer 13, fragt nach Buñuel. Veronica kommt zur Tür.

»Guten Tag. Entschuldigen Sie, ist Asunción da?«

»Nein. Sind Sie ihr Mann?«

»Ja.«

(Ihr Mann! Das klingt so furchtbar fremd. Immer hieß es: deine Genossin.)

»Sie ist nach Alicante, um Sie zu suchen. Letzte Nacht ist sie nicht zurückgekommen.«

»Wann kommt sie wieder?«

»Das weiß ich nicht. Sie ißt nicht hier zu Mittag.«

»Wird sie wiederkommen?«

»Ich denke schon. Sie hat einige Sachen hier.«

Als er nach Alicante kommt, geht er zur Zivilverwaltung. Es nieselt. Er hat brechend volle Treppen und Gänge erwartet. Nichts dergleichen. Er öffnet die Tür zum erstbesten Raum, in dem jemand zu sein scheint. Hinter einem Schreibtisch sitzt Morales Arjona und zerreißt Papiere. Sie erkennen sich wieder.

»Von wo kommst du?«

»Aus Valencia. Hast du Asunción gesehen?«

»Nein. Aber das will nichts heißen: Ich war ständig unterwegs. Vorgestern haben sie mich freigelassen.«

»Kann ich telefonieren?«

»Niemand verbietet es dir.«

Er hebt ab, die Sprechmuschel hängt in Höhe seines Mundes.

»Mit der Hafenkommandantur. Es ist dringend.«

»*Arriba España!* Heil Spanien!«

Er schaut zu Morales. Er glaubt, ihn lächeln zu sehen, aber nein, doch nicht.

»Jetzt schon?«

»Schlag vor, was wir deiner Ansicht nach tun sollen.«

Vicente legt auf und setzt sich seinem Genossen gegenüber.

»Und die anderen?«

»Welche anderen?«

»Etelvino Vega, alle, die hergekommen sind.«

»Hier und dort. Im Hafen, warten.«

»Schiffe?«

»Es kommen noch welche.«

»Wer hat hier die Führung übernommen?«

Doch plötzlich packt ihn, von den Schultern bis zu den Füßen, wie ein bleierner Umhang wieder die tiefe Müdigkeit. Zwischen Valencia und San Juan hat er nicht eine Sekunde ausgeruht.

»Ganz ehrlich, du siehst nicht gut aus.«

Vicente schaut Manuel an, der vor Gesundheit strotzt. Der merkt das.

»In Murcia, genau gesagt: in Alcantarilla, ging es uns nicht einmal schlecht. Du solltest dich wirklich eine Weile aufs Ohr legen. Ich werde ein paar Leuten sagen, daß du hier bist, falls Asunción auftaucht. Leg dich hier drüben hin.«

Vicente will nein sagen, daß er weiter muß, seine Frau suchen. Aber er merkt, daß er nicht kann und legt sich im Zimmer nebenan in eine Ecke. Noch bevor er die Augen schließen kann, versinkt er in Bewußtlosigkeit.

»Wo sind die aus Valencia?«

»Die haben sich nach Organisationen und Parteien verteilt.«

»Habt ihr Asunción nicht gesehen?«

»Nein.«

»Wen?«

»Asunción Meliá.«

»Nein.«

»Mit welchem Lastwagen ist sie gekommen?«

»Mit wem?«

»Nein.«

So fand Monse das schwangere Mädchen.

»Nein, Kleines, nein. Ich bleibe nicht hier im Hafen.«

»Aber es kommen doch noch Schiffe!«

»Wenn sie kommen!«

»Das sagen alle.«

»Glaub du nur, was alle sagen, was dabei rauskommt, siehst du ja selbst, mit dickem Bauch oder auch ohne, jedenfalls ohne jemanden, der dir hilft. Nein, Kleines, von wegen, die halten uns hier wie Lämmer vor der Schlachtbank. Eigentlich suche ich nach Asunción. Nicht einfach so, sondern um ihr ihren Koffer zu geben.«

Sie suchte, fragte nach, war es bald leid. Sie ließ das Trumm bei Plá y Beltrán, der sich für nichts zu schade war, erst recht, wenn es um Vicente ging; sie zog weiter und schaute sich entlang des Hafengitters um.

»Hier ist für CNTler.«

»Jetzt fangt ihr auch noch mit Diskriminierungen an, ihr, die Anarchisten?«

Ernesto Rodríguez Monleón, Mechaniker, seit zehn Jahren Kommunist, schlank, seit Wochen unrasiert, seit Tagen ohne Schlaf, Kommissar unter Líster, ist ständig und überall unterwegs; schlängelt sich am Rand der Mole entlang, umkurvt geschickt die Poller, bleibt an der Spitze stehen, schaut sich in der Nähe der Lonja del Pescado um, sieht, überschlägt:

»Woran denkst du?« fragt ihn Modesto Pardiñas, Hasenscharte, gebürtig aus Córdoba, Schulmeister, Artilleriehauptmann aufgrund seines verbürgten mathematischen Könnens.

»Dasselbe wie alle: Wie ich so schnell wie möglich hier rauskomme.«

»Es kommen noch Schiffe. Wir stehen unter internationalem Schutz.«

»Glaubst du das wirklich?«

»Was?«

»Beides.«

Vor Jahren schon hat Rodríguez Monleón gelernt, allem zu mißtrauen, außer der Zukunft. In diesem Fall reicht seine typisch aragonesische Sturköpfigkeit nicht aus, um die Sache zu regeln. Er starrt auf drei Barkassen.

»Was hältst du davon?«

»Du bist nicht der erste, der darauf kommt. Sie haben kein Benzin.«

Rodríguez Monleón dreht sich zu dem Andalusier, zeigt auf die verkeilten Autos und Lastwagen, im und vor dem Hafen.

»Da wird genug zu holen sein.«

»Das ist eine Idee. Aber das werden alle merken.«

»Es ist nicht für uns allein.«

»Was meinst du, wie viele passen auf so eine Barkasse?«

»Etwa hundert.«

»Also dreihundert. Wie viele sind wir hier im Hafen?«

»Wenn das einer wüßte.«

»Und du meinst, die werden uns einfach so auslaufen lassen? Jeder wird an Bord wollen. Wir kämen nicht einmal bis zum Vorhafen. Abknallen werden sie uns, das ist das mindeste, was uns blüht.«

»Wir verlieren nichts, wenn wir es versuchen.«

»Wie viele brauchen wir, um das Benzin aus den Autos rüberzuschaffen?«

»Wenn es schnell gehen soll, vierzig oder fünfzig.«

Kaum hat sich das Gerücht verbreitet, kommt Unruhe auf, es wird geschubst, gestoßen, gedrückt, geschlagen, gewarnt, gedroht, geschimpft, getönt, es gibt sogar Einschüchterungen mit der Waffe in der Hand, bis die Junta, die in der Hafenmeisterei versammelt ist, befiehlt, das Unterfangen aufzugeben.

»Wartet auf die Schiffe!«

»Wartet auf die Schiffe!«

»Ich habe es dir ja gleich gesagt.«

»Komm mit.«

Sie gehen zur Ostmole.

Zwischen Schuppen und Planen arbeiten sie sich vorwärts; Stapel mit Linsen- und Kichererbsensäcken, von den Bombenangriffen gebogene Stahlträger, Tausende zusammengedrängte Menschen. Sie stoßen auf Paco Bolena, der suchend umherschleicht.

»Hallo.«

»Hallo du. Lange nicht gesehen. Und Librada?«

»In Frankreich«, antwortet Rodríguez Monleón, »vor Monaten.«

»Was macht ihr gerade?«

Bolea zeigt mit den Augen zu einer Palette auf der äußeren Mole, auf der drei Fässer festgezurrt sind.

»Was hältst du davon?«

Versuchen kostet nichts.

Zu zehnt tun sie sich zusammen. Weit kommen sie nicht: Rundum dringt Wasser ein. Eines Besseren belehrt und klatschnaß kehren sie an Land zurück.

Asunción suchen, sie suchen, bis ich tot umfalle. Nicht auf die Müdigkeit achten. Sie unbedingt finden, sie treffen. Sich finden, sich geben. Sie suchen, um mich hinzugeben: Hier bin ich, mach mit mir, was du willst. Ich liebe dich.

»Und Lola?«

Lola, erhängt, tot, in Madrid. Ich kam zu spät. Zu spät? Wenn ich nicht gekommen wäre ...?

Oh Asunción! Wie sollst du mich verstehen? Ich liebe dich. Lola ist tot, aber ich würde dich genauso lieben, wenn sie noch leben würde, möglicherweise wäre ich dann noch in Madrid ... In Madrid, wo sie einmarschiert sind.

Oh, welche Verwirrung der Gefühle! Was ist passiert? Wie war das möglich? Kann ein Mensch verstehen, daß wir den Krieg verlieren können? Was ist schiefgelaufen? Gott ist schuld! Oder wir? Haben wir nicht genug Opfer gebracht, Fehler um Fehler begangen? Es liegt nicht nur daran, daß sie stärker sind.

»Asunción, mein Leben! Wo läufst, wo gehst, wo stehst du, wo schläfst du wohl jetzt?«

Vicente kann nicht mehr, dreht sich um, stürzt.

»Kannst du nicht ruhig sein? Wenn du nicht müde bist, geh und mach einen Spaziergang.«

Zu viele Worte, um den Genossen in Ruhe schlafen zu lassen. Wer schläft heute in Alicante? Oder schlafen alle? Ja, es ist ein Traum. Er weiß, das stimmt nicht, aber er wünschte, es wäre so. Die Wahrheit darf nicht Wahrheit sein. Er kann nicht verloren haben, er, Vicente, den Krieg verloren.

Wahr ist: Er weiß nicht, ob er träumt oder wacht. Asunción, da vorne. Lüge. Und Lola, die im Türrahmen baumelt.

»Es werden bessere Zeiten kommen, zweifle nie daran, Asunción. Es werden bessere Zeiten kommen, und wenn wir sie nicht erleben, erleben sie unsere Kinder.«

»Ich zweifle nicht.«

»Daß wir verlieren, ist nicht wichtig. Egal. Sei dir sicher.«

»Warum sagst du mir das? Ich bin überzeugt. Oder zweifelst du?«

»Ich?«

Wieder fällt er in schwarzen Schlaf, ungewollt, aufwachen will er, sein. Nichts.

Der Herr Konsul von Argentinien, groß, schlank, griesgrämig und herausgeputzt, wie sich nur ein Südamerikaner herausputzt, für den alles Englische paradiesisch ist – Anzug aus der Oxford Street, Hemden aus Madrid, aber nach englischen Schnitten, Krawatten aus der Burlington-Passage –, dieser Herr ist traurig und setzt eine Begräbnismiene auf. Der Herr Konsul von Argentinien ist Präsident des konsularischen Korps von Alicante. Ein offenbar verantwortungsvoller Posten, denn es ist die einzige Stadt, in der die Air France – Nabelschnur zur Welt – zwischenlandet, und der Herr Konsul kann Ausreisevisa ausstellen. Der Herr Konsul ist traurig über das Ende des Krieges, nicht etwa, weil die Faschisten gewinnen; der Herr Konsul von Argentinien hegt unverhohlene Sympathien für Mussolini, für Hitler, für ihre Regimes, für das Nationale Spanien. Nein, der Herr Konsul fügt sich heldenhaft den Umständen, gegen die man – wie jedermann weiß – nichts ausrichten kann. Außerdem findet er keine Gelegenheit, irgend jemandem die Wahrheit zu sagen, zumal seine Frau seit drei Jahren nicht mehr mit ihm spricht, schuld daran ist eine Sekretärin, mit der er nichts hatte. Der Herr Konsul ist traurig, weil er ein Jahr lang, oder etwas länger, groß im Geschäft war, wirklich groß; jetzt, mit Blick auf den Hafen, wo sich Tausende Menschen drängen, um sich einzuschiffen, mit oder ohne Paß, ohne Visum, überschlägt er nostalgisch die Summe, die ihm zustände, wenn noch immer die goldenen Zeiten seiner ausgezeichneten Beziehungen zur *Federación Anarquista Ibérica* andauern würden, in denen er fünftausend Peseten für die Unterschrift unter einige Passierscheine kassierte – die waren dafür auch völlig in Ordnung –, damit Hunderte argentinischer Matrosen auf ihre Schiffe zurückkehren konnten ... Zu jener Zeit war der Gouverneur, ein guter Herr von der *Izquierda Republicana,* ›verkauft‹; nicht, daß er selbst kassiert hätte, aber direkt neben seinem herrschaftlichen Büro gab es ein weiteres, weit weniger ansehnliches, in dem ein Verantwortlicher der FAI saß und Bewilligungsschreiben blanko hinüberreichte, die der Herr Gouverneur mit einem Gewissen unterschrieb, das so schmutzig war wie das Papier weiß, unter das er seinen Schriftzug setzte.

Die Anarchisten fühlten sich nicht im geringsten als Verräter. Die Bourgeois, denen sie zur Flucht ins Ausland verhalfen, zahlten ein gutes Lösegeld. Damit entfernten sich die Anarchisten keinen Millimeter von einer der ältesten spanischen Traditionen, ohne hier auf noch ehrbarere Ursprünge zurückgehen zu wollen. Ihre Kundschaft verkleideten sie als Matrosen – fast immer wahrten sie die Form – und brachten sie in Booten zu einem Schiff, das außerhalb des Hafens ankerte. Es wäre gelogen zu sagen, daß die ersten, die diese Dienstleistung nutzten, die Überfahrt sehr ruhig angetreten hätten; aber als das Angebot einmal eingeführt war, kam es nicht mehr zu den Schwierigkeiten der ersten Tage, als die Frauen manchmal Angst hatten, in die Boote zu steigen. Die Wachmannschaften, einige steckten mit unter der Decke, andere nicht, protestierten:

»Aber wenn ...«

»Aber wenn ...«

»Ihr Passierschein ist in Ordnung, mit Unterschrift vom Herrn Gouverneur und einem Visum vom Herrn Konsul von Argentinien.« (Oder irgendeinem anderen Land.)

Der Herr Konsul von Argentinien denkt, während er Schärpe und Ehrenkreuz anlegt, weiß und himmelblau, wenn die eine seinen drahtigen Körper umspannt und das andere von seinem langen Halse hängt, tief betrübt an jene glücklichen Zeiten zurück. Von jetzt an wird es nie wieder so sein – er kennt die Geschichte. Wer fliehen möchte, schafft es, wenn überhaupt, nicht mit Geld. Jetzt geht es nicht um Bares, sondern ums Überleben. Es sei denn, England und Frankreich würden sich zu etwas durchringen, wozu sie sich in den letzten Jahren nicht durchgerungen haben. Der Herr Konsul von Argentinien interessiert sich wenig für das Leben der anderen, er hat schon genug mit seinem eigenen zu tun, das ihm seine Angetraute Tag und Nacht zur Hölle macht.

Tausende Menschen im Hafen, die ihn an den Auflauf bitterarmer Emigranten erinnern – er kennt diesen Rummel, glaubt er zumindest –, die er, unter ganz anderen Umständen, zu Beginn seiner Karriere in La Coruña zu betreuen hatte.

Der Herr Konsul von Kuba ist von ganz anderem Schlag: klein, dicke wulstige Lippen, breit, kräftig – nie hat es ihm an heimatlichem weißen Reis gefehlt oder an braunen Bohnen oder fritierten Bananen, wovon er sich trotz des besten Reises der Levante nicht entwöhnen konnte. Von Fisch hält er als guter Kubaner nichts. Der Herr Konsul von Kuba wäre glücklicher, wenn seine beiden Töchter, die er verehrt, weniger leichtsinnig wären (das ist wörtlich zu verstehen). Luz und Candelaria sind junge Mädchen mit querformatig breitem Gesicht und Gesäß; sympathisch, sonnig, beinahe hübsch, wenn man so will (»Wer ist das nicht mit fünfzehn?« sagt das Kindermädchen Concepción, das nicht mit ihnen fertig wird), ausgelassen, einfach, wenn nicht gar einfältig, unverschämt gegenüber ihrem Vater, offenherzig, herzlich, beherzt, das Herz auf der Zunge und immer freizügig im Darbieten dessen, was sie für das Schönste an sich halten – Busen und Schenkel –, freigiebig und fähig, sich dem erstbesten Schlaumeier hinzugeben, vorausgesetzt, etwas an ihm gefällt ihnen und er macht ihre Schäkereien mit, ohne die kein Tag vergeht. Sie haben es geschafft, daß ihr Vater zur ihrer ausschließlichen Verfügung einen armen Schwulen – Manolito – eingestellt hat. Sie bringen ihn um den Verstand, aber er besorgt ihnen, was sie, seit jedes Schamgefühl über Bord ist, aus der Apotheke von Don Alfonso Mayot verlangen. Beide Hühner werden ganz kirre bei dem Gedanken, daß im Hafen zwanzigtausend Menschen ausharren.

»Wir begleiten dich, Papa.«

»Auf gar keinen Fall.«

»Aber ...«

»Ohne wenn und aber.«

»Man muß immer helfen, so gut man kann, das sagst du selbst.«

Man wird begriffen haben, daß der Herr Konsul Witwer ist. Er bedauert das und macht sich sogar Vorwürfe, aber die Mädchen – die schnell keine mehr waren – legten ihm in aller Deutlichkeit dar, daß sie eine Stiefmutter niemals akzeptieren würden, »außer wenn wir sie aussuchen würden«, ja sie boten ihm tatsächlich eine Schulkameradin an, worauf Don Juan Monegal y Ortega aber nicht einging. Der gute Herr half sich, so gut es ging, und das war nicht schlecht, aber eher unregelmäßig, bis er sich aus einem angesehenen Freudenhaus ein junges Ding holte und ihr ein Zimmer besorgte. Von der hatte er nicht lange etwas, weil die Mädchen der Auffassung waren, diese außereheliche Liebschaft sei zu öffentlich und schade seinem Ansehen als Konsul, das so viel zählte in der Provinzhauptstadt Alicante. Der gute Kubaner fügte sich, wie er sich auch unter Machado, Céspedes, Grau, Evia, Medieta, Barnet, Mariano Gómez y Bru gefügt hatte, die einander folgenden Präsidenten seines Landes während seiner wenig brillanten Karriere. Jetzt, am Vorabend der Wahlen, denkt er nicht daran, sich irgendwelchen Ärger in

Form von Heerscharen Flüchtiger aufzuhalsen. Der Herr Konsul von Kuba rühmt sich, keine politische Meinung zu haben, dafür liebt er – wie bereits gesagt – Reis auf kubanische Art. Doch das Verhalten seiner Töchter, das macht ihm Sorgen, denn ob er will oder nicht, ihm kommen Gerüchte zu Ohren, denen er zu Ehren des Andenkens an ihre heilige Mutter keinen Glauben schenken mag.

Der französische Konsulargeschäftsträger, der es zum Konsul nicht gebracht hat, fühlte sich noch nie so groß wie jetzt; kein Wunder, klein und schmächtig, wie seine ganze Gestalt wirkt und ist außer seinem Nacken und seiner Nase, die ihn begrenzen wie Vorgebirge. Und sein Hals, der weniger von einem Menschen hat als von einem gerupften Vogel und einer Klippe an der Küste seiner sturmgepeitschten bretonischen Heimat.

Der Herr Geschäftsträger Frankreichs war erstaunt, als das Konklave seiner geschätzten Kollegen ihn in die wichtige Internationale Kommission einlud, die bei der Evakuierung der Überreste der Republikanischen Armee sowie all der Führer aus Politik, Arbeiterorganisationen und Gewerkschaften mitarbeiten soll. Er ist es gewohnt zu unterschreiben, was ihm die Leiter des Büros der Luftfahrtgesellschaft Air France und ein Sekretär, der mit allen Wassern gewaschen ist, vorlegen, ohne erst mühsam nachzufragen, worum es eigentlich geht. Der Herr Adrien Fleurot hat keine großen Ambitionen, außer daß der Krieg zu Ende gehen möge, denn er schläft gerne, und die Sirenen – die keinerlei Rücksicht nehmen – rauben ihm nicht nur den Schlaf, sondern auch den Atem, obwohl er sich wegen der Bomben nicht zu sorgen braucht, schließlich wohnt er im Vorort San Juan, und dort wird nicht bombardiert. Von seiten der Falange, die ein cleverer kommunistischer Gouverneur offiziell wieder zugelassen hat, wurde ein Versuch unternommen – zufällig hat er davon erfahren, denn Don Adrien macht sich nie die

Mühe, nachzufragen –, die nicht fertiggestellten Anlagen der Ölgesellschaft CAMPSA am Cabo de la Huerta in die Luft zu sprengen; doch aus Burgos kam die Order, das Vorhaben abzubrechen, »denn schließlich werden sie unser sein, und es würde sehr teuer werden, sie wieder aufzubauen«. Das ist eine weitere Garantie für den Stadtteil, als wäre es das Salamanca-Viertel in Madrid. Aber er wacht auf, wenn das Geheul der Sirenen beginnt, und darin steckt keine boshafte Anspielung, denn der Herr Repräsentant Frankreichs lebt alleine und hat sich perfekt an die Dienstleistungen eines Ehepaares vom Land gewöhnt, das nicht nur die Wohnung blitzsauber hält, sondern sich auch darauf versteht, die Zutaten zuzubereiten, die ›Monsieur‹ – leicht provençalisch ausgesprochen – regelmäßig auf dem Luftweg erhält und ihnen gibt, damit sie sich sattessen, denn der Beamte ist ein schlechter Esser, was auch paßt bei seiner hageren Gestalt.

Als der Franzose, der knollennasige Fünfzigjährige mit dezidierter Vorliebe für ›die aus Burgos‹, sich mit seinen Amtskollegen trifft, um sich um das zu kümmern, was sie untereinander ›die Gefangenen im Hafen‹ nennen, muß er ständig daran denken, daß sie einem Sainete oder einer Zarzuela von Arniches oder von den Brüdern Quintero entsprungen sein könnten, die er hoch verehrt, wie den Cante Jondo, denn davon und von Bouillon versteht er etwas. »Du bist ein verkleideter Zigeuner«, sagte ihm die Tosca immer wieder, »nicht, weil du ein überzeugender Schauspieler bist, da lachen ja die Hühner, sondern durch die Art, wie du dich lächerlich machst.« Das stimmte. Es hätte Herrn Fleurot gefallen, durch die Welt zu flanieren, an seinem Bouillon-Rezept zu feilen und unter freiem Himmel bestem Gesang zu lauschen wie jetzt, am Eingang zur Hölle, als er stehenbleibt und horcht:

Wie gerne wäre ich das Grab
In dem man dich zur Ruhe legt
So hielt ich dich in Armen
In alle Ewigkeit.

Das zergeht ihm auf der Zunge. Die Kollegen warten, einige Schritte vor ihm:

»Laß uns gehen, Kollege, wir werden erwartet.«

»Sollen sie warten. Meine Herren: Nichts kommt diesem Gesang gleich.«

Die Herren Konsuln der Republiken Kuba und Argentinien sind anderer Auffassung. Sehr wohl sind sie der Meinung, daß endlich wieder ›Normalität‹ Einzug halten soll; der Herr aus Buenos Aires bedauert das zwar, wegen des Versiegens seiner pekuniären Profite, aber da nun einmal nichts daran zu ändern ist, ist er wie alle anderen bereit, so gut wie möglich beizutragen zur Wiederherstellung der ›wirklichen Ordnung‹.

»Einen Augenblick, nach welchen Kriterien werden wir die Listen zusammenstellen?«

»Was meinst du? Ich verstehe nicht.«

»Du verstehst vieles nicht. Erstens: Wissen wir, wer hier ist?«

»Mehr oder weniger.«

»Wer von ihnen soll als erster eingeschifft werden? Zählt mehr, was einem zur Last gelegt werden kann, oder, wie er sich an der Front geschlagen hat? Nach Dienstgrad oder nach politischer Verantwortung?«

»Ich sehe nicht, wo das Problem liegt.«

»Ich schon.«

»Halbe-halbe.«

»Die andere Hälfte wird immer fehlen.«

Sie schweigen einen Augenblick.

»Und du bist sicher, daß die in Madrid ...?«

»Die sind weg.«

»Die von der Junta. Und die anderen?«

»Genauso wie die aus Albacete oder die aus Ciudad Real oder aus deinem oder meinem Dorf.«

»Zum Teufel.«

»Aber wir sind nicht zum Jammern hier, sondern, um die Listen zusammenzustellen.«

Asunción postierte sich am Hauptportal des Hafens, dort, wo wenig weiter die Landstraße nach Denia anfängt und endet. Hunderte drängten sich dort, die ihre Autos, Laster, Leiterwagen einige Kilometer weiter hatten stehenlassen müssen. Mit Müh und Not hielt sie zwei Stunden lang durch, musterte unbekannte Gesichter, doppelt und dreifach aufmerksam. Bis sie nicht mehr konnte. Da setzte sie sich auf einen Poller und hoffte, er würde sie sehen. Es war Plá y Beltrán, der sie fand; der kleine Buckelige schaute zufrieden:

»Und Vicente?«

»Ist er nicht bei dir?«

»Nein. Aber er muß bald kommen.«

»Hier habe ich deinen Koffer.«

»Wer hat dir den gegeben?«

»Eine Freundin von dir.«

»Wo sind unsere Leute?«

»Genau weiß ich das nicht. Weiter hinten.«

»Dann treffen wir uns dort.«

Er mußte bald kommen. Wen sie wenig später fand, war Monse.

»Es wurde aber auch Zeit, daß wir uns sehen.«

»Und Vicente?«

»Hast du ihn denn nicht gesehen?«

»Dann würde ich nicht nach ihm fragen.«

»Er ist letzte Nacht losgefahren, mit dem letzten Lastwagen, gestern Nacht noch.«

»Hast du meine Tante gesehen?«

»Ja. Sie behält das Kind von Don Juanito.«

»Und dieser Verrückte?«

»Der steckt hier auch irgendwo.«

»Wo bleibt nur Vicente?«

»Du weißt doch, ich habe keine Ahnung. Den ganzen Vormittag habe ich ihn nicht gesehen. Er kam bei mir vorbei, in der Calle de Sagunto, um nach dir zu fragen; dann habe ich ihn zufällig zu Hause gesehen, weil der Lastwagen – also meiner – kaputtgegangen war. Er sagte mir, er hätte mit dir gesprochen.«

»Ja. Ich habe ihm gesagt, wo ich wohne.«

»Wo?«

»In San Juan. Fast schon in El Cabañal.«

»Wahrscheinlich ist er schon dort ausgestiegen, um dich zu suchen. Warum gehst du nicht hin?«

»Und wenn wir uns verpassen?«

»Zu Fuß?«

»Nein. Es fahren Straßenbahnen.«

»Mädchen, mach was du willst.«

»Hör zu: Ich muß auf jeden Fall hin, um meine anderen Sachen zu holen. Bleib du hier mit meinem Koffer. Wenn er kommt, soll er auf mich warten.«

»Aber ich werde nicht warten.«

»Bis die Schiffe kommen. Gerade haben sie gesagt … hast du es nicht gehört?«

»Ich habe nicht darauf geachtet.«

»Es gibt eins für uns, wenige Meilen entfernt, für achttausend.«

»Hast du schon deinen Passierschein?«

»Und den für Vicente.«

»Wie vorausschauend du bist!«

»Das kann man nie genug sein.«

Wie weit meint Monse damit Asunción? Sie hat etwas an ihrer Reaktion gemerkt, als sie sagte, sie habe zu Hause Vicente gesehen ... Sie sieht sie fortgehen. Sieht die Menschenmasse. »Das ist nichts für mich«, wiederholt sie für sich. Wieder der elende Koffer. Es wird einem auch nichts gedankt.

An Straßenbahnen fehlt es nicht, nur Strom gibt es keinen. Was tun?

»Für wie lange?«

»Wenn es gut geht, in einer Dreiviertelstunde.«

»Ja, dein Mann war da, vor sieben. Weil du nicht gekommen bist ...«

»Ich habe dort auf ihn gewartet.«

»Habt ihr euch nicht getroffen?«

»Nein.«

»Was wirst du tun?«

»Zum Hafen zurückgehen.«

»Zu Fuß?«

»Was bleibt mir anderes übrig ...? Oder glaubst du, wir bekommen bald wieder Strom?«

»Man kann nie wissen. Aber jetzt, kurz vor Einbruch der Nacht ... Ich weiß nicht, was ich dir sagen soll. Ich mag keine Ratschläge geben. Aber ich an deiner Stelle würde bleiben, hier im Haus schlafen und morgen vor Tagesanbruch losgehen. Nehmen wir einmal an, dein Mann sucht dich gerade am Hafen, aber bis du dort bist, ist schon tiefe Nacht. Wie wollt ihr euch in diesem Wolfsschlund finden?«

Überzeugen konnte er sie nicht, dafür konnten es aber ihre geschwollenen Knöchel. Sie blieb, wartete schlaflos auf den Anbruch des Tages.

Templado versucht sich zu erinnern, wer dieser Mann ist. Er kennt ihn bestimmt, seit Stunden sitzt er auf einer Kiste, unbeweglich, und starrt ins Wasser. Wer ist er, oder wem ähnelt er? Plötzlich die Erinnerung: Es ist ein Jude aus Saloniki, der wegen des Krieges nach Spanien gekommen ist und wegen der Gesetze von Fernando de los Ríos – gut, den republikanischen Gesetzen –, mit denen – wurde auch Zeit! – das Dekret der Katholischen Könige zur Vertreibung der Juden aufgehoben worden ist.

»Doch«, sagt er zu Cuartero, »Mensch, das ist der mit dem Porträt von Fernando in der Brieftasche, als Amulett. Meinst du nicht?«

Sie gehen näher, um ihn anzusprechen.

»So, wie im Mittelalter und selbst noch in der Renaissance der Glaube galt, daß ein wo auch immer auf der Welt beerdigter Jude sich seinen Stollen graben und nach Jerusalem zurückkehren müsse, so sicher bin ich – war ich –, daß wir unseren Stollen von Griechenland nach Spanien graben müßten.«

»Und jetzt?«

»Jetzt, meine Freunde, bin ich vollkommen verwirrt.«

»Kein Wunder«, antwortet ihm der Arzt sichtlich zerknirscht und klopft ihm auf die rechte Schulter. »Aber sorgen Sie sich nicht, die Sieger sind ebenso jüdisch wie die Verlierer.«

»Unmöglich«, antwortet der Sepharde. »Immer werfen sie uns überall hinaus.«

»Das wird seinen Grund haben«, antwortet ihm Templado, der nicht frei ist von Antisemitismus.

Der Abgeordnete – eben erst ist er aus Albacete angekommen – legt auf dem Weg zur Evakuierungs-Junta großen Nachdruck in seine Worte.

»Aber sicher, mein Herr! Doch, doch! Ich weiß heute nicht, was ich morgen denke. Weder ich noch sonstwer.«

Der Begleiter schweigt, bewundert die Intelligenz des Volksvertreters:

»Es ist sehr gut möglich, daß Azaña vor der Geschichte sehr gut dastehen wird. ›Ein großer Patriot.‹ Seine ›hohen Konzepte‹, die ›kristalline Schönheit seines Stils‹ und seine ›untadelige patriotische Gesinnung‹ sollten dafür Gewähr sein. So wird es kommen, wenn die Dinge von weitem betrachtet werden, wenn die Umrisse verwischen, die Details in Vergessenheit geraten und nur die großen Linien bleiben, die immer falsch sind, Gott sei Dank. Wie sollte man sonst überleben? Was aber hat es für eine Bedeutung, wenn ich ihn heute als Verräter der Republik betrachte, die ihn einst genährt, und die zu verteidigen er einst geschworen hat?«

»Er wurde betrogen. Man kann ihm allenfalls vorwerfen, nicht bedacht zu haben, daß die Geschichte sich wiederholt.«

»Die Geschichte wiederholt sich nie. Schau hundert Jahre zurück; vergleiche, es ist einfach: 1834 – 1836 – 1839; 1934 – 1936 – 1939. Martínez de la Rosa und Azaña. Der Karlistenkrieg und unserer.«

»Ich weiß nicht, was die Verlierer seinerzeit von ihrem Don Carlos gedacht haben, nichts Schlimmeres als Sie von Azaña; und was sein Verhalten betrifft, sein wirkliches Verhalten, wie er die Dinge angepackt hat, da könnte ich Ihnen erzählen, wie Fermín Urquizo – ein Oberst der Karlisten – meinen Großvater Rodrigo Puga umgebracht hat.«

Wieder sieht er die Szene vor sich, die ihm seine Großmutter und seine Mutter so oft geschildert haben. Der Geruch des Meeres frischt auf dem Weg zum Unterstand seine Erinnerung auf. Urquizo war Karlist, sein Großvater Liberaler. Als Kinder waren sie unzertrennliche Kameraden. Während des Krieges, ›vor genau einhundert Jahren‹, geriet sein Vorfahr in Gefangenschaft. Urquizo erinnerte sich sofort an Pugas Aversion gegen Kröten, ihre Ausflüge zu den kleinen Flußläufen und Sümpfen, an den Schlamm, in dem ihre Schuhe auf der Jagd nach Regenwürmern versunken waren. Der Morast. Immer hatte er sie anfassen müssen, während Rodrígo nur die Schale oder das Glas gehalten hatte: »Die ekeln mich an.«

Ekel, das Glitschige. Die Kröten, grün mit schwarzen Flecken, ihre Teufelsfüße, der gelblich schimmernde weiße Bauch; kalt, mit vorquellenden Augen, überdickem Kopf, Fermín fühlt sie in seinen Händen; er sieht dunkel die Kaulquappen; wie ihnen beim kleinsten Schlag der Schwanz abfällt. Es heißt, er wüchse ihnen schnell wieder nach. Er hat diebische Freude daran. Rodríguez Puga, Draufgänger, Anhänger Isabels und tot vor Angst angesichts einer Kröte. Wie oft hat er ihm eine auf die Schulter gesetzt, in den Nacken, auf die Hand, um seinen Freund außer sich zu sehen? Dennoch folgte er ihm weiter hinunter ins Tal, zum Angeln oder um Lurche und Kaulquappen zu fangen. Die Welt ist sonderbar. Was haben sie danach mit ihnen angestellt? Sie haben sie auf Wegen und Wiesen verstreut.

Das Glitschige; das kalte Klebrige, das ihn kein bißchen beeindruckt und Rodrigo den Schrecken ins Gesicht schreibt. Der kalte Schleim. Er versteht, daß er einen erschauern lassen kann, selbst einen ganzen Mann, wie sein Freund es ist, das hat er unter Beweis gestellt. Den in die Falle gegangenen Isabel-Anhänger mit Schleim bedecken. Loyola. Der Bischof von Seo de Urgel. Es gab schon eine Regierung! Karl VII. auf dem Thron! Er würde Artillerieoffizier werden, an der Militärakademie von Azpeitia studieren, während sein Onkel – ein Jurist – in Oñate lehren würde. Sein Vater in Estella. Spanien wieder in alter Größe, wie einst.

Jetzt macht er sich keine Hoffnungen mehr, jetzt müssen sie zahlen: ebenso wie General Concha. Eiserne Familientradition, denn es war sein Onkel Luis gewesen, der den tödlichen Schuß abgefeuert hatte.

Sie schafften die Waffen über die Pyrenäen, trotz der Forderungen der Anhänger Isabels. Überall Krieg: Auf Kuba, in Marokko, auf den Philippinen, in den Vascongadas, in Navarra, im Maestrazgo-Gebirge. Jovellar, ein Schwein. Jetzt, wo Seo de Urgel verloren war, würden sie über die Grenze gehen, in wenigen Stunden. Ein Schwein auch Martínez Campos; Cánovas – ein Schwein; Pidal y Mon – ein noch größeres Schwein; alles Schweine. Wieder verloren; wieder nach Frankreich, zum Betteln. Aber Rodrigo Puga ist noch da, in Griffweite. Weil er so ein Idiot ist, sein Scheißsieg so sicher. Schon sein Vater, der Apotheker, war Liberaler gewesen, Schandfleck des Dorfes. Jovellar: Wie sich das gehört, blieb er in Kuba, er tat gut daran, die von der *Virgilius* zu füsilieren. Na und? Diesmal sind die anderen die Aufständischen. Dort litten sie unter der Hitze, hier, trotz der Dschamara, unter der Kälte. Die von damals haben nicht Recht gehabt, wir sehr wohl. Aber da war auch El Zanjón. Mauscheleien. Die Schande von Vergara. Die Welt der Mauscheleien hatte keinen Platz im Kopf von Fermín Urquizo, und natürlich erfuhr er nie von ihnen: weder von seiner Frau, die er – wenn er sie einmal sah – züchtigte, für was auch immer, noch von seinen Kindern, die er kaum kannte. Seine Sache waren die Berge. Ein Mann. Ein ganzer Mann, der treu zur Wahrheit stand. So wie jetzt er, in Alicante.

Urquizo gab an vier der sechs Mann, die ihm noch folgten, den Befehl, in der Nacht so viele Kröten wie möglich zu fangen. Erstaunt schauten sie ihn an. Er beruhigte sie. Die anderen beiden schickte er, aus einer Wirtschaft ein Faß herzuschaffen. Er selbst füllte es halbhoch mit Wasser, mit einem löchrigen Schöpfeimer; die brauchbaren Eimer hatten Joaquín, Salvador, Gaspar und Enrique mitgenommen, die im Morgengrauen zurückkehrten, verdreckt und mit drei

Dutzend Kröten und Hunderten von Kaulquappen in faulig stinkendem Wasser.

Sie kippten sie in das Faß. Dann bereiteten sie sich zum Aufbruch vor. Fermín befahl, den Feind herzubringen. Sie fesselten ihn an Händen und Füßen.

»Du bleibst hier, Rodrigo. Guten Appetit.«

Er sah ihn an, verständnislos. Sie steckten ihn in das Faß, Füße voran. Zuvor hatten sie es gut festgebunden, damit er es in seiner Verzweiflung nicht umwerfen konnte. Dann gingen sie weg.

Der Abgeordnete – mit feuchten Kleidern, kaum geschützt gegen den erneut einsetzenden Regen – betrachtet das Meer. Er denkt an die Fische – Tausende –, fragt nach den Schiffen.

Paulino Cuartero blickt auf das Wasser im Sonnenuntergang; eine leichte Brise ist aufgekommen. Das Meer bewegt sich, als wäre etwas darin; etwas Schaum bildet sich am Gipfelkamm der Wellen – jenseits der Wellenbrecher, ab und an. Epilepsie.

Während er der unaufhörlichen Bewegung zusieht, fragt er sich schließlich, nicht, wie es bewegt wird – das weiß man, das ist unwichtig –, sondern, warum man selbst nicht einmal Ruhe gibt? Warum soviel Reden und Anlaß zum Gerede wegen:

la mer, la mer, toujours recommencée

Dieser Neubeginn oder Wiederanfang! Dafür müßte es einen Ausgangspunkt geben, einen Anstoß, Milch an die Lippen führen (obwohl der Schaum vielleicht nichts anderes war als Milch), brauchbar werden; was er tut, ist folgen, nicht einmal vorwärts gehen, einfach nur folgen; verfolgen, sich verfolgen – auf ewig, wenn man Valéry folgt – seinem Schatten auf den Füßen stehen, fernen Göttern nachjagen, niemals den gleichen, weil nichts je gleich ist; letztlich dem, was ihm möglichst ähnlich kommt. Bliebe er immer gleich – *toujours recommencée* –, er würde alt werden.

»Was schaust du?« fragt ihn Templado.

»Nichts. Das Meer.«

»Alle Wege ...«, sagt er hintersinnig.

»Schwimm doch. Vielleicht – immerhin bist du ein guter Schwimmer, wie ein Fisch im Wasser – schaffst du es einige Meilen weit ...«

»Das Meer gehört den Fischen.«

Er macht ein Pause.

»Glaubst du, daß wir uns einschiffen werden?«

»Seit wann ist dir das wichtig?«

»Widerstand, kein Widerstand, wenn ich das schon höre!« platzt Farnals dazwischen, der sich an einem Lagerfeuer zu wärmen versucht. »Und Negrín! Und *no pasarán!* Von wegen ›sie kommen nicht durch‹! Und aufrecht sterben! Aber die, die Schlaumeier: nichts wie weg, abhauen, die anderen in der Patsche sitzenlassen. Alle, die im Januar nach Frankreich rüber sind – ganz zu schweigen von denen, die vorher schon weggegangen sind –, sind doch schon in Amerika oder auf dem Weg dorthin. In Paris und Bordeaux gibt es Kommissionen, die kümmern sich um nichts anderes. Und wir sitzen hier, spielen immer noch Widerstand und hoffen auf die Schiffe, die die dort zuviel haben. Verarscht hat er uns! Schuld daran sind wir, weil wir Heiopeios sind, die noch die dicksten Lügen anstandslos schlucken, wenn sie nur von der Partei ausgegeben werden. Seit wann war für die Russen die Entscheidung gefallen, daß wir verloren sind? Ich weiß es nicht. Aber man wird es erfahren.«

»Das ist eine Revanche«, verkündet Cuartero, der, wer weiß warum, er weiß es auch nicht, guter Laune ist. »Die

Revanche des Nordens am Süden, von Aragonien und Katalonien an Neukastilien. Schaut mich nicht so an. Über Jahrhunderte hinweg haben die Kastilier und Andalusier den Katalanen den Weg nach Amerika verwehrt, jetzt kommt die Revanche ...«

»Mach keine Witze.«

»Das ist kein Witz. Aber so wird nun einmal Geschichte geschrieben: aufgrund von Erinnerungen und Vorstellungen, die beide jeder Grundlage entbehren und beide gefälscht sind.«

»Quellen lügen nicht«, sagt Templado.

»Die dokumentieren nur das Ökonomische. Und lügen tun sie auch. Oder Ahnentafeln. Aber ihr kennt das ja. Dieser war Sohn von jenem ... In den Quellen ist nie von Bastarden die Rede. Dabei weiß jeder, daß es von denen eine ganze Menge gibt.«

»Also?«

»Die einzigen vertrauenswürdigen Quellen sind: Romane.«

»Aber die sind doch erfunden!« gibt Juanito Valcárcel unbefangen zu bedenken.

»Eben darum. Deshalb gründen sie wenigstens auf etwas Realem, der Einbildungskraft.«

Die Lagerfeuer in der Nacht. Explosionen.

Mehr oder weniger verschreckt kommen die Verantwortlichen der Evakuierungs-Junta aus ihrem Kabuff: Es sind Patronen, die die Zusammengedrängten ins Feuer werfen, halb zur Unterhaltung, halb, um sie loszuwerden.

»Evakuierungs-Junta! Denen huste ich eins.«

»Wieso?«

»Wen haben sie evakuiert?«

»Zusammengepfercht am Ende der Mole! Alle ins Meer! Hast du noch nie ins Meer gekackt? Jetzt hast du die Gelegenheit.«

»Anstatt uns nach Parteien zu sortieren, die doch künstlich sind, hätten sie uns besser nach Königreichen gesammelt: hier die Katalanen, dort die Galicier …«

»Keine Sorge, das machen wir schon. Bestimmt, im Ernst.«

»Und unser Krieg, ist der nicht Ernst?«

»Schon. Aber der Krieg vergeht, der Katalane bleibt.«

»Vor allem, wenn er so einen Schädel hat wie du …«

»Kommen jetzt diese Schiffe oder kommen sie nicht?« wiederholt ein Zarzuela-Liebhaber.

Der Regen und die Verwünschungen werden stärker.

Raúl Samper war todunglücklich wegen eines Magengeschwürs, an dem nicht er litt, sondern Rosario, seine Frau. Und nicht, weil sie daran zu sterben drohte, sondern, weil sie ihm das Leben zur Hölle machte. Sie hatten sich sehr jung kennengelernt, bald geheiratet, fünf gesunde Kinder großgezogen, und als er sie mehr denn je liebte – beide waren gut vierzig Jahre alt –, verbitterte ihr Charakter zusehends, und das Eheleben wurde zwischenzeitlich unerträglich. Es gab nichts, was Rosario gut gefunden hätte, an allem hatte sie herumzunörgeln, bei jeder Sache sah sie nur die schlechte Seite. Eine noch so nebensächliche Bemerkung bekam für sie einen versteckten Sinn; ihre Sätze waren finstere Vorhaltungen:

»Niemand kümmert sich um mich. Ich weiß, daß ich in diesem Haus unnütz bin. Wozu bin ich hier überhaupt gut?«

Raúl versuchte, ihren Groll zu dämpfen, vergeblich. Er schlug vor, einen Spaziergang zu machen oder ins Kino zu gehen, ohne Erfolg.

»Geh du, wenn du willst.«

Hinzu kam lächerliche Eifersucht.

»Die gefällt dir, was?«

»Also ...«

Wenn er leugnete, war es noch schlimmer.

»Geh schon, worauf wartest du?«

Wie antworten? Schlimm, wenn er ja sagte, noch schlimmer, wenn er nein sagte.

Raúl liebte sie, sie ging ihm aus dem Weg. Er wollte mit ihr zum Arzt gehen, sie wehrte sich heftig.

»Mir geht es gut, mir fehlt nichts.«

Rosario ertrug die Schmerzen, verschwieg sie, ohne zu merken, daß ihre schlechte Laune Folge eines Leidens war, denn schon als kleines Mädchen hatte sie gelernt, duldsam zu sein, so war nunmal das Leben im Schatten der Erbsünde. Zu lange war sie glücklich gewesen, das konnte nicht von Dauer sein. Der beste Beweis war ihre Mutter: der Vater ruiniert.

So kam es, daß Raúl, spät und unter Magenschmerzen, Sozialist wurde. Der Besuch im Caféhaus, möglichst ausgedehnt, um seiner Gattin zu entfliehen, und die Redekunst Prietos, den er bei einer Veranstaltung hörte, waren erste wichtige Anstöße zum Parteibuch.

Raúl war Buchhalter einer Weinhandlung, ebendort in Alicante. Gut angesehen bei seinen Arbeitgebern von Antonio Bonifaz & Cie., Don Antonio, Don Rafael und Don Paco, drei Brüdern, die immer mit Don Francisco Benjumea zusammen waren, weil sie Kindheit und Leidenschaft für das Spiel, für Spiele, gemeinsam hatten; Schach, Domino, Tute (mit Joker und ohne), Mus, Lotterie, Parchís, Chamelo. Man hatte es sich im Leben gut eingerichtet, doch keiner der Herren hatte geheiratet oder schien die typischen Herrengelüste zu haben. Man war sich genug. Von morgens früh an:

»Wie wär's mit einer Partie Tute (oder Domino oder Chamelo)?«

Sie setzten sich ins Eßzimmer, das neben dem Büro im Zwischengeschoß über dem Laden lag, und begannen zu spielen. Wenn es gar nicht anders ging und ein Kunde bedient, ein Steuerprüfer empfangen oder ein Brief unterschrieben werden mußte, spielten – reihum – die anderen weiter, bis die Zeit zum Mittagessen kam, die war heilig. Ángela, die Köchin, öffnete im ersten Stock die Küchentür, und zu ihnen drang der süße Duft des Reises (nach Fisch, wenn es Reis mit Meeresfrüchten gab, nach Hühnchen bei Paella, den Unterschied merkten alle. Paco, der mit der feinsten Nase, konnte mehr herausriechen: wenn es *fesols y naps* gab, Bohnen und weiße Rüben, Reis mit Stockfisch und Blumenkohl, mit Tintenfisch, mit Kichererbsen und Knoblauch.)

Man nannte sie ›die vier Herzbuben‹, und das, obwohl sie sich in nichts ähnelten, nicht einmal in ihrem Kleidergeschmack: Antonio immer dunkel, Paco nachlässig, die beiden anderen überließen es ein wenig dem Zufall und dem Hausschneider. Im Sommer gingen sie für einen Monat nach Santa Pola, das Geschäft überließen sie Raúl, dem sie vertrauten. Als der in die Sozialistische Partei eintrat, bestellten sie ihn zur Aussprache, ohne daß es dabei ernst zur Sache gegangen wäre, denn er fragte zurück, ob sie es vielleicht lieber gesehen hätten, wenn er in die Liberal-Konservative Partei eingetreten wäre. Keiner der Bonifaz-Brüder hatte je gewählt, keiner kümmerte sich um Politik, und Benjumea war hierin, wie in allem anderen, der gleichen Auffassung wie die Brüder. Außer den Spielen und den Reisgerichten konnte nichts und niemand sie locken, höchstens konnten es noch Oper und Operette. Dergleichen aber wurde in Alicante wenig gegeben. Die Zarzuela war das kleinere Übel. Sonntag vormittags pflegten sie hinauszugehen, zu promenieren und dem Platzorchester zuzuhören; eher selten als häufig gingen sie zur Messe.

Der Krieg kam, und nichts änderte sich. Die Handelsverbindungen von Bonifaz & Cie. gingen nach Oran und Sête. Der Hafen wurde von den Organisationen der Anarchisten kontrolliert, die sich mit den Brüdern einigten und sich so einige Plätze und Kubikmeter auf den Frachtern sicherten. Auf diese Weise gelangten einige Leute ins Ausland, auch einige Kisten, über deren Inhalt niemand recht Bescheid wußte. Für Bonifaz & Cie. war es, als würde der Krieg auf einem anderen Stern stattfinden.

Die Schwierigkeiten begannen, wer hätte das gedacht!, mit Raúl Samper. Die UGT, deren Mitglied er als Sozialist war, fragte ihn nach Einzelheiten des Geschäfts, und der Gouverneur, ein Parteigenosse, bestellte ihn zu sich, ›zur Klarstellung‹.

»Keine Ahnung. Ich kümmere mich nicht um die Ladung.«

»Dann kümmere dich.«

»Ich kann nicht.«

»Wie, du kannst nicht?«

»Nein. Ich will auch nicht. Die Herren ...«

»Welche Herren?«

»Don Paco, Don Rafael, Don Antonio ...«

»Eine schamlose Bande ist das. Stecken mit den Anarchisten unter einer Decke.«

»Und was soll ich tun?«

Der Gouverneur antwortete nicht.

»Heißt das, wir lassen sie in Ruhe?« fragte er einen Emissär von Zugazagoitia, der ebenfalls zur Klarstellung gekommen war.

»Offenbar.«

Wenig später wechselte der Gouverneur. Raúl Samper stieg zum Geschäftsträger auf, damit war es vorbei mit den Beiladungen. Raúl hatte nun nicht mehr nur seine Gattin zu ertragen, sondern auch düstere Drohungen von einigen CNTlern. Über alles Übel half er sich hinweg, bis sich Ende März Rosario im leeren Lager vor ihm aufbaute:

»Was gedenkst du zu tun?«

»Wie, was gedenke ich zu tun? Ich verstehe nicht.«

»Menschenskind, stell dich nicht dümmer an, als du bist. Ich habe gerade Doña Floresta getroffen.« (Flora hieß sie, aber der Spitzname blieb.) »Die Faschisten bereiten das große Schlachtfest vor. Und du stehst auf den Listen.«

»Welche Listen?«

Die Frau hatte durchaus Lust, Witze zu machen, denn sobald das Geschwür sie in Frieden ließ, so wie jetzt, konnte sie durchaus geistreich sein. Im übrigen hatte ihr die vom Krieg erzwungene Diät gutgetan.

»Die mit den Leuten, die in den ersten vierundzwanzig Stunden über die Klinge springen.«

»Was habe ich denn getan?«

»Das mußt du wissen.«

»Das heißt, wir müssen fortgehen, mit den anderen?«

»Ja.«

»Und was werden die Herren ohne mich anfangen?«

»Das weiß ich nicht. Ich weiß nur, daß sie andernfalls auch auf dich verzichten müßten. Und ich mag dich lieber für mich aufheben.«

»Laß uns gehen, wohin du willst, wie du willst.«

Seit Jahren hatte er sich nicht so glücklich gefühlt wie jetzt mit Rosario und den fünf Kindern im Hafen, obwohl man sie ständig ermahnen mußte:

»Geh nicht so nah ans Wasser.«

»Paß auf.«

»Tritt nicht in die Pfütze.«

Um ein Feuer, in einem Unterstand:

»Unsere Armee wurde um so effektiver, je weniger revolutionär sie war.«

»Nennst du den Verlust von Teruel effektiv? Den Durchbruch bei Vinaroz, den Zusammenbruch in Borjas Blancas?«

»Nein, aber die Einnahme von Teruel, den Widerstand gegen den Feind auf der Linie Carrió-Sagunt. Die Überquerung des Ebro.«

»Alles Vorspiele zu Niederlagen.«

»Das sind alle Siege, wenn man die letzte Schlacht nicht gewinnt.«

»Ich glaube, ihr irrt euch: Die Erfolge der Armee oder was auch immer es war, eine Armee gab es damals ja noch nicht, die heißen Guadalajara, Alcalá, Albacete.«

»Albacete?«

»Natürlich, oder hast du vergessen, daß wir am 23. oder 24. Juli 1936 Albacete erobert haben? Gab es damals etwa eine Armee? Das Problem sitzt tiefer, es reicht nicht zu sagen: Wenn wir mehr Disziplin durchsetzen, wird schon eine Armee daraus. Wenn am 25. Juli, am 15. August, kurz und gut, wenn in den zwei Monaten nach dem 18. Juli die Rebellion niedergeschlagen worden wäre, was dann? Denn das wäre möglich gewesen, wenn die CNT in Sevilla und Zaragoza das Nötige unternommen hätte. Siegt man allein aufgrund von Disziplin? Du kennst ja meine Meinung. Und ich wiederhole sie hier noch einmal, gegen euch alle.«

»Und gegen die Wirklichkeit.«

»Selbst wenn, na und? Ist es vielleicht ehrbarer, den Krieg ein Jahr später zu verlieren, mit einer Möchtegern-Armee, als nach ein paar Monaten nach eigener Fasson ins Gras zu beißen? Diese ganze Disziplin ist entwürdigend.«

»In bin einverstanden, wenn du sagst, die Armee ist schlechter geworden, je weniger politische Ziele sie hatte. Schuld daran sind die Politkommissare. Man hätte auf die Mannschaften hören sollen. Ich bedaure das, aber so ist es nun einmal gekommen.«

»Möchtest du, daß alle Saint-Just sind?«

Sie reden von allem möglichen, um den Hunger zu verscheuchen. Valcárcel hat seit zwei Tagen nichts gegessen.

Templado und Cuartero noch nicht so lange, sie sind später aufgebrochen und ekeln sich nicht vor halbrohen Linsen.

»Und Chuliá? Kommt der nicht zurück?«

»Der? Der hat dem Sultan von Marokko schon den vollständigen Plan zur Bewässerung der Sahara unterbreitet …«

»Wollte er nicht die Mauren zum Aufstand bewegen?«

»Du wußtest das auch?«

Cuartero lacht.

»Ich glaube, er wußte nicht, wie er eine Frau loswerden sollte, die ihn um den Finger gewickelt hatte.«

»Und er hat sie in Valencia gelassen?«

»Ich glaube, ja.«

Plá y Beltrán kommt hinzu, abgehetzt:

»Gleich laufen zwei Schiffe ein.«

Fünf Meter weiter:

»Gleich laufen vier Schiffe ein, um acht.«

Zwanzig Meter weiter:

»Macht euch bereit, wir gehen um fünf an Bord, vor Tagesanbruch.«

»Sie sind schon da.«

»Wurde auch Zeit.«

»Ordnung! Ordnung!«

»Was? Was?«

»Mit dem Fernglas sieht man sie schon.«

»Sie laufen ein.«

»Die Verwundeten zuerst.«

»Aber, wer hat euch denn gesagt …?«

»Hier gibt's gleich ein höllisches Massaker. Die Faschisten sammeln sich schon in den Straßen, als wären sie die Herren von allem, und dann gibt's Schläge, Prügel und Schießereien, laßt euch das gesagt sein.«

»Was machen wir?« fragt Henche im Büro des ausgeflogenen Gouverneurs.

»Ich denke, das beste wird sein, die Unseren alle im Hafen zusammenzuziehen, bis die Schiffe kommen, die nicht mehr lange auf sich warten lassen dürften.«

»Aber wird denn für alle Platz sein?«

»Im Hafen oder auf den Schiffen?«

»Mensch! Im Hafen, das ist doch keine Frage. Auf den Schiffen müssen wir sehen. Man muß Listen zusammenstellen mit denen, die politisch am meisten belastet sind.«

»Wie viele?«

»Im Hafen arbeiten sie schon daran.«

»Vor allem müssen jetzt«, unterbricht Burillo, »die nötigen Befehle gegeben werden, damit sich die Leute auf die Molen begeben und sich nicht mit den Faschisten prügeln.«

»Sind es so viele?«

»Alle von früher, plus die, die weder Fisch noch Fleisch waren.«

»Trotzdem ...«

»Ich weiß schon, Alicante ist ein Stadt ›mit republikanischer Abstammung‹, sagt man. Und weiter? Ich will ja nicht unken, daß sie rauskommen und aus dem Hinterhalt schießen. Dazu braucht es nur wenige. Ab morgen ...«

»Üben wir das *Te Deum* für den kommenden Sonntag.«

»Wenn wir hier nicht rechtzeitig abhauen, bekommen wir mehr *Te Deum,* als uns lieb ist.«

»Verdammt nochmal, natürlich glaube ich an die Jungfrau Maria! An die Jungfräulichkeit von Maria ... An wen ich nicht glaube, warum, zum Teufel, sollte ich auch, ist Jesus Christus, denn bei der Mutter heißt es doch nichts, das zu sein, was er war? Ein Dahergelaufener!«

Sagt einer im Vorbeigehen.

»Wo er recht hat, hat er recht«, sagt Templado zu Cuartero.

»Manchmal könnte ich dir den Schädel einschlagen.«

»So ist das Leben. Auf gute Tage folgen weniger gute, wenn man die schlechten nicht mitzählt.«

Er rempelt eine tonnendicke Frau an, die am Boden kauert und kaum die Hände vor ihrem Bauch zusammenbekommt. Weder sie noch er sagen etwas. Zehn Meter weiter großes Trara.

»Das ist nicht mein Sohn!«

Man erklärt es ihnen: Felipe Gómez hat den Leichnam seines Sohnes von Albacete bis hierher geschleppt, weil er nicht will, daß die Faschisten ihn beerdigen. Jetzt erkennt er ihn nicht wieder.

»Was machen sie mit dem Leichnam?«

»Am Strand beerdigen, oder?«

»Und mein Sohn? Wo ist mein Sohn?«

»Bei der Fünften Scheißkolonne, zum Teufel!«

»Das sagst du mir?«

Sie ziehen Messer, werden getrennt. Nichts passiert. Der Vater heult, der andere tröstet ihn. Überall Schimpfwörter, Schmähungen, Verwünschungen, Flüche, Gotteslästereien.

»Und du, wo kommst du her?«

»Mir wurde gesagt, sie hätten dich an die Wand gestellt.«

»Na, du siehst ja selber. Hoffentlich stehen wir morgen an der Schiffswand, wenn es heißt, an Bord zu gehen.«

Valderrama, von der POUM, schaut Tur an und lächelt. Seit Jahren haben sie sich nicht gesehen. Seit der Sache mit Ibiza. Valderrama, klein und Ex-Dickwanst; Tur, groß, wie ein Besenstiel oder Telegrafenmast, das ist Geschmackssache, aber immer unrasiert. Er kam nach Valencia – um Geschichte zu machen: Am 24. Juli 1936 landete er am

Strand von Perelló, in einer Nußschale, und versuchte, die Valencianer gleich welcher Couleur, und das waren nicht wenige, davon zu überzeugen, die Eroberung Ibizas anzugehen, denn von dort stammte und kam er her.

»Das geht im Handumdrehen.«

Er erntete nichts als warme Worte und fuhr nach Barcelona, wo man ihn ernst nahm. Er persönlich erreichte ein Abkommen mit Katalonien, ganz im allgemeinen, in dem Ibiza für unabhängig erklärt wurde. Die Übereinkunft unterschrieben Companys und er. Bayo und Uribarri waren einen Monat lang die Herren der Insel, und je nachdem, wer von beiden früher aufstand, wurde die katalanische oder die valencianische Fahne gehißt. Tur entwarf die von Ibiza. Großen Ärger hatten sie mit dem Bischof, aber sie verkündeten die Unabhängigkeit, woraufhin Indalecio Prieto – als Repräsentant der Regierung Giral – sie zu Rebellen erklärte. Wenig später kamen die Spaghettifresser. Dagegen war Widerstand unmöglich, ohne Nachschub; sie mußten sich evakuieren.

Jetzt treffen sich Tur und Valderrama wieder.

»Was hast du getrieben?«

»Wenig, ich war im Gefängnis, nach der Sache in Barcelona, im Mai.«

»Wo?«

»In Ocaña. Und du?«

»In Valencia.«

»In San Miguel?«

»Ja.«

Sie sind davon überzeugt, daß sie sich unter so traurigen Umständen begegnen, weil niemand auf sie hören wollte. Vielleicht haben sie recht. Sie zweifeln nicht daran.

»Warum sind hier nicht drei, fünf, zehn Schiffe, um uns zu retten? Warum waren sie nicht gestern schon da? Warum haben sich die internationalen Brigaden zurückgezogen? Warum haben uns die Sowjets im Stich gelassen? Die französischen Landstraßen, die Bahnlinien nahe der Grenze waren voll mit Waffen.«

»Es war zu spät, heißt es.«

»Da sind wir einer Meinung. Es ist einiges passiert zwischen Juli 1936 und heute. Der europäische Krieg wird nicht auf sich warten lassen.«

»Ein Grund mehr …«

»Wie willst du das beurteilen, von hier aus?«

»Interessieren dich Beurteilungen? Mich nicht. Man muß seine Angelegenheiten regeln, und dann sieht man weiter … Machst du nichts, passiert nichts.«

»Und jetzt, was machen wir jetzt?«

»Nicht einen übriglassen, das ist es, was man hätte machen müssen.«

»Ist dir klar, daß das das Ende ist?«

»Nein.«

»Dann weißt du es jetzt.«

»Das Ende, wovon?«

»Von so manchem.«

»Gibst du dich geschlagen?«

»Ich persönlich nicht. Aber die Menschen zählen nicht viel. Jetzt kommen andere Faktoren ins Spiel, die, wenn wir gesiegt hätten …«

»Binsenweisheit.«

»Nicht ganz. Die Ereignisse werden zur anderen Seite hin kippen. Mit Spanien in der Hand verputzen Hitler und Mussolini die Welt zum Frühstück.«

»Wenn sie das zuläßt.«

»Warum nicht? Hat man uns nicht aufgegeben? Das ist denen egal. Die ganze Welt wird – ich sage nicht morgen, aber übermorgen – den ausgestreckten Arm heben und Heil Hitler schreien.«

»Hältst du das für den geeigneten Ort, um den Wahrsager zu spielen?«

»Das ist das einzige, wozu der Mensch taugt. Wenn wir uns nicht am Spiel, die Zukunft vorherzusehen, beteiligen würden, würde es sich nicht lohnen zu leben.«

Juan Morales, Hauptmann einer Grenzschutzeinheit, und Eusebio Renduelos sitzen oben auf einem Stapel Linsensäcke und lassen sich vom milden Nieselregen durchweichen, nur um das offene Meer zu sehen.

»Und Encarna?«

»In Jaen.«

Er macht ein Pause.

»Ihr wird nichts passieren. Ihre Tante ist die Nichte des Bischofs.«

»Sie ist deine Frau.«

»Wenn sie nicht aus dem Haus geht, wird sich alles finden.«

»Mit uns beiden ist es genau umgekehrt.«

Sie schweigen.

»Kaum zu glauben.«

»Ja, aber es ist wahr.«

»Ich hätte das nie gedacht.«

Eusebio blickt aufs Meer:

»Ich auch nicht.«

Ferrís traf Rafael Saavedra. Rafael blieb reglos stehen und musterte ihn.

»Ich freß dich nicht«, sagte der Schriftsteller. »Doch, ich bin es, hier bin ich, ich habe meine Meinung nicht geändert. Etwas anderes ist passiert, sie haben mich rausgeschmissen.«

Er setzte sich neben ihn. Rafael rückte instinktiv von ihm ab. Ferrís merkte das.

»Raus aus dem Paradies. Sie wollten meinen Apfel nicht haben … Manchmal denke ich, daß manche von uns auf die Welt gesetzt wurden, um Zeugen zu sein, und danach: *à nous foudroyer.*«

»Wer?«

»Das ist die Frage, Bruder.«

»Kümmert dich das?«

»Kein bißchen. So oder so … Aber geh nur, wenn dir meine Gegenwart unangenehm ist. Du wirst sehen, was ich über das alles hier schreibe … Du kannst deine Angst für dich behalten, deine Unwissenheit, deine Machtlosigkeit, und dich mit dem Gedanken trösten, daß es uns allen hier so geht. Das macht uns zu Menschen: gemacht aus Exkrementen.«

Er rief Gaspar Requena nach, der gerade vorbeiging:

»Wolltest du nicht bleiben?«

»Wer sagt dir, daß ich gehe?«

»Was tust du dann hier?«

»Alles, damit du nicht hierbleiben mußt.«

Rafael Saavedra war weggegangen.

»Woran denken Sie gerade, Don Juanito?«

»Das weiß ich nicht.«

»Das ist wirklich schwierig: normalerweise antworten die Leute: ›an nichts‹.«

»Was noch viel schwieriger ist.«

»Nein, denn schließlich kann man in wachem Zustand schlafen, ohne zu träumen. Aber nicht zu wissen, was man denkt, ich glaube, das ist noch schwieriger.«

»Mir passiert das jedenfalls häufig.«

»Sie stehen auf dem Schlauch.«

»Ich tue dies und das, wie Don Miguel zu sagen pflegte.«

»Miguel de Unamuno haben Sie schon immer gemocht.«

»Und ob. Diese Artikel im *El Mercantil Valenciano!* Ich habe nie herausgebracht, was wirklich existiert und was nicht. Darin hatte er sehr recht, denn sobald man die Dinge aus der Nähe betrachtet, erkennt man, daß nur die Vergangenheit wirklich existiert.«

»Die Französische Revolution.«

»Genau.«

»Und Napoleon.«

»Der weniger; vor lauter Hierhin und Dorthin ist er etwas unscharf geworden. Die Dinge dürfen ihren Platz nicht zu sehr verändern. Alle glauben, ich würde fortgehen, aber ich glaube das nicht. Ich werde bleiben.«

»In Amerika hatte die Französische Revolution großen Einfluß.«

»Wo nicht?«

»Hier, in Spanien.«

»Wie kommen Sie denn darauf?«

»Schauen Sie sich doch um!«

»Es ist doch so, daß die Leute vergessen. Ihnen gefällt die Veränderung. Mir nicht. Haben Sie zufällig Villegas gesehen?«

»Nein. Hier sind viele Leute, und es fehlen noch viel mehr.«

»Ja, aber Villegas ist ein Freund von mir. Ich mußte gerade an ihn denken.«

Rafael Saavedra kommt zurück, um Ferrís spitz nach Clemencia zu fragen:

»Und Clemencia?«

»Ich weiß nicht.«

»Nachdem du aus dem Auto ausgestiegen warst, hat sie versucht zu bleiben. Ich habe sie begleitet.«

»Ihre Sache.«

»Ganz ehrlich, ich verstehe dich nicht.«

»Ich auch nicht.«

Etwas Tieferliegendes als Unverschämtheit und Leichtfertigkeit verbiegt seine Werte. Inzwischen denkt er, daß er in Amerika als Märtyrer aus seinem Glorienschein, der ihn als Republikaner, der in letzter Minute aus Alicante gerettet wurde, sicher umgeben wird, Profit schlagen könnte. Und was seinen Streit mit Clemencia angeht, in Valencia, wenn er den erklären müßte – wem, Saavedra? –, würde er immer auf seine Entscheidung verweisen können, sich von ihr zu trennen.

»Was hast du vor?«

»Wie, was ich vorhabe? Das gleiche wie alle: mich einschiffen. Du etwa nicht?«

»Ich weiß nicht.«

Ferrís sieht Saavedra erstaunt an.

»Was hast du vor?«

»Das wirst du schon sehen, das verspreche ich dir.«

Er geht wieder. Don Juanito fragt:

»Wer war das?«

»Niemand«, urteilt Ferrís.

Henche, Gómez Osorio, Rodríguez Vega und Pascual Tomás sind in der Militärkommandantur zusammengekommen. Es gibt keine Nachrichten und keine Möglichkeit, telefonisch oder sonstwie mit Paris, Marseille oder Oran in Verbindung zu treten, doch genau das wäre nötig.

»Jetzt sind wir wirklich abgeschnitten.«

»Telegramme …«

»Sie werden sie zurückhalten.«

»Vielleicht können wir welche aus dem Air-France-Büro am Flughafen abschicken.«

»Stimmt, Mensch, die haben dort ihren eigenen Radioapparat.«

»Wenn schon keine Schiffe, dann wenigstens Flugzeuge.«

»Geh du.«

»Wohin?«

»Zum Flughafen. Du kennst Serre.«

»Ich habe stundenlang nach ihm gesucht. Nur diesen Hundesohn von Stellvertreter habe ich gefunden.«

»Der Moment ist gekommen, wo sie ihr Versprechen einlösen müssen.«

»Wer?«

»Alle.«

»Wie viele Kabel soll ich absetzen?«

»Wie du denkst. Fünf oder sechs.«

»Oder zehn.«

»Nimm dir einen Wagen und soviel Begleitung, wie du willst.«

Bei der Fahrt aus der Stadt passiert er eine Gruppe Soldaten der Guardia de Asalto, die auf Befehl von Burillo jeden entwaffnen, um in der Stadt Zwischenfälle zu vermeiden; dort wagt sich die Fünfte Kolonne immer weiter vor und fährt, Hochrufe grölend, wenn auch nicht im Chor, in Autos, Straßenbahnen, Lastwagen durch die Straßen.

Am Flughafen macht sich Rodríguez Vega auf die Suche nach Serre, trifft wieder nur seinen Vertreter an, der unverhohlen auf seiten der Rebellen steht.

»Nein.«

»Aber ...«

»Nein. Die Radioübertragungen sind ausschließlich der Gesellschaft und offiziellen Angelegenheiten vorbehalten.«

»Aber ...«

»Bemühen Sie sich nicht. Es ist sinnlos.«

»Wo ist Ihr Chef?«

»Das weiß ich nicht.«

»Wann kommt er zurück?«

»Das ist mir nicht bekannt.«

»Ist Ihnen bewußt, wie wichtig es für uns ist, diese Botschaften schicken zu können?«

»Vollkommen.«

»Also?«

»Ich bedaure außerordentlich: Anweisung ist Anweisung.«

»Es ist aber doch so, daß ...«

»Was?«

Rodríguez Vega wird, kurz vor der Schwelle zur Beschimpfung, bewußt, wie sinnlos das ist.

»Ich komme wieder.«

»Das steht Ihnen vollkommen frei.«

Wo steckt Serre? Wo? Er kehrt in die Stadt zurück; berichtet der Junta von seinem Erlebnis. Wieder verbeißt er sich in seinen Vorschlag, die italienischen Truppen an der Stelle aufzuhalten, die er schon einmal vorgeschlagen hat.

»Du bist verrückt.«

Juanito Valcárcel sieht Martínez Requena, wie er den Hafen verläßt. Er stellt sich ihm in den Weg und fragt ihn aus:

»Wohin gehst du?«

»Nachsehen, was in den Straßen los ist. Und du, was treibst du hier?«

»Ich überschlage, wie viele Guillotinen auf den Paseo passen.«

»Wozu?«

»Hör mal! Um sie in Betrieb zu nehmen. Leider sind sie langsam. Naja, wenn man mindestens tausend baut, müßte es gehen.«

»Wo willst du sie herholen?«

»Also, ich habe für alle Fälle immer eine Bauskizze dabei. Und ein Zimmermann findet sich jederzeit.«

»Passen die dorthin?«

»Ich glaube schon.«

»Na, dann ist ja alles geregelt.«

»Mehr oder weniger. Wenn jeder von uns einen Mistkerl oder zwei übernimmt, dürfte alle glatt gehen.«

»Daran hatte ich gar nicht gedacht.«

»Man muß eben Grips haben.«

»Stimmt. Salud.«

»Geh mit Gott.«

Martínez Requena bleibt der Mund offen stehen, als er das Wort und den Klang hört. Möglicherweise ist Juanito Valcárcel doch nicht so irre, wie viele glauben. Vielleicht ist er es nie gewesen und mag nur so wirken, indem er eine schräge Ader herauskehrt, die wir alle haben. Bevor er in die Stadt geht, sieht er zu ihm zurück, dem Grübelnden.

»Ihr wollt nicht begreifen, was das Leben ist: Jeden zieht es dorthin, wo er glaubt, daß es ihm am besten geht. Wo sind Santillán, Val, García Pradas?«

»Die haben die Gelegenheit genutzt.«

»Meine Rede. Jeder für sich und Gott für uns alle.«

»Ich glaube nicht an Gott.«

»Ich auch nicht.«

»Wie jetzt?«

»Der *Manitas* ist keine Leuchte, ein guter Taschendieb, das schon; einer mit Näschen.«

»Der Bursche ist schlau.«

Dabei denkt er an Don José Burgos und an den Safran. Er und der *Chavó* sind schon einen halben Tag lang hinter ihm her, warten auf einen Moment der Unaufmerksamkeit, aber der Begleiter des Professors gibt den Koffer um nichts auf der Welt aus der Hand.

»Die Berühmtheit des Landes ...«

»Von wegen Berühmtheit! Ein schlauer Bursche, der weiß, was er tut, nicht wie dieser General, der sich den Koffer mit Geldscheinen vollgestopft hat, die ihm nichts nützen werden. Ganz zu schweigen von *Plumón* und *Gándara,* die körbeweise Pesetenstücke mitnehmen wollten.«

»Keine schlechte Idee.«

»Wer soll die tragen? Weißt du, was tausend Pesetenstücke wiegen? Und was die am Ende wert sind?«

Don José Burgos, mit seiner hohen, breiten Stirn, den lebhaften Augen in müden Augenhöhlen, dem dichten grauen Oberlippen- und Backenbart, breiten Händen, kurzen Fingern, die oft zur Zigarette greifen und auch deren Geruch und Färbung angenommen haben – schon auf den ersten Blick vermittelt er intellektuelles Gewicht und ist schwer zu verwechseln mit Menschen anderen Schlages, es sei denn mit dem Besitzer eines groß aufgemachten Teppichgeschäfts, der in umliegenden Dörfern eine lokale Berühmtheit ist. Der Professorentitel paßt ihm wie ein Maßhandschuh. Er hat sich gefreut, Paulino Cuartero zu treffen, »unter all dem Gesindel«. Ihm folgt Rafael Puchol mit dem Köfferchen, in dem das berühmte Säckchen ist. Zwei oder drei Kilo. Ein Vermögen.

»Ich, Atheist? Wieso? Nein, mein Lieber. Das versichere ich Ihnen, ganz ehrlich. Ich glaube an Gott, sogar an einen rauschebärtigen Gott, einen großen alten Mann, ein bißchen unachtsam, der eines schönen Tages das Universum – nicht die Erde – in Drehung versetzte, wie einen Kreisel, und sie vergessen hat. Darum paßt es so gut, wenn wir sagen: Überlaßt euch der Hand Gottes.«

Don José macht eine Pause, bevor er, tief verbittert, wiederholt:

»Überlaßt euch dem Schutz Gottes.«

Er blickte über das Meer, das plötzlich glitzert, getroffen von der aus den Wolken heraustretenden Sonne.

»Unser Leben wird vom zufälligen Zusammentreffen der Elektronen bestimmt, das vorweg. In dem unvorhersehbaren Zuammenprallen alles Lebenden gibt es nur Reaktionen, die mathematisch berechenbar und dennoch unvorhersehbar sind, weil die Überschneidung unerwarteter Kräfte unmöglich zu kalkulieren ist; wie diese Wellen, die mathematisch folgerichtig das Ergebnis von Abermillionen Reaktionen sind. Das einzig Ungenaue ist die Sprache – weshalb die von ihr ausgelösten Reaktionen willkürlich sind, inkonsequent oder unerwartet. Aber auch Sprache beeinflußt; ein Wort kann genügen, um den Gang der Geschichte zu verändern; aber die mathematische Form der Wellen ... Wenn sich jetzt dieser Depp entschließt, ins Wasser zu springen, dann regen, bewegen und wandeln sich – zwar nicht durch ein Wort, aber durch eine Idee – all die unzählbaren Reaktionen des Wassers im Hafenbecken.«

Cuartero antwortet nicht, er ist bei dem Bild des majestätischen Gottes hängengeblieben, der das Spielzeug in Bewegung versetzt und es vergißt. Lächelnd murmelt er zu sich selbst:

»Ein Kreisel ...«

Don José schaut ihn aus dem Augenwinkel an:

»Was?«

»Nichts.«

Cuartero riecht den Safran und wundert sich. Sie sitzen im Schutz eines Walls aus Linsensäcken. Der Lautsprecher ruft Doktor Burgos.

»Gehen wir«, sagt er zu seinem Adjutanten.

Manitas und *Chavó* folgen ihnen.

»Wenn er in diese Scheißbaracke reingeht, hat er uns am Arsch.«

»Nein. Sie kriegen dort einen Passierschein, dann kommen sie wieder raus.«

»Doktor Burgos ist gerufen worden«, sagt jemand in der Nähe.

»Bestimmt wird er sich als einer der ersten einschiffen ...«

»Er ist ein Freund von Besteiro.«

»Ich glaube, sobald es Tag wird, sind wir dran.«

Der Lautsprecher kommt nicht zur Ruhe:

»Der Abgeordnete von San Andrés.«

»Rafael Henche. Rafael Henche!«

»José Rodríguez Vega, zum Schalter.«

»Jetzt geht's an Bord, bestimmt.«

»Mach schon, gib mir die Linsen.«

»Iß nicht, sonst bekommst du noch Appetit ...«

Der *Madrileño*.

Im Ausrüstungsamt treffen sich die Ortskommandanten: Truppenführer, Oberstleutnants, Oberste, die Politkommissare; Sozialisten und Republikaner. Nacht.

»Morgen um neun treffen wir uns hier«, eröffnet Piquet, der weiß, wovon er spricht.

»Wozu?«

»Um nach Torrevieja zu fahren. Der Gemeinderichter, der außerdem auch noch ›Fischer‹ und ein Freund ist, hat dort zwei Boote. Wir passen rein.«

»Und unsere Familien?«

»Wir, habe ich gesagt.«

»Dann rechnet nicht mit mir.«

»Wie groß sind eure Familien?«

»Meine: vier.«

»Meine: sechs.«

»Meine: zwei.«

»Das geht nicht, Compañeros. Ihr müßt das für euch entscheiden: allein, um neun Uhr hier.«

Es ist tief in der Nacht, als Vicente erwacht. Erst als er sich streckt und mit den Händen das Feldbett ertastet, auf dem er liegt, wird ihm bewußt, wo er sich befindet. Ein Lichtstrahl hilft ihm. Auf Zehenspitzen schleicht er in den Salon, von wo aus er durch einen Türspalt eine Versammlung etwas älterer, ihm völlig unbekannter Leute sieht. Eine Glühbirne in einem grün-weißen Lampenschirm beleuchtet den Tisch, der normale Größe hat; die Hände leuchten weiß. Die sechs oder acht Personen tuscheln. Vicente spitzt die Ohren:

»Als erstes marschieren sie in ...«

»Madrid.«

»Von Almansa bis hierher ...«

»Morgen.«

»Warum nicht heute nacht?«

Sie bemerken Vicentes Anwesenheit. Die mit dem Rücken zu ihm sitzen, drehen sich um. Alle mustern ihn.

»Was wollen Sie?«

Die Höflichkeitsform nimmt ihm den letzten Zweifel.

»Wie sind Sie reingekommen?«

»Ich habe hier nebenan geschlafen.« (Wozu lügen?) »Gute Nacht.«

Während sie, unsicher, aufstehen, erreicht Vicente schnell die Tür, springt die Treppe hinunter. Die Straße, feucht.

»Wie spät mag es sein?«

Seine Uhr ist stehengeblieben. Die schöne große an dem strengen Gebäude zeigt vier. Das kann nicht sein. Viele Leute sind unterwegs, trotz des Nieselregens. Wohin gehen sie? Sie spazieren nicht. Sie bleiben stehen, gehen weiter Richtung Hafen; bleiben wieder stehen, unentschlossen. Dort an der Ecke prügeln sich welche. Man trennt sie. Andere, weiter weg, gehen ebenfalls mit Fäusten aufeinander los. Ein Schuß, die Leute treten etwas zurück, nicht viel. Plötzlich, als er nach oben schaut, sieht Vicente eine lange Monarchistenfahne von einem Balkon herunterhängen. Er schaut sie sich an: er träumt nicht, er glaubt, nicht zu träumen: rot, gold, rot, über die ganze Länge der Fahne. Niemand nimmt sie ab, niemand greift ein, niemand sagt etwas, sie hängt da, als wäre sie schon immer da, sogar leicht ausgeblichen.

»In vielen Dörfern«, hört er, »haben sie schon den Faschismus ausgerufen.«

»In Guadamar ...«

Ein Auto braust vorbei, in voller Geschwindigkeit, sechs junge Männer, aufrecht stehend:

»Arriba España! Heil Spanien!«

Sie müssen nicht weit fahren. Man hört, wie Glas splittert, undeutliche Schreie. Der Hafen ist nicht weit: Man kann das Meer schon riechen. Er geht einige Schritte. Noch immer ist dort hinten, in der Ferne, der Bahnhof La Maria. Der Vorplatz steht voller Autos, Panzer, Lastwagen, Truppentransporter, verkeilter Chassis, einige umgefallen, verschrammter Karosserien, verbogener Kotflügel, gesplitterter Windschutzscheiben, abgeknickter Stoßstangen, aufgeschlitzter Reifen und Hunderter, Tausender Menschen mit Kartons, Rucksäcken, Koffern, Bündeln; Männer, Frauen, Alte, Kinder; Kranke, Verwundete, mehr Zivilisten als Soldaten. Überwältigt setzt sich Vicente hin, verschluckt von der Menge. Er geht weiter, schaut sich um, versucht, in der Dunkelheit jemanden zu erkennen. Er ruft laut, um das Stimmengewirr zu übertönen:

»Wer ist aus Valencia?«

Sechs oder acht antworten ihm. Er kennt sie nicht.

»Wie teilen sie sich auf? Wie werden sie aufgeteilt?«

»Ich bin gerade angekommen.«

»Ich weiß nicht.«

»Sind die Schiffe schon da?«

»Wann fahren wir ab?«

»Rosa! Manuel! Nicht weggehen.«

»Miguel!«

»Chumbo, hierher!«

Wie soll er in diesem Labyrinth Asunción finden, in diesem Tohuwabohu, dieser Unordnung, diesem Chaos? Nur am Wasser ... Aber wenn die weiter reinkommen und drängeln, werden die an der Kaimauer ins Meer fallen, unausweichlich. Einige vom SIM, das Maschinengewehr griffbereit.

»Was ist los?«

»Die Hölle ist los.«

»Sie organisieren sich.«

»Wie?«

»Keine Ahnung.«

Der andere:

»Welche Befehle habt ihr bekommen?«

»Ordnung zu schaffen.«

»Die von der UGT hierher! Die von der UGT hierher!«

»Die von der CNT!«

»Wird der Hafen jetzt zweigeteilt?«

»Nein. Hier sollen nur die von der UGT sein. Dorthin die Kommunisten. Dort ...«

Vicente hört nicht mehr zu; mit den Ellenbogen, mit Drücken, Stoßen, Schimpfen, Entschuldigen, Ausweichen und Dranhängen gelangt er dorthin, wo der Beamte hingezeigt hat. Trifft Ferrís. Wundert sich nicht.

»Hast du vielleicht Asunción gesehen?«

»Nein.«

»Sind Genossen aus Valencia da?«

»Das nehme ich an.«

Hundsfott Ferrís! Immer diese Arroganz, der wird noch an seinem Stolz ersticken.

Zu Monse:

»Hast du dich im letzten Augenblick also doch entschlossen zu kommen?«

Das Mädchen zuckt die Schultern. Sie ist es, die fragt:

»Hast du Asunción gesehen?«

»Ich bin auf der Suche.«

»Und du?«

»Mach dir um mich keine Sorgen.«

»Wo steckt Asunción?«

»Du bist vielleicht blöd: sie sucht dich. Was hast du den ganzen Tag gemacht?«

»Geschlafen.«

»Glückwunsch.«

»Wenn du sie siehst, sag ihr, daß ich hier bin.«

»Was für eine Neuigkeit!«

»Aber hast du sie denn gesehen?«

»Aber natürlich!«

»Und wo ist sie?«

»Wenn ich es wüßte, hätte ich es dir schon gesagt. Ich nehme an, sie ist nach San Juan gefahren, um ihre Sachen zu holen und um nachzusehen, ob du dort bist.«

»Ich war dort. Was soll ich jetzt machen?«

»Du hast die Orientierung verloren.«

»In der Tat!«

Vicente sieht sie an, dreht sich halb weg, geht weiter: Er ist wirklich verloren. Noch immer schläft er, oder, besser gesagt: die zermürbende Fahrerei so vieler Tage ohne Nacht kommt wieder in ihm hoch.

Er trifft Bolea, der an einem der Lagerfeuer steht.

»Hast du vielleicht Asunción gesehen?«

»Nein.«

»Setz dich her und rauch eine.«

»Ich rauche nicht.«

Er setzt sich. Sie schweigen.

»Warum gewinnen wir nicht?«

»Ich weiß nicht.«

»Die Schuld haben Frankreich und England«, sagt einer, den er nicht kennt.

»Das hat er nicht gefragt, sondern, warum wir nicht gewinnen, jetzt, in Madrid? Du warst dort, oder? Warum? Wir hatten alles, um die von der Junta in wenigen Stunden zu vernichten, und wir haben es nicht getan. Warum?«

»Die hatten auch einiges.«

»Das ist doch kein Vergleich! Ein Armeekorps gegen vier, und das eine auch noch weit weg.«

»Und weiter?«

»Das ist es ja, was ich nicht verstehe. Was hat uns gefehlt? Entschlossenheit, Führung?«

»Vielleicht beides. Oder die Gewißheit, daß nichts mehr zu machen ist. Daß sie fortgegangen sind und uns im Stich gelassen haben. Unsere Sache in Madrid – es ist zum Lachen –, das war anarchischer als alles andere. Vorwärts, dann sehen wir weiter! Nun stehen wir da, ausgeliefert, ohne Schutz, wie du in Valencia.«

»Ausgeliefert in Valencia, das klingt wie ein Witz.«

Vicente hört sie reden. Es kümmert ihn kein bißchen. Wie soll er jetzt, mitten in der Nacht, zu Asunción kommen?

»Uns fehlte der Antrieb.«

»Einverstanden. Aber warum?«

»Weil wir das nicht gewöhnt waren.«

»Was hätten wir tun sollen?«

»Weiß ich nicht.«

Sie wissen nicht, und sie wissen nicht, was tun. Verloren. Sie haben verloren, sind verloren. Asunción, verloren. Wo? Wenn er das wüßte, wäre sie nicht verloren. Wenn er wüßte, warum Casados Erhebung nicht unterdrückt wurde, wäre Madrid nicht verloren. Oder wäre anders verlorengegangen, ehrenhaft. Sie sind aus der Höhe Madrids in die Niederung der alicantinischen Ebene gestürzt; senkrecht, wie von einer enormen Steilklippe auf einen ewig weiten Strand, der keinen anderen Ausgang, keine andere Grenze hat als das Meer, das weder das eine noch das andere ist, außer wenn es sie ernährt. Sie sind eingeschlossen, sitzen hinter Gittern auf dem harten Stein des Hafens. ›Den Hafen erreichen, den Hafen gewinnen, im Hafen untergehen.‹ Im Hafen, ohne Hoffnung. Arme Schweine, verloren. Entblößt, gestürzt, verloren. Nicht tot, sondern geschlachtet, versteigert, zu soundso viel das Pfund, das Kilo Republikaner, durchnäßt vom sanften Regen, der weiterhin lautlos niedergeht und sich, wenn man es recht betrachtet, spritzend über sie lustig zu machen scheint.

»Hast du vielleicht Asunción gesehen?«

»In den letzten Tagen nicht.«

Zu einem anderen: »Hast du vielleicht Asunción gesehen?«

»Nein.«

Zu einem anderen: »Hast du vielleicht Asunción gesehen?«

»Ja.«

»Wo?«

»Bei der Partei.«

»Was hatte sie vor?«

»Weiß ich nicht.«

Die Welt, in einer Ecke. Sie befinden sich in einem begrenzten Feld mit unmerklichen Grenzlinien, die sie nicht überschreiten können. Es gibt die Anweisung, nicht herumzugehen.

»Hier die Kommunisten ...«

»Und dieses Schwein Miaja ...«

Vicente stellt sich den kurzsichtigen General mit seiner glasbausteindicken Brille vor, Dickbauch, dunkelhäutig, Schlauberger, ein reifer Mann mit glänzendem Doppelkinn. Er erinnert sich an seine eigene Unterschrift unter dem Dokument, das er dem General im November 1939 überreichte: »Empfinden für das Volk, unbeugsamer Heldenmut, ehrbarer und loyaler Soldat, Ehrenbürger Madrids; Hingabe, Willenskraft, Begeisterung und Glaube ...« Hochverehrter General José Miaja Menant ... Er denkt, daß er unterm Strich – bis zum Schluß – dem Schicksal seiner Stadt gefolgt ist: Als Betrogener betrog er. Wegen des Alters kommt er auf Machado. Was würde der sagen? Antonio Machado, tot. Deshalb haben wir den Krieg verloren. Wann? Wie er wohl gestorben ist? Er weiß nur, daß er gestorben ist, nach dem Grenzübertritt, in einem französischen Dorf. Deshalb haben wir den Krieg verloren. Er fühlt das Grundsätzliche, das Widersinnige seines Gedankens. Machado ging über die Grenze, weil ihn die Umstände dazu zwangen; wenn Katalonien nicht verlorengegangen wäre. Wenn Katalonien nicht verlorengegangen wäre ... Verloren. Und Asunción? Wie ist er auf Machado gekommen? Wegen Miaja. Doch, da war ein Gedicht in der Zeitschrift der Kommunistischen Jugend in Valencia. Ein Machado-Gedicht über Miaja. Er sieht die Seite, den Titel:

MIAJA

Er erinnert sich nicht mehr an die Gedichtzeilen, aber noch an den Sinn. Wie er sie den Genossen von der XIV. Division im Feldlager bei Tajuña vorlas. In Guadalajara, gestern:

Dein Name, Hauptmann, steht geschrieben
auf der Klinge eines Schwertes ...

Und weiter? Das Gedächtnis, löchrig. Dennoch rekonstruiert er mit Mühe die Verse für Líster:

Wenn meine Feder deiner Klinge gliche,
oh Hauptmann, zufrieden könnt ich sterben.

Mehr noch, seine Feder war mehr wert. Líster müßte in Frankreich sein. Er hat richtig gehandelt. Richtig gehandelt? Der Krieg ist nicht vorbei. Er, Vicente, ist gerade mal Hauptmann – ganz prosaisch. Líster ist General. Außerdem wird auch er sich einschiffen. Und ein paar Tage früher, ein paar

Tage später, was macht das schon? Aber wenn Líster hier wäre, unter ihnen, er würde sich besser fühlen.

Das Gedächtnis ist ein seltsames Ding. An Asunción erinnert er sich, weil er sie liebt. An Lola? An sie auch, obwohl er sie nicht liebt. Die Gewissensbisse sind der Grund. Warum auch immer, er erinnert sich. Was ist stärker? Liebe oder Haß? Was überdauert eine längere Zeit, die Erinnerung an das Gute oder an das Schlechte? Es kommt auf die Person an. Wird Machado oder Líster im Gedächtnis bleiben? Was macht das schon, Hauptsache, er findet Asunción. Asunción suchen, sie unter zwanzig-, dreißigtausend Menschen finden. Es über Lautsprecher versuchen.

»Nein, Genosse. Das geht nicht. Wenn wir damit anfangen würden und diesen oder jenen ausrufen, anstatt den Lautsprecher für offizielle Angelegenheiten zu benutzen, kämen wir zu keinem kein Ende. Es sind Tausende, die dasselbe wollen wie du.«

»Was weiß man von den Schiffen?«

»Sie kommen.«

Eben: Sie kommen, er trifft Asunción, zusammen gehen sie fort. Wohin? Nach Frankreich, nach Algerien, nach England, in die Sowjetunion. Zusammen in Moskau. Sie beide Arm in Arm auf dem Roten Platz.

»Asunción sucht dich überall wie eine Verrückte.«

Templado.

»Und ich sie erst.«

»Aber jetzt, in der Nacht, glaube ich kaum, daß ihr euch findet, es sei denn zufällig.«

»Wie lange ist es her, daß du sie gesehen hast?«

»Es war noch hell.«

»Was hat sie dir gesagt?«

»Nichts. Ob ich dich gesehen hätte.«

Der Arzt geht weiter von hier nach da. Vicente will mehr wissen. Will ihn anschreien. Was?

»Was? Wie bitte?« bohrt Juanito Valcárcel, kurz davor, in die Luft zu gehen, bei José Burgos nach. »Sag das nochmal!«

»Voltaire war ein schamloser Lügner.«

»Diese Worte werden dich teuer zu stehen kommen«, sagt der Verwirrte und zückt sein Taschenmesser aus Albacete.

Man packt ihn.

»Er soll das noch einmal sagen! Er soll das noch einmal sagen! Und wenn ihr ihn nicht sofort aufknüpft, seid ihr feige Kastraten.«

»Ich kann es sogar belegen«, sagt der Professor wutentbrannt. »Leider habe ich seine Korrespondenz nicht dabei: Er schmeichelte sich bei Friedrich von Preußen genauso ein wie bei Benedikt XIV., wie es für ihn am besten war.«

»Lügen! Schamlose Lügen!«

»Fakten sind Fakten.«

»Er hat alle eingewickelt. Er wußte, wo er hinwollte.«

»Dorthin, wo es für ihn am besten war. Daß seine Vorstellungen die anderen zu mehr sozialer Gerechtigkeit bewegten, steht auf einem anderen Blatt; aber wenn es um Arschkriechen und Süßholzraspeln ging ...«

»Vortäuschen.«

»Wenn du so willst; wir werden uns nicht um Worte streiten, die mehr oder weniger synonym sind.«

»Wer war Benedikt XIV.?«

»Der Papst.«

»Das toleriere ich nicht! Du bist ein Erpresser, ein Betrüger, ein Prieto-Anhänger!«

»Das ganz bestimmt nicht«, sagt der Biologe, selbstredend auch Freimaurer, der, als er sieht, wie besessen der alte Buchhändler ist, die Angelegenheit ins Scherzhafte zieht, »ich war immer für Besteiro.«

»Im tiefsten Höllenschlund sollst du schmoren.«

»Warst du nicht Atheist?«

»Ich weiß, was ich weiß. Und Danton, Robespierre, Desmoulins und Marat werden zurückkehren auf ihren Schimmeln, und keinen werden wir übriglassen, angefangen mit dir.«

Don José geht weiter, gefolgt von Puchol und seiner Safranduftwolke. Auf dem Kampfplatz bleibt eine Gruppe Gaffer zurück, die den Hintergrund des Streits nicht versteht, und Luis González Moreno, der als Freund der beiden Streithähne Mitschuld trägt, weil er das Gespräch auf das Thema brachte, mit dem alles losging.

»Hast du das gesehen? Hast du das gehört?« japst Valcárcel.

»Ja, ja«, knurrt der Gewerkschafter zurück. »Einfach nicht beachten.«

»Aber glaubst du, er hat recht?«

»Keine Ahnung: Das war nicht meine Zeit.«

»Aber meine!«

»Ist das wichtig?«

Vor Entrüstung verschlägt es dem Trödler die Sprache.

»Voltaire soll nur an sich gedacht haben? Na und? Was bleibt, darauf kommt es an. Die Ehrbaren sind dichtgesät auf dieser Welt, aber diejenigen, von denen gesprochen wird – die Geschichte machen –, sind die anderen.«

»Namen! Namen!« krakeelt Don Juanito.

»Alexander, Julius Cäsar, Cesare Borgia«, zieht Luis González ihn auf, »Attila, Tamerlan, Philip II., Napoleon, Stalin ...«

»Und Jesus, und der heilige Franziskus?«

»Ich glaube nicht, daß Voltaire zum Heiligen geeignet ist.«

»Aber ich!«

»Und deshalb willst du mit dem Messer auf die halbe Menschheit losgehen ...«

»Was zu wenig sein dürfte ...«

»Nimm das«, sagt Templado und läßt den Verwirrten eine Tablette schlucken.

»Was machen wir mit ihm?«

»Ich weiß nicht. Wenn wir ihn in ein Irrenhaus stecken, ist er imstande, Sachen zu sagen, für die ihn die anderen, sobald er ihnen in die Hände fällt, beim ersten Hahnenschrei umbringen.«

»Dabei tut er keiner Fliege etwas zuleide.«

»Das sagst du.«

»Ich kenne ihn länger als du.«

»Sicher«, sagt der Arzt. »Nur ist das kein Grund.«

»Der ist meschugge«, sagt ein Kind.

»Ich sage lieber nichts«, sagt der, um den es geht, und beherrscht sich. »Macht euch um mich keine Sorgen. Manchmal muß ich einfach die Wahrheit sagen, und schon gibt es Ärger. Man muß vorsichtig sein, vor allem bei Freunden.«

»Siehst du?«

»Ja«, antwortet Templado González Moreno, »aber ich würde dem kein bißchen vertrauen.«

»Würdest du irgend jemandem vertrauen, im Augenblick?«

»Dir. Hast du Cuartero irgendwo gesehen?«

»Nein.«

»Ich suche ihn. Bis bald.«

Im Halbdunkel stößt Don José buchstäblich mit der Nase auf Agustín Jiménez.

»Und Mili?«

»Sie ist dort hinten, mit dem Jungen.«

Mili ist Don Josés Assistentin an der Universität von Valencia.

»Was denken Sie, Agustín?«

»Mir ist der Atem ausgegangen.«

»Wahre Worte. Ich denke, wir haben unsere Pflicht erfüllt, und diese schreckliche Situation ist der ungerechte Lohn.«

»Wie immer nennen Sie die Dinge beim Namen.«

»Ich bemühe mich um Transparenz.«

Es riecht nach Safran.

»Sie können uns nicht im Stich lassen.«

»Ich wüßte nicht, warum.«

»Mili hatte Recht, als sie die Kinder bei meinen Eltern lassen wollte.«

»Machen Sie sich keine Sorgen. Schlimmstenfalls werden sie nach Valencia zurückgeschickt.«

»Vergessen Sie nicht, daß sie in Rußland geboren ist.«

»Am besten wäre, wenn man ihr einen neuen Reisepaß ausstellen würde.«

»Don José, schon immer habe ich gesagt: Sie sind ein Genie!«

»Nicht immer.«

Eine gewisse Zurückhaltung, die auf etwas Wahrem beruht: eine Sache des Alters. Dabei waren sie immerhin mehr oder weniger vom gleichen Fach, doch Jiménez – Pharmazeut vom Scheitel bis zur Sohle – hielt nicht allzuviel von dem berühmten Mann der Wissenschaft.

»Und wer könnte das regeln?«

»Sie haben doch sicher Freunde?«

»Ich kann nicht weg von meiner Familie, nicht einfach so ... Gehen Sie doch zu Kommandant Burillo und richten Sie ihm von mir aus ...«

Agustín Jiménez kennt niemanden und vertraut einzig dem Aspirin, der Erfindung des Jahrhunderts. Burgos, der ihn nicht ausstehen kann – schließlich spukte seine Gehilfin ständig durch seine Träume –, ruft ihm das süßsauer in Erinnerung:

»Mit Acetylsalicylsäure bekommen Sie das nicht in den Griff.«

Da, wer sitzt da neben mir in der dunklen Nacht? Wer steht hinter mir? In dieser stockfinsteren Nacht. Normalerweise hat die Nacht einen Bezugspunkt, ein Licht, das sie greifbar macht. Es gibt kein Licht. Weder am Himmel noch auf der Erde. Ich bin allein in der Dunkelheit, fühle die Wärme von zwanzig-, dreißigtausend Menschen um mich herum, ihren Atem. Auf zwei oder drei Quadratkilometern; zehn-, zwanzig-, achtzig-, hunderttausend Menschen, die, wie ich, schlafen oder wachen, herumsitzen oder herumlaufen, im Angesicht des Meeres, warten. Warten, hoffen – worauf? Sie haben, wie ich, ihr Leben hinter sich gelassen, hinter den Gittern. In Wirklichkeit sind wir in der Hölle oder besser: Wir warten auf Einlaß, darauf, daß man uns eine Nummer gibt, während wir mehr schlecht als recht vor der horizontalen Wand des Meeres sitzen, darauf warten, daß wir an die Reihe kommen. Ich schlafe. Schlafe ich nicht? Ich möchte wissen, ob ich schlafe. Doch, was ich auf meinen Schultern spüre, ist mein Unterhemd, ist mein Hemd, mein Jackett, mein Mantel. Ich möchte wissen, ob ich schlafe oder nicht. Ob alle um mich herum wach sind oder nicht. Die Lider und die Füße sind mir schwer. Ich möchte einschlafen, schlafen, träumen. Aber ich kann nicht einschlafen, denn ich weiß und weiß doch nicht, wo ich bin, wie ich bin, was ich sein werde. Ich gehe – sitze still – taste. Wer ist neben mir? Ich möchte das Vergessen vergessen.

»Das habe ich vergessen.«

Sie hatte vergessen, mir Bescheid zu sagen, daß man mir mitteilen ließ, daß ich mich sofort melden sollte.

Ich habe immer gedacht, Schweigen sei das höchste Gebot. Jetzt bin ich außer mir, weil ich nichts höre und ich nicht weiß, wo ich bin. Selbstvergessen, auf dem beschwerlichen Weg durch die Müdigkeit in den Schlaf. Die Müdigkeit des Vergessens. Die schreckliche Wollust der Müdigkeit. Nur wiegen, nichts wägen. Die Unwägbarkeit (ein Schimmer, ein

Licht, jemand zündet, weit weg, ein Streichholz an). Unwägbarkeit – Schmerz, Gewicht, Schwerelosigkeit. Ihm geht die konkrete und die übertragene Bedeutung auf: Gewicht haben, wägbar sein, unwägbar ... Schlafen. Nicht denken. Vergessen.

Rafaela hat es vergessen. Wenn sie es nicht vergessen hätte, säße er um diese Zeit auf dem Schiff, mit Rodríguez. Wach. Er wäre wach an Bord gegangen, mit Rodríguez. Er wäre geflohen, wäre weit weg von diesen tausend, zehntausend, hunderttausend Menschen, die hier – erschöpft, durchnäßt, trocken, mit oder ohne Licht, im Dunkeln – auf das Vergessen warten. Vergessen, daß vergessen wurde, daß ich gestern hätte fahren sollen – oder war es heute –, irgendwie, auf einem Lastwagen, und danach dreißig Kilometer zu Fuß, weil kein Durchkommen mehr war.

»Sie haben nach dir gefragt.«

»Ja?«

»Gestern abend habe ich vergessen, dir zu sagen, daß sie dich abholen kommen, am Ateneo.«

Auch all denen hier hat man vergessen zu sagen, daß sie rechtzeitig gehen sollen. Auch all die hier haben die Welt vergessen, in der sie lebten. Im Grunde ist es angenehm, unter ihnen zu sein, ohne zu wissen, wer sie sind. Daß dich diese Abertausend Schatten besitzen. Langsam versinken, jenseits des Vergessens, im schwarzen Meer, im Schwarz des Meeres. (Das Schiff ist verschwunden.) Das wahrhaftige Vergessen, jenseits des Schlafes. Der Schlaf, Tür – aber eben nur Tür zum schwarzen Vergessen. Nein, mit dem Tod hat das nichts zu tun. Wer denkt an den Tod? Vielleicht viele von denen um mich herum, auf diesem etwas zu groß geratenen Friedhof. Aber ich nicht. Ich denke nicht an den Tod, sondern an das Vergessen, an das Vergessen, das man durch die kalte Tür des Schlafes erreicht. Kalt, vor allem – warum? – kalt an der rechten Schulter. Im Schlaf versinken, wie im Wasser des

Meeres. Das Meer könnte sich auftun, aber es ist schwarz. Über das Wasser gehen, aber ich trage weder Tunika noch üppige Haarpracht. Was würden sie sagen, wenn sie mich jetzt übers Wasser gehen sähen.

Er erinnert sich an den berühmten republikanischen Führer, der, in seiner Jugend, barfuß und mit Tunika durch die Straßen von Valencia ging. Die präzise Erinnerung weckt ihn zwar nicht auf, doch sie gibt ihm die Klarheit der Gedanken zurück. Völlige Dunkelheit. Doch, Rafaela vergaß, mir Bescheid zu sagen, daß Santiago mich suchte, um mir von Rodríguez auszurichten, ich solle nach Alicante kommen, einige Stunden früher, als ich dann ankam. Vergaß sie das wirklich? Doch, warum nicht? Sie wollte nicht mitkommen. Weder jetzt noch irgendwann. Es steckte keine Absicht dahinter, nein; wo sie so zufrieden ist, mich loszusein, und sei es nur für einige Zeit. Sie meint, es sei nicht für immer. Wie ich. Sie tat es, weil sie die Prügel nicht vergessen hat ... Dabei ist das schon wie viele Jahre her? Wird irgendwo katalogisiert, was man vergißt? Riesige Säulen numerierter Regale.

Das schlimmste ist, daß ich mich in der Dämmerung hierhergesetzt habe, es war schon dunkel, und daß ich niemanden sehen kann. Ich muß auf den Morgen warten, dann sehe ich weiter. Jetzt ist nichts zu sehen. Es ist niemand da. Ich habe Hunger, will schlafen. Schlafen, irgendwo angelehnt.

Rafaela wollte nicht mitkommen, weil sie dachte, hier würde sie Rosita treffen. Schön wär's! Er versucht, seinen fülligen Körper zu drehen. Was hat er hier verloren? Was wird aus ihm? Die Republik. Doch, die Republik. Er ist Republikaner, schon immer und für immer. Wenn es aufhört zu regnen ...

»Frauen und Kinder in die Lonja del Pescado; das ist das am wenigsten zerstörte Gebäude.«

»Sie werden sich nicht von ihren Männern trennen wollen.«

»Viele sind allein.«

»Hör mal, du. Sieh nur! Unglaublich!«

Zwischen den Linsensäcken entdecken sie einige mit Mandeln und Rosinen.

»Eine Mütze voll pro Familie! Eine Handvoll pro Mann!«

Das Durcheinander dauert etwa eine Stunde.

»Hierhin? Aber das Dach ist ja genauso durchlöchert wie das von dem Schuppen, von dem wir kommen!«

»Man merkt, daß du nicht unter freiem Himmel warst!«

»Frei? Frei ist hier nicht einmal mehr der Himmel.«

»Meine Sache ist das nicht«, sagt Vicente.

»Ich vergaß, du glaubst ja an die Vernunft und an den wissenschaftlichen Sozialismus ...«

»Mach dich nur lustig.«

»Nein«, gibt Templado zurück, »es tut mir nur leid um dich. Wissenschaft, mein Lieber, ist Zahlensache. Sobald der Mensch ins Spiel kommt und man weiter von Wissenschaft redet, ist Ehebruch programmiert. Während ihr glaubt, ihr könnt nicht irren, haut man euch schon in die Pfanne.«

»Ja und?«

»Man sollte die Zügel locker führen, wenn das Begehren im Spiel ist, wie Fray Luis, der aus León, gesagt hat.«

Sie schweigen. Vicente steht auf.

»Wohin gehst du?«

»Mal sehen, ob ich ...«

»Warte bis morgen.«

»Sonst noch einen Ratschlag?«

»Denk vernünftig nach, wo dir das doch so liegt. Setz dich; es bringt nichts, sie jetzt zu suchen: entweder schläft sie, oder sie wacht, aber sie läuft nicht herum. Ich habe dich diese Nacht mindestens fünf- oder sechsmal getroffen.«

»Etwas sagt mir, daß jeden Augenblick …«

»Du verläßt die Parteilinie.«

»Mach hier nicht den Witzbold.«

»Du sagst mit aller Bestimmtheit: ›Etwas sagt mir‹. Welches ›Etwas‹?«

»Als vernünftiger Mensch …«

»Wenn du an die Vernunft glaubst, bist du ein religiöses Wesen.«

»Hast du dich jetzt genug auf meine Kosten amüsiert?«

Sie kennen sich ein wenig aus Madrid; immerhin aus Madrid, das ist viel.

»Und vertraue auf die göttliche Vorsehung. Komm mir nicht damit, du seist Atheist: zumal man Atheist und tiefreligiös sein kann. Wer das nicht ist, glaubt an nichts, am allerwenigsten an die Vernunft. Wer in einer Religion erzogen wurde und ihr treu bleibt, tut das nicht rational.« (Er macht sich über mich lustig.) »Nun gut, wenn du also an die Vernunft glaubst, ist das irrational.« (Meine Begegnung mit Asunción.) »Nichts kann dir die Vernunft beweisen, außer deine Vernunftlosigkeit, dein Gottvertrauen, dein Glauben. Nur diejenigen, die an allem zweifeln – und zu allererst an der Vernunft –, sind nicht religiös. Deshalb ist der Kommunismus eine Religion und der Faschismus nicht. Sich ans Vaterland oder die Rasse klammern und das als Glauben verkaufen, das ist zuviel des Guten: Das taugt nicht; darum kannst du beobachten, wie sie sich an die Religion oder an einen Gott dranhängen, um das zu bemänteln.«

»Mehr oder weniger so hat das alles bereits Unamuno gesagt.«

»Ist es deshalb vielleicht weniger wahr? In eurer Gier nach Sicherheit zählt nichts, was andere gesagt haben, und noch weniger die Originalität. Wirklich originell ist nur die Ignoranz. Naja, da man in unserer Zeit Tag für Tag weniger weiß, zumindest über die weite Welt, wirken Tag für Tag mehr Menschen originell. Die Dinge gewinnen heutzutage ihren Wert nicht durch ihr Gewicht, sondern durch Überraschung. Die Leute schmecken nicht, sie schlingen herunter; verschlingen Lügen, die sie ausfüllen: raus aus der Welt. Diejenigen, die keinen Glauben haben und an sich selbst zweifeln, die nur an sich selbst glauben, die können Werke von Wert schaffen. Oder die an den Gott glauben, für den sie arbeiten. Einen Gott. Die Zweifler zählen nicht: die zählen ab, wie Schafe. Euch müßte doch gefallen, was Azaña damals gesagt hat, dieses Diktum, Spanien habe aufgehört, katholisch zu sein. Lassen wir einmal beiseite, daß es nicht stimmt. Also, ich hätte zurückgefragt: Was ist es dann? Atheistisch? Gab es je ein atheistisches Volk? Gibt es eins? Bestimmt nicht das russische, religiöser als jedes andere dieser Welt. Was sagt man von euch, den Kommunisten? Man nennt euch fanatisch, das heißt, daß ihr nur durch die Brille eures Glaubens schauen könnt, besessen seid, was dasselbe ist. Darum seid ihr zu Großem fähig, und wir – die gutgläubig Unentschlossenen, die Zauderer, die Hypothetiker – werden nichts zustande bringen, weil wir nicht wissen, woran wir glauben und woran wir uns klammern sollen. Deshalb haben die Faschisten die Partie gewonnen, denn die haben zwar keinen Glauben, aber die Mittel für den Luxus, so zu tun, als ob.«

»Du bist ein Verräter«, sagt Vicente Dalmases und weicht zurück.

»Weil ich nicht deine Vorstellungen darüber teile, was die Welt bewegt? Um Verräter zu sein, mein lieber Junge, hätte ich meinen Vorstellungen untreu werden müssen; habe ich zumindest immer gedacht.«

»Darum ist es uns so ergangen: weil wir Menschen wie dich in unseren Reihen haben.«

»Welche Reihen? Die der Armee? Spanien hatte schon immer drei Köpfe, sechs Arme und, natürlich, einen Körper, wie Gerion mit seinem Motto *concordia insuperabilis*, aber nicht im Sinne einer unüberwindbaren, unbesiegbaren Eintracht, sondern andersherum: einer nicht erreichbaren, unmöglichen. Nie haben wir uns untereinander verstanden, schlicht und ergreifend, weil wir nicht können. Wir müßten alle mit einem Schlag neu geboren werden. Und dann, was käme dabei heraus?«

»Der Kommunismus ...«

»Pah! Wenn in Spanien einen Tag lang der Kommunismus herrschen würde, hätte er drei Köpfe.«

»Du weißt nicht, was du sagst.«

»Gut möglich. Aber du auch nicht. Niemand weiß, was er sagt.«

Er machte eine Pause.

»Das ist eine weitere Definition des Menschen. Nicht, daß wir nicht wüßten, was die Worte sagen wollen. Es ist vielmehr so, daß die Worte im Grunde nicht viel sagen. Der Verstand ist so eng begrenzt, daß man am liebsten losheulen möchte. Daher kommt es, daß Elegien die höchste Form der Poesie sind.«

»Wie intelligent du bist! Aber worauf es ankommt beim Menschen, das ist sein Verhältnis zu den anderen, seine Arbeit.«

»Darauf würde ich sagen, daß der Mensch mehr wert ist als das, was er herstellt, und mehr, als seine Verhältnisse ermöglichen. Es sagt sich so leicht, wie auch du es tust, daß allein das zählt, was von dir zu mir geht, während das Gegenteil – du in dir, ich in mir – für die Welt nicht zählt. Ich würde umgekehrt sagen: Es zählt einzig das, was nicht erzählt wird, was nicht zählt, was keiner sagt. Deine Art, die Welt zu betrachten und nur zu werten, was sie produziert, ist niederschmetternd und niederträchtig. Keine Widerworte, laß mich ausreden, das wärmt wenigstens. Der Mensch ist viel mehr wert, als du dir vorstellst. Dir reicht es, einen

Menschen reden zu hören, um zu behaupten, er sei ein Idiot. Merkst du nicht, wie anmaßend du bist? Der Mensch, der zählt, ist der innen drin. Ich beneide dich nicht um deine Hochachtung vor der Welt: Wärst du konsequent, müßtest du sie für absurd halten, so aber glaubst du, es sei ihre Bestimmung, für das Glück von einem Haufen Idioten zu sorgen. Jetzt stell dir das Gegenteil vor: daß das Glück keinen Pfifferling wert ist, aber jeder strebt nur nach Intelligenz und selbstzufriedenem Sein, oder was er dafür hält. Erahnst du nicht den höheren Glückszustand? Politisch betrachtet: Wohin führt uns diese arkadische Vision?«

»Ins Nichts. Und weiter?«

»Du bist sehr jung und kannst nicht begreifen, daß es ein anderes Leben gab und gibt, jenseits des Krieges.«

»Das gibt es nicht. Wenn nicht dieser Krieg, dann ein anderer.«

»Der der Klassen. Ich weiß schon. Ihr seid auf dem Holzweg.«

Templado wird bewußt, daß es unnötig ist, im Sinne einer Theorie zu argumentieren, die er in der Brust fühlt und die auf den ersten Blick absurd ist, die ihm aber, als quicklebendiger Rülpser des Geistes, von Zeit zu Zeit aufstößt:

»Man wird uns nach dem beurteilen, was wir tun und was wir sagen – und nach dem Unterschied, der sich zwischen beidem auftun kann, sobald man von einem anderen Planeten mit der präzisen Bestandsaufnahme dessen beginnt, was auf unserem passiert ist. Ohne den Regen könntest du die Spuren sehen. Alles wird für uns vom Fortschritt der Wissenschaft abhängen und von der Möglichkeit, mit anderen Welten in Kontakt zu treten. So werden wir über die Geschichte der Welt – und der von tausend anderen – von vor tausend Jahren Bescheid wissen, werden, zum Beispiel, die Stimme Karls des Großen, Karls V. und die meines Großvaters wieder kennenlernen. Dann zählen keine Ausflüchte.

Wenn die Menschen merken, daß sie mit Betrug nicht weiterkommen, vielleicht verbessert sich dann die *condition humaine*.«

»Und vielleicht erfahren wir dann, warum die versprochenen Schiffe noch nicht eingelaufen sind.«

Oder wo Asunción ist, wäre dem hinkenden Arzt beinahe herausgerutscht. Er lenkt ab:

»Womöglich interessiert es niemanden, sich darüber Klarheit zu verschaffen. So wenig wie dich interessiert, was ich gerade erklärt habe.«

»Wann wird es Tag werden?«

»Im rechten Augenblick.«

Der morgige Tag: Asunción, bestimmt. Wenn ich nicht eingeschlafen wäre, wenn ich nicht eingeschlafen wäre, wenn ich nicht eingeschlafen wäre, und jetzt, wo es Nacht ist, schlafe ich nicht.

»Wieso setzt ihr euch so für diesen Burgos ein? Der ist doch nicht der Oberpriester!«

»Warum bist du dagegen? Ist es seine Freundschaft mit Besteiro? Er ist ein Nationalgelehrter.«

»Ich finde, es gibt Leute, die sind viel mehr kompromittiert als dieser aufgeblasene Professor, der während des ganzen Krieges nichts für uns getan hat.«

»Er ist in Madrid geblieben.«

»Wenn das alles ist, hätte man eine Million Menschen zur Evakuierung vorbereiten müssen.«

»In Ordnung, es reicht jetzt«, unterbricht Rodríguez Vega, die Stimme leicht erhoben.

»Setz ihn drauf.«

Sie schweigen, akzeptieren die Autorität von Gómez Osorio; und sei es nur wegen des Alters des Sozialisten und weil alle müde sind.

»Der nächste.«

»Ángel Santiesteban.«

»Wer ist das?«

»Batallionskommissar.«

Ein Name nach dem anderen, die ganze Nacht hindurch. Rodríguez Vega schweigt, er weiß, was sie erwartet, in Oran, in Sète oder Marseille. Aber mit dem Morgengrauen kommt der Augenblick, an dem er nicht mehr kann.

»Wir benehmen uns, als wären wir eine Wohltätigkeits-Junta.«

»Warum sagst du das?«

»Ihr werdet sehen, was Asyl bedeutet. Unter freiem Himmel. Oder in Baracken. Aber mit Stacheldraht und senegalesischen Wachsoldaten; oder mit *Gardes Mobiles*.«

Sie sehen ihn an.

»Hör auf damit! Wir müssen die Listen aufstellen, und das machen wir.«

Ihre Schlußfolgerungen schlucken sie runter.

»Der nächste.«

»Der nächste.«

»Der nächste.«

Die anderen ... Und sie?

III.

30. März

Asunción steht vor allen anderen auf. Sie nimmt die erste Straßenbahn.

»Du gehst schon?« ruft ihr María von drinnen nach.

»Ja.«

»Sei unbesorgt: Er wird der erste sein, den du siehst.«

Fast niemand auf den Straßen. Wozu auch? Wer arbeitet denn noch? Für wen? Die Stadt hat nicht gut geschlafen, ist grau unter traurigem, kaltem Licht, glänzend im Regen, schlammverkrustet. Näher zum Meer hin ist auf einmal alles anders: Hunderte, die herbeiströmen.

Im Hafen, von Fahrzeugdächern aus, sprechen Rodríguez Vega und Carlos Rubiera zu der Menschenmenge, die sie umringt, kündigen die baldige Ankunft zweier Schiffe an, die wenige Meilen vor dem Hafen liegen. Sie rufen zu Ordnung und Besonnenheit auf. Heiser, dreckig, unrasiert.

»Wir haben es dir gleich gesagt, aber du hast mich, wie immer, für einen Träumer gehalten ...«

Mili zuckt die Schultern, brummelt:

»Wir werden ja sehen.«

Schrecklich schwer lastet der Kopf ihres schlafenden Sohnes auf ihrem Oberschenkel.

Tausende suchen das Meer ab.

»Schwester Ana, Schwester Ana, siehst du etwas kommen?« fragt Templado frotzelnd Juanito Valcárcel.

»Nur das Leuchten des Weges«, antwortet der Trödler von einer Laterne herab und spinnt den Spaß weiter.

Immer mehr Menschen treffen ein. Asunción stürzt sich in die Menge, kehrt um, fragt, sucht unter schützenden Dächern, weicht Pfützen aus, um nicht noch nasser zu werden. Sie muß austreten, dafür in der Schlange anstehen, verliert Zeit, sucht alles ab, so weit ihr Auge reicht. Sie sehnt sich nach nichts anderem, als ihn zu finden. Wozu in allen möglichen Verstecken stöbern, wenn doch Vicente sicher unterwegs ist, um nach ihr Ausschau zu halten. Sie steigt überall hinauf, wo sie kann, dreht sich im Kreis. Sie lieben sich und sehen sich nicht.

Der Ort der Tragödie: am Meer, unter dem Himmel, am Land. Der Hafen von Alicante, am 30. März 1939. Tragödien geschehen immer an einem bestimmten Ort, zu einem präzisen Datum, in einer Stunde, die keinen Aufschub duldet.

Der Himmel ist bedeckt, weil er sich schämt für das, was passieren wird. Gott ist der Verantwortliche für das menschliche Unglück, auch wenn er das in seiner Gleichgültigkeit nicht zugeben will. Das will ich ein für allemal festgehalten haben, ich werde es nicht noch einmal anmerken, denn das lohnt die Mühe nicht. Für den Menschen ist es gleich, ob Gott existiert oder nicht: das Leid ist identisch. Was hat er dem Himmel angetan, als er heranreifte? Warum schmerzt die Bedrückung hier so viel mehr? Warum ist die Erde an einem Ort trockener, an einem anderen fruchtbarer?

»Das stimmt nicht«, korrigiert er. »Aber es ist eine Tragödie, und ich werde überleben, um sie aufzuschreiben. Ich muß nur eines tun: mir Notizen machen, ab sofort.«

Erschöpft und durchnäßt sucht Ferrís sein Notizbuch, zückt und schraubt seinen Füllfederhalter auf, schaut sich um. Er weiß nicht, wo anfangen. Dennoch schreibt er: ›Dies ist der Ort der Tragödie, am Meer, von dem wir uns alles erhoffen.‹

»Was tust du?«

»Siehst du doch.«

»Denkst du, wir werden uns einschiffen?«

»Wieso nicht?«

»Die Schiffe sind nicht zu sehen.«

»Die kommen schon, haben sie doch gesagt. Oder bist du taub?«

»Heute nacht hieß es, sie würden im Morgengrauen anlegen. Aber es ist nichts zu sehen.«

»Es ist noch früh. Vielleicht warten sie, bis der Himmel aufklart.«

»Vielleicht ... Wenigstens sind die Velázquez' und die Goyas in Sicherheit, in Genf.«

»Sie werden zurückkommen«, sagt Ángel Gaos.

»Wir auch«, betont Plá y Beltrán.

»Gut möglich.«

»Sogar bald.«

»Ich weiß nicht. Aber es geht doch nicht darum, ob wir zurückkommen oder nicht«, legt Ferrís dar, »sondern daß in vierzig oder fünfzig Jahren keine Spur mehr von uns bleibt, während die Goyas immer noch im Prado hängen, oder wo auch immer.«

»Sicher, natürlich: *Las Meninas,* Pompeji, das sechste Jahrhundert vor Christus, Athen ... Ja und? Oder Homer, Vergil, Lope, und? Nichts, oder? Beim Ruf ›Im Namen der Kultur oder der Kunst – vereinigt euch!‹, haben die Menschen noch nie etwas unternommen (noch nicht einmal die besten, die mehr oder weniger wußten, was sie tun), also sehe ich nicht, warum sie das in Zukunft tun sollten.«

»Allein die Menge, die Kopien, das Wissen über unbekannte Künste ...«

»Das ist kein Grund. Die Kunst vereint, ohne jeden Zweifel, sie zählt für diejenigen, die sie schätzen; aber für die Regierenden ist sie nichts weiter als eine große Null links vom Komma. Es ist immer das gleiche: Oder García Lorca wäre König von Spanien.«

»Ich wünschte, Villegas wäre hier.«

»Würde das etwas ändern?«

»Nein, aber er würde dir bestimmt etwas antworten, was mir gerade nicht einfällt.«

»Wir müssen vereint sein. Vereint wie nie zuvor.«

Vicente hört das. Vereint, ja; vereint mit Lola, die tot ist; vereint mit Asunción, wer weiß, wo sie ist. Vereint, das heißt verbunden, zusammen, auf Gedeih und Verderb. Wo? Wann? Wie? Teilhaben an dem einem Leben. Die Partei, seine Partei, die seine Seele getränkt hat (oder wie sie das nennen), seit er weiß, daß er eine hat. Die Partei, die ihn aufgibt, nachdem sie ihn ausgezeichnet, an vorderster Stelle postiert und belobigt hat.

»Nach Alicante?«

»Vicente Dalmases wird dir alles Nötige sagen.«

»Was soll ich tun?«

»Frag Dalmases.«

Und jetzt ist er nicht auf der Liste derer, die als erste abfahren sollen. Sie lassen ihn zurück.

»Und Asunción?«

»Welche Asunción?«

»Asunción Meliá ... de Dalmases.«

»Auch nicht.«

»Wir müssen vereint sein.«

Ein vereinter Körper: Der eine kommuniziert mit dem anderen. Aber er – allein. Was einer nicht macht, macht keiner. Er – allein. Er ist dabei, sich in einer unbekannten Sprache zu verlieren. Zweifel. Eine lange und fruchtlose Buße. Kein Erwachen. Schon seit einiger Zeit nagen in ihm Gedanken über das Gute der Niederlage. Niederlage: niederlegen. Was bricht sich da Bahn in ihm, ohne daß er es merkt? Er verfällt dem Eigensinn, über den Umweg der Würde. Das hat er nicht verdient. Jahre in den Wind geschossen. Er macht sich Vorwürfe, klagt sich an, beschuldigt sich. Aber trotz alledem beschließt er, etwas zu tun, gegen die Ungerechtigkeit: auf der Liste stehen mindestens zwanzig, die es weniger verdienen als er, in Sicherheit gebracht zu werden.

Nach vielen Anstrengungen, Diskussionen, viel Gerangel und Richtigstellen baut Vicente sich vor Bonifacio Álvarez und Gaspar Requena auf.

»Warum bin ich nicht auf der Liste der Bevorzugten?«

»Weil es andere gibt.«

»Warum nicht ich? Habe ich etwa weniger Verantwortung getragen als andere, die draufstehen?«

»So sieht es aus, ja«, antwortet Álvarez hart, denn Erörterungen liegen ihm nicht.

Requena, der mehr Weitblick hat, greift ein:

»Einige müssen bleiben. Es ist nicht mehr als eine verlorene Schlacht.«

»Und ihr denkt, als Kanonenfutter bin ich gut?«

»So sieht es aus, ja.«

»Ich danke euch vielmals für den Gefallen, aber ich sehe das anders: Ich zähle schlicht nicht zu euren Freunden.«

»Genosse, das ist nicht die richtige Haltung.«

»Aber ihr seht doch, daß sie stimmt.«

»Wir haben das nicht alleine entschieden, und es bleibt dir nichts anderes übrig, als dich zu fügen.«

Wieder greift Gaspar Requena als Schiedsrichter ein:

»Vielleicht erweitern wir die Liste. Auf jeden Fall kommst du mit dem Schiff raus, das wir aus Oran erwarten.«

»Darum geht es nicht: Ihr habt dafür gesorgt, daß ich in

Valencia blieb und die Evakuierung organisierte, ihr habt vielen meinen Namen gegeben.«

»Beschwerst du dich über die Verantwortung?«

»Nein. Aber ich glaube, wenn ich Saures esse, habe ich auch Süßes verdient. Und du«, sagt er zu Requena, »wolltest du nicht bleiben?«

»Wer sagt dir, daß ich weggehe?«

»Asunción habt ihr nicht gesehen?«

»Doch.«

»Vorhin war sie hier, sie hat nach dir gefragt.«

Er hat Lust, sie zu beschimpfen, sie mit wütenden Flüchen zu überschütten. Dafür hat er keine Zeit, er dreht ihnen den Rücken zu und verläßt rennend den Unterstand.

»Er hat nicht ganz unrecht«, bringt Requena vor.

»Aber man kann ihm nicht absolut vertrauen.«

»Warum?«

»Erinnere dich an die Sache mit Asuncións Vater.«

»Wer erinnert sich denn daran! Danach hat er nie wieder Anlaß zu Gerede gegeben.«

»Trotzdem. Ich würde ihm nicht trauen.«

»Und doch.«

»Na dann, wenn du willst, schreib ihn dazu. Einer mehr paßt noch.«

»Schon geschehen.«

Von hier nach dort.

»Hast du Asunción gesehen?«

»Nein.«

Überall schaut er rein:

»Hast du Asunción gesehen?«

»Nein.«

Er sucht, schöpft neuen Atem. Er weiß, daß sie hier ist. Aber wo? Das wäre ja im Inneren der Erde noch einfacher. Er beschließt, alles zu durchkämmen, Nachrichten zu hinterlassen, in denen er einen Treffpunkt angibt: hinter dem

Gebäude des Regattaclubs. Aber es ist schwierig, Leute zu treffen, die sie beide kennen und die vor allem die Anstrengung unternehmen, sich zu erinnern.

»Ach, laß mich in Ruhe, ich habe schon genug am Hals.«

»Ja, ja, sei unbesorgt.«

Die Unbesorgten, das sollen sie sein.

Das Begehren treibt ihn an, hundert Augen möchte er haben, einen halben Meter größer sein. Er steigt auf das Verdeck eines Wagens, klettert auf einen Laternenmast; er kommt, geht, schlängelt sich mechanisch, von Süden nach Norden, über die Westmole; sucht den Paseo de Gomis ab, durchkämmt den inneren Teil der Ostmole, kehrt über den Vorhafen entlang der toten Gleise zum Postiguet-Strand zurück, zum dräuenden Gemäuer der Kaianlagen unterhalb der Burg, ständig in aufbrausenden Diskussionen mit jedem, der ihn nicht durchlassen will.

Kreuz und quer irrt er in einer geschlossenen Welt umher, blindlings umherschauend, ohne zu sehen, was er begehrt. Vor lauter Wünschen und Gehen schmerzen ihm Kopf und Füße. Er fragt nach ohne Ergebnis, forscht und gibt Daten an Leute, die ihn nicht kennen. Einige halten ihn für beschränkt, andere ziehen ihn auf, die Mehrheit zuckt die Schultern. Ihn schmerzen die unüberschaubare Menge an Leuten, die Überfüllung der Kais, die ordentlichen Abtrennungen, die Bögen, die der Weg nimmt und ihn zu Umwegen zwingen. Dreimal irrt er, als er sich sicher ist, sie wiederzuerkennen. Die Enttäuschung raubt ihm den Mut. Das Gedränge wird immer dichter.

Er beschließt, ein paar Minuten auszuruhen, so gut er kann, auf dem Boden, den Kopf zwischen den Händen, dort, wohin sie, wie er so vielen gesagt hat, kommen soll.

»Hallo.«

Es ist Pascual Plá y Beltrán, der Bucklige; die Augen aufgerissen wie immer, das Haar wirr, fuchsteufelswild:

»Haben sie dich auch außen vor gelassen?«

Er nickt.

»Du gehst wenigstens unbemerkt durch, du hast keine besonderen Merkmale, aber ich ...«

Der Dichter, mißgebildet, wild agitierend und leidenschaftlich, weckt zärtliche Empfindungen bei jedem, der ihm zuhört – er erklärt es sich mit dem schwülstig-scharfen Stil seiner Reden, doch sind es eher seine völlige Hingabe, seine leuchtenden Augen, seine körperliche Last, und auch an fließenden Worten fehlte es ihm nie. Er ist von einem Propagandakommissariat ins nächste Propagandakommissariat gezogen, unermüdlich und treu.

»Hast du Asunción gesehen?«

»Ja. Sie hat mir ihre Sachen hiergelassen, damit sie dich leichter suchen gehen kann.«

»Wann?«

»Es ist schon ein paar Stunden her.«

»Wo?«

»Dort.« (Er zeigt irgendwohin.) »Mitten auf der Mole. Sie fragte mich nach dir; ich sagte ihr die Wahrheit, daß ich dich nicht gesehen habe, daß ich nichts weiß, dir seit Monaten nicht begegnet bin.«

(Ein Jahr oder mehr ist es her, daß Vicente mit einer Delegation des Generalstabes der Reservearmee in Villafamés war, etwa zwanzig Kilometer vor Castellón. Dort, in einem Landhaus, saß das Propagandakommissariat: Pedro Garfias, Miguel Hernández, Manolo Bonilla ...)

»Seit dem Reis damals.«

Vicente spürt plötzlich seinen Hunger.

»Bleibst du hier? Wenn sie wiederkommt, soll sie hier auf mich warten.«

»Sei unbesorgt.«

Er zieht weiter, rastlos zwischen den dichtgedrängten Menschen, den Säcken, Kisten, Kaimauern.

Der Bucklige schüttet bei Bolea sein Herz aus.

»Daß die mich zurücklassen ...«

»Dann tu doch was. Dich kennt doch jeder.«

»Ist das etwa ein Grund?«

»Aber sicher.«

Plá y Beltrán sieht die Welt ein wenig offener, und mit Ellenbogen, Flüchen, Bitten, Schreien rangelt er sich vor zu den Auserwählten. Die vom SIM, die die Wachen stellen, kennen ihn.

»Hallo.«

Sie lassen ihn durch. Er erinnert sich an Asuncións Koffer. Zaudert.

»Laßt ihr mich einen Moment rausgehen?«

»Aber sicher.«

Im Ausrüstungsamt, um sieben Uhr dreißig.

»Wer? Piquet? Der ist mit den anderen los, auf zwei Lastwagen, mit Nummer 189 und 1514, um genau zu sein«, sagt er mit Blick in ein Heft, »etwa vor einer halben Stunde.«

»Elende Söhne einer räudigen ...«

Ein Oberleutnant und zwei Oberfeldwebel der Guardia de Asalto rufen ihm von einem anderen Fahrzeug herab zu:

»Komm mit uns.«

»Wohin?«

»Nach Santa Pola.«

»Und?«

»Los, steig auf.«

Als sie auf die Straße hinaustreten, treffen sie González Moreno. Einer von ihnen kennt ihn.

»Wohin gehst du?«

»Zum Chef.«

»Spar dir die Mühe.«

»Was ist los?«

»Der hat sich in Luft aufgelöst. Am besten kommst du mit uns.«

»Wohin fahrt ihr?«

»Dorthin, wo der Pfeffer wächst. Los!«

Zum Fahrer:

»Nicht an der Küste entlang, über Crevillente und Dolores.«

Der Palmenhain von Elche, der Vinalopó, ausgetrocknet, die Kuppeln blau und gelb glänzend vor dem grauen Himmel; die Hochebene von Crevillente, Albatera.

»Was ist das für ein Lager?«

Drei leere Baracken.

»Von ein paar Faschistenschweinen. Sie sind freigelassen worden oder einfach gegangen.«

Der Segura. Torrevieja, schmucklos; das Meer, wellenlos; Staub und Salz, das Wasser grau. Der Gemeinderichter, alt, wegen seiner unrasierten Wangen grauer als sonst; liebenswert, trägt einen Sombrero.

»Nicht ein Schiff, meine Lieben. Sucht nur. In einer Woche sind alle verschwunden, sogar die Boote. Es sind nur noch die gesunkenen da.«

»Es heißt, in Murcia haben sie sich schon zu den neuen Herren gemacht.«

»Was sollen wir tun, Don Ramón?«

»Versucht es in Santa Pola.«

Die Salinen sind verlassen, der graue Himmel wie gerahmt von den Wolken.

»Wenn die Sonne scheint, kann man hier kaum sehen.«

Um acht Uhr morgens treffen Ángel Lafuente, Carlos und Luis Rubiera und Enrique Cerezo in der Zivilverwaltung ein.

»Der Herr Gouverneur?«

Die Flügeltüren öffnen sich, vor ihnen steht Don Alfonso

Mayor, allseits angesehener Apotheker, der im Namen der Regierung in Burgos soeben den Posten übernommen hat.

»*Arriba España!* Heil Spanien!« tönt der gute Herr, den Bauch vorgereckt, den Arm hochgestreckt.

»Was zum Teufel machen Sie hier?« fragt Carlos Rubiera gereizt. »Es ist noch nicht soweit. Alicante ist meines Wissens republikanisches Territorium.«

»Ich erfülle nur Befehle.«

»Dann bekommen Sie jetzt andere. Vergessen Sie nicht, daß Tausende und Abertausende Kämpfer eintreffen, die immer noch bewaffnet sind und nur den kleinen Finger rühren müssen, um ein so gutes Ziel ins Visier zu nehmen.«

Ein Scherz: Der Pillendreher ist kein Kämpfer und kalkweiß geworden.

»Mir wurde gesagt …«

»Das tut nichts zur Sache. Wo ist der republikanische Gouverneur?«

»Der ist gestern nacht fortgegangen, mit dem letzten Schiff.«

Die Nachricht dämpft merklich den Elan der soeben Angekommenen.

»Es wird nicht das letzte gewesen sein«, sagt Lafuente.

»Das weiß ich nicht«, merkt der neue Herrscher zart und versöhnlich an.

»Können Sie den Herrn Gerichtspräsidenten herbringen lassen?« fragt Ángel, der die Rechtslage kennt.

»Señor Sempere?«

»Genau den. Er ist der rechtmäßige neue Gouverneur.«

»Wenn Sie das sagen …«

»Ich sage und verlange das. Hier haben Sie im Augenblick nichts verloren.«

»Ich habe ich mich wohl im Datum geirrt.«

»Neue faschistische Zeitrechnung, was?« blafft Carlos Rubiera ihn an.

Don Alonso Mayor nimmt seinen Sombrero vom Hutständer – seit Jahren hat er ihn nicht getragen; er geht.

»Machen Sie es gut«, sagt er zuvorkommend.

»Nichts lieber als das«, sagt Enrique Cerezo mißmutig, als er die Tür schließt.

»Rodríguez ist also fort?«

»Das wundert mich nicht.«

»Mich schon.«

»Und was machen wir jetzt?«

»Gute Frage. Laßt uns zur Militärverwaltung gehen.«

»Und wenn ...?«

»Nein. Dort noch nicht. Und Burillo könnten wir zum Verantwortlichen für öffentliche Ordnung ernennen.«

»Warten wir nicht auf Sempere?«

»Wir hinterlassen ihm eine Nachricht, daß er uns dorthin nachkommen soll.«

In der Militärkommandantur ist der Grenzschutzkommandant Vizcaíno zum Gouverneur ernannt worden. Mit ihm zusammen, in einem großen Saal, sitzen Rodríguez Vega, Gómez Osorio, Henche – bis gestern Bürgermeister von Madrid –, Pascual Tomás, Zabalza und Oberstleutnant Burillo.

»Ich denke, wir sollten eine Art Evakuierungs-Junta konstituieren.«

»Einfach so, ohne die von der CNT?«

»Die sollen schicken, wen sie wollen.«

»Und die Kommunisten?«

»Die kommen alleine klar.«

»Man muß mit den Konsuln sprechen.«

»Jeden Augenblick müßten die drei kommen, die sie unter sich auserwählt haben.«

»Was passiert dann in der Stadt?«

»Ich weiß es nicht; aber daß es zu Schießereien kommt, daran solltet ihr keine Sekunde zweifeln.«

»Das muß man verhindern.«

»Wie?«

»Wenn Franco sein Wort hält, woran ich zweifele, muß er die Leute einschiffen lassen.«

»Und wann kommen die Schiffe?«

»Das weiß keiner genau.«

»Ich denke, Burillo sollte sich um die öffentliche Ordnung kümmern.«

»Wäre er nicht besser als Vorsitzender der Junta?«

»Mit Unterstützung von Vizcaíno könnte er beides machen.«

»Man müßte unbedingt versuchen«, sagt Rodríguez Vega, »die Marschkolonnen, die in die Stadt eindringen wollen, zurückzuhalten.«

»Wie?«

»Egal wie. Bei denen, die aus Gandía kommen, wäre es recht einfach: die Straße ist gut geeignet, mit wenigen Leuten und einigen Maschinengewehren ...«

»Ich glaube nicht, daß wir das im Kampf regeln sollten. Sie würden uns aus der Luft fertigmachen. Die wenigen Flugzeuge, die wir noch hatten, sind gestern in letzter Sekunde aus den Hangars geflohen.«

»Heute geht noch ein Flugzeug der Air France. Ich schlage vor, einer von uns fliegt mit nach Toulouse – ich selbstverständlich nicht – und begibt sich sofort nach Marseille, um herauszubekommen, was los ist.«

Niemand antwortet.

»Hat sich Trifón Gómez mit einem von euch in Verbindung gesetzt?«

Niemand antwortet.

»Ich weiß, daß die Kommunisten ein Schiff mit Platz für achttausend erwarten, und die Freimaurer rechnen mit einem weiteren, einem kleineren.«

»Um unerfreuliche Zusammenstöße oder schlimmeres zu

vermeiden, dürfte es also das beste sein, alle Leute mit entsprechenden Passierscheinen im Hafen zu konzentrieren.«

»Passierscheine, Passierscheine, und wer soll die jetzt noch ausgeben, und wie? Wer kennt wen?«

»Ich glaube immer noch, daß wir wirklich versuchen sollten, den Einmarsch der Kolonnen zu verhindern ...«

»Schlag dir das aus dem Kopf. Das geht nicht. Das wäre nur eine Sache für Stunden.«

»Kann man keine Minen legen?«

»Nein.«

»Und es gibt keinen Weg, mit Marseille oder Oran zu telefonieren?«

»Die Telefone sind schon unter ihrer Kontrolle.«

»Siehst du, das geht doch: sie aus der Telefonzentrale zu werfen, das ist keine Hexerei.«

»Worauf wartest du noch?«

Die Rubiera-Brüder kommen herein.

»Mensch, Carlos!«

»Was gibt's?«

»Fragst du das im Ernst? Du, Vega, sprich mit Marseille und Oran, koste es, was es wolle, egal wie. Du gehst zu Air France, nimm mit, wen du willst, und los zum Flugplatz; wenn ihr die Pistolen ziehen müßt, dann tut es. Du, Henche, geh bei denen von der CNT vorbei und auf dem Weg bei den Kommunisten. Versammlung hier, in zwei Stunden.«

»Wie viele Leute warten hier in Alicante, so ungefähr, auf ihre Ausreise?« fragt Rubiera.«

»Ich weiß es nicht, derzeit etwa zehn- oder zwölftausend; jede Wette, daß es nächste Nacht doppelt so viele sind, und morgen früh dreimal so viele.«

Das Telefon klingelt. Burillo hebt ab. Die anderen bewegen sich nicht: alle halten die Luft an.

»Um wieviel Uhr? Wie viele?«

Einige weitere Sekunden.

»Und die anderen?«

»Ich verstehe. Sehr gut. Danke. Bis bald.«

Er legt auf. Schaut die anderen an.

»Der französische Konsul. Es kommt ein Schiff, er weiß nicht, wann. Platz für siebenhundert. Nicht einer mehr. Weitere werden kommen, er weiß weder wann noch für wie viele. Die Liste der siebenhundert muß zusammengestellt werden.«

»Habt ihr denn keine gemacht?« fragt Rubiera.

»Viele. Die kleinste für drei- oder viertausend. So viele, wie wir annahmen, daß sie in einen normalen Frachter passen. Als Frachtgut.«

»Siebenhundert ...«

»Es wird zu Schießereien kommen.«

»Nein. Die Phase haben wir hinter uns. Jetzt kommen Seelenqualen.«

»Oder Bauchschmerzen.«

»Ich sehe nicht den Unterschied.«

»Das ist Sache der Parteien. Nicht unsere.«

»Und er weiß nicht, wann ...?«

»Nein, habe ich doch gesagt.«

»Und die anderen?«

»Auch nicht.«

»Aber sie werden kommen?«

»Wie es aussieht, zweifelt er nicht daran.«

Die Stimme Burillos ist besonders bitter. Er sieht, wie Rodríguez Vega aufsteht, um hinauszugehen.

»Einen Augenblick. Die Listen«, erklärt er.

»Das Zusammenstreichen ist ein Wahnsinn.«

»Listen zusammenstellen. Als ob das so einfach wäre.«

»Die bekanntesten Namen.«

»Natürlich. Wir kennen uns und sie. Aber es gibt andere.«

»Welche anderen?«

»Für euch ist der Kampf etwas Neues, das am 18. Juli begonnen hat; wir sind schon seit zwanzig Jahren ...«

Murcia, ein alter Sozialist, sehr alt, protestiert:

»Schau mal, Junge« (der *Churro* nennt jeden so) »Pistolen haben uns noch nie Angst eingejagt, euch schon.«

»Was hat es euch genützt?«

»Wir sind nicht hier, um uns zu streiten, sondern, um zu entscheiden, wer sich als erster einschifft.«

»Wir natürlich als letzte.«

»Auch darum geht es nicht. Aber Leute wie *Joselito* ... Ich weiß, der ist zu nichts mehr zu gebrauchen, ihr wißt nicht, wer er ist, und in den letzten Jahren hat er auch nichts Großes mehr gemacht. Aber er muß raus.«

»Warum?«

»Das erzähle ich jetzt nicht, es würde zu lange dauern. Bei wie vielen sind wir?«

»Ich bei 133.«

Das sind die Sozialisten, 19 Prozent.

Die am meisten Belasteten.

»Einen Augenblick: Ich denke, wir müssen vor allem berücksichtigen, wer für die Weiterführung des Kampfes nützlich ist«, sagt Carratalá.

»Und was war, ist gewesen.«

»Damit bin ich nicht einverstanden.«

»Ihr Anarchisten seid zu sentimental.«

Er sagt das, um zu verletzen.

»Schau mal, Junge, dann könnten wir die Leute genauso nach ihren Körpereigenschaften rausholen: erst die Größten, die Dicksten oder die, die am besten zielen können.«

»Quatsch nicht rum. Was hat dein *Joselito* denn jetzt getan?«

»Ich habe schon einmal gesagt, daß das niemanden mehr kümmert.«

(Wozu soll er ihnen sagen: ›Er hat den Pfaffen von San Andrés abgeknallt.‹ Sie würden ihn fragen, wann das war. Es ist eine alte Geschichte. Oder sie würden nachhaken: ›Und wieso?‹, und er müßte erklären, daß *Joselito* der Zahlmeister des Kirchsprengels war, daß er es zusammen mit seinen Brüdern gemacht hatte und danach flüchtete. Pepe und Chimo wurden von der Guardia Civil geschnappt. Sie endeten im Modelo-Gefängnis in der Garrotte. *Joselito* ging nach Argentinien, kam während der Republik zurück. Sie machten ihn zum Pförtner. Am liebsten möchte er loslachen. Wirklich, was hat es für eine Bedeutung, daß sie als Kinder zusammen gespielt haben. Sie sollen lernen ...

Die Plaza de San Andrés, um acht Uhr morgens; sie rissen ihm den Koffer aus der Hand, als er gerade in den Wagen stieg; er wehrte sich; sie machten ihn fertig. Es war höllisch kalt, wie es nur in Valencia kalt sein kann, wenn der Wind »aus den Bergen« weht, *vol* nennen sie ihn dort. Sie rannten los Richtung Plaza de Villaraza. Obwohl es noch früh war, schrien einige Leute. Sie bogen in die Calle de las Avellanas und wähnten sich in Sicherheit; das war ihr Fehler. Als sie wieder losliefen, konnte *Joselito* nicht mehr, trotzdem lief er vorneweg mit dem Koffer. Sie überquerten den Almudín, rannten in die Calle de San Salvador, da waren schon einige hinter ihnen. Sie erreichten San Lorenzo; umzingelt bogen sie in die Calle de Santa Ana. Als sie den Aufruhr hörten, traten *Churro* und Alfredo Just aus ihrer Werkstatt. *Joselito* schlängelte sich im Vorbeigehen durch die Tür. Die beiden Brüder stellten sich, die Pistolen in der Hand, einem Gefreiten und zwei Soldaten entgegen, die sie beinahe eingeholt hatten. Zwei von der Guardia Civil bedrohten sie von hinten.)

»Es ist eure Sache.«

›Nicht eher unsere, meine?‹ denkt *Churro*. Andere nennen ihn inzwischen *Einarm*, weil er bei Teruel einen Arm verloren hat: Weil es so kalt war, bemerkte er die Schußwunde nicht einmal. Dann wurde er ohnmächtig, und als er aufwachte, war der rechte Arm weg.

Unsereins hat viele Fehler gemacht, aber die anderen haben mehr gemacht. Das steht außer Frage. Wir sind nicht daran schuld, daß die Welt schlecht konstruiert ist. Wir haben nicht angefangen. Wir haben nur weitergemacht. Unsereins hat keine Wahl. Und wer das behauptet, weiß nicht, wovon er spricht. Kaum ist man aus dem Bauch seiner Mutter auf die Welt gekommen, ist man schon auf einem langen Weg. Ich weiß nicht, was aus meinen Kindern wird. Aber ich bin sicher, daß sie weiter ihren Weg gehen werden, ohne daß sie jemanden brauchen, der ihnen sagt: Geht hier lang. Mir hat niemand etwas beigebracht. Und auch, weil niemand etwas wußte. Wenn es Geschrei gibt, gibt es eben Geschrei, und man muß die Befehle nehmen, wie sie kommen. Dieses Gerede, von wegen: Warum erobern wir nicht Zaragoza?, das ist ja nett, um zu ärgern, aber ich hätte die gerne einmal dort gesehen, zwischen all den Querschlägern aus den Maschinengewehren; denn eine Granate hörst du kommen, und ein Flugzeug siehst du, aber Maschinengewehre sind tückisch: gerade denkst du, sie haben Ladehemmung, und zack!, schon erwischen sie dich.

Ich habe immer getan, was ich konnte, auch wenn ich mich krummlegen mußte. Weiter voran. Aber wenn ein Maschinengewehr den Weg verstellt, kannst du machen, was du willst: kein Durchkommen. Machtlos stehst du dann da, wie ohne Kraft.

Ich will gar nicht leugnen, daß es am Anfang des Krieges wirklich nett war. Man machte, wozu man gerade Lust hatte, und keiner sagte irgend etwas. ›Das ist für dich, das für mich.‹ Später war das schon anders. Um ehrlich zu sein, in den ersten Monaten glaubte ich tatsächlich, nun sei der Moment gekommen, alles gehörte allen. Später sah ich, daß das nicht so war; aber wenn man noch einmal von vorne anfangen müßte, auf mich könnten sie zählen, auch mit einem Arm. Es macht mir nichts aus, daß ich einen Arm verloren habe, es hätte mir auch nichts ausgemacht, wenn ich draufgegangen wäre. Wir haben wenigstens in einer Zeit gelebt, in der es sich gelohnt hat zu leben. Das schlimme ist, daß man von noch weiter unten wird neu anfangen müssen, weil sie nicht einen übriglassen werden, nicht einen, der etwas taugt. Aber der Neubeginn wird kommen. Mir macht es nichts aus zu verlieren, um mich tut es mir nicht leid. Für die anderen schon.

Joselito, da draußen sitzt er, bekommt den Mund nicht auf. Wie alt wird er sein? Schon an die sechzig. Er sieht älter aus. Es ist ihm übel ergangen, immer unterwegs, aber *Churro* kann nicht vergessen, daß er ihm in schwierigen Momenten immer und ohne zu zögern beigestanden hat.

Zwanzig Jahre ist das jetzt her; unglaublich, wie die Zeit vergeht. Als wäre es gestern gewesen: in der Werkstatt für Bühnenmalerei der Gálvez-Brüder – diese Hurensöhne – an der verwahrlosten Plaza San Agustín, mit Blick auf die Calle de San Vicente vom Fenster aus. Dort traf sich die Freie Gewerkschaft der Bank- und Börsenarbeiter. Fünf oder sechs Möchtegernmacker kamen mitten im Hochsommer aus Barcelona. Die Hitze war bleiern. Früher war es heißer als heutzutage. Er verfolgte sie, es war das erste Mal, daß er nach Valencia zurückkam – von Barcelona kommend. Sie kannten ihn nicht. So war es kein Problem, als sie zum Abendessen ins *Marcelina* fuhren und die gleiche Straßenbahn nahmen wie er. *Joselito* folgte ihnen auf dem Fuß.

Churro erinnert sich an die Miesmuscheln, halb geöffnet, ihre schwarzen Schalenhälften, ihr Fleisch, dunkel honigfarben und schwarz gerändert, dazu den gelblichgrünen Saft mit dem einen oder anderen verlorenen Sandkorn, das zwischen den Zähnen knirschte, die Zitronenscheiben. Wenn es die hier gäbe, müßten sie nicht ständig ihre Langusten aus Santa Pola über den grünen Klee loben. Sie verfolgten sie weiter, den gleichen Weg zurück. Vor dem Teatro Principal stiegen sie aus, bogen um die Ecke zur Telefonzentrale in der Calle de Alfredo Calderón, gegenüber dem Haus der Demokratie. Dort kannte man sich, alle tranken Kaffee: *Jebo,* Martín Folgado, Julio Just, Vicente Alfaro. Er machte ihnen ein Zeichen, sie sollten still sein und keinen Mucks von sich geben. *Churro* ging in die Telefonzentrale, als einer der Burschen – er hieß González – gerade zahlte; er konnte noch den Text lesen: ›Erfolg sicher.‹ Nur an wen es adressiert war, konnte er nicht erkennen, aber gerade darum ging es ihm. Sie gingen hinaus, die Auswärtigen überquerten die Pérez Pujol, hinter der Calle de las Barcas, zögerten und beschlossen dann, nach links zu gehen: als sie vor der hell erleuchteten Tür des Hotel Victoria angelangten, trat *Churro* vor und schoß alle drei nieder, mit sieben Schüssen. *Joselito,* der ihm den Rücken deckte, rannte los wie besprochen, in die Calle de las Barcas und durch die Calle de Don Juan de Austria. Die Stadt war wie ausgestorben. Bevor sie zusammenbrachen, schafften es zwei dennoch, ihre Pistolen zu ziehen; *Churro* duckte sich hinter einen Zeitungsstand, lud nach, erledigte sie endgültig und rannte weg. Auf der Plaza Emilio Castelar begann die Verfolgung, ein Polizist und ein Wagen. Calle de la Sangre – das alte Rathaus dort, geschlossen und abweisender als die anderen Gebäude –, über die San Vicente, rein in die Calle Garrigues y Galcóns und ins Café de la Esfera, wo er sicher sein konnte, Bekannte und Unterschlupf zu finden. An einem Tisch saßen der *Grauero* und Jaime Luque. Sie sahen sich an, der *Grauero* machte ihm ein Zeichen, er solle zu den Toiletten gehen. Dort trafen sie sich, und ohne Worte hielt *Churro* ihm die Pistole hin.

»Geh nach Hause.«

»Ich weiß nicht einmal mehr … Es ist so lange her.«

All die Jahre, die *Churro* nicht in Valencia gewesen war! Neben- und gegeneinander hatten sie sich im Flußbett Steine an den Kopf geworfen.

»Geh raus und warte an der Ecke zu San Gil auf mich.«

Er sah ihn fragend an.

»Die erste links.«

Als er aus den Toiletten heraustrat, standen der städtische Polizist und der Fahrer in der Tür zum Café. Der Uniformierte zog seine Pistole. Luque versetzte ihm einen Stoß, der Schuß ging los und verletzte *Churro* am Fuß. Es kam zum Handgemenge.

Churro wurde festgenommen.

»Um den städtischen Polizisten mußt du dir keine Sorgen machen, der wird dich nicht wiedererkennen.«

So war es. Das Problem war der Fahrer. Das Attentat wurde rekonstruiert, vom Verlassen der Telefonzentrale an. Der *Jebo* und Alfaro schworen Stein und Bein, daß der Mann, der denen von der Freien Gewerkschaft gefolgt war, dem Beschuldigten in nichts ähnlich sah. (»Das war so ein großer Dicker …«) Eines Morgens lag der Fahrer tot in der Gegend von Meliana, dank *Joselito*.

Genesen und frei ging *Churro* nach Paris und kehrte erst nach Ausrufung der Republik zurück. Um die Wahrheit zu sagen: Er wollte mit nichts mehr etwas zu tun haben. Er hatte schlecht gelebt, aber er hatte gelebt, und jetzt in Valencia als Holzzuschneider hatte er ein gutes Auskommen. Er heiratete ein junges Mädchen – mit großen Brüsten, wohlproportioniertem Hintern und Spaß an der ›Sache‹ –, aber mit den ersten Streiks 1932 kreuzte die Polizei in seiner Wohnung auf, stellte sie völlig auf den Kopf, zum großen Mißfallen der Kleinen, die abgesehen davon auch schon einige Male gesessen hatte. *Churro* war in El Grao, wo er einen Geschäftsraum ausbaute. Als er zurückkam, war er außer sich vor Wut, steckte seine Pistole ein und ging, blindwütig, zur

Zivilverwaltung, um dem Polizeichef einen Besuch abzustatten. Der war ein kultivierter Mann – in jenen Jahren gar nicht so außergewöhnlich –, der ihn hereinbat, als er das Geschrei aus dem Vorzimmer hörte.

»Sehen Sie, ich habe mit nichts mehr etwas zu tun, seit Jahren habe ich mit nichts mehr etwas zu tun, und ich habe nicht vor, mit irgend etwas etwas zu tun zu haben, aber sie haben meine Wohnung durchsucht, als wäre ich ein Verbrecher. Ich bin ein ehrlicher Arbeiter. Ich arbeite, ich habe mein Geschäft. Sie haben meine Gefährtin in gröbster Weise belästigt: Sie haben sogar versucht, sie zu befummeln. Und das dulde ich weder bei Ihnen noch bei sonstwem, da können Sie noch so republikanisch sein.«

Er zog seine Pistole, legte sie auf den Tisch.

»Wenn das noch einmal vorkommt, schicke ich persönlich Sie zehn Minuten später auf den Friedhof.«

Der kultivierte Mann machte keine Anstalten, ihn zu verhaften. So kam es, daß *Churro* sich wieder auf Politik einließ. Jetzt, in diesem heruntergekommenen Raum, hört er den feinen Regen; sie stellen die Listen derer zusammen, die sich mit den Dampfern einschiffen werden, die die französische und die englische Regierung schicken, und auf einigen Kanonenbooten, fügen sie hinzu. Wie viele werden es sein? Das weiß niemand. Im großen und ganzen herrscht Optimismus. Fürs erste siebenhundert auf dem ersten Dampfer.

»Wozu sollten die Scheißfaschisten uns hier zurückhalten?« fragt der Vertreter der Republikaner.

»Um uns zu beerdigen«, antwortet *Churro*.

»Das gäbe einen Riesenskandal!«

»So viel, wie wir denen bedeuten. Du kennst sie nicht.«

»So gut wie Sie.«

»Träum du nur weiter.«

Wer hat recht? Im Grunde sind die meisten davon überzeugt – schließlich haben ihnen das die ›Diplomaten‹ feierlich versprochen –, daß sie sich einschiffen werden. *Churro* kümmert das nicht, er hat genug damit zu tun, seine Visanteta ruhig zu halten; ihm geht es darum, *Joselito* auf eine der Listen zu bekommen. Er selbst wird sich schon irgendwie durchschlagen.

Rodríguez Vega erinnert sich an González Moreno. Wo der nur steckt? Dabei wäre er jetzt hier so nützlich. Er ordnet an, ihn ausrufen zu lassen. Er taucht nicht auf.

»Ich war schon immer Franco-Anhänger!«

»Du!«

»Ich! Ich habe eben nur den Mund gehalten. Aber jetzt ist die Stunde gekommen, daß ich mich zu Wort melde. Endlich! Es wird wieder Ordnung herrschen! Ich war immer Anhänger …«

»Du?«

»Ich! Was ist los? Willst du mir etwa sagen …«

»Ich sage gar nichts. Und die anderen werden auch nichts groß sagen. Und wenn du so überzeugt bist, warum sollen wir dann weiterreden? Aber wenn ich nicht ein so gut erzogener Mensch wäre, weißt du, was ich machen würde?«

»Woher soll ich das wissen?«

»Dir ins Gesicht spucken.«

»Mir? Warum?«

»Du, immer warst du Republikaner … Azaña, der große Mann!«

»Schweig! Man kann dich hören!«

»Sollen sie mich doch hören! Habe ich recht oder nicht?«

»Man sagt vieles …«

»Und man hört noch viel mehr. Du bist ein Schwein.«

»Ein Schwein, das lebt und dich liebt. Ich gehe zum Apotheker.«

»Zu denen?«

»Zu dem. Du wirst schon sehen.«

José Silva hört, ohne zu sehen, durch das Mansardenfenster. Er staunt. Was ist passiert? Was passiert gerade? Er schaut auf den Kalender: Montag. Er ist sich sicher, daß Sonntag ist. Noch einmal schaut er auf den Kalender: Montag. Welcher Tag war gestern? Er erinnert sich nicht. Welcher Tag war gestern? Sonntags ging er immer zur Messe, er ministierte. Wie soll man wissen, ob heute Sonntag ist, wenn die Glocken nicht läuten, wenn er nicht zur Messe gehen kann, wenn er nicht das Haus verlassen kann, wenn er gar nichts machen kann? Er kann nichts machen, um herauszufinden, ob heute Sonntag oder Montag ist, denn der Kristalldetektor ist seit fast einem Jahr kaputt!, die Tür verschlossen, das Oberlicht so hoch! und niemand zum Reden. Niemand, den er nach dem Tag fragen kann, an dem er heute lebt. Leben? Aber natürlich! Magdalena! Es gibt nur wenige Magdalenas, nur wenige Büßerinnen in Spanien: viele in den Museen, aber nur wenige, die auch so heißen. Nicht, weil der Name schlecht klingt, Doña Magdalena, sondern wegen des dunklen Vorbehalts, der der biblischen Figur noch immer anhaftet: Maria Magdalena. ›Sie wirkt wie eine Magdalena.‹ ›Du bist aber eine Magdalena.‹ ›Mit so einer Magdalena ist kein Staat zu machen.‹ Magdalena, Tochter der Portiersfrau, Hurentochter. Diejenige, die ihn gerettet hat, so daß er verloren ist. Gerettet in dieser Dachkammer, verloren in diesem Bett.

Magdalena ist blond, wie auf den Gemälden: groß ihre Augen, die Ohren, die Wangen, die Brauen, die Brüste; klein die Hände, die Füße, der Kopf, der Hintern, die Beine; schmal der Nacken, die Hüften, die Waden.

José Silva, aus guter Familie, sollte Priester werden. Wenn der Krieg vorbei ist, wird er wieder auf die Straße gehen können; aber ins Seminar? Beinahe drei Jahre hatte er in diesem Kabuff verbracht, seitdem ihn die Erhebung in Alicante überrascht hatte, zusammen mit seiner Familie, von der nur er übriggeblieben ist, Amen, Schluß, aus. Das vermutete er, genaues wußte er nicht. Wo waren sein Vater, seine Mutter, seine ältere Schwester? Magdalena gab ihm alles, nur nicht die Möglichkeit, Verbindung mit draußen aufzunehmen; das verweigerte sie ihm strikt, weil sie vermutete, daß José – in ihren Augen ein feiner junger Herr, wie er im Buche steht – von der Falange war, da ja alle seine Freunde auf der anderen Seite jenem Grüppchen angehörten, das im Verlauf des Krieges so sehr an Bedeutung gewonnen hatte. Magdalena, die ihn, wenn er in Ferien hier war, jeden Tag vorbeispazieren sah und das ganze Jahr über von seiner Grazie träumte, hatte die Gelegenheit am Schopf gepackt. Jetzt arbeitete sie in einer Fabrik für chemische Düngemittel, die die Bombardements fast unbeschadet überstanden hatte und weiterproduzierte. Immer hatte sie von einem jungfräulichen Mann für sich allein geträumt. Das Glück war ihr hold, als sie schon jahrelang nicht mehr daran gedacht hatte. Sie bekam nicht genug, obwohl ihr nicht entging, daß jeder Beischlaf den keuschen Knaben in arge Gewissensnöte stürzte.

»Das werden sie mir nie vergeben.«

»Mach du dir keinen Kummer. Es gibt Dinge, die sind stärker als man selbst. Oder bist du dafür verantwortlich, daß der Krieg dich hier erwischt hat? Und was sollen du und ich schon tun, eingeschlossen in meinem Zimmer? Oder gefällt es dir etwa nicht?«

»Schweig …«

In der Kantine der Düngemittelfabrik (die Salvoy-Fabrik), an der Landstraße nach Murcia, gibt Magdalena an die Männer, die offenbar gerade aus Valencia gekommen sind, ein kärgliches Frühstück aus. Sie lauscht dem Gespräch, das von Schmähungen gegen den geflohenen Gouverneur (unter Arschloch tut es keiner) bis zur Zukunft der Anwesenden handelt.

»Daß sich zwanzig- oder dreißigtausend einschiffen sollen, ist schon unvorstellbar. Und die übrigen?«

»Es kommt der Tag, da muß die Erde gedüngt werden«, sagt Valdecabres.

»Mit deinen Kindern?«

»Was haben die damit zu tun?«

Sie essen schweigend.

»Die Stricke für die Männer sind schon da.«

Magdalena möchte eingreifen, sie erträgt so etwas nicht.

»Für die Frauen etwa nicht?«

Sie schauen sie überrascht an.

»Euch schneiden sie höchstens die Haare ab.«

»Mich faßt keiner an ...«

»Hast du hier den ganzen Krieg über gearbeitet?«

»Ist das nichts?«

»Doch, doch. Und gerade deshalb werden die ...«

»Deshalb oder wegen etwas anderem.«

»Was ist das andere?«

»Weil man geschwiegen hat, was weiß ich.«

»Vielleicht könnte sie mit uns kommen?« meinte die Frau von Valdecabres.

»Das schon gar nicht, Genossin. Mich bringt keiner aus meiner Heimat weg.«

Magdalena scheuchte José, er solle sich anziehen, und läßt ihm keine Sekunde Zeit.

»Komm.«

»Aber ...«

»Sag doch ...«

»Ich sage dir nichts. Später. Schnell.«

»Wohin gehen wir?«

»Das wirst du schon sehen.«

In der Tür änderte sie ihre Meinung.

»Nein. Warte.«

Sie zog sich aus.

»Komm. Nimm mich, wie du willst.«

»Aber … ja …«

Sie schoß ihm eine Kugel in den Hinterkopf, nachdem er ejakuliert hatte. Dann öffnete sie den Mund, schob den heißen Lauf der Waffe hinein, der diesen Pulvergeruch verströmte, den sie so mochte, vor allem beim San-Juan-Fest, und drückte ab.

Die Evakuierungs-Junta diskutiert mit den Herren Konsuln – und diese untereinander –, wie der Hafenbereich bezeichnet werden soll, der auf Beschluß der Repräsentanten des Auslandes ab sofort unter deren – wie sie sich aufblasen! – ›besonderem Schutz‹ steht.

»Er soll ›Internationale Zone‹ heißen.«

»Besser: ›Neutrale Region‹.«

»Dann sollte man ihn vielleicht rechtlich korrekt und genauer als ›Internationale Region‹ bezeichnen.«

»Unter Abwägung der besten und einleuchtendsten Kriterien denke ich, wir sollten ihn zur ›Neutralen Zone‹ erklären.«

»Mir fällt ein, daß ›Offener Hafen‹ vielleicht auch nicht schlecht wäre.«

»Nein, mein Freund, nein, bei allem gebotenen Respekt, bedenken Sie, daß das einen gewissen Klang hat, einen merkantilen sozusagen, der, wenn Sie, geschätzter Herr Kollege, mir das gestatten, mindestens unangemessen wirkt.«

»Der Name ist nicht so wichtig«, wagt Gómez Osorio zu sagen.

»Doch! Doch, mein Herr! Doch, im Gegenteil! Er ist eine Festlegung …«

»Wichtig ist …«

Sie werden unterbrochen. Der Apotheker erscheint wieder. Der Herr Alonso Mayot stellt sich den Konsuln als

Gouverneur der Regierung von General Franco vor. Voller gutem Willen sagt er, das mit dem ›offenen Hafen‹ gehört zu haben, er finde das ganz wunderbar.

»Sind Sie dazu autorisiert?«

»Und zu allem anderen«, versichert der Salbenmischer.

Burillo schaut ihn unverhohlen argwöhnisch an.

»Werden die Falange-Gruppen Ihnen gehorchen?« fragt er nach.

»Die von hier?«

»Welche sonst?«

»Was denken Sie denn?« lächelt der neue Amtsträger selbstgefällig.

»Dann sollten wir zumindest versuchen, zu einer Absprache zu kommen, damit es möglichst wenige Zusammenstöße unter der Bevölkerung gibt. Für den Anfang wäre es gut, wenn nicht ganz so viele monarchische und falangistische Fahnen aufgehängt würden. Ein kleines bißchen Respekt tut niemandem weh.«

»Schon so gut wie erledigt.«

»Also«, fragt der Popanz darauf den argentinischen Konsul, »welchen Namen geben wir dem Hafen?«

»Gequirlte Scheiße«, knurrt Rodríguez Vega.

»Was sagten Sie?«

»Nichts.«

»Internationale Zone?« hakt der Franzose nach.

»Gut. Einer so gut wie der andere. Solange sich niemand einmischt und die innere Organisation unsere Sache ist«, bittet Burillo.

»Natürlich.«

»Und könnten wir mit Oran und Marseille sprechen, um zu fragen, wann die Schiffe ausgelaufen sind und wie viele?« fragt Rodríguez Vega nach.

»Selbstverständlich.«

»Die Telefonzentrale ...«

»Keine Sorge, ich werde die entsprechenden Befehle erteilen.«

»Herr Mayot, tun Sie es nicht als Gouverneur, wenn ich Sie bitten darf.«

»Der Titel ist das wenigste.«

»Einen Augenblick noch«, bittet Gómez Osorio. »Sie, meine Herren« (instinktiv wendet er sich an die Konsulen und an Mayot) »garantieren die Evakuierung?«

»Selbstverständlich«, antworten sie beinahe wie aus einem Munde.

»Der Mensch ist das einzige Tier, das zweimal über denselben Stein fällt«, sagt Rodríguez Vega zu dem Franzosen.

»Solange es nur ein Stein ist«, gibt der zurück, um seine Fixheit unter Beweis zu stellen.

Burillo und die anderen der inzwischen offiziellen Evakuierungs-Junta entfalten auf dem Tisch eine Hafenkarte und teilen das Gelände in fünf Sektoren ein, auf die sich Kommunisten, UGT und Sozialisten, Republikaner und Freimaurer sowie die Anarchisten von CNT und FAI verteilen sollen.

»Aber das haben wir doch schon erledigt!«

»Sie marschieren gerade in Gandía ein!«

Rodríguez Vega kommt erneut, mit Nachdruck und gesenkter Stimme, auf seinen Vorschlag zurück, die gegnerischen Kolonnen – egal wie – aufzuhalten.

»Hast du denn noch nicht genug?« fragt Henche.

»Wenn wir nichts tun …«

»Dann?«

»Nichts, ihr werdet ja sehen. Egal, wie viele Italiener oder sonstwelche in Gandía stehen, es sind nicht annähernd so viele, wie Menschen hierherdrängen.«

Sie beschließen, daß sich im mittleren Teil der Innenmole die siebenhundert bereithalten sollen, die auf das erste angekündigte Schiffe kommen, und daß der Sektor jeder

Organisation abgegrenzt wird, indem man eigene Passierscheine ausstellt.

»Damit die Leute – damit meine ich alle – in dem Bereich bleiben, den man den äußeren nennen könnte. Mit Hilfe der Frontsoldaten, der Leute vom SIM und den Grenzschutzeinheiten bilden wir eine bewaffnete Trennlinie und ein paar Meter dahinter eine zweite.«

»Davon verstehst du mehr als wir.«

»In der Hafenkommandantur, in die wir uns begeben müssen, werden nur die ersten siebenhundert zusammengezogen.«

»Einverstanden, im Prinzip.«

»Wieso im Prinzip?«

»Stell dir vor, irgend jemand kommt und muß uns sehen: Wie soll er reinkommen, wenn er dazu eine Erlaubnis von uns braucht, die wir drinnen sitzen?«

»Dafür werden wir in der Linie mit den Bewaffneten ein Büro einrichten.«

»Gut. Denn es werden nicht wenige Gesuche kommen.«

»Du immer mit deinen Sachen ...«

»Du mußt dich ja nicht drum kümmern ...«

»Ruhig, ruhig. Red weiter.«

»Hinter der Kommandantur eine zweite Linie mit Bewaffneten, die den Durchgang zum inneren Teil des Kais verhindern, wo die ersten siebenhundert sein werden.«

Henche kommt bitter ein Satz in den Sinn, den der Nationale Verteidigungsrat verlautbaren ließ, vor kaum drei Wochen: »Wir versichern euch, daß keiner, der die Pflicht hat, in Spanien zu bleiben, das Land verlassen wird, bis nicht der letzte, der aus freien Stücken gehen will, das getan hat.«

Rodríguez Vega bekommt die Verbindung mit Oran und Marseille. Man verspricht ihm alles, was er möchte: Die Schiffe laufen gleich aus; die Schiffe sind ausgelaufen; die Schiffe lichten gerade Anker und so weiter und so weiter.

Mit dieser Aussicht tagt die Kommission ohne Unterbrechung, um die Einzelheiten der Einschiffung festzulegen und um die Verbindung zwischen den Parteien und Organisationen sicherzustellen. Sie beginnen mit der Zusammenstellung der endgültigen Listen; man kommt darauf, jedem einzelnen der Ausgewählten ein weiteres spezielles Paßwort zu geben; während die Parteien auf verschiedene Gebäude der Stadt verteilt sind, bleibt die Kommission – fürs erste – in der Militärkommandantur versammelt, um auf die Schiffe zu warten.

Ein Kommandeur tritt ein:

»In der Calle Mayor sind zwei umgebracht worden.«

»Von denen oder von uns?«

»Das weiß ich nicht.«

»Das ist normal.«

»Wie, das ist normal?«

»Das ist erst der Anfang.«

»Von ihnen oder von uns?«

»Ist doch egal.«

»Das sagst du.«

»Natürlich sage ich das. Wir müssen einfach den Befehl geben, daß alle in den Hafen kommen sollten und niemand ihn verläßt. Und wenn einer von denen kommt – egal ob Italiener oder Deutscher oder sonstwas – und rein will, dann ins Wasser mit ihm! Wenn ihr sie schon nicht vorher festnehmen wollt.«

»Sei nicht so unvernünftig.«

»Vernünftig oder unvernünftig. Das ist die einzige Möglichkeit.«

Um zwei Uhr mittags ergeht der Befehl, jeder habe sich im Hafen einzufinden.

Es regnet. Regen über dem Meer ist noch trauriger als irgendwo sonst, direkte Rückkehr von Wasser zu Wasser, ein harter Aufprall, und wenn er noch so sanft niedergeht: widersinnig. Wenn er auf Erde fällt, befruchtet er; über dem Meer nützt er nichts, Fallen um des Fallens willen, und soviel Wasser auch niedergeht, man merkt die Menge nicht. Und trotzdem, auch er zählt.

Alles zählt, denkt Paulino Cuartero, zu Templado hinüberschauend, der den ganzen Vormittag wie ein Murmeltier geschlafen hat.

Das Wasser im Hafen, blatternnarbig; der Stein der Molen sauber, wie frisch geputzt. Tausende von Menschen suchen Unterstand und finden keinen. Die meisten lassen den dünnen Regen über sich ergehen, der ihre Regenmäntel, Hirtenjacken, Ponchos, Umhänge, Kittel, Schultertücher tränkt. Der Regen hüllt sie ein, das einzig Sichere zur Zeit. Fast alle schweigen, denn was ihnen auf dem Herzen liegt – den Schultern, dem Magen, dem ganzen Körper –, können sie nur fluchend loswerden, und des Schimpfens sind sie müde.

Wann ist es Tag geworden? Es wird kaum hell. Wo wenige waren, sind jetzt Tausende. Neuankömmlinge. Rein und raus. Sie schauen.

»Weiß man denn etwas?«

»Sieht man sie nicht?«

Die Außenmole erstreckt sich ungefähr über einen Kilometer, zwischen der Playa del Bavel und der Playa del Postiguet, wo die Ostmole beginnt, die ins offene Meer hinausführt und dort nach Westen abknickt; an dem anderen Strand beginnt als Gegenstück die Westmole, die auf die andere zuführt. Zwischen ihren Abschlußquadern: die Hafeneinfahrt, eine Öffnung von etwa achtzig Metern. Richtung Osten wird die Straße von einem konischen Felsen überragt, steil abfallend zum Meer hin; man nennt ihn »die Burg«, wegen der Santa-Barbara-Burg, die ihn krönt und die früher den Ruf hatte, uneinnehmbar sein.

Eine Allee, palmenbestanden, ein hohes Gitter, einige Bahngleise trennen den Hafen von der Stadt. Am Paseo de los Mártires stehen staubige, geschundene Palmen in doppelter Reihe; die Häuser, ausgeglüht von den Bombardements, liegen bloß, glänzen naß und sehen noch trauriger aus im Regen. Die Gleise wirken im milchigen Licht wie brüniertes Eisen, dem Urin nichts anhaben kann. Es ist schneidend kalt, aberwitzig kalt für Alicante zu dieser Jahreszeit. Der Krieg bewirkt, daß so etwas viel stärker empfunden wird.

Dreißigtausend Menschen – wie viele? –, zusammengedrängt, verloren, weil sie verloren haben, eingepfercht. Dreißigtausend Menschen ohne Ausweg, verbissen in die Hoffnung auf Rauch aus einem Schornstein, so sitzen sie auf den letzten Steinen, die ihnen geblieben sind, im Angesicht des Meeres, dem Ertrinken nah.

»Welche Farbe wird die Kerze haben, schwarz oder weiß?« fragt Cuartero Templado.

»Grau, wie der Rauch«, unkt der Arzt.

»Und was soll das heißen?« fragt einer neben ihm nach.

»Eine lange Geschichte. Man müßte vor Jahrhunderten beginnen, dort drüben.«

»Wo?«

»In Griechenland.«

»Ach ...«, sagen zwei gleichzeitig, ungläubig.

»Nichts hätten wir lieber in der Hand als den Faden der Ariadne, oder?«

»Dafür müßten wir verliebte Burschen sein.«

»Oder Frauen.«

»Oder gewonnen haben, und dann könnte uns auch egal sein, wer die Kerzen wechselt.«

»Sie hätte rot sein sollen.«

»Was hätte Ägäis dann getan?«

»Die Orakel befragt, wie wir.«

Die Umstehenden starren sie an wie seltene Tiere. Andere denken, sie führten eine ernsthafte Unterhaltung:

»Glaubst du, sie können uns aufgeben? Ich bitte dich! Weißt du, was überall auf der Welt gerade für ein Tamtam um uns gemacht wird?«

Der Stolz und die Hoffnung, die Gewißheit, daß man in allen Städten des Erdkreises die Bewunderung teilt, die sie verdient zu haben glauben: Sie sind die letzten, diejenigen, die sich nicht ergeben wollten, die Übriggebliebenen, die darauf warten, auszulaufen auf Schiffen, die die Welt ihnen einfach schicken muß, als angemessene Gegenleistung für ihre Opfer, ihre Männlichkeit, ihre Treue.

Sanftes, stummes Wasser geht auf sie nieder, wie schon seit Stunden. Sie verkriechen sich im Warten, in der Hoffnung auf einen schwarzen Punkt am Horizont.

»Da! Da! Die in der Kommandantur haben es gesehen. Sie kommen! Was ist es? Engländer? Franzose? Was? Norweger? Unter der Fahne des Völkerbundes! Das hat mir gerade einer aus der Kommandantur gesagt ... Es sind drei: zwei Franzosen und ein Panamese; wir schiffen uns alle ein, zehntausend pro Schiff, nach Algier.«

Hundert Stimmen, selbst von denen, die kein Wort sagen.

»Ach woher, nach Marseille.«

»So weit kommen wir nicht: wir sollen in Sète von Bord. Du wirst sehen, ich habe dort den Cousin meiner Frau, Lagerarbeiter in einem Weinhandel; sie kaufen viel in Utiel und mischen ihn mit ihrem, der nichts taugt.«

»Glaubst du, es dauert lange, bis wir zurückkehren?«

»Naja ...«

»Franco hält sich keinen Monat! Jetzt, weil ihn die Deutschen und Italiener stützen ... Aber wenn erst der Krieg kommt, ich kann dir sagen!«

»Mensch, ich in Frankreich! Na, meine Oma hat schon immer gesagt: Der wird noch viel herumkommen.«

Die Hoffnung ist die Mutter der Worte: Alle reden, die Mehrheit packt ihre Sachen zusammen, um nicht zu spät an Bord zu kommen.

»Wo steckt nur Francisco! Immer dasselbe! Wenn man ihn am nötigsten braucht, ist er unauffindbar!«

»Werden sie uns mit Waffen und allem einschiffen lassen?«

»Ich glaube nicht: Wir werden sie abgeben müssen. Sprichst du Französisch?«

»Nein.«

»Ich mit Händen und Füßen.«

Das Treppchen führt hinunter bis zum Wasserspiegel. Das Wasser hebt und senkt sich kaum einige Zentimeter. Poller mit Tauen, die halbgesunkene Boote halten. Ballen, aufgetürmte Kisten. Rechts ein Verschlag, das Fundament einer Seeleuchte, deren Spitze von einem Schuppen verdeckt ist, der weitere Ballen, Kisten, Säcke leidlich überdacht. Nieselregen. Sie bedecken sich, wie sie können, aber niemand mag sich entfernen von diesem, wie sie meinen, privilegierten Ort.

»Mit zweitem Nachnamen hieß er Abraham. Der wird meistens vergessen.«

»War er Jude?«

»Gott bewahre! Enkel spanischer Priester – von beiden Seiten.«

»Über wen redet ihr?«

»Über einen Peruaner, von dem der hier sagt, er sei sehr wichtig gewesen.«

»Gestorben?«

»Ja, in Paris.«

»Wann?«

»Vergangenes Jahr.«

»Ach so!«

Als ob es dann egal wäre: Ein früherer Tod ist bedeutungslos. Jetzt ist der Tod hier, rundherum, in dem kalten Regen und im Meer. Alfredo geht weiter, die Hände tief versunken in den Taschen seiner abgewetzten Lederjacke. Er kommt zurück:

»Wie hieß der?«

»Vallejo.«

»César?«

»Kanntest du ihn?«

»Ja. Wir saßen gerade an der Ausgabe eines Buches von ihm. Das lesen jetzt bestimmt die Faschos. Ich weiß nicht, ob Petere ein paar Exemplare retten konnte. Unwahrscheinlich.«

»Kommunist?«

»Ja und nein.«

»Wenn es etwas gibt, woran kein Zweifel möglich ist, dann das.«

»Er war Mitglied der Partei.«

»Der peruanischen?«

»Nein, der spanischen.«

»Seltsam.«

»Nein, wieso? Vallejo war Amerikaner und Spanier. Wie es sich gehört ...«

»Also mir ist Amerika schnuppe.«

»Dabei wünschst du nichts mehr als ein Schiff, das herkommen und dich hinbringen soll!«

»Ich, ich habe doch auf der anderen Seite der Pfütze nichts verloren.«

»Glaubst du.«

»Du schon, du hast ja in Argentinien gelebt.«

»Woran ist Vallejo gestorben?«

»Daß wir in zwei Hälften geteilt wurden, am 14. April letzten Jahres.«

»Vor einem Jahrhundert.«

»Seine letzten Worte waren: ›Nach Spanien, ich gehe nach Spanien.‹ Ins Jenseits.«

»Woher weißt du das?«

»Das hat mir Larrea gesagt, einige Tage danach«, antwortet Templado.

»Was hast du in Paris gemacht?« fragt Bonilla.

»Mich zu Tode geekelt.«

»Vallejo war Enkel von zwei spanischen Geistlichen und zwei Indianerinnen: Bestimmt stachelte ihn die Hoffnung an, sich von der Erbsünde zu befreien. Unseren Schuldkomplex als Nachfahren Adams, der nicht in Tierfelle gehüllt im Paradies leben konnte; anders als die in Mexiko, die sich selbst heiligten, indem sie einigen ihrer Artgenossen das Fell über die Ohren zogen und sich deren Haut überstreiften. Das erzählt nicht Larrea, sondern Fray Toribio de Benavente.«

»Ich kenne weder Larrea noch kannte ich Vallejo, aber das stimmt natürlich, es waren die Vorstellung und das Empfinden der Erbsünde, die die Spanier nach Amerika trieben. ›Bereue!‹ sagten sie zu den Indios. ›Was denn?‹ Und sie stießen sie in einen tiefen Brunnen, aus dem sie bis heute nicht rausgekommen sind.«

»Darum bist du also gekommen?« fragt Templado Valladares, den er aus Madrid kennt.

»Meine Großeltern waren keine Geistlichen.«

»Indios?«

»Der eine aus Zamora und der andere aus León; aus der Gegend. Und ich kam her, um die Wiege der Sünde zu sehen; und zwar richtig.«

»Eine Pilgerfahrt.«

»Genau.«

»Dann hast du Golgatha erreicht.«

»Selbst wenn sie uns alle ans Kreuz schlagen, wird es ihnen nichts nützen.«

»Da bin ich mir nicht so sicher.« (Er schaut sich um, schnüffelt.) »Wer raucht hier?«

»Ich.«

»Wo hast du den her?«

»Vom Konsul von Paraguay.«

»Den Spaniern ist es nie gelungen, Liebe und Sünde auf iberische Art in Einklang zu bringen: Die alten Frauen geben sich hin ohne Gewissensbisse. Drüben sind die Priester großzügiger. Das Christentum hat bei den Indios keine Wurzeln geschlagen, ist Kruste geblieben, nichts als Hülle, reine Bilder. Doch wenn sie sich nicht daran halten, nehmen sie ein böses Ende. Kinder zu bekommen ist nach wie vor die natürlichste Sache der Welt.«

»Hier auch.«

»Blödsinn. Hier trägt jede Frau einen Keuschheitsgürtel; theoretisch. Die Hölle ist hier, hinter jeder Straßenecke, im Rascheln jedes Unterrocks. Die Spanier kamen auf der Suche nach dem verlorenen Paradies nach drüben. Für uns – vor allem für uns Mexikaner und Peruaner – lag es in Reichweite. Und vertrieben hat uns nicht der Herr, sondern Hernán Cortés und Pizarro.«

»Warum bist du gekommen?« fragt er nochmals.

»Um zu helfen; weil die Spanier, die ich als Spanier unerträglich finde, mir als Revolutionäre wiederum sympathisch sind.«

»Und jetzt?«

»Würde ich das fast umgekehrt sagen.«

»Wenn du Ausländer bist, warum wendest du dich dann nicht an deine Botschaft?«

»Weil ich keine Lust habe. Durch die Hintertür ist nicht meine Art.«

»Als Hintertür zur Falltür ist das hier auch nicht schlecht.«

»Pah, wir werden ja sehen!« sagt Valladares, der nie seinen Optimismus verliert.

Groß, schlank, blatternnarbig und mit einer ganz und gar nicht beneidenswerten Nase.

»Der da«, sagt der *Madrileño,* der manchmal kein bißchen taktvoll ist, »der ahnt nicht einmal ...«

»Das ist hier ja wie am 1. Mai im Stadion.«

Benito Castellar, gerade aus Madrid eingetroffen, muß sich ständig über sich und die anderen lustig machen; sie versuchen, ihm den Spaß zu verderben:

»Du glaubst es nicht: Hier gibt es mehr Klassen als je zuvor: die verantwortlichsten Verantwortlichen, die So-là-là-Verantwortlichen, die Halbverantwortlichen. Diejenigen, die unverzüglich eingeschifft werden, die ein kleines bißchen später eingeschifft werden, die in der Schlange der Hoffnung, die als letzte an Bord gehen, denn die muß es ja auch geben, und so weiter, und die, die an Land bleiben und draufgehen werden.«

»Schluß mit dem Scheiß!«

»Scheiß? Hast du Reis gesagt? Hast du was zu essen?«

»Also ...«

»Du bist gerettet: Du verwandelst dich in einen unglaublich schlimm Belasteten, und im Handumdrehen stehst du direkt an der Mole, um dich gleich mit den ersten einzuschiffen. Hier ein Kommißbrot, dort eine Konserve, und mit einer Rippe Schokolade stehst du ganz vorne an der Gangway. Der Mensch braucht etwas auf den Rippen: erst das Futter, dann die Rettung. Ganz zu schweigen von Blutwürsten, Schlackwürsten oder Chorizo-Würsten, denn die machen gutes Blut und können so die Seele retten. Am Essen scheiden sich

Leben und Tod wie nirgends sonst und, natürlich, Krieg und Frieden.«

»Du bist der einzige Feinschmecker-Revolutionär, den ich kenne.«

»Du kennst nur zu wenige.«

»Keinen einzigen: Alle hatten damit zu tun, den Hunger zu befriedigen.«

»Der wahre Revolutionär denkt weder an Hummer noch an Hunger, sondern: Hauptsache gratis.«

Benito Castelar stößt auf Schwierigkeiten bei den berühmten siebenhundert.

»Passierschein?«

»Den habe ich verloren.«

»Dann kommst du nicht an Bord.«

»Ich gebe dir eine halbe Wurst für deinen.«

Spanische Reiter werden aufgestellt, um das Gelände einzuteilen. Neben dem Hafen versuchen einige unten im Sand, ein anderes Boot ins Wasser zu zerren. Es kommt keine fünf Meter weit, es ist nicht kalfatert und leckt zwischen allen Planken.

»Besser so, denn wenn sie es zwanzig Meter weiter geschafft hätten, wären sie abgeknallt worden.«

»Von wem?«

»Von irgendwem, von uns.«

»Wieso?«

»Warum sie und wir nicht? Mit welchem Recht?«

Ein Schuß.

»Was ist das?«

Später erfahren sie, daß er Peinado geheißen hat – Enrique, sagen einige –, und der Richter beim Prozeß gegen José Antonio Primo de Rivera war. Er fiel zusammen wie ein Sack, auf die mit den Linsen. Er tränkte sie.

»Er hatte keinen Paß.«

»Er hat's sich selbst gegeben.«

»Und du, in Valencia, wo hast du geschlafen?«

»Am Schluß bei der Roten Hilfe, in der Calle del Conde de Montornés.«

»Ich schwöre dir, das Internationale Hilfskomitee ... Rodríguez Vega hat gerade ein Kabel vom Internationalen Gewerkschaftsverband bekommen, und ...«

Der Chor rückt enger zusammen und wächst an.

»Sie versichern ihnen nachdrücklich, daß die englische und die französische Regierung die Evakuierung aller ermöglichen werden, und wenn es sein muß, mit Unterstützung ihrer Kriegsmarine. Daß auch die Air France die notwendigen Flugzeuge schickt ...«

Die Nachricht verbreitet sich, fliegt, landet, gibt neues Leben: Phönix aus der Asche.

»Und was ist mit Madrid?« fragen sie Castelar.

»Nichts.«

»Wie, nichts?«

»Sie sind reinspaziert wie in ihr Wohnzimmer. Niemand stellte sich ihnen in den Weg.«

»Und die Leute?«

»Hör nur zu: Wer nichts sehen wollte, hat nichts gesehen, weil er zu Hause blieb; die anderen gingen auf die Straße und machten den Aufruhr, der seit November 1936 in ihnen steckt, aber doppelt und dreifach.«

Gegenüber dem Hafeneingang die Kommunisten; von links nach rechts die anderen Parteien, in Reihenfolge: Sozialisten, UGT, CNT, Republikaner und als letzte die Militärs.

Trotz des Nieselregens herrscht im großen und ganzen Optimismus.

Oberstleutnant Burillo, über eine Landkarte gebeugt, überschlägt, wie viele Kilometer entfernt wohl die Kolonne von Gambara stehen dürfte, von der man inzwischen weiß, daß sie die nächste ist. Wer wird den Platz übergeben? Er ganz bestimmt nicht. Die Konsuln einigen sich, mit dem italienischen General zu verhandeln. Der Argentinier ist im siebten Himmel: Er führt, befiehlt, entscheidet, und er kann Italienisch! Der Franzose, von Mal zu Mal umgänglicher und den anderen mehr zugeneigt, sagt nicht viel, als würde ihn das Gewicht seiner Nase, die unter die tiefen Furchen seiner Stirn genagelt ist, nach vorne ziehen. Er fühlt sich sicher, seit Pétain französischer Botschafter in Burgos ist. Endlich hat sein Land den rechten Weg eingeschlagen. Es wurde auch Zeit. Er hat immer gesagt, die ›Canaille‹ wird nicht gewinnen. Jetzt opfert er sich der Sache. Burillo weist ihn darauf hin, daß ein spanischer Offizier als Parlamentär zum Gegner gehen muß.

»Wer?«

»Das werden wir sehen. Noch sind sie nicht da.«

»Und am Hafen, wer wird zu denen reden?«

»Zu wem?«

»Zu ihren Leuten.«

»Irgendeiner.«

»Ich sehe das nicht so einfach.«

»Warum?«

»Fürs erste, und damit es nicht so viele Reibereien gibt, muß man es als gegeben ankündigen, daß die Frachter demnächst anlegen.«

»Womit wir nur die Wahrheit sagen, denke ich.«

»Aber natürlich.«

»Es darf zu keinerlei Unruhe kommen.«

»Keine Sorge.«

»Wenn nicht …«

»Machen Sie sich keine Sorgen.«

»Gut. Wer wird reden?«

»Carlos Rubiera soll zu den Republikanern sprechen, Rodríguez Vega zu den Sozialisten, ein Kommunist zu den

Kommunisten, ein Anarchist zu denen von der CNT. Und um eines müssen Sie sich nicht sorgen: Nachrichten verbreiten sich von alleine.«

»Und wachsen an wie Lawinen.«

»Oder Bäuche.«

»Schade nur, verdammt, daß wir nicht neun Monate bleiben können«, kommentiert Rodríguez Vega grummelnd. »Ihr hättet ruhig einen anderen aussuchen können.«

»Das Pferd oder der Stier. Picasso antwortete nie auf Larreas Frage, ob es das Pferd ist oder der Stier, was in *Guernica* den Faschismus symbolisiert. Kein Sterbenswörtchen kam über seine Lippen, denn er weiß es selbst nicht, und es ist ihm auch egal. Fest steht, daß sie da sind.« (Er macht eine Pause.) »Das Pferd und der Stier sind persisch.«

»Red keinen Unsinn.«

»Zumindest ihre erste Darstellung: das Gute und das Böse. Mezda und Ahriman – und Zarathustra, ihr Prophet. Sie kamen aus dem Orient nach Spanien, ans Ende der Welt, immer dem Weg der Sonne nach.«

»Nach einer Erholungspause auf Kreta«, sagt Templado.

»Und auf Mallorca.«

»Das mit Mallorca war Zufall.«

»Vielleicht, Inseln sind das immer; zumindest für mich.«

»An dem Tag, an dem das Skelett Zarathustras gefunden wird, wird vieles aus der spanischen Geschichte ans Licht kommen, was jetzt noch im dunkeln liegt. Die Medäer, aus Vorzeiten, die Medäer. Die Medäer waren großer Reiter gegen die Stiere. Man muß in Persepolis gewesen sein – ich war da – und darf nicht vergessen, daß nach Zarathustra zuerst der Stier war – der Urstier –, zeitgleich mit dem ersten Menschen.«

»Und das Pferd?«

»Wenn ich das wüßte, ich hätte es Larrea gesagt. Mezda schuf das Feuer und Ahriman den Rauch.«

»So erklären sich die vielen Sprichwörter: Das eine existiert nicht ohne das andere.«

»Wie sollte es das Gute ohne das Böse geben?«

»Pegasus«, sagt Valladares.

»Vielleicht. Vielleicht wird irgendwann ein geflügeltes Pferd gefunden, das zur Erde geschleudert wurde, weil es einen Apfel gegessen hat. Und seine Flügel verlor.«

»Was würdest du dafür geben, sie zu bekommen?«

»Und du?«

Unnötig zu sagen, daß Valladares Dichter ist. Ein mittelmäßiger. Er weiß das, er hätte eine brillante Karriere machen können während dieser Monate, wenn er für die eine oder für die andere Partei gesungen hätte. Er will nicht. Die Wahrheit ist, daß er nicht weiß, was er will. Ihm schmeckt es auch nicht, in seine Heimat zurückzukehren. Vor allem würde er gerne trinken. Er kam 1937, zum Kongreß der Antifaschistischen Intellektuellen, und er blieb. Die Kommunisten mögen ihn nicht, die Anarchisten dulden ihn, die Republikaner nehmen von ihm keine Notiz. Ihm ist das unwichtig, was er mag, sind Wein aus Valdepeñas und Schießen.

»Doch, eins ist ziemlich klar: Die Köpfe der Republik waren Erasmiten – sie selbst akzeptierten, bestätigten das; das heißt, sie glaubten, daß aggressive Worte am Ende jeder Diskussion befriedet sein können und müssen. Erasmus tat nichts anderes, als Tausende von Worten in Umlauf zu bringen, um sie in die Köpfe der Erasmiten zu bringen, wenn sie es unverschämterweise an Respekt vor der Macht fehlen ließen. Der Glaube, Politik finde in Debattierklubs und Parlamenten statt, hat uns hierhergebracht, uns Erasmiten und alle anderen auch.«

»Glaubst du nicht, das ist so, weil es so kommen mußte?« fragt Templado, um abzulenken.

»Ich glaube nicht an das ›Es stand geschrieben‹.«

»Weder stand es geschrieben noch war es unabwendbar, schon gar nicht, daß uns alle im Stich lassen …«

»Wenn es nicht so gekommen wäre, dann anders.«

»So grausam? Denn, mach dir das klar, was ein Beispiel an Tapferkeit, Unbeugsamkeit und Mut war, wird auf die schlimmste Weise zerstört.«

»Niemand löscht das Vergangene aus.«

»Es braucht nur einige Generationen.«

»Das stimmt nicht: weder zwei noch vier. Sieh dir die Kommune an.«

»Brauchst du ein deutlicheres Beispiel? Noch immer wird sie verteufelt.«

»Was liest du denn?«

»Geschichten Frankreichs.«

»Reaktionäre.«

»Die man in der Schule bekommt.«

»Warte eine Weile, und du wirst sehen.«

»Dann wird Thiers schlecht dastehen.«

»Ganz bestimmt.«

»Er war das Idol meines Großvaters.«

»Für deinen Enkel nicht mehr.«

»Was weißt du denn?«

Valladares schafft sich Platz und geht. So ist er: Plötzlich ist er es leid.

»Hör mal«, sagt Templado zu Cuartero, »du und ich, was sind wir?«

»Ich, ich bin von der Republikanischen Linken.«

»Ich auch.«

»Du bist nichts.«

»Du denkst doch nicht etwa, weil ich nicht in Azañas Partei eingetreten bin (ich weiß bis heute nicht, warum, vielleicht, weil er ein Freund von mir war), werden sie uns jetzt voneinander trennen?«

»Wer sagt denn so etwas?«

»Die Lautsprecher, wie in der Zarzuela *La Verbena de la Paloma:* ›Sie bitte hier, Sie bitte da ...‹«

»›... und fasse nicht die Hühner an und auch nicht den Fasan ...‹«

»Das Problem ist nicht das Dranfassen, sondern wie es uns ergeht, wenn wir dran sind.«

»Was wohl aus Ambrosio geworden ist?«

»Der dürfte zur Zeit über die Cannebière oder über die Champs-Elysées flanieren.«

»Ich versichere dir, er macht sich Sorgen um uns.«

»Er hätte uns nur mitnehmen müssen.«

»Wo, meinst du, wird er anlanden?«

»Ich weiß es nicht. Aber er war Freimaurer durch und durch.«

»Das hätte ich nie für möglich gehalten.«

»Er hat sich geschämt, nehme ich an.«

»Du, schau mal den da.«

»Wen?«

»Den der da im Kreis geht, als würde er ein Schöpfrad drehen.«

»Kennst du ihn?«

»Ich glaube, ja. Ich bin mir nicht sicher, aber ich glaube, der ist aus Altillo de Fresniega, einem Nachbardorf von uns.«

»Ja und?«

»Ich wette zwei zu eins, daß er demnächst losrennt, um sich an dieser Wand mir nichts, dir nichts den Schädel einzuschlagen.«

»Wie willst du das wissen, wenn du ihn nicht kennst?«

»Ich kenne Esel.«

»Esel begehen Selbstmord?«

»Manchmal.«

»Das höre ich zum ersten Mal.«

»Also, ich habe das schon gesehen.«

»Aber warum?«

»Ich habe sie nicht gefragt.«

»Und sie machen das genau so?«

»Identisch, als ob sie denken würden. Besser gesagt, so wie man es tut, wenn man an einen Pflock gebunden ist, mit einem Halfterstrick und einer fixen Idee im Kopf, die man hin und her und her und hin wälzt ...«

»Laß uns gehen und sie ihm austreiben.«

»Warum? Wenn ich den Mut hätte, würde ich das gleiche wie er tun.«

Seit elf Uhr vormittags ging die Nachricht um:

»Zuerst kommen die Italiener.«

»Die ersten, die einmarschieren, werden die *Maccaroni* sein.«

»Das war zu erwarten. Damit sie hinterher sagen können ...«

»Die ersten, die den Hafen besetzen, werden Italiener sein.«

»Um zwölf.«

»Gegen eins.«

»Um zwei, sicher.«

»Die ersten, die Stellung beziehen, werden die Schwarzhemden sein.«

»Das werden sie nicht zulassen!«

»Du wirst ja sehen.«

»Unter Befehl von Bergonzoli.«

»Der hat auch keine weiße Weste.«

»Sie werden sich aufführen wie in erobertem Gebiet.«

»Was ja nicht falsch ist.«

»Du kannst schon mal zu rufen üben: Duce! Duce!«

»Leck mich. Das bekommst du nie zu hören.«

Drei brachten sich gegen halb drei um, als das Gerücht umherschwirrte, sie stünden bereits am Murcia-Bahnhof. Das war ein Problem, mit dem die Evakuierungs-Junta nicht gerechnet hatte.

»Dafür«, sagte Carlos Rubiera, »nicht ein Verletzter unter Anarchisten und Kommunisten ...«

»Wo schaffen wir sie hin?«

»Platz schaffen in einem Schuppen. Mal sehen, ob es ein paar Sack Zement gibt ...«

Um ein Uhr bestimmten die Kommunisten hundert weitere Kämpfer, die den Platz derer abschirmen sollten, die als erste eingeschifft wurden. Es regnete weiter, und wenn es auch nicht kälter wurde, so doch feuchter.

»Immerhin«, sagte Henche.

»Sie wollten mich sehen, meine Herren, was ist?«

»Herr Konsul, die Nachrichten sind nicht sehr vielversprechend und noch viel weniger ermutigend«, sagt Carlos Rubiera, mit einem leichten, gewollt argentinischen Akzent.

Die Stille störte im Raum der Junta für Hafenbau, wo die Evakuierungs-Junta zusammengekommen war.

»Ich geben Ihnen mein Wort und das meines Landes«, sagte der Konsul laut, »daß die Schiffe kommen werden.«

Die Nachricht verbreitete sich über die Dämme hinweg, bevor sie über Lautsprecher bestätigt wurde, von Vega, Rubiera, einem Oberst, einem Kommunisten, einem Anarchisten.

Tomás Puig, fünfundzwanzig Jahre alt, bartlos und Oberstleutnant; Frau und zwei Kinder, sitzt im Sektor der Militärs. Er wird über Lautsprecher ausgerufen, damit man ihm seinen Passierschein der ausgewählten siebenhundert aushändigen kann. Er soll an den geheiligten Ort gelangen und sich mit seinem unterschriebenen Papierchen in Sicherheit bringen, der Gefahr entrinnen, möglicherweise die Freiheit wiedererlangen.

»Tomás Puig!«

»Spar dir die Mühe, ich gehe nicht.«

Gregoria stößt ihn an.

»Geh schon.«

»Nicht ohne euch.«

Seit zehn Stunden diskutieren sie das.

»Was willst du? Daß sie dich an die Wand stellen?«

»Ich gehe nicht ohne euch.«

Einer der Zuhörer greift ein, ohne sie zu kennen, weil er des Zwists müde ist.

»Nehmen Sie den besten Fall an: daß Sie zusammen festgenommen werden.«

Sie schauen ihn überrascht an.

»Wir gehen doch alle zur selben Schlachtbank, also kann ich auch meinen Teil sagen: Wenn Sie zusammenbleiben, jeder mit einem Kind auf dem Arm, wohin kommen Sie dann? Werden sie alle freilassen? Besser gesagt, werden Sie, gnädige Frau, freigelassen? Warum sind wir dann überhaupt hier? Bestenfalls wird er in ein Gefängnis gebracht, und Sie, weil Sie mit ihm hier sind, in ein anderes. Oder Sie werden sogar freigelassen. Jetzt besteht wenigstens die Möglichkeit, daß ihr Mann sich einschifft.«

»Dann tun wir das zusammen.«

»Bedenken Sie, daß es nur Platz für siebenhundert gibt. Daß Ihre Kameradin und Ihre Kinder zurückbleiben. Entweder wir kommen zurück, dann gibt es kein Problem; oder nicht, dann können Sie sie immer noch auf die eine oder andere Art rausholen.«

»Vielleicht haben Sie recht, aber ohne sie gehe ich nicht.«

»Ist sie Ihnen als Witwe lieber?«

»Jetzt reicht's aber, du Vogelscheuche«, tritt ihm die Frau entgegen, »hat dich jemand zu unserem Begräbnis eingeladen?«

»Tomás Puig!« jault es.

»Verflucht nochmal! Entweder alle oder keiner!«

»Von welcher Partei bist du?« Plötzlich duzt er ihn.

»Von der *Acción Republicana.*«

Tomás setzt sich auf seinen Koffer, nimmt seine Kinder in den Arm. Der Gesprächspartner geht zur Baracke.

»Tomás Puig!«

»Vergiß es«, sagt Ventura, der sein Gegenüber kennt.

»Der will nicht. Was kostet es dich, mir seinen Passierschein zu geben?«

»Den Kopf.«

»Erzähl mir keine Geschichten. Den setzt du eh aufs Spiel.«

»Stell dich dahin und warte, dann sehen wir weiter.«

»Es kommen drei, aber große.«

»Wie willst du das wissen?«

»Luis Romá hat es gehört, durch die Holzwand.«

»Märchen.«

»Warum sollte er das erfinden?«

»Den Versuch ist es wert.«

»Der kubanische Konsul hat es gesagt.«

»Wie viele?«

»So viele wie nötig.«

»Warum laufen sie nicht ein?«

»Sie warten, bis die Flut steigt.«

»Hier gibt es keine Flut.«

»Geh mir nicht auch die Nerven!«

»Rodríguez Vega hat mit Trifón Gómez gesprochen. Die Schiffe müssen in ein paar Stunden hier sein, macht euch bereit. Manuel, dein Rucksack! Und ihr wißt ja, immer schön höflich, *avec politesse,* nicht daß es heißt ...«

»Also, ich vertraue auf die Engländer. Gut, besser gesagt, ich vertraue eher auf die Engländer. Sie werden uns nach Sankt Helena schaffen, aber sie holen uns hier raus.«

»Warum?«

»Aus Tradition.«

»*Tradition* und *treason,* Tradition und Verrat, das liegt im Englischen wie im Spanischen nahe beieinander.«

»Es soll keine Schiffe geben!«

»Das hat noch gefehlt, daß sie uns nach Alicante haben kommen lassen, nur damit wir ein Bad im Meer nehmen.«

»Es kommen sechs, im Konvoi.«

»Woher weißt du das?«

»Sirvent hat es mir gesagt.«

»Es kommen acht.«

»Wer hat dir das gesagt?«

»Woher weißt du das?«

»Sirvent.«

»Er muß es wissen.«

»Franco wird keins durchlassen.«

»Sei nicht albern.«

»Warum sollte er das tun? Draußen sind wir ihm weniger im Weg.«

»Weniger, als wenn wir unter der Erde sind? Der Spanier verzeiht nicht, es gibt keine Amnestie, nur Haß und Groll.«

»Wer hat diese Saat gesät?«

»Frag deine Oma.«

»Die beiden haben nicht geheiratet, wegen des Krieges. Ihre Familie sagte: Wartet. Sie warteten, und jetzt liegt er im Sterben, unter diesem Vordach dort, verwundet.«

»Und sie?«

»Ich weiß nicht. Ich bin auf der Suche nach ihr.«

»Widerstand! Widerstand! Bisher haben wir immer nur durchgehalten!«

»Macht das einen Unterschied?«

»Widerstand leistet man gegen eine Kraft, die von vorne oder von der Seite wirkt. Man hält durch, wenn sie von oben kommt. Immer kam alles Übel von oben: vom Himmel und aus Frankreich. Man hält durch, wenn Gott zornig ist, man widersteht dem Teufel. Man hält durch gegen etwas Größeres, man widersteht dem, was deine Kragenweite hat. Wer nicht widersteht, flieht; wer nicht durchhält, stirbt, erdrückt.«

»Und wir?«

»Frag doch deine Oma.«

»Warum sind wir hier?«

»Schweig.«

»Was tun wir hier?«

»Schweig.«

»Warum sind es so viele?«

»Schweig.«

»Mit tut der Fuß weh. Mir ist kalt.«

»Zieh meine Jacke an.«

»Ich habe Hunger.«

»Warte, bis dein Vater zurückkommt.«

»Ich bin müde.«

»Schlaf.«

»Ich kann nicht.«

»Tu so, als ob.«

»Ich habe Hunger.«

»Ich hab dir doch gesagt, warte, bis dein Vater zurückkommt, er wird etwas mitbringen.«

»Ich habe Durst.«

»Du hast eben getrunken.«

»Ich habe Hunger.«

»Halte ein wenig aus.«
»Mir tut ein Fuß weh.«
»Welcher?«
»Beide.«
»Leg sie her.«
»Mir ist kalt.«
»Leg dich unter den Umhang.«
»Werden wir lange hier sein?«
»Ich weiß nicht.«
»Wann kommt das Schiff?«
»Ich weiß nicht.«
»Nichts weißt du. Wo ist Papa?«
»Er ist auf der Suche nach …«
»Was sucht er?«
»Ich weiß nicht.«
»Ich will nach Hause.«
»Das geht nicht.«
»Ich will schlafen.«
»Schlaf.«
»Ich habe Hunger.«
»Ich auch.«
»Ich will essen.«
»Schlaf ein bißchen.«
»Ich mag nicht. Kratz mir den Rücken.«

Templado und Cuartero, unter einem Vordach:

»Das erinnert an die großen, die großartigen Gedichte der Welt. Im Vergleich zum Meer ist die Erde unbedeutend. Das Meer bringt von Haus aus mehr Poesie mit: den Menschen selbst.«

»Deshalb konnte Jesus darauf gehen wie auf festem Boden.«

»Vielleicht; auch wenn du nur sticheln willst. Das Meer gibt mehr als die Erde.«

»Sagst du das um der Hoffnung willen?«

»Möglich.«

»Gib sie besser auf.«

»Warum?«

»Ich weiß nicht. Ich habe das im Gefühl. Das gute alte Meer öffnet uns keinen Weg, es ballt seine Faust gegen uns:

Je te salue, vieil océan …
Ich grüße dich, alter Ozean …

Die großen französischen Dichter sind alle in Uruguay geboren.«

»Deshalb glaubst du, daß keine Schiffe kommen werden?«

»Vielleicht. Oder glaubst du an eine göttliche Ordnung? Jeder lebt, wie er kann, auf Kosten der anderen, und man zerfleischt sich gegenseitig bei lebendigem Leib.«

»Jeder. An Land und auf dem Meer.«

»Im Krieg verschwindet die Kindheit. Ich zumindest habe mich nicht ein einziges Mal an sie erinnert, nicht einmal ans Gymnasium.«

»Stimmt, das ist mir gar nicht aufgefallen.«

»Die wirklichen Wahrheiten fallen einem nicht auf.«

Vicente trifft José Jover, der ist sehr gealtert.

»Du hast Asunción geheiratet?«

»Ja.«

»Wo ist sie?«

»Ich bin auf der Suche nach ihr. Hast du sie vielleicht gesehen?«

»Wenn ja, würde ich dich nicht fragen. Ist es lange her, daß du in Valencia gewesen bist?«

»Vorgestern.«

»Hast du jemanden gesehen?« (»Jemanden«, jemanden von uns, vom Studententheater *El Retablo*. Auch das war gestern … Alles wie niedergewalzt, von Erdmassen begraben.)

»Nein.«

Weiter haben sie sich nichts zu sagen.

»Woher kommst du?«

»Aus Murcia. Ich wurde verwundet. Kam nach Onteniente, und ...«

»Ich gehe weitersuchen. Wenn du sie zufällig triffst, sag ihr, sie soll hinter dem Regatta-Club auf mich warten.«

»Vicente Dalmases! Vicente Dalmases!«

Er bahnt sich einen Weg.

»Was ist los?«

»Hier hast du deinen Passierschein.«

»Wozu?«

»Um dich einzuschiffen. Du wartest im Sonderbereich.«

»Zuerst muß ich meine Freundin finden.«

»Paß auf, was du tust. Das ist ein Befehl.«

»Befehl oder nicht, es ist mir egal.«

»Du bist der erste, der ablehnt ...«

»Ich lehne nicht ab.«

»Sondern?«

»Ich habe nur gesagt und sage noch einmal, daß ich meine Freundin finden muß.«

»Also, paß auf, sie kann nicht mit dir kommen.«

»Wieso nicht? Und ...«

»Schon gut, wir werden sehen. Schaff sie her, und das Komitee soll es diskutieren.«

»Was hat dieser Vicente Dalmases getan, was ich nicht auch getan hätte? Los, sag es mir! Muß es so weit kommen, daß man sich solche haarsträubenden Ungerechtigkeiten ansehen muß? Hat jemand mehr getan als ich, um den Krieg zu gewinnen? Ist er Kommunist? Na und? Ich bin von der FAI.«

»Hier sind viele von euch.«

»Aber keiner wie ich.«

»Wieso haben dich deine Leute dann nicht auf die Liste gesetzt?«

»Das möchte ich auch wissen. Ich würde alles geben, um sicher zu sein ...«

»Warst du drauf?«

»Und wie ich drauf war! Und mit allem Recht der Welt! Ich habe Kardinal Soldevilas umgebracht! Ich habe mindestens zweihundert Pfaffen zum Spaziergang abgeholt. Das war meine Spezialität. Im ganzen Maestrazgo-Gebirge habe ich diese Brut ausgeräuchert, und Gott weiß, wie viele das waren. Und nicht einen habe ich in Tortosa übriggelassen, und dann, in Asturien ...«

»Du warst in Asturien?«

»Bis es verlorenging! Und dann haben sie mich dort sitzengelassen, wie einen ausgesetzten Hund, damit die anderen in den ersten Tagen des Wechsels mit mir kurzen Prozeß machen! Der *Bombas,* Junge! Der *Bombas!* Bekannter als die Krätze.«

Möglich, sicher war, daß die Krätze ihn kannte. Warum sonst kratzte er sich unentwegt? Klein und wirr. Fanatisch.

»Wenn einer um die Ecke gebracht werden mußte – *Bombas* hierhin, *Bombas* dahin ... Jetzt will mich keiner mehr kennen. Wenn ich eine Star hätte!«

»Nimm, ich schenke sie dir.«

Der Mann schaut die Pistole an, nimmt sie, wiegt sie, wirft sie mit einer Geste der Verachtung ins Wasser:

»Ihr wißt ja nicht, wer ich bin! Wenn ich anfange, gibt es kein Ende. Einmal in Alcañiz, da ging ich zu einem Landgut: dort waren mindestens dreißig; nicht einen ließ ich übrig. Aber wenn ich zurückbleibe, werden sie mir das bezahlen, das schwöre ich, das werden sie mir bezahlen.«

Er trollt sich. Reverté, der ihn kennt, kommentiert:

»Kümmert euch nicht um ihn. Deshalb habe ich ihm die

Pistole gegeben. Er stirbt vor Angst. Alles, was er erzählt, ist erfunden: eine gottestreue Seele.«

»Nette Definition. Aber er will auf die Liste gesetzt werden.«

»Er hält sich für listig.«

»Das findet keiner lustig.«

»Wie geistreich du wieder bist.«

Sie warten, spähen, vertrauen den Worten; aber vielen fehlt es an Mut, an Antrieb. Trotzdem, sie leben von Hoffnung, halten an dem Glauben fest, daß diese Schiffe einlaufen werden; sehen sich an Bord steigen. Jede Nachricht wird zum Guten gewendet und genügt, zerstörte Hoffnungen wieder aufzurichten; andere wiederum machen sich solche Sorgen, daß es ansteckend wirkt.

»Also, ich ...«

»Seine eigene Scheiße riecht man nicht.«

»Schwört jetzt nicht jeder? Betet jetzt nicht jeder?«

»Wenige«, antwortet Templado Cuartero.

»Da wäre ich mir nicht so sicher.«

»Schau mal«, sagt *Manitas,* »ich gebe dir eine halbe Tortilla, wenn du mich reinläßt und auf die Liste bringst.«

»Abgemacht.«

»Gib mir den Passierschein.«

»Gleich.«

Die Wache geht zum Eingang, und dem ersten, der von der Hafenmeisterei zurückkommt und seine Pappe vorzeigt, sagt er:

»Der gilt nicht.«

»Wieso nicht?«

»Ich sehe gleich einmal nach«, sagt er und verschwindet hin zu dem mit der Tortilla.

»Hier, komm, gib her.«

José Burgos, krakeelend:

»Der hat ihn mir weggenommen!«

»Was?«

»Den Passierschein.«

»Und wozu wollen Sie ihn?« fragt einer.

»Um an Bord zu gehen.«

»Worauf?«

Don José Burgos ruft Puchol:

»Geh zur Junta, sag ihnen, daß mir der Passierschein entwendet wurde.«

Der kommt wieder:

»Ich werde nicht durchgelassen.«

»Jetzt gehe ich.«

»Und ich, Don José?«

Der Wissenschaftler ist verwundert. Keine Antwort. Wofür hält der sich? Ist es ihm nicht genug, mir hier zu dienen? Er betritt das Hafenbüro. Man gibt ihm einen anderen Passierschein.

»Lassen Sie sich nicht ... Seien sie nicht so vertrauensselig.«

»Keine Sorge.«

»Passen Sie auf.«

Lisa sitzt seit zwei Tagen so nah wie möglich an der Einfahrt zum Hafen. Sie tut nichts anderes, als aufs Meer zu starren. Die Augen schmerzen, noch mehr die Seele. Es regnet, es nieselt, mal kommt die Sonne raus. Lisa bewegt sich nicht; ißt nicht, weiß nichts, verspürt keinerlei Bedürfnis. Reglos.

Drei Jahre ist sie in Valencia gewesen und hatte schweigend für den Pressedienst der Regierung gearbeitet. Häßlich wie die Nacht. Der Mund durchschneidet ihr die Hälfte der linken Wange; triefäugig auf derselben Seite: ein Unfall, als sie vier oder fünf Jahre alt war. Jüdin. Ihr Vater sitzt in Deutschland in Gefangenschaft. Er saß; seit 1935 hat sie keine Nachrichten. Oft dachte sie, wenn sie Kommunistin wäre, könnte sie wenigstens etwas erfahren. Aber sie ist nicht in der Partei, ebensowenig ihr Vater, Angestellter, Witwer, aber Jude. Lisa war in Madrid, lernte Spanisch und war Dienstmädchen in einem wohlhabenden Haus; Don Luis Jiménez de Asúa, der Nachbar ihrer Hausherrin, brachte sie in der Propagandaabteilung unter, als Übersetzerin aus dem Deutschen. Lisa tat alles, was man ihr befahl, außer in eine Partei einzutreten. Als man die Regierung von Valencia nach Barcelona verlegte, blieb sie am Ufer des Turia, weil sie, wie es hieß, gebraucht wurde.

»Mann, frag doch die Jüdin.«

»Das soll die Jüdin machen.«

Sie fand das in Ordnung, weil sie nicht merkte – sie wurde ja von gleich zu gleich behandelt –, daß im Grunde genommen und trotz allem in dem Spitznamen ein abwertender Ton mitschwang.

»Wenn die Deutschen kommen, werden sie mich ausliefern …«

»Sieh an, und wenn die Italiener kommen, auch.«

»Oder glaubst du, wenn Franco dich schnappt und die Nazis dich wollen, hättest du noch lange?«

»Was schaust du so?« fragt Asunción sie.

Lisa wendet langsam den Kopf zu ihr.

»Was glaubst du?«

Das nackte Meer. In ihren Augen stehen die Tränen.

»Dir wird nichts passieren. So wie allen.«

»Bei meinem Akzent? Wenn die Schiffe nicht kommen, bringe ich mich um.«

»Sei nicht albern.«

»Es wird überhaupt nicht albern, wenn die Deutschen mich festnehmen.«

»Warum versuchst du nicht zu fliehen?«

»Wohin denn?«

»Geh in Stadt.«

»Und dann?«

»Ich weiß nicht. Aber es ergibt sich immer etwas. Wenn du willst, kannst du nach San Juan gehen, ins Haus von Freunden meines Vaters.«

»Lebt dein Vater?«

»Nein, das weißt du doch. Aber ich war ein paar Tage dort. Gute Menschen. Danach kannst du weitersehen. Du bist doch kein Kind.«

»Du bist doch selber eins.«

»Willst du es nicht versuchen?«

»Glaubst du nicht, daß die Schiffe kommen?«

»Doch.«

»Also?«

»Aber die Franquisten werden vorher hier sein, über Land kommen, und für alle Fälle, wegen deines Akzents, wie du sagst.«

»Und du?«

»Ich muß Vicente finden.«

»Du hast ihn immer noch nicht getroffen?«

»Sonst würde ich nicht mit dir reden.«

Asunción bemerkt ihre Unhöflichkeit; sie wechselt das Thema:

»Geh schon.«

»Ich bin so steif, ich kann mich nicht bewegen.«

»Ich helfe dir.«

Zu mehreren stützen sie Lisa, die mit Asuncións Hilfe den Hafeneingang erreicht.

»Du nimmst die Straßenbahn, auf der *Muchamiel* steht. Frag nach den Buñuels. Sag ihnen, daß du von mir kommst. Bei den Sprachen, die du sprichst ...«

»Sie werden mich nicht rauslassen.«

»Doch, sicher.«

Plötzlich der Schrei:

»Asunción!«

»Genosse: Hier kannst du nicht raus. Du hast deinen Passierschein bereits ausgehändigt ...«

»Was kümmert mich der Passierschein! Zur Hölle!«

Vicente schiebt einen vom SIM mitsamt seinem Maschinengewehr beiseite, einen Kämpfer mit seinen Handgranaten, und rennt hinaus, auf das schon weit entfernte Paar Lisa und Asunción zu, die ihn nicht gehört haben und weiter Richtung Eingang gehen.

»Du verlierst doch deinen Platz!«

Er rennt gegen Tausende an, die in die entgegengesetzte Richtung strömen. Er schubst, weicht aus, schlängelt sich durch.

»Idioten gibt es hier!«

»Andersrum! Andersrum!«

Er findet sie nicht. Er flucht. Schreit. Rempelt. Sucht. Forscht. Hält Ausschau. Verzweifelt. Gibt nicht auf. Geht beiseite. Steigt auf eine Plattform. Schreit, schreit, schreit. Bricht zusammen.

Serre ruft Rodríguez Vega an.

»Ich habe gehört, du suchst mich.«

»Ja, ich wollte noch einmal mit Oran oder Marseille telefonieren, oder mit beiden Städten, wenn das möglich ist.«

»Schwierig. Hier ist alles dicht, und ich nehme an, daß sie wieder die Leitungen kontrollieren, zumindest die internationalen. Dafür gibt es einen Platz, nach Toulouse.«

»Wann?«

»In einer Stunde.«

»Reservier ihn für uns.«

»Keine Sorge, schon geschehen, sofort, als ich es erfahren habe.«

»Danke.«

»Wofür? Wenn es nur hundert Plätze gäbe.«

Der UGT-Führer wendet sich an seine Genossen von der Junta:

»Es gibt einen Platz nach Toulouse, im nächsten Flugzeug, in einer Stunde. Im Augenblick haben wir keine Telefonverbindung, und ich denke, einer muß hin und nachsehen, ob diese Schiffe nun kommen oder nicht. Wer?«

Sie sehen sich an. Gómez Osorio bestimmt:

»Pascual Tomás.«

»Warum ich?«

»Weil sie dich kennen und du jeden kennst.«

»Meine Familie ist hier.«

»Das ist kein Grund.«

»Keiner für euch.«

»Laßt uns abstimmen, wenn ihr wollt.«

»Ich glaube, das ist nicht nötig.«

»Denkt daran, daß ihr es seid ... Und daß ich gesagt habe, daß ich auf keinen Fall gehen werde.«

»Wenn es nur um heilige Schwüre geht, na dann: los.«

Pascual Tomás' Familie ist im Hafen.

»Meine Familie ...«

»Sei unbesorgt ...«

Auf dem Weg zum Flugplatz sprechen sie kein Wort. Rodríguez Vega betritt Serres Büro. Er bekommt keine Verbindung, weder mit Frankreich noch mit Algerien. Beim Hinausgehen trifft er Luis González Moreno.

»Wo kommst du denn her?«

»Du gehst?«

»Nein.«

Zu Pascual Tomás:

»Gehst du?«

»Sie bestehen darauf.«

»Kannst du Ramón diesen Brief geben?«

»Wenn ich ihn sehe.«

»Natürlich. Lies ihn ruhig.«

Ein Falangeführer kontrolliert die Reisepässe. Den von Pascual Tomás sieht er lange und genau an. Der zückt sein Feuerzeug und schenkt es ihm. Der Franquist steckt es ein.

»Danke. Gute Reise.«

Auf dem Rückweg in die Stadt – er kann den Wagen nehmen – fragt Rodríguez Vega González:

»Kommst du?«

»Wohin?«

»Zur Junta.«

»Nein.«

»Was hast du vor?«

»Hierbleiben und hinterher versuchen, mich aus dem Staub zu machen. Denn mit euch zusammen …«

»Glaubst du nicht, daß die Schiffe kommen?«

»Ich weiß es nicht. Aber in dem Fall ziehe ich meine Lösung vor. Denk nicht, ich hätte nicht alles bedacht.«

»Daran zweifele ich nicht. Wohin gehst du?«

»Das sage ich noch nicht einmal dir.«

»In Ordnung. Ich wünsche dir alles Gute. Bis zum nächsten Mal.«

»Findest du das nicht zuviel gesagt?«

»Was hattest du bei der Air France zu suchen?«

»Du hast es selber gesehen: jemanden, der meinen Brief mitnimmt. Nichts eignet sich besser als das Unglück, um wieder miteinander ins Gespräch zu kommen.«

»Verstehst du dich nicht mit Pascual?«

»Bei Gott! Wenn du ein bißchen nachdenken würdest … weder mit ihm noch mit Ramón. Aber er wird ihm den Brief aushändigen. Andererseits schreibe ich nichts Besonderes; was ich dir vorhin gesagt habe: was in der UGT vorgefallen ist und daß ich eine Weile warten werde, bevor ich versuche, über die Grenze zu kommen.«

Rodríguez Vega sieht ihn an und schweigt eine Weile, bevor er ihm sagt:

»Irgendwann stirbt jeder.«

»Aber es gibt verschiedene Arten zu sterben.«

»Auf das Leben kommt es an.«

»Ich glaube nicht, daß wir mehr zu bereuen hätten als unsere Irrtümer.«

»Du bist sehr philosophisch geworden.«

»Ich nehme an, damit willst du mir sagen, daß ich ein Idiot bin.«

»Mehr oder weniger. Naja, wenn wir wieder bei null anfangen müßten, ich bin mir sicher, wir würden mehr oder weniger dasselbe tun.«

»Daran zweifelt niemand.«

»Wo setze ich dich ab?«

»Genau hier.«

Luis González Moreno steigt aus dem Wagen, schüttelt kräftig die Hände von Rodríguez Vega.

Brief von L. an H.
(In Pascual Tomás' Jackentasche.)

Um vier Uhr sagte Burillo, daß zum Abend die Franco-Truppen einmarschieren würden. »Welche?« fragte einer von der Asturischen Organisation. Er wußte es nicht. »Draußen heißt es, es kämen Italiener.« Ich weiß es nicht. Möglicherweise. Der Franzose wiederholte, er gehe davon aus, daß Franco sein Wort halte und uns ausreisen lasse, Burillo machte eine Pause, und wir alle merkten, daß er uns etwas Wichtiges zu sagen hatte und es ihm schwer fiel, es herauszubringen. Schließlich brach es aus ihm heraus: »Es kommt ein französisches Kriegsschiff.« Es blieb still, und ich fragte, was wir alle dachten: »Für wie viele?« Burillo schwieg einen Moment, senkte den Blick wie in einem billigen Melodram und sagte mit dünner Stimme: »Vierhundert, und nur Männer.« Wir schwiegen. Der Geschäftsträger ergriff das Wort:

»Ich habe Anweisungen meiner Regierung, die dahin gehen, Ihnen die verbindliche Auswahl derjenigen zu überlassen, die ausreisen sollen. Machen Sie eine Aufstellung und händigen Sie mir diese aus.« Er verabschiedete sich. Er müsse ins Konsulat zurück. Um auf weitere Anweisungen zu warten. »Arschloch«, sagte Henche. »Warum?« »Sieh doch: Es gibt kein einziges Schiff oder so etwas ähnliches. Was soll ihn daran hindern, diese Liste irgend jemandem zu geben?« »Da hast du auch wieder recht.« »Also?« »Ich weiß nicht.« »Machen wir sie: wir müssen sie sowieso machen. Aber wir geben sie ihm erst, wenn wir mit dem Einschiffen beginnen.« Darauf einigten wir uns, außerdem darauf, keine Kopie anzufertigen, und daß jede Organisation selbst entscheiden solle, wen sie davon unterrichte. Mit den Passierscheinen gab es kein Problem: indem man die vorhandenen benutzte und sie mit einem weiteren Zeichen versah ... Ich weiß nicht, wem es plötzlich entfuhr: »Und welcher prozentuale Anteil?« »Wir machen es bei den vierhundert, wie wir es bei den siebenhundert gemacht haben.« »Und wer entschiedet, wer geht und wer bleibt?« »Bischöfe gibt es in der Kirche«, sagte irgendwer. »In zwei Stunden werden es statt vierhundert zweihundert sein.« Bis jetzt hatte Carlos Rubiera nicht den Mund aufgemacht, nun wurde er fuchsteufelswild, bestimmt hatte er alles in sich hineingefressen, und nachdem er etwas Dampf abgelassen hatte, vertrat er wütend die Auffassung, daß es in Anbetracht einer so geringen Zahl vorzuziehen sei, die Konsuln und ihre Regierungen dorthin zu schicken, wohin Du Dir schon denken kannst, und alle hierzubleiben. Andere meinten, es sei zwar bedauerlich, aber das Angebot bedeute wenigstens die sichere Rettung für vierhundert. Die Argumente gingen hin und her, ebenso das Geschrei und die Beschimpfungen, es wurde diskutiert, abgestimmt, angenommen, als irgendwer auf die Idee kam zu fragen, ob wir uns selbst auf die Liste setzen sollten oder nicht. Es gab einen Riesenkrach; die Mehrheit plädierte dagegen, meinte, daß es darum ginge, mit gutem Beispiel voranzugehen, Vorbild zu sein, was man über sie sagen würde etc. Schließlich kamen wir überein, jeder solle nach seinem Gutdünken entscheiden. »Das wäre ja noch schöner!« meinte die Mehrheit. Hoffentlich kann ich Dir noch einen Brief schreiben, in dem steht, wer geblieben und wer gegangen ist. Warum ich Dir das schreibe? Weder, um Dir lästig zu fallen, noch für die Geschichte; du hast schon anderes gesehen. Jedenfalls würde ich gerne wissen, wie er Dich erreichen wird. Ich nehme an, morgen werde ich Gelegenheit haben, ihn in die Stadt zu bringen. Aber danach? Wenn er in die Hände der Zensur fällt, wird er Folgen haben ... Ich denke, ich habe keinen Namen genannt, den sie nicht schon kennen. Fürs erste werde ich nicht unterschreiben, und dein Name – dein Rufname – ist in Paris nicht so bekannt. Wirklich, ich möchte nur, daß du weißt, daß es mir gut geht und daß ich, trotz allem, auf ein baldiges Wiedersehen hoffe. Ich habe da einen Plan.

Ich habe Finas Anschrift nicht. Ich nehme an, ihr habt viel zu tun, lauter Ärger und Verpflichtungen. Aber es würde mich freuen, wenn Du Dein möglichstes tun könntest, um sie zu finden und zu sehen, was sich tun läßt. Du weißt so gut wie ich, daß ihre Familie uns zu Beginn des Krieges nicht erlaubte zu heiraten, und später war keine Gelegenheit. Aber dennoch ist sie meine Frau, und uns trennt allein die räumliche Entfernung. Nichts wünsche ich mir so sehr, wie wieder mit ihr zusammenzusein, und es wäre mir eine große Erleichterung zu wissen, daß sie jemanden hat, dem sie vertrauen kann. Wenn Du etwas in dieser Richtung unternehmen und es mich wissen lassen kannst (Wie? Wohin?), wäre ich Dir genauso dankbar wie an jenem Tag, als Du mich am Gürtel gepackt und vor den Hufen von Onkel Estebans Esel gerettet hast.

PS: Von der Junta wagte es schon keiner mehr, rauszugehen und die Leute auf den letzten Stand zu bringen; sie verzogen sich eh schon. Die Reaktion war weniger gewalttätig, als wir befürchtet hatten. Schließlich kam eins, und zwar das erste.

»Vicente sucht dich dort hinten.«

»Wo?«

»Bei der Laterne.«

»Danke.«

»Asunción sucht dich dort.«

»Wo?«

»Beim Regatta-Club.«

»Hinten in der Fischhalle.«

»Dort, bei der Evakuierungs-Junta.«

»Ich glaube, ich habe sie gesehen, als sie aus der mittleren Tür herauskam.«

»Sie sagte, du sollst hier warten, sie müsse irgendwen begleiten und käme gleich zurück.«

»Vorher siebenhundert, jetzt vierhundert.«

»Also dreihundert weniger.«

»Fast die Hälfte.«

»Na und? Es ist das erste. Es ist kleiner, dafür aber auch schneller. Es wird ein anderes überholt haben.«

»Dann hätten sie gesagt: Vierhundert zusätzlich, und nicht: Nur Männer.«

»Immer mußt du schwarzsehen.«

»Hauptsache, sie beginnen mit dem Einschiffen.«

»Wenn sie es demnächst erwarteten, würden sie sich nicht die Arbeit machen, die siebenhundert auf vierhundert zu streichen.«

»Wer hat dir das gesagt?«

»Einer von denen, die Passierscheine haben.«

»Ich würde warten, bis Alicante voll ist mit diesem Faschistenschweinen, und dann raus, Angriff, und nicht einen übriglassen.«

(Rede von Don Juanito Valcárcel,
der auf eine Seeleuchte gestiegen ist.)

»Mitbürger! Widerstand ist ein Grundrecht des Volkes, doch die Regierungen müssen ihm seine verfassungsmäßigen Grundrechte gewähren: Gerechtigkeit und Tugend. Die dunkelste Verschwörung, die gegen die Regierung geschmiedet werden kann, ist die Korruption des öffentlichen Geistes, der Versuch, ihn von Gerechtigkeit und Tugend abzubringen, so daß er, seiner Grundrechte verlustig, angegriffen und zerstört werden kann.

Von dieser hohen Tribüne herab ergreife ich das Wort, um im Namen des Wohlfahrtskomitees den perversen Plan aufzudecken, der gegen selbiges und gegen das spanische Volk geschmiedet wurde.

Ich komme, euch zu sagen – Freunde des Volkes, Feinde der Tyrannei, Mitbürger –: Wo würden wir stehen? Wo kämen wir hin, wenn die Wahrheit schweigen und sich verstecken, wenn das Laster ungestraft herrschen würde? Die Verwegenheit der Feinde der Freiheit muß unbedingt auch ihren Verteidigern gestattet sein!

Wenn eine Regierung auf legalem Weg ihre Arbeit aufnimmt, wie dies in der Republik der Fall war, muß sie auf legalem Weg alle nötigen Mittel bereitstellen, um diejenigen niederzuwerfen, die sich dem öffentlichen Wohl entgegenstellen. Wir müssen mutig aussprechen, daß die Stunde gekommen ist, in der wir alle zu moralischer Unantastbarkeit zurückkehren; daß die Aristokratie in schrecklichen Abgründen versinken soll und daß der zügellosen Korruption der Krieg erklärt wird; daß die unverbrüchliche Pflicht zu Wirtschaftlichkeit einkehrt, zur Bescheidenheit, zur Einhaltung der bürgerlichen Tugenden und dazu, die Feinde des Volkes, die die Laster und Leidenschaften der korrumpierten Masse anstacheln, ins Nichts zu verstoßen, diese Menschen, die Bürger gegen Bürger aufhetzten, um einen neuen Thron zu errichten und dem Ausland zu dienen.

Diese Worte können allein denen mißfallen, denen das Vaterland nicht höchstes Gut ist, den Parteigängern der Sklaverei, denen, die die spanische Republik zerstören wollen. Es gibt eine Verschwörung gegen diese Republik, gesteuert vom Ausland, mit dem Ziel, durch Korruption und Waffengewalt zu verhindern, daß in Spanien die Freiheit triumphiert. Wir sollen in den Augen des Auslandes herabgewürdigt werden! Nichts ist ihnen zu grausam, um das Volk zu beschmutzen und mit ihm die Revolution. Die Tyrannei, Schöpferin all dieser Übeltaten, machte eben diese der Freiheit zum Vorwurf.

Die Dekrete, die den Feinden der Revolution ihre Güter nahmen, waren der Grund dafür, daß sie Haß in unsere Reihen trugen. Es gibt nur eine Art, diesem Übel vorzubeugen: Die Revolution muß uns in Fleisch und Blut übergehen!

Das Ausland zielte darauf ab, unsere rechtmäßige Regierung zu stürzen und sie durch eine falsche zu ersetzen. Das sollte unseren endgültigen Untergang vorbereiten, die Demokratie zerstören. Hier stehe ich und klage sie an!«

Die Reaktion derer, die die Worte des Verrückten hören konnten, war eigenartig. Zunächst hoben sie die Köpfe, zuckten die Schultern und beachteten ihn nicht, doch dann folgten sie ihm nach und nach aufmerksamer, weil seine Rede Hand und Fuß hatte, und einige Meter um die Seeleuchte herum wurde es sogar ein bißchen stiller.

»Wir werden das Volk nicht verraten!« schrie der Trödler aus vollem Halse.

»Hör mal, du Spinner, komm da runter, du holst dir noch eine Erkältung!« sagte ein Spaßvogel.

»Laß ihn, der will sein Herz ausschütten.«

Don Juanito sprach, ohne auf die Unterbrechung zu achten, mit kippender Stimme weiter:

»Unsere Sache ist von der Freiheit nicht zu trennen! Wir müssen gemeinsam den Wagen des Triumphs besteigen oder in ein und demselben Grab versinken. Wollt ihr euch zu Verfechtern einer törichten Politik machen, ihr, die Vertreter der Demokratie, die ihr die Initiative für die Freiheit der Welt ergriffen habt? Wenn ich es euch doch sage: Es gibt eine Verschwörung in der Republik, eine ausländische Verschwörung, die dem Volk Hunger und Ketten bescheren wird! Der erste Verantwortliche für dieses Komplott ist die englische Regierung. Sie wollte schon immer unsere Republik korrumpieren!«

Einen Meter entfernt, am Fuß der Seeleuchte, legt Asunción die Hände an den Mund und ruft:

»Don Juanito! Don Juanito!«

Er hört sie, schweigt einen Augenblick.

»Kommen Sie runter, wir gehen einen Kaffee trinken. Dann können Sie weiterreden.«

Die Umstehenden sehen sie erstaunt an.

»Kaffee? Wo? Wie? Bist du genauso meschugge wie der?«

Der Trödler zögert einen Moment, bevor er hinunter zu Boden rutscht.

»Kaffee?«

Asunción nimmt ihn am Arm.

»Ja, kommen Sie. Don José Burgos hat welchen.«

Duldsam läßt er sich wegführen.

»Wo holt der nur diese Sachen her?«

»Aus dem Kopf, guck ihn dir an.«

»Was würde Saint-Just sagen, wenn er wieder auferstehen würde?« fragt Cuartero Templado.

»Warum Saint-Just?«

»Einfach so.«

Er hat keine Lust, ihm zu erklären, daß der Vortrag die Abwandlung eines Redebeitrags des berühmten Volkstribuns von ... gar nicht so lange her: 139 plus 6, von vor 145 Jahren ist. Von der Zukunft aus betrachtet ist das so gut wie gestern.

»Aber einen an der Pfanne hat er, und wie.«

Santiago Cosío, Professor für Handelsrecht, Kommunist, groß, glatzköpfig, schleppende Sprechweise, fleischige Lippen, kleine Augen, die von einer dicken konvexen Brille mit altmodischer Goldfassung vergrößert werden. Seine Kanzlei war nicht so erfolgreich, wie es seine allseits anerkannte Gelehrsamkeit erwarten ließ; ihm schadete seine stolz präsentierte politische Haltung. Die Kommunistische Partei hatte ihn gemein gemacht, mißtrauisch gegenüber seiner bürgerlichen Herkunft und seinem Status als Intellektuellen. Das alles hatte er ertragen, denn er war sich seiner Theorien sicher. Sie hatten ihm aber nie irgendeinen verantwortlichen Posten angeboten. Er war Asturianer, seiner Heimat inniglich verbunden. In Valencia war er einfach hängengeblieben; seine Frau, Lehrerin, stammte hier vom Land, eine Blondine mit vollen Rundungen und autoritär, sie stand kurz vor der Entbindung. Sie verzehrte sich innerlich. Bald war es soweit, aber wo sollte die Kreatur das Licht der Welt erblicken, mit dieser Welt rundum? Der Gatte war wie immer ohne rechte Meinung! Wenn es ein Junge werden würde, sollte er José heißen; als Mädchen Dolores. Die Gattin redete viel und ohne Unterlaß. Seine Kettensätze unterbrach sie mit ständigem »Hör mal«. Sie hielt sich auf dem laufenden über alles und über jedes Auf und Ab, Hin und Her, Ja oder vielleicht doch Nein der Partei. Unermüdlich auf den Beinen und am

Reden. Große Arbeiterin, trieb Geld auf, wo es keins gab, für jede Art von Parteikampagne. Strotzte vor Begeisterung, hatte keinen anderen Horizont als den beschränkten ihrer Versammlungen, doch den schöpfte sie bewußt aus, sehr zu ihrer Freude und der ihrer Kader. Ein Hauch Pedanterie, aber an ihrer Wahrheit zweifelte sie nie.

Don Santiago trifft Don José Burgos, sie beginnen ein Gespräch über Besoldungsgruppen. Beide tragen ihre Passierscheine wohlbehütet in den Innentaschen ihrer Jacketts. Die Abschiedsszene zwischen dem Professor für Handelsrecht und seiner Gattin war beispielhaft melodramatisch. Sie bestand darauf, daß wenigstens er sich retten solle. Don Santiago ließ sich bitten, aber das war's auch schon: Er mag an diese Fügung des Himmels kaum glauben.

»Wir Sozialisten sind selbst Schuld daran, daß wir den Krieg verloren haben, das steht außer Frage«, sagt Don José.

»In erster Linie ist Franco für unserer Niederlage verantwortlich, dann die Deutschen und die Italiener und an dritter Stelle die Anarchisten.«

»Wirklich? Bei Gott! Schau, in dem Augenblick, in dem der Pakt von San Sebastián unterzeichnet wurde, war unser Grab schon geschaufelt.«

»Der Schuldige ist also Prieto?«

»Ja.«

»Ich bitte dich. Wenn er es nicht getan hätte, dann ein anderer.«

»Der Zufall wollte ...«

»Der Zufall will gar nichts, außerdem war es kein Zufall, und der Pakt von San Sebastián paßte perfekt zu seinen Idiosynkrasien, zu seiner Art, die Republik zu betrachten und zu begreifen. Ein wirklicher Sozialist unterschreibt so etwas nicht ... Besteiro hätte das nie im Leben getan. Das ist das schlimme an der Lüge ... und an der Bequemlichkeit; aber freilich, wer könnte das unterscheiden? Indalecio Prieto ist Republikaner und hat – hatte – von einem Sozialisten soviel, wie ich von einem Nilpferd habe.«

»Wenn jemand etwas von einem Nilpferd hat, dann er«, urteilt ein anderer.

»Kannst du mir erklären, warum eine einzige Unterschrift von diesem Prieto schuld daran sein soll, daß wir den Krieg verloren haben?«

»Und nicht nur diesen. Die Liberalen haben alle revolutionären Situationen ungenutzt verstreichen lassen, alle aus demselben Grund: wegen der verschiedenen Pakte von San Sebastián, die die spanischen Liberalen seit 1810 unterschrieben haben. Was uns ins Grab bringt, sind die Verfassungen. Keine Revolution hat ihre Verfassung verabschiedet, bevor sie selbst stattgefunden hat; bei uns war das immer so, deshalb haben wir nie eine gemacht. Was passiert, wenn ich dir sage, daß ich dir eine scheuern werde? Entweder weichst du zurück, oder du gehst in Deckung, oder du schlägst als erster. So ist es uns immer mit der Reaktion gegangen. Wir ergreifen die Macht, weil die Nation am Ende ist, aber anstatt die Übel abzustellen, beginnen wir, Reden zu halten und Paragraphen zu diskutieren. So ist es gelaufen. Welcher Teufel der Rechtsgläubigkeit reitet uns da? Mit welcher historischen Blindheit sind wir geschlagen? Ich weiß es nicht. Sogar die Verfassungsgebende Versammlung von Cádiz hatte, auf ihrer Insel, ohne das Festland betreten zu können, nichts Besseres zu tun, dabei hätten wir schon bei diesem hinterhältigen Hund Fernando VII. lernen können, wozu Verfassungen taugen. Nein, mein Junge, nein. Jedesmal dasselbe, 1823, 1833, damals weniger, mit Espartero – 1854, 1868, ersparen wir uns die Erste Republik 1873, und was war? Verfassung oder Tod! Und sie kartätschen uns nieder.»

»Das heißt also, du bist ...«

»Sieh doch: Wenn wir morgen wieder die Macht hätten, gäbe es doch nur wieder eine Verfassungsgebende Versammlung und großes Getöse und wunderbare Reden voller Ankündigungen, was wir tun werden. Statt daß wir ihnen den Hals umdrehen, bekommen wir nur einen rauhen Hals, wenn sie ihn uns nicht vorher umdrehen.«

»Ich verstehe nicht ...«

»Nein, ich merke schon. Nichts zu machen, das müssen andere übernehmen.«

»Die keine Sozialisten sein dürfen.«

»Die dürfen sein, was sie wollen, Hauptsache, sie verteilen als erstes das Land, bringen die Banken unter ihre Kontrolle und fackeln fleißig Kirchen ab. Die Priester, was sind sie ohne Bankiers und Großgrundbesitzer? Weiße Tauben, die uns aus der Hand fressen. In dem Augenblick, indem wir Sozialisten uns einverstanden erklärt haben, als erstes eine Verfassung für die Republik zu erarbeiten, haben wir uns schon in die Scheiße geritten.«

Don José Burgos erstarrt, als er hört, welche Worte sein bewunderter Studierstubenkollege in den Mund nimmt.

»Du kannst nicht mehr sehen als das, was du siehst. Alles andere ist Hellseherei.«

»Was auch eine Art zu sehen ist oder war.«

»Die uns zurückwirft auf die Stufe von Hellsehern.«

»Hat es die nicht immer gegeben? Werden die versprochenen Schiffe kommen oder nicht? Es gibt keinen vernünftigen Grund, der uns daran hindern würde zu glauben, daß, wenn diese Möwe nach rechts fliegt oder nach links, das eine oder das andere eintreten wird. Die Wahrscheinlichkeitsrechnung kommt zu demselben Ergebnis. Also? Was sollen wir deiner Ansicht nach tun? Theorien entwickeln? Nichts anderes tun wir.«

»Und den Horizont betrachten.«

»Um zu sehen, ob es heißt *Habemus Papam* oder nicht.«

»Wer ein Fernglas hat, sieht mehr.«

»Und wenn wir erst ein Teleskop hierhätten ...«

»Das reicht nicht über die Linie des Horizonts. Ein Hellseher schon.«

»Und du, was sagst du voraus?«

»Habt ihr vielleicht Asunción gesehen?«

»Sie ist dort lang gegangen, mit diesem Verrückten Don Juanito.«

Vicente rennt hundert Meter hinter einer anderen her. Von möglichst weit oben alles absuchen! Er dreht sich im Kreis, die Augen aufgerissen, um mehr zu sehen. Fragt erneut: niemand weiß etwas. Stolpert, dreht Kreise, fragt hartnäckig; spürt Hunger, weiß nicht, warum; er hat ein halbes Brötchen gegessen, die von der Partei haben es ihm gegeben, vor gar nicht langer Zeit. So viele Menschen, blind. Sie jagen. Die Idee packt ihn wie ein Blitz. Wie eine Treibjagd muß er die Suche organisieren. Die Erde aufwühlen, umgraben. Treiber einsetzen. Ihrer Spur folgen. Doch wo soll er sie aufspüren? Wieder sucht er Plá y Beltrán, sieht ihn nicht.

»Sie ist weggegangen.«

Es bleibt nur, umzukehren; auf das Glück setzen. Nichts überstürzen. Sich beruhigen.

»Du wirst gesucht, in der Partei.«

Er beeilt sich, stolpert, stauchelt, fällt. Die Hände dreckig.

»Lassen Sie mich durch ... Durchlassen ... bitte.«

Er erreicht das Büro, fragt mit einem Blick.

»Du hast einen Platz, auch unter den vierhundert.«

»Und Asunción?«

»Nur Männer.«

»Und habt ihr Asunción noch einmal gesehen?«

»Nein.«

Er geht raus.

»Richtig dankbar ist er nicht«, sagt Álvarez.

Gaspar Requena schweigt.

»Ein Kabel für den Herrn Konsul von Frankreich.«

Umständlich öffnet er den Umschlag. (Er ist nichts weiter als Konsularsangestellter.) Seine Kollegen schauen ihn aufmerksam an, die anderen angespannt.

»In Kürze wird ein Kriegsschiff meines Landes einlaufen, unter der Bedingung *sine qua non,* daß die Einschiffung unter geordnetsten Umständen vonstatten geht. Wenn nicht, wird das Schiff wieder in See stechen, ohne jemanden aufgenommen zu haben. Zu ihrer weiteren Information, wobei ich Sie dies für sich zu behalten bitte, es handelt sich um den Zerstörer *Tigre.*

»Wie viele Plätze?«

»Die genannten vierhundert.«

»Wie wurden die siebenhundert auf vierhundert reduziert?«

»Durch Halbierung, von oben nach unten oder an der Gürtellinie, je nachdem«, erklärt Rodríguez Vega.

»Hören Sie auf zu scherzen«, protestiert der kubanische Konsul beleidigt.

»Die vierhundert sollen sich ans Ende der Mole begeben, ohne daß man ihnen schon jetzt den Grund sagt.«

Alle denken dasselbe: Die halten uns für bescheuert.

»Und unbewaffnet. Absolut unbewaffnet.«

»Fürchten die etwa, wir stürmen das Schiff?« murmelt ein anderer.

»Was?«

»Nichts.«

»Na dann los.«

Die Operation zieht sich bis zehn Uhr abends hin.

»Das macht nichts, das macht nichts. Sie sind einverstanden.«

Ein Mensch in der Menge; an niemand sonst: von Angesicht zu Angesicht mitten auf der Mole. Sie halten es nicht für einen Traum – das wäre Irrsinn –, sondern für absolute, greifbare, aberwitzige, wahrhaftige Wirklichkeit. Sie beide. Sie und er. Eine festere Umarmung ist, physisch, nicht möglich:

»Du erdrückst mich.«

Asunción flüstert es, er dachte es.

»Ich habe dich gesucht …«

»Still.«

Sie küssen sich in einem fort. Man schaut sie an. Sie sehen nichts. (Wenn sie sähen, würde es ihnen nichts ausmachen.) Empörung ist hier fehl am Platz: Was geschehen ist, bedarf keinerlei Kommentars. Zumindest anfangs. Bis eine sagt:

»Es ist gut jetzt!«

»Und wie gut das ist!« sagt der *Madrileño*. Und darauf: »Zerdrück sie nicht; laß noch was übrig für die anderen.«

Vicente muß nicht den Kopf drehen, um zu wissen, wer spricht, aber einen Arm lösen, um ihm ein Zeichen zu geben, er solle abhauen. Seufzen. Fragen, die auf der Hand liegen. Der Faden des Labyrinths. Mund und Hände, Umarmungen und Träume, wissend. Wie ist der Name dieses Hafens? Welcher Tag, welche Stunde, welcher Ort? Der Mittelpunkt hat keinen Ort. Er ist das Ziel, sie sind das Ziel; das Leben. Licht in der Nacht.

Sie stammeln, in drei Sätzen, wie ihre Verzweiflung war; sie vergessen sie. Sie sind zusammen, für immer.

»Komm.«

»Wohin?«

»Egal, wohin.«

Sie können sich nicht auf den Beinen halten, müssen sich setzen. Neben ihnen sagt ein Dicker zu einem mit steifem Bein:

»Alicante ist die niedrigste Stadt Spaniens; dreieinhalb Meter über dem Meeresspiegel.«

»Der Arsch der Welt«, sagt der Verwundete.

Die Arme um die Schultern, die Köpfe aneinandergeschmiegt, die Augen in den Augen des anderen, die sich verlieren, als die Lippen ihr Gegenüber finden. Wer ist der köstliche Führer? Der Traum.

»Auf, Kinder! Die Schiffe kommen!«

Sie schauen erstaunt. Das Lachen. Fortgehen. Wohin?

»Komm.«

Einander verzehren. Sein. Wo? Es regnet, schwächer, aber es regnet.

(Asunción: »Du warst auf der Liste.«

Vicente: »Nein.«

Asunción: »Ich hatte die Passierscheine, deinen und meinen.«

Vicente: »Mir haben sie gesagt, wir sind nicht drauf.«

Asunción: »Das wird eine andere Liste gewesen sein. Die erste.«

Vicente: »Wozu darüber reden?«

Asunción: »Jetzt sind wir ...«

Vicente: »... zusammen.«)

»Du wirst gesucht.«

»Weshalb?«

»Weshalb? ... Hallo, Asunción ... Du stehst ganz oben auf der Liste.«

»Ja. Aber ich gehe nicht.«

Asunción protestiert nicht; sie findet es normal, sie hätte dasselbe getan. Außerdem braucht sie nichts, sie ist selig; Vicente wird es ebenso gehen, daran zweifelt sie nicht. Alles bleibt zurück, beerdigt in der Vergangenheit. ›Du, du bist nicht nur schön, du duftest auch.‹ Wonach? Wonach duftet Asunción?

»Wonach duftest du?«

»Nach nichts.«

Sie duftet nach nichts. Duftet nach Asunción. Es duftet, wie ich dich dufte.

Eine Lücke, zwischen Kisten.

Es riecht nach Safran.

»Und wenn schon.«

Es riecht nach Safran. Auf dem Boden verstreut, feucht und dreckig, weggeworfene Banknoten.

»Setz dich. Hier passen wir zu zweit hin.«

So ist es.

»Den Geruch ertrage ich nicht.«

Wirklich, es ist nicht zu ertragen.

»Ich liebe dich, liebe dich, liebe dich ...«

Er küßt sie, küßt sie, küßt sie. Sie küssen sich.

»Wie dünn du bist.«

»Du nicht.«

»Es kommen keine Schiffe, und es werden keine kommen.«

An einen Laternenmast gelehnt, verschränkt Rafael Saavedra die Arme vor der Brust und sieht wieder seine Eltern vor sich – die er nicht ausstehen kann. »Der Herr Richter.« »Herr Richter.« Mit seinem leicht ergrauten Bart. Wie ist seine Mutter? Ein wenig pausbäckig, klein, dicklich, etwas aufgedunsen. Die blauen Venen an ihren Schläfen, die roten an den Wangen. Vielleicht das einzige Rot im ganzen Haus.

Wie Rafael Saavedra in die Vereinigte Sozialistische Jugend eintrat oder: Roman einer Jugend unserer Zeit. Was hat er noch zu erwarten? Beschämende Szenen wie die auf dem Lastwagen. Ekel! Ekel! Ekel!

Den Glauben hat er in der Pubertät verloren. Die Cousine Olga, die er heiraten sollte. Alicia. Die Wohnung über seiner. Jetzt kommt die Dämmerung des 30. März. Der bedeckte

Himmel. Die Sonne. Wo? Seit Tagen scheint sie nicht; sie zeigt sich nicht einmal.

»Morgen wird ein schöner Tag«, hört er.

Der Hunger, die rohen Linsen, die Lautsprecher: der Doktor, der Abgeordnete, der Oberstleutnant, der Leutnant, der Abgeordnete, der Abgeordnete, der, der und der. Dieser, jener, sie sollen kommen, sich melden. Gesucht wird der, der, der. Er war nichts: Spaziergänge, Gespräche. Auch über die *Juventudes*. Wer war nicht bei der Vereinigten Jugend gewesen? Es sei denn, er war – wie lange das schon her ist – bei der Partei. Das Leben gehört den *Juventudes* und der leuchtenden Zukunft der UdSSR. *Der Weg des Lebens,* Mutter und Vater unser. »Ich war in Moskau.« Und jetzt, dort, im Hafen, unter Tausenden, verloren. Allein. Eine Granate und rumms, alles stürzte ein: er nicht. Er steht dort, aufrecht, angelehnt an den Lichtmast. Welches Licht? Was bleibt? Wenn sie uns hier besiegt haben, wo werden sie uns noch besiegen? Fortgehen, allein, durch die Welt ziehen. Bleiben, allein, im Gefängnis. Wozu? Mit welchem Ziel? Es gibt keinen einzigen vernünftigen Grund, zu leben. Wenn er wenigstens reden könnte. Aber er redet schlecht, verhaspelt sich, stammelt. Nicht, weil er keine Gedanken hätte. Aber wozu sind die gut? Auf den Mast klettern, den anderen eine Ansprache halten, ihnen allen sagen, daß sie sich ins Wasser stürzen sollen, daß alles verloren ist, daß nichts zu tun bleibt, daß der Hunger, den sie ertragen, es nicht wert ist, der Hunger, den sie ertragen werden, die Schande, die sie ertragen werden, die Angst, die sie gerade ertragen. Von fern, dumpf, auf- und abschwellend, anwachsend wie eine sich türmende Welle, dringt – früher als zu den anderen? – der Klang der *Giovinezza* zu ihm.

»Genossen!«

Einige sehen zu ihm hin, erstaunt.

»Genossen!«

Er bleibt dort oben, in etwa drei Metern, macht es sich bequem, betrachtet die Menge, das faulige Hafenwasser, den Schuppen, die zerstörten Häuser, den dunklen grauen Himmel, die Burgmole. Er zieht seine Pistole und erschießt sich. Fällt.

Es spricht sich herum.

»Noch einer.«

»Wer?«

»Du, hast du ihn gekannt?«

»Wen?«

»Diesen Jungen, der über Náquera gekommen ist?«

»Ferrís?«

»Nein, Mann! Einen, der für die Zeitung gearbeitet hat.«

»Rafael Saavedra.«

»Den.«

»Wieso?«

»Frag ihn.«

»Was sollen wir jetzt mit ihm anfangen?«

»Ihn aufessen.«

Vega, wütend.

»Wie alt wird er gewesen sein, zwanzig, zweiundzwanzig Jahre?« fragt Cuartero.

»Einundzwanzig, demnächst.«

»Hättest du dich mit einundzwanzig Jahren umgebracht?«

»Das waren andere Jahre«, sagt Templado. »Das ist kein Witz. In seinem Alter machte ich mir selbst mit meinem steifen Bein einen Spaß daraus, vor der Guardia Civil abzuhauen.«

»Die den Säbel in der Scheide ließ und die Straßen offen.«

»Das ist der Unterschied. Der kleine Unterschied, wie die Franzosen gerne sagen. Trotzdem, wie viele sind wir, zehn-, zwanzigtausend? Wie viele haben sich umgebracht? Fünf oder sechs.«

»Das ist erst der Anfang. Sich umzubringen, das ist, auch wenn es wie der höchste Ausdruck der Individualität wirkt, eine Seuche. Gutartig; aber eine Seuche.«

»Und dieser arme Junge …«

»Was soll ich dir sagen? Ich habe ihn in Náquera kennengelernt. Drei- oder viermal haben wir miteinander gesprochen. Ziemlich schweigsam, viel hatte er nicht zu sagen. Seine Verlobte ist ihm gestorben, in Madrid. Er studierte Jura. Dafür begeistert sich keiner.«

»Etwa für Medizin?«

»Natürlich. Auch wenn man manchmal ohnmächtig wird. Nicht du, die Studenten. Du bist dem Menschen näher.«

»Traurige Begleiterscheinung des Berufs.«

»Möglich. Aber ich glaube, Geschichte oder Biologie …«

»Laß sie uns die Wissenschaften vom Menschen nennen.«

»Genau, ungeachtet der Wörterbücher und des Sprachgebrauchs. Deshalb bringen sich so viele Schriftsteller, Künstler und so weiter um.«

»Oder Architekten.«

»Vorsicht, ich meine es ernst. Andere Berufe beschäftigen sich nicht so eng mit dem Menschen. Bleiben auf Distanz.«

»Wie ein Maschinengewehr. Ich frage dich wie jeder Dahergelaufene: Was hatte er vom Leben zu erwarten?«

»Und du?«

»Das ist etwas anderes. Wir tragen unsere Last. Außerdem wird bei dir die Neugierde immer siegen.«

»Da hast du recht.«

»Wann hätte ich das nicht gehabt.«

Templado schaut Cuartero an. Er hat keine Lust, alte Geschichten aufzuwärmen.

»In den Zentralen Sektor bist du nur gekommen, weil du auf Tineo wütend warst.«

»Sonst wäre ich nicht bei dir.«

Hinter der Bemerkung erahnt Templado Cuarteros weiches Herz – wie immer rechtschaffen: Pilar weit weg, das Bedauern, nicht bei den Kindern sein zu können. Vielleicht das ruhige Gewissen, der Republik unauffällig und ehrenvoll bis zuletzt gedient zu haben. Alles durcheinander, vermengt. Bis hin zu der aufrichtigen Freude daran, mit ihm zusammen zu sein, wie vor zwanzig Jahren auf dem Gymnasium; und wie in jenen barcelonesischen Monaten, die keiner von ihnen je vergessen wird, nicht einmal, wenn sie tot sind.

Das Gerücht geht um: Sie marschieren ein.

»Wer?«

»Die Italiener.«

»Von wo?«

»Weiß ich nicht.«

»Von überall.«

»Und die Schiffe?« fragt eine erschreckte Frauenstimme.

»Auf See.«

Klein, beschränkt, beharrlich, wurde Domingo Calderón aus Avilés Seemann, was sonst. Schwerlich hätte er etwas anderes werden können: das Meer – Land seiner Vorfahren. Geboren wurde er 1918, als dritter einer Reihe so vieler Geschwister, daß es schwerfiel, sich an alle zu erinnern, die lebenden und die toten, zumal sie in dem Alter, in dem sie hätten zur Schule gehen sollen, anheuerten; manchmal sah er einen wieder, manchmal nicht, und sie waren keine Freunde schriftlicher Nachrichten. Briefe zu schreiben war ihre Sache nicht.

Domingo Calderón meldete sich als Freiwilliger, sechzehnjährig, auf der *Contramaestre Casado,* als Adjutant des zweiten Bordkommissars. Er bekam die Aufgabe, Ramón González Peña, den Bergarbeiterführer seiner Heimat, von Gijón nach Cartagena zu bringen. Er schmuggelte Extrarationen Essen zu ihm.

»Bist du Sozialist?«

»Für was halten Sie mich? Ich bin bei der Anarchistischen Jugend.«

»Um so mehr danke ich dir.«

»Ich wüßte nicht wofür.«

Danach war er auf der *Conde de Abasolo,* und weil er die einsame nächtliche Handarbeit und die Lust daran leid war und weil er sehen wollte ›wie das so ist‹, desertierte er in Leningrad. Die Stadt gefiel ihm gut, das Regime weniger; auf einem englischen Frachter versteckte er sich als blinder Passagier, in dem Glauben, daß der ihn natürlich nach England bringen würde; doch dann ging er von Bord in – Avilés! Weil er darin einen – weder gnädigen noch ungnädigen – Fingerzeig des Himmels zu sehen glaubte, heiratete er Rosalía, eine fleißige Bauerstochter, wie viele üppig, ernst, hart in jeglicher Hinsicht, wenig Worte und viel zu tun, multipliziert mit den Kindern der ganzen Familie, dem Schwein, den Hühnern, dem Mais. Der Krieg erwischte Domingo Calderón in Torrelavega, auf Küstenfahrt, was willst du machen, die Familie bindet, und die Hochseeschifferei wollte er eh seinlassen. Zurück in Avilés bildete er mit hundertzwanzig anderen aus dem Dorf eine Kolonne, die es bis nach Luarca schaffte, wo sie sich mit einer anderen aus Galicien vereinigen wollte. In Cangas de Tineo, am Nalón, kämpften sie – so gut sie das aus dem Stehgreif konnten – und so auch in Riberas de Pravia und Soto de Barco. Über Folgueras kommend setzten sie sich in Oviedo fest, mit Blick auf den Pico del Paisano. Anfang September kämpften sie in San Esteban de Pravia und in San Damian; einen Monat später mußten sie El Grado aufgeben. Ein Jahr verging, ein Typhus – zwei Monate zu Hause, derweil sein Sohn geboren wurde. Am 20. Oktober, nachdem er sich Anfang August in Llanes wieder zurückgemeldet hatte, war er in Celorio, in Cruz de Covadonga, in Tolivia de Arriba, in Madajas de la Vega, bevor er sich, in Avilés, auf der *San Luis* einschiffte, die ihn, als die Republik schon langsam aus dem Ruder lief, nach La Rochelle brachte. Von den anfänglich hundertzwanzig blieben fünfundzwanzig in den Bergen oder gingen von Bord, bevor das Schiff auslief: die übrigen verstreut beerdigt, je nachdem, wo sie gefallen waren.

Der Krieg hinterließ in ihm seine Spuren. Er trat in die Sektion Agit-Prop ein, überzeugt – wenn auch spät – von der Notwendigkeit eines disziplinierten Heeres.

»Den Militarismus mit Militarismus bekämpfen!« war eine Idee, die sich in seinem Hirn festgesetzt hatte und die er mit Nachdruck verbreitete; viele Worte machte er dafür nicht, die wenigen aber wiederholte er unablässig und zu jeder Tageszeit mit inbrünstiger Überzeugung.

Von den Seinen konnte er sich nicht verabschieden: Vor die Wahl gestellt, entweder das Schiff zu verpassen oder familiäre Gefühle zu zeigen, die ihm recht fremd waren, setzte sich seine Lebensmaxime schließlich durch.

Im Zug fuhr er bis Puigcerdá, schlug sich durch nach Barcelona und wurde über Nacht Hauptmann der 40. Grenzschutzdivision, in der 87. Brigade. So landete er in Aragón, am Pico del Zorro, in Mora de Rubielos.

Er legte seine militärischen Maßstäbe an: Wochenlang brüllte er wie ein Besessener, ließ sein Batallion ausschwärmen, folgte dabei so exakt wie möglich den Vorschriften für die Annäherung an den Feind, sicherte seine Reihen nach allen Regeln der Kriegskunst, die sie ihm in Barcelona in vierzehn Tagen beigebracht hatten. Unglaublich! Kampf um Kampf, brüllend, Ratschläge verteilend, sich die Seele aus dem Leib schreiend, verlor er den Mut. Dann kam die Auflösung, nicht wegen, sondern trotz ihm.

(Dieser Bernabé Cortijo, Polizeibeamter in Mérida! Domingo nahm ihn unter Arrest, mitten auf der Flucht, weil Cortijo ihm einen falschen Bericht übergeben hatte, in dem er versicherte, eine Position genommen zu haben, der er sich nur genähert hatte.

»Er war ein bißchen hochmütig. Aber ich beschloß, ihm eine Lektion zu erteilen. Ich stellte ein Erschießungskommando zusammen. Es war ein Exempel für alle, aber ich wollte nur so tun, als ob. Ehrenwort: Er sollte sich in die Hosen machen vor Angst und so etwas nie wieder tun. Ich fragte ihn:

›Willst du noch etwas?!‹

›Das Kommando geben.‹

Und diese Leute erschießen ihn mir wirklich! Ich führte mich auf wie ein Verrückter. Ich schoß wild um mich, auf alle. Sie schafften mich ins Irrenhaus nach Requena. Dort ließen sie mich nach vierzig Tagen laufen, nachdem Doktor Solís sie davon überzeugt hatte, daß ich voll und ganz bei Verstand bin. Ich wurde nach Valencia verlegt, ins Militärgefängnis, ins Konvent der Salesianer. Der Prozeß wurde anberaumt. Die Justiz interessierte es nicht die Bohne, daß der Krieg in jenen Tagen nun einmal so war, wie er war. Immerhin gelangten sie zu der Überzeugung, daß es sich um einen Irrtum handelte. Im Grunde war Carmona schuld, der mich nicht abkonnte und mich anschwärzte, um aufzusteigen. Aber ich entlarvte ihn. Als wir hinterher aneinandergerieten, flehte er mich verängstigt an, ich sollte von ihm verlangen, was ich will. Da lagen wir schon in den letzten Zügen.

›Willst du noch etwas?‹

›Kämpfen für die Republik.‹

Und so kam es, daß ich Batallionskommandant wurde, Zufallskommandant, aber Kommandant. Am 28. März machte ich meine Aufwartung im Hauptquartier, in Valencia. Ich sprach mit General Aranguren, bat ihn um ein Einsatzkommando, ein anderes, da mir niemand mehr geblieben war. Die anderen suchten nach Reisepässen.

›Übernehmen Sie die Führung in Alicante‹, sagte er mir,

gestützt auf seine beiden Stöcke. ›Damit Sie dort so füsiliert werden wie ich hier, als tapferer Mann.‹

Ich bat ihn um die schriftliche Ernennung und kam im Wagen hierher.«)

»Was mache ich?« fragte er.

»Den Platz übergeben, wenn die feindlichen Truppen eintreffen.«

»Geben Sie mir den Befehl schriftlich.«

»Es gibt keinen, der so etwas tut.«

Er übernahm die Führung einer Kompanie, ließ sie am Ende des Paseo de los Mártires in Stellung gehen.

Um sieben Uhr abends rückte dort ein Teil der Kolonne Gambaras ein, motorisierte Verbände in Marschformation. Domingo Calderón ließ seine Kompanie antreten und stellte sich ihnen in den Weg. Sie blieben stehen, und ein italienischer Hauptmann kam auf ihn zu. (War es ein Hauptmann?)

»Stehenbleiben!«

»Sie sind besiegt.«

»Ich weiß. Aber ich bin der Platzkommandant, und auf höheren Befehl kann ich ihn nur dem Führer Ihrer Streitkräfte übergeben.«

»Dann fahre ich hier durch.«

»Da irren Sie, Hauptmann.« (Stimmt: Er war Hauptmann.) »Noch bin ich bewaffnet. Erfüllen Sie Ihre Pflicht und benachrichtigen Sie Ihre Vorgesetzten.«

Domingo Calderón hatte seine Dienstanweisung gut gelernt. Der Sieger willigte ein. In einem italienischen Wagen kam Gambara, begleitet von einem spanischen Oberst. Es war das erste und einzige Mal, daß sich Soldaten beider Seiten bewaffnet, von Angesicht zu Angesicht, gegenüberstanden. Domingo Calderón empfand nichts als Scham, weil es ein Italiener war. Covadonga haben die aus dem Norden noch immer nicht verdaut.

»Mein Herr«, sagte er zu Gambara, »auf höheren Befehl übergebe ich Ihnen den Platz Alicante. Wie Sie sehen, haben wir hinter uns nur noch das Wasser.«

»Entwaffnen Sie Ihre Kompanie.«

Calderón befahl:

»Alle Waffen zu Boden und drei Schritte vor!«

So geschah es.

An einer Lanze wehte eine republikanische Fahne.

»Holen Sie die Fahne ein.«

»Sie irren, General. Ich habe Befehl, den Platz zu übergeben, nicht jedoch, auf Befehl eines ausländischen Generals die spanische Fahne einzuholen.«

Gambara fuhr aus der Haut und verpaßte ihm eine Ohrfeige. Der spanische Oberst ging dazwischen:

»Sie sehen doch, er ist noch ein Kind und ein Soldat, der seine Pflicht erfüllt hat. Unter diesen Umständen sollte Sie ihn nicht schlagen.«

(Domingo Calderón war gerade einundzwanzig Jahre alt geworden.)

Dort standen schon die Konsuln, in einer Reihe.

»Gehen Sie zur Mole.«

»Ich habe meine Pflicht erfüllt, meine Herren. Im Hafen ist nur spanisches Volk. Für alles weitere wenden Sie sich an die Evakuierungs-Junta und verhandeln mit ihr.«

– »Dann drehte ich mich um und kam her, um es euch zu sagen. Was soll ich tun?«

Gómez Osorio fragt ihn, ob er Familie hat.

»Ja, in Asturien.«

»Gut, geh zu den CNTlern und warte ab. Die Schiffe müssen jeden Moment kommen.«

Domingo Calderón dreht sich um und tritt hinaus in die nun tiefe Nacht.

Noch immer hört man Explosionen: Diejenigen, die zum Spaß herumschießen, bevor sie ihre Waffen ins Wasser schleudern; diejenigen, die weiter Patronen in die Lagerfeuer werfen; und andere wie Federico Salazar, der seine drei Kinder tötet, bevor er sich selbst umbringt, als er die Melodie der *Giovinezza* und das Gejohle »*Duce! Duce!*« hört. So recht bei Verstand war er nie, bis zu diesem Augenblick, in dem ihm bewußt wurde, daß der Krieg verloren ist. Niemals hatte er sich damit aufgehalten, das auch nur in Erwägung zu ziehen. Von Talavera nach Madrid, von Madrid nach Albacete, von Albacete nach Villena, von Villena nach Alicante, Mechaniker von Beruf, ohne politische Bindung. Jetzt, der Untergang greifbar – sichtbar ringsum –, ohne überschaubare Schranken, verlor er den Verstand. Das Meer, das er am Nachmittag zuvor zum ersten Mal gesehen hatte, kam ihm vor wie unbewohnbares Land, ohne einen Grashalm, ebenso der graue und lastende Himmel, der auf ihn einstürzte, Ausweg unmöglich, für ihn und für seine drei Kinder. Seine Frau hatte ihn verlassen, in Madrid; ihre Eltern wollten in Talavera bleiben; sie erklärten es nicht. Er suchte auch keine Erklärungen: Er tat, was man ihm befahl, so gut wie möglich. Jetzt nahm niemand von ihm Notiz, und da war nichts außer Stein, Wasser, Säcken, Kisten, Leuten. Nicht einmal die Palmen, wenn er sich umdrehte und schaute, kamen ihm wie Bäume vor. Er war Kastilier, aber aus dem asturischen Zweig.

»Haben wir verloren?«

»Was?«

»Ob wir den Krieg verloren haben?«

»Nein«, antwortete ihm Plá y Beltrán, »wir haben doch die Wunderwaffe.«

Federico sah den buckligen Zwerg an, ohne zu antworten.

»Das heißt, es ist nichts mehr zu machen?«

»Wie es aussieht: nein, außer zu warten.«

»Wozu?«

»Um sich einzuschiffen.«

»Wohin?«

»Übers Wasser, auf die andere Seite.«

Er verstand das wörtlich. Juanito Valcárcel wurde wütend, wegen der Kinder.

»Der Gedanke, daß so viele hier nie etwas anderes als Hoffnung kennengelernt haben!«

»Glaubst du?«

»Nur so erkläre ich mir die Selbstmorde.«

»Hoffnung worauf?«

»Hoffnung: am Wissen teilzuhaben. Als Desmoulins …«

»Nicht immer dieselbe Leier.«

»Warum?«

»Wenigstens um zu sehen, ob es aufhört zu regnen.«

»Und der Kaffee?«

»Welcher Kaffee?«

»Dieses Mädchen …«

Jetzt erinnerte er sich.

»Sie sagte, sie würde mir Kaffee bringen.«

»Und das Toastbrot von oben oder von unten?«

»Genossen …«

Es sprach einer, der auf einen Wagen geklettert war.

»Die Streitkräfte haben auf höheren Befehl die Übergabe des Platzes vollzogen …«

»Wer ist das?«

»Ich weiß nicht. Ein Soldat.«

»Ich bin nicht blind.«

»Die Schiffe«, fuhr der Redner fort, »die uns aufnehmen sollten, sind nicht gekommen; das alles hatte nur den Zweck, uns in die Falle zu locken.«

Die ihn hören konnten, stimmten zu.

»Uns bleibt einzig, wie Männer zu sterben. Und: Hoch lebe die Republik!«

Nie würde Domingo Calderón, der in vorderster Reihe stand, vergessen, was auf dieses »Hoch« folgte.

Der Sprecher zog seine Pistole und, den Mund aufgerissen, jagte er sich die Seele aus dem Schädel.

»Junge!«

»Sieh dir den an!«

»Wenn ich genug Mumm in den Knochen hätte ...«

Zehn weinen, nicht über den Tod, sondern über das Gehörte. Calderón kratzt sich am Kopf. ›Die Streitkräfte haben die Übergabe des Platzes vollzogen ...‹ Das ist er gewesen.

Wie ein Verrückter sprang Henche auf das Autodach.

»Es stimmt, ihr habt es gesehen, die feindlichen Kräfte sind einmarschiert, aber wir stehen zusammen, und ich versichere euch, daß Schiffe kommen und wir alle fortgehen werden. Ein wenig Geduld, Genossen. Ein wenig Geduld.«

»Und was ißt man dazu als Beilage?«

Agustín Jiménez schaut seinen Sohn an, sicher, daß er niemals vergessen wird, was er gerade gesehen hat. Er möchte schreien, um dieses Bild aus der Seele des Kindes herauszureißen. Er weiß, er kann tun, was er will, es wird ihm nicht gelingen. Er muß schon viele unauslöschliche Bilder des Krieges gespeichert haben, aber keins wie dieses: ein Junge, der sich umbringt, ohne wirkliche Erklärung.

»Weißt du, wir haben den Krieg verloren.«

Der kleine Junge schaut seine Mutter an:

»Glaubst du, ich weiß das nicht? Aber wenn er sich umgebracht hat, wer weiß, was für schlimme Sachen er gemacht hat ...«

Mili ist perplex. Sie dreht sich zu ihrem Mann um. Befragt ihn mit den Augen. Agustín Jiménez zuckt mit den Schultern. Er ist in Sorge wegen des Reisepasses seiner Frau.

»Wirf ihn ins Wasser, oder verbrenn ihn.«

»Was?«

»Deinen Paß.«

»Dann habe ich keine Papiere ...«

»Das ist besser als Geburtsort Odessa.«

»Ich kann mich auch gleich selbst ins Wasser werfen, wenn dir das lieber ist.«

Sie sagt das im Ernst, verzweifelt.

»Manchmal denke ich, wir suchen uns den Ort der Geburt aus, schließlich suchen wir uns den des Todes auch aus.«

»Ich würde alles geben, um dir nicht zuhören zu müssen.«

Luis hört seinen Eltern zu, ungerührt.

»Warum sagt man: ›Der hat nicht alle Tassen im Schrank‹, wenn einer irre ist? Nur weil Lukas immer durch die Straßen zog und um altes Geschirr bettelte?«

Lukas lebte in Alicante. Den Krieg hat er nicht mitgemacht. Man hält ihn für verrückt. Möglicherweise ist er das, denn jetzt, da der Krieg vorbei ist, hat er sich in den Hafen geschlichen, glücklich, unter so vielen Leuten zu sein.

»Was ist los?« fragt er ständig und jeden.

»Was ist los? Kommt wer?«

Als er zum dritten Mal den *Bodeguero* anspricht, versetzt der ihm einen harten Stoß. Er stürzt ins Wasser, mit Mühen holen sie ihn wieder raus.

»Was ist los?«

Zwei aus Almería knüpfen sich den Angreifer des Gewässerten vor.

»Siehst du nicht, daß der eine Meise hat?«

»Ich laß mich doch nicht zum Narren machen. Kommt wer? Seine Oma! Zum Teufel!«

Sonst ist der *Bodeguero* nicht so unbeherrscht, außer er hat schlechte Laune; das ist heute nicht der Fall.

»Außerdem, was hat der Spinner bei uns zu suchen? Sind wir nicht schon genug?«

Womit er nicht unrecht hat.

»Glaubst du, wir kommen raus?« fragt einer der beiden aus Almería.

»Du?«

»Wie, ich?«

»Und wenn man mich hundertmal fragt, ich kann es nicht sagen. Und so geht es wohl allen.«

»Schon gut. Aber sag mir jetzt mal im Ernst: Glaubst du, daß wir rauskommen?«

»Die Frage meinst du Ernst?«

»Selbstverständlich.«

»Dann frag deine Oma.«

»Ich muß mit Etelvino sprechen. Etelvino Vega.«

Sie lassen ihn nicht durch.

»Es ist sehr dringend.«

»Was hast du in der Schachtel?«

»Das sage ich nur ihm.«

Der Oberstleutnant, matt, ganz und gar nicht jung, ein gebrochener Mann, Bart, Haar, Schuppen, Schultern, Uniform, Strümpfe, nimmt die Kämpfer, die keinen Deut besser dastehen, gegen ihn ein.

»Was hast du da?«

»Keine Sorge, es ist keine Bombe. Laßt mich durch.«

»Es kann eine Waffe sein.«

»Richtig geraten.«

»Hol sie raus.«

»Nein.«

Sie packen ihn, entringen ihm das Päckchen, öffnen es: irgendwelche Pläne.

»Was soll das denn sein?«

»Laßt mich mit Etelvino sprechen, stellt euch nicht so an.«

Er schafft es. Es sind die Pläne für einen Feldmörser, den er erfunden hat. Etelvino Vega ist interessiert.

»Das ist gut.«

»Wirklich?«

»Was machen wir mit den Plänen?«

»Aufessen.«

»Im Ernst?«

»Glaubst du, sie werden das Gepäck durchsuchen?«

»Vielleicht kommen sie nicht dazu. Bist du auf der Liste?«

»Ja.«

»Bleib hier.«

»Warum? Was wollt ihr tun?«

»Uns vollfressen. Das letzte Abendmahl in Spanien.«

Sie haben alles hervorgeholt, was da ist, ein reich gedeckter Tisch: Schinken, Wurst, Chorizo, Brot, Wein. Alle Vorräte, für alle Fälle.

»Und wenn kein Schiff kommt?«

»Fang nicht damit an.«

»Doch. Und wenn kein Schiff kommt?«

»Es kommt. Zumindest eins, ein französisches.«

»Wo ist es?«

»Kurz vorm Einlaufen. Soeben bestätigt.«

»Bevor ich es nicht sehe ...«

»Also essen wir jetzt die Pläne.«

»Einverstanden.«

»Aber zuerst diese Dosen mit ... mit ... egal was.«

Er kann gar nicht alles lesen, was ihm vorgesetzt wird, essen sehr wohl.

Einer sitzt an der Spitze des Wellenbrechers, blickt auf das Meer, auf dem kein Licht zu sehen ist.

»Nimm.«

»Nein.«

»Iß.«

»Ich mag nicht.«

»Was tust du?«

»Hören.«

»Was?«

»Das Meer.«

»Was hörst du?«

»Hab ich doch gesagt.«

»Wozu?«

»Um nicht zu vergessen.«

»Willst du nicht essen?«

»Nein.«

Oberst Buitrago von den Anarchisten geht über den Damm. Seinen Adjutanten läßt er zurück. Er empfiehlt ihm, um Gottes willen seinen Namen zu vergessen:

»Du warst nichts. Einfacher Soldat.«

»Das bin ich.«

»Aber nicht mein Mitarbeiter.«

»Das war ich aber.«

»Aber das sagst du nicht, wenn sie dich fragen.«

»Warum nicht?«

»Es würde nicht für dich sprechen.«

»Deshalb würde ich es nicht verschweigen.«

»Es wird dich belasten.«

»Na und?«

Die hinter ihnen schubsen:

»He, halt den Mund: Soldat, sonst nichts. Versprochen?«

»Versprochen.«

Ramón García Casas versteht einfach nicht. Es tut ihm tatsächlich weh, sich von Buitrago zu trennen, mit dem er fast den ganzen Krieg verbracht hat, in Aragón, im Zentralen Sektor und, bis zuletzt, in Extremadura. Jetzt, so sagen alle, ist es vorbei, sie werden gefangengenommen, und später schickt man sie zurück in ihre Dörfer. Dieselben wie immer werden das Sagen haben, nur ein paar weniger. Er weiß nicht, was er tun soll. Wenn man ihm keine Arbeit gibt, kann Ramón nur schlafen. Er mag weder Kartenspiele noch Wein – der bekommt ihm nicht – noch Frauen, höchstens ab und zu; beim Essen gibt er sich mit dem zufrieden, was man ihm vorsetzt. Nichts geht ihm über Schlafen, wo auch immer, wie auch immer, unbeeindruckt von Tageszeit, Sonne oder Mond. Wenn man ihm aber sagt: ›Das muß gemacht werden‹, tut er es ohne einen Mucks, egal was, und ohne zu schlafen, Tag und Nacht. Bei Oberst Buitrago hatte er es sehr gut; er hat ein schwaches Gedächtnis, an vieles erinnert er sich nicht, aber daß sein Chef sein Chef war und daß der ihn stets gut behandelt hat und er für ihn alles tun würde, daran besteht nicht der geringste Zweifel. Ramón weiß weder, woher er stammt, noch, wer seine Eltern sind. Oder wenn er es weiß, verschweigt er es, hartnäckig.

Jetzt sieht er die Umstehenden an. Er kennt, erkennt keinen.

»Hallo, du«, sprechen sie ihn an.

»Hallo«, antwortet er, aber er weiß nicht, zu wem er das sagt.

»Was suchst du?«

»Einen Platz.«

»Hier, hintendran.«

»Nein, zum Schlafen.«

Dichter Regen. Besser dort hinten, an dem Schuppen. Mit starkem Arm schafft er sich eine Kuhle.

»Entschuldigung.«

Vicente sieht ihn wütend an. Der Soldat legt den Linsensack zurück. Lärm, lautes Rufen:

»Sie geben Essen aus!«

Es stimmt. Die Italiener halten Wort; warmes Essen, sagten sie. Es gibt Bohnen, in Soße oder Brühe, Brot und Sardinen. Die Verwunderung verschwindet mit dem Hunger; weder Gedrängel noch Ellenbogen, als wäre das selbstverständlich.

»Sie respektieren die Abmachung.«

»Das heißt: bis die Schiffe kommen.«

»Du wirst schon sehen: morgen geben sie uns den letzten Kaffee.«

»Den aus blauen Bohnen.«

Trotz des Regens herrscht im großen und ganzen Optimismus.

Vicente und Asunción essen, was sie bekommen, und noch etwas mehr, weil Plá y Beltrán sich nicht wohlfühlt und ihnen seine glücklich ergatterte Ration überläßt.

»Und …?«

»Still, wir haben noch genug Zeit zum Reden. Laß mich still sein.«

An ihn geschmiegt.

»Also ich haue hier ab.«

»Wie?«

»Ich weiß nicht, wirst du schon sehen, und du kommst mit.«

(Albertina denkt nicht, seit Manolo sich erschossen hat, dort, direkt vor ihren Augen. Wortlos. Ja, wenn er sie getötet hätte … Aber nein: Ruhig zog er seine Pistole, wie so viele Male, sah sie an – die Pistole – und dann sie, ausdruckslos. Er sagte kein Wort, hob die Waffe, steckte sie in den Mund und drückte ab.

Eine, die daneben stand und deren Teller Linsen einige Spritzer Blut und Schleim abbekommen hatte, regte sich furchtbar auf:

»Das hätte er doch auch woanders machen können! Linsen mit Knochensplittern, das kann ja wohl nicht wahr sein.«

Sie schüttete den Inhalt nicht weg, sondern säuberte ihn, Löffel für Löffel.

»Natürlich war er überspannt und hatte in letzter Zeit oft gesagt: ›Wenn wir den Krieg verlieren, bringe ich mich um.‹«

Albertina hatte ihn nicht ernst genommen, sie war es gewohnt, ihren Eltern zuzuhören, die ständig übertrieben; auch war sie der Auffassung, der Krieg löse die Zungen, vor allem, wenn man ihn verliert.)

»Also ich haue hier ab. Komm.«

Sie zerrt sie hinter sich her, zum Hafengitter.

Monse ist wütend. Wo ist Asunción? Bestimmt bei Vicente. Wo kann sie sie finden? Was für eine Welt! Alle zusammengedrängt, Schulter an Schulter, kreuz und quer. Für sie ist alles Bedrohung, Aufruhr, Protest, Hitze, Tumult, wahrhaft Revolution. Monse ist Republikanerin, Revolutionärin, Kommunistin, weil ihre Eltern es sind oder besser waren. In Teruel, wohin sie wie jedes Jahr zu den Großeltern mütterlicherseits gefahren waren, hatte man sie an die Wand gestellt. Vielleicht waren es auch die Großeltern gewesen, die den Schwiegersohn denunziert hatten, weil sie ihn nicht ausstehen konnten. Und der Schwiegersohn nahm seine Frau mit, vielleicht nicht als erstes, aber er nahm sie mit. Das erzählten zumindest einige Leute aus dem Nachbardorf. Nach nunmehr zwei Jahren erinnert sie sich nicht mehr recht daran. Seitdem ist viel passiert. Vor allem, seit ein gewisser Rafael, an seinen Nachnamen erinnert sie sich nicht, sie kurz nach Kriegsbeginn davon überzeugte, daß Kommunismus und freie Liebe ein und dasselbe seien. Monse war dafür geboren. Sie genoß es, mit wem auch immer, Hauptsache er war sauber und roch nach Mann. Gedanken machte sie sich nie, und selten blieben ihre Hoffnungen unerfüllt.

Sie war tatkräftig, sich für nichts zu schade, in der Arbeiterschule, wo sie sich in der Küche wie im Klassenraum nützlich machte. ›Hilfslehrerin‹ des Ministeriums für Unterricht und Gesundheit. Nie stellte sie Nachforschungen an, wer dieser oder wer jener war. So lange er ihr gefiel. Sie machte ihre Erfahrungen, harmlos gesagt; der Verstand öffnete ihr die Augen, weitblickend wurde sie davon aber nicht. Sie verplemperte ihre Zeit nicht damit, im Gesicht ihres Gegenübers dessen Gedanken ergründen zu wollen: sie kannte sie.

Monse war bezaubernd: Für manche Geschmäcker vielleicht ein wenig zu klein, zigeunermädchenhaft, gut gebaut, wie bei ihrem Alter nicht anders zu erwarten, der kecke Po eine Spur zu üppig, die spitzen Brüste der Größe angemessen, Dekolleté und Arme voll, das Lächeln immer gleich: Sie sah aus, wie um angesehen zu werden. Wenn es darum ging, anderen zu helfen, war sie immer dabei, sie schätzte Freundschaft, pflegte sie aber nicht, bevorzugte spontane Begegnungen. Sie feierte gerne, bediente, beschenkte. Nie hatte sie eine Vorstellung vom Wert des Geldes, immer sah sie der Realität in die Augen. Hart, aber nicht unmenschlich, ihr Herz war nicht dafür da, Geschichten in sich zu verschließen, es sei denn, sie klangen wie aus einem Roman. Deshalb verstand sie sich gut mit Asunción.

»Wie kannst du …?«

»Wenn es doch das Natürlichste von der Welt ist: niemand hat es mir beigebracht. Naja, alleine macht es keine. Du läßt dich gehen, und dann, ehe du dich versiehst, steckst du in der Sache drin.«

»Sei still, das ekelt mich an.«

»Tu nicht so scheinheilig.«

»Es ist doch, weil ich ihn liebe …«

»Ah Vicente, meine Seele«, begann Monse zu trällern, mit ihrer hohen, klingenden Stimme.

»Und es ist dir wirklich egal, mit wem?«

»Wenn sie doch alle gleich sind. Gut, mit dem einen lieber, mit dem anderen weniger, aber denk nicht, daß die Unterschiede groß sind, und außerdem, meine Liebe, jeden Tag Kichererbsen und Linsen ohne irgendein Sahnehäubchen, das wäre tödlich; als Aperitif oder zum Nachtisch schmeckt es wunderbar.«

»Und wenn du schwanger wirst?«

»Das ist kein Problem mehr.«

Dafür ist Albertina schwanger, im sechsten Monat.

Sie kommen zu dem Gitter. Zehn Meter entfernt die Italiener, bester Dinge. Monse wirft das Auge auf einen. Treffer, zwei Stunden später sind sie in einer einfachen Pension untergekommen – bescheiden, aber draußen –, in der Calle de Díaz Moreu.

»Soeben wurde mir mitgeteilt: Das französische Schiff wird nicht vor Morgengrauen einlaufen.«

»Das ist normal.«

Tiefdunkle Nacht, anhaltender Regen. Die vierhundert an der Spitze der Mole; die Italiener in der Stadt. Zusammen mit General Gambara tafeln die Konsuln in großem Stil.

»Wir können nichts weiter tun«, sagt Henche, »als uns innerlich aufreiben.«

»Die Kämpfer und die vom SIM sollen besonders gut aufpassen und niemanden durchlassen: Die vierhundert sind ein für allemal abgezählt.«

»Keine Sorge: *No pasarán,* keiner kommt durch.«

Alle sehen ihn strafend an.

»Sie sollen an die Spitze der Mole gehen.«

»Und die anderen Schiffe?«

»Wenn es soweit ist, sage ich dir Bescheid.«

»Die Brandung am Wellenbrecher hört man nachts deutlicher als tagsüber.«

»Sicher: Es ist weniger los.«

»Ich glaube, das Licht schaltet die Geräusche aus.«

»Ich weiß nicht, ob ich mehr Essen oder mehr Schlaf brauche oder umgekehrt.«

»Ich bin naß bis auf die Haut.«

»Ich sogar bis auf die Knochen.«

»Das glaube ich dir nicht, bei dem Ranzen.«

Etelvino Vega und andere Führer stehen unaufhörlich rauchend an der Spitze der Mole. Sie reden nicht, trotz des Anislikörs, der – wer weiß, woher – aufgetaucht ist.

»Was haben sie getan, als sie die Italiener gesehen haben?«

»Offenbar nichts. Allgemeine Reglosigkeit.«

»Wenigstens haben sie sich vergewissern können, daß wir nicht gelogen haben.«

»Besser lügen und gewinnen als umgekehrt«, sagt Álvarez.

»Jetzt spricht der Sektierer.«

»Nein, nichts ist passiert. Sie haben niemanden belästigt, es sei denn mit ihrer Musik und ihrem ›*Duce! Duce! Duce!*‹-Geschrei. Die meisten Leute sind in ihren Häusern geblieben.«

»Und haben das Licht angeschaltet.«

»Offensichtlich hat Gambara die Vereinbarung mit der Junta unterzeichnet. Und die Konsuln auch.«

»Das glaube ich erst, wenn ich es sehe.«

»Was wollen sie denn hier mit uns anfangen?«

»Hier? Nichts. Da, wo zwei Handbreit Erde über uns liegen.«

Das Meer rauscht lauter.

»Es gibt einen Wetterwechsel«, sagt Torrevieja.

Kurz vor Mitternacht geht eine Note herum, auf die sich Gambara, die Evakuierungs-Junta und das Konsularische Korps (jedesmal nennt es sich anders) geeinigt haben:

1. Die republikanischen Spanier verbleiben im Hafen, ohne die Stadt betreten zu dürfen, mit Ausnahme derjenigen, die nicht ins Ausland ausreisen wollen.
2. Die republikanischen Spanier, die in Spanien bleiben wollen, verlassen den Hafen; ihnen wird ein Geleitbrief ausgestellt, mit dem sie ungehindert gehen können, wohin sie wollen.
3. Die italienischen Besatzungsstreitkräfte werden Lebensmittel zur Verfügung stellen, die zur Versorgung benötigt werden; die Republikaner sind für deren Verteilung verantwortlich.
4. Die republikanischen Spanier übergeben sämtliche Waffen, über die sie verfügen.
5. Die italienischen Streitkräfte umstellen den Hafen, um Zwischenfälle mit der Umgebung zu verhindern.
6. Der Hafen wird zur Internationalen Zone unter dem Schutz des gesamten konsularischen Korps erklärt, unmittelbar vertreten durch die Republik Argentinien, deren Nationalflagge gehißt wird.
7. In die Internationale Zone haben die Besatzungsstreitkräfte kein Zutrittsrecht.
8. Die Republikaner verbleiben in der Internationalen Zone, bis die zu ihrer vollständigen Evakuierung benötigten Schiffe eintreffen, unabhängig von der bis zur Ankunft verstreichenden Zeit.
9. Die Republikaner raten den Soldaten und ihren Frauen sowie allen Personen, die aufgrund ihrer Funktion keine spezifische Verantwortung tragen, freiwillig in Spanien zu bleiben, da sie unter Verweis auf Punkt zwei weder behindert noch verfolgt werden.

Als Domingo Calderón das mit der argentinischen Fahne erfährt, lacht er minutenlang, zum Erstaunen aller, die um ihn stehen.

»Mehr Essen! Mehr Essen! Mehr Essen!«

Wenn schon nicht völlen, dann wenigstens den Hunger halbwegs stillen.

Über die Hafenpromenade hinweg machen Italiener und Republikaner sich Vorhaltungen.

»Na, mein Lieber«, sagt Templado zu Cuartero. »Es könnte schlimmer sein. Vielleicht entspannt sich dann auch wieder mein Arsch ...«

»Warum mußt du immer so unflätig sein?«

Kurz nach zehn Uhr abends betrat der letzte der vierhundert – nicht einer mehr – die Mole. Sie drängten sich auf dem festgelegten Platz, während im Zentrum der Stadt Marschmusik anhob. Jeder von ihnen fühlte einen Schauder über den Rücken laufen, ein Stechen im Kopf oder im Herzen oder eine Schlinge um den Hals.

In den Straßen, in denen noch Laternen funktionierten, war Licht. Gejohle, Menschen – lässiges Kommen und Gehen, das war neu, mehr aber noch: Licht in den Fenstern, Licht in den Straßen, Licht sogar in einigen Schaufenstern. Ab und zu ein einzelner Schuß.

»Kein einziges wird kommen.«

»Hör auf zu spinnen.«

»Kein einziges.«

»Bist du Hellseher?«

»Nein.«

»Wie willst du dann wissen, daß sie nicht kommen?«

»Immerhin weiß ich, daß du nicht mit von der Partie bist.«

»Ich bin auf der Liste.«

»Du warst. Auf der mit den siebenhundert; nicht auf der mit den vierhundert. Auf der bist du nicht; nur Männer.«

»Und was, bitte, bin ich?«

»Das mußt du wissen. Jedenfalls bist du vorerst gestrichen.«

»Von wem?«

»Keine Ahnung; irgendeiner aus deiner Organisation.«

Er sagt das mit echtem Vergnügen. Einer, der zuhört, mischt sich ein, nicht größer als einsfünfzig; so lautet auch sein Spitzname.

»Wie ich.«

»Dein Namen ist länger als du.«

»Auf der Liste fällt das nicht auf.«

»Aber die Italiener werden uns zu essen geben.«

»Woher willst du das wissen?«

»Ich weiß alles.«

»Dann weißt du auch, daß du ein Arschloch bist. Außerdem, was macht das schon! Ein elendes Schiff für vierhundert... Was ist ein elendes Schiff für vierhundert? Es werden mehr kommen, größere. In denen wird man sie zusammenpferchen wie elende Lämmlein, das sind sie, das seid ihr.«

»Nein, mich haben sie auch gestrichen.«

Es regnet stärker. Kein Ort, an den man sich flüchten könnte. Die halbwegs anständigen Plätze sind von denen besetzt, die von Anfang an wußten, daß sie nicht auf der Liste stehen.

»Du gehst. Du verläßt den Hafen. Die Frauen müssen bleiben.«

»Ich gehe nicht. Wohin du fährst, dahin fahre ich.«

Sich durchzusetzen – aussichtslos. Er kann sie weder hinauswerfen noch hinauszerren.

»Aber Rosario, verstehst du denn nicht?«

»Ich verstehe nicht, und ich will nicht verstehen.«

»Ob heute nacht, morgen oder übermorgen, am Ende werden uns die Scheißfaschisten trennen.«

»Das werden wir ja sehen. Und wenn wir es sehen, können wir es erzählen. Was machen wir überhaupt noch hier? Komm, wir gehen nach Hause.«

Raúl Samper läßt sich ohne Gegenwehr von seiner Frau überzeugen.

»Zerreiß den Parteiausweis. Wer soll es schon erfahren?«

Er tut es, mit einem Stich im Herzen. Sie gehen los. Die Brüder Bonifaz wollen sie nicht ins Haus hineinlassen.

»Wenn sie nicht wollen«, sagte Rosario, »dann hänge ich ihre Techtelmechtel mit der CNT an die große Glocke. Dann werden sie schon sehen.«

Die Weinhändler erschrecken; sie beratschlagen sich, Don Francisco Benjumea geht bei Herrn Mayot vorbei, einem alten Freund, um Raúl zu denunzieren. Der Apotheker beruhigt die Weinhändler und bittet sie, sich vierundzwanzig Stunden zu gedulden und derweil gute Miene zu machen.

»Gott allein weiß, was er sich alles gegen uns aus den Fingern saugen wird ...«

»Keine Sorge. Mit der Sorte kennen wir uns aus.«

(So wurde Rosario ihr Magengeschwür los. Die Kinder wurden in ein Waisenhaus gebracht.)

Die Italiener bilden unverzüglich einen bewaffneten Kordon um den Hafen, der den Ein- und Ausgang unterbindet. Die Soldaten verhalten sich nach Vorschrift, bis die Disziplin nachläßt, sie sich entspannen, durch die Gitter hindurch Gespräche mit den Besiegten beginnen und sogar hin und wieder ein Auge zudrücken.

Auf einem Quadratmeter

Er träumte, daß es Tag würde. Schon wurden die Umrisse schärfer. Das Grau siegte über die Dunkelheit. Vorüber die tote Zeit der Nacht. Die Sonne ging auf. Er sprach mit jemandem:

»Solange es regnet, gibt es Hoffnung.«

Cuartero: »Heute nacht mag ich Gott nicht.«

Die Dunkelheit hat Körper, das Licht nicht. Das ist der große Unterschied. Das Licht löst die Nebel auf, wie Terpentin das Öl. Niemand vermag das zu malen.

Von etwas höher aus müssen wir aussehen wie Larven, die einen toten Körper zerfressen: den es nicht gibt. Würmer essen keinen Stein. Wir sind Würmer, die den Körper der Republik zerfressen. Hübsches Bild! Nein, das ist kein Bild. Wenn jetzt ein Flugzeug vorüberflöge und uns photographierte – bei Nacht –, aus fünfzig Meter Höhe, wie damals, als wir in heller Begeisterung die Waffen reckten, Fahnen schwenkten, alle für eine. Eine grenzenlose Menschenmenge, wäre da nicht die Begrenzung des Negativs …

Larven, Würmer, Stein- und Zementwürmer, Eisenbahnschienenlarven. Larven, die von Läusen gefressen werden, Läuse, die von anderen, noch kleineren gefressen werden, immer kleineren, je höher das Flugzeug aufsteigt, das uns photographiert.

Wie viele *Te Deums* werden heute gefeiert, um uns zu feiern?

Spanien, einig und groß! Spanien, Tausende und kleine. Spanien, kurz und kleingeschlagen, Spanien, zerbrochener Spiegel, der die Himmel reflektiert. Spanien, Splitter.

Aber der Tag wird kommen …

Welcher Tag? Warum soll es nicht immer so weitergehen?

Spanien, Rif; Spanien, Maghreb; Spanien, Roussillon (warum nicht?); Spanien, Saloniki; Spanien, Portugal.

Wieder sieht er vor sich ein ausgetrocknetes Bachbett in den Bergen. Die rosa, rötlichen, die dunklen, grauen Steinbrocken; das trockene Kraut; die kleinen Eidechsen; die von der Sonne gespaltene Erde. Der Duft des Thymians und weiter hinten der ausgetrocknete Wasserlauf. Und gegenüber der Feind. Eine Kugel.

Wir sind ein Haufen Weicheier gewesen, Traumtänzer, Schwuchteln, Deppen, den Arsch offen, Spinner, Durchgedrehte, Feiglinge, Gutgläubige, Umnebelte, Oberschlaue, und sie haben es uns besorgt, wo es ihnen gerade gefiel, weil wir Idioten sind, Tölpel, Versager, Blödmänner, Ignoranten.

(Santiago Peñalver, siebenundzwanzig Jahre, Zimmermann, Oberfeldwebel, auf dem rechten Auge schielend, dreckig; Sohn von Santiago und María, gebürtig aus Soria, wo er glaubt, daß sie sich befinden; verheiratet mit Bienvenida, ausgemergelt; Vater von Saturnino, Bernardo, María und, ohne es zu wissen, von Santiago.)

Er hat fürchterliche Magenschmerzen, unterhalb des Brustbeins. Töten!

Und wenn der Tod nicht mehr wäre als ein anderes Leben, in dem wir nicht wüßten, was der Tod ist? Niemals ausruhen können. Daß die Schmerzen in meinen Füßen auch nie aufhören ... Daß meine Hühneraugen nie verheilen, daß ich nie, wie beim ersten Wintereinbruch, von Frostbeulen verschont bleibe und die Kälte nie schnell vorübergeht. Mir tun die Füße weh. Vor allem der rechte, als ob er nicht meiner wäre. Schlimmer könnte er mir nicht wehtun. So schlimm tut er mir weh. Der Fuß, nur der Fuß, mit seinem schrecklichen Stiefel, aus Leder, hart wie Granit. Diese Bomben, Hühneraugen, Bergfalten aus glühender Lava, Frostbeulen. Die Lava, die vorwärtskriecht und mich verschüttet. Durst! Wasser! Wasser!

Es wird seinen Grund haben, daß der Volksmund Alicante mit Betrug, List, Tücke in Verbindung bringt.

Pilar, Rosario, die Mädchen. Pilar, allein, in Paris, ohne Geld, verzweifelt. Und ich hier. Herr, wofür zahle ich? Lastet so viel Schuld auf mir? Habe Mitleid mit den Meinen. Ich werde alles erdulden, was du über mich bringst.

Rafael Jiménez, zu seinem Sohn, elf Jahre alt:

»Sieh mal, mein Junge, vergiß das möglichst alles. Aber eine Sache darfst du nicht vergessen, um durchzukommen, eine einzige Sache: Die Welt ist voller Hurensöhne. Und folglich voller Huren. Alle Frauen, alle.« (Rafael Jiménez selbst hat keinen Grund zur Klage, aber er ist der Überzeugung, daß dem so ist.)

»Für uns wird die Niederlage viel härter sein als für andere.«

»Warum?«

»Schließlich waren sich Kommunisten und Anarchisten am Ende einig zu sagen – sicher, ohne einen vernünftigen Grund –, daß die Macht ›unser‹ ist. Ihnen gehört. Dem Volk. Das bedeutet, daß wir nicht nur einen Krieg verlieren, wie schon Tausende auf der Welt verloren gegangen sind (die Militärs respektieren sich untereinander, um wieder von vorne anfangen zu können), sondern die Macht. Jetzt sag nicht, wir hätten die Macht nicht gehabt. Und wie. Denn der und der war Sekretär des Finanz- oder des Arbeitsministers; und vom Justizminister saß einer in deiner Tertulia.«

»Genauso wird es bei denen sein, die jetzt kommen.«

»Nein. Kein Rekrut aus den Kolonnen von Yagüe oder Varela oder sonst einem General wäre so verstiegen zu glauben, nach dem Ende des Krieges könnte er in die Regierung eintreten. Für sie ist es das höchste der Gefühle, wenn sie es vom Rekruten zum Fähnrich bringen. Deshalb wird uns die Niederlage mehr wehtun.«

»Dein Wort in Gottes Ohr.«

Die Eule, so wurde sie seit Jahren genannt: rundes Gesicht, kleine, an der Spitze gekrümmte Nase, große, leuchtende Augen, kurzsichtig und die Iris gelblich. Sie hatte das Gesicht einer alten Schauspielerin, bleich und faltig, der niemand mehr etwas erzählen kann. Dabei war sie einfach nur die Mutter von Bañón, dem Artilleristen.

»Sie ist die Mutter von Kommandant Bañón.«

Wer, unter so vielen, sollte wissen, wer Kommandant Bañón war, der Artillerist? Aber es klang gut:

»Sie ist die Mutter von Kommandant Bañón.«

So schaffte sie es bis zu einem Sitzplatz im Trockenen. Die Zeit verbrachte sie mit Beten.

»Worum beten Sie bei unserem Heiligen Vater, Genossin?«

»Ich bin niemandes Genossin.«

Und als sie die Ironie der Frage bemerkte:

»Wenn Sie einer Frau das Gebet nehmen, bleibt nur noch, Gott um das Wunder zu bitten.«

»Welches Wunder?«

»Ein für allemal mit uns Schluß zu machen.«

»Schluß zu machen?«

»Aber natürlich! Ihr merkt es noch nicht einmal: mehr tot als lebendig.«

Sie wandte sich wieder ihren Gebeten zu, doch da der andere sie weiter ansah, wiederholte sie:

»Mehr tot als lebendig.«

Zweifelsohne, sie machte Eindruck. Ramón García Casas fragte sie:

»Und Sie, was machen Sie hier?«

»Euch sehen.«

»Warum?«

»Aus Spaß: um mich davon zu überzeugen, daß Gottes Gerechtigkeit existiert.«

»Laß sie, sie ist närrisch im Kopf.«

Sie war es nicht. Kommandant Bañón war vor Jahren standrechtlich erschossen worden, in den ersten Tagen der Erhebung, mit gutem Recht. Jetzt war die Alte aus dem Haus ihrer Schwiegertochter, die sie verabscheute, abgehauen, um nach drei oder vier Alicantinern zu suchen, die sie nicht fand.

»Wo sollen die Schiffe anlegen?«

»Ich nehme an, hier.«

»Ich bin die Mutter von Kommandant Bañón.«
Und sie ließen sie hinein.
»Dein Passierschein?«
»Den hat er.«

»Ein Labyrinth ist ein Labyrinth, weil irgendwann jemand aus ihm herausfindet, mit welcher Hilfe und auf welche Weise auch immer. Wenn niemand herausfände, wer würde je von seiner Existenz erfahren? Wer kam zurück aus dem Tod? Lazarus? Wer hat davon erzählt? Bah, das ist wirklich nur ein Märchen! Aber nicht die Geschichte mit Minos' Labyrinth. Da kam der eine oder andere raus. Einige von ihnen kamen hierher, auf die heutige iberische Halbinsel. Gerion war in sich selbst ein Labyrinth, mit ich weiß nicht wie vielen Armen, sechs, zehn, und drei Köpfen, mindestens. Und das blieb ihm, nachdem er unermüdlich im Labyrinth dieser Landschaften umhergeirrt war, in diesen und jenen Gang geblickt, Wände und Gebirge hier und dort abgetastet hatte. Wenn nicht auf diesem Weg, wie sonst, glaubt ihr, sind die Stiere und die Kämpfer hergekommen? Minos und der Klang von innen her. Die Schnecke. Minos in Gades und Gerion pflügend. Die blaue Sonne und Don Herkules, der die Phalli in die Ackerfurchen streut, die ein von weißen Stieren gezogener Pflug sich untertan gemacht, erobert hat. Und die sprossen wie Spargel, und Don Herkules säte immer weiter. Die Stiere vorneweg. Oh ihr Länder am Ende der Welt. Dort konnte es sein. Und das Tote Meer hier – ein bißchen weiter unten – gegenüber dem anderen. Und dieses Land, das du von hier aus sehen würdest, wenn es Tag wäre und die Sonne schiene, heißt Bucht der Bitteren Wasser. Ich schwöre euch, mein Hund lachte, wenn ich nach Hause kam. Er zog die Lefzen hoch, zeigte die Zähne und lachte, er schüttelte den Kopf von links nach rechts, von oben nach unten, glücklich. Macht das meine Frau, meine Tochter? Menschen sind in der

Lage, sich zu vergiften, sich zu erschießen, ein Tier nicht. Schlimmstenfalls verweigern sie die Nahrung, und Verhungern ist ein natürlicher Tod. Vielleicht der einzige. ›Er starb eines natürlichen Todes‹, sagt man – dabei ist es Krebs oder Harnvergiftung oder Herzstillstand. Nein, natürlicher Tod beim Menschen heißt: Verhungern. Oder ein Erschießungskommando. Wir Spanier von heute sind natürliche Wesen – natürlich worin? Der Mensch ist schlecht, von Natur aus. Und der Spanier natürlich auch. Als wir das Paradies verlassen haben, hat man uns in ein Labyrinth geschleust. Und ich habe den Faden verloren: Ich bin verloren. Wir sind verloren. Und wir werden nicht rauskommen, nicht einmal mit den Füßen voraus. Laßt die Toten ihre Toten beerdigen. Doch wenn sie tot sind, wie sollen sie das machen? Du bist doch so schlau, sag es mir. Wir werden nicht überdauern, und zurückbleiben wird das schöne Labyrinth unseres Skelettes, damit die Ethnologen sich verirren und verrückt werden. Um in einem Labyrinth zu leben, muß man verrückt sein. Wir Spanier sind alle verrückt geworden, schon vor unendlich vielen Jahren, als die Kordilleren zu dem wurden, was sie heute sind. Immer hast du mich eingeengt. Du weißt nicht, wie ich bin, weil ich bei dir nie so sein konnte, wie ich wirklich bin.«

Paulino schwieg, ahnte, daß Pilars Monolog, wenn er sie unterbräche, entweder verschüttginge oder eine andere Richtung nähme.

»Immer hast du mich geringgeschätzt, weil du glaubst, daß ich blöd bin und die Sachen nicht verstehe. Mit dir zusammen bin ich nie so gewesen, wie ich wirklich bin.«

Bis zu welchem Punkt ist es wahr, was sie sagt? überlegt Paulino. Denn etwas Wahres muß daran sein, und sei es nur das, was alle Menschen voneinander trennt. Wie viele Jahre sind wir nun verheiratet?

»Immer hast du mich erniedrigt, hast mich links liegenlassen, mich nicht beachtet. Was weißt du denn, wozu ich fähig bin! Was weißt du denn, ob ich zärtlich bin oder nicht? Du verstümmelst mich, wenn du mich nur ansiehst!«

Paulino betrachtet sie, errötet, wie sie sich vom Strom der Geständnisse mitreißen läßt, zum ersten Mal seit zwanzig Jahren, den zwanzig Jahren, die sie sich kennen. Herausfordernd sieht Pilar jetzt aus, wie jemand, der seine Ketten gesprengt hat. Doch Paulino ahnt, daß es sich nur um einen Augenblick handelt, daß sie, später, wieder wie immer sein wird, und das wünscht er sich: Es passieren zu viele Dinge auf der Welt, als daß ihm jetzt auch noch seine Frau entgleiten dürfte.

»Oder wie hätte ich deiner Meinung nach reagieren sollen, als ich dein geworden war und dich gefragt habe: ›Woran denkst du?‹ und du mir geantwortet hast: ›An die Rede von Azaña‹?«

Paulino erinnert sich nicht daran, aber es erscheint ihm glaubwürdig. Doch, das ist möglich, damals in Madrid, um 1930. Wie diese Sachen plötzlich ganz groß wirken! Und wie sie verletzen, so klein, so nichtig, einfach dahingesagt, weil sie der Wirklichkeit entsprechen.

Wenn du geantwortet hättest: ›An nichts‹ ... Wenn nicht das, dann etwas anderes. Etwas anderes, daß sie ihm jetzt vorwerfen würde. Und was würde er antworten?

»Du weißt nicht, wer ich bin. Es interessiert dich nicht. Du denkst nur an deine Angelegenheiten, und mich und die Kinder, soll uns doch der Blitz erschlagen. Mußtest du dich in das alles einmischen? Jetzt bist du zufrieden, oder? Jetzt werden wir ja sehen, wie wichtig du ihnen bist. Was hast du gewonnen? Wir könnten jetzt in aller Seelenruhe in Madrid sein.«

Madrid, kalt, er wacht auf. Verloren. Er sieht Templado, der raucht. Tausende in der Dunkelheit. Er schließt die Augen. Pilar. Nein, Julián:

»Das schlimmste sind die Unglückseligen, die alles akzeptieren; weil sie glauben, das, was sie tun, was immer sie tun, sei sinnlos, würde nie sinnvoll werden; und schlimmer noch die, die nicht einmal so weit denken, vom Elend kleingehalten ...«

»Das ist ja das Elend.«

»Das ist das Elend, heute und in Zukunft: sich fügen.«

»Nicht, wenn man sagt: Ich Elender!«

»Warum nicht? Ich elender Schlucker, wie soll ich das nur alles schlucken.«

»Bewußt. Da liegt der kleine Unterschied. Es geht nicht darum, arm oder reich zu sein, sondern darum, ob man es als naturgegeben schluckt.«

»Für die Reichen ist das leichter.«

»Da widerspreche ich dir nicht.«

»Scheißwetter. Man glaubt es kaum.«

»Scheißzeiten, würde ich sagen. Die Temperatur, die ist das wenigste.«

»Vorerst friert man sich bei ihr den Arsch ab.«

»Einer wie der andere, oder?«

In wer weiß wie vielen Tagen, zu Hause, wieder zurück, was geht mir dann durch den Kopf, wenn ich ihn noch habe? Und das ganze Leben vor mir, wozu?

Das kann nicht sein, das kann nicht sein ...

Monse streichelt den Bauch der Schwangeren, er ist zart und prall.

»Weißt du, wer der Vater ist?«

»Nein.«

Eine Pause.

»Aus welcher Brigade, ja.«

Monse antwortet nicht, sie verwöhnt und feiert weiter die zarte und gespannte Haut; sie hören seltsame Geräusche von der Straße. Ein Feuerwerkskörper? Ein Schuß?

»Hab keine Angst.«

»Mit dir habe ich keine Angst.«

Zwei Straßen weiter, wenn man um die erste Ecke biegt, liegt im Untergeschoß, weiß und verschlossen, ein Friseur, was außen dransteht, in Rot. In den zweiten Stock, wohin noch ein schmaler Streifen Licht kommt, dringt der Lärm der Kettenfahrzeuge. Von Norden her, von Süden? Es ist beinahe schon eine Mansarde.

»Sie werden über die Landstraße aus Valencia einrücken, über die aus Villena, aus Murcia.«

Was kostet sie das noch? Freie Bahn, mehr Neugierde als Begeisterung. Sieben Uhr abends und die Nacht. Die Stadt bewegt sich bereits mehr oder weniger im Takt der *Giovinezza* und der Rufe:

»Duce! Duce! Duce!«

»Gehen wir uns das ansehen?«

»Wozu?«

»Um es erzählen zu können.«

»Wir werden doch einfach verscharrt«, sagt Luis González Moreno zu seinem Freund, dem Friseur, während sie auf die Straße hinuntergehen. »Und werde nicht aufbrausend. Jetzt beginnt die Zeit, in der du mit einem unbedachten Wort alles verlieren kannst. Jetzt muß man Probleme lösen, Launen dämpfen, Wünsche zügeln, Beschimpfungen schlucken, die Freundschaft höher stellen als die Gerechtigkeit.«

»Du weißt doch ganz genau, daß ich ... Pssst! Ich ertrage einfach nicht, daß es ausgerechnet Italiener sind ...«

»Man wird lernen, unter Dingen zu leiden, die sich heute noch niemand vorstellen kann. Es wird noch ein paar Monate dauern, bis man sich über die neuen Befehlshaber lustig macht, mit Spitznamen; aber alles zu seiner Zeit. Man muß in Etappen denken, den Zorn klein halten.«

Luis García Moreno, am Straßenrand, vor der Tür des

Hauses, bekleidet mit einem weißen Friseurkittel, hebt den Arm, mit einem Stich in der Brust.

»Von denen, die in Alicante auf die Straße gehen, kennt mich wohl kaum einer. Und erst recht nicht bei Nacht, mit diesem Schnauzer.«

Den trägt er, gut angeklebt, aber er sorgt sich, daß er jeden Augenblick abfallen könnte, trotz der Sicherheitsvorkehrungen des Perückenprofis.

»Morgen ist ein neuer Tag – der mich nicht hier erwischen soll.«

»Wir gehen vor Sonnenaufgang.«

»Ich habe dir doch gesagt, du kannst den Laden nicht schließen.«

»Jesús wird runterkommen, der ist das gewöhnt. Er kennt das Geschäft. Und niemand wird sich wundern, wenn ich ins *Altlet* gehe.«

Die Nacht über, in der Dachkammer, reiht Luis Gemeinplätze aneinander: Alles Übel hat auch sein Gutes; auch wenn es einem nicht paßt, es fügt sich eins zum andern; man darf die Angelegenheiten nicht vertrödeln. Vielleicht lebt man nur, um zu sterben; und wenn man am wenigsten daran denkt, geht die Sonne auf, und aller Rauch verzieht sich.

Er will schlafen; der Argwohn ist stärker. Die Augen verweigern sich dem Schlummer, im Kampf mit der Vorstellungskraft. Mit jedem besorgten Gedanken schreckt er auf, fährt hellwach hoch, mißtrauisch gegen alles. Er möchte von sich selbst abrücken, sich einlullen, seine Gedanken verdrängen. Es geht nicht. Er wird wütend, ist es leid. Mürrisch wälzt er sich herum, über seine Gefühle wachend. Wäre es nicht besser gewesen, den Weg zu gehen, den alle gehen? Nein: Wenigstens seine Haut wird er retten. Er denkt an alle seine Freunde und sieht sie fallen, einen nach dem anderen, füsiliert, wie eine Reihe Dominosteine in ein Massengrab fallend; Rodríguez Vega, Henche, Pascual Tomás – nein, der ist nach Frankreich geflogen –, Carlos Rubiera, Gómez Osorio … Er kommt nicht zur Ruhe. Der Kummer rumort in seinem Inneren. Sterben. Doch genau das will er nicht, deshalb ist er in dieser Dachkammer untergeschlüpft (wie wird es den anderen ergehen?), im Haus des Vetters von Tante Virtudes, der schon seit einiger Zeit wußte, worauf er sich einzustellen hatte, der ohne Umstände ja gesagt hatte, und das, obwohl er ›nie irgendwo mitgemacht‹ hatte, mit der Ausrede, er sei zu alt, um sich zur Fahne rufen zu lassen. Man hatte ihn in Frieden gelassen. Frieden: Wort ohne Sinn. Ins *Altlet* und abwarten. Abwarten, was noch passiert in der Welt. Hitler, Mussolini, Chamberlain, Stalin, Beneš; auch sie sieht er ins Massengrab fallen. Er schläft einige Minuten. Die Glocken läuten. Es muß lange her sein seit dem letzten Mal. Alles ersteht wieder auf. Auch er kann von den Toten auferstehen. Er wird Monate warten müssen, leiden, altern, um lebend rauszukommen; und eines Tages wird er das Siechtum abschütteln. Von vorne beginnen, selbst mit dem falschen Fuß. Spanien wird wieder sein altes Leben leben, getränkt von Blut, aber sein Leben. Wofür halten sich diese jungen Falangisten? Meinen Sie, daß sie mit dem Heer, mit der Kirche, mit den Großgrundbesitzern, mit den Bankiers aufräumen können? Sie sind verrückt. Seit Jahrhunderten hat Spanien keine Geschichte. Wir leben, wir sterben, aber wir machen keine Geschichte. Wir sind, aber wir zählen nicht. Wenn wir zählten, dann hätten die anderen weder die Deutschen noch die Italiener gebraucht, und wir nicht die Russen. Sicher, übrigbleiben die Spanier, die Menschen. Aber die Menschen lassen sich von allem möglichen führen. Wir haben keine Wurzeln. Man stößt uns an, und wir gehen los, in beliebiger Richtung. Es reicht schon der Wind. Ich weiß nicht, wer gesagt hat, wir seien Schilf, das denken kann, so etwas in der Art. Lüge: Wir stehen nicht fest auf der Erde. Staub, Stein, Geröll, Sand: gut; von hier nach da. Wie viele haben denn feste Vorstellungen, die sie mit der Erde verwurzeln? Wenige, sehr wenige. Und die, die Wurzeln haben – und sich nicht bewegen können –, schicken die andern vor. Das ist widersinnig, aber vielleicht die Wahrheit. Es ist widersinnig, daß italienische Truppen in dieser Nacht Alicante in Besitz nehmen. Aber so ist es. Wer kennt sie? Wer ist in der Lage, die fremden Streitkräfte in anderem Licht zu sehen? Eigentlich sollte ich mir einen Strick suchen und mich aufhängen.

Luis weiß nicht, wie er da herausfinden soll: Alles stürzt über ihm zusammen; er möchte seinen Körper zum Teufel jagen, sich für seine Einfalt verurteilen, den Widerspruch wegwischen, alleine sein. Und wenn alles gutgeht, findet er ein ruhiges Plätzchen, in einem Dorf, auf dem Land, in der Nähe einer Stadt, wo er zusehen kann, wie ihn nach und nach der Urin zersetzt und die Motten auffressen. Aber zumindest dabei zusehen.

Timoteo Rodríguez hatte in Palencia im Priesterseminar studiert, doch dann verliebte er sich. Er war Waise, aufgezogen von seiner Tante, und die war das Ziel seiner Liebe. Es ging Schlag auf Schlag: Er verschwieg ihr nichts, die Frau machte einen Skandal daraus und setzte ihn in einen Zug, der zur richtigen Zeit in Madrid einlief. Timoteo hatte eine gute Stimme und wenig Geduld. Ab und zu sang er, das hatte auch der französische Geschäftsträger gehört, als er den Hafen betrat:

Ich möchte das Grab sein
In das man dich legt
Um dich zu umarmen
Bis in alle Ewigkeit

Seit Stunden zermartert er sich den Schädel, daß er nicht zurück in sein Dorf kann, daß seine Tante imstande ist, ihn zu denunzieren. Er denkt an Selbstmord, aber er gruselt sich vor dem Tod, vor Blut. Dennoch entschließt er sich dazu, aber nicht, ohne vorher einen der Italiener umzubringen, die dort, auf der anderen Seite, Posten bezogen haben. Er zieht eine Pistole, zielt, schießt, daneben. Joselito, *Churro* und Carratalá werfen sich auf ihn.

»Spinnst du?«

Sie entreißen ihm die Waffe. Er atmet auf: Jetzt kann er sich nicht mehr umbringen.

Auf der anderen Seite haben sie den Schuß nicht einmal bemerkt, wegen des Gejohles um das Eintreffen des Kaffees und der funzeligen Laternen.

Julián Templado, den Rücken an der Mauer, auf der Steintreppe der Mole sitzend, lauscht dem Auf und Ab des Meeres. Der Hintern kalt, versteinert, die Kleidung feucht, trotz des Umhangs, in den er gehüllt ist. Klebrige Feuchtigkeit, klebrige Dunkelheit und die Erektion, eine Erektion aus Harndrang. Doch er bewegt sich nicht (wäre es denn eine Anstrengung, ins Meer zu pinkeln?), außerdem mißfällt es ihm nicht, sein Glied zu spüren. Wie lange ist es her, daß er mit einer Frau geschlafen hat? Zwei oder drei Nächte, nach diesem lächerlichen Abendessen mit Miñano im *Ideal Room*. Ob sich *Cabezotas* schon eine Kugel in den Kopf gejagt hat? Das Schnappen des Meeres gegen den Stein der Landungsbrücke. ›Schnappsen‹, so nannte man das schnalzende Geräusch, wenn man ein Taschenmesser aufklappt. Die funkelnde Klinge, der Penis. Das Auf und Ab des Meeres, die kräftigen Schenkel von … von wem? Es regnet nicht mehr. Der Regen: Samen der Wolken. Klebrigkeit der Erde, des Steins, der Kleidung. Und das Wasser, dort, zwei Schritt entfernt – zwei Stufen. Das Meer, das brackige Wasser, das sich mit einem dumpfen, einschläfernden Geräusch hebt und senkt. Welche Frau würdest du gerne umarmen, unter dem feuchten Umhang? Teresa, die aus dieser Gegend stammte … Cecilia … Araceli … Luisa (Luisilla wäre nicht schlecht), Lola. Warum nicht Lola Cifuentes? Die Betrügerin. Die andere, die sagte: »Ein Bombardement erlaubt kein Mittelmaß«. Werden sie wieder bombardieren? Natürlich weiß er es nicht, glaubt er es nicht. Sie sind besiegt. Das gäbe einen Mordsskandal. Aber was macht für Franco schon ein Skandal mehr oder weniger? Nein, sie werden nicht bombardieren, weil sie umgeben sind von Italienern und weil es nicht darum geht, ihnen den Gnadenschuß zu verpassen. Lola Cifuentes. Wo sie wohl steckt? In Paris? In Burgos? In San Sebastián? In Barcelona? Weit ist die Welt.

Blaue Seiten

(weil sie auf blauem Papier gedruckt werden sollen)

Was ist aus Azaña geworden, aus Companys, aus Negrín, aus Prieto, aus Miaja? Was wurde aus Salomar, aus Cuartero, aus Templado? Was aus Pilar, aus Asunción, aus Teresa, aus Tula? Wo bleiben Chabás, Sánchez Ventura, Hemingway, Paulino, ich, Medina, die Hunderte, Tausende, die mir zu Diensten waren? Was ist mit Herrera geworden, dem *Málaga,* Sancho, Villegas, Chuliá?

Der Autor ist sich allein bei den Toten sicher; er beerdigt sie – die wirklichen – mit Grabstein und so weiter: Don Pío, Don Miguel, General Queipo de Llano, Emilio, die aus Djelfa, die aus Mexiko und Federico, und Miguel …

Der Autor kann sich hier nicht mit einer ausführlichen Betrachtung des Erreichten aufhalten und schon gar nicht endlos an dem, was er geschrieben hat, feilen. Es ist das letzte, was er über den Krieg Spaniens zu schreiben vorhat, der, vor nunmehr zwei Jahren, seinen 25. Todestag und seinen 30. Geburtstag begangen hat. Die Erzählungen, die auf diesen Band chronologisch folgen, sind bereits geschrieben. All die Papiere müssen nur noch durchgesehen und geordnet werden; eine Frage der Zeit.

Er blickt zurück: Alle hat er gekannt. Dieses Buch, meine Damen und Herren, müßte in Versen geschrieben sein, in nicht endenden Alexandrinern, wie die vielen anderen gigantischen Epen aus finsteren Zeiten, die schon niemand mehr liest außer Gelehrten, für eine Doktorarbeit oder, um Erstaunen hervorzurufen.

Hier: Tausende Manuskriptseiten und Menschen. Wozu dienen sie? Doch wenn man so anfängt zu denken: Wozu dienen die aus Balzacs *Comédie Humaine,* die von Don Benito? Galdós hatte das Glück, sich nur um seine Figuren kümmern zu müssen. Ganz abgesehen davon, daß die *Nationalen Episoden* Geschichten waren. Aus der Distanz fallen die Hinzufügungen und Verknüpfungen weniger auf. (Ich spreche hier natürlich nicht von diesem anderen Romantypus, bei dem der Autor in einer oder mehreren seiner Figuren enthalten ist oder bei dem alles von der Laune der Tante abhängt, von den Brüsten der Nichte.)

Nun habe ich Asunción im Hafen, ich sehe sie, genauso, wie sie gewesen ist, erinnere mich einiger der Figuren um sie herum. Es ist etwas mehr als Geschichte. Die Geschichte ist dort, obwohl niemand sich genau erinnert, wie die Dinge gewesen sind. (Und Vicente, bei dem ich immer zu sagen vergesse, daß er ständig versucht, sich mit der rechten Hand eine Locke aus der Stirn zu streichen.) Mir ist etwas Eigenartiges passiert: Asunción hat mir meinen Willen geraubt. Welche Vorstellung soll ich von ihr haben, wenn sie doch vor mehr als fünfundzwanzig Jahren zwanzig gewesen ist und ich nicht in Alicante dabeigewesen bin? Dennoch habe ich keinen freien Willen als den ihren. Es ist lächerlich. Es ist nichts Neues oder Besonderes, daß ein Autor sich in seine

Figur verliebt. Das hat nichts zu tun mit den Theaterstücken Unamunos oder Pirandellos, die den Kopien ihrer Erfindungen Leben einhauchen und damit erreichen, daß diese sich einmischen und Rechenschaft fordern. Nein – ich bin ihr ausgeliefert, dem blonden Mädchen mit den blauen Augen namens Asunción – schrecklicher Name –, die vierzig Jahre jünger ist als ich (heute), und die ich von hier nach da gehen sehe, ohne daß sie sich einen Deut um mich schert. Ich habe sie erfunden, und sie lebt, für mich, trotzdem gehe ich sie nichts an. Ich sehe sie an und liebe sie wirklich. Ich gäbe alles, um sie in meine Arme schließen zu können. Oder ist die Wirklichkeit Asunción und der Hafen von Alicante? Alicante hat in meinen Romanen eine wichtige Rolle gespielt. Elda, Monóvar, und Azorín; Yecla, Villena, Elche und Asdrúbal; die Zeit vergeht nicht für den Romancier, und wenn doch, erzählt er es nicht; er löscht sie.

Die Erörterungen um Wirklichkeit und Realismus, Unwirklichkeit und Irrealismus haben mich immer kalt gelassen, für mich zählen Freiheit und Gerechtigkeit. Von letzterer bin ich, wie es eben kommt mit den Jahren, ein bißchen – nur ein bißchen – enttäuscht; von Asunción nicht. Ich kenne sie seit vielen Jahren. Jetzt noch besser: Anders als ich ist sie nicht gealtert. Ich bin nicht mehr der, der das Studententheater *El Retablo* geleitet hat. Die Jahre sind mit Tod gepflastert. Der Autor sieht seine Figuren; er identifiziert sich nicht mit ihnen; das ist ein Märchen, oft erzählt, wie das von Gott, der uns nach seinem Ebenbild geschaffen habe. Gott ist ein großer Schriftsteller und sieht uns von außen. Schaffen heißt, das Geschaffene zu sehen. Womit sich jener berühmte Satz erklärt: *Wir sind Geschöpfe Gottes.*

Zwanzig-, dreißig-, vierzigtausend Menschen zusammengepfercht im Hafen; dazu dreißigtausend in der Stadt, ganz zu schweigen von den dreißigtausend, die auf dem Weg sind und nie ankommen werden. Dreißigtausend, von denen ich nicht reden kann, dreißigtausend, die nicht schlafen wollen, dreißigtausend, die wissen, daß sie verloren sind. Zahlen sind nie genau.

Um eine Vorstellung von der Wirklichkeit zu geben, müßte der Autor Tausende von Schädeln öffnen, Tausende ineinander verdrehte Gedanken darstellen (wenn sie denn aus den Schädeln kommen), die Qualen erklären, die Hoffnungen, die Enttäuschungen der im Hafen Zusammengedrängten, der Schlafenden, der Wachenden, der Frierenden. Er ist sich nicht sicher, ob er das möchte, denn dafür ist er zu alt. Er kann nicht. Er tröstet sich mit dem Gedanken, daß es nicht ganz stimmt: daß die Wahrheit nur die Poesie ist, daß die Poesie nur die Worte sind, daß die Wahrheit wenig mit ihnen zu tun hat und daß er, wenn er es schaffte, zwanzig zu erfinden, erreicht hätte, was immer sein Ziel gewesen ist. Was denken in dieser Nacht die Flüchtlinge im Hafen von Alicante, der letzten Zuflucht – kein Bollwerk – der spanischen Republik, letzter Exzeß des großen Spanischen Bürgerkrieges, der einmal mehr die eine Hälfte Spaniens gegen die andere aufgehetzt hat?

Der Autor weiß, daß der Tod nichts weiter als ein rhetorischer Kunstgriff ist, wie das Wort ›Ende‹; es gibt kein Ende, es gibt keinen Tod, aber die Bücher haben einen Schluß, weil sie einen Schluß haben müssen, sie können nicht endlos weitergehen, auch wenn das in diesem Fall so sein müßte, um dem Möglichen, dem Wahren Tribut zu zollen und Zeugnis abzulegen von den Gedanken derer, die im Labyrinth des Hafens von Alicante gefangen waren: Reste der Armee, Überreste der Verwaltung, der Bodensatz der Gewerkschaften, das Skelett der Arbeiterschaft, die Überbleibsel der Landarbeiter, und dabei sind diese Synonyme für Abfälle nicht im geringsten abwertend gemeint; getreten, geprügelt, erniedrigt, verachtet, gehaßt, unterscheiden sie sich in nichts von den bürgerlichen spanischen Republikanern, die auf dem Boden hockend klagen – die Hände an den Wangen oder unter den Achseln verschränkt – und an vergangene Größe denken. Bei allen sieht man, zwischen den Fingern, die Trauer. Die Macht ist für sie Vergangenheit. Sie wurden übertrumpft, entgegen aller Gerechtigkeit. Der Sinn steht ihnen nicht nach Reden, sondern nach Verwünschungen; doch noch sind sie auf der Welt. Der Mut flößt ihnen, bisweilen, Hoffnung ein: fliehen und zurückkehren. Die Schiffe, dort.

Sie sind hinter Gittern; sie selber haben sich in diese Falle hineingesetzt. Die italienischen Faschisten sind gekommen, Faschingspotentaten. Die werden demnächst abgelöst – sie werden das sehen, es sei denn, sie schiffen sich ein und durchqueren den Kordon – von grausamen Falangisten. Sie sind eingekreist; das Festland ein Kampfplatz; das Meer rundum; alles umzingelt. (Der Autor weiß, daß weder alle Italiener prahlerische Faschingshampel sind noch alle Falangisten grausam; aber für die Geschichte, so, wie sie sich abgespielt hat, ist das ohne Bedeutung: weil die Mehrheit auf die Ausnahmen abfärbt.)

Der Romancier muß von Tausenden von Figuren, die in der kalten Nacht vom 30. auf den 31. März 1939 im Hafen versammelt sind, einige auswählen; unter den Besiegten, die noch immer die Hoffnung haben, gerettet zu werden. Er wählt und wählt doch nicht, läßt sich von denen führen, die er kennt, und von anderen, die unerwartet auftauchen. Er wollte einen reinen Roman schreiben – wie den über Asunción und Vicente, die sich suchen, deren Wege sich kreuzen und die sich nur von denselben Strömungen getrieben wiedersehen, die sie – für den Augenblick – ins *Lager der bitteren Mandeln* führen; er wollte seine Chronik verknappen zu einem wahrhaftigen Roman, doch er konnte nicht.

Dort sind dreißigtausend mögliche Hauptdarsteller des großen Spanischen Bürgerkrieges, den der Autor auf seine Weise seit einem Vierteljahrhundert erzählt hat. (Er tat viele andere Dinge, weil man vom Erzählen irgendwelcher Ereignisse, die kaum einen mehr interessieren, nicht leben und auch keine Familie ernähren kann; die meisten Editionen mußte er selber bezahlen, weil seine Bücher in Spanien nicht gelesen werden durften. Inzwischen dürfen sie zwar in Madrid und Barcelona verkauft werden, haben aber keine Bedeutung mehr.)

Jetzt sind sie dort, im Hafen von Alicante, alle seine Figuren, die anwesenden und die abwesenden, die toten und die lebenden, diejenigen, die nur flüchtig aufgetaucht sind und auf den Seiten seiner Erzählungen wieder auftauchen werden, diejenigen, die wahrhaftig dort sind. Alle sind sie abwesend und anwesend. Freunde und Feinde. Das Mädchen, das bei der Aufführung von Cervantes' Drama im *Teatro de la Zarzuela* die Rolle der Hispania spielte und, sich vorbeugend zu den Rampenlichtern, sagte:

> Oh hoher, stiller, weiter Raum des Himmels,
> der du mit deinen Schätzen hast bereichert
> den größten Teil des Bodens, der mir eigen,
> und der du mich erhöht hast über viele,
> laß dich durch meine Jammerklage rühren!
> Da du dem Kummervollen immer beistehst,
> steh bei auch mir in meiner schweren Not,
> mir, die ich bin die einsam traurige Hispania.

In Wahrheit sagte das, nicht nur in der Erinnerung – erinnerte sie sich? –, Asunción.

Und da sind meine dreihundertfünfzig Friseure aus *Theater der Hoffnung,* die lebenden und die toten; Cuartero und Templado; Don Cuco und Don Blás und Don Ramón und Don Juan – und Pilar und Josefina und Blanca, die vielleicht auf diesen vielen Seiten nicht einmal aufgetaucht sind. Hier endet die Geschichte, selbst wenn sie weitergeht; dort, jetzt, in der Nacht vom 30. auf den 31. März 1939. Was tun, was denken all diese Figuren, sie alle, die Lebenden oder Toten? Jetzt wäre der Augenblick, um über das problematische Verhältnis von Roman und Geschichte zu diskutieren; von Kunst und Wirklichkeit. Doch das habe ich auf diesen oder anderen Seiten schon getan. Eine große Last. Der Autor möchte, daß nur seine Figuren bleiben – nackt. Aber er kann nicht. Ihm fehlt dazu die Kraft. Die Jahre wiegen ihm zu schwer, nicht seine, sondern die der Geschichten und der Art, sie zu erzählen. Der Mensch hat ein schlechtes Gedächtnis, er erinnert sich, wenn er Glück hat, an seine Großeltern; zurück bleiben die Papiere, auch wenn niemand sich an sie erinnert, bis zu dem Tag, an dem alles nichts ist. Der Autor versichert, daß er nichts dafür kann, daß er nicht intelligenter ist. Er tröstet sich damit, daß andere es auch nicht sind; der alltägliche Wahnsinn, sagt man.

Und seine Gedanken schweifen zu Asunción – wie zuvor zu Rosario, zu Gabriela, zu Tula, zu Dolores (der Tochter des *Caramelero*), zu Josefina Camacho, zu Paca (die nie erfahren wird, wie Ambrosio Villegas gestorben ist, die sich für den Rest ihres Lebens furchtbar sorgen wird, immer an ein ›anderes‹ Leben denkend, die nur in den Sachen in ihrer Wohnung Trost findet, bis man sie denunziert und hinauswirft und die Sachen öffentlich versteigert. Der Wahrheit zuliebe muß man sagen, daß der Bibliothekar des San-Carlos-Museums einige der Skizzen Muñoz Degrains unter dubiosen Umständen erworben hat). Der Autor – wer, wenn nicht er? – erinnert sich an Dorita, an Amparo, an Carmela Guzmán, die im *Retablo* an Asuncións Stelle gerückt ist und von der er so viel weiß. An Teresa Guerrero, an Pilar – deren Geschichte er schreiben möchte –, an Mariquilla, an Rosa María Laínez, an Lola, an María. Aber an keine wie an Asunción. Natürlich – warum, weiß er nicht – ist er sich sicher, daß sie ihn, wenn sie ihn kennengelernt hätte, schließlich doch beachtet hätte, trotz ihrer Liebe zu Vicente. Frauen sind seltsame Wesen.

Hauptsache jedenfalls, die Vorfälle und Ereignisse in Alicante in diesen letzten Tagen des März 1939 überdauern, und sei es nur für einen Leser in jeder Generation. Der Autor glaubt, daß er, würde er seinen Bericht nicht aufschreiben, sondern auf Volksfesten und Plätzen singen, damit ankäme; doch dieses Medium ist überholt, und Kino und Fernsehen, die an seine Stelle getreten sind, kennen diese Art der Darstellung nicht. Die Leute existieren, solange sie leben. Danach sterben sie bei den Nachfolgenden einen schleichenden Tod. Sie verschwinden im Vergessen, Schatten breiten sich über sie. Ich erinnere mich, wie erstaunt ich war, als mich bei dem Vortrag eines ehemaligen Führers der Republik in Mexiko vor vielen Jahren ein intelligenter und historisch interessierter junger Mann fragte: »Und der da, wer ist das?«

Die Zeit rast: ich glaube, nicht einmal das Licht – wenn das nicht ein- und dasselbe ist – ist schneller.

Was ist geschehen mit König Don Juan?

Wer weiß, wer dieser König Don Juan gewesen ist? Die Gelehrten, die Historiker. Was bleibt, ist der Klang des Verses, der Sinn; die Figur, die Jorge Manrique so wichtig war, ist getilgt.

Was wurde aus Largo Caballero? Aus Besteiro? Was wurde aus Sanjurjo? Was aus Azaña, aus Juan Negrín? Was wurde aus Mola? Was aus den Siegern, die für einige Zeit ihre Vor- und Nachnamen auf den Schildern an Straßen und Plätzen prangen sahen? Sie waren wichtig, zu ihrer Zeit. Die anderen verschwanden früher, aber nur früher.

Fürst Kutusow und Prinz Andrej leben nebeneinander, gleichwertig; Don Quijote und »soviele Weise, wie es überhaupt gegeben hat«, zusammen mit den Philipps, die dank

Velázquez körperlich überleben. Bei allen Unterschieden, Asunción ist für mich wirklicher als das Dutzend Politiker und Militärs, die sich mit ihren echten Namen in diesem Labyrinth verloren haben. (Echt wegen der Ausweispapiere, weil sie ihre Namen so »bekamen«.)

»Was bleibt, ist die Arbeit, weshalb es heißt: ›Du sollst dir das Brot im Schweiße deines Angesichts verdienen‹. Nicht *dein* Brot: *das* Brot, das die anderen essen. Die wirklich arbeiten, essen wenig und schlecht.«

Der Autor betrachtet seine Figuren mit gewissem Neid: das geht ihm so, seit er sie erfunden hat. Seit Homer sind Porträts Ausdruck dieses Empfindens. Doch wenn es im Hafen von Alicante auch viele Helden gab, es gab keinen, der davon hätte erzählen können. Dieser Haufen Figuren, die nur ein wieder und wieder geteilter Rest derer sind, die dort waren, lassen in ihm einen gewissen Neid aufkommen, vor allem jetzt, da er bestimmt nicht noch mehr Figuren erfinden und auf den Weg bringen kann, als schon jetzt die kleine Welt seiner Bücher bevölkern.

Der Autor verabschiedet sich, wie er annimmt: für immer, vom Spanischen Bürgerkrieg. Sein Wunsch ist es, eines Tages wieder den Boden der Städte zu betreten, die er vor einem halben Jahrhundert gekannt hat. Aber sie lassen ihn nicht, weil er versucht hat, auf seine Weise – wie sonst? – die Wahrheit zu erzählen.

Um eine Geschichte zu erzählen, gibt es nichts Widersinnigeres, als die Ereignisse in ihrer genauen Chronologie wiederzugeben; keine einzige Figur lebt dieselbe Stunde wie eine andere – sonst wäre es kein Roman. Die traditionelle Erzählweise ist vielleicht die falscheste; dennoch habe ich sie gewählt, womöglich meiner Unfähigkeit wegen. Lange Zeit – viele, viele Jahre lang – wollte ich über Alicante ein Theaterstück schreiben, weil es nur selten vorkommt, daß historische Ereignisse sich so einfach mit der klassischen Form verbinden lassen: Einheit von Ort, Zeit und Handlung. Doch das genügt nicht, um ein spielbares Drama zu entwerfen; ich habe Bühnenanweisungen geschrieben, doch ich konnte meine Vorstellungen nicht darin unterbringen; eigentlich passen auch meine anderen Stücke in kein Theater, darum werden sie auch nicht aufgeführt.

Vielleicht kann der Leser aus dem Konglomerat von Widersprüchen, Irrtümern und Treffern herauslesen, was dieser tödliche Schlag für meine Generation bedeutete.

Bedrängt, bedroht in diesem *finis terrae,* bedrückt, niedergeschlagen, und in ihrem Angesicht erkenne ich mit einem Mal den Ort, an dem dem Wort ›Labyrinth‹ seine urspüngliche Bedeutung zukommt: »Anlage mit Irrwegen und Kreuzungen, in welcher die Orientierung sehr schwerfällt.« Die Orientierung ist in diesem *Magischen Labyrinth* das wenigste, das liegt auf der Hand; der Rest ist im Grunde nichts weiter als eine Definition des Romans, vor allen des zeitgenössischen Romans. Man muß nur darauf achten, daß der Leser sie nicht eins zu eins überträgt und dabei seine Seele verliert. Unnötig zu sagen, daß ich es für äußerst riskant halte, so viele Schicksale zusammenzuführen. Rette sich, wer kann, um »wohl und unversehrt ins Vaterland zu gelangen«, wie Cervantes hoffte.

(Asunción hat nichts mit mir zu tun; sie steht abseits, neben mir, mir gegenüber, sie gehört noch nicht einmal zu mir. Sie lebt von allein. Um sie zu erobern, müßte ich handeln wie im Leben. Ich verschlinge sie nur mit den Augen der Seele.)

Spanien ist etwas anderes. Ich bin drin, tief drin, spüre seine Flanken. Ich komme nicht heraus. Ich ersticke noch daran: Es wird mich nicht das Licht der Welt erblicken lassen, dabei hat es mir so viel Erleuchtung gegeben. Es sind zu viele Jahre vergangen. Ich spreche nicht nur von mir; wie mir erging es (jedem auf seine Art) Sender, Paulino Masip,

Bergamín, Gaos. (Die Dichter sind ein besonderer Fall, Glückskinder.) Jetzt, wo wir alt sind, wird Spanien uns auch nicht mehr ins Rampenlicht bringen (dabei hat es uns mächtig heimgeleuchtet, und wie, aber das ist ein zu plumpes Wortspiel). Wenn wir einmal tot sind, ist es durchaus möglich – möglich, sage ich –, daß wir einen Platz unter seinen Rockschößen finden. Aber es ist so gut wie sicher, daß wir nicht gut genug sind, dies erwarten zu können.

Außerdem bin ich nicht hier, um mein Schicksal zu beklagen, sondern um die Schicksale so vieler wirklicher und erfundener Menschen zu erzählen – ist Madame Bovary erfunden, ist Julien Sorel erfunden, ist Miau erfunden? –, Wehrloser in meinen Händen. Doch ebensowenig sind es meine Hände – oder ihre. Es sind die der Geschichte Spaniens. Nicht die der reinen Geschichte, nein: die blutigen, die harten, die zarten Hände Spaniens, meines Spaniens, das ich gekannt habe und das mich gekannt hat und das hier drinsteckt, wie auch immer.

Natürlich war Flaubert die Bovary und Céline »alle seine Figuren« und Cervantes Don Quijote und Sancho und Tirso de Molina der Don Juan. Sie sind und sind nicht. *Das ist hier die Frage.* Ich weiß nicht, ob Hamlets Worte einmal aus dieser Perspektive betrachtet worden sind.

Die Beziehung des Autors zu seinen Figuren ist so komplex wie die des Menschen zu seinen Kindern und Enkeln. Sie sind sein, zum Teil, zweifelsohne. Aber die fremden Einflüsse sind dermaßen zahlreich, daß der Schriftsteller – oder der Vater – am Ende nicht weiß, was von ihm ist und was nicht.

Und man weiß es um so weniger, wenn man, wie in meinem Fall, einen Roman zwanzig Jahre lang mit sich herumträgt, besser gesagt: vor sich her schiebt, zumal alle bisher erschienenen Bücher zum spanischen Krieg zwangsläufig an den Molen des Hafens von Alicante münden.

Darum sollte diese Summa, die mit *Nichts geht mehr* beginnt, mit *Bittere Mandeln* enden, mit dem Aufbruch der Gefangenen in das Campo de los Almendros. Ich fand weder einen vernünftigen Grund noch den Mut dazu, und es scheint mir auch nicht rechtens; das mit dem Mut ist relativ, denn tatsächlich beginnt an dieser Stelle die Geschichte des Exils, aber wer bin ich, daß ich über diesen Bruch bestimmen könnte? Das ist Sache der Kalender und Historiker, nicht der Romanciers. Doch mit alledem, bin ich überhaupt noch Romancier? Ich bin versucht zu gestehen: Ja, wegen Asunción. Es geht nicht nur um meinen Gefallen daran, ihre Existenz nachzuzeichnen. Viel einfacher: Ihr sollt wissen, daß ich mich in sie verliebt habe, trotz ihres Namens, der mir nicht gefällt. Leichten Herzens habe ich Peñafiel getötet, und ich habe – völlig willkürlich – nicht wenig Lust verspürt, mit Vicente Dalmases Schluß zu machen. Asunción wurde mir 1939 geboren; jetzt, 1966 – wenn die Zahlen nicht trügen – ist sie siebenundzwanzig Jahre alt; ich werde demnächst dreiundsechzig. Und ich weiß nicht, was ich mit ihr machen soll.

Mit Spanien ist die Sache schlichter: sie lassen es mich nicht sehen, es kreist in meinen Gedanken, noch immer bin ich an der Mole, nähre eine Hoffnung, erfinde den Rauch eines möglichen Schiffes, dabei ist es nur Staub:

> Vater Staub, der du aufsteigst aus Spanien
> Gott rette, befreie, kröne dich
> Vater Staub, der du emporkommst aus der Seele.

(Hier enden die blauen Seiten.)

IV.

31. März

»Ich sage dir, das ist eine Wolke.«

»Ich sage dir, das ist ein Schiff.«

»Was wettest du?«

»Na dann: das Leben!«

»Das Leben! Wieviel ist es wert?«

»Alle Peseten, die ich habe.«

»Mach dich vom Acker. Ich sage dir, das ist ein Schiff.«

»Wolke.«

»Rauch.«

»Rauch, in Ordnung: der aus dem Kochtopf, der dir anstelle deines Dickschädels zwischen den Schultern sitzt.«

»Da ist es!«

Allgemeiner Aufschrei. Der Tag grau, aber hell, der Regen hat aufgehört – Pfützen sind noch immer da. Mit dem ersten Tageslicht stürzen alle nach vorne.

»Drückt mich nicht, verdammt!

»Ich falle gleich!«

»Halt mich!«

Das Licht wird heller, Heiterkeit.

Wer noch ein Fernglas besitzt, verleiht es zähneknirschend. Die Kinder wollen auf die Schulter gehoben werden, um zu sehen.

»Und, was sagst du jetzt?«

»Nichts, schon gut. Oder glaubst du, ich freue mich weniger als du?«

»Da ist schon ein anderes!«

»Wo?«

»Dort. Rechts!«

»Und noch eins!«

»Dort! Geradeaus!«

»Es ist die *Canarias*.«

»Du hast Visionen.«

»Also, warum soll es nicht die *Canarias* sein? Sie kommt zur Überwachung.«

»Du bist auch so eine Überwachung ...«

»Es ist die *Canarias*.«

Die Nachricht verbreitet sich. Zwei, die in Cartagena gedient haben, verkünden wütend:

»Die da ist die *Vulcano*.«

»Nein, Mann, die *Jupiter*.«

Es sind beide. Das französische Schiff nähert sich, ebenso die anderen. Plötzlich drosseln alle die Geschwindigkeit.

»Was ist los?«

Das französische Schiff stoppt.

»Was ist los? Weiß man etwas? Sie könnten uns endlich etwas sagen. Wo steckt diese elende Evakuierungs-Junta?«

Alle, Männer und Frauen, in heller Aufregung.

»Sie erleichtern sich«, sagt ein distinguierter Herr.

»Es bewegt sich!«

In der Tat nimmt die *Tigre*, die am weitesten entfernt ist, wieder Fahrt auf. Macht kehrt. Es dauert zwanzig Minuten, dann hat der Horizont sie verschluckt.

»Drei sind genug«, sagt ein Optimist.

»Was ist passiert?« fragte Rodríguez Vega.

»Ich weiß soviel wie du«, antwortete Gómez Osorio.

Die Nachrichten von neuen Selbstmorden trafen ein. Die Auswahl war groß: Politkommissare, einige Beamte –

wenige –, ein paar Militärs; die meisten waren Mitglieder von Volkskomitees. Drei verloren das bißchen Verstand, das sie hatten. Zwei redeten wirr drauflos, der dritte stach mit dem Messer um sich.

Ein Divisionskommandant drängte in den Raum, Sozialist, 1934 zum Tode verurteilt – Oktober '34, Asturienaufstand –, warf sich Gómez Osorio vor die Füße, umklammerte sein Knie und bettelte ihn an, ihn nicht zurückzulassen. Alle, sie waren eh schon mißlaunig, sahen ihn gereizt an. Dann:

»Sie haben mich geschlagen, halbtot geschlagen ... Jetzt werden sie mit eisernen, weißglühenden Ochsenziemern kommen und die Republik zu Tode prügeln, die Faust werden sie reinstecken.« (›Wie?‹ fragte sich Rodríguez Vega). »Niemand weiß etwas. Psst! Schlagt ihn, haltet ihn, schlagt ihn, Tote reden, laßt ihm einen Faden, damit er reden kann. Laßt mich nicht zurück! Nehmt mich mit!«

»Aber wohin denn?«

»Egal wohin, seht ihr denn nicht, daß die mir alle Knochen brechen werden?«

Als hätten sie alle einen im Hals.

»Kommen wir raus?«

»Kommen wir raus?«

»Ist die Nachricht von dem französischen Schiff angekommen?«

»Was ist los?«

»Was war los?«

»Wir wissen es nicht.«

»Nichts wißt ihr, ihr Idioten.«

»Die Italiener verhalten sich anständig. Sie haben sogar einen ihrer Leute bestraft, weil er in ›unsere Linien‹ eindringen wollte.«

»Gleich kommen die Konsuln, mit italienischen Offizieren; vielleicht macht ihr euch ein bißchen frisch.«

»Und wohin stecken wir den?« sagt er mit Blick auf den Irren.

»Nimm ihn mit, wo Platz ist.«

Henche, Rodríguez Vega und Etelvino (gleichen Nachnamens) gaben Anweisung, den Durchgang freizumachen.

Als willkommene Abwechslung trafen die drei berühmten Repräsentanten ein: Was für ein Bild (welches?), der Argentinier in seinem schwarzen Anzug und der zweifarbigen Schärpe eines Musterknaben, so fett und feierlich, wie er sich am Ende des Tisches erhob, auf beide Hände aufgestützt:

»Im Namen meiner Regierung, des Generals Gambara und meinem eigenen erkläre ich, daß das gestern unterzeichnete Abkommen in Kraft bleibt. Sie verbleiben in der neutralen Zone, solange keine Schiffe zu Ihrer Evakuierung eintreffen. Doch nicht nur dies« – er erhob den rechten Zeigefinger zum Himmel – »General Gambara hat an General Franco die Bitte gerichtet, Sie für den Fall, daß französische Schiffe nicht demnächst eintreffen, auf spanischen zu evakuieren.«

Bevor er weitersprach, wartete er die Wirkung seiner Worte ab.

»Ich gebe Ihnen mein Ehrenwort und biete Ihnen das von General Gambara, der heute nachmittag um drei Uhr kommen wird, um das von mir Gesagte zu bestätigen.«

Der Franzose setzte ein verlogen erzürntes Gesicht auf, das gleichzeitig seine Befriedigung und eine gewisse nationalistische Verbitterung unmißverständlich zu erkennen gaben, und verkündete, mit einem noch schlimmeren Akzent als sonst:

»Meine Herren: Die spanischen Kriegsschiffe drohten der *Tigre,* sie anzugreifen, wenn sie nicht unverzüglich die spanischen Hoheitsgewässer verlassen würde. Der Kapitän setzte sich mit seinen Vorgesetzten in Verbindung, und da ihm keine andere Wahl blieb, gehorchte er.«

Der argentinische Konsul nickte verständig.

»General Gambara betont, daß dieser dem französischen Schiff gegebene Befehl eine unzulässige Einmischung der spanischen Streitkräfte in Bereiche bedeutet, die allein ihm unterstehen, und, wie ich bereits sagte, wiederholt und bestätigt er, daß jeder von ihnen, der sich einschiffen möchte, dies tun kann.«

Es verschlug ihnen die Sprache.

»Also dann ...«

Sie verschwanden wieder, wie sie gekommen waren. Die Neuigkeiten verbreiteten sich in zwei Minuten bis in den letzten Winkel.

»Eigentlich«, sagte Burgos, »dachte ich letzte Nacht, als ich die Italiener sah, jetzt ist alles vorbei, aber nun ...«

»Was nun, Don José?« fragten sie ihn.

»Mensch! Wie es aussieht ... Es kann nicht sein, daß so viele Leute sich absprechen, um zu lügen.«

»Wenn Sie sehen, daß ein Offizier der Fremdenlegion mir sagt: »Gehen Sie vorbei« selbst ohne das ›Sie‹, dann fange ich an, es zu glauben, aber ich glaube es nicht mehr, wenn ich dann eine Kugel in den Hinterkopf bekomme.«

»Mensch! Sie sind mir ja ein schöner Optimist. Aber Sie wollen doch nicht etwa sagen ...«

»Ich sage gar nichts, Don José.«

»Wir haben nicht verloren. Gott bewahre! Oder glaubst du, das Volk vergißt so etwas? Das wäre ja noch schöner! Nein, fürs erste haben sie uns besiegt, in Ordnung, Strich drunter; und weiter? Ändert das etwas? Sollen die Arbeiter, die Bauern wieder jahrhundertelang ertragen, daß man sie wie Dreck behandelt? Daß man auf auf ihnen herumtrampelt, sie auspreßt, als ob sie Trauben wären, Jahr um Jahr um Jahr? Das kannst du deiner Großmutter erzählen! Zu ihrer Zeit mag das so gewesen sein, heute gehen die Dinge Schlag auf Schlag. Ich wette mit dir, daß wir in zwei Jahren wieder hier stehen werden, mit erhobener Faust, und dann werden wir es ihnen ordentlich zeigen.«

Ángel Santiestebans Optimismus war ansteckend, aber nicht so sehr wie das Geschrei, das plötzlich losbrach:

»Da, es kommt! Da, es läuft ein! Das erste! Jetzt kommt es an. Es schwenkt nach rechts zur Hafeneinfahrt!«

»Es legt an!«

»Gleich legt es an!«

»Endlich!«

»Es ist das erste.«

»Natürlich das erste«, sagte Marcial, der bei der Marine gedient hatte, »das letzte kann es kaum sein.«

»Logisch.«

»Es ist die *Vulcano*.«

»Was?«

»Die *Vulcano*.«

An anderen Stellen sprühte und explodierte die Freude wie ein Feuerwerk:

»Bestimmt ein Franzose.«

»Es führt keine Flagge.«

»Das kann es nicht.«

»Wieso nicht?«

»Frankreich hat Franco anerkannt. Und es gehört sich so, daß ein Schiff vor dem Anlegen quasi als Hommage die Flagge des Landes hißt, in dem der Hafen liegt. Welche Flagge sollen sie hier zeigen, die von Burgos oder unsere?«

Das überzeugte alle.

»Es ist ein Franzose.«

»Es legt vor dem Wellenbrecher an.«

»Wie viele wohl Platz finden?«

»Wenn eins kommt, kommen hundert.«

Langsam lief die *Vulcano* ein. An der Westmole ging sie

vor Anker. Sie richtete die Kanonen auf die Menge. Eine mächtige Stille trat ein, und plötzlich hob vom Deck herab die Kapelle an und spielte den Königsmarsch.

Alle waren wie vom Donner gerührt. Keine Stimme erhob sich. Sie sahen sich nur untereinander an.

»Der Dolchstoß ins Genick«, sagte der *Madrileño*.

Langsam ruckte das rot-gelbe Banner den Mast empor.

Niemand konnte den Blick von der Flagge abwenden. Niemand hielt sich die Ohren zu. Alle schauten, einige weinten. Die Flagge der Monarchie und der Königsmarsch. Dort. Für sie. INRI.

Auf der *Vulcano* liefen die üblichen Vorbereitungen für den Landgang ab.

»Und jetzt?« fragte Don Juanito erstaunt.

Vicente, den rechten Arm über Asuncións Schulter, drückte so stark, daß sie flüsterte:

»Du tust mir weh.«

Vicente, den Blick auf das Schiff gerichtet, weinte, anfangs, ohne es zu merken. In einer Viertelstunde hatten sich zwölf umgebracht: sechs mit Messern, noch einmal so viele mit Handfeuerwaffen.

An Deck wurden Abdeckungen von den Maschinengewehren und Kanonenmündungen entfernt.

»Da hast du dein ewiges Spanien«, sagte Cuartero.

»Was für ein Blödsinn!« blaffte Templado zurück, nur um etwas zu sagen, während sich ihm der Magen umdrehte.

»Etwa nicht? Gibt es ein anderes? Welches? Azañas Spanien – französisch; Ortegas Spanien – deutsch; und Pi y Margalls Spanien war katalanisch oder freimaurerisch, jedenfalls neunzehntes Jahrhundert, oder? Komm, wach auf! Hier, mein Herr, sind wir schon immer so gewesen … Oder glaubst du, Millán Astrays ›Tod der Intelligenz!‹ und Cerveras ›unheilvoller Drang zu denken‹ sind Zufälle? Nein, mein Junge, nein. Hier sind wir richtige Männer, sehr schnelle Reiter, immer vorneweg, und wer hinterherkommen will, muß sich ranhalten. Messe und Knüppel, Promenade und Bückling, Haltung und Monarchen, das sind die herrschenden Größen. Das Wissen hingegen – jede Art von Wissen – ist Teufelszeug, teuflisch schwer. Antisemitismus gibt es nicht, denn wir alle wissen, daß wir, mal mehr, mal weniger, Jüdisches in uns haben. Deshalb sind wir rassistischer als sonstwer. Spanier! Damit ist alles gesagt: der erste, egal wobei, vor allem in Sachen Ignoranz, egal wo, er ist natürlich immer der erste.«

»Du bist mohammedanischer als Mohammed. Gut, jetzt sei endlich ruhig.«

Noch nie hatte er ihn mit zitterndem Unterkiefer gesehen, ohne Stimme, bei dem verzweifelten Versuch, nicht zu weinen. Cuartero sah ihn an und merkte es. Ihn beeindruckte es nicht so sehr, aber er verstand, daß es ihm den Magen umdrehte, wenn er die scheppernde Kapelle hörte. Es war nicht der verlorene Krieg: Es war die Republik, es war die Anstrengung, das Vaterland vorwärts zu bringen, es waren sämtliche Gemeinplätze, die mit einem Mal wie glühende Höllenscheite auf der Seele brannten; die Debattierclubs; Cuartero fragte sich, was wohl Peset, Burgos, Villegas, die Militärs – wenn sie da sind – empfanden. Ihn erinnerte es nur an die Prozessionen, an seine Kindheit: Das tat weniger weh. Aber für Templado zum Beispiel bedeutete die Rückkehr zur Monarchie die Rückkehr von allem, wogegen er als Student gekämpft hatte: zehn verlorene Jahre. Die Hälfte eines Lebens: zehn von zwanzig; denn die ersten zählten nicht. Zehn Jahre, das war für sie die Hälfte des Lebens, einfach weggeworfen, zerknüllt, ab ins stille Hafenwasser zu den plumpen Akkorden des Königsmarsches.

»Je sais l'art d'évoquer les minutes heureuses!« sagte Ferrís neben ihm.

Der Königsmarsch, der noch dazu nicht einmal einen Text hat. Von Haydn oder Händel, dieses Gedudel aus dem achtzehnten Jahrhundert an der Themse. Der Königsmarsch und Francos Zinnsoldaten, die von Bord gingen. Waren das die versprochenen Schiffe? Das dort waren die Feinde, in Griffweite, man konnte sie sehen, so nah wie nie zuvor. Dort, angetreten, gehorsam, glücklich und zufrieden, denn Abertausend Spanier waren ihnen nun ausgeliefert. Der Königsmarsch. Dolchstoß. Und dieser Idiot stand stramm, schwieg. Der Königsmarsch. Zur Hölle mit ihm!

Er leerte das Magazin über die Schulter, und dann, mit dem letzten Schuß, riß er sich das Käppi vom Haupt, brüllte:

»Der Königsmarsch! Arriba España! Heil Spanien!«

Und dort ein Alter, dem still die Tränen kamen, als er ihn nun wieder hörte, denn er hatte ihn immer mit Andacht und Liebe gehört, sein Leben lang. Niemanden überraschte das, wenngleich der Grund zu weinen bei den meisten ein anderer war.

»Und jetzt, wo der Krieg vorbei ist, was machen wir nun?«

Manuel Montero stellte diese Frage voller Ernst an Julio Montes, genannt *Mico*. 1936 war er fünfzehn Jahre alt gewesen; nun war er achtzehn. An früher erinnerte er sich nicht. Julio Montes, ein Jahr älter, wußte nicht, was er ihm antworten sollte. Er hatte sich diese Frage noch nicht einmal gestellt. Das holte er jetzt nach, beim Pinkeln.

»Tja, ich weiß nicht.«

Zuerst wollte er sagen: Zurück nach Hause; aber er begriff, daß das nicht ging. Manuel war Sprengstoffspezialist.

»Naja, ich weiß nicht. Sie sagen, wir schiffen uns nach Frankreich ein oder nach Amerika.«

»Das ist gut, oder?«

Julio wußte es nicht. Den Großteil des Krieges hatte er in Lazaretten verbracht: ein Schuß in die Hoden, am León-Paß, im September 1936. Nach zahlreichen Komplikationen war er vor zwei Monaten entlassen worden, mit Urlaubsschein für drei.

»Wenn ich könnte, würde ich …«

»Du hast die Wahl: das Wasser.«

»Ich kann schwimmen.«

»Die Luft.«

»Wie?«

»Aufhängen. Du hast die Wahl: Laterne, Seeleuchte, Mauerring. Wenn du ein Seil brauchst, gebe ich dir eins. Und wenn das nicht, Feuer frei.«

»Ich habe keine Pistole mehr.«

»Andere haben sich den Schädel an der Mauer eingeschlagen.«

»Dazu fehlt mir die Kraft.«

»Also?«

»Ein Rasiermesser …«

»Habe ich nicht.«

»Nimm meins. Aus Solingen, erstklassig, deutsch. Das bringt Nachruhm.«

Er hielt es ihm hin. Danach beschwerte er sich:

»Schwein. Wer rechnet denn mit sowas? Spritzt mich von oben bis unten voll.«

»Selber schuld.«

»Scheiße, das konnte ich doch nicht ahnen!«

»Wie findest du es?«

»Was?«

»Was du siehst: das Meer.«

»Ich würde dir das antworten, was meine beiden ältesten Töchter gesagt haben, als sie es zum ersten Mal sahen«, sagt Cuartero. »Die erste meinte: ›Groß‹; die andere: ›Klein‹.«

»Bestimmt, weil es an verschiedenen Orten war.«

»Nein, am selben. Im Sommer und in Avilés, mit drei Jahren Altersunterschied.«

»Und du, Moses?«

»Sein Meer war das Rote, und hier sind wir die Roten.«

»Gibt es keine Rettung?«

»Doch, die ewige.«

Lucas betrachtet den Körper eines Ertrunkenen. Er kratzt sich am Schädel.

»Neun Monate, um ihn zu machen ...«

Das Wasser rinnt über den Stein.

»Drei Tage Regen, und jetzt, wo es aufgehört hat ...«

Das Wasser strömt zum Meer zurück, Rinnsale bilden sich.

»Und was geht dich das an?«

»Er war mein Bruder.«

»Wer hat dich denn zu diesem Begräbnis eingeladen?«

»Das ist kein Begräbnis. Das Begräbnis ist für die Lebenden. Das Begräbnis, wenn es eins gibt, ist für euch alle. Die Republik, die wird gerade beerdigt, seit gestern.«

»Dieser Bursche ist verrückt, glaub mir.«

»Naja, so ist er den ganzen Krieg über durch Alicante geschlichen.«

»Um ihn nicht führen zu müssen.«

»Er ist bestimmt ein Spitzel.«

»Das war also dein Bruder?«

»Von einem Vater und einer Mutter.«

»Dann ist es ja nur recht, wenn der eine Stein für beide taugt.«

Marqués, vom SIM, löst den Stein von der Leiche, und mit Hilfe zweier aus seiner Kompanie, die Lucas festhalten, binden sie ihn ihm um den Hals. Der vermeintliche Verrückte wehrt sich mit Händen und Füßen, schreit, strampelt:

»Was? Laßt mich los!«

»Der ist ein Spitzel.«

»Nein, nein und nochmals nein.«

»Gut, und selbst wenn er einer ist. Bindet ihn los!«

Der Radau lockt einen Oberst heran.

»Laßt ihn los. Gut jetzt. Wie heißt du?«

»Pascual Gutiérrez Borrás, Gott und Ihnen zu Diensten.«

»Und der Tote?«

Sie durchsuchen die nasse Kleidung.

»Das soll wohl Tomás Gutiérrez Borrás heißen.«

»Da siehst du, ich hatte recht!«

»Das heißt also, du bist so verrückt wie ich gehörnt.«

»Das weiß man nie.«

»Ich bin kastriert.«

»Hängt ihn auf.«

»Laßt ihn.«

»Entgegengesetzte Meinungen: Einigen Sie sich.«

Sie stoßen ihn, werfen ihn ins Wasser, er schwimmt ein paar Meter von ihnen weg. Sie werfen ihm Sachen hinterher. Er versteckt sich hinter dem Schornstein eines gesunkenen Schiffes.

»Dort trifft ihn keiner.«

»Und wenn er wieder rauskommt?«

»Wer soll ihn denn sehen bei Nacht?«

»Glaubst du, er hält durch?«

»Warum nicht?«

»Es ist wirklich sein Bruder, und der Bursche ist nicht ganz richtig im Kopf, und was er sagte, hat gestimmt, und ein Spitzel ist er so gut wie ich ein U-Boot.«

Der Zweifel zerstreut die Menge. Der Leichnam bleibt allein zurück. Die Leute strömen zurück zu den Toren der Stadt. Soweit überhaupt möglich, drängen sie sich noch enger aneinander.

»Es kommen keine Schiffe mehr, stimmt's?«

Gregorio Murcia zieht bedächtig seinen Mitgliedsausweis der Kommunistischen Partei hervor, zerreißt ihn in zwei Stücke, wirft sie zu Boden, trampelt darauf herum.

»Was bringt dir das?«

»Nichts. Aber mir soll keiner mehr damit kommen, die Arbeiter von Odessa und von Konstantinopel, von New York und Buenos Aires kümmerten sich in irgendeiner Weise um das Wohlergehen, das Schicksal ihrer ›Brüder‹. Nein. Denn mit Märchen braucht mir keiner mehr zu kommen. Mit all ihren Millionen hätten sie leicht ein paar Schiffe ausrüsten und hierherbringen können, um uns rauszuholen, erzähl mir doch nichts! Ein paar Peseten von jedem Arbeiter des Mittelmeeres hätten gereicht; allein schon von den Hafenarbeitern ... Aber hier sitzen wir, verloren, geschlagen, und die kümmern sich einen Dreck. Soll mir jetzt einer kommen und etwas von Solidarität erzählen! Affenpopel, Oberscheiße!«

»Und was wirst du tun?«

»Irgendwas, nur nicht weinen. Dabei müßten wir alle weinen, um zu sehen, ob der Wasserspiegel nicht steigt und diese ganze Drecksbande absäuft, angefangen mit uns.«

Zwei Stunden später erledigt er das für sich ganz ordentlich, mit einem Stein um den Hals.

»Was tun Sie, Don Juanito?«

»Die Selbstmorde zählen.«

»Wie ist der Stand?«

»Bis jetzt sechzehn.«

»Das sind nicht viele, bei der Menge.«

»Weder Marat noch Saint-Just noch Robespierre haben den Tod gewählt.«

»Sie wurden getötet.«

»Das ist etwas anderes. Sich selber töten ist Desertion. Allerdings verstehe ich nicht«, raunt er geheimnistuerisch,

»warum wir, die wir so viele sind, nicht mit den Italienern, die relativ wenige sind, heute nacht kurzen Prozeß machen.«

»Ich auch nicht«, antwortet ihm Templado, um ihn auf Kurs zu halten.

»Ich verstehe es nicht: wir würden uns auf sie werfen, und im Nu hätten wir sie weggeputzt.«

»Roh.«

»Ich scherze nicht.«

»Ich auch nicht.«

»Immer dieser Gedanke ans Essen«, knurrt der Nacheiferer Robespierres.

Ein Schuß. Noch einer.

»Man weiß ja nie. Ich muß mir das aus der Nähe ansehen.«

Der Trödler erhebt sich mit Mühe, geht und verschwindet in der Menge.

Templado betrachtet Cuartero, der plötzlich eingeschlafen ist, bezwungen in jeglicher Hinsicht. Wovon er wohl träumt? Träumt er? Bestimmt nicht. Träumen tun die, die nichts zu tun haben. Alpträume sind etwas anderes. Alpträume haben mit Träumen nichts zu tun. Er träumt nicht – er, Templado –, er durchlebt einen Alptraum. Gut gebettet schläft man bei Nacht. (Ist etwa nicht Nacht?) Natürlich zählt es, wenn man sich tötet. Es enthauptet den Traum, mit einem Schnitt.

Bald wacht er auf.

»›Er schlief einen festen Schlaf‹, wie Cervantes sagt.«

»Ich?«

»Leugne doch.«

»Ich habe nach innen geschaut.«

»Was hast du gesehen?«

»Das Datum: 31. März.«

»Welcher Heilige?«

»Keine Ahnung. Pilars Geburtstag.«

»Ich glaube, der Traum ist der griffigste Beweis für die Nichtexistenz Gottes.«

»Du fängst deinen Streit mit mir heute ja früh an.«

»Du, antworte mir: Wenn Gott existiert, wozu soll der Mensch dann schlafen?«

»Um zu träumen.«

»Schweig, Calderón.«

»Und Valcárcel?«

»Zählt die Selbstmorde.«

»Wozu?«

»Ich habe vergessen, ihn zu fragen.«

Nach einer ausgedehnten Ruhepause setzen sich die franquistischen Truppen in Marsch, dem feinen Regen trotzend und den bereits aufgeklarten Horizont vor Augen. Sie erreichen nicht mehr als Bataillonsstärke.

»Sie werden die Italiener ersetzen.«

»Wer weiß.«

Im Hafen verfällt eine gewisse Sorte Leute in Schweigen.

»Glaubst du ...«

»Ich glaube gar nichts.«

Sie verschwanden Richtung Süden. Die Italiener stapelten Sandsäcke entlang des Paseo.

»Gut, Leute, das war's. Zumindest übers Meer. Hier laufen keine anderen Schiffe mehr ein außer franquistischen.«

Niemand in der Gruppe sagte ein Wort.

»Ich schlage vor, wer kann und den Mut hat, verläßt den Hafen und taucht in der Stadt unter. Das dürfte nicht so schwierig sein, und wenn sie uns zurückwerfen: Wir haben die Niederlage schon hinter uns.«

»Wo sollen wir uns verstecken?«

»Das bleibt jedem selber überlassen. Vielleicht hast du Glück und kannst dich nach Norden durchschlagen. Allerdings rate ich keinem, sich in seinem Dorf zu verstecken. Und, natürlich, weg mit Partei- und Rangabzeichen, und so schnell wie möglich Straßenkleidung.«

»Einverstanden, aber eins muß ich noch sagen: Auf keinen Fall Häuser von mehr oder weniger hervorgehobenen Genossen aufsuchen.«

»Leute von den Rechten müßte man finden.«

»Die werden nicht wollen.«

»Natürlich nicht. Aber vielleicht findet sich doch ein Ehrenmann.«

»Nach alledem? Träum weiter!«

»Und wenn ihr irgendeinen Bekannten auf der Straße seht: nicht grüßen.«

»Naja, aber sie haben doch freies Geleit zugesichert.«

»Für die Angehörigen.«

»Also, was jetzt?«

»Ich sagte doch: probieren.«

»Was wird nur aus Spanien?«

»Nimms nicht so wichtig. Nichts wird sein. ›Am soundsovielten des Soundsomonats – wenn sie soweit kommen – des Jahres 1939.‹ Nein. ›Im März oder April des Jahres 1939 endete der Spanische Bürgerkrieg mit dem Sieg der Truppen General Francos.‹ Punkt und aus. Weiter wird es heißen: ›Im Jahr 1942 erhob sich der und der gegen General Franco‹, oder, noch besser: ›General X rief die Monarchie aus. Juan der was weiß ich wievielte bestieg den Thron und ernannte General Z zum Regierungschef.‹ So etwas in der Art. Danach dann weiter Militärputsche und die Dritte Republik, bis ans Ende des Jahrhunderts; zwei Jahre und der nächste Bürgerkrieg. So ungefähr, wenn wir die übrige Welt ausklammern. Unterm Strich: nichts.«

»Ich weiß nicht, warum soviel über Idealismus und Materialismus debattiert wird, ob eher Patati oder mehr Patata«, sagte ein Katalane, »es ist doch ganz einfach: Plötzlich war Gott weg. *E tot es va fotre*. Und alles geht den Bach runter. So etwas läßt sich doch nicht in ein paar Wochen richten. Ein richtiger Gott, ein wahrhaftiger, nicht diese vage Emanation irgendwelcher Heiopeios oder sonstwelcher aus dem Leim gegangener Pantheisten.«

Die Mischung aus Umgangssprache und Klarsicht weckte die Neugier Templados, der ihn zur Seite zog.

»Also, was wird aus uns? Es ist nicht schwer, sich das auszumalen: Sie werden uns internieren, uns selektieren, die an die Wand stellen, bei denen es ihnen ratsam erscheint, oder uns für einige Zeit oder für immer ins Gefängnis stecken. Die anderen werden sie freilassen, um ihnen das Leben zur Hölle zu machen.«

»Das hältst du für möglich, obwohl sie gewonnen haben?«

»Sonst würde ich es nicht sagen. Nur die Liberalen sind so blöd, sobald es um Repression geht, alles friedlich regeln zu wollen. Außerdem, es ist nicht so wichtig.«

»Ach! Wieso denn?«

»Du wirst schon sehen.«

»Du nicht?«

»Nein, ich gehöre zur ersten Kategorie: zu denen, die sie abmurksen.«

»Es sein denn, sie erkennen dich nicht.«

»Ich werde mein möglichstes tun, aber ich mache mir keine Hoffnungen.« (Er machte eine Pause.) »Kannst du dir vorstellen, was aus Spanien wird?«

»Mehr oder weniger. Aber sie werden nicht lange Spaß daran haben.«

»Das glaube ich nicht. Vergiß nicht, Spanien ist ein rückständiges Land. Katalonien nicht. Das war schon immer so, nicht, weil es nicht anders gegangen wäre, sondern aus Jux und Tollerei. Spanier sind nicht konservativ, sondern konserviert. Das spanische Gedächtnis ist phänomenal: hier wird nie vergessen. Und Vergessen ist etwas wirklich Liberales. Was die Welt voranbringt.«

»Wieso?«

»Paß auf. Nicht, daß wir anders wären als die – die Umstände sind einfach andere: das Land, das Wasser und die Priester.«

»Die Religion, meinst du.«

»Nein, die Priester, die sind ein original spanisches Erzeugnis. Spanische Priester: aus Stein. Die spanischen Heiligen (von denen es Unmengen gibt, und das will etwas heißen) bilden im Himmel bestimmt eine eigene Bande. Alle aus Stroh, aus wurmstichigem Holz.«

»Du stellst sie dir vor wie in einem Café.«

»Ich schwöre dir, wenn es dort oben noch keins gab, haben sie eins aufgemacht.«

»Mit der heiligen Theresa als Bedienung.«

»Aber selbstverständlich.«

In einer anderen Gruppe, einige Meter weiter:

»Sie werden uns alle abmurksen.«

»Ist das etwa ein Grund ...?«

»Natürlich.«

»Da liegst du völlig falsch: Man muß allen Optimismus einimpfen, die Sicherheit des Endsiegs.«

»Hältst du sie für blind?«

»Nein. Aber man muß nachhelfen: damit es in ihre Köpfe geht, daß wir keinen anderen Weg haben. Wenn sie sehen, daß die Revolution nur in den Tod führt ...«

»Ihr wollt sie also betrügen?«

»Hältst du es etwa für Betrug, ihnen zu sagen, daß unser Sieg nicht zur Debatte steht?«

»Wann?«

»Schon morgen. Eine Frage des Glaubens.«

»Der dir fehlt.«

»Du Elender!«

»Für dich ist der Name Stalin wie Gott.«

»Ja, na und? Wenn ich Stalin sage, habe ich Vertrauen in die Menschheit.«

»Ein poetischer Name.«

»Genau.«

»Und du gehörst zu denen, die glauben, man müßte dem Menschen alles untertan machen.«

»Ja, dem Menschen, aber nicht dem von heute, sondern dem der Zukunft.«

»Eine Entelechie. Du bist verloren.«

»Waren wir nicht so verblieben, daß wir alle verloren sind? Laß wenigstens mich übrig, das ist schon was. Wie mir geht es vielen.«

Ferrís kann sich nicht bewegen, er hört seinen Nebenmann, den er nicht kennt:

»Machst du dir klar, daß ich nichts anderes getan habe, als Motoren reparieren, Landkarten studieren und zuletzt fliegen, und daß ich von nun an, wenn ich je zurückkomme, nie wieder über Spanien fliegen werde, damit ich, wenn ich abstürze und umkomme, nicht über Spanien sterbe?«

»Was hättest du davon?« fragt Ferrís abschätzig. »Ich habe mich schon lange nicht mehr so amüsiert.«

»Warum?«

»Weil alles bestens ausgeht. Sogar das mit den Schiffen.«

»Ich verstehe dich nicht.«

»Aber du verstehst, warum die Erde sich dreht?«

»Sicher.«

»Also, wieso beklagst du dich dann?«

»Du hast ja eine Schraube locker.«

»Paß auf, daß bei dir keine locker ist, wenn du wieder fliegst.«

»Genau das ist meine Aufgabe.«

»Und meine, was für ein Zufall, besteht genau im Gegenteil.«

»Ich verstehe immer noch nicht.«

»Fliegen, ohne zu schrauben.«

Er sucht eine Lücke, stößt zu Plá y Beltrán und Ángel Gaos.

Plá y Beltrán: Wir werden alle hier sterben.

Gaos: Hier? Das glaube ich nicht. Wir stehen auf Stein. Die Kais sind hart. Und ins Wasser werfen werden sie uns nicht. Das würde stinken. Nein, das hier ist kein Ort zum Sterben.«

Ferrís: Aber rauskommen tun wir hier nicht.

Gaos: Doch: Sie werden uns rausholen.

Plá y Beltrán: Tot.

Gaos: Nein. Lebendig, als Gefangene.

Plá: Das heißt also, für dich gibt es noch Hoffnung?

Gaos: Zweifelst du daran?

Plá: Und ob. Das hier ist der Nabel der Welt, aber ohne Nabelschnur.

Gaos: Du nimmst dich, nimmst uns zu wichtig. Heute, das gebe ich ja zu, sind wir auf der Titelseite der Zeitungen. In acht Tagen, in einem Eckchen auf der letzten, wenn überhaupt. Die Überreste einer geschlagenen Armee. Wen kümmert das? Wir werden uns auflösen wie feuchter Zucker, im Bauch des Landes, in der Erde. Jetzt sind wir wichtig: Freu dich dran, mit geschwellter Brust. In Null Komma nichts sind wir: nichts.

Plá: Glaubst du, sie werden uns an die Wand stellen?

Ferrís: Alle? Nein. Ein paar. Den Rest werden sie nach Hause schicken.

Plá: Als ob nichts gewesen wäre?

Ferrís: Was sollen sie denn tun? Sie haben gewonnen. Das reicht ihnen. Was passiert mit geschlagenen Armeen? Sie lösen sich auf.

Plá: Das hier war zu heftig.

Gaos: Nur weil du dabei warst bei der großen Sause? Nein, mein Lieber, nein. Ein Krieg wie jeder andere. Wer erinnert sich heute noch an die Armeen der Karlistenkriege?

Plá: Es ist zuviel Blut geflossen.

Ferrís: Das Blut zählt nicht. Es ist etwas anderes. Was unverzeihlich ist, das sind die Ideen: die geistige Auseinandersetzung. Ohne die ist alles halb so schlimm.

Plá: Wir werden wieder Idioten werden müssen.

Ferrís: Das waren wir vorher auch.

Plá: Das glaubst du doch selber nicht. Also, von jetzt an ist es wichtig, nicht zu denken. Irgendwie leben. Wenn du dich retten willst, spiel den Unbedarften. Außerdem – das ist altbekannt – kommt man so in den Himmel.

Ferrís: Du auch?

Gaos: Ich? *(Er war außer sich, fuchsteufelswild; darauf gab er nichts, das mußten sie doch wissen.)*

Ferrís: Da ich den Krieg geführt habe, weil ich ein Depp bin – denn das bin ich –, wäre es viel verlangt, genauso weiterzumachen.

Plá: Also ich, ich gehe jetzt.

Gaos: Wie?

Plá: Mit denen.

Gaos: Mit den vierhundert? ›Die alte Garde‹, die nie aufgibt und nie stirbt …

Plá: Ihr werdet ja sehen.

Er ging. Ferrís zuckte die Schultern; Gaos biß sich auf die Lippen.

Ferrís: So ein Idiot. Wie du gesagt hast: Es geht darum, unbemerkt durchzukommen.

Gaos: Für ihn ist das schwierig.

Ferrís: Die haben ihn am Kanthaken.

Gaos: Es stimmt: Du bist ein Stinkstiefel. Ich traue dir kein bißchen, nicht so viel.

Ferrís: Das würde ich dir auch raten.

Gaos: Leider nur hast du dein Leben aufs Spiel gesetzt, mit Lügen aller Art.

Ferrís: Was weiß du denn? Ich werde leben …

Gaos: Solange du unbemerkt bleibst, was eines der wenigen Dinge ist, die nicht in deiner Hand liegen. Ich an deiner Stelle würde zum Heldentum konvertieren …

Der Witz ist so scharf, daß Ferrís – sonst um keine Antwort verlegen – schweigt. Gaos nutzt sein Schwanken, um aufzustehen und zu einer anderen Gruppe zu gehen. Paco Ferrís schaut zu Paulino Cuartero hinüber, er sitzt etwas weiter weg mit einem Juden beisammen, den er einige Male in Valencia gesehen hat.

»Ich bin hergekommen«, sagt der Jude, »weil ich der Überzeugung war, das ist das Land meiner Väter. Und ob, mehr als wir alle ahnen. In Spanien gab es zwischen dem zehnten und fünfzehnten Jahrhundert, im sechzehnten und siebzehnten Jahrhundert eine beträchtliche Anzahl Juden, die nicht eingerechnet, die im sechzehnten Jahrhundert nach Portugal zurückgegangen sind. Nicht aus rassischen Gründen. Ich glaube nicht an Rassen, aber damit wir uns verstehen: Meiner Ansicht nach gab es, in Relation, sehr wenige Juden, die ›von dort drüben‹ gekommen waren. Dafür muß man sich nur in den Archiven der Inquisition umsehen, den wenigen, die es gibt. Wie erklärt es sich, daß es in einem Dorf, in zwanzig zerstreuten Dörfern in Kastilien oder Aragón, hunderte Juden gab? Waren sie mit den Mauren gekommen? Das wüßte man, glaub mir, das wüßte man. Nein. Sie waren gläubige Juden, wer weiß woher: Iberer, Römer, Westgoten. Das wird auch dadurch bewiesen, daß der Judaismus hier weder durch Verfolgungen verschwand noch durch Ausweisung, sondern erst im achtzehnten Jahrhundert: mit Gottes universellem Tod. Auch das Wort, mit dem man sie bezeichnet hat, beweist das: *Marranen,* wörtlich: Wühltiere, was nichts mit Schweinen zu tun hat, sondern mit dem hebräischen Wort für Rebellen.«

Cuartero hört ihm interessiert und zugleich zerstreut zu.

»Die heilige Teresa eine Jüdin? Wie das? Worin? Daß sie jüdische Vorfahren hatte, ist klar; na und? Luis Vives war Jude – warum? Ist sein Denken irgendwie jüdisch? Sicher, seine Familie, durch und durch: ihre Religiosität, ihre Fuchsschwänzlei; aber sonst nichts.«

»Finden Sie das wenig?«

»Ja. Und dieser Krieg war ein Religionskrieg.«

»Womit sich erklärt, warum Sie, Jude, und ich, gläubiger Katholik, zusammen mit dieser atheistischen Karawane ...«, sagt Cuartero lächelnd.

»Ich jedenfalls bin aus rein religiösen Motiven hier«, versichert der Jude, ohne den Blick von Cuartero zu lösen. Dann zweifelt er und breitet die Arme weit aus.

»Sicher, sicher. Sicher sagen viele Spanier: sicher!«

Ferrís, neben ihm, bissig:

»Da ist aber immer noch das Problem der Sadduzäer und der Pharisäer.«

»Kleinigkeiten«, dämpft Cuartero.

»So spricht die Ignoranz! Gerade das macht Ignoranz aus. Verschwiegene Ignoranz, wer soll die schon bemerken. Warum sagst du, das seien Kleinigkeiten, oder kennst du etwa die sadduzäische Theorie?«

Cuartero kleinlaut: »Nein.«

»Sie vertraten schon seit Jahrhunderten die Auffassung, daß die Seele mit dem Körper stirbt. Hier wurden sie gezwungen zu konvertieren, aber nicht zum Katholizismus – dessen Stunde war noch nicht gekommen –, sondern zum Pharisäertum, das heißt dem Glauben an des ewige Leben. Die Sadduzäer stehen den Epikuräern näher als sonstwer.«

»Sind Sie einer?«

»Ich bin nichts.«

»Aber ...«

»Doch. Jüdischer Abstammung. Aber ich bin weder gläubig noch praktiziere ich«, versichert der Israelit. »Ich bin Agnostiker.«

»Und weiter?«

»Die Geschichte: Ich glaube an die Geschichte. An die Menschen. An die Sprache, an die Lebensweise, an die Vorlieben für gewisse Gerichte, die wiederum zusammenhängen mit gewissen Glaubensvorstellungen. Darum bin ich hier.«

»Menschenfresser.«

»Warum nicht, wenn man es ganz ernst meint? Ich kann Ihnen versichern, daß der Glaube an die Seele und ihr Verschwinden mit dem Körper durchaus meine Sympathien als Rationalist genießt.«

»Daran glaubten Ihre Sadduzäer?« fragt Templado, der sich zu der Gruppe gesellt hat.

»Genau.«

»Auch nicht viel dümmer als andere Vorstellungen, vor allem unter diesem Umständen.«

Wie dir sagen, daß ich dich liebe? Wie soll ich es dir sagen, Asunción, ohne daß es dumm oder kitschig klingt? Mit welchen Worten? Wie dir meine Liebe ausdrücken, ohne daß du glaubst, ich lüge? Ich möchte Verben erfinden. Nicht irgendwelche Tonlagen erfinden, sondern die richtige treffen, auch wenn sie nicht neu wäre, oder umgekehrt, die nie gebrauchten Töne finden, die unveröffentlichten, die für dich ganz anders klängen, ich möchte alten Dingen neues Leben geben, damit du spürst, was mich zu dir treibt aus weiter Ferne, aus dem Morgenrot der Zeit, was nur ich dir sagen kann, weil ich es für dich fühle.

Er küßt sie. Sie küssen sich. Vergessen. Ihre Münder, alles andere ist für sie auf dem Mond. Lippen auf Lippen, blind, entdecken sie sich wieder, so, wie sie sind: nur fühlen, und so finden sie gemeinsam neue Kräfte. In Umarmung sterben.

»Verstehst du? Wenn die Leute sagen: ›Du bist für mich das Wichtigste im Leben‹ und es glauben: Das bist du für mich. Darum sage ich dir: Du bist für mich das Wichtigste auf der Welt.«

»Mein Leben ...«

»Genau: mein Leben. Wenn das ernst gemeint ist, zu einem anderen – einer anderen – zu sagen: ›Mein Leben‹ und das zu fühlen (wie ich für dich fühle), was könnte ich dann höher schätzen? Der andere, ist – vielleicht – Dreck, aber in diesem Augenblick ist das egal: das andere, Dreck.«

Er küßt sie. Sie küssen sich. Vergessen. Ihre Münder, alles andere ist für sie auf dem Mond. Mund auf Mund, blind, entdecken sie sich wieder, so, wie sie sind: nichts, nichts als fühlen, so finden sie gemeinsam neue Kräfte.

Don Juanito Valcárcel – öftermal was neues – kündigt die Ankunft des Antichristen an.

»Er wird uns alle erlösen.«

»Wie?«

»Wie ich schon sagte: indem er uns abmurkst. Überleben für die Zukunft: Auf das Morgen kommt es an.«

»Bis dahin rücken dir die Würmer zu Leibe ...«

»Dir etwa nicht?«

»Seit Urzeiten schon heißt es: *un bel morire ...*«

»Ja, vor allem, wenn man bedenkt, wie schön das Leben war.«

Er sieht ihn milde an:

»Ob du willst oder nicht Mit der Straßenbahn in den Himmel!«

»Verdammt, du fällst noch von deinem Moped ...«

»So viel ›verdammt‹, wie man hier hört ...«, sagt der *Bodeguero*.

»Hier in Spanien«, sagt Don José Burgos tonlos zu Murcia, »versteckt sich alles Sexuelle hinter einem Sündenschirm. Alle halten den Akt für etwas Schreckliches. Alles Söhne des Filón: Der sündige Mensch stirbt nicht, er pflanzt sich fort; der gute endet als Junggeselle oder als Betschwester. Hier zweifelt niemand daran, daß die Schlange die Sinnlichkeit ist. Wir glauben auch nicht an das Ende der Welt; höchstens an den Tag des Jüngsten Gerichts. Das heißt, es bleibt Hoffnung: auf ein Schwert oder einen Happen und die Rettung im letzten Augenblick. Wie wir: Wir sehen, wie sich ein ganzes Geschwader nähert, der Admiral aufrecht auf seiner Steuerbrücke, und seine Truppen, die auf unsere Einschiffung warten, wir Helden ohne Fehl und Tadel, auf daß wir in unseren Kabinen französische Edelnutten vögeln, die uns für alles entschädigen, was war und was sein wird.«

Murcia sieht den berühmten Biologen verklärt an.

»Nimm sie, Compañero!«

»Nur gibt es leider weder ein Geschwader noch einen Admiral ...«

»Auch keine Nutten, nichts.«

»Glauben Sie, sie werden mich füsilieren?«

»Nein Doktor, Ihr Name ist zu gewichtig.«

Murcia hat sie nicht mehr alle; das ist nicht einmal seine Schuld – doch was macht das schon? –, sondern die des Mannes der Wissenschaft, der im übrigen an die Rendite seines Safrans denkt.

Die italienischen Lastwagen mit dem Essen rollen heran.

»Die halten Wort, diese Arschlöcher.«

Die Leute laufen zusammen, drängeln, drängen nach vorne, Teller oder Napf vorneweg.

»Seit der erste Bauer oder wer auch immer das erste Korn

zuviel hatte, war die Menschheit verloren. Der Handel, das ist der Feind. Laßt uns zurückgehen in die Höhlen! Hoch lebe Altamira!« schreit *Chavó*, der aus Asturien stammt.

»Das hättest du gerne, daß wir rauskämen und dorthin könnten«, antwortet der *Bodeguero*.

»Nichts wie weg.«

So gelangen sie ohne größere Schwierigkeiten aus dem Hafen heraus.

»Kultur erlangt man mit seelischen Schmerzen, denn mit körperlichen wird man nur todkrank oder zu Staub«, doziert Don José Burgos in der Suppenschlange.

»Gleich behaupten Sie noch, die Maschinen werden erfunden oder gebaut, um es einem unbequem zu machen«, sagt Murcia, Sozialist schon seit Zeiten von Pablo Iglesias und stolz darauf, Autodidakt zu sein.

»Das ist nur Zivilisation, und traurig wäre es um uns bestellt, wenn uns eine kulturlose bevorstünde. Was eine Definition des Faschismus ist, eine unter vielen. Denn wenn es um das Erfinden von Maschinerien geht, kann es keiner mit der des Staates aufnehmen. Das wäre nicht das erste Mal.«

»Gab es je ein erstes Mal?« hält ihm Murcia entgegen, der sich zudem für geistreich hält.

»Hören Sie auf mit dem Quatsch, Doktor. Jede Zivilisation schafft Ungleichheiten. Das ist kein Grund, nicht an sie zu glauben. Und nur weil ein Übel offensichtlich ist, müssen wir es noch lange nicht als allgemein und unüberwindlich betrachten. Alles wird so lange schlecht laufen, bis die Leute zu der Überzeugung gelangen, daß wir alle verschieden sind. Aber nein, so viele glauben oder wollen glauben, daß wir alle einzig sind oder eins: Ich. Der Mensch ist anders. Und du, wer bist du? Man antwortet dir: Mensch, ich bin ich. Das muß man erst einmal wissen.«

»Das ist idiotisch.«

»Was ist idiotisch?« fragt Cuartero, nur um zu fragen.

»Alles. Das.«

»Das haben sie schon früher gesagt, und nicht nur das.«

»Na und? Ist es deshalb weniger idiotisch?«

»Nein. Aber geboren werden ist schon idiotisch.«

»Und das Vögeln vorher auch«, meint Templado, der mit einsteigt.

»Das empfehle ich immer, um mit der ganzen Idiotie Schluß zu machen.«

»Diese Empfehlung ist nicht unbedingt originell.«

»Anders als unsere Konversation.«

»Sie haben Spanien den Ausländern ausgeliefert!« jammert Ramón García Casas weiter hinten.

»Ihr seid kindisch: Ein Losungswort verändert noch nicht die Wirklichkeit.«

»Darin irrst du. Zu nichts anderem sind die gut«, beteuert Valladares.

»Wenn du es als dein Recht und deine Pflicht ansiehst, das Vaterland gegen den feindlichen Eindringling zu verteidigen, so ist dies weder der Gedanke eines Sozialisten noch der eines Internationalisten, eines Proletariers oder eines Revolutionärs, sondern der eines kleinbürgerlichen Nationalisten. Mit diesem Gedanken verschwindet der revolutionäre Kampf gegen den Krieg als solchen, mit ihm übernimmst du den Standpunkt der Bourgeoisie, und an die Stelle des Internationalismus tritt ein Schmalspurnationalismus. Sie mißhandeln mein Land, alles andere ist mir egal! Was für ein kleinbürgerlicher Humbug! Kleingeisterei! Das sagte schon Lenin Anno '18. Und ihr, seine angeblichen Epigonen, kommt heute an und verkündet den Nationalismus! Dabei haltet ihr euch noch nicht einmal für Verräter oder für korrupt; unterm Strich seid ihr schlicht bescheuert. Nun gut, ich als verachtenswerter Kleinbürger bin mit euch einverstanden. Und ihr seid einverstanden mit mir. Ich bin auf eurer Seite, weil ihr gegen euch selber seid. Aber ich traue dem Ganzen nicht«, endet Murcia und geht, um seine Kichererbsen im Schatten zu essen; die Sonne ist rausgekommen.

Um Viertel vor drei entschied Burillo, Gambara aufzusuchen.

»Das scheint mir sinnvoll.«

»Und wenn es nur ein Höflichkeitsbesuch ist«, sagte Rodríguez Vega mit seinem üblichen Spott.

»Hoffentlich lassen sie dich raus.«

»Ich denke, schon.«

Die anderen gingen nun im Raum auf und ab. Gómez Osorio sagte:

»Wenn es wenigstens ein Schachbrett gäbe.«

»Wir werden noch genug Zeit haben, uns eins zu schnitzen«, antwortete ihm Henche. »Und zu verlieren.«

Alle starrten auf die Uhr.

Burillo kehrte nach weniger als einer halben Stunde zurück. Sein Gesicht war aus den Fugen. Der erste, mit dem er im Hauptquartier zusammengetroffen war, war ein spanischer Oberstleutnant, ein Kamerad aus seinem Abschlußjahrgang. Sie sahen sich an. Salutierten.

»Wie steht's?« fragte Burillo.

»Ich denke, sie werden dich füsilieren«, antwortete der andere, der die Frage persönlich verstanden hatte.

»Ich bin nicht hergekommen, um das zu erfahren. Ist General Gambara da?«

»Ja, hier entlang. Mach dir keine Sorgen, denen muß man keine sonderliche Ehre erweisen. Ich weiß gar nicht, warum sie sich überhaupt eingemischt haben. Und was die anderen betrifft, warum erinnerst du sie nicht an Guadalajara?«

Burillo sah seinen alten Kameraden etwas befremdet an.

Er klopfte. Trat ein. General Gambara sagte ihm, sich windend, er bedauere es sehr, aber General Franco heiße seine Abmachungen mit den Republikanern nicht gut, er müsse unverzüglich den Hafen räumen, ohne Rücksicht auf das zuvor Vereinbarte.

»Ich bedauere, ich bedauere, aber ...«

Der General breitete zum Zeichen seiner Machtlosigkeit die Arme aus.

»Wenn nicht, werden sie angreifen. Sogar unter Einsatz der Artillerie.«

»Aber die große Mehrheit ist bereits entwaffnet, auf Ihren Befehl, General.«

»Davon gehe ich aus.«

Der spanische Oberstleutnant war eingetreten. Er kam näher:

»Weitere Fragen?«

»Es ist alles sehr klar.«

Er hörte noch ein letztes »Bedauere« von Gambara.

Gómez Osorio, bis zu diesem Augenblick noch sehr optimistisch, war am meisten getroffen.

»Was werden sie mit uns machen?«

»Wer?«

»Unsere Leute, die wir wie Idioten an der Nase herumgeführt haben.«

»Kleinholz«, antwortete ihm Henche.

»Das kann nicht sein.«

»Ich habe gefragt, was die anderen machen.«

»Noch mehr Kleinholz.«

»Wer soll sie daran hindern?«

»Die Ethik.«

»Welche? Die berufliche?«

»Und meine Familie?«

»Wunderbar, danke. Wir werden sehen. Sieh mal, wenigstens müssen wir uns jetzt keine Gedanken mehr machen.«

»Natürlich, du Madonnenanbeter.«

»Hören Sie auf, verdammt nochmal. Wir werden unsere Pflicht erfüllen, wenigstens das, bis zuletzt. Die Leute sollen so geordnet wie möglich abziehen.«

»Schön, nur: Was sollen wir ihnen sagen?«

»Wie, was sollen wir ihnen sagen? Sind die Ankunft der *Vulcano* und der Truppen aus Burgos nicht genug, um zu merken ...«

»Nein«, sagte Gómez Osorio. »Ich habe es auch nicht geglaubt. Sie haben doch versprochen ...«

»Versprechen kostet nichts.«

»Sie haben gesagt, wer sich nichts vorzuwerfen hat, den lassen sie in Ruhe; daß jeder einen Passierschein bekommt, um in sein Dorf zurückzugehen.«

»Und was meinen Sie, bitteschön, mit ›sich nichts vorzuwerfen haben‹?«

»Wohin werden sie uns bringen?«

»Das ist nicht unsere Sache. Entweder machen sie mit uns hier auf der Stelle kurzen Prozeß, was ich nicht glaube, oder sie gehen schrittweise vor. Mal sehen, was ihnen so einfällt.«

»Und du findest, wir sollen uns keine Gedanken machen?«

»Ich glaube, wir können nichts weiter tun, als die anderen zu beruhigen, angefangen bei uns.«

»Wie?«

»Indem wir nicht sagen, was wir denken.«

»Indem wir ihnen also etwas vormachen?«

»Was haben wir denn bisher getan?«

»Guten Glaubens.«

»Einmal lügen ist keinmal lügen.«

»Und die Fischerboote? Wir haben Benzin.«

»Was willst du? Daß sie euch versenken, sobald ihr auslauft? Ich sage ›ihr‹, denn so wie ich vorher gesagt habe: Bei den vierhundert bin ich dabei, so sage ich jetzt ›nein‹, wenn es nur um uns allein gehen soll. Unter anderem, weil es nicht geht. Oder hält es einer von euch für möglich?«

Keiner antwortete. Um das Gespräch in eine andere Richtung zu lenken, fragte Rodríguez Vega Burillo, zu welchem Regiment die Truppen gehörten, die von Bord gegangen waren.

»San Quintín.«

»Unseres.«

»Aber ... wieso?« fragte López Quero nach.

»Warum fragen wir nach dem Warum der Dinge? Man kann leben, ohne sich Gedanken zu machen, viele tun das nicht, aber die Intelligenteren schon, glaube ich. Wozu diese kindliche Neugier? Das Rationale ist das Irrationale.«

»Du wirst noch weit kommen«, sagte Burillo zu ihm.

»Kommt darauf an, wo sie die Konzentrationslager einrichten.«

»Oder die Friedhöfe.«

»Jede Erde ist so gut wie die andere.«

Von dem Augenblick an, an dem alle wußten, daß sich jegliche Hoffnung auf ein Schiff zerschlagen hatte – es begann schon zu dämmern –, sahen die meisten ihr Ende nah. Wie für die von der Junta war nur eines offen: ob die sofort mit ihnen Schluß machen oder sich etwas anderes einfallen lassen würden. Ersteres schien der Fall zu sein, als die italienischen Einheiten durch Truppen des San-Quintín-Regiments und Fremdenlegionäre abgelöst und von der Anhöhe des Burgfelsens ein paar Maschinengewehrsalven abgefeuert wurden – die ins Wasser gingen. Fürchterliche Panik brach aus. Tausende dachten, ihre letzte Stunde sei gekommen. Die Flüche und Verwünschungen der Männer vermengten sich mit dem Schreien der Frauen und dem unvermeidlichen Greinen der Kinder.

Die Schüsse hörten auf, nach und nach trat wieder relative Ruhe ein.

Wer noch vorhatte, sich umzubringen, tat es jetzt, während Tausende damit begannen, alles zu vernichten, was sie bei sich trugen. Dutzende Feuer wurden entfacht, in denen nicht nur Papiere verbrannt wurden, sondern auch Kleidungsstücke und persönliche Gegenstände, damit nur ja nichts dem Feind in die Hände fiel. Großzügigkeit breitete sich aus, viele verteilten, was sie in ihrem Gepäck hatten, an den nächstbesten Interessenten.

Die Männer von der Evakuierungs-Junta sprachen über improvisierte Lautsprecher und versicherten, daß alle in Freiheit bleiben und, versehen mit Passierscheinen, die Reise in ihre Heimatprovinzen antreten dürften. Daß sie fürs erste an verschiedene Stellen der Stadt gebracht würden, um dort die erste Nacht zu verbringen, um am folgenden Tag dann wirklich freigelassen zu werden.

»Um zu lügen, braucht man ein gutes Gedächtnis«, schrie Valladares.

Die Leute begannen, streng bewacht hinauszugehen.

»Junge, dieser Safran riecht nicht, der stinkt!«

»Den nehmen sie uns ruckzuck weg.«

So kehrte das Gewürz wieder in die Hände seines Besitzers zurück, als er es am wenigsten erwartete und in höchster Verzweiflung, lautstark seinen Verlust beklagend, hin- und herrannte.

»Ich hatte ihn neben mich gestellt, als ich meine Notdurft verrichtete.«

»Der da, gehört der Ihnen?«

»Wir haben ihn gefunden, jemand hatte ihn weggeworfen.«

Der Mann der Wissenschaft zeigt seinem Studiengenossen die beiden Strolche:

»So ist das spanische Volk.«

»Selbstverständlich gab es immer zwei Spanien, aber in jedem Spanier! Es gibt nicht das eine liberale Spanien und das andere reaktionäre. Das ist ein und dasselbe. Die beiden Spanien tragen wir Spanier in uns, ständig. Der hier ist Spanier und Baske (auch wenn ihm das nicht paßt); der dort Alcoyer, Valencianer und Spanier.«

»Komm, hör dir den an, dabei fühlen die Engländer – ebenso oder noch mehr als wir galicisch oder katalanisch – irisch, walisisch oder schottisch.«

»Und die Italiener lombardisch oder sizilianisch.«

»Niemand behauptet das Gegenteil.«

»Aber die Sprache?«

»Und was ist mit den Südamerikanern?«

»Das steht auf einem andere Blatt. Irgendwann reden sie kein Spanisch mehr. Ebensowenig wie die Nordamerikaner Englisch; oder die Hindus, natürlich.«

»Wir redeten gerade von Spanien.«

»Ist doch egal. Wir haben nicht über nichts gesprochen. Oder geredet um des Redens willen.«

»Dann fahr zur Hölle.«

»Ich komme mit.«

Don José Burgos, der auf seinem Schatz sitzt, damit dem nicht noch einmal Flügel wachsen, spricht mit Julio Baena, mit dem er Abitur gemacht und in San Carlos zusammengearbeitet hat, inzwischen ein alter Mann.

»Und was jetzt?« keift Burgos' Gattin. »Wo sind deine Freimaurer? Wo dein gebenedeiter Besteiro? Sag jetzt nichts! Ich weiß alles: die Ehre, die Ehre, das Ansehen, der Ruhm, die Würde … Weißt du, was ich damit mache? Ich sage es nicht, weil du es so gut weißt wie ich.«

Doña Cloto ist völlig am Ende. Sie ist aus Madrid nach Valencia gekommen, ohne auch nur einmal aus dem Wagen auszusteigen und sich zu erleichtern; erst in der Zivilverwaltung in Valencia, als ihr Mann hinaufging, um mit Molina

Conejero zu sprechen, überwand sie sich. Ihr Darm – besser darüber schweigen. Wo war das? Sie hat den Abort von Valencia noch in Erinnerung. Hier, bei der Ankunft in Alicante, war es schon anders. Aber sie konnte nicht. Und jetzt, im Hafen, noch viel weniger … Und daß Pepe ihr nicht vertraut und den Safran diesem Puchol gibt! Wofür hält der sich überhaupt? Man hat es ja gesehen. Verlorengegangen ist er. Wenn nicht diese beiden … gewesen wären. Doña Cloto haßt ihren Ehemann, kann aber ohne ihn nicht leben. Don José ist das egal. Für ihn zählen seine Mikroben und seine komischen Freunde. Ist sie denn nicht auch ein Mensch? Wenn sie wenigstens Kinder hätte. Aber Pepe, der sich mit Vererbungslehre so gut auskennt, sah sich außerstande, mit ihr die Gesetze von Händel oder Mendel oder wie der heißt in die Praxis umzusetzten. Er soll ja sehr intelligent sein, das sagen alle, man muß es glauben, aber ansonsten? Intelligenz, kann man die essen? Oder ist sie so dumpf, daß sie das mit den Fröschen und den Fliegen, die ihr berühmter Gatte ständig vermehrt, nicht begreift? Soll er sich doch lieber mit seiner Frau vermehren …

Doña Cloto und ihr Mann machten im gleichen Jahr gemeinsam Abitur. Bald darauf heirateten sie. Sie hätte auch einen anderen wählen können. Zum Beispiel Julio Gómez, der sie, wann und wo immer er konnte, wie zufällig befummelte. Aber ihren Rechtmäßigen betrügen, also nein, nicht daran zu denken. Wozu auch? Abgesehen von der Schande, sich vor einem Fremden auszuziehen.

Sie heiratete ihn, obwohl ihre Familie Einwände hatte, wegen seiner Ideen. ›Die werden ihm vergehen. So sind die Jungen.‹ Aber sie vergingen ihm nicht, wegen Besteiro und wegen der Republik. Sie müßte lügen, wenn sie sagen sollte, die Jahre hätten ihr nicht gefallen und die Aufmerksamkeit, die sie beide genossen. Dekan. Und eines Tages der Nobelpreis, das war viel Geld. Deshalb möchte sie jetzt dem erstbesten, der sich ihr in den Weg stellt, die Zähne zeigen. Weil sie zu alledem Hunger hat. Und dann sind da noch ihre Schwägerin, ihr Schwager, ihre Schwiegermutter, ihr Vetter Sebastián, der zu nichts taugt. Scheißwelt.

»Die Polygamie, logisch bin ich für die Polygamie! Je mehr, desto besser! Aber lieber über die Zeitachse verteilt als an ein und demselben Ort. Verstehen Sie: eine nach der andern und nicht alle auf einmal.«

»Zu exakt derselben Zeit wäre es auch schwierig.«

»Man kann nicht zur selben Zeit sein und nicht sein – physisch gesprochen –, zumindest nicht auf dieser Erde. Nein. Eine hier, eine andere in Barcelona, eine andere in Madrid und so weiter. Das Gute an der Polygamie, in einer Gesellschaft, die sie offiziell nicht erlaubt, ist die Lüge, ist die ständige Versteckspielerei, die sie nach sich zieht, und das nimmt in meinen Augen den Gespielinnen alles Spielerische. Es ist bequemer, treu zu sein. Also bin ich es. Jeweils in einem Gebiet, aber immerhin.«

Bei Julio Gómez, genannt der *Dicke,* weiß man nie, woran man ist: Ständig lügt er, verstrickt sich, spiegelt Sachen vor, die er nicht denkt. Wenn ihm die Luft wegbleibt, macht er eine leichte Handbewegung und wischt alles weg. Anfangs tat er es aus Spaß und Bequemlichkeit: Zum Beispiel sagte er zu allem ja. Das Lob im Dutzend brachte ihm gute Ergebnisse – für seine eigene Ruhe –, solange er seinen Freunden, die eingeweiht waren, mit einem Augenzwinkern zu verstehen geben konnte, daß alles fauler Zauber, Ablenkung war. Was ihn zum anderen Extrem trieb: a priori verleugnen, vorab, von vorneherein. Die allgemeine Lobhudelei brachte ihm keinen Ärger ein, das Gegenteil sehr wohl. Er zuckte die Schultern, was machte das schon.

Dermatologe und Dichter, doch für den *Dicken* ist nichts

von Bedeutung außer dem Trinken; dem Essen, wegen des Trinkens; dem Geld, zum Vollaufenlassen und was darauf folgt. Wenn er wollte, könnte er noch mehr verdienen, doch nein: Die Arbeit ist ein Feind – wenn auch nicht der hartnäckigste – des Weins. Seinen Beruf gab er auf, als er eine gute Partie gemacht hatte.

»Man muß schrittweise vorgehen: die Frauen, die Poesie, die Stiere. Doch trinken tut man unter Freunden, reden um zu reden, lügen nicht, um sich reinzuwaschen oder etwas zu erreichen, sondern, um sich seiner selbst zu versichern, aus reinem Spaß an der Poesie, an der Lüge an sich.«

Wie nicht anders zu erwarten, ist das beste an der Dichtung des *Dicken,* die Dinge so verklausuliert zu sagen, daß man erst erraten muß, ob sie der Mühe wert sind oder nicht:

»Alles steckt im Trug.«

Die Dichtung wie die Frauen; die Polygamie würde ihn zuviel Arbeit kosten, lieber ist er seiner Rechtmäßigen treu, die hat er ja schon. Vor dem Krieg schrieb der *Dicke* nicht mehr als nötig, um ein bißchen Geld für ein besseres Leben zu haben und um zu lügen:

»Der da? Phantastisch!«

»Der dort? Ekelhaft!«

Er lächelte, um keinen im unklaren zu lassen:

»Freilich. Sind Gläser da? Wenn ja: trinken, bis sie leer sind.«

Allerorten wie bei sich zu Hause: besitzergreifend, sobald er auftaucht. Salon-Torero, Spaßmacher, Lästermaul.

»Der? Hat keine Ahnung.«

In gleicher Weise sein Lobpreis:

»Der? Ein Adler!«

Und blieb doch außen vor.

In ihm steckt eine Krämerseele – klein, lebhaft –, mit der er sich, wie auch immer, die Umstände zunutze macht. Was kann ich dabei rausholen? Was kann ich aus dieser Situation, dieser Freundschaft machen? Es geht ihm nicht gut dabei, er verachtet sich für diese Neigung, der er so leicht nachgibt. Allein, er fühlt sich mies, obwohl er sich für ein Musterbeispiel der ritterlichen Moral hält, der besten aller möglichen; mit Großzügigkeit verdient er sich Dankbarkeit allenthalben. Als er wohlhabend wurde, setzte er nach, um mit leichter Hand seine Reichtümer zu mehren. Er sträubte sich nicht und stieg so auf zum Industriekapitän.

Alles verdankt er seinem begnadeten Taktieren. Nur in zwei Dingen gab er nie nach: Politik und Poesie. Er ist links, ohne irgendeiner Partei anzugehören. (Er würde es nicht ertragen, gesagt zu bekommen: Mach dies oder das.) Unterschriften, das ja. Kein Protestbrief dieser Jahre – sei es zu Zeiten der Monarchie oder der Republik – ohne seine Unterschrift. Außerdem mochte er nicht gebeten werden, aber bereit war er immer, solange das Dokument nur links war; so trugen ihn alle auf Händen, nur nicht das Regime; das nahm nicht einmal Notiz von ihm.

Der Krieg verlangte mehr vom ihm, und da es mit Unterschriften nicht mehr getan war, blieb er ganz einfach zu Hause. Keine der regierenden Organisationen kam an und forderte ihn auf, zur Waffe zu greifen. Er blieb in Madrid, ohne irgend jemanden zu sehen; er widersetzte sich dem Wunsch der Regierung, die ihn nach Valencia verfrachten wollte. Als es aber nach dem ›Putsch‹ Casados offensichtlich war, daß die feindlichen Truppen – einfach so – nach Madrid einmarschieren würden, mußte er eine Entscheidung fällen. Er war sich sicher, daß er, wenn sie ihn wegen seiner Unterschriften nicht gleich umbrächten, samt seinem beträchtlichen Bauch ins Gefängnis stecken würden. Und dort würden sie ihm keinen Valdepeñas einschenken, an dem es ihm nie gefehlt hatte. Er ging nach Alicante, ins Haus von Juan Guerrero – einen großen Freund und Bewunderer seiner Dichtung.

»Was soll ich machen?«

»Ich weiß nicht. Vorhin war Miguel hier.«

»Und?«

»Er geht ins Dorf seiner Frau.«

»Du bringst mich auf eine Idee: Ich könnte zu meiner gehen.«

»Nach Bilbao? Du spinnst!«

»Was sonst?«

»Ich weiß nicht. Am besten, du gehst fort. Zumindest für einige Zeit. Später wird sich alles richten.«

»Mit wem, wie komme ich fort?«

»Sie sagen, es kommen Schiffe.«

»Glaubst du, Eugenio Montes oder Giménez Caballero oder Alfaro könnten es hinbekommen ...?«

»Darauf würdest du dich verlassen? Außerdem glaube ich nicht, daß dich das weiterbringt. Du kennst die nicht.«

»Und wie ich die kenne: als wären sie meine eigenen Kinder!

»Die meine ich nicht. Sondern die anderen: die ihnen die Befehle geben.«

Julio Gómez wurde sehr niedergeschlagen.

»Sag doch nicht sowas.«

Als er sich entschlossen hatte, nach Alicante zu gehen, war er sicher gewesen, daß Juan Guerrero alles für ihn regeln würde.

»Politik interessiert mich kein bißchen.«

»Einverstanden, aber du bist ein Linker.«

»Aus Anstand.«

»Dann wirst du – wenigstens für eine Weile – aus Anstand, wie du sagst, französischen Wein trinken und dich der Vielweiberei widmen.«

»Mit welchem Geld?«

Denn seine Gattin hatte sich auf die andere Seite geschlagen.

»Ein Telegramm, von wo auch immer.«

»Gib du es auf.«

»Ich habe schon genug am Hals.«

»Also weiter?«

»Zum Hafen mit dir, zum Hafen!«

Juan Guerrero schluckt schwer und vernehmlich. Was gäbe er nicht alles …!

»Gehen wir?«

»Warte.«

»Wie? Bis wir noch mehr sind? Egal wo die uns hinschaffen – je früher wir dort sind, desto besser: dann können wir uns einen Platz aussuchen, wenn es noch welchen gibt.«

Sie gehen zum Eingang. Kein Gedränge, nur ein allmähliches Hinaussickern. Erste Durchsuchung.

»Wohin geht's?«

»Du, weiter.«

Hinaus, sich umdrehen, das Meer sehen, die Nachkommenden, die anderen, die noch immer ihre Kleider, Banknoten, Miniaturen, Henkelmänner, Skulpturen, Puppen, Bücher verschenken.

»Nimm.«

»Wozu?«

Geschäft, Warenhaus, geöffnet für alle.

»Nehmt so wenig mit wie möglich. Decken, ja. Und Kleidung, das Nötigste.«

»Die da draußen interessieren wahrscheinlich Federhalter, Armbanduhren, Schmuck. Alles andere kannst du vergessen.«

Sonne. Hitze.

»Wie sich das Wetter geändert hat!«

»Nur das Wetter?«

»Ich weiß: Du denkst, wir sind schon in der Hölle, der

echten. Mach dir keine Hoffnung: Die Hölle ist offen, das hier nicht.«

»Um so schlimmer.«

»Aber einen Vorteil hat es: Wir werden das Ende erleben.«

»Wenn sie uns an die Wand stellen.«

»Findest du das keinen gelungen Coup? Sie können uns hier festhalten, auf ein Schiff warten lassen, das ganze Leben lang, wie in der wirklichen Hölle.«

»Da hast du auch wieder recht. Also können wir ganz zufrieden sein?«

»Wenn du das sagst ...«

»Den Kommunisten, den Sozialisten, den Republikanern, den Freimaurern wird geholfen werden. Aber den Anarchisten ...«

»Willst du mir jetzt damit anfangen, daß die Stalinisten recht haben und daß die zusammen mit der POUM und so weiter und so weiter?«

»Nein. Du bringst das durcheinander.«

»Die Liberalen ...«

»Mach nur deine Witze, aber es ist so. Der Liberalismus des neunzehnten Jahrhunderts führt zum Anarchismus und nicht zum Marxismus.«

»Und wohin führt der Marxismus?«

»Das wüßten die Marxisten auch gerne. Die Frage ist so absurd wie die, wohin die Logik führt. Das hängt nicht vom Marxismus ab, sondern von den Marxisten.«

»Mit dieser Theorie glaubst du wohl auch an die Heerführer der Conquista.«

»Sicher. Und an die Generäle.«

»Die Scheißfaschisten hatten also bessere Generäle als wir?«

»Ich weiß nicht. Möglicherweise.«

»Zumindest mehr.«

»Auch das muß mit auf die Rechnung. Aber es zählt nicht soviel wie das andere. Oder, wenn du willst, genau soviel: halbe-halbe. Ein Zwerg kann einen Riesen nicht bezwingen. Im Boxen gibt es deshalb Gewichtsklassen.«

»Ein Zwerg nicht; Tausende schon.«

»Nette Theorie. Können wir unsere Zeit nicht mit etwas anderem verplempern?«

»Wenn dir das lieber ist, können wie uns ja ein paar Miezen suchen ... oder selber Hand anlegen, das paßt besser zu den Umständen.«

Plumón und Gándaras sehen sich verzweifelt an. Was sollen sie mit den beiden Kisten voller Münzgeld anfangen, an denen sie bis zum Hafeneingang so schwer zu tragen hatten? Dort stehen sie nun.

»Kippen wir sie ins Wasser?«

»Wir könnten wiederkommen und sie holen.«

»Die werden doch sicher das Hafenbecken ausbaggern, um zu sehen, was sie rausfischen können, meinst du nicht?«

»Also?«

»Besser, wir verteilen sie an alle, die sich etwas mitnehmen wollen.«

»Wie Erinnerungsstücke ... Allerdings, warum sollen wir uns Arbeit machen?«

Sie lassen sie stehen. Die Kisten leeren sich, aber nicht so schnell, wie sie angenommen haben.

Über Lautsprecher wird drei Mal wiederholt, daß am kommenden Tag, dem 1. April, um sechs Uhr in der Frühe der Hafen aus der Luft bombardiert werde, sollte er bis dahin nicht vollständig geräumt sein. Man solle durch das einzige geöffnete Tor hinausgehen, mit Waffen und Gepäck.

Großes Schweigen, zerrissen durch einige Schüsse.

Das Aufflattern der Möwen nach den Schüssen. Ein Maschinengewehr, postiert an der Flanke des Burgberges, geht los, verwundet einzig das Wasser. Gestorben wird aus freiem Willen; einige werden, mit Knüffen, daran gehindert.

Die Leute strömen weiter hinaus, zwischen einer Doppelreihe Fremdenlegionäre, die die Straße bis zu dem Mandelfeld säumen, das später *Lager der bitteren Mandeln* heißen wird: rechts der Landstraße nach Denia, nach etwa vier Kilometern.

»In Gruppen zu hundert!« brüllen sie, vergeblich.

Einige Frauen und Kinder entwischen ohne große Schwierigkeiten in die Stadt oder drücken sich an Häuserwände oder in Straßengräben oder hinter Steinhaufen, um dann zu sehen, wie die Karawane vorbeizieht und die Sieger jedermann ohne viel Federlesens filzen, ganz offen unter den gelangweilten Blicken ihrer Vorgesetzten; außer die nehmen selber an der Plünderung teil.

»Die Kriegsbeute ...«

»Na, wenn sie dafür den Krieg geführt haben, gucken sie aber in die Röhre.«

»Man muß einen falschen Namen angeben«, sagt Bonilla zu Ferrís.

»Wieso?«

»Falls du auf den Listen bist.«

»Ich werde meinen Namen nicht ändern, sollen sie mich doch triezen.«

Paco Ferrís würde Namen und Vornamen um nichts in der Welt ändern: Eines Tages wird er berühmt sein, nicht inmitten dieser Pléiade von Dummköpfen – den Belagerten wie den Belagerern –, sondern unter intelligenten Menschen, solchen, die schreiben, lesen. Alles andere ist ihm egal. Er heißt Francisco Ferrís Guardiola. »Francisco Ferrís Guardiola, geboren in Madrid am 22. März 1914, gestorben am und so weiter und so weiter«, dazu seine Photographie von in zwanzig oder dreißig Jahren, in allen Handbüchern und Literaturgeschichten, zumindest den spanischen.

»Viertausend zur Burg.«

»Achttausend zur Goleta.«

»Die übrigen?«

»Dorthin, Richtung Fontcalent-Gebirge. Nach Muchamiel nur Frauen, allein. Morgen sehen wir weiter.«

Ein einziges Gehen, immer mehr Besiegte.

»In Zweierreihen!«

»Miguel! Jorge! Hierher!«

»Die Kinder zählen nicht.«

»Schneller!«

Die Jahrhunderte auf den Schultern, in den Handgelenken, in den Fingern, in den Koffergriffen.

»Was hast du da drin?«

»Nichts.«

»Dein Nichts wiegt aber wie sonst nichts.«

»Was weißt du schon!«

»Schmeiß das weg, was willst du damit?«

»Das hat mir Tante Paca geschenkt.«

»Weg damit.«

Die Müdigkeit, das Leid, die Scham fließen ineinander, schleppen die Füße hinter sich her.

Don José Burgos, voller Stolz:

»Ich bin Lehrstuhlinhaber an der Zentraluniversität!«

»Und ich am Zentralpostamt von Zaragoza.«

Tausende.

»Wohin bringen sie uns?«

»Wohin sie Lust haben.«

»Welches Gefängnis hat Platz für so viele?«

»Ganz Spanien.«

»Werden sie sich nicht dagegen auflehnen?«

»Das haben wir doch schon gemacht. Und sie haben es uns gut gegeben.«

»In Zweierreihen.«

»Ihr Fettsäcke.«

Sie durchsuchen sie. Später, als sie den Übergang passieren, kann er mit seiner Gelehrsamkeit brillieren: *Lasciate ogni speranza …*

»Was redet dieser Knallkopf?«

»Der will die Italiener beeindrucken.«

»Die sind doch schon weg.«

Zwei sehen sich an, sie kennen und erkennen sich über die drei Jahre hinweg, die sie sich nicht gesehen haben. Sie mustern sich. Keiner sagt ein Wort, beide stammen aus Almodóvar, aus demselben Viertel.

»Wie recht meine Großmutter hatte, wenn sie immer sagte: Kleider machen Leute. Der da war genauso bei der CNT wie ich. Jetzt sieh ihn dir an: ein Sieger oder wie man das nennt.«

»Warum hast du ihn nicht angesprochen?«

»Wozu? Es reichte doch, ihn anzusehen.«

Sie gehen.

»Wohin gehen wir?«

»Das wirst du schon sehen. Sie lassen uns durch ganz Spanien spazieren, weil es ihnen Spaß macht, ihren Triumph auszukosten.«

»Ein Spaziergang?«

Der dunkle Nachklang, den das Wort in diesen letzten Jahren gewonnen hat: ›Sie haben ihn zum Spaziergang abgeholt.‹ ›Der mußte zum Spaziergang.‹ ›Den führen wir spazieren.«

»Nein, Mann: angekettet an den Karren des Siegers.«

Die Kolonne, endlos; Kinder, die weglaufen und von schreienden Eltern zurückgerufen werden. Die meisten bleiben zurück, weil sie von denen, die den Kordon bilden, mit Fragen gelöchert werden:

»Was kannst du bieten?«

»Was verkaufst du?«

»Wieviel?«

Sie werden gefilzt, überprüft, durchsucht, man öffnet, forscht, wühlt, achtet nicht auf ihre Proteste.

»Halt! Rühr mich nicht an!«

»Ich faß dich an, ich befummele dich und tue, was mir Spaß macht.«

»Schafe, Besiegte. Schafe, Besiegte, besiegte Schafe. Diese besiegten Schafe, diese besiegten Schafe, besiegte Schafe, die da, Schafe, diese Besiegten, besiegt, diese Schafe, Schafe, besiegte, die da …«

»Halt endlich den Mund!«

»Das ist doch nur ein Zungenbrecher!«

»Du bekommst gleich noch was anderes gebrochen.«

Manche versuchen zu fliehen, manche schaffen es, manche schaffen es nicht.

»Der da!«

»Schau dir die an …«

»Laß sie. Die kommen nicht weit.«

»Diese goldene Uhr, wenn du mich durchläßt.«

»Wie?«

»Wie wenn ich pinkeln gehen würde.«

Den ganzen Nachmittag lang.

»Am Ende kommt die Sonne heraus.«

»Zur rechten Zeit.«

Bruder:

Ich versichere Dir, ich weiß noch nicht, ob ich mir die Pistole an die Stirn setzen werde, ob ich mit dem Kopf gegen die Hafenmauer rennen oder mich ins Wasser stürzen werde (alles in Reichweite), obwohl ich mir im letzten Fall einen Stein um den Hals hängen müßte, damit ich nicht schwimme.

Aber ich will mich kurz fassen: Ich bringe mich nicht aus

Jux und Tollerei um, sondern, weil wir den Krieg verloren haben. Wenn Schiffe gekommen wären, wenn wir über die Grenze gegangen wären, in Ordnung, dann hätte man weitersehen können. Aber ich kann weder den Königsmarsch hören noch mit ansehen, wie die Leute den Arm hochreißen und *»Arriba España!«* brüllen oder das *Cara al Sol* singen. Ich will auch nicht zusehen, wie die Pfaffen und die Militärs wieder an die Macht kommen. Ich will nicht, und weil ich es auf einfachem Wege vermeiden kann, tue ich es. Sollen sie in ihrem eigenen Saft schmoren!

Ich habe mein möglichstes getan, um das zu verhindern, und zwar auf ganz direkte Weise; es hat nichts bewirkt, nicht weil der Weg falsch war, sondern weil wir auf halbem Weg stehengeblieben sind. Was rede ich! Nicht einmal ein Zehntel der Wegstrecke haben wir geschafft!

Sag den Eltern nichts. Sie sollen sich die Hoffnung bewahren, daß mir die Flucht geglückt ist oder ich in einem Gefängnis versaure. Mit der Zeit und wenn keine Nachrichten kommen, werden sie es merken und nicht wegen mir Trauer halten; zumindest nicht äußerlich. Wenn du irgendwann einmal María triffst, tätschel ihr den Hintern von mir.

Ich gebe diese Zeilen Y., dem nichts passieren wird; und wenn er in die Hände der Faschistenschweine fällt, viel Freude damit; eine Adresse schreibe ich nicht drauf, damit sie dir keine Schwierigkeiten machen. Ruhe in Frieden. Endlich einmal bin ich vor dir. Und damit das klar ist: Trotz Deiner Eins mit Auszeichnung konnte ich mehr Latein als du. Ich umarme dich.

Manuel

Templado: Bis zu welchem Grad sind wir nichts weiter als ein Abbild unserer Zeit? Welches Geheimnis lastet auf unseren Schultern? Was genau ist unsere Verzweiflung? Unser

Unglück? Wofür zahlen wir? Kommt die Zeit des Bösen, nachdem Gott uns lange in dem Glauben gelassen hat, es gäbe Hoffnung auf eine bessere Welt?

Cuartero: Fasel nicht.

Templado: Du glaubst natürlich, Gott kann nicht irren. Aber warum? Sind wir nicht nach seinem Ebenbild geschaffen? Also, wenn wir ihm ähnlich sind, ist er uns ähnlich. Und auch er kann sich irren …

Cuartero: Seit wann geistert dieser Gedanke denn durch deinen Kopf? Den höre ich doch nicht zum ersten Mal. Du wärst ein guter Erfinder von Irrlehren.

Templado: Wer weiß, ob dieses Vaterland …

Cuartero: Welches?

Templado: Das unglückselige.

Cuartero: Das unglückselige Spanien …

Templado: Was heißt hier unglückseliges Spanien! Unglückselig ist diese zwitterhafte Zeit. Wie lange wird Spanien brauchen, bis diese Wunde verheilt? Die Ungerechtigkeit hat das Wort.

Cuartero: Die Ungerechtigkeit ist normalerweise stumm. Und passend zur Lage: kahl.

Templado: Werden wir aus diesem Labyrinth herausfinden?

Cuartero: Welches Labyrinth?

Templado: Das, in dem wir festsitzen.

Cuartero: Niemals. Das Labyrinth ist Spanien. Zum Überleben reicht es uns, daß eine anständige Zahl Junger herbeigeschafft wird, jedes Jahr, als Sühneopfer.

Templado: Dann sind wir nicht das Labyrinth, sondern das verirrte Monstrum.

Cuartero: Wir sind im Labyrinth, wenn dir das lieber ist.

Templado: Mir ist gar nichts lieber. Am Ende ist jeder das, woher er ist.

Cuartero: Du bist labyrinthisch.

Templado: Völlig durchgefroren bin ich, trotz der Sonne.

Cuartero: Schau mal, jetzt an einer Lungenentzündung zu sterben …

Templado: Brauchen wir noch lange? Vergiß nicht, ich bin ein armer Klumpfuß.

Cuartero: Es dürfte nicht mehr weit sein.

Templado: Wieso?

Cuartero: Sonst hätten sie uns zum Bahnhof gebracht oder auf Lastwagen verfrachtet.

Zum zehnten Mal tritt ein Wachsoldat an sie heran:

»Habt ihr nichts dabei?«

»Miese Laune, und davon in Überfluß«, antwortet ihm Templado.

Hinter ihnen gehen Ferrís und José Jover. Der Wachsoldat nähert sich dem Schriftsteller.

»Mach dein Jackett auf.«

»Darf's auch der Hosenschlitz sein?«

Das sagt er nicht zweimal, denn der Ordnungshüter ist ein wahrer Mann und versetzt ihm einen Schlag, nach dem er reglos auf dem Boden liegen bleibt.

»Ich habe gesagt, du sollst dein Jackett öffnen. Mal sehen, was du da hast.«

»Nichts.«

»Aufmachen.«

Fußtritt ins Steißbein.

»Bist du taub?«

»Ich habe nichts mehr. Meine Uhr habe ich gegen einen Kanten Brot getauscht, mehr Kante als Brot.«

»Mit Witzchen lasse ich mich nicht abspeisen.«

Er packt ihn am Revers, hebt ihn auf die Beine, drückt ihn gegen eine eingestürzte Ziegelmauer.

»Jacke auf.«

Ferrís gehorcht. Der Wachsoldat sieht den Füllfederhalter.

»Nicht den Füller.«

»Für was hältst du dich, du ungezogene rote Rotznase?«

»Nicht den Füller. Was Sie wollen. Nicht den Füller.«

Er läuft ihm nach.

»Nicht den Füller.«

»Wenn du nicht an deinen Platz in der Reihe zurückgehst, mache ich dich fertig.«

»Nicht den Füller.«

Warum glaubt Paco Ferrís, daß er nur mit diesem Füller schreiben kann, einem Geschenk von Morla, vor so vielen Jahren?

»Denn wenn ich nicht ...«

»Jetzt reicht's mir, Knabe!«

»Nicht den Füller.«

Noch hat er ihn in der Hand. Er wirft ihn ihm ins Gesicht. Ein einziger Schuß, in den Bauch. Unweigerlich bricht er zusammen, im Dreck. Templado läuft mit Cuartero herbei.

»Wir bringen ihn zu ...«

»Laßt mich. Hör mal, du«, sagt er zu dem Arzt, »gib die Blätter, die ich im Koffer habe ...«

Er will Saavedra sagen, dann denkt er an Clemencia und stirbt.

»Laßt ihn. Er wird schon aufgesammelt.«

Templado nimmt den Koffer, und sie gehen weiter.

»Betest du?« fragt er Cuartero.

»Ja.«

»Für ihn oder für dich?«

»Für dich.«

»Firma dankt«, sagt der hinkende Arzt. »Er hat ins Gras gebissen, weil er den Füller nicht rausrücken wollte. Wie sinnfällig.«

»Auch wenn dir das seltsam vorkommt.«

»Ganz und gar nicht. Es ist nur so, wenn ich etwas ernst meine, merkt das keiner.«

»Das hast du dir selber zuzuschreiben.«

»Hier endet ein Kapitel der Jugend der Welt.«

»Was willst du damit sagen?«

»Manchmal überwiegt der Drang hin zu etwas Neuem oder zu etwas, was so aussieht; ein andermal, meistens, allermeistens sind die Regierungen – und die Leute – damit zufrieden, das, was sie haben – ob gut oder schlecht – zu verwalten. Nun haben wir alle, ob wir wollten oder nicht, auf etwas Neues gedrängt.«

»Das werden wir uns schon wieder abgewöhnen.«

»Ohne Zweifel. Aber wann? Manchmal beneide ich dich.«

»Das geht uns allen so, mit allem. Das kommt auf die Uhrzeit an. Im Augenblick beneide ich ihn.«

»Wen?«

»Wen schon. Ferrís.«

»Dem standen alle Türen offen.«

»Sicher. Jetzt nur noch das Grab.«

Im Hafen

»Alle, die du hier siehst, die geschlagen sind, geschunden, wütend, mutlos, unrasiert, ungewaschen, verschwitzt, verdreckt, mit zusammengebissenen Zähnen, auf den Hund gekommen, zerstört; sie sind dennoch, das darfst du nie vergessen, mein Junge, vergiß das nie, was auch immer passiert, sie sind das Beste von Spanien, die einzigen, die sich erhoben haben, wirklich erhoben, ohne alles, nur mit ihren Händen, gegen den Faschismus, gegen die Militärs, gegen die Mächtigen, einzig für die Gerechtigkeit; jeder auf seine Weise, seine Art, wie er konnte, ohne Rücksicht auf sein Wohlergehen, seine Familie, sein Geld. Die du hier siehst, gebrochene Menschen, Spanier, geschlagen, zusammengepfercht, zusammengetreten, halbtot, vor sich hindämmernd, noch immer auf die Flucht hoffend, sie sind, vergiß das nie, das Beste der Welt. Das ist nicht schön. Aber sie sind das Beste der Welt. Vergiß das nie, mein Junge, vergiß das nie.«

Er weinte. Das Kind – etwa fünf Jahre alt – sah ihn verständnislos an.

»Laß ihn. Was erwartest du ...?«

Die Frau gab einem anderen Kind die Brust.

»Paquita, geh weg vom Wasser!«

Claudio Piqueras, Schullehrer, Artilleriehauptmann, fünfunddreißig Jahre alt, eher klein als groß, eher schlank als dick, eher häßlich als schön, eher schwarz- als braunhaarig, meint es ernst, er möchte, daß seine Worte sich unauslöschlich in das Gedächtnis seines Sohnes einprägen. Er weiß, daß das unmöglich ist. Bedauert es.

»Wir werden gehen müssen.«

»Und das alles?«

»Müssen wir hierlassen.«

»Haltet euch hinten. Wenn wir bei Nacht rauskommen, ist es es einfacher ...«

»Ich glaube nicht, daß sie so blöd sein werden.«

»Wozu?«

»Uns weiter rauszuholen, wenn es schon dunkel ist.«

So war es. Um sieben Uhr kam der Befehl.

»Was machen wir?«

»Jetzt habt ihr mehr Platz.«

»Laß uns mit denen gehen. Sie sind wild entschlossen, den Hafen in dieser Nacht nicht zu verlassen. Nicht, weil sie fliehen wollen, das würden sie gerne, aber die anderen wissen, wer sie sind. Damit sie nicht im Dunklen liquidiert werden: wenigstens sollen es alle mitbekommen.«

»Wer?«

»Etelvino Vega und seine Leute.«

»Wo sind sie?«

»Hinter dem Verschlag.«

Eine Versammlung, er kann sie sich schon vorstellen. Sie diskutieren und diskutieren. Ob nicht die Anarchisten, ob ...

»Nein, sie sind am Essen.«

Jetzt waren die Feuerstellen allmählich besser zu erkennen.

Zu den letzten, die rauskommen:

»Wo sind die Russen?«

»Welche Russen?«

Die Fragenden zucken die Schultern. Valladares antwortet:

»Hier bin ich: Einmal Kaffee, einmal Toast.«

»Wohin gehen wir?«

»Du, geh voran.«

»Aber wißt ihr denn nicht, wohin wir gehen?«

»Du, geh voran.«

Sie gehen. Beladen und Arm in Arm. Wie geht das? Sie denken nicht daran. Sie gehen. Beladen und Arm in Arm. Vicente spürt die schmale und feste Taille Asuncións, spürt weder das Gewicht des Rucksacks noch den Koffer, der an seiner linken Schulter zerrt. Sein ganzes Leben im rechten Arm, der Asuncións Taille umschlingt. Ein weiterer Koffer – oder war es ein Paket, er erinnert sich nicht – hängt an seiner rechten Hand, schnürt ihm zwei Finger ab, aber über seinem Daumen spürt er die Wärme der so lange herbeigesehnten Brust: das geht ihm durch und durch.

Tief in der Nacht erreichen sie das Lager. Asunción erkennt den Abhang nicht wieder.

Der Dicke an X.

Als ich zum Hafen kam, traute ich meinen Augen nicht: die Italiener. Sie wollten mich nicht durchlassen. Dann ließen sie sich überzeugen. Karren entlang der Kais und Zufahrten sollten die Grenzlinie markieren. Ein paar Männer, dazu Kampfeinheiten, alle das geladene Maschinengewehr geschultert, standen Wache und lösten sich mit militärischer Regelmäßigkeit ab. Und innen die Offiziere und Soldaten, Gouverneure und armen Kerle, Männer, Frauen, Kinder.

Ich hatte von Pontius zu Pilatus rennen müssen, darum war ich so spät dran und wurde kalt erwischt. Alle ergaben sich am Nachmittag des 31. Aber in einem Unterstand am Hafen saßen noch Toral, Vega und andere Militärführer mit einigen Freunden und Generalstäblern zusammen, um in ihrer letzten Nacht in Freiheit in Ruhe zu essen. Stell dir das vor: Für einige stand der sichere Tod unmittelbar bevor. Doch offensichtlich verdirbt der baldige Abgang nicht den Appetit. Ich schreibe Dir im Licht eines hellen Lagerfeuers, es ist nämlich nicht mehr verboten, dem Feind zu zeigen, wo man ist. Es gibt keine Feinde mehr. Und keine Schiffe.

Dutzende Leute verbrennen ihre Papiere und Erinnerungsstücke. Ein Oberst, angetrunken, brüllt:

»Besser im Stehen sterben als auf Knien leben.«

Denk nicht, das sei von der *Pasionaria;* viele haben das gesagt, schon vor ihr. Ohne natürlich dabei an Quevedo zu denken:

> Besser im Wein sterben
> Als im Wasser leben

Hier, im Hafen, bekommt das einen anderen Sinn, einen guten. Das heißt, ich mache einen guten daraus. Ich schicke Dir Grüße, sicherlich die letzten, wenn diese Zeilen überhaupt in Deine Hände gelangen. Und wenn nicht – »wer mit den Guten verliert, gewinnt früher oder später«, wie du im Correas nachlesen kannst. Werden sie mir das nackte Leben lassen? Erinnerst Du Dich, als Lomba und Pedraja nackt über die Felder zogen und ein Glöckchen läuteten – wie Vidriera? –, damit die Jungfern sich zurückzögen? Der Wein ist die Titte Gottes, es heißt, »Märzwein bleibt nicht rein«, eine elende Lüge. Heute ist der 31., der letzte Tag des Jahres. Hoch lebe die Republik! Hoch lebe Pepa! Erinnerst Du Dich an die Pepa? Was für Titten, Mann, was für Titten! Damals lernten wir Französisch: *tête à tête*. Weil wir uns nicht alles trauten, rieben wir ihn zwischen Pepas Titten. »Hoch lebe diese Republik«, sagten wir immer ... Hier habe ich unendlich viele Bekannte getroffen, und andere, die ich nie gesehen habe. Alle sind sympathisch. Wirklich, ich stehe über allem. Warum ist uns das nicht früher eingefallen? Sicher, die anderen hatten den Rioja, aber weder die Weinberge oberhalb von Tarragona, noch die um Utiel sind schlecht, und es sind mehr. Nun gut, alles geht vorbei, und morgen kommt vielleicht kein neuer Tag. Aber wie wäre das, wenn wir uns alle umbrächten? Wäre das keine Lehre? Numancia! Ich weiß wohl, daß den ganzen Nachmittag lang viele weggegangen sind, wer weiß wohin. Aber wir übrigen, die wir noch hier sind, würden reichen. In Numancia haben sich auch alle umgebracht. Das sagen die Legende und die Geschichte. Aber woher kamen dann die fünfzig Bewohner von Numancia, die dieser General (wer war das nochmal?) im Triumphzug durch Rom führte? Das wäre nicht schlecht. Um ehrlich zu sein, ich dachte, ich würde mich einschiffen. Sie hatten es mir versprochen. Was würdest Du tun, wenn man so sternhagelvoll ist? Man kann sich doch nicht erschießen. Auch sonst nicht. Man müßte wissen, ob es sich lohnt. Ob es sich lohnt, sich nicht zu erschießen.

Benito Bravo sagt nichts, er sitzt mit dem Rücken zum Meer, im Arm seinen Sohn, Isidro, der eingeschlafen ist. Er hält ihn, er schaukelt ihn, schuckelt ihn, ohne an die Zukunft denken zu wollen; das Köpfchen, bleischwer in seinem rechten Ellenbogen.

Benito hat, mit seinen sechzig Jahren, einen zwölfjährigen Sohn, was nicht unüblich ist, wenn es ältere Geschwister gibt. Bei ihm ist das nicht der Fall, nicht, weil er spät geheiratet hätte, sondern, weil er viele Jahre in Gefängnissen und im Exil verbrachte, in seiner dreifachen Eigenschaft als Bergarbeiter, Asturianer und Sozialist. Seine Frau, die nicht sehr helle war, starb im Krieg bei einem Bombenangriff, allerdings nicht aus Unvorsichtigkeit: die Decke des Schutzraums stürzte ein.

Benito hätte sich am 25. in Valencia einschiffen können, auf der *Plomb Sec;* er tat es nicht. Sie durchstach bereits den Horizont, als der Junge aus dem Schullandheim in Chirivella eintraf. Benito hatte im Büro der Internationalen Roten Hilfe gearbeitet. Sein Alter, mit dem auch die Zipperlein kamen, hinderte ihn nicht daran, sein Bestes zu geben, obwohl die Bürokratie nicht für ihn gemacht war; er nahm es als Strafe: für die frühe Geburt, das viele Rauchen, das schwache Augenlicht und das fehlende Glück. Das Internationale Hilfskomitee schaffte sie – mit vielen Bürgschaften, Unterschriften und Stempeln – auf die Ladefläche eines Lastwagens, am 27., als bereits keine Möglichkeit mehr bestand, die Küstenhauptstadt auf dem Seeweg zu verlassen. Wie viele paßten auf den Laster? Einer meinte zweihundert. Er übertrieb, aber man konnte es fast meinen. In Alicante kamen sie am 28. an, um vier Uhr morgens, erschlagen, erdrückt. In den Straßen gab es Patrouillen aus beiden Lagern. Um neun Uhr dreißig wurden sie zur Mole geschickt; das war, was er aus der alicantinischen Delegation des bekannten Komitees herausbekam. Der Kleine war todmüde, die Mole gesteckt voll: ein Ameisenhaufen kurz vor dem Ende. Die Leute, mit Pistolen, mit Handgranaten in der Hand, bereit zum Sturm auf das erstbeste Schiff. Es gab weder Autorität noch Lebensmittel. Säckeweise Linsen, das sehr wohl, und die von der CNT (das ist übertrieben: einige von der CNT) hatten ganze Schinken am Stück. Der 28., der 29., der 30., der 31. Benito Bravo war, ohne es sich eingestehen zu wollen, glücklich mit seinem Sohn; er erinnerte sich nicht, je so lange am Stück mit ihm zusammengewesen zu sein, nur sie beide; ihm antworten können, wenn er etwas fragte. Kein Büro, keine Papiere, Briefe, Abrechnungen, nichts von der Mutter, gar nichts – nicht einmal etwas zu essen, fast nichts; aber sehr wohl sein Junge. Er hatte einige Dosen Kondensmilch dabei, und mit denen hielten sie sich über Wasser.

»Du, weg mit dir«, sagte ein Guardia Civil zu dem Kind.

»Nein.«

»Wir wollen keine Kinder.«

»Ich will bei meinem Vater sein.«

»Das geht nicht. Schafft das Kind fort.«

Zwei Guardias Civiles zerrten ihn aus den Reihen und hoben ihn auf einen Lastwagen, trotz seiner Schreie, Schläge und Tritte. Es gab Protest, aber nicht allzuviel. Zwanzig Meter weiter sagte der Unteroffizier der Guardia Civil zu Benito:

»Komm raus da. Du und ich, wir haben zu reden.«

Benito Bravo wurde klar, daß er nichts davon haben würde, wenn er protestierte, und leer, wie er war, hatte er keine Lust auf eine Tracht Prügel. Er entfernte sich von der Marschkolonne; stieg auf einen Hügel, ließ sich an einem Abwassergraben entlangführen. Kaum waren sie auf der Brache, packte ihn der Guardia im Nacken.

»Erinnerst du dich nicht an mich?«

Wozu lügen?

»Doch.«

»Jetzt befehle ich. Und ich werde dich ins Jenseits befördern, ohne daß mir irgend jemand reinredet. Ist dir das klar, Arschloch?«

»Ja. Aber der ...«

Er verstummte. Wozu?

Drei Schüsse.

Er hatte den Mut gehabt, vor vielen Jahren, Timoteo Álvarez wegen seiner Stockschläge anzuzeigen, die deutliche Spuren hinterlassen hatten und dem Polizisten einen Arrest und die Aufschiebung einer mehr oder weniger unmittelbar bevorstehenden Beförderung einbrachte – weil sein Oberst gegen allzu deutlich sichtbare Methoden war.

»Wer ist mächtiger? Wen kann man in ein Lager stecken, auf freiem Feld? Jemanden ins Feld schicken, ihr jungen Kerle, das bedeutet: jemanden in den Krieg schicken. ›Feldlager nennt sich der Aufenthalt einer Armee in Marsch‹, so steht es im Wörterbuch von Covarrubias. Wie die Sprache sich ändert! Da findet sich alles. ›Ins Feld schicken‹, das hieß: in den Krieg ziehen, heute ist es der Weg in den Frieden.«

»Den ewigen«, sagt Valladares.

»Feld, Feldzug. Was für ein Frühjahrsfeldzug!«

»Was für Soldaten! Sieh uns an: die besten wenigstens drei Tage unrasiert.«

»Man muß sich dem Stacheldrahtverhau anpassen.«

Es gab keinen. Die Friseure hatten, obwohl es noch nicht Mai war, Hochsaison.

»In der Spanien-Halle, an der Plaza de Balmes; das *Granados*-Kino.«

»In der Benalúa?«

»Warum nicht? Dann gehen sie eben noch ein Stück.«

»Das *Nuevo Cine.*«

»In der Calle de Jorge Juan.«

»Stimmt, das kennen Sie bestimmt.«

»Jawohl, mein Kommandant.«

»Und das *Moderno*. Ausschließlich Frauen und Kinder.«

Er dachte einen Augenblick nach.

»Und wenn jemand dabei ist, der sich wirklich nicht bewegen kann. Fragen Sie außerdem, wie viele Waggons im Murcia-Bahnhof stehen. Und entsprechend der Anzahl berechnen Sie, wie viele reinpassen. Sie berichten mir darüber, nur Männer, ohne Ausnahmen.«

»Ich, mein Kommandant?«

»Stellen Sie sich nicht blöder an, als Sie sind. Und rechnen Sie mir die Kapazität der Stierkampfarena aus, alle Nebengebäude und die Arena. Die Übrigen schaffen Sie zu diesem Mandelfeld, das links der Straße liegt – also, rechts, wenn man dorthin zurückgeht –, bevor man San Juan erreicht. Es geht darum, daß Sie den Hafen innerhalb der nächsten Stunden räumen. Wir werden ihn brauchen.»

Coda zum zweiten Teil

a)

Lieber L.R.

Mit Einbruch der Nacht zum 31. befahl der spanische Kommandant am Hafentor, die Räumung des Geländes bis zum nächsten Morgen zu unterbrechen. Eine weitere Nacht. Ich glaube, ich habe nie eine schlimmere verbracht. Als wir sahen, daß nichts mehr zu tun blieb, setzten wir Mitglieder der Junta uns wieder zusammen. Ich sage dir nicht, wer vorschlug – wozu auch, er ist schon im Jenseits –, daß der spanische Kommandant und Gambara und die Konsuln ein

Dokument aufsetzten sollten, in dem festgehalten würde, »daß die Evakuierungs-Junta alles in ihrer Macht Stehende getan hat, um unnötiges Blutvergießen zu vermeiden«. Einige von uns, wie sollte es anders sein, waren dagegen. Gómez Osorio vermittelte mit dem Vorschlag, wir sollten uns nicht widersetzen, wenn von einzelnen so etwas erbeten werden sollte; wenn sie glaubten, es würde etwas nützen. Es war Reden um des Redens willen, um die Zeit totzuschlagen, um uns nicht in die Fäuste zu beißen, um uns nicht die Köpfe an der Wand einzuschlagen. Ich habe es noch im Ohr, wie jener sagte:

»Es dürfen darin keine Begriffe vorkommen, die eine Erniedrigung der Junta bedeuten könnten.«

Wie es aussieht, wurde ein Dokument in diesem Sinne tatsächlich geschrieben und sogar vom Platzkommandanten unterschrieben, doch das konnte nicht verhindern, daß in dieser Stunde, in der ich Dir schreibe, diejenigen, die wir hier zusammengekommen waren, genauer gesagt: Ortega, der Chef der Generaldirektion der Sicherheitsdienste; Etelvino Vega, dieser kommunistische Divisionskommandant; López Osorio, der sozialistische Abgeordnete; und Oberstleutnant Burillo, der den Großteil der Verhandlungen jener Tage persönlich geführt hatte, erschossen worden sind. Ich glaube nicht, daß sie in Frieden ruhen. Sowenig wie ich. Und wo wir schon bei den Toten sind: In dieser Nacht vom 31. März auf den 1. April gab es, so weit ich die Daten bekommen konnte, dreiundzwanzig Selbstmorde. Die meisten mit Handfeuerwaffen, natürlich. Andere stürzten sich ins Wasser; einige, etwa ein Divisionskommissar, machten Harakiri.

Mit Fortschreiten der Nacht und als wir nicht mehr konnten, versuchten wir zu schlafen, in einem Sessel, an einen Tisch gelehnt oder auf dem Boden, aber wegen des Lärms der Explosionen gelang es uns nicht; viele warfen ihre übriggebliebenen Patronengürtel in die Lagerfeuer, die schon vor

Stunden entfacht worden waren. Auch Papiere wurden verbrannt, die man besser aufgehoben hätte. Ich sage das, weil ich mitgemacht habe und einige Akten, die für die Geschichte der Gewerkschaftsbewegung und der UGT unersetzlich sind und nicht zu ersetzen sein werden, zu Asche wurden.

Du weißt sicher schon, daß Gómez Osorio und seine Kinder erschossen worden sind. Unsere Erde ist faulig von verfaulten Menschen. Trotzdem, ich bin Spanier und habe das selbst erlebt, das hat mir niemand erzählt. Vielleicht ist das überall auf der Welt so, aber das glaube ich nicht. Sicher, im Nichts wäre niemand nichts. Aber es war der Mühe wert, daran ändert sich nichts bis ans Ende unserer Tage. Ich weiß, daß es viele Epochen gegeben hat, in denen Gerechtigkeit nicht viel zählte. Also ist es gut, in einer gelebt zu haben, in der sie so viele bewegt hat. Und daß es hier war, in Spanien, wo das so war.

J. M.

b)

Von T. an M.

Wir ergaben uns am frühen Nachmittag des 31. März. Tags zu vor hatte es geregnet, aber jetzt war der Himmel vollkommen klar. Im Gegenlicht glänzten die Geschützbatterien der 715., die die franquistischen Soldaten, die am Nachmittag von Bord gegangen waren, gegen uns in Stellung gebracht hatten. Ich verließ den Hafen mit Francisco; er ging ohne Ausrüstung, aber in Uniform und mit Rangabzeichen; mit einem heftigen Handgriff wollte er sie sich vom Ärmel reißen. Ich sagte: »Pa! Was hilft es dir schon, wenn du sie abreißt …« Er zögerte; die goldenen Litzen hingen in Fetzen herunter und hinterließen dunkle Streifen auf der Uniformjacke. Am Eingang erwarteten uns die Italiener; sie gaben jedem von uns ein Stück Brot und eine Dose Fleisch. Rationen wie diese haben wir nie wieder gesehen.

Die erste Nacht im *Lager der bitteren Mandeln,* keinerlei Stacheldrahtverhau oder Zaun, alles improvisiert, mit auf uns gerichteten Maschinengewehren und den Biwaks der franquistischen Soldaten. Wer mit seiner Frau gekommen war, legte sich mit ihr zusammen auf oder unter eine Decke, auf die Erde, die inzwischen trocken und frühlingshaft warm war. Es gab kein Gedränge, alles war weitläufig, trotzdem rückten wir zusammen. Zur Untermalung ab und zu Maschinengewehrsalven; Männer, die zu fliehen versuchten. Einige schafften es. Andere blieben für immer dort.

In der Abenddämmerung sah ich etwas, das mir nicht aus dem Kopf geht: Zwei Männer begegneten einander – junge Männer, unter dreißig –, aus einem Dorf in Kastilien. Der eine drinnen, eingesperrt, hat mit uns gekämpft. Der andere draußen, ist mit den Siegern einmarschiert, unter dem Kommando von Oberst Pimentel. Der draußen ist klein, schwarzhaarig, trägt ein khaki-farbenes Hemd und eine ebensolche Hose, aber nicht wie ein einfacher Soldat Francos, sondern besser; und Reitstiefel. Bestimmt hat er sie einem Gefangenen oder einem mehr oder weniger toten ›roten‹ Offizier abgenommen. Ich sehe ihn dastehen, breitbeinig, das Gewehr am Schulterriemen und gestützt auf einen improvisierten Stock, mitleidig lächelnd; nach dem üblichen Geplauder über ›Onkel X und Pate Y‹, sinkt dem Unseren der Mut: »Was wird mit uns geschehen?« Plötzlich ist da etwas wie eine Mauer zwischen den beiden; der dunkle Knirps, oben auf seinem Sandhaufen, fühlt sich als ›Sieger‹; lächelnd spielt er den Unwissenden:

»Ach, weißt du: *Was du nicht weißt, macht dich nicht heiß.*«

(Häufig habe ich mich im Traum in einem Konzentrationslager gesehen, in einem von uns, wo ich wegen jener gestohlenen oder von einem Toten genommenen Stiefel Rede und Antwort stehen mußte.)

Am Morgen des 1. April, nachdem Männer und Frauen voneinander getrennt worden waren (letztere brachte man zurück nach Alicante in die Besserungsanstalt), schafften sie die einen nach Albatera, andere hoch zur Burg.

Um uns nach Albatera zu bringen, pferchten sie uns wie Vieh in Güterwaggons. Gegen Mittag kamen wir an, und zwischen Palmen stiegen wir aus dem Zug. In zweihundert Meter Entfernung waren zwei Maschinengewehre postiert, die den Weg, den wir nehmen sollten, optimal ins Kreuzfeuer nehmen konnten. Du kannst dir vorstellen, was die meisten dachten. Nichts. Noch immer schreibe ich Dir mit Zahnschmerzen. Wir betraten das Lager, Stacheldraht und drei große Holzbaracken, in dem die republikanische Regierung etwa sechshundert faschistische Gefangene untergebracht hatte. Wie viele werden wir in jener Nacht gewesen sein? Zehntausend? Etwas mehr, etwas weniger? Ich weiß nicht; wohl aber weiß ich, daß sie uns noch vor Einbruch der Dunkelheit – noch immer standen wir in Formation – alle Uhren, Federhalter, Feuerzeuge, Gegenstände aus Gold etc. abgenommen hatten, eingesammelt in Decken von ärmlichen Soldaten aus Galicien, aus Valladolid usw. Gut, ich übertreibe: am Ende waren sie die Scheffelei leid. Meine Longines habe ich gerettet. Sie ist noch immer dort; vor drei Monaten ist sie stehengeblieben. Zuvor hatte ich meinen Waterman-Füller zertreten, damit sie ihn nicht in gutem Zustand in die Finger bekämen.

Und ich habe Glück gehabt, Stupsnäschen, denn am 1. April, im Morgengrauen, wurden im Reiterhof der Stierkampfarena die Kommissare und Brigadekommandanten zusammengerufen. Sie stellten eine erste Gruppe zusammen (etwas mehr als zwanzig) und exekutierten sie noch dort. Sie stellten eine zweite Gruppe zusammen; dann trat Pimentel ein und verbot, mit dem Gemetzel fortzufahren, das ein Kommandant angeordnet hatte. Ich hatte alles beisammen, mit Namen und allem, aber wegen einer diesmal wirklich ernsthaften Durchsuchung mußte ich die Papiere aufessen. Wie lange wird das noch gehen? Diese Zeilen, und mehr kann ich nicht schreiben, Rodríguez wird sie mitnehmen, der morgen rauskommt und die Absätze seiner Schuhe schon bestens präpariert hat, und ich denke nicht, daß sie sie finden werden. Er wird sie Dir persönlich bringen. Ich erzähle Dir diese Sachen, um nicht davon zu sprechen, wie sehr ich Dich liebe. Auch wenn Du es nicht glauben magst, gesundheitlich geht es mir gut. Wenig oder auch sehr wenig zu essen schadet niemandem, wenn man die dreißig gut genudelt erreicht hat.

Du mußt es nicht glauben, wenn Du nicht willst (bestimmt glaubst Du es), jeden Tag liebe ich Dich mehr.

M.

c)

Warum muß ich gehen? Warum muß ich hier weg? Warum muß ich …? Der Hafen ist menschenleer, der Hafen ist kein Niemandsland, der Hafen ist nicht mehr Niemandsland, der Hafen … Und Sie, was geht Sie das an? Es ist niemand mehr da. Warum soll ich dann gehen? Sie, mein Herr, wissen es nicht. Sie … nein. Der Hafen ist leer, zurück bleiben nur schmutziges Papier, Säcke, verbogenes Eisen, aufgerissene Säcke, Linsen, Kichererbsen. Alles das bleibt zurück. Es ist mir egal. Es zählt nicht, ist nichts wert. Ich bin hier. Es wurde Zeit: Seit Monaten läßt man mich nicht angeln gehen. Es muß viele Fische geben. Es muß welche geben. An der Hafenmündung noch mehr. Mehr. Sie, mein Herr, haben kein Recht, mich hinauszuwerfen. Der Hafen ist kein Niemandsland mehr, er ist leer; da sind nur fettige Papiere, zerknüllte Papiere, Kisten, Abfälle, geöffnete Dosen, aufgeweichtes Papier. Der Hafen ist leer, offen, gestrandet. Was? Nein. Auf diesen Augenblick habe ich monatelang gewartet. Das Wasser ist schmutzig, einverstanden. Das Wasser wahrscheinlich nur noch eine Brühe, Fischbrühe. Die Fische: Speisefisch. Vorher waren es wenige. Jetzt müssen es viele sein. Vorher waren es Fische, jetzt ist es Speisefisch. Ich habe nichts außer dieser Angelrute, aber die gehört mir. Jahrelang darauf warten, mich wieder hier hinzusetzen. Es ist niemand mehr da. Warum soll ich mich hier nicht hinsetzen dürfen? Sehen Sie nicht? Verstehen Sie nicht? Hier ist niemand. Sie, Sie wollen es mir verbieten? Sie sind nicht einmal Soldat. Schubsen Sie mich nicht. Ich protestiere nicht. Aber noch nie habe ich den Hafen so leer gesehen. Er ist tot. Aber das Meer lebt. Es sieht nicht so aus, aber unten lebt es. Das ist Leben. Jetzt kann man nach Herzenslust angeln. Niemand. Daß Schiffe kommen? Daran zweifele ich nicht. Aber zuerst muß man die gesunkenen heben. Wie die beißen müssen, neben diesem Schornstein dort! Was verlieren Sie, wenn Sie mich hierlassen? Es ist doch niemand mehr im Hafen. Das hat es noch nie gegeben; auch nicht so viele Fische. Ich habe eine mickrige Angelrute dabei, einen Haken. Nicht einmal einen Köder. Wozu? Sie dürften direkt anbeißen. Sie wissen nicht, wie das ist. So viele Jahre, ohne zu angeln. Sie lassen mich nicht? Die Sonne trocknet die Papiere. Das Meer reinigt alles. Meine Papiere? Ich habe keine. Der Boden, der Hafen, das Meer, sie sind voller Papiere. Was soll ich damit? Fische, ja doch. Papiere kann man nicht essen, aber Fische. Köder? Wozu wollen Sie Köder? Haben Sie noch nicht genug? Seltsam, nicht wahr? Daß man den Hafen von Alicante so leergefegt sieht, allein, ich allein mit meiner Angelrute und meinem Korb. Und Sie. Es ist niemand hier. Alle sind gegangen.

Dritter Teil

»Als im Jahre 1792 die Ernte des Königreiches fast vollständig verdarb, erfuhr die Huerta von Alicante beinahe keine Einbußen. Die Fröste des Februars, die die Mandelbäume im Biar-Thale gänzlich zerstörten, ebenso die Beete von Castalla und große Theile der Gemarkung Xixona, verursachten keinerlei Schaden an den Mandelbäumen von Alicante, deren Zweige sich, ebenso wie die der Olivenbäume, unter der übermäßigen Last ihre Früchte bogen …«

Beobachtungen über Naturgeschichte, Geographie, Landwirtschaft, Bevölkerung und Obstanbau im Königreiche Valencia.
Von Don Antonio Josef de Cavanillas (1797)

1. April

Am heutigen Tage, da die Rote Armee gefangen und entwaffnet ist, haben die nationalen Truppen ihre letzten militärischen Ziele erreicht. Der Krieg ist zu Ende.

Burgos, 1. April 1939
Jahr des Sieges
Generalísimo
Franco

Im Morgengrauen, kaum haben sie den Verhau hinter sich gelassen, der den Hafen umschließt, wenden sich die Falangisten an die ersten, die sich zum Aufbruch bereitmachen, mit der Frage:

»Und die Russen? Wo sind die Russen?«

»So ein Mist!« sagt Plá y Beltrán. »Die sind gerade weg.«

»Wie?«

»Habt ihr das Geschwader nicht gesehen? Schlachtschiffe, Kreuzer, U-Boote, Schnellboote.«

Der Faustschlag läßt ihn umfallen wie ein Sack. Die Nase blutet nur leicht, aber anhaltend.

Don Juanito hilft ihm auf.

»Gehen wir, gehen wir, unser Tag wird kommen.«

Plá y Beltrán sieht ihn mit seinen großen Augen derart erschrocken an, daß der große Kenner der Französischen

Revolution sich zu einer Erklärung verpflichtet fühlt und flüstert:

»Napoleon.«

»Wie?«

Don Juanito läßt es auf sich beruhen.

»Nichts, nichts.«

Denn eigentlich, angeregt von der Geschichte, hegt auch Juanito Valcárcel eine maßlose Verehrung für den Korsen.

»Und es dauert nicht lange, du wirst sehen, es dauert nicht lange.«

»Was?«

»Nichts, nichts. Nimm mein Taschentuch. Geh.«

»Hauptsache, es ist vorbei. Wer gewonnen hat, ist mir egal. Vollkommen egal. Die einen sind so schlimm wie die anderen.«

Monse hört der Alten zu und wagt keine Widerrede. Sie hat ihr die wildesten Märchen aufgetischt. Die Italiener sind nicht wieder zurückgekehrt, trotz ihrer Versprechen. Die Schwangere liegt im Bett, krank. Offenbar nichts Schlimmes.

»Wie immer sind die Männer schuld. Wer hat ihnen gesagt, sie sollen sich miteinander anlegen? Können sie nicht in Frieden leben? Kann man denn den Nachbarn nicht einfach Nachbar sein lassen? Heirate bloß nicht.«

»Warum?« fragt die junge Frau schmunzelnd.

»Damit es nicht noch mehr Männer gibt. Es sind schon genug da.«

»Wenn man gewisse Vorsichtsmaßnahmen ergreift ...«

»Ich weiß nicht, wo du das gelesen hast. Das sind Märchen der Männer, damit sie das bekommen, was sie wollen. Ich haben den Einduck, du magst es auch ...«

»Was mag ich?«

»Tändeln.«

»Je nachdem. Es kommt darauf an, wann und mit wem.«

»Dann bist du verloren … Ich habe den ganzen Krieg lang gebetet, er möge so schnell wie möglich aufhören, aber sieh dir an, wie lange er gedauert hat … Konnte er nicht früher enden? Was haben die einen und die anderen gewonnen? Tote, Tote und noch mehr Tote. Unterm Strich – wozu? Natürlich, was weißt du schon vom Krieg um Kuba und Manila! Wer redet heute noch davon, außer einer Alten wie mir? Niemand erinnert sich, warum haben sie damals gekämpft? Warum so viele gefallene junge Männer? Wenn sie jung sind, sind die Männer todessüchtig.«

Monse hat keine Lust, mit der Alten zu diskutieren, sie weiß, daß es unnütz ist, daß sie nicht verstehen würde; für sie spielt sich das Leben in den vier Wände ab und greift nicht über die Grenzen der Familie hinaus: bis dahin geht die Welt.

»Kannst du mir bitte sagen, was die ganzen Bombardements sollen, die Schüsse, die Hinrichtungen und das alles – es ist zum Aus-der-Haut-Fahren –, nur damit alles so bleibt wie vorher. Meinem Schwiegersohn werden sie die Nagelfabrik zurückgeben. Aber wer wird meinem Enkel Manuel die drei Finger seiner rechten Hand zurückgeben? Wenn er nicht noch mehr verloren hat. Er ist auf der anderen Seite. Wir haben es aus einem Brief aus Frankreich erfahren. Er dient gerade dem König, in Soria.«

›Dem König dienen‹. Monse hat diesen gängigen Ausdruck selten gehört; er ist nicht aus ihrer Zeit. Die Alte, die den Frühstückstisch deckt, langweilt sie. Sie denkt an Asunción, an Vicente, sie ist sich sicher, daß er ihr nicht sagen wird, was passiert ist. Oder vielleicht doch. Er ist so blöd, der Arme, außerdem taugt er als Liebhaber nicht viel. Sicher hat sie mit seinen Gewissensbissen rechnen müssen. Die Italiener werden nicht lange hier sein. Nach Valencia kann sie nicht gehen, nach Gerona, ihrer Heimatstadt, auch nicht.

Papiere hat sie keine. Sie kann noch einmal Märchen erzählen. Aber die muß sie sich erst ausdenken. Sie glaubt nicht, daß die ›Nationalen‹ sich um die Frauen sonderlich kümmern werden. Mit der Schwangeren fortgehen? Ein wohl gerundeter Bauch ist immer ein guter Passierschein. Ein Hospital aufsuchen. Und danach? Doch: Sie hat den Krieg verloren. Sie kann immer noch Nutte werden. Aber sie will nicht. Sie möchte auswählen, nicht ausgewählt werden und erst recht nicht bezahlt werden. Der Alten die Wahrheit zu erzählen, brächte sie nicht weiter. Am besten, sie geht für ein paar Tage nicht auf die Straße. Die Krankheit, die kam wie gerufen. Zu essen werden sie ihnen beiden geben, was auf den Tisch kommt. Danach: weitersehen. Die Familie. Sicher doch: die Familie. Was wohl von ihr übriggeblieben ist? Der Stiefvater ließ sie nie in Frieden. Aber er stank zu sehr nach Kuhmist. Die Mutter ... Ihre Mutter! Wenn sie nur nicht wieder geheiratet hätte ... Wo ihr Bruder sein mochte? Was sie wirklich gerne täte, wäre studieren, wie die Welt beschaffen ist. Manchmal hält Monse inne, betrachtet einen Stein und ist sich sicher, daß etwas darin ist, nur was? Sie dreht ihn um. Sie weiß es nicht. So ähnlich geht es ihr jetzt mit dem kommenden Tag.

»Wann gehen wir?«

»Ist doch egal.«

»Kommt drauf an. Ich denke: je früher, desto besser.«

»*Denn alles hat die Farbe des Glases, durch das man die Dinge betrachtet ...*«

»*Der Traurige lebt, und der Glückliche stirbt.*«

»Was redest du da?«

»Weiß du etwa nicht, daß Campoamor Gouverneur von Alicante war?

»Nein.«

»*Das Leben, es trägt die Schuld.*«

»Du kannst das ja auswendig.«

»Meine Großmutter, die konnte es auswendig. Du hättest sie hören sollen, wie sie *Der Schnellzug* aufsagte. Die Tränen.«

»Sie hat geweint?«

»Nein, ich. Und tausend Mal sind mir über Nacht graue Haare gewachsen.«

»Davon merkt man nichts, Doktor.«

»Letzte Nacht auch wieder.«

»Fühlst du dich alt?«

»Ich? Beleidigt, das ist was anderes.«

»Vielleicht sogar das Gegenteil.«

»Campoamor Gouverneur. Und alle Denkmäler der Stadt von Bañuls.«

»Und wer war das?«

»Ein Bildhauer von hier. Und noch kitschiger als der Gouverneur. Eine bezaubernde Stadt und glückliche Menschen.«

»Kitsch wird wieder in Mode kommen.«

»Er ist es immer gewesen. Alles andere ändert sich: Kitschiers bleiben. Sie sind die Grundlage der Entwicklung der Menschheit.«

Die Wachmänner, Krähen: alles Glänzende zieht sie an. Cuartero läßt sich alles wegnehmen, was er Tags zuvor gerettet hat, wortlos: Uhr, Federhalter, Krawattennadel. Anders ergeht es einem Oberleutnant, der zwei Mandelbäume weiter rechts geschlafen hat und seine Stiefel mit Fußtritten verteidigt – erfolgreich; er kommt mit einem schwarzblauen Auge davon.

»Die Freiheit ist ein bißchen wie Gott: Wir lieben sie, ohne sie zu verstehen.«

»Wie ich meine Frau.«

»Bleib auf dem Niveau des Gesprächs. Wer weiß schon, was Freiheit ist? Daß man tun kann, was man will? So hat Gott es gemacht, und man muß sich nur ansehen, was dabei rausgekommen ist ...«

»Freiheit kann nur die eigene sein, weil deine notwendigerweise die der anderen behindert. Frei bin ich in dem Maß, in dem die anderen nichts tun, was mich behindert. Alle sehnen wir uns nach Freiheit, aber wer weiß, was sie ist, wie sie ist oder wie sie sein kann? Die Freiheit ist ein Begehren. Jeder kann nur versuchen, ihr näherzukommen. Oder? Da beginnt das Reich der Verwirrung, der Gewalt, des Todes.«

»Die Freiheit ist wirklich allerhand.«

»Glaubst du etwa, der Frieden wird schlimmer als der Krieg?«

»Ich kann die Zukunft nicht vorhersagen, und ich bin auch kein Hellseher, aber wenn ich tippen soll – was schon?: ja. Als erstes werden wir die Freiheit verlieren.«

»Von der wir nicht wissen, was sie ist.«

»Die aber darum nicht weniger vorhanden ist. Du wirst nicht zum Gefangenen, sondern zum Sklaven. Und nicht zum Sklaven des Auslands, sondern zu dem von Landsleuten.«

»Allemal besser.«

»Ich weiß nicht, aber ich glaube auch nicht, daß es darum geht, sondern um die Sklaverei an sich. Damit meine ich nicht das Gefängnis, das kann erträglich sein, sondern daß man zu jeder Zeit die Vorstellungen des Feindes – Landsmann hin oder her – ertragen muß, der dich kennt und dich in der Hand hat. Wir werden zur Messe gehen müssen.«

»Dann müssen sie mich festnehmen.«

»Sie werden dich festnehmen. Du wirst den Arm heben müssen.«

»Das ist mir egal, ich habe auch die Faust gehoben, obwohl es mir keinen Spaß gemacht hat. Das wird nicht ewig dauern.«

»Da hast du den Nagel auf den Kopf getroffen. Die Hoffnung kann uns niemand wegnehmen.«

»Warum beklagen wir uns dann?«

»He Roter, was hast du da?«

Jagd nach leichter Beute. Er macht Anstalten, ihn zu durchsuchen.

»Du faßt mich nicht an.«

»Wie mutig!«

Er mustert ihn von oben bis unten.

»Wag es!«

»He, schau dir den an ...«

Zwei nehmen ihn in die Mitte. Er wehrt sich mit Fußtritten. Sie nehmen ihm die Brieftasche und die Uhr weg. Stoßen ihn nieder. Ein italienischer Offizier kommt vorbei.

»Gib das zurück!« befielt er.

Zähneknirschend tut er es. Der Gefangene nimmt seine Sachen, ohne zu danken.

»Arschloch«, sagt der spanische Soldat.

Der Italiener hört nicht, oder er stellt sich taub.

Tuñón geht vorneweg, glücklich, seinen Photoapparat gerettet zu haben. Mit Adleraugen erspäht ihn ein Leutnant:

»Ich kaufe ihn dir ab. Außerdem: Abgenommen wird er dir sowieso.«

Sie werden sich einig. Während der Offizier seine Brieftasche sucht, fragt Manuel:

»Sagen Sie mir, Leutnant, wie kommt es, daß die Ausländer sich an die Regierung gewandt haben, wenn sie etwas mit der Republik zu verhandeln hatten, aber Rom oder Berlin angesprochen haben, wenn sie etwas von Franco wollten?«

»Willst du, daß ich deinen Scheißapparat behalte, ohne dir eine einzige Pesete zu geben?«

»Das können Sie tun.«

»Einverstanden.«

»Hart wie Stein!« sagt Andrés mit Blick auf den erdfarbenen, ausgetrockneten Peñacantil.

»Dort wird der harte Turrón aus Alicante hergestellt, und etwas weiter der weichere, der aus Jijona«, erklärt der *Madrileño.*

»Wirklich?« fragt ein Aragonese, der alles glaubt, was man ihm sagt.

»Siehst du nicht die Farbe? Wie gemahlene Mandeln.«

»Ach!« sagt der Einfallspinsel.

»Und wird der nicht alle diese Schwächlinge unter sich begraben?« legt Tuñón nach.

»Naja, die Verarbeitung liegt fast allein in Händen eines Franzosen«, sagt einer aus der Gegend.

»Wann das denn?«

»Zu Zeiten von Maria Soundso.«

»Franzosen waren hier nie!« protestiert ein anderer Alicantiner.

»Einmal baden in diesen Häuschen, was hat das gekostet?« fragt ein Interessierter angesichts der windschiefen Schuppen, die sich gerade noch auf ihren dicken Pfählen halten.

»Neun Wellenbäder vier Peseten, im Block. Die Ärzte empfahlen einundzwanzig.«

»Ein bißchen viel Badeglück.«

Dann verwickeln sie sich in eine hitzige Diskussion über Vorzüge der Langusten aus Santa Pola gegenüber denen aus Huelva. Alle Vermittlungs- oder Lösungsversuche bleiben erfolglos.

Die Leute schauen mitleidig zu ihnen hin. Einige stecken ihnen Brot zu. Die Bürgerhäuser der Stadt sind dreistöckig, haben Fenster mit Holzrollos und Balkone. Wo man hinsieht: Staub. Rundum die kahlrasierten Berge.

Weiter entfernt zieht sich das breite Flußbett des Monegre. Dort sorgen Schöpfräder dafür, daß die Erde ihr Bestes hergibt. Johannisbrot, Oliven, Mandeln, Feigen, Weintrauben. In San Juan stehen Villen und Chalets, Häuser für die Reichen aus Alicante. Die Gärten öffnen sich nur jenen, die sie bewirtschaften: Land, auf dem wächst, soviel man sät.

»Was soll ich dir sagen? Ich finde es amüsant, wie sie die Welt zu erklären versuchen – den Gang der Menschheit –, mit Theorien marxistischer Herkunft und sonstiger Provenienz oder mit Zahlen, Ereignissen, Datumsangaben, ganz zu schweigen vom ›Es stand geschrieben‹ oder dem Schicksal oder besser noch dem ›Vorhergesagten‹, ›mit brennendem Finger‹ geweissagt vom Herrn persönlich. Der Mensch ist zu kompliziert, um ihn darauf zu reduzieren, daß er einem vorab festgelegten Weg folgt, so verschlungen der auch sein mag. Das mag vielleicht für die Materie gelten. Der Mensch ist auch Materie, aber noch viel mehr. Ich bin so oder so, ich denke auf die eine oder andere Art, je nachdem, ob ich Zahnweh habe oder nicht. Stell dir nur vor, was das für die Jahre bedeutet, für die Temperaturen, das Geschlecht, den Wohlstand, die Intelligenz (warum nicht?), den Spaß an der Arbeit, die Liebe, den Schlaf, den Menschen, die Ruhe, das Geschick, die Ehrbarkeit, das Sterben.«

Die ersten Wort spricht Cuartero mit lauter Stimme, dann redet er für sich weiter, Templado, selber in Gedanken versunken, achtet nicht darauf; Julián läßt sich treiben:

»Ich kann mich immer noch durchmogeln, also sagen: Ich bin Arzt, ich wurde eingezogen und so. Schließlich gehöre ich keiner Partei an. Warum ich mich einschiffen wollte? Um ihre Gesichter nicht sehen zu müssen. Was soll ich sagen? ›Meine Mutter lebt in Frankreich.‹ Eine elende Lüge, aber wie sollen sie das rausfinden? Ich kann ihnen einen Brief zeigen. Ich habe ihn nicht, *et pour cause:* also schreibe ich ihn. Ich habe Schmerzen im linken Fuß, dem Guten. Am besten zurück nach Barcelona. Wo wird sich Rivadavia herumtreiben, dieser Plattfuß? Eine reiche Katalanin heiraten, die wird es wieder geben. Einfach so exekutieren werden sie uns nicht, obwohl unter diesen Tausenden wahrscheinlich nicht wenige glauben, sie befänden sich auf ihrem letzten Spaziergang. Abwarten. Schaden zugefügt habe ich niemandem. Bleiben noch die Denunzianten. Ich kann auch sagen, daß ich beinahe ins Gefängnis gewandert wäre. Wegen Lola. Mensch! Lola, wo sich diese Nutte bloß rumtreibt?

Die Landstraße. Die Sonne: bleiern, zumal seit dem anhaltenden Regen der letzten Tage in den Mänteln, Umhängen, Decken Feuchtigkeit steckt. Vor Gaos geht ein Arbeiter, ohne Gepäck.

»Du könntest mir mal helfen.«

Auf einem Kieshaufen ein Falangist – in neuer Uniform –, aufgedunsen, bleich, umringt von drei Militärs mit mehr oder weniger Lametta.

»Der da! Der da!«

Gaos, in dem Glauben, er sei gemeint, preßt die Kiefer zusammen. Nein: der Arbeiter. Sie zerren ihn aus der Reihe, mit ihren Pistolenknäufen zerschlagen sie ihm das Gesicht, bis der Falangist herbeiläuft und das Magazin seiner Star leerschießt.

»Ich habe es dir doch gesagt, Manuel«, wirft er ihm in selbstverständlichem Tonfall an den Kopf, »am Ende gewinne ich.«

Einer aus Alicante in ihrem Zug läßt zwischen den Zähnen hindurch hören:

»Er ist Sohn eines Fabrikbesitzers. Der andere hatte sie übernommen, für die Gewerkschaft.«

»Wen?«

»Die Fabrik. Was denn sonst?«

Der da flüstert, versucht, sein Gesicht zu verbergen.

Das Lager liegt etwa drei oder vier Kilometer entfernt am Fuß einer kleinen Anhöhe.

Die Mandelbäume, schachbrettartig angelegt, beginnen zu grünen. Vom Hügel aus beherrschen Maschinengewehre das Gelände.

»Und was sollen wir essen?« fragt Jover nach, hungriger als jeder andere.

»Erde«, antwortet ein Offizier, der ihn gehört hat.

Ihnen entgegen kommt ein Lastwagen mit jungen Frauen. Sobald er auf Höhe der Gefangenen ist, heben sie die Faust und rufen ihnen zu:

»Salud, Kameraden!«

Wer soll sie zum Schweigen bringen? (Das Fahrzeug anhalten, sie runtersteigen lassen, dann wieder hoch ...) Ein Hauptmann auf dem Beifahrersitz faucht den Mann am Steuer an:

»Weiter, weiter, weiter! Gib Gas. Elende Drecksweiber!«

Blaue Seite

Hier müßte *Bittere Mandeln* enden, kurz vor der Ankunft im Mandelhain; wir kennen ihn, weil Asunción durch ihn hindurchstolperte an dem Tag, an dem sie mit Vicente telefonierte.

Was nun folgt – die Fortsetzung derselben Ereignisse und Schicksale –, ist etwas anderes. Der Krieg ist vorbei, und dennoch geht er weiter. Dies und das passiert, etwa daß Juanito Valcárcel in der Nachhut derer ist, die das *Campo de los Almendros* erreichen, wie sie es später selbst nennen werden; mit fünf-, sechs-, sieben-, zehn-, bis zu sechsundzwanzigtausend anderen; für sie gibt es keinen Unterschied zwischen März und April. Da sind Templado und Cuartero,

Vicente und Asunción, Don Tomás und Concha (die beiden kennt ihr nicht), José Tovar und Miguel Enguidanos, Rafael, Juan, Carratalá, Valladares. Im Hafen sind nur noch wenige. Die Frauen und Kinder wird man in Kinos, Hospizen, Klöstern einsperren. Die Kasernen haben die Falangisten mit republikanischen Alicantinern vollgestopft und stopfen noch weiter, das Gefängnis reicht nicht. Sie suchen weitere Gebäude für ihren Zweck. Natürlich kommt der Gedanke auf, die Stierkampfarena zu nutzen.

Alicante, die Stadt, hat sich nicht verändert; das Land drumherum auch nicht. Wie könnte ich sie alle so zurücklassen, ohne zu erzählen, was ich weiß? Was folgt, ist kein Epilog. Epiloge gibt es nicht. Jedes Leben, jeder Roman müßte mitten im Satz enden – weil es so ist –, selbst wenn alle Figuren ihr Testament gemacht haben.

Hier kann nichts mehr passieren: ich erzähle, was diesem und jenem, die wir ja nun kennen, widerfahren ist, aber die Hauptsache, das Eigentliche, der Krieg, das sagte Francisco Franco: *ist zu Ende*. Die Schiffe kamen nicht. Alles ist jetzt anders. Die Besiegten sind keine Feinde mehr, sondern Gefangene. Auch der Autor fühlt sich als Gefangener seiner Geschichten, er weiß nicht, wie er herauskommen soll aus dem Labyrinth. Aber wie sollte er Ferrís' Notizbuch übergehen, das Julián Templado gerade liest, auf dem Boden hockend, an einen Mandelbaum gelehnt? Auch das hat – inzwischen – nichts mehr mit der Geschichte zu tun, aber es schärft den Charakter der Figur, die kaum einen Kilometer weiter – noch immer – in einem Graben liegt. Sie werden ihn erst am Nachmittag des 2. April fortschaffen, als das mit einem Mal heiße Wetter ihn zu zersetzen beginnt. Er ist nicht der einzige, bei weitem nicht.

(Templado – Cuartero)

»Du und ich, wir sind Gefangene. Das war unsere erste Nacht im Gefängnis.«

»Sie unterscheidet sich nicht sehr von der gestrigen.«

»So gesehen, ja: offiziell waren wir keine Gefangenen. Unter normalen Umständen, vom Standpunkt des Lebens aus, nein: Wir konnten nicht gehen, wohin wir wollten. Worin also liegt für dich der Unterschied zu gestern?«

»Es gibt keinen.«

»Genau wie bei mir.«

»Ich nehme an, das wird so bleiben, bis wir verrückt werden. Also, das wichtigste, vor allem andern, ist der Mensch. Daraus folgt, daß wir unsere Ideen genausogut verschenken können.«

»Da sind wir, wie gewöhnlich, nicht einer Meinung.«

»Eins steht fest: Wir pissen auf den Faschismus.«

»Da pissen wir drauf.«

»Dann los, Hand anlegen.«

An einem Mandelbaum knöpfen sie sich die Hosen auf.

»Glaubst du, es hat einen Sinn, Mensch zu sein?«

»Oh ja.«

»Mehr, als Ameise zu sein?«

»Oh ja.«

»Wegen der Seele?«

»Genau.«

»Woher weißt du, daß Ameisen keine haben? Worauf berufst du dich? Auf nichts. Glaubst du, ein Mensch – wenn er denn so wäre, wie du unterstellst – wäre fähig, einen anderen kaltblütig umzubringen, wie dieser Typ gestern Ferrís?«

»Und weiter?«

»Ich weiß nicht.«

»Das habe ich mir gedacht.«

»Du glaubst also, wir haben es uns selbst ausgesucht, Mensch zu sein?«

»Ich nicht. Aber für dich könnte das ein Ausweg sein: Für dich ist der Mensch das, was er weiß.«

»Und was er erahnt.«

»Aber nur bis zu einem gewissen Punkt.«

»Sicher. Du – wie alle deinesgleichen – bist Punkt und neuer Absatz.«

»Für dich zählten der Fortschritt, die Entdeckungen.«

»Für dich etwa nicht?«

»Nein. Intelligenz allerdings schon. Platon war so schlau wie jeder andere heute; der Vater der Venus von Milo ein besserer Bildhauer als Maillol oder Julio Antonio.«

»Und das ist dein Beweis für die Existenz Gottes.«

»Das Gespräch zielt zwar nicht in diese Richtung, aber wenn du so willst, ja.«

»Gibt es keinen Fortschritt?«

»Was das betrifft, nein.«

»Und die Gerechtigkeit?«

»Ist Sache der Menschen. Zweitrangig. Wenn nicht, wäre die Erde schon seit Ewigkeiten eine Wüstenei. Was wirklich zählt, ist nicht die Gerechtigkeit – für das Fortbestehen –, sondern sind die Sonne, die Gezeiten, der Frühling ... Was hat eine Geburt mit Gerechtigkeit zu tun? Die Menschen können – müssen, meinetwegen – für die Gerechtigkeit töten und sterben, für den Begriff; das hat aber nichts zu tun mit der Wirklichkeit, dem Authentischen. Morgen kann es ein Erdbeben geben, das die Hälfte der Menschheit mit sich reißt, ganz Europa. Na und? Das ist doch nicht gerecht, wirst du sagen. Wie niedlich! Was haben Ruinen mit Gerechtigkeit zu tun? Oder das Alter? Oder der Tod? Laß hören, Doktor, was hat der Tod mit Gerechtigkeit zu tun?«

Templado hört ihm nicht zu. Es strengt ihn an, Cuarteros Gedankengängen zu folgen, aber es wird ihm einfach bewußt, daß er recht hat, und das möchte er nicht zugeben. Er greift zurück auf seinen Kniff für solche Gelegenheiten:

»Wer ist schuld daran?«

Paulino lächelt. Es sieht, daß sein Freund das Gespräch beenden möchte, und sagt:

»Azaña.«

»Den würde ich gerne sehen, am Tag deines Jüngsten Gerichts.«

»Keine Sorge.«

»Der größte Feind der Welt«, hält Templado fest, »ob er existiert oder nicht: Gott.«

»*Arzollas* heißen die.«

»Das sind bestimmt *Almendrucos*.«

»Das ist dasselbe.«

»Grüne Mandeln, dann seid ihr schneller fertig.«

»Nein, mein Junge, Grüne Mandeln sind reif. Bei denen ist nicht nur die erste Schale grün, sondern die zweite weich.«

»Sie sind gut.«

»Die Blüten auch, leider sind es die letzten.«

»Prost Mahlzeit, viel Spaß beim Durchfall.«

»Und du, was ißt du?«

»Ich halte es noch aus. Sie werden uns nicht verhungern lassen.«

»Hoffen wir's.«

Die Wahrheit verschwieg er: die Uhr gegen fünf Kanten Brot. Sie war nur vergoldet, aber was wußte der? Ausgesehen hatte es wie Vorkriegsgold. Wer einen Dieb betrügt ...

(Der Kurs sank rasant: am zweiten Tag: vier Kanten; am dritten: drei; am vierten: zwei; am fünften: einen. Und dann gab es nichts mehr.)

»Befehl zum Ordnen in Gruppen zu hundert, für die Essensausgabe.«

In einer halben Stunde war das erledigt. Nur gab es kein Essen, sechsunddreißig Stunden lang. Dann teilten sie einige Büchsen italienische Linsen aus.

»Wie klein doch die Welt ist: Linsen hier, Linsen dort. Wahrscheinlich gibt es die auch noch im Himmel.«

»Du, du bist doch von der Intendantur, kümmer dich darum.«

»Wie viele sind wir in etwa?«

»Ich weiß nicht. Ich würde sagen, gut zwanzigtausend.«

»Dringen Sie in den Hafen ein, schaffen Sie die Restlichen raus, zu einem Spaziergang durch die Stadt; jeder soll sie sehen. Ein richtiger Spaziergang, dann gehen sie zum Murcia-Bahnhof.«

»Glauben Sie, das wird etwas nützen?«

»Natürlich, als abschreckendes Beispiel. Oder teilen Sie meine Auffassung nicht?«

»Nein, mein Kommandant.«

»Aber ich schon.«

»Sie befehlen.«

So gingen sie den Paseo de Méndez Núñez und den Paseo de San Vicente hinauf, bis zum Militärhospital und zur Stierkampfarena, dann die Calderón de la Barca hinunter bis zum Marktplatz und über den Paseo de Alfonso el Sabio zurück zum Meer, über die Calle de Castaños für eine Runde auf der Plaza de Isabel II. und hinauf durch die Torrijos; wieder über die Alfonso el Sabio und noch einmal hinunter über die Plaza de la Independencia zur Promenade und von dort aus zum Bahnhof.

Hinter den Vorhängen sahen Monse und die Schwangere, wie sie vorbeigingen.

»Wo werden sie sie hinbringen?«

»Wenn du willst, gehen wir hinunter und fragen.«

Luis González Moreno, im weißen Kittel, mit angeklebtem Bart und Schnauzer, beobachtete sie vom Straßenrand aus und sah, wie die Leute – so allgemein gesagt: die Leute – ihnen, wann immer möglich, Essen zusteckten; sich wichtig machend fragte er einen Leutnant:

»Wohin bringen Sie sie?«

Dieser Haufen, in dem er selbst gehen müßte ... Einen Steinwurf entfernt, auf der anderen Straßenseite, sahen Timoteo Rodríguez und einer von der Falange – ein Oberleutnant – die Herde vorüberziehen; ab und zu zeigte der Elende auf einen, ganz nebenbei.

Jetzt, bei Tag, sieht man, daß es auch sonstwo keine Stacheldrahtverhaue gibt, außer dort, wo sie unnütz sind, an der Landstraße. Rundum Italiener, alle fünfzehn oder zwanzig Meter, mit kleinem Gewehr und riesigem Magazin, und alle zweihundert Meter ein richtiges Maschinengewehr.

Am frühen Vormittag mischen sich gut hundert Offiziere und Unteroffiziere unter die Gefangenen, radebrechen auf ihre Weise Spanisch: daß jetzt, Franco habe sich dafür verbürgt, jeder nach Hause zurückkehren werde; daß sie beruhigt sein sollten, sie würden nicht verfolgt, weil sie Krieg geführt hätten, so sei das Leben nun mal, und daß die beste aller Welten anbreche, wie auch schon in Italien; daß die Armeeführer und die republikanische Regierung sie betrogen hätten; daß sie alle eins seien, Spanier und Italiener; daß sie gemeinsam weiterziehen würden.

»Wohin?«

»Nach Paris! Ihr mit uns. Ihr habt doch gesehen: Nicht ein Schiff haben sie euch geschickt.«

»Keinen Kahn und auch sonst nichts!«

Ob man will oder nicht, bei einigen macht das Eindruck.

»Warum lassen sie uns dann nicht gehen?«

»Man muß auf die Spanier warten.«

Die kamen dann auch, von der Fremdenlegion und vom San-Quintín-Regiment, Nummer 25, von der XVII. Division.

Sie brachten das Evakuierungskomitee nach Alicante. Die Männer vergingen vor Angst. Genauso diejenigen, die sie fortgehen sahen.

»Die kommen nicht mehr wieder.«

Sie kamen wieder. General Gambara wollte ihnen persönlich erklären, wieso er keinerlei Schuld daran trage, daß sie von den Schiffen nicht aufgenommen worden waren.

»Das wissen wir schon.«

Daß die bisherigen Ereignisse wie auch die kommenden außerhalb seiner Zuständigkeit lägen. Er bat sie um die Unterschrift unter ein Schreiben, für Mussolini. Sie sahen sich an. Sie machten es.

»Wenn sie uns nach Strich und Faden verarscht haben … den einen mehr, den anderen weniger«, sagte Henche, »was macht das schon?«

Als sie ins Lager zurückkehren, erkennen sie es nicht wieder: doppelt so viele Menschen. Die Falangisten sind eifrig dabei, es immer weiter vollzustopfen, mit Leuten aus Alicante und Umgebung.

Die letzten italienischen Einheiten stehen kurz vor der Ablösung.

Don Juanito wird noch grimmiger.

»Was ist?« fragt ihn Plá y Beltrán.

Keine Antwort. Juanito baut sich mitten im Lager auf und brüllt los, die Aufmerksamkeit auf sich ziehend.

»Das alles machen sie mit uns, weil wir nicht angreifen! Wie viele sind sie? Wie viele wir? Auf sie! Auf sie! Alle für einen! Das Vaterland ist in Gefahr! Vorwärts!«

Er nimmt die Haltung Bonapartes an, wie auf jenem

berühmten Bild vom Angriff an der Brücke von Arcole, und stürmt los Richtung Landstraße. Rodriguez Vega stellt ihm ein Bein. Er fällt, ist benommen, wie diejenigen, die ihn anstarren; zweimal noch stammelt er:

»Vorwärts! Vorwärts!«

Julián Templado setzt sich auf die Erde, den Rücken an einen Mandelbaum gelehnt. Er öffnet Ferrís' Koffer. Er findet ein Notizbuch, dick, mit blauem Deckel. Er beginnt zu lesen, überfliegt das Geschriebene:

Ferrís' Notizbuch

– Du erschaffst nicht kontinuierlich, sondern von Zeit zu Zeit.
– Du ejakulierst nicht kontinuierlich, sondern von Zeit zu Zeit. Unsere Leben sind Flüsse, die sich ins Meers ergießen; vielleicht. Sieh dir das grelle Flimmern an, es blendet.
– Alles in Sprüngen.
– Geysire.
– Genau: das ruhige Entwickeln einer »Sichtweise des Geistes«.
– Meine Großeltern.
– Sie von heute aus betrachten. Man hätte ihre Geschlechter verschweigen sollen.
– Bestimmt rochen sie schlecht.
– Wonach?
– Nach Hygiene.
– Warum habe ich das geschrieben? Keine Ahnung: weil es mir eingefallen ist. Warum ist es mir eingefallen? Welche dunklen Einflüsse, welche unerwarteten, unbewußten Kräfte haben hier zusammengewirkt? Es als Gedicht anordnen, ohne Erklärungen: viel Arbeit für nichts. Den Dichtern muß

es ähnlich gehen, wobei die wissen, was ein Gedicht ist, oder zumindest haben sie ein nützliches – ein nuttiges – Metrum griffbereit.

Doch: Ich erschaffe kontinuierlich. Ich müßte mir pausenlos Notizen machen, sobald mir etwas einfällt. Unmöglich; das meiste entfällt einem, aber nicht das Beste: an das erinnere ich mich und schreibe es auf. Nicht wie jetzt gerade.

Alle diese Menschen – alles um mich herum, das für mich existiert ...

Diskussion über *Guernica,* von Picasso:

»Doch, das Pferd formte die ersten Imperien: Spanien, der Stier: Er zerfetzte die Einhufer, hieb ihnen die Hörner in den Leib. Wie konnte Larrea nur daran zweifeln? Das Pferd, der Faschismus.«

Wenn ich töte, erschaffe ich. Das heißt: Wenn ich töten kann, kann ich erschaffen. Vom Lebendigen zum Toten führt der gleiche Weg wie vom Toten zum Lebendigen, so wie zwei und zwei vier sind. Die Frage ist, ob es so ist.

Und Gott sprach: Du sollst schreiben!

Der Mensch ist ein eigenartiges Tier, das ohne Halbinsel nicht leben kann.

Die Nacht. Der Himmel klar. Morgen Sonnenlicht als Begleiterin. Die mich umhüllende Nacht macht mich kühn; ich fühle mich unerschütterlich. Die Ruhe, die Gelassenheit; besänftigend. Alles ist in Ordnung, das Schicksal hat es gut gemeint. Nichts weckt mein Mißtrauen; alles ist Milde im Namen der Gestirne. Niemand verdächtigt mich mehr als ich selbst, der ich schweige. Feige sein und es sich nicht anmerken lassen. Die Leute, aufgebracht wegen der Unterschiede, doch ich: leidenschaftslos. Die ruhige Einsamkeit der Nacht. Ich sitze auf der breiten Terrassenmauer, kein Licht, keine Geräusche. Die leichte Brise in den noch kahlen Zweigen. Ein leiser Pfiff. Náquera – ein Licht –, weil ich es weiß; Kassiopeia, Andromeda, Venus: der himmlische Hof. Ich passe nicht in mich. Du etwa? Du, wer ist das? Das zu wissen. Ich liebe niemanden. Ich liebe dich, du bist kein Niemand. Ich nicht. Ich habe nichts Narzißtisches, das man mir nachweisen kann. Nein: ich kenne mich nicht. Aber ich weiß, daß du existierst; nur nicht, wo und wann. Ich weiß dich am Leben, Liebste. Mein Herz macht einen Sprung, sobald meine Finger über deinen Scheitel streichen. Dein weiches, hellbraunes Haar; deine weichen, dunkelbraunen Augen. Oh Kummer! Allein im Wind, in der lauen Nacht. Einzig ich kann mich, jetzt, hier, an Garcilaso erinnern, an seine Insel in der Donau, und ein Sonett murmeln, »für dessen Größe es weder Worte noch Lobpreis gibt, die ihm gerecht würden«. Wo bist du, Luis, Meister? Niemand ruft. Aufdringlich und weitschweifig verderbe und betrüge ich dich, oh Sprache; ich schreibe dunkel, im Dunklen.

Niemals werde ich einen Roman schreiben können, aus Angst vor dem Tod. Nichts bringt mich so in Unordnung wie das Ungeordnete. Und wenn ich zum Beispiel schriebe, »Manuel de la Peña, groß, kräftig etc.«, aber auch wenn ich ihn nicht beschriebe, wenn ich einfach sagen würde, was er sieht oder fühlt, schon wäre er kein Lebender mehr, einfach weil ich ihn auf dem Schweißtuch dieser Seite *abgelegt* habe. Alle ›Figuren‹ sind tot, sind Tote. Daß sie in anderen wieder auferstehen, ist etwas anderes, aber man kann sie wieder töten, so wie wenn ich jetzt anfinge, über den Quijote zu schreiben, wenn mir etwas Neues zu seiner Genesung einfiele.

Die Literatur: dieser große Friedhof ... Spanien, Mutter der Figuren. – Wie viele alleine bei Lope de Vega? – Spanien, riesiger Gottesacker. Zumindest so lange, bis jeder einzelne seinen Hunger stillt, aber dann, wäre es dann nicht ein Massengrab, aus dem keiner mehr herauskommen wollte? Gäbe man allen genug zu essen, welche Notwenigkeit sähen sie, aus ihren drei oder vier Wänden rauszukommen? Oder aus ihren vier Brettern?

Am wenigsten kümmern mich die derzeit berühmten Fragen um den Realismus oder Nicht-Realismus in der Kunst. Die Kunst – wenn sie eine ist – ist nicht real oder nicht-real, sondern schlicht Kunst. Eine Kiste mit Sardinen kann beides zugleich sein, wie ein Blumenstrauß, ein Gemälde, eine Jungfrau. Egal: Mag sie das eine sein oder das andere, es kommt auf den Blickwinkel an oder wozu sie gut ist. Niemals beides zugleich. Es wäre widersinnig zu glauben, ein Gedicht sei gleichzeitig nützlich und schön, denn um nützlich zu sein, kann es gleichzeitig häßlich sein. Ich leugne nicht, daß es nützliche Gedichte und Bilder gibt; doch sind das keine Kunstwerke. Die Kunst hat nichts mit Nützlichkeit zu tun, ausgenommen die Architektur, und selbst da, unter den angewandten Künsten, die sowohl nützlich als auch schön sein können, weil Nützlichkeit schön sein kann, ist es so, daß sie darum noch keine Kunstwerke sind. Ein Paar Socken sind ein gutes Beispiel. Verwechsle niemals guten Geschmack mit Kunst.

Dem Stalinismus ist die Kunst egal. Das akzeptiere ich. Aber ebensowenig interessiert sich die Kunst für Stalin. Die Kunst hat auch nichts mit Kepler zu schaffen oder mit Kant, trotz seiner Ästhetik. Die ästhetischen Wertvorstellungen waren bisher (und bis wann?) die Sache einer anspruchsvollen Minderheit, die, wer weiß warum, wertet. Das war so und das bleibt so. Ihnen gefallen unendlich viele Dinge, aber dennoch umfaßt der Kanon nur eine bestimmte Anzahl von Dingen.

Den Leuten gefallen sie oder auch nicht – im allgemeinen nicht –, bevor nicht Jahrhunderte vergangen sind.

Der schlechte Geschmack ist meistens der Geschmack der Mehrheit, ohne daß soziale Umstände dabei eine Rolle spielten. Das Schlechte (das Häßliche) gefällt einem Hilfsarbeiter ebenso wie einem Millionär, einem Reaktionär ebenso wie einem Revolutionär.

Die Politik spielt eine Rolle in der Kunst, aber nicht bei ihrer Form. Wer die Werke nach dem Weltbild ihrer Schöpfer beurteilt, befindet sich vollkommen im Irrtum.

Das Schöne ist eine menschliche Notwendigkeit wie jede andere auch, die von einer winzigen Minderheit von Kennern geformt wird. Die Politiker sehen das nicht ein, und manchmal muß man über Generationen hinweg warten, um das Wertvolle voranzubringen.

Schreiben ist eine Notwendigkeit.

– Die Menschen in zwei Sichtweisen teilen: Der eine entdeckt sich in den Büchern und danach in der Wirklichkeit, der andere findet sich im Leben und sucht sich danach in den Führern.
– Deshalb verstehen wir uns gut.
– Ich verstehe dich nicht.
– Du bist einer der Besten, denkst du. Ich nicht, erst im Nachhinein vergewissere ich mich des Geschehens. Nie denke ich, wie großartig es ist, mit dir Liebe zu machen. Ich erinnere nur.
– Mit wem rede ich?

Warum dieses Bedürfnis, etwas Bleibendes zu hinterlassen? Wieviel besser es wäre, das sein zu lassen! Dann gäbe es keine Geschichten, nur Leben …

Alles ändert sich, außer man selbst; höchstens vermehrt

man sich, viele schaffen nicht einmal das: sie werden starr geboren, sterben vertrocknet, verbraucht.

Eines gehört unabänderlich zur Natur des Menschen: seine Art, die Dinge zu verstehen; wir sind Trichter: egal, was man an wunderbaren Dingen reinkippt, man sieht es uns nicht an. Wer schlau ist, sieht nicht, daß er immer schlauer wird, sondern nur, wie seine Umgebung immer klarer wird. Die Überraschung liegt nie bei einem selbst, sondern bei den anderen. Der Mittelmäßige bleibt immer an der Oberfläche hängen: Was passiert auf diesem Bild? Wovon handelt dieser Film? Die Handlung wird in bar verkauft; das reicht den Käufern für ihr Urteil. Ein Erzähler, der sich darauf versteift, einzelne Ereignisse von vorgestellten Vorgängen zu erzählen, wird immer mittelmäßig bleiben. Das kann unterhaltsam sein: man nehme nur die Ritterromane, die Krimis, die Feuilletons. Groß sind sie niemals: der Mensch wächst nicht. Cervantes, Tolstoi, Goethe wurden als das geboren, was sie waren; den einen halfen die Umstände, den anderen nicht. Auch egal. Natürlichen Todes sterben – faktisch oder nicht – ist natürlich etwas anderes.

Inzwischen bedeutet mir nichts mehr etwas; weil ich lebe, bin ich tot, und als Toter lebe ich weiter.

Der Satz soll so stehenbleiben; ich muß ihn nur in die Praxis umsetzen: den Roman schreiben. Welchen Roman?

Um einen Roman zu schreiben, muß man aufhören zu sein. Ich werde das nie können. He du, Phantasiegestalt, erschieß mich! Oder? Was soll's: Ich werde Kindereien schreiben, bis ich alt bin und sterbe.

(Während der Lektüre, für ihn interessant, weil er Ferrís gut gekannt hat, übermannt ihn die Müdigkeit der vergangenen Nächte; die Sonne, die nun schon brennt. Er wird schläfrig, macht ein Schläfchen, die Wurzeln als Kopfkissen. Getränkt von dem, was er gerade gelesen hat, träumt er, man habe ihm den Koffer mit Ferrís' Notizbuch weggenommen. Zutiefst bekümmert wacht er auf. Er schreckt hoch.

»Was ist los? Du hast geschnarcht wie ein Seliger.«

»Ich wüßte nicht, warum die Seligen mehr schnarchen sollten als die Unseligen.«

Er sieht den Koffer, das Notizbuch. Zu Cuartero gewandt, erzählt er seinen Traum:

»Vor Jahren, in einem Dorf in der Mancha, an dessen Namen ich mich sehr gut erinnere, hatte ich eine Frau zu behandeln, die fürchterlich verdroschen worden war, von ihrem Mann, der, was für ein Kerl, geträumt hatte, sie setze ihm Hörner auf. ›Ich hab es doch geträumt‹, sagte das Vieh, ›dann muß auch etwas dransein. Und damit sie gar nicht erst auf dumme Gedanken kommt ...‹

Ich zeigte ihn bei der Guardia Civil an; die lachten herzlich.«

»Dieser Bursche, also wirklich.«

»Sicher. Für die war das gewissermaßen normal.«

»Womöglich war da sogar etwas.«

»Wer weiß das schon. Es hinterläßt keine Spuren.«

»Je nachdem.«

»Ich rede ins Blaue.«

»Hör auf mit deinen Spitzfindigkeiten.«

Templado schickt sich an, weiterzulesen.

»Ist es gut?«

»Kommt drauf an.«

»Sieh an!«

»Für mich schon.«

»Ich fand ihn immer unerträglich.«

»Das war er. Aber was hat das damit zu tun?«)

Der aufgelöste Mensch, vielleicht wäre das ein guter Titel für einen längeren Essay, wenn ich mit dem Roman nicht vorankomme. Die Schuld daran, was seit Balzac aus dem Roman geworden ist, dem Christentum zuzuweisen, ist teilweise richtig. Die Macht als einziger Motor (das Geld, die Politik, die Intrigen); wie sie alle die Liebe ins Lächerliche gezogen haben: Dostojewski, Flaubert, Hardy, Zola, Conrad, Gorki, Gide, Galdós, nein. Galdós war Kitschier. Baroja. Glühende Lumpenromanciers.

Vielleicht hatte der Roman unserer Zeit das nötig – was ist dieses ›das‹? –, um seine künftige Form zu erlangen. Wenn man nur Stoiker oder Epikuräer sein könnte! In dem Augenblick, als der Mensch aufhörte, an Gott zu glauben, wurde alles leer. Natürlich bleibt noch der Marxismus, aber der hat wenig mit Literatur zu tun. Den Männern der Politik waren weder Gott noch Teufel je wichtig, es sei denn, um sich mit einem von beiden zu verbünden, wenn sie es für ihre Sache hilfreich erachteten. Der Schriftsteller ist das Gegenteil. Also: entweder politische Romane im Dienst von ... schreiben oder entschieden negative. Das wäre egal, wenn sie gut wären. Aber ich kann einfach keine Figur erfinden: jede, die ich erfinde (?), denkt wie ich. Wo soll da Interesse entstehen?

Eins muß ich mir hinter die Ohren schreiben: Recht haben ist keine Kraft, es ist etwas anderes.

Recht haben ist nicht der Singular von Rechte haben.

Recht kann es nur eins geben, wie die Mutter, auch wenn sie eine Hure ist.

Recht haben ist nichts.

Wenn Recht nichts mit Intelligenz zu tun hat, interessiert es mich nicht.

Gut lügen: Beweis für die Überlegenheit des Menschen; Rechthaben beweist nie irgend etwas.

Die Tugenden wecken keinerlei Interesse, nicht einmal in der Literatur. (Hübscher Satz, schade, daß Gide ihn vorher und besser formuliert hat.)

Wissen ist nicht recht haben; recht haben ist nicht Wissen. Der Ungehobeltste kann recht haben.

Recht und Vernunft bewegen Welten; endgültiger Beweis für die Dummheit der unsrigen.

Wie an den Wänden der Pissoirs steht: Hoch lebe ich!

Die Ungerechtigkeit ist die Gerechtigkeit der Armen.

Die Armen sind links; die Reichen rechts. Rechte Arme, linke Reiche – Betrüger. So sollte es sein. Ist es aber nicht. Wenn es so wäre, gäbe es schon lange nur noch riesige Mengen toter Himmelskörper, und die meisten, die über den Himmel ziehen, sind das bestimmt auch.

»Ist Reden Schreiben oder Schreiben Reden? Wer schreibt, redet, und wer redet, schreibt, wenn man es gut macht.«

»Und trotzdem. Er wäre weder Schriftsteller noch Redner.«

»Es geht darum, sich verständlich zu machen. Mir zumindest reicht das.«

»Mir nicht.«

(Templado und ich, in Náquera; Tage, die sich ereignen, ohne daß sie sich nach etwas anfühlen.)

»Wenn du Zahnweh hast, wo bleibt dann dein Schreiben?«

»Im Nichts. Na und? Was bleibt denn von dir, wenn du stirbst?«

»Nichts.«

»Von mir schon.«

»Ja und?«

»Für mich: die Hauptsache.«

»Glaubst du an das Leben nach dem Tod?«

»Nein.«

»Also?«

»Ich weiß nicht: daß der Name bleibt.«

»Du gibst dich mit wenig zufrieden. Ich an deiner Stelle würde auf jeden Fall katholisch werden, wenn dir die Unsterblichkeit wichtig ist. Katholisch oder sonst irgend etwas, was mit der Zukunft spielt. Als Versicherung, oder Gegenversicherung.«

Es war Cuartero, der ihn in die Scheiße geritten hatte, er war mit ihm hergekommen, um mit ihm den Tag zu verbringen, also um zu essen.

Im Krieg kann man nichts schreiben, was der Rede wert wäre, weil es keine Moden gibt, keine Moden geben kann. Wenn es um künstlerische Qualität geht, hängen wir alle von ihnen ab. Alles entspringt der Mode. Ich zum Beispiel. Nur Genies gründen tiefer, oder sie führen in einem bestimmten Augenblick selbst eine ein.

Erschreckende Unfähigkeit, sich von sich selbst zu befreien. Die Ziele stehen vor einem: deutlich. Ein Widerspruch. Wie kann man sie darstellen, ohne hinsehen zu müssen? Die größten Anstrengungen – Flaubert, Tolstoi – vergeblich. Um sich selbst hinter sich zu lassen, helfen nur Schuhe oder

Kriminalromane oder Feuilletons. Nichts Hergestelltes ist Literatur. In dem Moment, in dem sich einer vor seinem Thema drückt, rückt die Literatur weg. Literatur ist Leidenschaft, oder sie ist keine Literatur. Wenn der Autor von dem, was er schreibt, abrückt, ist die ganze Reise umsonst; ohne einen selbst geht es nicht, den Schuh muß man sich anziehen, unabhängig von der Schuhgröße.

Definition von Unmöglichkeit: »Widerspruch zwischen den Gegebenheiten und den Gesetzen der Moral.« Dann ist da noch die Unwahrscheinlichkeit, eine Zuflucht zweiter Wahl, auch wenn sie aus erster Hand stammt.

Fabrizierte Welten, je nach innerem Räderwerk jedes einzelnen, ohne sich im geringsten um die Wirklichkeit zu scheren. Die Wirklichkeit! Gebt mir einen Apfel, daß ich ihn in Händen halte! Und dann all diese romantischen Großdeppen auf der Suche nach der Wahrheit. Und all diese Großklassiker, die unantastbaren. Und dann wir alle – große oder kleine Deppen aus zweiter Hand –, die wir blind umhertappen, um Almosen betteln bei all den toten Großdeppen und bei der Wirklichkeit, die einzufangen uns nicht gelingt, trotz all unserer lächerlichen Anstrengungen. Oh, Pünktchen! Oh, Schrittchen! Dort, am Kreuz, da seifen wir uns ein mit Literatur.

Das einzige Hilfsmittel – Mittel, Medikament, trübe Rezeptur: bleiben. Bleiben als Hilfsmittel. Überdauern, für alle Fälle. Sich verzweifelt an die Wände klammern, an die künftigen Lebenden. Schreien bis zur Heiserkeit, aus einem Brunnenschacht, vielleicht dringt das Echo zu ihnen, und sie ziehen uns an Papierschnitzeln heraus. Doch wenn das Papier, das zerfressene, reißt, fallen und fallen wir immer weiter in die Tiefe.

Schreie: »Und die anderen!« Alle schreien: »Und die

anderen?« Nichts bleibt als der hohle Schrei, von Mund zu Mund, von Alter zu Alter – wie sagte doch dieser arme Tölpel: »Die Sphärenmusik.« Und dann? Alles Flickschuster. Goethe war der erste, weil er der Menschheit halbe Sohlen verpaßte – verpassen wollte. Wer zahlt? Wer garantiert, daß sie auch in Zukunft Beachtung finden? Leben, um zu sehen. Überleben, um zu sehen. Was sehen? Leben, um gesehen zu werden. Wie schön meine Formulierungen sind! Seht her, wie schön ich schreibe! Seht her, wie gut ich sage, was euch widerfahren ist! Seht her, wie schön ich bin! Elende Brut ... Mein Leben für einen Spiegel!

Töten. Reine kategorische Vergewisserung des Menschen, einzige Rache, einzig möglicher Aufschrei; einzig durchführbares Aufbegehren. Sich selber töten vielleicht das Intelligenteste. Leben: um weiterzusehen.

Daß der Mensch des Menschen Wolf ist, das ist eine alte Geschichte. Doch keiner wußte, daß Spanien das Land der Wölfe schlechthin ist. Oder lasse ich mich vom Nationalismus mitreißen?

Dienen. Sicherlich! Es bleibt noch der Dienst an den anderen. Und die Freude daran, sich zu verleugnen. Wenn man das hinbekäme ... Und immer bleibt die Esse. So weit kommen, sich als Feind seiner selbst zu fühlen. Im Dienst stehen bei ... Untergebener sein von ... Gebender sein ... Sich gesandt fühlen. Anders sein. Soldat, eingebunden. Mit Inbrunst dabei sein, wobei auch immer. Glaube an den Dienst: Wenn ich nicht diene, glaube ich nicht. Sich unweigerlich hingeben. Wenn ich nicht glaube, diene ich nicht. Ich glaube an die unendliche Unermeßlichkeit der Idioten auf einer Hochebene ohne Aussicht. Wer dient, macht sich anstellig; ich möchte angestellt sein, ein Angestellter.

Gibt es ein höheres Glück, als gläubig gehorchen, außer befehlen? Ich möchte gläubig befehlen. Doch wer befiehlt, glaubt am Ende immer nur an sich selber. Und ist am Ende.

Dienen, jetzt sofort für etwas dienen, für was auch immer, wozu auch immer ... Das fällt mir früh ein!

Natürlich, ich bin schuldig. Schuldig für alles, was ich nicht getan habe. Das Vollbrachte zählt nie, sondern, was man nicht gemacht hat. Nur schade um die verlorene Zeit. Im Jenseits wird man sich mit allem rumplagen, was man nicht geschafft hat. Doch einer wird es tun, und man wird sehen, es wird zu nichts mehr nütze sein.

Jener verzweifelte und jämmerliche Versuch des armen Proust. Vielleicht sind Lope und Shakespeare die einzigen, die dort drüben bei einer Partie Mus zusammensitzen.

Traurige CLEMENCIA!

(In Großbuchstaben, Herr Setzer, bitte!

In Kleinbuchstaben, Genosse Setzer, aufpassen!)

Traurige Clemencia, also genauer: traurige Milde.

Vicente Farnals tritt zu mir, sieht, wie ich schreibe, möchte mich ansprechen. Er traut sich nicht. Bleibt unentschlossen stehen. Ich sehe ihn an, unbeteiligt; er entfernt sich, die Händen in den Taschen. Warum habe ich ihm keine Beachtung geschenkt? Er war so gesellig gestimmt. Und doch ziehe ich es vor, weiter sinnlos aneinanderzureihen, was mir durch den Kopf geht. Ich bereue es. Er wolle nichts, sagte er. Alle denken an morgen. Niemand rebelliert. Die meisten: unbeteiligt. Sterben für die Republik ... Ich halte mich zurück, ich wollte schreiben: »... das hat seinen Reiz.« Nein, nein, kein bißchen; idiotisch ist es. Egal. Vielleicht sind sie mir auch dankbar.

Weiter, weiter, Ferrís; schreib deine Dummheiten! Was macht das schon? Hauptsache, du hörst nicht mit dem Schreiben auf; daß die Tinte nicht aufgebraucht ist; und wenn, daß irgendwer dir seinen Bleistift leiht. Ich möchte das, was auf uns zukommt, aufzeichnen, Minute für Minute. Es passiert nichts. Wieder eine Sekunde, ohne daß etwas passiert. Kommandos sind zu hören, draußen. Es regnet. Mücken, die ersten des Jahres. Benommenheit.

Ich kann mir ausmalen, was ich will. Doch, Ferrís, wirklich: Du kannst dir ausmalen, was du willst: daß du ein Zirkusakrobat bist. Nein, keine Erinnerungen! Weg mit dem Weihnachtsgebäck! Weg die Zeit meiner Kindheit! Ein Zirkus. In Berlin – das ich nicht kenne – ein großer Zirkus. Und du, Ferrís, auf dem Trapez. Ein Salto, du balancierst. Applaus. Winke ihnen zu. Noch einmal. Die grünen Trikots, der Körper glänzend im weißen Atlas. Das nasse Haar, die frisch rasierten Wangen. Der Pferdegestank.

Glänzendes Ergebnis: Berlin. Und jetzt zu etwas anderem. Wie viele Meter mißt dieser Schuppen?

Wozu lügen? Einzig, um die Zeit totzuschlagen? Was hätte ich getan, wenn Clemencia mich betrogen hätte? Nichts, weil es mir nicht wichtig war. Alle betrügen wir einander, kaum daß wir denken.

Diese Sprünge in meinen Gedanken rühren von meinem Ungeschick und meiner Unterlegenheit vor mir selbst. Ich war schon immer unfähig, an einem bestimmten Problem dranzubleiben. Die Nerven. Ich erteile mir Absolution. Ich werde mit diesem dunkelhaarigen Jungen reden, den ich nicht kenne. Ein weiteres Leben, an das ich mich klebe, dann kleb' dir doch eine, wie wenn ich eine Briefmarke wäre. Ich kann einen Brief freimachen. Halt! Das Wort ›frei‹ führt mich zu weit weg. Wie ich mir in die Tasche lüge! Sein Name ist Gustavo Alcocer. Aus Mislata. Er will mir nichts sagen. Mißtrauisch. Ich wollte ihn nicht bedrängen. Dennoch liegen mir die Sätze auf der Zunge: »Wir haben den Krieg verloren.

Sie werden dich umbringen. Sie werden dich erschießen, läßt dich das kalt?«

Wie oft hat dieser Junge wohl Liebe gemacht?

Schauen wir einmal: Mein Leben, gehört es mir? Meine Vergangenheit, meine Zukunft, die Zukunft, die ich mir nach Belieben ausmale, gehören sie mir?

Niemand macht sie mir streitig, also gehört sie mir. Ich mache einen Aushang, keiner meldet sich. Also gehört sie mir. Doch wem ist damit gedient?

Und hier haben wir wieder das Schlüsselwort: dienen. Wozu dient das? Wofür diene ich? Wozu kann ich dienen?

Die Kinder sind von wem auch immer, das ist nicht die Frage.

Ehrlich, Ferrís, ganz ehrlich, dienst du zu gar nichts? Hast du je zu irgend etwas gedient? Selbstverständlich findest du einige Taten, wenn du in deinen Erinnerungen kramst – aber die hätte auch jeder andere vollbringen können.

Wozu dient eine Ameise? Wozu dient eine Fliege? Wozu dient Ferrís?

Nochmal von vorne, junger Mann: Ich werde sterben, ich werde sterben, ich werden sterben. Ich werde vor einem Erschießungskommando sterben. Nichts rührt sich. Gut: Ich werde sterben, und es ist mir egal. Da tut etwas weh.

Was hätte ich an Dionisios Stelle getan?

Wir gewinnen. Dionisio kommt herein: »Rette mich! Ich biete dir alles, worum du mich bittest.« Welcher ist offensiver, der erste oder der zweite Teil des Satzes? Und die Lust, den Freund zu vernichten, ihn zu zertreten. »Der Tugend sein Gesäß zeigen«, wie *Fray Luis* sagt. Vielleicht hätte die Lust noch weiter geführt: ihn mit süßen Worten zu verführen, und dann ab ins Grab, das um so tiefer ist. Wann hätte die Grausamkeit je aufgehört, ein Vergnügen zu sein?

Es tut mir physisch weh, besiegt zu sein. Wie Rache nehmen für die Niederlage? Wen betrügen? Wie mich selbst betrügen? Tun, was ich nie tun wollte. Nein. Das wäre heroisch. Einfach ein richtiges Arschloch sein: denunzieren, verletzen ... Schaden zufügen, aus purer Lust daran. Mehr als denunzieren: lügen. Mit Bedacht, aber lügen; anklagen; abseitige Bosheiten erfinden. Damit die bezahlen, die unbeleckt sind; damit sie ganz allmählich merken, wie die Welt ist, und nicht eine Sekunde lang zu meinen eigenen Gunsten.

Das ist keine Romanfigur. Wir alle sind mehr oder weniger so. Vielleicht irre ich mich, und es gibt Engel. Und Idioten, das verschließt sich nicht einmal denen. Vielleicht ist Gott einer. Warum nicht? Die unendliche Güte ...

Stuß reden mit Templado (nicht, daß er dumm wäre, aber wer schätzt schon, wen interessiert schon Intelligenz?). Reden um des Redens willen, einfach um die Zeit totzuschlagen. Was bleibt uns beim gegenwärtigen Stand der Dinge zu tun? Aber ich muß etwas tun, um aus diesem Loch herauszukommen. Es ist gleich, ob man etwas sagt oder das Gegenteil davon. Reden, um zu schweigen, das ist es, was an uns nagt.

Drei Kommunisten in der Ecke dort. Wenn ich mich nähere, werden sie verstummen. Egal, ich will es versuchen.

Der Versuch, die Kernpunkte des Gespräches wiederzugeben:

Rincón: »Entweder gibt man sich mit Haut und Haaren hin, oder man dient zu nichts.« (Offensichtlich handelt es sich um einen direkten Angriff gegen mich, wobei erschwerend hinzukommt, daß er recht hat, auch wenn ich nicht glaube, daß man sich mit Haut und Haaren hingeben kann. Sicher doch, Ferrís, sicher doch! Deshalb verachten sie dich doch, weil du so denkst. Weil du so bist. Ich weiß schon, du hast es dir viele Male verkniffen zu sagen: »Hier bin ich. Nutzt mich aus.« Und du wärst nicht der erste gewesen, der ihnen das sagte, mein Lieber – außerdem glaube ich, daß du es ihnen gesagt hast, in Madrid. Willst du dich nicht erinnern? Lerne, daß man die Dinge machen muß, nicht warten, bis man darum gebeten wird. Glaube ohne Werke ist nichts. Ein schöner Satz. Nicht von mir. Keiner von denen käme drauf, von wem er ist. Schreibe ich es hin, oder sollen sie sich den Kopf darüber zerbrechen? Weil sich keiner die Mühe machen wird, sei es gesagt: vom heiligen Augustinus.)

Ich erinnere mich genau an die Diskussion mit Rafael in Valencia, er war noch viel besoffener als ich:

»Ich kenne mein Volk, mein Land, meine Leute. Für sie tue ich, was ich kann.« (Seine Augen leuchteten. Dann sprach er weiter, leiser.) »Ich tue, was ich kann. Ich arbeite! Wenn ich einmal tot bin, werden sie mir ein Denkmal errichten …«

Hinterlistig fragte ich ihn, ob diese Idee mit dem Denkmal so wichtig sei. Vom Alkohol getrieben, ließ er sich hinreißen, mit ja zu antworten.

»Merkst du?« triumphierte ich damals. »Du kämpfst für dein Denkmal. Hältst du das für das Ziel eines Kommunisten?«

Er versteifte sich.

»Selbstverständlich!«

Doch später, je mehr Worte wir wechselten, rückte er seine Worte gekränkt zurecht. Das hat er mir nie verziehen.

Genau wie die dort mir nie meine fehlende Militanz verzeihen. Sie werfen mir vor, daß ich mich nie völlig hingegeben habe. Was ist Hingabe? Muß ich mich verstellen? Muß ich für einen Zweck etwas tun, was mir nicht richtig erscheint? Der unmittelbare Nutzen (wo? welcher?) ist nicht das Problem. Offensichtlich wäre es mir besser ergangen, wenn ich meine nicht vorhandene Orthodoxie demonstriert hätte. Wahrscheinlich wäre ich dann nicht hier. Sie hätten mich ›entfernt‹. Jetzt werden uns die Faschisten umbringen, und das Problem bleibt ungelöst bestehen. Dennoch möchte ich es mir so klar wie möglich darlegen:

Ist es der Mühe wert, seine eigene Art zu sein einer Orthodoxie zu opfern, wohl wissend, daß diese nur eine Annäherung daran bedeutet, was man für richtig hält? Sich ohne zu murren in eine nicht näher bestimmte Arbeit für ein unsicheres Ziel stürzen (aber immerhin ein Ziel, zumal kein anderes in Sicht ist) und vergraben lassen – scheuchen lassen –, bis man wie Gischt im tosenden Wasserfall das eine verliert: die Individualität? Sich als Handlanger fühlen ... Wenn es damit nur getan wäre. Akzeptieren, daß sie auf dir herumtreten und dir den einzigen Weg weisen. Glücklich jene Männer des achtzehnten Jahrhunderts, als alles Worte waren. (Wahrscheinlich stimmt das so nicht; auch jene ...) Dort ist das Übel – meins – und das Wohl – für alle. Mein Leichtsinn darf mich nicht trügen. Eine andere Lösung gibt es nicht: Entweder ist man bei der Sache der anderen dabei, dann ist alle Distanz Betrug, oder du hältst dich konsequent heraus, dann beförderst du mit jedem deiner guten Gründe – so gut sie auch sein mögen – den Sieg der Arschlöcher; und es kann kein guter Grund sein, daß der Kommunismus ohnenin triumphiert, weil er stärker ist, auch wenn du nicht mitgehst. Gehst du nicht mit, warum sollen dann die anderen mitgehen?

Mitgehen, also vergehen.

Spätes Bekenntnis. Morgen: ins Grab.

Nie habe ich jemanden gesehen, der sich so um seine Frau gesorgt hätte wie Farnals, und das, obwohl er nie viel auf sie gegeben hat. Mit Vernunft haben Gefühle nicht viel zu tun.

Eine ebenso alte Wahrheit, und dennoch vergessen wir sie so leicht: Immer vergesse ich sie.

Wir setzen uns zusammen, um zu entscheiden, was wir tun können. Natürlich gelangen wir zu keiner Einigung. Unterm Strich nur so viel, daß jeder einzelne bei den Verhören so reden soll, daß er seine Haut rettet. Niemand glaubt das. Es ist keineswegs sicher, ob wir überhaupt verhört werden.

Es ist Nacht geworden. Einige Lichter der Stadt sind zu erkennen. Seit Monaten sind es die ersten, die wir sehen. Für die in Freiheit Lebenden ist – fürs erste – die Angst vor den Bombardements vorbei. Ein Licht ist eine sehr hübsche Sache. (*Sache,* schreckliches Wort ohne Aura. Poesie, das ist das Gegenteil von ›Sache‹.) Wir drängen uns, die Lichter zu sehen. Es ist eine Gratisfolter, auf die die Faschisten nie gekommen wären. Jeder sieht sie und verkriecht sich dann.

Schweine! Lichter. Wozu davon reden, was sie auslösen? Monatelang keine gesehen. Sie werden durch die Straßen gehen, ohne zu stolpern, ohne auf die Bordsteinkanten achten zu müssen. Und dort, im Lager … Wir werden sterben, und die Lichter werden weiterleuchten. Im Grab, ohne Lichter, für immer. Was sollen wir dagegen tun! Wenn man wenigstens Kommunist wäre …

So von außen betrachtet, einen Schritt vor dem Tod, wie absonderlich man doch wird! Ein Mensch, der zu nichts mehr dient. Vielleicht diene ich, ohne Hoffnung, aber lebendig, doch noch zu etwas; aber tot … Wir sind zu viele, um ein Beispiel abzugeben. Eine Million Tote zählen weniger als ein Dutzend: Jeanne d'Arc, Sacco und Vanzetti oder jene des Ersten Mai – eigentlich die des Zweiten –, deren Posen Mantecón und Genossen gewählt haben. Von diesen Toten bleiben vor allem die auf dem Gemälde Goyas, der sie erfunden hat. Auch wenn es noch andere gab.

Der Katholizismus, das ist der Feind. Nicht wegen des Klerus oder des Luxus oder der Kunst: Weil er den Menschen so geringschätzt. Kein Volk hat soviel von diesem Gift getrunken wie das spanische; seitdem ist es kleinmütig, linksseitig gelähmt.

Ich habe geschlafen wie ein Stein. Aufgeweckt hat mich der Hunger. Offenbar schenken sie uns einen weiteren Tag. Es ist ein strahlender Morgen. Wir werden zusammengerufen und sollen antreten.

»Zum Spaziergang«, sagt Llopis.

Bestimmt haben wir uns bei der Geburt in der Tür geirrt. Schwierig, das gebe ich zu, aber so war es: Wir haben uns bei der Geburt in der Tür geirrt, das hier ist nicht die WELT, sondern eine andere, in Reparatur, am Ufer des Meeres gestrandet. Ein riesiger schwarzer Wal, oh Melville!

Ich denke nicht an Clemencia. Nur wenn ich meine Gefühle ordne. Sie ist mir schnuppe. Welcher Genuß, wenn ich schreibe: ›Sie ist mir schnuppe‹. Außerdem stimmt es nicht ganz; aber in solchen Augenblicken denke ich es gerne. Arme Clemencia, wie kann man in solchen Augenblicken nur einen Namen haben, der ›Milde‹ bedeutet? Um die Wahrheit zu sagen, schön war sie nicht gerade. Aufpassen: Ich spreche von Clemencia in der Vergangenheit, als ob sie tot wäre, dabei werde ich der Tote sein. Was wird sie tun ohne mich? Mit ihren Gedichten, ihrer Fettheit, ihrer Brille ... Wenigstens hat sie ihre erzreaktionäre Familie. Sie wird schnell altern und im Gedenken an mich Gedichte schreiben. Da sie ihr aber recht obszön geraten, wird sie weder wagen, sie mir zu widmen, noch, sie zu veröffentlichen. Selbst diese Rettung bleibt mir versagt.

Große Schnapsidee: vor dem Sterben in die Kommunistische Partei eintreten. Was für ein Gesicht Giménez, Areilza und Luna machen würden? Warum nicht?:

»Genossen, ich beantrage meine Aufnahme in die Partei.«

Dann die Schüsse. Nein: sie würden sagen, daß sie das nicht entscheiden können: daß sie das mit dem Regionalkomitee besprechen müssen, dessen Zustimmung nötig ist und so weiter. Die Katholiken sind da großzügiger.

In Wahrheit habe ich die eben erwähnten vier Schüsse verdient. Keine Sorge, Kumpel, das geht alles.

»Die Welt kennt keinen Sinn, keine Gerechtigkeit und auch nicht das Gegenteil. Aber ich habe das sehr wohl – oder glaube das zumindest; egal. Und genau dort beginnt die Tragödie.«

»Wenn das so ist, sehe ich nichts davon: Du tust, was du willst, ruhst dich aus in einer neutralen Mittelstellung. Tragisch wäre das Gegenteil: Wenn dir der Wille fehlte in einer Welt, die weiß, wohin sie geht. Das wäre wirklich Sklaverei. Oder wenn du und die Welt mit antagonistischen Standpunkten gegeneinander stünden …«

»Naja, aber wenn ich nicht an die Existenz von Gut und Böse glaube …«

»Wenn du davon überzeugt bist, ist es kein Problem.«

Nie werde ich diesen Roman schreiben, und auch keinen anderen.

Die wahrhaftige Dichtung ist die Tragödie. Diese Tage in Alicante, dieser Hafen, diese Menschenmenge, dieses Labyrinth sind bestimmt die größte Tragödie, die ich in meinem Leben erleben kann. Die Dichtung. Für mich ist das die Dichtung: diese Anhäufung auswegloser Schicksale, Auge in Auge mit dem Selbstmord. Das ist nichts Neues in der Geschichte, im Gegenteil: Das hat sich schon oft wiederholt, auf die eine oder andere Weise, in allen Breitengraden, unter ganz unterschiedlichen Bedingungen.

Dann ist es also die Wiederholung solcher Situationen, die die Welt in ihren schrecklichsten und authentischsten Zügen zusammenhält: die Dichtung. Die Dichtung ohne alles, denn alle andere Dichtung benötigt Adjektive: lyrische, dramatische, romantische und so weiter.

Die Könige, die Diktatoren, die Generäle sind nichts als triste Elemente dieses ›tragischen Lebenskonzepts‹, sie hauchen dem Tod Leben ein. Literarisches Leben, was für mich das einzige ist, das zählt. (Nur für mich? Die Kunst ist das einzige, was es mit allem aufnimmt.)

Nehmen wir diejenigen, die sich wichtig fühlen, weil sie an einem Krieg teilgenommen haben, als würde sie das von den anderen unterscheiden ... Unglückselige Anhänger Isabels, unglückselige Welfen, unglückselige was auch immer. Besser gesagt: Unglückselige Karlisten, sie waren die Besiegten – ein Jahrhundert liegt zwischen ihrem 1836 und unserer neuerlichen Niederlage (unsere habe ich geschrieben, dabei hätte ich ihre schreiben müssen), und es erwartet sie – uns – ein Jahrhundert der Erniedrigungen, obwohl, wie das auf lange Sicht immer geschieht, ihre – unsere – Vorstellungen (welche?) zumindest teilweise die der Sieger geworden sind.

Wie konnten wir nur eine Sekunde lang glauben, wir könnten gewinnen? Seit jeher ist Spanien ein reaktionäres Land, rückständig, traditionalistisch, römisch-katholisch bis zum Gehtnichtmehr, engstirnig, schwer von Begriff, fanatisch, arm; von seiner menschlichen Seite: gastfreundlich, bescheiden, herzlich, mit persönlichen Tugenden, die nichts mit Politik zu tun haben, auch wenn sie einander nicht ausschließen; weder mit der Rechten noch mit der Linken. Ganz klar: Ich habe mich zum Deppen gemacht, von Beginn an.

Ich könnte der Montes oder der Giménez Caballero dieser Herren sein. Beide bewiesen Weitblick, vor Jahren, aus mehr oder weniger linker Position, obwohl sie schamlos waren. Wenn ich das nur gewesen wäre! Mein Anstand hat mich ruiniert. Tut mir leid.

Warum nicht an den Fortschritt glauben oder an die ewige Wiederkehr? Das einzige, was existiert – und doch nicht existiert –, ist das Glück. Der Mensch macht Erfindungen, schreitet nach dem Zufallsprinzip voran – wenn man das Fortschritt nennen will ... Man kann den Eindruck bekommen, es sei ein Rückschritt, eine Umkehr, wie Heraklit das wollte, aber ebenfalls zufällig; man kommt *nahe* daran vorbei. Das Leben irrt durchs Universum, und sein einziges Gesetz ist die Existenz; doch seine Richtung entbehrt des Zwecks und der Moral; darum kämpft der Mensch, seit er seinen Verstand gebrauchen kann, um beides zu erreichen. Und dieser Kampf ist seine Moral. Aber ich kämpfe nicht mehr. Nicht mehr.

Vor allem fliehen: einen toten Roman schreiben. Einen Brocken. Der nichts weiter wäre als er selbst, ohne Beziehung zu irgend etwas. Den Gipfel der Reinheit, der Entmenschlichung; der von nichts abhängt, außer von mir. Einen Roman, der Selbstmord an sich selbst verübt. Einen Roman, der zwar existiert, aber keinen Schatten wirft. Eine Geschichte ohne Vorgeschichte, ohne Ziel, in der nichts passiert. Einen Roman aus Stein, wie die im Hafen; einen Betonroman, wie der, der die Steine verbindet, einen Eimerroman, wie dem für die Exkremente, aber ohne den Inhalt. (Das wäre zu einfach.) Einen Roman, der nichts bedeutet. Einen leeren Roman. Einen Roman, der für das Erzählen das ist, was Kandinsky für die Malerei von Geschichte ist. Einen kalten Roman.

Alles kommt darauf an, den ersten Satz zu finden, der Rest kommt von alleine. Wenn man mich hier alleine ließe, mit der nötigen Zeit (wieviel?), könnte ich ihn finden. Letztlich ist das Gefängnis, ist das Eingesperrtsein der ideale Ort für einen Erzähler. Solange er Stift und Papier hat. Wann hätte ich je mehr Zeit gehabt? Den ganzen Tag, die ganze Nacht kann ich an ihn denken.

Aber da sind die anderen, die einen nicht in Frieden lassen. Vielleicht ist der *Robinson Crusoe* ein großer Roman, weil sein Autor alleine war oder sich zumindest vorstellte, es zu sein.

Mit denen dort fortgehen – wozu? Wohin? Ich bin ein spanischer Schriftsteller, was habe ich in Paris verloren, in Tunis oder Santiago de Chile? Mein Platz ist hier. Draußen kann man – vielleicht! – Politik machen. Romane, Gedichte, wo soll man sie veröffentlichen? Wer wüßte, wer ich bin? Hier hingegen muß ich nichts ändern, damit alles anders wird, mit wem auch immer und je schneller, desto besser. Und nicht schlecht von mir denken; es ist kein Verrat, sich lächelnd vor den Karren der Siegersprache spannen zu lassen; um Schutz und Vergebung zu bitten, am besten jetzt, »da es Nacht ist«, so daß niemand – beinahe niemand – es merkt.

Ich spüre, daß ich mich selbst auflöse. Bis vor wenigen Tagen, als ich die klare Entscheidung traf, den anderen mein Einverständnis aufzukündigen, war ich ein anderer. Jetzt fehlt mir jegliche Basis, ich bin in Stücke geschlagen, aber nicht, wie man so banal sagt, nein: ich fühle mich wirklich anders, abgetrennt, durchgeschnitten, wie gesagt: in Stücke geschlagen, auf der einen Seite ein Fuß, auf der anderen eine Hand und so weiter. Oder, in anderen Stunden, als eine ungeformte Masse, Staub. Eigenartiges Empfinden, sich als inexistent zu fühlen oder als ob ich mehrere zugleich wäre. Ich bin nicht ›der andere‹, ich bin nicht doppelt, sondern fühle mich zerstückelt; nicht: Verräter meiner selbst – Schluß mit den Verunglimpfungen! –, sondern im Gegenteil: Ich habe es getan, weil ich es als normal empfand, so zu handeln, weil ich es tun mußte; nie war ich aufrichtig. Kein Groll gegen Dionisio.

Ich will nicht wissen, warum ich schreibe, sondern, warum der Mensch schreibt. Warum schreibt der Mensch, nicht aber die Schildkröte? Warum malt der Mensch, nicht aber die Giraffe? Weil er eine Seele hat. Gut. Folglich ist es sinnlos, den Geist zu leugnen. Hängen die verschiedenen Ausdrucksformen des Geistes von den Bedingungen ab, unter denen er sich entwickelt, den sozialen und ökonomischen, wie meine Halbfreunde und Genossen, die Materialisten, gerne behaupten? Doch der Geist an sich, wovon hängt er ab? Was ist er? Wie ist er entstanden? Warum schreibe ich? Warum malte Goya? Warum er malte, wie er malte, das ist eine andere Frage, die sich *beinahe* mit den ›Bedingungen‹ und so weiter beantworten läßt.

Man schreibt, um leben zu können. Wenn ich nicht schreiben würde, würde ich nicht leben. Ich schreibe immer. Ich schrieb immer – unter schwierigsten Bedingungen, sogar wenn es mir unmöglich war, wie jetzt. Ich schreibe. Sogar wenn ich nicht schreibe, schreibe ich. Ich schreibe, um mich an das zu erinnern, was ich schreibe, ich brauche das Schreiben, um zu leben.

Irgend etwas schreiben, irgendwie, egal, worauf, und egal, wann. Schreibe ich nicht, lebe ich nicht. Nichts macht mir so viel Freude. Noch als Toter werde ich schreiben: ich gebe – verpfände – mein Wort, und selbstverständlich keine *Erinnerungen von jenseits des Grabes.*

Schreiben heißt sich entdecken, in jeglicher Hinsicht, immer nackter werden, sich ausziehen, schließlich einen unerwarteten Nackten vor sich haben. Man wußte nicht, daß man so ist. Was für eine Überraschung! Und die Welt ist – notwendigerweise – aus Überraschungen gemacht.

Hieraus erklärt sich, in einem anderen Sinne (welchem?), die Wahrheit eines Calderón oder Unamuno, daß *das Leben ein Traum* ist oder ein Erwachen. Immerzu erwachen, niemals endet es. Wenn du aufgewacht bist, wachst du schon wieder auf. Alle Vergangenheit ist Traum, und die Zukunft hängt von deinem Aufwachen ab: vom Geschriebenen.

Worin besteht jenes Auf-dem-heutigen-Stand-sein. Auf jeden Fall müssen wir aus der Reserve heraustreten, früher oder später. Traurige Gestalten sind diejenigen, die nicht merken daß der heutige Stand schon der gestrige ist. Arme Teufel diejenigen, die das Heute erfinden wollen und doch von gestern sind.

»Und heute, was gibt's?«

Niemand weiß etwas. Ich lebe im Vakuum. Wo sind die anderen? Es ist, als wäre die Welt woanders hin gegangen. Es geht nicht mehr weiter. Morgen oder übermorgen unter der Erde, was hatten wir überhaupt auf der Welt verloren?

Sein, wie man war. Gewesen sein, wie man zu sein träumte. Weggehen, fliehen ... Wie so viele gerade träumen. Es ist zum Lachen. Das Leben ist stärker. Das Leben ist jünger. Es gab eine Zeit, in der die Literatur stärker war als das Leben. Dank der Kriege ist es damit vorbei. Das ist der Unterschied zwischen den Epochen. Wenn sich nichts ereignet, erfinden sich die Menschen unglaubliche Fluchtwelten. Der Krieg beschneidet die Vorstellungskraft. Wer bist du? Was erwartest du dir noch immer vom Leben? Was erhoffst du dir? Wozu lebst du? Die Melancholiker – irgendwie muß man sie ja nennen – fragen sich, warum sie leben. Arme Tölpel, als ob man wissen könnte ... Das Wozu ist eine andere Sache. Es hängt von dir ab. Du fragst dich: Wozu lebe ich? Wie kannst du eine Lösung erwarten? Es ist unnütz, immer wirst du mit dem Kopf auf das Ungreifbare stoßen. Das Wozu, darauf kommt es an.

»Wozu lebst du?, wenn du unbedingt willst, daß ich dich frage.«

»Ich lebe, um möglichst anständig zu leben.«

»Möglichst gut.«

»Genau, so gut wie möglich.«

»Was bedeutet möglichst gut für dich?«

»Das habe ich dir schon gesagt: Sein, wie man ist, sein, wie ich bin, sein, wie ich war, sein. Schluß und aus.«

(Unnütze Seite, wie alle. Von Anfang bis Ende sagen sie dasselbe. Meine Unfähigkeit, Figuren zu erschaffen. Ich drehe mich im Kreis, ohne meine Bewegung in Feuer zu verwandeln. In mir zerbröselt das Manna und zerfällt zu Staub. – Dieser letzte Satz ist gut, aber ich bin mir sicher, daß er nicht von mir ist, daß ich etwas Ähnliches schon einmal gelesen habe. Wo? Nicht einmal ein Gedächtnis habe ich, doch ein Vergessen gibt es nicht. Etwas bleibt immer. Oder ist Erschaffen etwa nicht Wiedererschaffen? Alles nur wiedererschaffen, sich wieder erholen, wieder entspannen, wieder vergnügen – so halten es die Mittelmäßigen.)

Daten und mögliche Erzählungen

Don Manuel kam irgendwie zu Tode, drei Tage nach dem Einmarsch der franquistischen Truppen in Madrid, weil er von den Roten festgenommen und wieder freigelassen worden war.

Er war klein und verachtete sich. Er redete nur, um zu schaden. Das schien ihm das einzig Anständige. Wenn er in der

Proviantschlange anstand, schien es ihm unzumutbar, daß man ihm das gleiche gab wie den anderen; eine Beleidigung. Was tun mit so einem Typen?

Gonzalo Muñoz – durch und durch ein guter Kerl –, hat nur eine Angst: Ständig glaubt er, auf einer einsturzgefährdeten Brücke zu gehen. Ein Anständiger, der ein Verräter der letzten Stunde wird, was ihm auch nichts mehr nützt.

Nie werde ich diese Geschichte niederschreiben. Weil ich nicht wüßte, wie. Die Ideen kommen mir, aber ich scheitere, sobald ich sie in Form zu bringen versuche. Vielleicht bin ich zu jung. Das Original läßt sich nie exakt übertragen. Mit den Worten den Dingen Leben einhauchen. Mit dem Atem. Um zu glänzen, bedarf es der Worte.

Gift verspritzen, wie? Ich wurde zum Menschen gemacht (wie man so sagt), nicht zur Viper. Verletzen, womit? Der Lobpreis ist simpel und ekelerregend, das kann jeder, was bleibt noch?

Ich bin hier wegen der göttlichen Gerechtigkeit. Besser gesagt: weil es sie nicht gibt. Was würde es Gott, wenn er existierte, schon kosten, für Gerechtigkeit zu sorgen? Nichts, und die Welt sähe anders aus. Aber so ließ er es mit Annäherungen bewenden, und wir dürfen seine Gerechtigkeit üben oder erdulden, die kurioserweise in den Händen unserer Feinde liegt.

Welcher Glaube hält mich aufrecht? Mich schwängert die Luft.

Ein perverser junger Mann. Schlimme Geburt. *Er mag nicht, was er tut,* aber er tut es: grausam, zum Bösen bereit, weil es das einzige ist, was aus seinem Inneren kommt. Er sucht seine Befriedigung und findet sie nicht. Also zuschlagen. Stark, schön.

Am Ende opfert er sich für einen anderen, *ohne jeden Grund.*

Kalter Schauder bei dem Gedanken, auf anderen Planeten könnte es Leben geben. Solle es auf der Venus oder dem Mars wirklich soviel Müll, soviel Böses, soviel niederen Instinkt geben, wie ich hier sehe? Nein. Das muß Zufall gewesen sein, grausame Beliebigkeit.

»Halte durch!« Für die Reichen ist das eine schöne Sache. Du, lach nicht, du kommunistischer Teufelsbraten, bis auf wenige Unterschiede brütest du doch die gleichen Gedanken aus. Was macht das schon, ob das Durchhalten bis übermorgen geht oder bis zum nächsten Monat? Du bittest mich, ich soll durchhalten und mich opfern, damit die Enkel meiner Enkel am Sankt-Nimmerleins-Tag in einer besseren Gesellschaft leben.

»Du, oh Katholik, verlangst von mir mehr oder weniger dasselbe. Beide versprecht ihr Gerechtigkeit im großen Stil für dann, wenn ich tot bin.«

Ich bin nicht einverstanden. Ich will jetzt sofort Gerechtigkeit. Denn wozu sonst habt ihr mir diesen Gedanken in den Kopf gesetzt? Von wem hängt die Gerechtigkeit ab? Von Lenin oder von Gott unserem Vater? Mir ist das egal. Wichtig ist für mich, sie zu bekommen. Oder gibt es sie nicht, und ihr lügt beide?

Ich erinnere mich nicht einmal mehr daran, daß ich ursprünglich Freiheit wollte. Beide gebt ihr mir dasselbe. Ihr denkt gleich. Was soll's. Dir ist es egal, wenn ich lebe, so wie ich will: es zählt die Zukunft. Die Zukunft, jene unendliche Zukunft, die für mich nie kommt. Jene Zukunft, jene andere Welt, jenes Wann-auch-immer, wenn unser Vater –

deiner – über uns richten wird. Dann muß man sich, so deine Meinung, der strengstmöglichen Gerechtigkeit stellen. Sie wird angewandt. Also, was tut das hier zur Sache? Soll doch gewinnen, wer will: der Reichste, der Stärkste, unterm Strich – ja und? Entscheidend ist doch, was uns erwartet. Und das weißt weder du noch weiß es ich noch weiß es der dort. Und beide lügt ihr wie aus einem Mund.

Plötzlich bringen sie uns weg, irgendwohin. Ständig der Gedanke, morgen tot aufzuwachen ...

Templado läßt Cuartero in der wärmenden Sonne weiterschlafen. Mit den Händen in den Taschen spaziert er zwischen den Mandelbäumen umher. Ein gutes Stück weiter die Landstraße, in beiden Richtungen stark befahren. Zu den Wachposten hält er Distanz; dann geht er auf sie zu, bis sie ihn zurückscheuchen. Er kaut auf einem Baumtrieb herum, spuckt ihn aus. Er bleibt stehen, hört zu. Geht weiter, stellt sich interessiert dazu, redet nicht mit. Er kennt niemanden, oder es sind zu viele, um überhaupt erst nach Bekannten zu suchen. Er schnappt etwas auf, stellt Vermutungen an, bildet sich ein Urteil, ohne genau zu wissen, wovon geredet wird. Nichts berührt ihn.

Hin und wieder bleibt er stehen – wenn das Gesagte seine Aufmerksamkeit weckt –, ansonsten begnügt er sich mit Vorbeischlendern. »Wie wenn ich einen Bericht schreiben müßte«, denkt er, womit er seinem Herumgehen einen Sinn gibt, dann kehrt zu dem Baum zurück, unter dem Cuartero in Ferris' Notizbuch blättert:

»Wie findest du es?«

»Nun ja. Nicht besonders interessant.«

»Davon gibt es sicher viele.«

»Nein, Gott sei Dank.«

»Ich meine, die nicht besonders interessant sind.«

»Bestimmt. Kannst du dir eine Welt voller Genies vorstellen?«

»Wohin gehst du?«

»Da lang, mich umhören.«

»Anstatt auf französische oder englische oder sonstwelche Schiffe zu warten, wäre es nicht besser gewesen, wir hätten unsere aus Cartagena hergelotst, damit sie uns mitnehmen?«

Die Umstehenden schweigen, bis einer sagt:

»Wenn man sich vorstellt, daß uns die Welt mit drei Frachtern zu je zehntausend Tonnen – mal allgemein gesagt – einen großen Dienst erwiesen hätte ...«

»Von wegen: die Welt. Was ist, bitteschön, mit Negrín, Prieto, Besteiro, Azaña, Martínez Barrio ...?«

»Die hatten bestimmt keine Möglichkeit.«

»Sie werden sich auch nicht fürchterlich angestrengt haben.«

»Vielleicht schon. Es ist eben nur so, daß von hier aus ...«

»Du bringst das Gespräch auf eine andere Bahn. Was ich sagen wollte: die Welt, einschließlich Franco. Und du hast es ja gesehen: Die Italiener haben sich anständig benommen. Was hätte es Franco gekostet, zu England, Frankreich, Mexiko zu sagen: Einverstanden, schicken Sie drei Schiffe, damit jeder, der will, fortgehen kann? Abgesehen davon, daß es so auch vereinbart war. Aber nein. Sie müssen uns fertigmachen, sich an sich selbst rächen, für ihren eigenen Verrat, damit so schnell wie möglich so wenige Zeugen wie möglich existieren. So waren wir immer. Gnade gibt es überall, sogar bei den Muslimen, aber nicht bei den Iberern.

»Bei den Juden auch nicht«, sagt ein solcher.

»Darüber läßt sich streiten. Und zwar Zahn um Zahn. Denn die Juden sind zivilisiert, produktiv, geschäftstüchtig, weise. Alles, was wir geringschätzen. Bei uns war die Bezeichnung ›Intellektueller‹ immer ein Schimpfwort.«

»Wir haben Krieg geführt, und hier stehen wir. Die Privilegierten und noch ein paar mehr sind abgehauen. Nur wir, an denen das Glück vorbeigerauscht ist, sind hier.«

»Oder unter der Erde.«

»Keine Frage.«

»Ich bin unzählige Stunden als Bombenschütze geflogen. Zweimal bin ich abgeschossen worden, beide Male funktionierte mein Fallschirm perfekt. Viele meiner Kameraden habe ich verschwinden sehen, wie man so sagt. Sie kamen einfach nicht zurück. Jetzt bin ich hier.«

»Wieso bist du nicht abgehauen?«

»Erstens konnten das nicht alle Flieger machen, weil es nicht genügend Maschinen gab. Dann gab es einige, die auf einen ihrer Kameraden warten wollten, der mit ihnen im gleichen Jahrgang war. Ich habe mehr Glück gehabt, als es jetzt aussehen mag: ich bin im Norden abgestürzt und kam raus.«

»Wie?«

»Über Frankreich.«

»In einem Flugzeug?«

»Nein, per Schiff.«

»Warum bist du nicht dort geblieben?«

»Das hätte noch gefehlt! Was machst du denn hier? Das engagierte Wort verteidigen ...«

»Ich habe nirgends verteidigt ...«

»Ach! Aber ... bist du nicht Soldat?«

»Nein.«

»Dann ist es etwas anderes.«

»Warum?«

»Ich weiß nicht. Aber es ist etwas anderes.«

Er sieht ihn weggehen. Der andere, der zurückbleibt, zuckt die Schultern.

»Was habt ihr geglaubt? Daß man einen ehrbaren Weg gehen kann? Wann? Wo? Die Freiheit knickt beim jedem Windstoß ein, sie ist eine so empfindliche Blume, daß sie beim ersten Luftzug vergeht. Man müßte eine neue Welt entdecken, bevölkert mit zarten Männern, die wie Frauen wirken, damit man sie anmutig und gebrechlich in Watte konservieren könnte. Die Freiheit ist etwas Innerliches: Sobald sie nach außen dringt, vergewaltigen sie Tausende von Blicken. Deshalb habe ich zu ihrer Verteidigung immer fleißig unterschrieben und ansonsten nie etwas für sie getan.«

»Und jetzt?«

»Grübeln. Wer von den Schriftstellern in Burgos könnte mir nützlich sein? Einige schätzen mich, ein Grund mehr, nichts für mich zu unternehmen, weil sie sich in die Hose scheißen – Pardon – vor Angst, ich könnte auf sie zurückkommen. Bleiben also die, die mir nicht wohlgesonnen sind; ich fürchte sehr, das Kloster von Las Huelgas ist nichts für Philanthropen. Abwarten und keinen Tee trinken, was im Augenblick das gleiche ist, und darauf hoffen, daß diejenigen, die auf keiner Seite mitgemacht haben, ein Wörtchen mitzureden haben.«

»Und wann bitte wird das sein?«

»Spät und nach viel Leid. Warum sollte ich ein so überflüssiges und sinnloses Manifest unterschreiben? Wozu war das alles gut? Um hier zu landen. Um im Fall des Sieges Dank um Dank einzuheimsen. Hat wer eine Flasche dabei, und wenn es ein Valdepeñas ist?«

»Jetzt werden sie dir Rioja servieren.«

Cuartero erinnert sich an das Abendessen im *Ideal Room*. Wie viele Tage ist es her, drei, vier? Es kommt ihm vor wie ein Jahrhundert. Die Zeit hat kein Maß.

»Ich weiß nicht, warum euch diese Sätze so verletzen: ›Hinfort von mir, dieser schändliche Drang zu denken.‹ Oder jenes ›Tod der Intelligenz!‹ Schließlich beweist das nur, daß Gott Spanisch sprach. Oder war es nicht er, der am Anfang allen Anfangs sprach: ›Du sollst nicht vom Baum des Guten und des Bösen essen‹? Ist das nicht alles dasselbe?«

Cuartero sieht Templado an. Er glaubt, daß er nur zu sich selbst spricht und nicht zu ihm, Cuartero. Das ist keine Rücksichtslosigkeit, das ist blanke Wut. Er irrt sich.

»Warum bist so wütend auf Casado und die Anarchisten, die, wie du sagst, die Regierung verraten haben …?«

»Wenn du das wenig findest.«

»Ich finde das nicht wenig, sondern normal, was nicht dasselbe ist. Sie hatten Angst, Negrín und die Kommunisten würden die Flucht zu ihrem eigenen Vorteil organisieren und entschlossen sich, dasselbe zu ihren Gunsten zu machen, blind vor Angst.«

»Es ist ihnen schlecht bekommen.«

»Das will ich gar nicht abstreiten, aber davon reden wir nicht. Es ist einfach so, daß Negrín mehr Leute hätte retten können, mit Mitteln, die sie nicht hatten. Sie sägten ihn einfach ab; ob das Negrín gefiel, weiß ich nicht, aber einem Teil der Kommunisten bestimmt. Sie spielen auf einem größeren Schachbrett, sie haben noch viele Jahre vor sich. Ob das der Wahrheit entspricht oder nicht, ist unwichtig; jedenfalls glauben sie es, und das kann durchaus der Wahrheit entsprechen. Der Krieg war verloren, da zählte es nicht mehr, ob eine halbe Million mehr oder weniger sterben, außer für die Familien der Verstorbenen, zumal hier in Spanien, wo man lange Trauer hält und die Familie so viel zählt.«

»Du Barbar.«

»Danke der Ehre.«

»Willst du eine Definition, was wir sind und was die anderen? Wir sind ehrbar und unsere Bewacher das Gegenteil.«

»Wenn man einmal die Übertreibung, die nie gut ist, beiseite läßt: Definiere mir Ehrbarkeit«, fordert der andere.

Templado kennt ihn: Jaime García López floh 1917 aus Spanien, wegen seiner politischen Überzeugungen, die er deutlich, mit der Pistole in der Hand, gezeigt hatte. In Kuba gelangte er mit krummen Geschäften zu schnellem Reichtum; er machte auf hohes Tier und verkaufte Krankenhäusern schlechte Wäsche und gefälschte Medikamente. Er vermählte sich, langweilte sich mit Frau und Kindern bis zum Überdruß. 1936 kehrte er zurück, kämpfte mit höchstem Einsatz.

»Denk nicht, daß das so einfach ist. Auf jeden Fall hängt es von jedem einzelnen ab. Wer immer in ehrbarer Umgebung gelebt hat, ›ehrbar‹ in Anführungszeichen, für den ist es etwas Natürliches; so zu sein wie die ehrbaren Eltern immer schon waren, unfähig, aus einer Unachtsamkeit, einer Vergeßlichkeit Profit zu schlagen. In ihren Augen ist der ehrbar, der nicht betrügt, entsprechend der katholischen Moral; und ehrlos der, der aufhört, ehrbar zu sein. Das zumindest ist, allgemein gesagt, das Verständnis von Ehrbarkeit hier in Europa. Nun gut, jetzt stell dir einmal ein Land vor, in dem einer nicht deswegen ehrbar ist, sondern wegen seines Geldes, das ihm gesellschaftliches Ansehen einbringt, das noch steigt, je mehr Geld er hat – so schlecht er sich auch benommen haben mag. Was passiert? Der – nach unserem Verständnis – Ehrbare steht als Depp da.«

»Und die Verachtung, die so einer für sich selbst empfinden muß?«

»Das ist ein anderes Problem. Ausschließlich für den, der von hier kommt. Es verschwindet relativ schnell. Es gibt hier eine Art, ehrbar zu sein, und dort eine andere.«

»Wenn du das sagst ...«

»Ich sage das nicht, ich bin der Beweis: hier stehe ich vor dir. Wenn ich kein anständiger Mensch wäre, würde ich jetzt ... Also, derzeit würde ich Millionen scheffeln.«

»Womit schlicht und ergreifend gesagt ist, daß die Reichen aus einem anderen Land kommen.«

»Aus einer anderen Klasse.«

»Nein. Nichts da mit Klassenkampf und diesem ganzen Kram. Nein: aus einem anderen Land. Die Reichen leben in einem, die Armen in einem anderen; geographisch mag es dasselbe sein, das tut nichts zur Sache. Reiner Zufall. Geographisch besteht eine größere Distanz zwischen einem Millionär aus El Vedado und einem Schwarzen aus Guanabacoa als zwischen ihnen und ihren Pendants in Indien. Kämpfen? Also bitte! Womit soll der Arme gegen den Reichen antreten? Zu einer Revolution kann es kommen, wenn die Reichen sich ruinieren und die Armen sich bereichern. Alles andere führt allenfalls zu Husarenstreichen, zu Aufständen.«

»Wozu bist du dann hergekommen?«

»Dazu.«

Er greift zu einem Mandelzweig, bricht ihn ab, knabbert an ihm herum.

»Vielleicht habe ich das bis zu dem Augenblick nicht gewußt, in dem ich es dir sage.«

»Nein, Mann, nein! Das ist ja, als würdest du mir sagen, jenes Auto, das mich vor zwanzig Jahren nicht überfahren hat, ist schuld daran, daß ich nicht in den Himmel komme! Warum soll ich mich verurteilen, aber nicht den, der mit fünf Jahren einem unbekannten Fieber erliegt? Wenn das, worum gespielt wird, so wichtig ist, wie kann dann der Zufall diese *Wichtigkeit* haben? Es sei denn, alle Abergläubischen haben recht, dann hast du es auch. Und von jetzt an lasse ich mich von niemandem mehr für dumm verkaufen.«

»Du bist doch selber Verkäufer.«

»Du da, sieh zu, daß du fertig wirst!«

»Zwei Dinge brauchen ihre Zeit und Ruhe: Essen und Scheißen.«

»Ich mußte bei den ersten Erschießungen das Kommando übernehmen, auf dem Campo de la Bota, in Barcelona. Glaubt bloß nicht, ich hätte das gerne gemacht. Von wegen! Aber was bleibt einem? Einer mußte es tun, und ich habe mich noch nie vor etwas gedrückt. Vom Schreibtisch aus sagt es sich so leicht: ›Erschießt mir die Kerle dahinten, aber die dort vorn nicht.‹ Mit einer Handbewegung, einer Unterschrift ist die Sache erledigt. Natürlich folgte alles seinem geregelten Gang: Es gab Tribunale, die ihre Urteile sprachen, aber wer sollte sie ausführen, die Armee hatte sich doch aufgelöst? Die Wachpatrouillen? Das paßt irgendwie nicht; sie kamen und gingen, sammelten und brachten die Festgenommenen. Die Milizen? Jawohl: die Armee des Volks. Sie waren gerade gebildet worden. Auf jeden Fall ordnete das Komitee an: Die Milizen sollten die Urteile ausführen.

Also mußte ich in den sauren Apfel beißen. In meinem Leben habe ich Schlimmeres geschluckt. Ich glaube, niemand kann mir Vorwürfe machen, wenn es darum geht ... Aber, mein Lieber, länger als drei Tage habe ich es nicht geschafft: Weder wußte ich, wie man befiehlt, noch wußte das Kommando, wie man gehorcht. Nicht, daß es keine Disziplin gegeben hätte: Wir wollten sie nicht.«

Die Milizen hatten keinen Schimmer, wo's langging: Der eine lud noch, als es schon ›Zielen!‹ hieß, der andere drückte vor dem Feuerbefehl ab, der nächste hinterher. Ein heilloses Chaos, und all die Leute, die dabei zusahen. Was soll ich dir sagen. Allen mußten wir den Gnadenschuß geben. Ich war mehr tot als lebendig. Ehrenwort. Und ich habe schon einiges gesehen.

Die Vorstellung begann bei Sonnenaufgang. Dicht gedrängt standen die Leute. Sie prügelten sich um die besten Plätze, drängelten, beschimpften sich und waren mucksmäuschenstill, als ich meine Befehle gab. Tausende waren dabei, was sage ich: Tausende? Mehr. Und erst der Tag, an dem wir General Godea ... Aneinandergekettet zu je fünf oder sechs wurden sie herangeschleppt. Nach drei Tagen habe ich alles stehen- und liegengelassen. Ständig dieses Befehlen, und dann noch vor den Augen aller. Für so etwas bin ich nicht geboren.

Sie lernten schnell, Camarlench löste mich ab. Aber was für Tage! So etwas wünsche ich nicht einmal diesem Sohn von Sowieso López, der ein ... ihr wißt schon, was, ist. Und dann mußte auch noch der Ablauf irgendwie geregelt werden: Ich erinnere mich an einen Oberst, der mich bat, selbst den Befehl geben zu dürfen. Wir, die wir letzte Wünsche immer respektiert haben, hatten nichts dagegen einzuwenden. Der Typ wurde kreidebleich: ›Auf Befehl von Oberst X ... von ...!‹ Darüber hinaus brachte er keinen Ton heraus: er blieb stumm, seine Stimme brach, er schaffte es nicht, Junge, er schaffte es nicht. Es muß höllisch für ihn gewesen sein. Nie werde ich sein Gesicht vergessen; aus ihm sprach ein Haß auf sich selbst, wie ich das nie zuvor gesehen hatte. Schließlich gab ich den Befehl – was bleibt einem? Aber ohne mich aufzuspielen, ganz schlicht. Jemand mußte das tun, und es war alles legal: die Erschießungen fanden vor aller Augen statt, mit ordentlichen Papieren. Mit allem Recht: Sie hatten sich erhoben, also: unter die Erde mit ihnen.«

Er lachte; nicht aber die, die ihm zuhörten. Er fuhr fort:

»An meinem letzten Tag befand sich unter den Leuten, die wir zu erschießen hatten, ein Verwundeter, mit verbundenem Kopf. Er trat resolut vor, stellte sich vor das Erschießungskommando und erklärte, daß er keine Augenbinde wolle: ›Mir reicht das hier‹, sagte er und deutete auf den Verband über seiner Stirn. Sie waren zu fünft in der Gruppe. Ich gab die Befehle: ›Anlegen! Zielen! Feuer!‹ Alle stürzten zu Boden – wir hatten in der kurzen Zeit einiges gelernt – außer dem Verwundeten. Dort stand er, breitbeinig, blickte wie benommen um sich, kein Häarchen gekrümmt. Keiner der Milizionäre hatte auf ihn gezielt, sondern die Aufgabe, einen Verletzten zu töten, seinem Nebenmann überlassen. Ich fand das ganz in Ordnung.«

»Und?«

»Sie luden noch einmal und gaben ihm die volle Pakkung.«

»Man braucht sich nur einen Verband anzulegen; ein paar Sekunden mehr hat jeder gern.«

»Spanien verdankt seine Größe der Verschmelzung dreier Kulturen: der christlichen, der arabischen, der jüdischen; und seinen Niedergang dem Klerus, welcher Herkunft auch immer, spanisch, konvertiert, deutsch oder französisch. Es ist die Kirche, die die Ausweisung der Mauren und der Juden durchgesetzt hat (und dabei das Volk und die Regierung vor ihren Karren gespannt hat); der Haß auf die Erwerbskraft der Juden kommt aus der gleichen Ecke. Ihr seht, der Antiklerikalismus hier ist nicht weiter verwunderlich.«

»Einverstanden. Aber welche Lösung schlägst du vor?«

»Die einzig mögliche: nicht einen übriglassen. Wenn wir das mit ihnen gemacht hätten, stünden wir jetzt anders da. Und erst recht mit den Militärs.«

»Ich merke mir das fürs nächste Mal.«

»Es war so einfach zu sagen, in der damaligen Lage, als alles über uns zusammenbrach: ›Stellt sie an die Wand!‹ Warum? Weil sie nach Hause gingen? Weil sie die Front verließen? Weil sie feige waren? Weil sie dasselbe machten wie die anderen? Also bitte! Sie taten es einfach, darum. Weil ihr vom Rat, vom berühmten Verteidigungsrat, euch gegen die Regierung erhoben hattet, gegen die Oberbefehlshaber. Und jetzt, wo sie gingen, hieß es: ›Stellt sie an die Wand.‹ Schön einfach! Sie verlassen die Frontlinien, also an die Wand mit ihnen. Nein, Kamerad, nein. Ich bin, wie alle anderen auch, einige Male auf dem Zahnfleisch gekrochen, aber nie so wie in diesen Stunden. Abgesehen davon, daß die Besten von euch dasselbe getan haben.«

(Was war er? Kommunist? Anarchist? Republikaner? Julián Templado kannte ihn nicht und wollte auch nicht fragen. Er ging weiter, mit wachsender Bitterkeit im Mund.)

»Beim kleinsten Aufruhr oder Fluchtversuch werden wir das Lager mit Maschinengewehren und Handgranaten unter Beschuß nehmen, ohne Rücksicht auf Verluste; ihr habt die Wahl«, hatten sie ihnen in der Nacht zuvor über Megaphon mitgeteilt.

Einige versuchten zu fliehen. Zweiunddreißig wurden getötet. Niemand weiß, wie viele entkommen sind, aber es müssen einige gewesen sein.

Calderón diskutiert – was sonst? – mit Arroyo (weder groß noch klein, rothaarig, woran man ihn selbst im Vorbeigehen erkennt).

»Reißt du dir nicht die Sterne ab?«

»Die nehme ich nicht ab.«

»Ich schon; mach du, was du willst.«

»Schämst du dich nicht?«

»Nein. Mir ist es wichtiger, meine Haut zu retten.«

»Dafür hast du den Hafen von Alicante übergeben?«

»Solange man gehorchen muß, gehorche ich.«

»Und wer befiehlt dir jetzt, die Rangabzeichen abzunehmen?«

»Die Klugheit.«

»Ach was, Klugheit, so ein Blödsinn! Außerdem erkennen sie mich, sobald sie mich sehen.«

»Aber wenn sie dich nicht kennen, erkennen sie dich auch nicht wieder.«

Arroyo möchte am liebsten sagen: ›Wer kennt mich nicht?‹ Aber er schweigt, weil er glaubt, daß er bescheiden sei und die Ereignisse ihm recht geben würden. (Sie gaben ihm Recht, aber erst spät und mit Nachhilfe, durch einen Polizeispitzel, und es passierte ihm nicht viel: dreißig Jahre. Calderón hatte nichts davon, daß sein Rang äußerlich nicht zu erkennen war: Sie suchten und fanden ihn. Daß er fliehen konnte, ist eine andere Geschichte.)

»Ich habe nicht getan, was ich hätte tun sollen. Ich habe nicht getan, was ich hätte tun sollen. Weißt du? Ich hätte ... Aber du mußt mir versprechen, daß du es Pepe Díaz sagst und Dolores und Mije und Uribe und Hernández ... Versprich mir das! Ich habe nicht getan, was ich hätte tun sollen, und dabei hätte ich nur damit anfangen müssen. Loslegen. Nicht nachlassen. Aber du mußt mir versprechen, daß du es der Partei sagst. Ich habe es nicht getan.«

»Was?«

»Das kann ich dir nicht sagen.«

Valladares sieht den jungen Mann an, der mit ihm spricht; er kennt ihn kaum. Er weiß, daß er Kommunist ist, er sieht, daß er zwanzig oder zweiundzwanzig Jahre alt sein dürfte, schmächtig, klein, dunkelhaarig, der Bart gezwirbelt, die Stirn schmal; Cordjackett und Jägerhose.

»Wie heißt du?«

»Das ist mein Geheimnis. Aber versprich mir, daß du es der Partei sagst, egal was passiert. Ja, ich habe gesündigt! Bitte, Genosse, leg beim Zentralkomitee ein gutes Wort für mich ein! Ich klage mich an und bitte um Vergebung.«

»Wofür klagst du dich an?«

»Psst!«

»Wofür bittest du um Vergebung?«

»Wenn ich dir das sage würde, hätte es keinen Zweck mehr, daß du zu meinen Gunsten vorsprichst ...«

Geduld zählt nicht zu Valladares' Tugenden:

»Erzähl deine Geschichte jemand anderem.«

Der Junge bleibt zurück, weiß nicht, was tun, erkennt Vicente und Asunción, bittet sie um dasselbe. Sie sagen zu allem ja, um ihn loszuwerden. Sie gehen zu Doktor Rivera, dem Arzt im Irrenhaus von Valencia, Glatze, hellhäutig, lächelnd wie immer. Sie führen ihn ihm vor.

»Der Genosse ist vom Zentralkomitee. Erzählt er zumindest jedem.«

Rivera, der selbst von der Republikanischen Linken ist, sieht den beiden jungen nach, wie sie weglaufen.

»Bei welchem Komitee?« fragt der Irre. »Sie haben mich nach Castellón geschickt, aber ich blieb tagelang im Haus, bis schließlich die Scheißfaschisten einmarschiert sind. Das werden sie mir nie verzeihen.«

»Wer?«

»Die vom Zentralkomitee.«

»Das wird schwierig«, antwortet der Psychiater, »aber unmöglich ist es nicht.«

»Was muß ich tun?«

»Fürs erste den Mund halten. Ich werde alle nötigen Schritte unternehmen.«

»Vielen Dank, Genosse. Aber sie müssen erfahren, daß ich zu allem bereit bin, damit sie mir verzeihen. Das bekenne ich auch auf Knien, öffentlich. Soll ich?«

»Nach der Versammlung. Bis dahin kein Wort zu irgend jemanden!«

»Das kann ich nicht! Wenn ich nicht rede, gehe ich vor die Hunde.«

»Versuch es.«

»Ich klage mich an und bitte um Vergebung«, schreit er.

Einige hören hin.

»Ich habe bei meiner Aufgabe versagt! Dieser Genosse ist mein Zeuge!«

»He, laß mich aus dem Spiel.«

»Aber du hast mir doch gerade gesagt ...«

»Gar nichts hast du mir gesagt!«

»Aber natürlich, das ist der vom Zentralkomitee!«

(Zwölf Stunden später wurde er erschossen. Nicht der Verrückte, Doktor Rivera. Derartig langsam verbreiteten sich die Nachrichten. Das war am Anfang. Später ging alles viel schneller.)

Rafael Puchol unterhält sich mit dem Sepharden, weil er den einen oder anderen Gedanken aus dem Kopf verscheuchen möchte. Der Jude nimmt ihn ernst:

»Denunziation?« sagt er. »Wie kannst du das den Kommunisten vorwerfen? Wegen tausend anderer Sachen kannst du sie anklagen, mit allem Recht: daß sie Sektierer sind, Falschspieler, Heuchler, Hamsterer; aber bösartig falsche oder richtige Anschuldigungen verbreiten? Wirklich nicht! Ihr Spanier habt doch Jahrhunderte unter diesem Zeichen gelebt. Hier haben Väter ihre Söhne denunziert, Söhne ihre Väter, Brüder ihre Schwestern, über Hunderte von Jahren galt das der katholischen Kirche als himmlisches Wundermittel. Das war einer der Königswege in den Himmel. Du darfst nicht vergessen, dies ist das Land der Inquisition, der Rasse, des reinen Blutes, des Katholizismus', römisch und apostolisch, der Autodafés. Jetzt damit anzufangen, daß der Sohn seinen Vater ausspioniert und ihn denunziert – wie Carrillo Carrillo –, wird allein schon dadurch abgemildert, daß es an die Öffentlichkeit kommt. Früher geschah das im geheimen. Auch das ist Teil eures jüdischen Erbes.«

Puchol hatte andere Dinge im Kopf und in der Hand.

»Stimmt, genau.«

»Daran besteht kein Zweifel.«

Puchol hebt einen Arm zum Abschied. In der anderen Hand der berüchtigte Koffer.

Templado: Natürlich glaube ich nicht an die Medizin. Würde ich an sie glauben, ich stünde anders da.

Cuartero: Oder du stündest gar nicht mehr.

Templado: Schon gut, Pablo, einverstanden. Nein. Wir wissen einiges, aber nicht viel mehr als die Dorfheiler, da können wir noch so tolle weiße Kittel anziehen. Die größten Entdeckungen verdanken wir Zufällen. Die Medizin ist keine Wissenschaft wie die Soziologie oder die Literatur, sondern eine Kunst. Sie hängt von menschlichen Wesen ab, von Kranken und Doktoren, von ihrer wechselseitigen Kenntnis, ihrer Beziehung, dem Vertrauen zueinander, vom ersten Eindruck, von der Glaubwürdigkeit des Arztes, seiner empirischen Weisheit.

Cuartero: Und seiner tatsächlichen.

Templado: Wenn du meinst. Aber die bleibt in den Labors und ist keine wirkliche Medizin. Derzeit zum Beispiel gefallen sich meine Kollegen darin, durch die Bank zu verkünden, Rauchen sei schädlich. Das mag sein, aber wenn ein Kranker mehr oder weniger triumphal verkündet: ›Herr Doktor, ich habe mit dem Rauchen aufgehört‹, dann denke ich für mich: Oh weh, dieses Wesen ist wirklich krank. Hast du eine Zigarette?

Cuartero: Wo soll ich die denn herzaubern?

Templado: Dann leben wir alle gesünder als Methusalem. Apropos, zieh nicht so an der Decke. Die Feuchtigkeit geht einem bis in die ...

Sie bewegen sich, rücken hin und her, machen es sich bequem, so gut sie können.

Templado: Jetzt halt doch endlich still!

Auch wenn man es kaum glauben mag, Templados Ausfall zeigt Wirkung, Cuartero bleibt still.

»Laß uns gehen.«

»Wohin?«

»Nimm. Ich hab noch eine.«

Eine Handgranate. Tiefschwarze Nacht.

»Hier ist weder Stacheldraht noch sonstwas.«

»Sie werden schießen.«

»Die sehen keine zehn Meter weit.«

»Zeit genug zum Zielen.«

»Wohin hauen wir ab?«

»Jeder, wie er lustig ist. Ich will nach Barcelona. Und du?«

»Weiß nicht. Nach Murcia.«

»Bist du von da?«

»Aus Beniaján. Gut, aus der Nähe, aus Alzagares. Wenn ich es bis dahin schaffe, können sie mich lange suchen.«

»Wagst du es?«

»Klar doch!«

»Los.«

Er hatte mit niemandem reden wollen, für alle Fälle. Im letzten Augenblick war ihm der dort sympathisch gewesen.

»Kannst du damit umgehen?«

»Ja.«

Theoretisch. (Der andere konnte fliehen und kam bis Barcelona.)

»Manche nennen mich die *Bombe,* aber ich habe nichts getan, ich habe nie etwas getan. Mich nannten sie die *Bombe,* gerade weil ich zu allem unfähig bin. Nicht *Bombe,* sondern das *Bonbon*. Wie Karamelbonbon ... Ich schwöre, Herr Oberfeldwebel: Ich kann keiner Fliege etwas zuleide tun. Sie sind aus Oviedo, oder? Meine Eltern waren von dort. Vielleicht kannten Sie sie. Ich ging später nach Barcelona, aber ich habe nie bei irgendwelchen Geschichten mitgemacht. Ich habe nie etwas gemacht. Nach Alicante bin ich gekommen, weil man mir gesagt hat, alle gehen fort, und sie wissen ja selbst, wie sowas läuft, man schwimmt mit dem Strom, hält sich an die Freunde. Aber Sie können ruhig suchen, ich gehöre keiner Gewerkschaft oder so an. Ich bin Schuhputzer. Und was ist schon ein Schuhputzer? Nichts. Noch weniger als nichts. Man putzt die Schuhe der anderen, ist jedem, der das möchte, zu Diensten, so wie ich Ihnen zu Diensten bin, Herr Oberfeldwebel, Ihr Wort ist mir Befehl. Gabriel Muñoz Martínez. Suchen Sie. Sie werden sehen, daß Sie meinen Namen nirgendwo finden. Aber wenn ich Ihnen irgendwie nützlich sein kann, seien Sie versichert, daß ich ... Ich habe nichts getan, aber ich habe so viele gesehen und kennengelernt, wie einer nur sehen und kennenlernen kann, und wenn es Ihnen nützlich ist, kann ich Ihnen sagen, der und der und dieser und jener, und auch wenn ich die Dinge nicht gesehen habe, kann ich Ihnen davon erzählen. Sie befehlen, Sie entscheiden. Ich glaube nicht, daß ich Ihnen viel nützen kann, doch das ist nicht meine Schuld, sondern nur, weil ich so unwichtig bin.«

Der Oberfeldwebel sieht ihn an und knabbert auf seinen Fingernägeln, wie er das immer tut:

»Das ist nicht meine Sache, sondern die des Leutnants. Bleib da hinten stehen.«

2. April

Noch immer Nacht. Lichter. Schreie. Befehle.

»Keine Diskussion, ihr macht mich noch fuchsteufelswild!«

»Sie sollten zum Arzt gehen, vielleicht ist es Tollwut.«

Die Ohrfeige des Feldwebels bringt ihn zum Schweigen.

»Die Frauen und Kinder, die sich noch hier befinden, können unter keinerlei Umständen bleiben. Raus!«

»Wie gut er spricht«, murmelt Templado.

»Also alle am Eingang sammeln. Ich habe gesagt: alle Frauen und Kinder. Wir haben lange genug weggesehen.«

»Und wann gibt es etwas zu essen?«

»Und wohin werden Sie die Frauen bringen?«

»In die Kinos«, sagt einer aus der Mannschaft.

»Keine Informationen! Jede Frau, die bleibt, wandert direkt ins Gefängnis!«

»Die traditionelle spanische Ritterlichkeit.«

»Wer war das?«

»Zu Ihren Diensten und mit aufrichtigem Bedauern, sollten Sie meine Ansicht nicht teilen.«

Der Leutnant ist so überrascht, daß er schweigt.

»Wer ist das?« will er wissen.

»Auch wollte ich Sie, bei allem gebotenen Respekt, darauf aufmerksam machen, daß wir seit sechsunddreißig Stunden nichts zu essen bekommen haben.«

»Jetzt bin ich aufmerksam.«

Der Offizier pflanzt sich vor Templado auf und spricht ihn direkt an:

»Sie sind mir dafür verantwortlich, daß in diesem Teil des Lagers nicht eine Frau, nicht ein Kind zurückbleiben.«

Sie gehen.

»Was ist denn in dich gefahren? Seit wann bist du unter die Komiker gegangen?«

Rodríguez Vega tritt zu ihm.

»Du warst genial.«

»Dein Glück, daß du an den einzigen Anständigen geraten bist, der hier rumläuft.«

Der Flieger wacht auf. Er sieht in die sternenklare Nacht. Wie konnte Pascal angesichts *»der Stille des unendlichen Raums«* erschaudern? Welche Stille? Wie kam er darauf, die Milchstraße sei still? Oder der Große Bär? Wo auf der Welt war eine ähnlich bewundernswerte Musik zu hören? Oder glaubte Pascal vielleicht nicht an Gott? Die Furcht ist der Anfang der Weisheit: die Gottesfurcht ihr erstes Nachlassen, denn die Lösung überläßt man den anderen. Kein Flieger, mit dem ich gesprochen habe – von denen, die nachts fliegen – glaubte an die Existenz dieser Stille. Sicher, der Motor, die Propeller und die Angst. Dennoch glaubte keiner daran. Jetzt liege ich hier, auf der noch feuchten Erde in meinem Schlafsack, und schaue in die Sterne. Wie immer befrage ich sie vergeblich. Wie schön sie sind. Wird das reichen? Sie werden uns einsperren, ich werde die Nacht nicht mehr sehen, nur noch das Tageslicht. Die Nacht zu sehen, sie zu interpretieren, das war die größte Errungenschaft des Menschen. Doch jetzt, wie viele Jahre ohne Nacht?

Zerschlagen kehren sie aus dem Schlaf zurück. Die Decke schwer, feucht, muffig.

»Von der Gischt«, sagt ein Kind, das ein Uniformierter an der Hand wegführt. Ein alter Infanterist teilt Kolbenhiebe aus. Noch immer Nacht.

»Die Frauen zur Seite.«

In der Dunkelheit, eine hinter der anderen, weit weg die Scheinwerfer der Lastwagenkolonne auf der Landstraße.

»Die Frauen zur Seite.«

Fragen über Fragen, überall.

»Sie bringen sie in Kasernen.«

»In die Kinos.«

»In Flüchtlingslager.«

»Ins Gefängnis.«

Es steht fest, sie nehmen sie mit. In der Nacht, man kann sich nicht einmal mehr sehen! Aneinandergekauert, küssen sich Vicente und Asunción ununterbrochen. Lippe an Lippe, Zunge an Zunge. Die Feuchtigkeit der Nacht, wegen des nahen Meeres, klebrig.

»Nimm die Decke mit.«

»Nein.«

»Nimm die Decke mit.«

»Ich habe nein gesagt. Du bleibst hier: Uns Frauen bringen sie an einen überdachten Ort.«

Schon müssen sie antreten.

Nie wieder wird er derselbe sein. (Man ist nie derselbe.) Nach dieser Nacht wird er nie wieder derselbe sein. (Es beginnt zu dämmern.) Nie wieder wird er der sein, der er so lange Zeit war. Schon war Asunción fort. Weggegangen. Wohin, weiß er nicht. Oder doch. In ein Kino, eine Kaserne – höchstwahrscheinlich; er wird schon wieder Kontakt zu ihr bekommen. Er ist ein anderer, allein; um die Zukunft aber macht er sich keine Sorgen. Als ob Asunción noch da wäre. Vicente, leer, denkt noch nicht, daß Asunción weggegangen ist. Seit Tagen fühlt er sich wie ein anderer, Asuncións Gegenwart hat ihn verwandelt. In was? Er weiß es nicht. Er ist einfach ein anderer.

Sie ist das wichtigste in meinem Leben: das muß ich mir immer vor Augen halten. (Das war immer so.) Asunción: mein Leben. Der Rest zählt schon auch, aber weniger.

Er zweifelt, dann weiß er: Asunción, sein Leben. Er selbst, seine eigene Liebe, sein eigenes Leben.

Die laue Morgensonne.

Für alle bin ich nach wie vor der, der ich bin; wer mich kennt, denkt, ich sei derselbe wie gestern um diese Zeit. Ich bin ein anderer. Soll ich es ihnen sagen? Es ist ihnen egal, sie würden mir nicht glauben. Für die anderen ist man eine festgefügte Figur. Vielleicht ist das Paradies der einzige Ort, an dem jeder einzelne von den anderen von Augenblick zu Augenblick gesehen wird, immer anders.

Er macht zwei Schritte.

»Das ist noch lange nicht die Hölle.«

»Das ist das Paradies«, antwortet ihm *Lucas*.

»Mit gewissen Einschränkungen.«

»Von wegen Einschränkungen! Du weißt ja nicht, was es heißt, junge Mandelblätter zu essen. Ich wußte es auch nicht. Jetzt schon. Wie aber soll ich, wenn ich wieder frei bin, an Mandelzweige rankommen, ohne um diese Jahreszeit aufs Land fahren zu müssen?«

Was denke ich über diesen Verrückten? Was auch immer, ich kann es nicht von einem Augenblick auf den anderen ändern. Er ist durchgedreht. Ist er beschränkt? Ich denke schon, aber vielleicht stimmt das nicht. Wir sind ungerecht. Durch und durch ungerecht.

»Fein, was?«

»Nie habe ich etwas Feineres gegessen.«

Ich bin der, der ich bin, nicht der, der ich war. Wegen Asunción. Hätte ich sie nicht getroffen, ich wäre ein anderer. Wo ist dann meine Freiheit? Die Freiheit sind nicht die anderen, aber sie formen sie mit. Wie die Falangisten, dort auf der Landstraße, mit ihren Gewehren. Und mit den Maschinengewehren auf der Anhöhe. Sie ging ohne Tränen, ohne Gezeter.

»Diese Frau ist nicht transportfähig. Der Arzt soll kommen.«

Die Hochschwangere nickt zustimmend. Der Arzt mit dem Klumpfuß fragt sie, ob er ihr helfen kann. Die Frau bejaht.

»Kocht Wasser. Es geht um Minuten. Ist es das erste?«

»Ja.«

»Und Sie, ist es für Sie auch das erste Mal?«

»Ja.« (Diese Angewohnheit zu lügen.)

Mit einem Schlag wird Vicente bewußt, was geschehen ist. Es kam so überraschend, sie erwischten ihn mit schlafschwerem Kopf, perplex, die Beute im Arm (wie haben sie Asunción erbeutet, was werfen sie ihr vor?), ein Schwall kaltes Wasser über den Kopf. Gleich wird alles klarer, glaubt er. Nur die Ruhe bewahren, sonst: weiß der Himmel! Was hätte er tun sollen? Was hätte er tun können? Und sie? Warum hat sie nicht geschrien? Warum nicht rebelliert? Worin unterscheidet er sich von den anderen? Nackt steht er da, durchgefroren. So viel unterwegs, so viele Sorgen, so viel Herumgerenne, nur um jetzt wieder allein dazustehen ... So ist das, wenn man den Krieg verliert. Sie. Keine andere. Nicht Lola, die tot ist, sondern Asunción, die lebt; dort in den Reihen am Eingang, wohin sie einem mit Gewalt den Weg versperren, oder auf einem Lastwagen oder auf der Landstraße oder im Gefängnis, bereits eingepfercht in ein Kino, ohne Hoffnung, ihn wiederzusehen. Die Welt reduziert auf eine sinnvolle Ordnung: es befehlen die, die befehlen können. Das ist nicht

Frieden, sondern Tod. An wen soll ich mich halten? An mich selbst, an dich, schutzlos. Vicente gibt sich hin. Wem? Sich selbst. Seit Jahren ist ihm das nicht passiert; in seiner Jugend, manchmal, bei Nacht ... Wer könnte die Vernunft verabschieden, die Erinnerung an einen selbst, dem Verstand keine Chance lassen! Verloren.

Es wurde Tag, er überstrahlte alles. Stimmen. Ohne es zu wollen, wird seine Aufmerksamkeit abgelenkt, auf die Schreie, das Gerenne, die Stimmen. Er sieht die Leere um Don Juanito, mit einem offenen Klappmesser in der Hand, ein Mann – ein Toter? – zu seinen Füßen, und der Alte brüllt:

»Ihr elenden Hurensöhne, jetzt begreife ich! Was denkt ihr denn! Daß ihr mich hinters Licht führen könnt, mich, in meinem Alter? Macht euch darauf gefaßt, daß ich euch die Kehle durchschneide, denn Guillotinen gibt es nicht mehr! Ich werde die Guillotine sein, und wer Widerstand leistet, mir aus dem Weg geht, gewinnt nur ein bißchen Zeit.«

Er geht zwei Schritte vor, das Jagdmesser in der ausgestreckten Hand.

»Hoch lebe die Französische Revo...!«

Weiter kommt er nicht. Mit einem Schuß in die Nieren strecken sie ihn nieder. Die Knie knicken ein, er fällt vornüber. Er spürt, wie sie ihn niederdrücken, kleinhalten, stoßen, quetschen, pressen, Schläge an allen Ecken und Enden.

»Er ist verrückt geworden.«

»Nein.«

»Wie können Sie leugnen ...«

»Er war es schon.«

»Was hatte er hier zu suchen?«

»Was haben wir alle hier zu suchen?«

Blind weitergehen, um das Gute betteln, bleibt etwas, was nicht in sich zusammenstürzt? Vicente stolpert über alle möglichen Steine. Was sucht er? Er betrachtet sich. Wie? Die

Spiegel taugen nicht: Wir sehen uns umgekehrt. Fremde Hervorbringungen umkehren. Wohin die Augen wenden? Die Eingeweide der Erde erforschen, wie Quevedo es wollte. Weggehen, sich gehen lassen, fliehen; überall schleicht er herum auf der Suche nach einer Möglichkeit – ohne Ergebnis, nicht einmal müde wird er. *Sich vortastend geht die blinde Welt,* sagte … – wer?

Sie nehmen die Leiche mit. Oder nicht? Sie bleibt liegen. Vielleicht besser, daß Asunción das nicht gesehen hat. Besser; alles besser als sonstwas. Niedergedrückt, erschlagen, erniedrigt von sich selbst, aufs Minimum reduziert, eingeknickt, gestürzt bis auf einen Grund, den er nicht kennt, alles aus dem Lot, freier Fall. Wie ist er so schnell runtergekommen? Zum Abfall, auf den Müll! Vicente irrt umher, verstört. Er beklagt sich nicht: er kann nicht, alles ist Klage, herausgerissen die Wurzeln. Die Liebe hat ihn auf die Probe gestellt, vom Reichen ist er zum Armen geworden. Sie lassen ihn allein, unter freiem Himmel, der jetzt makellos blau ist. Wer wird sich der Zukunft annehmen? An wen sich wenden? Plá y Beltrán sagt zu ihm: »Hallo.« Jover: »Was gibt's?« Hunderte. Templado sieht ihn, runzelt die Stirn und faltet die Brauen zu einer zweifelnden Miene. Zur Antwort zuckt er die Schultern. Schuldlos, das Gewissen gibt nach, ohne Grund, verängstigt. Niemand verbirgt vor seinesgleichen, was er ist und was sie sind: Besiegte: grauenhaftes Bild der Melancholie.

Er hatte sie, und sie entglitt ihm aus den Händen.

Er kehrt zu ›seinem‹ Baum zurück. Da liegt einer in eine Decke gehüllt, die Mütze bis über die Ohren gezogen. Am liebsten würde er ihn fortjagen. Weg mit ihm! Das ist ›sein‹ Baum. Der Soldat dreht sich um und sieht ihn an, lächelnd: Asunción.

»Still!«

»Aber …«

»Die Hose lag da zum Trocknen ... Die Kappe habe ich mir geklaut.«

Sie, wunderschön, unter der Mütze. Vicente sinkt auf die Knie. Was für ein Hunger im Leib!

Don José Burgos dreht durch. Er fängt an herumzuschreien:

»Man hat mir meinen Koffer gestohlen! Man hat mir meinen Koffer gestohlen!«

Niemand nimmt Notiz. Er legt eine andere Platte auf:

»Man hat mir meinen Safran gestohlen! Man hat mir meinen Safran gestohlen!«

Da spitzen einige die Ohren.

Vom Hafen bis ins Lager hat er das Paket gerettet, Kraft seiner gespreizten Würde. Er geht zum Eingang, beherrscht, plustert sich auf, ohne sich zuvor mit jemandem beraten zu haben.

»Man hat mir meinen Koffer gestohlen!«

Sie führen ihn zur Baracke.

»Man hat mir meinen Koffer gestohlen!

»Ich weiß nicht, was Sie daran wundert ... Der Inhalt?«

Der Professor senkt für seine Lüge die Stimme:

»Meine Wäsche.«

»Sonst nichts?«

»Nein.«

»Dafür soviel Aufruhr?«

»Es ist nur so ...«

Ein kleiner Leutnant tritt zu ihm.

»Wie heißen Sie?«

»José Burgos. Doktor José Burgos.«

»Ich habe ein Furunkel.«

»Ich bin Doktor der Physik.«

»Ach! Sie sind Doktor Burgos, von der Universität Madrid?«

»Genau.«

»Machen Sie sich keine Sorgen. Sie können bald gehen.«

Sie besprechen sich, schicken Meldungen, kommen zurück. Der Physiker kann nicht mehr:

»Ohne meinen Koffer gehe ich nicht.«

»Warum ist er so wichtig, Professor? Irgendwelche Formeln? Ein Buch in Arbeit?«

Der kleine Leutnant hat Literatur studiert und glänzt als Gelehrter. Don José sagt die Wahrheit; man organisiert die Jagd. Ohne Ergebnis. Allenfalls eines, allerdings unerwartet: Sie stecken den berühmten Wissenschaftler zurück ins Lager, ohne mit der Wimper zu zucken.

»Er wollte ein wahres Vermögen außer Landes schaffen.«

Das sagt nicht der Doktor, sondern Rafael Puchol, der völlig verblüfft ist, als er erfährt, daß der Professor die Lagerleitung aufgesucht hat. Wie der Blitz ist er am Eingang.

»Ich möchte den Kommandanten sprechen.«

»Was haben Sie da?«

»Deshalb möchte ich ihn sprechen. Es ist dringend und wichtig.«

»Hör mal, du ...«

Er läuft von diesem zum nächsten, verschwindet, die Order ist auf dem Weg; er kommt zurück.

»Du bist also der Assistent vom Dekan der Fakultät?«

»Jawohl, Herr General.«

»Ich bin kein General. Was hast du da drin?«

»Safran.«

»Aha, das Vaterland bestehlen und ruinieren! Wo ist dein Chef?«

»Im Lager.«

»Such du ihn. Du findest ihn leichter als wir.«

»Hiermit sei gesagt, daß ich ihn freiwillig ausliefere.«

»Deinen Chef?«

»Den Safran.«

»Laßt ihn frei zurück ins Lager.«

»Kann ich den Koffer wieder mitnehmen?«

»Leer.«

Rafael Puchol geht hinaus.

»Beide, und zwar schnell«, befiehlt der Hauptmann mit einer Handbewegung, die keinen Zweifel läßt.

»Wo?«

»Platz haben wir hier wirklich genug. Es kommen noch mehr dazu.«

Der Name von Doktor Burgos ist dem Kommandanten nicht unbekannt. Woher, das weiß er nicht genau, außer aus den unterschriebenen Dokumenten, meist an einer der obersten Stellen: Er ist vom Informationsdienst, und da kennt er sich aus. Als der kleine Leutnant von der Sache erfährt, wird er furchtbar wütend.

»Weißt du, wen einer der Hauptmänner abserviert hat?«

»Nein.«

»Niemand geringeren als einen berühmten Wissenschaftler.«

»Na und?«

»Es hat schon genug Ärger gegeben, wegen diesem ...«

»Laß mich in Frieden. Ein Dieb, fertig aus. Außerdem haben Sie keine Ahnung.«

Alles beruhte auf einem Irrtum: Puchol ging seine Notdurft verrichten und nahm den Koffer mit, weil er den Professor nicht wecken wollte. Also erwachte der alleine. Dachte das Schlimmste. Und das war es auch, nur anders als gedacht.

»In dem einen, freien, großen Spanien«, sagt der Leutnant zu Vicente, »wird für alle Platz sein, außer für Schwuchteln. Ich weiß nicht, wie du bis zu mir durchkommen konntest. (Darin ist die spanische Armee hart, das weiß Vicente von einem seiner Onkel, Artillerieoberst, vor einigen Jahren verstorben, der seinen republikanischen Überzeugungen abgeschworen hatte, weil ein kleiner Hauptmann, den er als Mitglied eines Ehrengerichts wegen Verweiblichung aus der Armee ausgeschlossen hatte, von der Republik wegen seiner politischen Haltung rehabilitiert wurde.) Vicente schweigt einen Augenblick.

»Gestatten Sie, ich habe Ihnen bestimmt etwas zu sagen, ich weiß nur noch nicht, was.«

Der Reserveoffizier schaut ihn verwundert an.

»Was, was, du willst leugnen, daß man euch überrascht hat?«

»Nein. Aber ...«

»Aber ... was?«

Die Ideen anhalten: sie betrachten. Nachdenken, wohin sie führen könnten. Sagt er nichts, sind sie in der Lage und erschießen ihn, erschießen sie. Und wenn nicht ... er kann sich anklagen. Sagen, daß er es versucht hat, daß er der Schuldige ist. Asunción, allein. Wenn er spricht, werden sie sie trennen; aber vielleicht ... Aber ... Das Gefühl ist stärker als der Verstand, er läßt sich von seiner natürlichsten Regung mitreißen: der Wahrheit.

»Sie ist meine Frau.«

»Das haben wir gesehen!«

»Nein. Wirklich.«

Der Leutnant ist nicht dumm. Er versteht. Befiehlt:

»Bringt den nächsten!«

Ein Blick über sie hinweg genügt.

»Was haben Sie erwartet?«

Sie schweigen.

»Bringen Sie die ›Señora‹ ins Gefängnis. Und du gehst zurück ins Lager.«

Vicente möchte ihm danken. Er schweigt.

Sie umarmen sich. Werden getrennt. Alles liegt in den Blicken und den Tränen Asuncións, in ihrem Gang zur Tür des traurigen, dunklen Raums mit Holzwänden. Ein Häufchen, vor allem wegen des Ponchos, der fast bis zum Boden reicht. Wird sie sich umdrehen?

Vicente wird es nicht erfahren, zuvor schaffen sie ihn durch die andere Tür hinaus.

»Bist du nie glücklich gewesen?« hakt Templado nach.

»Diese Frage habe ich mir noch nie gestellt.«

Er schweigt einen Augenblick.

»Ich hätte das als Sakrileg empfunden. Glücklichsein ist unser Ziel. Wenn wir es wären, wozu weiterleben?« antwortet Cuartero.

»Was für ein Blödsinn! Das sind die Momente, in denen das Leben einen erfüllt. Wenn man sich eins fühlt mit der Welt. Mir ist das nur selten passiert. Aber einige Male schon, vor allem in der Stille der Nacht, in einem tiefen Sessel versunken – wenn ein Sessel in der tiefen Stille der Nacht tief sein kann –, auf meinem Schoß eine geliebte Frau, und meine Finger, die ihr durch die Haare streichen.«

»Du bist und bleibst ein Schwein.«

»Stimmt. Die Einsamkeit, die Stille und die Sicherheit der nahen Liebe eröffnen mir jedesmal eine unendliche Welt und geben mir eine steinerne, eine mineralische Selbstsicherheit. Jetzt ist die Sache klar: Wir sind Gefangene, und sie haben uns nicht erschossen.«

»Und?«

»Ich weiß nicht. Aber es, als wären wir noch einmal geboren worden.«

»Die Seelenwanderung.«

»Vielleicht stimmt das; aber nach unten. Ich fühle, daß ich weniger bin als vorher. Aber ich bin. Als wäre ich katholisch wie du und würde plötzlich merken, daß das mit dem Paradies stimmt.«

Cuartero lächelt nicht. Er stellt fest:

»Das finde ich gar nicht lustig.«

»*E quindi uscimmo a riveder le stelle.* Dann traten wir hinaus und sahen die Sterne.«

»Gott möge dir deine Hoffnungen bewahren«, antwortet Cuartero. »Abgesehen davon, daß ich natürlich immer gerne wissen will, was danach kommt.«

»Irgendwann hat alles ein Ende.«

»Nein, nicht alles, nicht der Mensch, auch nicht die Ungerechtigkeit.«

»Das sagst du.«

»Deshalb glaube ich an Gott. Sonst wären wir uns selbst genug.«

Templado sieht, daß Cuartero zum ersten Mal seit langem ein ernstes Gespräch mit ihm sucht.

»Von den Feinden lernt man immer mehr als von den Freunden. Was wehtut, hinterläßt Male, und an ihnen orientieren sich die Menschen.«

»Nicht an den eigenen: an denen des Himmels.«

»An den eigenen auch.«

»Alle sind vom Himmel.«

»Das glaubst du.«

»Selbstverständlich.«

»Und an die Vorsehung.«

»Nein. Nur damit du es weißt: Die Vorsehung ist etwas rein Menschliches.«

»Wohin gehst du?«

»Ins Hospital, mit ihr.«

»Mußt du auch entbinden?«

»Sie ist meine Schwester.«

»Und was geht mich das an?«

»Wenn sie nicht mitkommt, gehe ich nicht.«

»Dann eben nicht. Du kannst ja auf dem Klo entbinden. Wie du willst.«

»Wer hat Ihnen erlaubt, mich zu duzen?«

»Sie.«

Der Eingang zum Kino. Zerrissen die Plakate für einige sowjetische Filme; das Gitter halb heruntergelassen; die Schwangere auf einem Stuhl; die andere steht vor einem Oberfeldwebel.

»Du bleibst hier, und die da wird, so schnell es geht, ins Hospital gebracht.«

Der Krankenwagen.

Die beiden Frauen sehen sich verängstigt an.

»Eigentlich ist es mein Kind.«

Der Soldat versteht nicht.

»Sie wird entbinden, aber es ist mein Kind.«

»Den kannst du deiner Oma aufbinden.«

»Meins ist bei einem Bombenangriff umgekommen. Und sie will mir ihrs geben: Sie hat keinen Mann. Es ist für mich.«

Er läßt sie durch.

»Ein untadeliger Mann kann falsche Vorstellungen in sich tragen; ein Gauner kann die Wahrheit verkünden, ebenso jemand, der nicht einmal an sie glaubt.«

»Jetzt hör doch endlich mal auf, so einen Blödsinn zu reden.«

»In deinen Augen hat Blödsinn nichts mit Wahrheit zu tun, und doch kommt er ihr viel näher, als du glaubst, und was ich gerade gesagt habe, stammt nicht von mir, sondern von einem Mann, der das Leben ein wenig besser kannte als du und ich: Michel de Montaigne.«

»Ein Franzose!«

»Er hatte viel mehr von einem Spanier, und seine Mutter war Jüdin.«

»Warum schrieb er dann auf französisch?«

»Das bleibt auf ewig sein Geheimnis.«

»Mich drängt das unverzeihliche Bedürfnis, seine Exzellenz darüber in Kenntnis zu setzen, daß das derzeitige Lager, in dem die roten Gefangen konzentriert sind, oder zumindest ein Teil derer, die aus dem Hafen und der Stadt Alicante kamen, vollkommen ungeeignet ist, sowohl unter sicherheitstechnischen wie hygienischen Gesichtspunkten. Seine Exzellenz mögen wissen, daß diese Feststellung nicht das geringste Mitleid für diejenigen beinhaltet, die bis vor wenigen Stunden unsere Feinde waren, doch die Größe des ausgewählten Ortes bedürfte einer weitaus größeren Truppenstärke, als sie mir zur Verfügung steht, um Fluchtversuche, insbesondere bei Nacht, wirksam unterbinden zu können.

Andererseits begünstigt die unmittelbare Nachbarschaft zur Landstraße die Möglichkeiten zur Flucht, und überdies kann den Internierten dabei von außen geholfen werden. In den beiden vergangen Nächten mußten wir auf nicht wenige schießen, die die Flucht versuchten, und obwohl die Maschinengewehre und die Wachmannschaften entsprechend den Anordnungen auf Posten waren, konnten wir unsere Waffen nicht wie gewohnt einsetzen, aus Furcht, verirrte Kugeln könnten die eigenen Kolonnen am anderen Ende des Lagers verletzen. Zu allem Überfluß kommt noch hinzu, daß wir hier überhaupt kein Wasser haben, was uns zwingt, es in

Tankwagen heranzufahren, die uns in nur unzureichender Zahl zur Verfügung stehen. Neben einigen anderen Mängeln könnte ich hinzufügen, daß die Zahl der befehlshabenden Offiziere nicht ausreicht, doch denke ich, daß das zuvor Angeführte ausreicht, damit seine Exzellenz die erforderlichen Maßnahmen ergreifen möge.«

(Es folgen die dienstbeflissenen Ehrerbietungen,
und eine Unterschrift, die unleserlich ist.)

San Juan de Alicante, 3. April 1939
(Darunter folgende handschriftliche Notiz:)
Verteilung wie folgt:
Stierkampfarena (erste Kategorie: 7.000)
Albatera: (10.000)
Carcagente,
Totana,
Los Alcázares,
Villena,
je nach Fassungsvermögen der Züge.

(Eine weitere unleserliche Unterschrift.)

»Wer hat angeordnet, sie dorthin zu bringen?«

»Ich weiß es nicht, Herr Oberst.«

»Sie wissen nie etwas.«

»Nein, Herr Oberst.«

»Warum sind Sie dann hier?«

»Zu Ihren Diensten.«

Hauptmann Lavalle verbeißt sich zu sagen, was er denkt. Er ist das gewöhnt.

»Welche Maßnahmen schlagen Sie vor?«

»Verteilung der hier Festgenommenen auf die Kasernen, ebenso der im Umland Aufgegriffenen, um in einem ersten

Schritt ihre Verantwortlichkeit festzustellen. So viele wie möglich in die Burg überstellen.«

»Wie viele?«

»Tausend oder zweitausend, glaube ich, müßten dort noch hineinpassen.«

»Glauben ... glauben. Nach Ihren Vermutungen habe ich Sie nicht gefragt.«

Hauptmann Lavalle – groß, schlank, schlampig – schweigt wieder einmal. Der Oberst. Der Oberst vom Generalstab. Esteban de la Pereda – dick, buschiger Schnauzbart, schwer mit Lametta behangen und geschlagen mit einer Blasenschwäche, die ihm viele Dinge verbietet, für die ihn auch das Lorbeerkreuz des heiligen Ferdinands, die höchste Tapferkeitsmedaille, nicht entschädigt; herrisch, und so läßt er an jedem Schreibtisch, der ihm in die Quere kommt, mit Faustschlägen oder Fußtritten seine schlechte Laune ab, und wenn es ganz ernst wird, tritt sein Mundwerk in Aktion.

»Fünf- oder sechstausend in die Stierkampfarena.«

»Die ist bereits voll.«

»Sie holen viele raus: holen Sie noch mehr raus.«

Fünf- oder sechstausend findet der Oberst nicht viel, außerdem findet er, daß der Hauptmann übertreibt.

»Und nach Albatera?«

»Den Rest.«

»Wie viele passen dorthin?«

»So viele wir wollen.«

»Fünfzehntausend müßten genügen, meine ich.«

»Ganz, wie Sie verfügen, Herr Oberst.«

»Sie sind es, der hier die Verfügungen trifft.«

Der Hauptmann salutiert. Der verfluchte Abort ist am Ende des Flures; bis dorthin muß er es schaffen; wenn nicht, braucht die Unterhose, eine lange, Jahre, bis sie trocken ist.

3. April

Die Befehle ließen nicht lange auf sich warten: Räumung des Lagers in fünf Tagen: Stierkampfarena, Gefängnis – für einige wenige Persönlichkeiten –, Albatera für den großen Rest; Carcagente für die aus der nördlichen Provinz Valencia, Totana für die aus Murcia und Almería; die aus dem Norden sollten nach Burgos, um von dort weiterverschickt zu werden. All das in groben Zügen.

»In die Stierkampfarena siebentausend für den Anfang.«

Unter ihnen Vicente. Sie kamen durch die Calle de Sevilla hinein. Sie ließen sie im Inneren antreten, in Schach gehalten von zwanzig auf den Rängen postierten Maschinengewehren. Die Erinnerung an Badajoz.

»Genau hier.«

Vicente kennt unter den vielen nur wenige: Bonilla, Sanchís Senior, Vilches; in einer Gruppe weiter weg Romañá (wo Gabriel wohl die ganze Zeit über gewesen ist?), Mustieles, Ricardo Ferrer, Plá y Beltrán, Jaime Luque, Calderón, der von sich sagt, er habe die Stadt offiziell übergeben.

»Was, genau hier?«

»Machen sie uns die Hölle heiß.«

»Früher oder später ... mehr oder weniger ...«

»Ich rede nicht von der Sonne, sondern von den Maschinengewehren.«

»Wir werden ja sehen.«

»Gerade das glaube ich nicht.«

»Scheißt euch nicht in die Hosen. Nicht zu fassen.«

»Ich habe doch gar nichts getan!«

»Halt den Schnabel!«

»Der Vorhang hebt sich.«

Über dem Stierzwinger erscheint eine Gruppe Besternter, während andere, ohne Sterne und Streifen, den Angetretenen ein paar Manschettenknöpfe oder sonstige Wertgegenstände abnehmen. Das Ergebnis ist mager, nach all den Durchsuchungen. Auch die Anweisungen gehen nach Schema F: Erschießung droht – mehr oder weniger sofort – für Fluchtversuche, Unbotmäßigkeit oder Ungehorsam gegenüber den Wachmannschaften, wenn man Waffen oder Munition versteckt usw.; das Übliche. Sie atmen auf: Der Tod läßt also vorerst noch auf sich warten.

Für eine halbe Stunde können sie sich rühren; währenddessen befehlen die Unteroffiziere den Führern, Offizieren, Ausländern, Kommissaren, sich auf einer Seite zu sammeln und bei den Stierzwingern eine Gruppe zu bilden. Es sind wenige; sie sperren sie in den Pferdehof, wo unter einem Vordach an einem wackeligen und verdreckten Tisch sitzend ein Stubenhengst Karteikarten anlegt: Name, Aufgabe, Diensteinheit; Heimatanschrift und der ganze Rattenschwanz der Vorgeschichte: Partei, Alter etc. Was sie noch haben, nimmt man ihnen ab.

»Das ist alles, wenn es euch was nützt …«

Ein Holländer und ein Engländer schreien wie am Spieß, sie wollen ihre Konsuln sehen. Die kamen dann auch, ins Leichenhaus. Die Entschuldigungen wurden nachgereicht, ihre einzigen Sünden waren gültige Reisepässe und vielleicht der Geschmack, den der eine am andern fand und dem sie in einem Haus in Altea frönten. Niemand wußte, wie sie in der Stierkampfarena hatten landen können.

»Sie ließen sich mit niemandem ein«, schluchzte Elena mütterlich. »Sie wollten sich auf dem Platz nur mal umschauen.«

»Auf dem Stierkampfplatz?«

»Nein, auf dem Marktplatz.«

»Es tut uns furchtbar leid.«

Ist es leicht oder schwer, von ohnmächtigem Mitleid zu sprechen? fragt sich Cuartero. Ist es das, oder ist es das im Gegenteil per Definition? Und weiter: Wenn wir selber Objekt dieser Art von Mitleid sind, wer ist das Subjekt? (Das göttliche Erbarmen ist eine andere Sache.) Was ist an Mitleid gerecht? Es ist ungerecht. Welche Bedeutung hat es dann? Wir – Gott möge mir verzeihen –, wir sind die Gerechtigkeit, wir waren die Repräsentanten der Gerechtigkeit, und wir sind besiegt. Die Repräsentanten der ›zuständigen Autoritäten‹ haben uns in die Arena geführt und werden uns opfern, möglicherweise, ohne daß dem Volk der Sinn nach Spielen steht, obwohl sich die Ränge der Arena, wenn man es in den Straßen anschlagen würde, füllen würden, selbst wenn der Eintritt nicht frei wäre. Der Märtyrergang. Vielleicht sehen sie auf uns heute genauso herab wie damals. Und werden, wie damals, Brot verteilen, an den Alten hier, die junge Frau dort. Die Mehrzahl der Menschen an meiner Seite tritt ihren Opfergang nicht im Gedanken an ihr eigenes ewiges Leben an, sondern im Gegenteil, sie denken an die weltliche Zusammengehörigkeit.

Kein Zweifel, wenn das Regime uns einsperrt und mit uns Schluß macht, wird es seine politischen Probleme auf lange Zeit lösen. Ich aus meiner Sicht kann ihnen das nicht vorwerfen; aus ihrer Sicht ist es beinahe perfekt. Daß sie auf diesem Weg nicht ins Himmelreich kommen, ist natürlich ein anderes Problem. Werden sie mich beichten lassen? Wenn sie uns auf den Kampfplatz führen und anfangen, von den Rängen aus mit den Maschinengewehren auf uns zu feuern, wohl kaum. Vielleicht machen sie es auch nicht: so viele zu beerdigen wäre heikel, und uns an Ort und Stelle zu verbrennen ist unmöglich, nicht wegen des Gestanks, sondern wegen der Gefahr. Welche Gefahr? Nein, der Gestank. Also? Im Grunde genommen ist es ein schlichtes Konzentrationslager; eigentlich ein origineller Ort und sehr spanisch. Wie viele von uns passen auf den Kampfplatz? Ich weiß es nicht, ich will es nicht ausrechnen: sagen wir fünftausend. Fünftausend, das macht, selbst wenn wir wenig essen und die mit Verstopfung außen vor lassen, etwa die Hälfte, die täglich ihr Bedürfnis verrichten. Wo? Das Schrecklichste wird die Promiskuität sein, die Läuse: Mehr als die Hälfte kommt direkt aus den Schützengräben. Im *Lager der bitteren Mandeln* war Platz, im Übermaß; jeder konnte seine Ausscheidungen vergraben. Auf dem Sandplatz, wie soll das gehen? In den Ställen?

Also in einem Stall, und dort wuchsen, Tag und Nacht, die Haufen.

»Der Jude diente dem mittelalterlichen Kapitalisten dazu, den Haß des ›Volkes‹ auf eine andere Klasse als seine eigene (Klerus oder Adel) zu lenken, genauso wie die heutigen Kapitalisten (Bankiers, Klerus, Großgrundbesitzer) den Haß des ›Volkes‹ auf die Kommunisten lenken. Es geht darum, wachsam wie ein Schießhund zu sein und den Leuten ein paar Fleischbrocken vorzuwerfen, um in Ruhe leben zu können. Und dann noch die Puristen: Gläubige mit zusammengeschlagenen Hacken; vielleicht die Schlimmsten; wie zu ihrer Zeit die konvertierten Juden.«

»Unterm Strich ein netter Haufen, uns alle eingeschlossen. Das ist der Mensch. So kann man die Reihe beginnen, besser gesagt, die Deklination, wie man die Zeiten durchdekliniert, seitdem das Paradies verlorenging: Ich bin perfekt, du bist imperfekt, er ist abscheulich, wir sind perfekt, ihr seid imperfekt, sie sind abscheulich. Und die Welt ist eine Scheiße.«

»Wenn wir gewonnen hätten, würdest du das nicht sagen«, sagt der Jude.

»Wir haben aber verloren«, sagt *Picaza*.

»Weißt du, warum?«

»Weil wir nicht gewinnen konnten.«

»Wieso?«

»Dafür müßte die Welt anständig sein, und sie ist eine Scheiße.«

Er spuckt aus. Ein kleines Mädchen läuft zwischen den Reihen entlang und gibt ihm eine Orange. Er glotzt auf die Frucht, wirft sie zu Boden. Der *Madrileño,* der hinter ihm her geht, hebt sie auf und schält sie. Er leckt sich die Lippen.

Wenigmann nannte ihn seine Gattin vom Tag der Hochzeit an, und *Wenigmann* wurde er nicht mehr los. Es störte ihn nicht.

Wenigmann hier, *Wenigmann* da.

»Was für ein putziger Name!«

Und das kam so, weil Hortensia sich ganz eigene Vorstellungen von der männlichen Virilität machte – für sie ist das nicht redundant –, die sie, wie sich das gehört, erst am Tag der Hochzeit mit Marcelino Pío kennenlernte. *Wenigmann* regte sich nicht auf: Er nahm immer alles gelassen.

»Willst du noch mehr?«

»Ja.«

»Dann nicht.«

Und rollte sich zur Seite.

»Wenig Mann.«

Während des Krieges stellte Marcelino unter Beweis, daß er doch Hosen anhatte, und brachte es bis zum Oberleutnant.

»Jetzt ist das ja jeder.«

Und das kam so, weil für Hortensia alles für ihren Mann zu wenig war. Im stillen bewunderte sie ihren Gatten, doch sobald sie den Mund auftat, spuckte sie Schimpfwörter, zog über ihn her und machte ihn runter, vor wem auch immer. *Wenigmann* war das egal. Er wußte, daß er sie im Griff hatte, die Zunge ausgenommen. Er war schon immer gut darin gewesen, sich taub zu stellen; gegenüber seinem Vater, einem resoluten Mann, wie gegenüber seiner Mutter, die – heimlich – die Früchte des Herrn zu schätzen wußte, was ihr immer wieder Hausarrest einbrachte.

Sie waren Leute vom Land, Tagelöhner aus Espinardo. Drahtig. Hortensia, aus Camporrobles, war vom selben Schlag. Sie war als Dienstmädchen in Murcia gewesen und von dort mit kleinen Ersparnissen und, wenn das überhaupt geht, noch größerer Verachtung für die Menschen zurückgekehrt, nachdem sie sie so beengt hatte leben sehen, in mehrstöckigen Häusern, eins neben dem anderen, an gepflasterten oder asphaltierten Straßen.

»Als ob sie sich schämen würden, sie offen zu sehen.« (Die Erde.)

Hortensia, mit ihrem drallen Fleisch, ihren vollen Rundungen, wurde befingert, wo immer sie war: auf dem Markt, auf der Treppe, auf der Straße, in der Straßenbahn. Sie spuckte Gift und Galle. Und dieses Miststück von Söhnlein, *dieses kleine Stück Fliegendreck,* das seine Hand zwischen ihre Schenkel schieben wollte, als sie auf Knien die Wohnung wischte ... Sofort sagte sie es der Señora:

»Señora, Ihr Sohn will mich ausnutzen.«

»Was?«

»Er hat mich betatscht.«

Der *Generalin* ließ den Jungen herkommen:

»Schämst du dich nicht?«

»Wofür, Mama?«

»Für die Schamröte, die du mir ins Gesicht treibst.«

»Ich, Mama?«

»Genau, du Schandfleck.«

»Sag mir doch wenigstens, worum es geht.«

»Du hast diesen Trampel Hortensia betatscht.«

Der Junge wurde rot.

»Du solltest einen besseren Geschmack haben.«

»Aber Mama, wenn sie doch …«

»Jetzt weiß ich auch, warum ich Modesta, Paca und Mercedes verloren habe! Aus meinen Augen!«

»Aber Mama …«

»Aus meinen Augen, oder ich sage es deinem Vater.«

»Wenn du es Papa sagst, was dann? Ihm wird das gefallen. Er …«

»Was, er?«

»Nichts.«

Dann die Ohrfeige.

»Dieses Früchtchen«, sagte die Köchin.

Der General wollte die Auslöserin der Katastrophe sehen.

»Zu ihren Diensten.«

»Du bist ganz schön empfindlich.«

»Nein, Señor, mir geht es gut.«

»Das sehe ich. Und den Ärger, den du veranstaltest, weil mein Sohn aus Versehen deinen Hintern berührt hat.«

»Das wollte er, aber es blieb bei dem Versuch. Wie bei ihnen.«

So kam es, daß Hortensia vom zweiten in den ersten Stock wechselte, von der Nummer 27 in die Nummer 25 der Calle de San Vicente.

Natürlich hatte sie sich bei dieser Vorgeschichte und allem, was sie auf der Straße hörte, unter einem Mann etwas anderes vorstellen müssen. Und Marcelino wurde den *Wenigmann* nicht mehr los.

Als der Krieg ausbrach, gab Hortensia ihm die Anschrift von Vater und Sohn.

»Mach sie fertig. Außer dir faßt mir niemand an den Hintern.«

So starb Moisesito oder Don Moisés in Atarazanas; der General, der sich in Barcelona am Aufstand beteiligt hatte, ohne viel davon mitzubekommen, weil ihm dafür keine Zeit mehr blieb. Das mit dem Sohn war schwieriger: Niemand war in der Lage, *Wenigmann* Auskunft über seinen Aufenthalt zu geben. (Was kostete es ihn schon, seiner Frau diesen Gefallen zu tun?) Die fragte ihn jedesmal, wenn sie ihn sah, alle zwei bis drei Monate, nach dem jungen Herrn.

»Ich finde ihn nicht.«

»Wenig Mann.«

»So, jetzt ist Schluß damit. Oder ich muß am Ende noch glauben, daß es dir gefallen hat.«

»Das muß ich mir anhören! Du findest ihn also nicht – dann wollen wir doch mal sehen, wie lange ich brauche ...«

Sie hatte Erfolg, nach drei Tagen, in denen sie dumm dreinschaute und nicht wahllos, sondern unter alten Kolleginnen und Lieferanten herumfragte.

»Jetzt geh zurück in dein Dorf, für die Geburt.«

Die Rundung konnte man nämlich schon erkennen.

»Keine schlechte Idee.«

»Sie sind also der junge Herr?«

»Ich, nein.«

»Sie brauchen nicht zu lügen; ich bin der Ehemann von Hortensia.«

»Von welcher Hortensia?«

»Erinnern Sie sich nicht mehr?«

»Nein.«

»Eine Hausangestellte. Sie haben sie betatscht.«

»Nein.«

»Oder es versucht.«

»Ich erinnere mich nicht daran.«

»Sie schon.«

»Das ist doch absurd.«

»Sie ist sehr empfindlich.«

»Und womit kann ich Ihnen dienen?«

»Stellen Sie sich tot.«

»Wie bitte?«

»Damit Hortensia sich davon überzeugen läßt, daß ich Sie umgebracht habe. Glauben Sie ja nicht, es würde mich viel kosten, das wirklich zu tun. Keineswegs. Aber ich finde es eines Mannes nicht würdig, Ihnen eine Kugel in den Nacken zu jagen, nur weil Sie vor Jahren am Hintern meiner Frau rumgemacht haben. Also ...«

»Wieviel?«

Da machte er kurzen Prozeß.

»So ein Idiot!«

»Wirklich seltsam. Kenn einer die Reaktionen der Menschen.«

»Erinnerst du dich an Hernando, den aus Vallecas?«

»Na klar, wie soll ich mich an den nicht erinnern.«

»Also, er war in Katalonien stationiert, ebenfalls Oberleutnant. Über Bourg Madame kam er nach Frankreich. Sie wurden entwaffnet, er und seine Kameraden, und unter Bewachung ging es zu einem Lager. Der Soldat oder der Polizist – ich habe es nicht gesehen, er hat es mir nur erzählt –, der neben ihm ging, entdeckte seine Armbanduhr. Er wollte sie ihm wegnehmen. Aber er wehrte sich.

›Wem hast du die geklaut?‹

Unser Mann wurde so wütend, daß er ein Jagdmesser zückte und die Sache sofort regelte. Naja, für ihn war sie noch nicht geregelt. Kriegsgericht. Aber schon eigenartig, wie die sanftesten Menschen, von denen man so eine Reaktion niemals erwartet hätte, zu den größten Greueltaten fähig sind.«

»So hat man uns gemacht.«

Jetzt wird *Wenigmann*, auf dem Weg zur Stierkampfarena, herausgegriffen, von Timoteo Rodríguez, der seine Geschichte kennt. Als sie ihn wegzerren, erfährt Vicente, daß er Marcelino Pío heißt.

»Wohin werde ich gebracht?«

»Wirst du schon sehen.«

»Ich allein?«

»Keine Sorge, Gesellschaft hast du da genug.«

Er begreift und schweigt.

(An dieser Stelle müßte ich von dem Festessen sprechen, das die Falangisten an einem dieser Tag zu Ehren des argentinischen Konsuls veranstaltet haben. Es war selten spektakulär und prächtig; steif und mit ausgesuchten Speisen; die Tischreden wirklich sentimental und mit weit ausholenden Gedanken über die Zukunft des iberischen Mutterlandes in den amerikanischen Republiken. Berühmte große Köpfe konnten ihre Hispanität in aller Pracht glänzen lassen, und kein einziger Italiener war zu dem Festschmaus geladen. Die Glückwünsche nahmen kein Ende, und es gab nur einen Zwischenfall – der schnell bereinigt war –, als ein Provinzfürst einen Kellner erkannte, der einer Gewerkschaft des Gaststättengewerbes angehört hatte; der Falangist war Hotelier.

Mit besseren Ohren und weniger Wein im Leib hätten einige die Salve hören können.)

Zwei Tage nach dem Einmarsch von Francos Truppen in Valencia stand Luis Salomar bei Ambrosio Villegas vor der Tür. Es öffnete Pepa Chuliá, die ihren Augen nicht traute. Sie kannten sich sehr gut. Aus Valencia und aus Barcelona.

»Hallo.«

»Ist Ambrosio da?«

»Sie werden verstehen, daß ich es Ihnen nicht sagen würde, selbst wenn er da wäre. Sie wünschen?«

»Sehen, was sich machen läßt. Ich war hier.«

»Wie, Sie waren hier?«

»Hier im Militärhospital; als Gefangener natürlich.«

»Und läßt sich Ihrer Meinung nach etwas machen?«

»Zunächst einmal die Bibliothek retten.«

»Sie interessieren sich also mehr für die Bücher, nicht für Ambrosio; hätte mich auch gewundert.«

»Sie haben mir noch nicht gesagt, ob Ambrosio da ist.«

»Er ist nicht da.«

»Dann werden wir die Bücher und die Bilder mitnehmen.«

»Mit welchem Recht?«

»Ist es Ihnen lieber, wenn irgend jemand sie mitnimmt und verschleudert?«

»Was werden Sie mit ihnen machen?«

»Sie an einen sicheren Ort bringen.«

»Zu sich nach Hause, zum Beispiel.«

»Wenn das ginge, wäre es das beste.«

»Und Sie schämen sich nicht?«

»Ich meine es ernst.«

»Ich auch. Von hier kommt nichts weg.«

»Machen Sie sich nicht lächerlich. Ich versichere Ihnen, daß es das beste ist. Wo auch immer er steckt, wir werden ihn finden. Am besten würde er in irgendein Dorf gehen ...«

»Ist das Ihr Ernst?«

»Selbstverständlich.«

»Womit hat er das verdient?«

»Und auch für Sie wäre es besser zu verschwinden.«

»Und meine Sachen? Eher lasse ich mich umbringen.«

»Passen Sie besser auf. Es ist das beste, wenn die dort« – vier Mann waren bei ihm – »alles mitnehmen.«

Es klingelte. Es war Xavier de Bosch; er kam aus dem gleichen Grund.

»Schon geschehen«, sagte ihm Luis Salomar.

»Ich will mich mal kurz umsehen.«

Er sah sich sogar lange um, vor allem unter den Bildern.

»Sie werden die Wohnung verlassen müssen.«

»Aber die gehört mir!«

»Unwichtig. Sie werden verstehen, daß wir ohne Rücksicht für die neue Autorität requirieren müssen. Auch wenn ich finde, daß die nicht so ausgesucht gute Gemälde brauchen.«

Die beiden lachten laut heraus. Pepa übergab sich im Badezimmer.

»Postieren Sie Wachen rund um den Hafen. Nehmen Sie jeden fest, der reinkommen will. Beim Abmarsch erschießen Sie sie, so ersparen wir uns Scherereien.«

»Aber ...«

»Die hätten eben früher kommen sollen.«

4. *April*

(Brief von Pepa Chuliá an Ambrosio Villegas.)

Geliebter,

ich schreibe Dir voller Hoffnung, obwohl ich nicht weiß, ob Dich dieser Brief, den ich Dir auf so seltsamem Weg schicke, erreichen wird. Sie versichern mir, daß er in Deine Hände gelangt, wo auch immer Du bist, wenn es Dich noch gibt. Sie schwören, daß Dir nichts passiert ist, daß sie nur die Größe Spaniens wollen, und daß niemandem etwas passiert, der keine schweren Verbrechen zu verantworten hat. Sie versprechen, daß Du bald in aller Ruhe zurückkehren kannst.

Die Truppen marschierten am 30. oder 31. ein, ich erinnere mich nicht genau. Sobald Du fortgegangen warst, sperrte ich mich zu Hause ein, fest entschlossen, von nichts und niemandem etwas wissen zu wollen und mich allein dem Kampf gegen den Staub zu widmen. Gestern gegen zehn Uhr morgens klingelte es, und vor der Tür stand, gefolgt von vier Falangisten und ob Du es glaubst oder nicht, Dein alter Freund Luis Salomar. Ich war wie vor den Kopf geschlagen. Einen Arm trug er in der Schleife, und ich dachte mir, so mußte er einmarschiert sein, auf einem Schimmel reitend, an der Spitze einer Schwadron oder so. Aber weit gefehlt: Stell Dir vor, er war Gefangener hier im Militärhospital. Wie er mir erzählt hat, haben Du und andere Freunde von Euch ihm zweimal das Leben gerettet, jedesmal, wenn er in Barcelona zum Tode verurteilt worden war. Lange Zeit war er auf dem Montjuich inhaftiert. Offensichtlich wurde er später hierher verlegt. Er ist unverändert, obwohl er noch schlanker wirkt als früher. Wie es scheint, bekam er als Gefangener alles, was er wollte – immerhin war er Mitbegründer der Falange, Gott steh uns bei –, und du und Bergamín habt ihm auch noch das Leben gerettet. Xavier de Bosch, der etwas später kam, hat bei dem Jugoslawen vorbeigeschaut, diesem Freund von Euch an der Botschaft in Paris, um ihn auszutauschen, aber ohne Erfolg. Er sagte, wir hätten nichts zu befürchten, er käme mit den besten Absichten. Er bewegte sich hier wie in einem eroberten Land, kein Wunder.

Fürs erste haben sie Deine Bibliothek mitgenommen, um sie im guten zu retten, zusammen mit den Bildern auf drei Lastwagen haben sie sie zum *Ateneo Mercantil* gebracht, das über Nacht zum Haus der Falange geworden ist. »Wenn sie nicht reinpassen«, sagte er mir, »bringen wir sie zur Universität.« Als letzte Maßnahme zu unserem Schutz haben sie die Wohnung für einen Oberst oder General requiriert. Er sagte, so seien die noch übrigen Bilder sicher. Offensichtlich dachte er bei den Büchern anders: nicht ein einziges ließen sie zurück. Du kannst Dir vorstellen, wie froh ich bin ... Deine Papiere haben sie nicht angerührt.

Salomar sagte mir, ich könne Dir schreiben, er werde alles Nötige in die Wege leiten, um Dich in einer der Unterkünfte ausfindig zu machen, die sie in Alicante eingerichtet haben, um auszuwählen, wer sofort freikommt, unter anderem Du, da hat er keine Zweifel.

Ich gebe ihm diesen Brief und flehe zu Gott, daß er bald in Deine Hände gelangen möge, daß Du wohlauf bist und wir uns bald wiedersehen.

Du weißt, wie sehr ich Dich liebe, Deine

P.

Gerufen wurde er *Elster,* unverhohlen. Er wußte das, und es vergällte ihm sein bitteres Leben noch mehr. Ganz offensichtlich hatte er unter seinen Vorfahren irgendeinen Vogel, aber von da bis zu der Behauptung, er sei ein Krähenvogel, klaffte ein Abgrund, dem sich niemand zu nähern traute: Sein Vater war ein großer und gut aussehender Kerl gewesen.

Don Rubén hatte einen eher kleinen Kopf, eingefallene Wangen, eine lange Nase, dünne Haare und hinter der Stirn gar keine, einen schütteren Schnauzer über schmalen Lippen, und eine Brille mit altertümlich klobigem Gestell verbarg ein Paar Äuglein, die schelmisch sein wollten, doch ohne rechten Erfolg; ordentliche Ohren vervollständigten das vogelige – um nicht zu sagen: die vogelscheuchenhaften Proportionen seines ganzen Schädels. Seine Arme eher flügelkurz, am Körper nichts außer einem vorstehenden Bauch, und der machte ihn natürlich auch nicht eleganter.

Don Rubén López Guzmán, Geschäftsführer der, wie er meinte, auf der ganzen Welt bekannten Zementfabrik Gladiador, war von seiner Aufgabe zutiefst durchdrungen, vom nicht vorhandenen Scheitel bis zur Sohle, weshalb er den Kopf etwas höher trug als nötig; dadurch wirkte er dünkelhaft, was wenigstens ehrlich war, denn sein Posten war ihm so hochheilig, daß er es jederzeit jedem aufs Brot schmierte, gefragt oder ungefragt.

Unnötig Ihnen zu sagen, wie es ihm erging. Ich lernte ihn erst spät kennen und weiß somit nicht, ob es Gründe gibt für seinen Dünkel, etwa, daß er den Posten nicht seinen Verdiensten verdankte, sondern dem Schulkameraden eines der Söhne eines wichtigen Teilhabers jener Gesellschaft mit arg beschränkter Haftung, die die Geschicke der Fabrik lenkte, eigentlich im Besitz der Kirche, wie Eingeweihte versicherten. Etwas Jesuitisches hatte Don Rubén durchaus an sich, aber ich glaube nicht, daß das bei seiner Ernennung eine Rolle gespielt hat.

Auch wenn er den Posten erst spät ergattert hatte, machte er ihn zu seiner ureigenen Sache, ein wenig, als hätte er nie etwas anderes getan in seinem eher mittelprächtigen Leben. Es hieß, er sei verheiratet und Vater mehrerer Kinder. Doch darüber schwieg er harnäckig, weshalb ich nicht dafür bürgen kann, für andere Dinge aber sehr wohl.

»Niemand hilft mir. Niemand denkt mit. Alles muß ich allein machen.«

Alles mußte er allein machen, bis Ende Juli 1936. Da ging er in eine Falle und verbrachte den ganzen Krieg in einem Keller, aus dem er blind vor Zorn und mordlüstern wieder herauskam. Dem verschaffte er Befriedigung, indem er, käsig wie immer, wütend mit den Fingern um sich stocherte: »Der, der, der und der.«

Achtundzwanzig benannte er, was nicht viele sind bei viertausend Arbeitern in Alicante, die sie zwischen dem 2. und 3. April ins *Lager der bitteren Mandeln* abführten, jedenfalls die, die noch gehen konnten. Die meisten wurden nicht erfaßt, die von *Elster* benannten selbstverständlich auch nicht. Am 4. April machten sie mit ihnen kurzen Prozeß, bevor sie überhaupt das Gefängnis betraten, in das man sie angeblich bringen wollte.

»Verräter? Ich ein Verräter? Mein ganzes Leben bin ich Sozialist gewesen! Wen habe ich verraten? Ich war immer der, der ich bin. Treu. Habe meiner Regierung gehorcht und mein Ehrenwort gehalten. Anders als ihr, Hurensöhne, die ihr geschworen habt, der Republik bis zum letzten zu dienen! Ihr seid die Verräter!«

In den letzten Stunden war Vicente Farnals zum Kommissar der Levante-Armee ernannt worden. Er nahm den Posten an, mechanisch, weil er an die Niederlage nicht glauben wollte und weil er ein Angeber war.

Sie schlugen ihn, prügelten ihm mit den Gewehrkolben die Beine zu Brei. Eine elender Tod, natürlich.

»Wir sind hier in einer Art Lager, aber immerhin auf dem Land. Gestern nacht haben sie uns hierher gebracht (ich schätze, etwa zehntausend Leute jeglicher Couleur, Männer, Frauen, Kinder durcheinander); andere haben sie wer weiß wohin gebracht. Ein ständiges Kommen und Gehen. Etwas oberhalb liegt die Landstraße. Die nackte Erde; was es gibt, sind Mandeln, groß und mild, wie wir. Ihnen fehlt nur Wasser, uns fehlt Wasser und alles andere. Wie die Schafe trotteten wir hier hinein.

Wir sind am Boden (in jeglicher Hinsicht). Ausgelaugt, am Boden zerstört, für nichts zu begeistern. Sollen sie mit uns doch machen, was sie wollen. Es sollen Schiffe kommen? Gut. Es kommen doch keine Schiffe? Auch gut. Was macht das schon? Es kommt der Moment, in dem zerbrichst du, du kannst nicht mehr, stolperst weiter, der Herde nach. Herde nicht etwa, weil wir viele waren, sondern weil wir alleine waren: Plötzlich bist du alleine; du bist gestorben, und das einzige, was weiterlebt, sind die Wanzen, Flöhe, Läuse. Sie sind die einzigen Gattungen, die der Menschheit vertrauen. Du fühlst, daß du lebst, nur weil sie dir – noch – das Blut aussaugen. Dann beginnen das Unbehagen und die Jagd. Der Mensch ist von Natur aus Jäger. Die Entlausung ist eine große Aufgabe, sowohl für Mütter auf den Köpfen ihrer Kinder als auch für Männer in den Falten und Ritzen ihrer Unterhosen.

Wenn Du diesen Brief überhaupt bekommst, wirst Du antworten, daß man sich nicht unterkriegen lassen darf. Einverstanden. Aber sie haben uns aufgegeben. Und womöglich wollen sie noch, daß wir auf den Sieg singen ...«

Rosita:

Meine Liebe, diese Zeilen sind auf immer. Höchstwahrscheinlich werden sie nicht bis in Deine Hände kommen. Ich werde sie jemandem anvertrauen müssen, von dem ich nicht will, daß er Dich jemals findet. Ich nehme an, Du konntest fliehen. Du wirkst so klein ... Hör zu, mein Leben, hör mir zu: Ich habe Dir nichts zu sagen. Absolut nichts. Du weißt alles. Ich will nur eins, daß Du nicht die Hoffnung verlierst. Die Sache jetzt bedeutet nichts außer einer Lektion. Man darf sie nicht vergessen. Wir haben uns oft geirrt, und oft gab es kein Mittel, noch etwas daran zu ändern. Aber unsere Linie war richtig. Rosa: Du bist mein Halt. Ich müßte lügen, wenn ich jetzt behaupten würde, daß jetzt der Gedanke überwiegt, als guter Sozialist zu sterben; nein. Ich gedenke einzig und allein als Dein Genosse zu sterben. Für Dich. Das gibt mir ebensolchen Halt wie das andere. Vielleicht ist es im Grunde dasselbe. Wir werden uns immer an die Nacht in Mislata erinnern und als wir uns dann in Castellón trafen: die Nacht, die wir in dem verlassenen Juweliergeschäft verbrachten, und der Schrecken, den uns die Katze einjagte.

Ich habe so wenig Zeit gehabt, Dir zu sagen, daß ich Dich liebe.

Jetzt ist das einzige, was zählt, daß Du Dich rettest. Dann wirst Du selber wissen, was Du zu tun hast. Hab Vertrauen in Dich. Rosita: Du warst mein Halt, Du bist es noch immer, Du wirst es sein bis zum letzten Augenblick. Ich bin Dir dankbar, zutiefst dankbar. Du warst alles für mich. Du hast alle meine Träume und Hoffnungen erfüllt. Du warst alles, was ich erhoffen konnte. Ich werde Dich lächeln sehen, mit Deinem feinen Mund, mit Deinem feinen Haar, bis zum letzten Augenblick. Ich werde Deine Hand in meiner halten, bis ich nicht mehr bin. Alles war so schön, daß es mir nichts bedeutet, von ihnen getötet zu werden. Ich bedauere nur, daß wir, fürs erste, den Krieg verloren haben. Aber ich hatte Dich. Dank dem Krieg, meine Liebe. Ich hatte Dich schlafend an meiner Schulter und Dein Lächeln beim Aufwachen. (Diese elende Matratze und das Gewusel der Schaben, und wie die Erde zitterte, wenn das Geschütz losging! Erinnerst Du Dich, meine Liebe?) Du, so fein; Du, so schlank und doch ...

Wir werden kein zweites Leben bekommen, aber es ist es wohl wert gewesen.

Ich bin hier zusammen mit Genossen und fühle mich wohl, wenn nur nicht diese Faschistenschweine wären ... Ich kann es nicht glauben, daß wir verloren haben. Ich sehe es, ich sage es mir vor und glaube es nicht. Das ist nichts weiter als eine Phase, ein Kapitel, eine schlechte Zeit. Keiner von uns hier – Kamerad oder nicht – zweifelt daran.

(Hier enden diese Zeilen, ohne daß da ein Ende wäre.)

»Es gibt nur eins: lügen, abschwören, falsche Eide leisten.«

»Lieber lasse ich mich ersäufen ...«

»Aber warum diese Unterscheidung in Worte und Taten?«

»Ich verstehe dich nicht.«

»Weil du blöd bist. Bist du aus dem Schützengraben

gestiegen, hast dir die Brust entblößt und geschrien: ›Es lebe die Republik! Tod Franco!‹?«

»Ich bin doch nicht blöd.«

»Doch, das bist du. Was ist der Unterschied zwischen der Deckung im Schützengraben, dem Abwarten auf den Moment, an dem du dem Gegner eins überbraten kannst, und jetzt dem Abschwören und Falschaussagen?«

Villanueva, der Galicier, kratzt sich den Kopf, nicht recht überzeugt.

»Du redest, redest ...«

»Und du wirst verprügelt, verprügelt ...«

»Das heißt also ... glaubst du?«

»Du mußt lügen, lügen, sagen, daß du einer von ihnen bist. Wenn du durchkommst, gut; um dich von ihnen erschießen zu lassen, ist immer noch Zeit.«

Was er allerdings nicht wußte, ist, daß er tatsächlich einer von ›ihnen‹ war.

Sie telefonieren.

»Eine Reihe Leute sind geflohen. Einen haben wir gekriegt.«

»Erschießen Sie ihn vor allen.«

»Ohne Verhandlung?«

»Sie sind gewarnt worden. Machen Sie die Drohung wahr.«

»Aber ...«

»Was, Hauptmann?«

»Nichts, Herr Oberst.«

»Und kein Papierkram. Einer mehr, einer weniger, das fällt doch niemandem auf.«

»Zu Befehl.«

Ausgerechnet wegen der Handgranaten war es so gekommen. Alles war gut gelaufen, aber diese Scheißdinger verfingen sich in einer Hecke, und während er den Gürtel löste, kamen sie aus der Richtung, von der er sie am wenigsten erwartet hatte; und noch nicht einmal die, die ihn verfolgten. Dumm gelaufen.

José Carratalá stammt aus dem Palmar, bei Valencia, an der Straße nach Albufeira. Seine Eltern, seine Großeltern lebten seit mindestens einem Jahrhundert, länger zurück erinnert sich niemand, von ihrem Reisfeld. Nicht einmal in der Provinzhauptstadt waren sie gewesen, und das, obwohl Perelló kaum neun Kilometer von Valencia entfernt liegt. Der Dorfanger, die Pinien, der Strand, die Büschel auf den Reisfeldern, der Schlamm, die Ratten, die Aale, die Enten, *all y pebre,* Knoblauch in Pfeffer; ab und an sonntags eine Paella; die Karren, die schwarzen Joppen, die Fronleichnamsprozession; der Tag der Jungfrau Maria …

Als er zur Welt kam, schwirrten überall die Stechmücken. Davon gibt es heute nicht mehr so viele wie von den Planwagen; dennoch erinnert er sich an die Eilkutsche, die nach Saler kam, durch die Calle de Játiva und die Calle de Ruzafa. Insgesamt fast zwei Stunden brauchte sie. Der Ginster. Jetzt erinnert sich Pepe, von oben herab, mit Blick aufs Meer, an den Dorfanger, das Dickicht, die Pinien, den Strand an der Mata de Fanch. José Carratalá ist zwanzig Jahre alt; zwischen etwas trockenem, auf dem Boden zurückgebliebenen Röhricht sieht er auf die Zuckerrohrtriebe und, weiter oben, die Sierra de Cullera, die Vorsprünge des Mongó. Sie werden ihn abknallen wie ein Bläßhuhn oder ein Karnickel. Doch die Jäger haben sich nicht formiert, es ist auch nicht Samstag, nicht Jagdsaison, und es wird auch nicht gestritten um den besten Hochsitz. Das sollten der heilige Martin und die heilige Katalina, die Schutzpatrone des Jagdwesens, ihm zugutehalten.

Er hat nicht einen Céntimo. Alles haben sie ihm abgenommen: Mit fünfundvierzig Céntimos könnte er den Zug bis

Sila nehmen und mit der Straßenbahn nach Catarroja fahren, von der Plaza de San Agustín aus, und *Nebot* ausfindig machen, der ihm das Boot überlassen würde, mit dem er zum Hafen käme. Das war später gewesen, als er während des Krieges direkt nach Valencia ging. Davor war Amparo gewesen – die sich nicht anfassen ließ, außer zufällig –, Aufstehen im Morgengrauen, Dreschen des Strohs nach Sonnenuntergang, und es war nicht daran zu denken, sie dabei zu befingern, besser gesagt, er hatte keinen anderen Gedanken.

»Du wirst dafür noch Zeit genug haben.«

Pepe Carratalá, geboren 1919, im Januar; nie hat er etwas anderes gelernt; ein bißchen lesen, ja, genug, um Rechnungen zu schreiben, genug zum Aalangeln und Reispflanzen. Die Sorte *Benlloch,* den die Carratalá anbauten, verkaufte sich zu jedem Preis. Weder von Gewerkschaften noch von politischen Parteien hatte er je etwas gehört.

Ende Juli 1936 hörten sie von ihren in einer Reihe aneinandergebauten Hütten – die Familie war zahlreich – Schüsse von der anderen Seite des Entwässerungsgrabens, der sie von der Landstraße nach Saler trennte, und als es hell wurde, fanden sie in der Umgebung Leichen. Unter anderem eine Nonne, die nur verletzt war. Sie glaubten an einen Unfall. Sie näherten sich (die Mutter und er), und die Nonne versicherte, daß man sie hatte umbringen wollen. Sie hoben sie auf den Karren.

»Wir legen sie da drauf und bringen sie nach Hause.«

»Das würde doch jeder machen. Also bringen wir Sie nach Hause. Und der Evaristo *s'en va a per el metje,* der holt schnell den Arzt.«

Im Haus der Carratalá wurde jenes Mischmasch aus Kastilisch und Valencianisch gesprochen, das in der Gegend jeder versteht.

Am darauffolgenden Tag tauchten einige Kerle in der Gegend auf, die die Nonne suchten: Sie hatte bei den Leichen gefehlt, die die Totengräber hatten einsammeln sollen. An diesem Tag fand in Perelló eine Veranstaltung der Volksfront statt, bei der Alfaro und Ángel Gaos sprachen. Pepe Carratalá hörte diesem gerade zu, als die von der CNT aufkreuzten, um ihn festzunehmen. Die Leute liefen aufgeregt zusammen, um ihn zu verteidigen.

»Also, den nehmt ihr nicht mit.«

»*Ell no sap res de res.* Der weiß doch nichts.«

»*Es mes bó qu'el pa.* Der ist doch so ein guter Kerl.«

»*Che, no vingan fent puñetes.* Jetzt ist aber Schluß mit dem Mist.«

Ángel übernahm die Verteidigung von José Carratalá, aber es nützte nicht viel, zumindest anfangs. Die von der CNT nahmen ihn mit nach Valencia (»Wir werden mal sehen, aber im Augenblick ist er vor allem ein junger Mann, der eine Waffe in die Hand nehmen kann«), ebenso seine Brüder im wehrfähigen Alter; auf dem Weg schafften sie noch die Nonne auf den Friedhof. José Carratalá trat in die anarchistischen *Juventudes Libertarias* ein, machte treu und redlich den ganzen Krieg mit, in Aragón und im Maestrazgo-Gebirge, dann kam er runter nach Sagunt.

Jetzt werden sie ihn erschießen. Das Rauschen des Meeres erinnert ihn an Saler, die Gegend von Palmar, an Perelló und an Amparo, die er mehr oder weniger vergessen hatte seit der Entdeckung, daß es andere gab, die nicht so zimperlich waren und ihm das gaben, was ihm Spaß machte was ihn zuvor umgetrieben und Jahr um Jahr hatte verlieren lassen.

»Ach, die Amparo ...«

Wie lange es jetzt wohl dauern würde, an sie ranzukommen ...

3. April

Cuartero und Templado auf dem Weg zur Stierkampfarena; sie reden, um sich wachzuhalten. Das glauben sie zumindest.

»Eins nach dem andern: Pazifismus, da kann man genauso gut gar nichts wollen. Oder daß alle Menschen, einer wie der andere, gleich sind. Ein paar Menschen mag es geben, die gleich sind, aber wenige. Solange es Menschen gibt, die lieber Wein als Wasser trinken oder umgekehrt, gibt es keine Pazifisten. Solche Verehrer der Perfektion gibt es nicht. Ein Mensch, der den Frieden um jeden Preis will, zählt nichts. Die anderen gehen über ihn hinweg, ohne von seiner Existenz überhaupt Notiz zu nehmen. Eine Schuhabstreiferpersönlichkeit. Aufgrund einer mir unbegreiflichen Verirrung meinen sie, das Geistige sei gegen Gewalt immun. Weil sie den Krieg hassen, mißachten und verwerfen sie die Lehren der Zeit und vertrauen einzig ihren Vorstellungen und Gefühlen. Was das angeht, so haben die Konzentrationslager und gewisse Praktiken des Faschismus' gegen den Pazifismus mehr ausgerichtet als alles zuvor. Im Krieg wird der Pazifismus zum Verlierer; in der Revolution zum Krüppel. Eine pazifistische Menschheit wäre möglich, wenn die Menschen alt und nicht jung geboren würden.«

»Du glaubst, die Menschheit kommt voran und wird immer perfekter, wie ein Bleistift, den man anspitzt. Ich nicht. Ich glaube, daß die Erde der Mittelpunkt eines Universums ist, das stillsteht, das sich nicht bewegt; daß alles ewig ist; daß es keinen Fortschritt gibt (wohin denn?) und daß wir in der Hand Gottes sind.«

»Man muß sich doch klarmachen, was diese leidenschaftslose Betrachtung der Natur bedeutet; diese innere Sicherheit, deren Ursprung eine jenseitige geistige Kraft ist. Von dort bis zum Nicht-Widerstand ist es doch nur noch ein kleiner Schritt.«

»Ah, daher hast du deinen Dualismus. Aber, du Sünder, denke nur einen Augenblick daran, daß du und das, was dich erstaunt, ein und dasselbe sind.«

»Schweig, du Kröte. An dem Tag, an dem du mir den Ursprung des Lebens mit etwas anderem erklärst als mit einer weiteren windigen Hypothese, erwachst du vielleicht endlich aus dem Dualismus, den du mir leichthin zum Vorwurf machst.«

»Du glaubst, um keinen Krieg zu führen, reicht es, daß man ihn nicht führen will; man legt die Arme in den Schoß, streikt … Mach dir klar, daß es nicht reicht, das Gegenteil einer schillernden Theorie zu denken, um sie zum Einsturz zu bringen! Die Welt funktioniert anders.«

»Deshalb darf man nicht aufhören zu kämpfen.«

»Aber wenn du, Pazifist, von Kampf redest, dann ist das nur Krampf.«

»Ach was. Und jetzt: Auf in den Kampf, Torero.«

Im Rund der Arena formieren sich die Menschen zu Gruppen. Siebentausend Mann. Auf den Rängen, auf halber Höhe, gegenüber den Toren, Maschinengewehre mit ihren Mannschaften. Alle haben die Stierkampfarena von Badajoz vor Augen. Allen fährt die Angst in die Glieder, penibel wie nie wird nach Taschenmessern, Scheren, Rasierklingen oder sonstigen spitzen Gegenständen gesucht, dazu die üblichen Ankündigungen: Todesstrafe bei Fluchtversuch; Todesstrafe bei Beschimpfung einer Autorität; Todesstrafe bei Ungehorsam gegenüber den Wachmannschaften; Todesstrafe auf das Verstecken von Waffen; Todesstrafe für den Besitz von Munition.

Befehl an alle Führer, Offiziere und Kommissare, aus den Gruppen herauszutreten; derselbe Befehl an alle Nicht-Spanier, ob mit oder ohne Dienstgrad. Insgesamt sind das kaum fünfzig. Im Pferdehof legen sie für jeden eine Karteikarte an.

Die übrigen verteilen sie auf die unteren Ränge der Arena. Oben die bewaffneten Bewacher. Die Gefangenen haben tatsächlich nur stehend Platz. Als Abort, für siebentausend Mann, ein vier Quadratmeter großer Stall. Nach kurzer Zeit mußte man, um seine Notdurft zu verrichten, drei oder vier Stunden anstehen. Kaum Wasser. Keine Möglichkeit, sich zu waschen oder zu rasieren. Nach anderthalb Tagen verteilten sie als Ration ein Kommißbrot und eine halbe Dose Sardinen, für fünf Mann.

(Der Autor weiß, daß er das bereits erzählt hat, es ist nicht seine Schuld.)

5. April

Vicente konnte seine Uhr – die seines Vaters – allen Durchsuchungen zum Trotz retten, danach mußte er sich mit dem Marktwert zufriedengeben: Eine goldene Uhr gleich ein Kommißbrot und zwei Dosen Sardinen; eine normale Uhr gleich ein halbes Kommißbrot und eine Dose Sardinen, derselbe Wert wie ein Markenfüllfederhalter oder ein Photoapparat.

Je nach Tageszeit und Laune ließen die Offiziere in der Arena oder auf den Rängen die Reitpeitschen pfeifen.

»Was immer man dir erzählt, die Wahrheit ist das: Alle achtundzwanzig Stunden – so sparen sie sich vier – geben sie uns ein Brot für fünf, drei Dosen Sardinen für ebensoviele oder eine Dose Linsen. Die meiste Zeit verbringen wir liegend im Sand der Arena, um Kräfte zu sparen, oder auf den Rängen.

Die Brigaden der Soldaten, die sich um uns kümmern – besser gesagt: uns verkümmern lassen –, sind aus Navarra.

Gestern war ein wirklich außergewöhnlicher Tag. Ohne

daß wir erfuhren, warum, ließen sie uns in Gruppen zu zwanzig in der Arena antreten und bestimmten einen Quartiermacher pro Gruppe. Das große Tor der Arena öffnete sich, und herein fuhren zirca zwanzig Feldküchen und gaben warmes Essen aus. Sie suchten nach Freiwilligen, um die Kochkessel auszuwaschen. Unzählige Meldungen. Dann bekamen wir reichlich zu essen, während einige deutsche Kameramänner die Szene filmten. Das war uns egal: wir aßen.

Sobald die Deutschen – von der UFA-Wochenschau – ihre Arbeit beendet hatten und gegangen waren, fuhren sie die Feldküchen, die Kochkessel, das Essen weg. Ich nehme an, die ganze Welt wird sich davon überzeugen, wie gut sie uns behandeln. Schade, daß sie nicht den Stall gefilmt haben, in dem wir unsere Notdurft verrichten; am Eingang steht die Scheiße inzwischen anderthalb Meter hoch.«

Vicente begegnet Terrazas.

»Hallo.«

»Hallo.«

Der Tod eint und trennt. Beide gehen weiter. Kein Wort über Rosa María oder Lola. Trotzdem fragt ihn Vicente, als sie einige Tage später zufällig in einer Schlange hintereinander stehen:

»Hast du etwas von Riquelme gehört?«

»Ja.«

Commandante Rafael sagt nichts weiter.

»Und?«

»Er ist im Krankenhaus geblieben. (Er spricht ohne jede Betonung, der Grundton ist grau.) Sie kamen und wollten einige Verletzte totschlagen. Er leistete Widerstand, sie warfen ihn hinaus. Anscheinend wollte er fort. Am Nordbahnhof haben sie ihn festgenommen.«

Er schweigt.

»Seit wann bist du hier?« fragt er dann.

»Seit zwei Tagen.«

»Wissen sie, wer du bist?«

»Ich glaube, nein.«

»Haben sie ihn erschossen?«

»Ich glaube, ja.«

Vicente preßt die Kiefer zusammen. Man gibt ihnen ihre Ration. Sie gehen weiter. Sie sprechen nicht wieder miteinander; höchstens, daß sie sich ansehen, ein stummer Gruß mit den Augen.

6. April

»Antreten in Gruppen zu hundert! Pro Gruppe ein Führer, Listen machen!«

Sechs Uhr. Fast schon Tag.

Andere Gruppen zu zwanzig Mann gehen scharf bewacht zum Hafen, um etwas abzuladen. Zwei große Gruppen, angetreten in der Mitte der Arena. Eine mit Kriegsverletzten. Die andere, zu Hälfte mit Männern aus Málaga, zur Hälfte mit welchen aus Valencia. Sie durchqueren die Stadt bis zu einer Kaserne, noch hinter dem Madrider Bahnhof. Trotz der frühen Stunde – oder vielleicht gerade deshalb – verstummen die wenigen, die sie vorbeiziehen sehen, einige Frauen weinen, andere bekreuzigen sich. Als sie am Markt vorbeikommen, wollen ihnen drei Leute Obst zustecken, die Soldaten lassen sie nicht.

Gegenüber der Kaserne, in einem alten Armenasyl, unzählige festgenommene Frauen; diejenigen, die nicht mehr hineinpassen, werden daneben in einem Gehöft festgehalten, wo sie sich vergleichsweise frei bewegen und ans Gittertor drängen können.

»Luis! Luis!«

»Rafael!«

»Pepe!«

Es ist kein Halten mehr. Sie recken die Köpfe, strecken sich, schubsen, erkennen sich nicht. Nichts als Vermutungen: »Ich glaube …? War das nicht …? Ich glaube …«

In der Kaserne lassen sie sie auf den Hof, bis die Richter mit der Arbeit beginnen. Die Kriegsversehrten müssen als Erste aussagen. Weil sie schwer leugnen können, mitgekämpft zu haben, reicht das schon, um sie negativ zu beurteilen.

Einer mit steifem Bein stolpert absichtlich und entwendet eine Abschrift der Bewertungslisten. Sie geht herum:

a) Personen über zweiunddreißig Jahre (das heißt nicht erfaßt von ihren Mobilisierungsdekreten), mit unbelastetem Vorleben. In Freiheit, wenn kompetente Autoritäten oder Mitglieder der Falange für sie bürgen.
b) Über zweiunddreißig Jahre, ohne belastetes Vorleben. Provisorisch in Freiheit, wenn ihre Papiere und ihre Antworten nicht verdächtig wirken. An ihrem Zielort haben sie sich unverzüglich beim örtlichen Militärkommandanten zu melden.
c) Über zweiunddreißig Jahre, mit belastetem Vorleben. Bleiben in Haft und werden anderen Richtern vorgeführt, um das Kriegsgerichtsverfahren entsprechend vorzubereiten. Unter diese Einteilung fallen alle Verdächtigen, die Mitglieder einer der Parteien der sogenannten Volksfront sind, Soldaten mit Dienstgrad, Freiwillige etc.
d) Personen unter zweiunddreißig Jahre (die eingezogenen Jahrgänge) mit belastetem Vorleben. In Haft und gleiche Weiterbehandlung wie die unter Punkt c).
e) Unter zweiunddreißig Jahre, mit positivem Vorleben. Wie die unter Punkt a) Eingeteilten, kommen unter der Auflage frei, daß sie sich innerhalb eines Monats bei ihrem zuständigen Rekrutierungsamt melden.

f) Unter zweiunddreißig Jahre, ohne frühere Vorfälle. Provisorisch in Freiheit, müssen sich umgehend bei ihrer Militärkommandantur melden. Alles weitere wie bei den unter Punkt b) Eingeteilten.

Vicente geht herum. Ein Brunnentrog mit fließendem Wasser gibt ihm Gelegenheit, sich zu waschen. Er lehnt sich gegen eine Wand. Es ist zwei Uhr; die Glockenschläge. Aus einer Hand, die sofort wieder in einem Fenster im zweiten Stock verschwindet, sieht er ein zerknülltes gelbliches Papier fallen; beiläufig hebt er es auf. Es ist einer der Vordrucke, mit denen die Richter die Aussagen aufnehmen:

Vorname .... Familiennamen ....
Alter .... Familienstand .... Beruf ....
Name des Vaters ....
Name der Mutter ....
Zugehörigkeit zu einer politischen Partei ....
Alter .... Datum der Festnahme ....
Ort und Umstände ....
....
Wohnort seit dem 4. Oktober 1934 ....
Militärischer Rang .... Dienstalter ....
Datum des Eintritts in die Armee ....
Freiwillig oder eingezogen ....
Beförderungen .... Auszeichnungen ....
Name und Anschrift von Personen, von denen der Gefangene weiß, daß sie krimineller Akte schuldig sind
....
....
Kriminelle Akte, begangen von dem Gefangenen ....
....
Besitzt der Gefangene Vermögen ....
Welcher Art .... Wo ....

Name und Anschrift von Personen, die für die Zugehörigkeit des Gefangenen zur Nationalen Bewegung bürgen können ....

....

Einschätzung ....

Entspricht der Einteilung als ....

Das Gerücht geht um – wer hat es in Umlauf gebracht? –, daß die Mehrzahl der Mitglieder der Evakuierungs-Junta soeben standrechtlich erschossen worden ist. Man weiß nicht genau, wer, aber auf jeden Fall Ortega, der Sicherheitsdirektor; der sozialistische Abgeordnete López Quero; der Gouverneur von Madrid Gómez Osorio (der den Hafen als letzter verließ); der sozialistische Abgeordnete Carlos Rubiera; Oberst Burillo.

Vicente reicht das Blatt weiter – nachdem er es auswendig gelernt hat –, zuerst an Plá y Beltrán, dem er einschärft, es allein an verläßliche Genossen weiterzugeben.

Um vier Uhr kehren die Richter zurück, die um halb drei zum Mittagessen fortgegangen waren. Sie beginnen mit dem Verhör der zweiten Gruppe. Vicente erwischt einen Leutnant vom Militärgericht, einen jungen, offensichtlich unkundigen Mann. Ein geräumiges Zimmer im ersten Stock; fünf Richter gehen gleichzeitig ihrer Arbeit nach. Schon vor Tagen hat Vicente seine sämtlichen Papiere vernichtet außer seinem Personalausweis und dem Diplom von der Handelsschule. Er gehört keiner politischen Gruppierung an und bekleidete nie einen militärischen Rang; als Soldat für Hilfseinsätze hat er in der Fünften Gemischten Brigade gedient. Student. Er hält die Papiere über seine letzten Prüfungen in der Handelsschule von Valencia hin. Erzählt Lügen, erfindet Verfolgungen. Der Beruf seines Vaters spricht durchaus für ihn. Der Leutnant ist ungefähr so alt wie Vicente. Sie reden über Kino, über ihre Verehrung für Greta Garbo und Ginger

Rogers; über Literatur und ihre Vorliebe für Pío Baroja. Der Bursche wies ihm die Einteilung F zu, und Vicente fand sich im zweiten Stock vor einem Hauptmann der Militärgerichtsbarkeit wieder, einem Ex-Staatsanwalt, der die Einteilung zu bestätigen oder abzulehnen hatte. Er stellte ihm verschiedene Fragen; er wollte wissen, wo er festgenommen worden war und was er in Alicante zu suchen gehabt hatte. Vicente sagte, er sei am 30. März (was stimmte) um neun Uhr abends angekommen und daß er gar nicht mehr in den Hafen hineingekommen sei (was nicht stimmte); daß er aus Murcia gekommen sei, wo er sich kaum einige Tage aufgehalten hatte, nach einigen Monaten in Lorca; daß er nach Orihuela gehen wollte, wo außerhalb des Dorfes einige alte Freunde der Familie wohnten und darauf warteten, daß alles zu einem Ende kommen würde. Der Richter bestätigte seine Einteilung, und er wechselte in ein anderes Zimmer, wo man ihm einen amtlichen Passierschein aushändigte, der seine provisorisch bewilligte Entlassung bestätigte und die Auflage enthielt, sich unverzüglich bei der Militärkommandantur in Valencia zu melden.

Um einen Tisch standen fünf Männer aus Málaga, die verurteilt worden waren, weil sie nur zu offensichtlich ihre Heimatstadt verlassen hatten, als sie besetzt worden war. Für Plá y Beltrán, der hinter Vicente ging, gab es kein Entkommen: Sie erkannten ihn, sein Buckel war berühmt.

Modesto Lafuente zeigte ein ärztliches Attest vor, das ihm zur Reise nach Alicante riet, wegen des Herzens.

»Wann kamen sie an?«

»Am 30., um neun Uhr abends.«

»Das sind schon viele.«

»Wie, Herr Leutnant?«

»Die um diese Uhrzeit angekommen sind.«

»Aber ja«, sagte Lafuente und stellte sich blöd, »wir waren viele.«

Wie Vicente wußte er, daß es für eine schlechte Einteilung reichte, im Hafen festgenommen worden zu sein.

»Man hat mich an einem Checkpoint festgenommen.«

»Checkpoint ist kein spanisches Wort.«

»Entschuldigen Sie. Aber man hat mir ein möglichst mildes Klima möglichst nah am Meer empfohlen: Zudem fürchtete ich, da meine Familie und ich eher rechts eingestellt sind, mein Leben könnte im letzten Augenblick in Gefahr geraten ... also habe ich mir Zeit gelassen.«

»Sie sind Anwalt, oder?«

»Ja, Herr Leutnant.«

Generell ließ der Junge alle frei, die einen Titel trugen und kein politisches Vorleben hatten. Übel war, daß Modesto Lafuente über nur fünfundzwanzig Céntimos Kapital verfügte und niemanden anpumpen wollte, weshalb er, um elf Uhr in der Nacht, seine Reise nach Madrid irgendwie auf dem Dach eines Zuges festgeklammert antreten mußte. In Alcázar de San Juan schlüpfte er in einen Güterwagen und kam bis Aranjuez. Vor drei Tagen war er aus Alicante aufgebrochen und hatte seitdem weder gegessen noch getrunken noch geraucht. Mit seinen fünfundzwanzig Céntimo kaufte er einen Salatkopf und ein paar Orangen. Auf dem Bahnsteig näherte er sich einer Gruppe Soldaten.

»Jungs, meine Mutter ist gestorben.«

»Wo?«

»In Madrid.«

Abgezehrt und verdreckt, wie er war, glaubten sie ihm.

»Ich habe keinen Céntimo, um hinzukommen. Fahrt ihr dorthin?«

»Ja.«

»Warum nehmt ihr mich nicht mit?«

»Wenn du entdeckt wirst, müssen wir es ausbaden.«

»Ich lege mich unter die Bank, und ihr legt Decken über mich.«

Sie nahmen ihn fest, als er den Atocha-Bahnhof verlassen wollte. Er konnte entwischen, sich verstecken, in einer Ecke verrecken.

»Wie heißt du?«

»Ramón García Casas.«

»Woher bist du?«

»Das weiß ich nicht genau.«

»Kannst du lesen und schreiben?«

»Nein.«

»Name des Vaters?«

»Weiß ich nicht.«

»Name der Mutter?«

»Auch nicht.«

»Was hast du während des Krieges gemacht?«

Der Bursche streckt sich, drückt die Brust raus.

»Adjutant von Oberst Buitrago.«

»Von den Anarchisten?«

»Selbstverständlich.«

»In Ordnung. Hier hinüber.«

»Hattest du mir nicht gesagt, daß er dir gesagt hatte, daß du nichts sagen sollst?«

»Na und? Ich kenne keinen Menschen, der so ein Pfundskerl ist wie er, und der sich mir gegenüber so benommen hat wie er. Und jetzt, wo es ans Eingemachte geht, soll ich ihn verleugnen? Nein, also wirklich! Das ist was für Waschlappen wie dich.«

»Der nächste.«

»Sehen sie, mein Herr, mir ist es gleich, ob die einen oder die anderen gewonnen haben. Wenn mir jemand garantiert hätte, daß ich nicht sterben muß, wäre es etwas anderes gewesen. Aber morgen oder übermorgen von den Würmern aufgefressen zu werden, das bedeutet mir nichts. Ihnen etwa?«

»Was machst du dann hier?«

»Das müssen Sie meine Familie fragen. Wie es aussieht, wollte sie mich loswerden.«

»Und wer ist Ihre Familie?«

»Das steht hier.«

Der Offizier liest.

»Aha!«

»Ich habe nichts getan, ich war nirgends dabei.«

»Und warum bist du dann hier?«

»Wegen meiner Stiefmutter.«

»Das kannst du deiner Oma erzählen. Der nächste.«

Der nächste.

»Und du, was willst du?«

»Leben, um zu sehen.«

»Was sehen?« fragt der Richter.

»Zum Beispiel, was aus mir wird.«

»Das kriegst du auch ohne zu wollen.«

»So ist das Schicksal des Gefangenen.«

»Und dessen, der nicht gefangen ist. Erinnerst du dich nicht an mich?«

»Nein.«

»Du bist aus Estella, oder?«

»So steht es in meinen Papieren.«

»Ich auch. Und wir waren zusammen auf der Schule. Du bist der Sohn von Don Juan de Aristigueta. Danach bist du nach Logroño gegangen. Wie klein die Welt doch ist.«

»Die der anderen, Ihre, zum Beispiel; unsere ist nur kleiner geworden.«

»Am Ende liegen wir alle zwischen vier Brettern.«

»Früher oder später. Das ist eine Frage der Zeit. Und meine liegt, nehme ich an, zum Großteil in deinen, pardon, in Ihren Händen.«

»Das macht mir keinen großen Spaß.«

»Aber ein bißchen. Was würdest du dafür geben, an meiner Stelle zu sein?«

»Und du an meiner?«

»Nichts.«

»Du wärst Sieger, würdest befehlen.«

»Darum geht es mir nicht, sondern darum, recht zu haben.«

»Hast du?«

»Ich hatte und ich habe. Es gibt also keinen Ausweg?«

»Ich fürchte: nein.«

»Danke.«

»Wofür?«

»Für die Offenheit.«

»Das ist das mindeste, was ich dir schulde. Zigarette?«

»Gerne. Aber nicht von dir.«

»Wozu dieser Stolz? Das bringt nichts.«

»Es macht mir Spaß.«

»Mehr als rauchen?«

Er antwortet nicht.

»Möchtest du etwas für deine Mutter?«

»Sie soll nicht wissen, daß wir uns gesehen haben.«

»Keine Sorge.«

»Danke.«

Rodríguez Vega hört ihnen zu, während er sich sein Vorgehen zurechtlegt. Der Richter ist offensichtlich nicht dumm; stolz, kein Zweifel, und ziemlich selbstsicher.

»Du warst schon immer ein Träumer.«

»Wenigstens etwas.«

»Ich habe auch Träume.«

»Du, Träume? Nein. Vielleicht hast du dir Träume ausgemalt. Ich nehme aber eher an, daß du mehr Träume zerstört hast, wie jeder Soldat. Ein Soldat baut nicht auf, er ist zur Verteidigung da, zur Zerstörung der Arbeit des Gegners, um zu vernichten. Und wer vernichtet, träumt nicht.«

»Du erinnerst mich an Don Miguel.«

»An Unamuno. Wie gut!«

»Er war auf unserer Seite.«

»Und was sagt uns das? Daß er in Salamanca vom Krieg überrascht wurde. Wäre er in Bilbao gewesen …«

»Hast du ihn in letzter Zeit gelesen?«

»Wie du siehst.«

»Ist auch unwichtig. Ich kannte ihn gut genug, um mir sicher zu sein, daß er nicht auf eurer Seite sein konnte.«

»War er aber. Nur ist er leider gestorben. *Leider und doch nicht leider,* wie er gerne sagte. Und was machst du jetzt mit mir?«

»Ich schicke dich nach Vitoria, dort hast du eine Vorladung.«

»In Vitoria?«

»Ja.«

»Weswegen?«

»Das weiß ich nicht.«

»Es ist mindestens zwanzig Jahre her, daß ich dort gewesen bin.«

»Irgendwas wird schon sein. Und Vitoria hat keinen sehr guten Ruf.«

»Wenigstens komme ich zurück in die Heimat.«

»Schwör mir das.«

Eine Pause.

»Warst du in Irún?«

»Ja.«

»Warum hast du nicht die Gelegenheit ergriffen und bist nach Frankreich gegangen?«

»Das kenne ich ziemlich gut.«

»Dann wärst du nicht hier.«

»Ist das irgendwie wichtig?«

»Für mich schon.«

»Laß nur.«

Rodríguez Vega kennt keinen der beiden. Sicher wird er sie nach seinem Verhör nicht wiedersehen. Vielleicht ist er an einem von ihnen irgendwann auf der Straße vorbeigegangen. Jetzt sind sie dort, er weiß nichts von ihren Leben, und doch ist es, als würde er sie schon immer kennen. Wie kommt das?

»Sie da.«

Das ist er.

Man kann keinen Gedanken fassen, wenn man nicht weiß, was man machen soll. Was soll ich machen? Ohne einen Céntimo. Wo ist nur Asunción? Das Tor. Das Gebäude gegenüber. Die Frauen. Ob Asunción unter ihnen ist? Möglich. Soll ich näher herangehen? Wenn mich eine erkennt und mich denunziert? Oder nach Valencia fahren, irgendwie, Tante Concha suchen, abwarten? Durch die Stadt streunen, die voller Not ist, voller Spitzel und Denunzianten?

Fürs erste geht er über die Straße, fragt vergeblich.

»Wohin gehst du?«

»Nach La Coruña«, sagt er und läuft, so weit er kann, vor der möglichen Gefahr oder Rekrutierung weg.

Lisa sieht ihn, sie spricht ihn nicht an. Dafür ist er ihr dankbar. Er kommt in die Stadt, sieht sich in einem Spiegel, erkennt sich nicht wieder, wegen des Bartes, den er schon vergessen hatte: zehn oder zwölf Tage ohne Rasur. (Es sind weniger.) Das bin ich? So dünn, mit diesen Haaren, wer soll mich da erkennen? Nicht einmal ich. Aber so kann ich nicht weiter herumlaufen; einen Schnauzer, den lasse ich mir stehen, und die Haare ganz kurz, vielleicht auch eine Brille. Kinderkram, aber vielleicht auch nicht. Ein Friseurgeschäft.

»Na, Junge? Womit kann ich dienen?«

Von innen macht ihm ein Mann mit buschigem Schnauzer Zeichen, er solle eintreten. Er kennt ihn. Wer ist das? Er geht hinein: Luis González Moreno.

»Haben sie dich freigelassen? Bist du abgehauen?«

»Freigelassen. Weißt du etwas von Asunción?«

»Nein. Ich bin heute morgen erst gekommen. Ich lebe außerhalb. Wie sieht's aus?«

»Nichts. Erschießungen ohne Vorwarnung.«

»Was willst du machen?«

»Ich weiß nicht. Und du?«

»Abwarten.«

»Ich habe keinen Céntimo.«

»Etwas können wir dir geben.«

»Vielleicht ist es am besten, wenn ich nach Valencia gehe.«

»Damit sie dich schnappen. Sie kennen dich zu gut.«

»Verstecken und abwarten.«

»Worauf?«

»Auf das Ende von alldem.«

»Da kannst du warten, bis du graue Haare hast.«

»Übertreib nicht.«

»Du wirst ja sehen.«

»Also?«

»Versuch, über die Grenze zu kommen. Oder vielleicht gelingt dir ja, was du vorher nicht geschafft hast: dich von hier aus einzuschiffen.«

»Und Asunción?«

»Die wirst du schon wiedersehen. Verlang nicht zuviel. Nur weil du Glück gehabt hast und sie dich freigelassen haben, muß du jetzt nicht herumspinnen.«

Dazu kam es erst gar nicht. Denn kaum war er aus dem Laden getreten, wurde er von einem aus seiner Kompanie erkannt, und sofort schafften sie ihn nach Madrid.

Alles war bestens gelaufen: Student der Wirtschaftskunde, zum Kriegsdienst eingezogen, parteilos, verlobt, die Mutter Witwe. Er mußte nur noch die Ausbildung beenden. Sein Vater Steuerbeamter, von den Roten erschossen. Und jetzt: Madrid, alle Macht der Erde gegen ihn; wo nichts mehr geht, die Schlacht aufnehmen, wo alles in ihm zerbrochen war. Wozu soll er in Gottes Namen um Hilfe flehen, bei wem auch? Schweigen, damit sie Asunción nicht finden. Verwahrlosen, verkümmern, verkommen, vor sich hinvegetieren mit Maden und Spulwürmern. Er hatte gemeint, schlauer zu sein als der Feind. War ihm auf die dümmste Art in die Hände gefallen.

»Der dort.«

Er. Fliehen. Wie? Es kann nicht für lange sein. Der europäische Krieg wird kommen, Frankreich wird in Spanien einmarschieren. Er wird befreit. Sieger. Asunción. Nein. Ab zum Posten. Der Zug, die Handschellen. Die Verwundungen, die wieder aufbrechen. Sich auflehnen, rebellieren – wozu? Alles hat sich verändert. Und die Guardias Civiles lachen ihn aus.

Er erwacht.

»Du hast dir ja ein schönes Plätzchen gesucht: auf der Straße.«

Die Straße. Allein, frei. Losrennen? Nein. Er könnte es auch gar nicht. Er lehnt sich an die Hauswand. Alles dreht sich. Er schließt die Augen. Nimmt alle Kraft zusammen. Steht vor einer Kaserne. Kann nicht weit gekommen sein. Andere Straßen, andere Kaserne. Oder ist es dieselbe? Sie rufen ihn. Gegenüber das lange Gitter einer anderen Kaserne. Verlotterte Frauen, dicht aneinandergedrängt, eine auf der anderen, eine über der anderen. Seine Cousine. Er überquert die Straße. Man gibt ihm einen Essensgutschein.

»Dort hinten, im Bahnhof Madrid-Zaragoza-Alicante.«

»In der Kantine. Bei den Eisenbahnern.«

Er sitzt auf einer Bank, ißt. Die Frau, die bedient, sieht ihn voller Mitleid an.

»Du hast nur einen Gutschein.«

Sie gibt ihm drei Portionen.

»Was willst du machen?«

»Ich weiß nicht. Ich muß nach Valencia. Mich melden.«

»Wo willst du schlafen?«

»Ich weiß nicht.«

»Geh zur Sozialstation der Falange.«

Sie gibt ihm die Adresse. Er geht hin, und die erste Person, die ihn anspricht, ist Monse; die zweite Albertina, die kleine Schwangere.

»Und Manolo?«

»Hat sich erschossen.«

Alles geflüstert.

»Was macht ihr hier?«

Monse: »Das siehst du doch. Helferinnen in der Sozialstation der Falange. Bleib still sitzen. Komm nach, wenn wir gehen.«

So gelangte er in die Pension. Sie wuschen ihn, rasierten ihn. Ein stattlicher Mann war er noch nie gewesen, aber in den letzten Wochen hatte er fünfzehn Kilo verloren: nur noch ein Skelett.

Sie gaben ihm zu essen, alles, was er wollte.

»Und wie das?«

»Du sollst essen und nicht weiter nachdenken.«

Monse mochte ihm nicht erklären, daß sie sich mit einem italienischen Piloten eingelassen hatte, dem sie nichts vorlog, weil es nicht nötig war: Ein alter Sozialist, der ihnen mitbrachte so viel er konnte, und das war nicht wenig.

20. April

Er war sechzehn Jahre alt, als ihm richtig bewußt wurde, daß er nicht so war wie die anderen. Zurückhaltend war er noch nie gewesen, aber als er damals keinen Satz aus der Logikaufgabe wußte, zumal es auch jeder Logik widersprach, daß der Lehrer ihn gerade an diesem Tag abfragte, hob er an und schachtelte Sätze über die Moral – was in den Ethikunterricht paßte – und sah sich hinterher beglückwünscht von Freunden und Bekannten. Er entdeckte die Welt seiner Sprache und wuchs daran. Alles war sein: Er mußte nur sprechen, und alle lagen ihm zu Füßen.

Noch am Abend desselben Tages bat er beim Treffen der Studentenvereinigung um das Wort, ohne zu wissen, was er sagen würde. Das Wunder wiederholte sich. Es reichte, wenn er ein Substantiv in die Zweige seiner Vorstellungskraft hängte (wie zehn Céntimos in einer automatischen Waage nicht nur das Gewicht angeben, sondern auch die Zukunft vorhersagen), und die Sätze ringelten sich wie Luftschlangen aus ihm heraus (wie bei diesem Taschenspieler, der sie sich ohne Ende aus dem Mund zog, zur Freude der Einfältigen). In jener Nacht (im Haus der Demokratie) reichte ihm das Wort ›Solidarität‹. Er war gesalbt von Gottes Gnade.

Am darauffolgenden Morgen sah er sich im Spiegel an, betrachtete sich von vorne und im Profil und bewunderte sich fortan.

»Du willst studieren?«

Der Zweifel war eine Beleidigung: Jura, aber das war unwichtig, er mußte nicht studieren, es reichte ihm, den Mund aufzumachen, er wußte alles.

Sein Leben änderte sich von Grund auf. Die zwei Peseten, die sein Vater ihm immer sonntags morgens gab und die montags mittags immer schon aufgebraucht waren, mußte er sich jetzt nicht einmal verdienen. Früher, wenn sie unter Freunden zu dritt, viert oder fünft ausgegangen waren, war er immer als erster oder letzter in der Schlange; jetzt ging er in der Mitte: zum Präsidenten geboren, von Gott gesalbt.

Seine Eltern fragten sich, wo er diese Gaben nur herhatte und gerieten in Streit, weil die Mutter (Doña Celeste) schwor, ohne Zweifel sei ihr Onkel, der Benefiziar, der ferne Baumeister dieses Wunders, während Don Pedro Nolasco überzeugt war, sein Urgroßvater aus der mütterlichen Linie seines Vaters – Staatsanwalt mit Narváez – habe soviel Schönheit auf den Weg gebracht. Sie waren verzückt.

»Ein neuer Castelar.«

Was sollte sich ihm entgegenstellen? Zum Ministerpräsidenten würde er es bringen, mindestens ... Am besten konnte er Nachmittagsstimmungen evozieren oder über die moralische Verfaßtheit des Urchristentums dozieren.

»Du darfst dich nicht verschwenden ...«

Heimlich kaufte er sich ein Handbuch der Mythologie, und das Erstaunen kannte keine Grenze bei all den Ramas, Jupitern und Pallas Athenen.

»Wo hast du das nur alles her?«

»Banause du!«

Er wähnte sich verwandelt, er fühlte, wie die Welt in Strömen in ihn hineinfloß und ihn als Schwall schöner Worte, die er überall drapierte, wieder verließ. Alles ließen sie ihm durchgehen. Er verzichtete auf die Bordellbesuche, weil er sie als nicht standesgemäß empfand. An Ersatz fehlte es ihm nicht, vor allem nicht unter den Witwen, die zweifelsohne seine Zungenfertigkeit besonders schätzen.

»*Emovere – convincere – placere.*«

Gegenüber dem Richter verfolgte er dieselbe Taktik. Er beklagte die Behandlung, seiner hohen Herkunft unangemessen. Geblendet von seiner eigenen Aura, redete er, das schon noch, von der Republik, der Sanjurjo, José Antonio – ohne Nachname –, Cabanellas, Queipo de Llano niemals abtrünnig geworden seien, anders als dieses Lumpengesindel.

»Fragen Sie! Fragen Sie alle! Ich habe die Leute der Falange vor Gericht verteidigt. In der Regel mit Erfolg. Fragen Sie Jesús Rubio nach mir oder Eugenio Montes, Ernesto Giménez Caballero. Ich bin Republikaner, ein guter, und stolz darauf. Eine Waffe? Bei Gott, niemals!«

Eher untersetzt, glaubt er sich groß. Sein Haar kraftlos,

er sieht es lockig. Der Richter weiß nicht, was er tun soll. Er schickt ihn zurück, in die Stierkampfarena.

»Laß ihn die Scheiße wegputzen.«

»Ich? Niemals!«

»Dann putz meine Waffe.«

»Allgemeine Angaben zur Person: José Rivaherrera Sagué, gebürtig aus Santander, Alter 49 Jahre, keine Zugehörigkeit zu irgendeiner Einheit des Heeres. Befindet sich in der Stierkampfarena von Alicante, in der Hundertschaft Nummer 90, hat im Amt für Propaganda gedient. Wehrdienstjahrgang 1910. Mitgliedsausweis der UGT. Evakuierungspaß von Teruel nach Barcelona. Ausweis vom Bezirksbürgermeisteramt Barcelona. Ausweis der Poliklinik der UGT.

Carmen Iñigo Carmelo, 34 Jahre alt, ohne Bezug oder Bindung an die Armee oder irgendeine Fabrik. Gebürtig aus Valmaseda, Biskaya, verheiratet mit J. Rivaherrera. Aufenthalt derzeit (20. April 1939): *Cine Moderno*. Wir befinden uns beide in Besitz eines Reisepasses des Innenministeriums, der den zuständigen Stellen zur Unterschrift vorliegt und der wertloses Papier sein dürfte.

Dies legen wir Seiner Exzellenz aus freien Stücken dar und hoffen deshalb, daß wir die versprochenen Passierscheine bekommen, um nach Bilbao zu gehen, wo wir leben werden.«

Der Adjutant wirft den Schrieb in den Papierkorb, wie er es mit allen derartigen Gesuchen macht, auf höheren Befehl.

Die sollen sich nicht so aufführen.

»Der Krieg ist der Ursprung der Sklaverei, und die Skalverei gebiert die Revolution. Der Krieg, ein Kind der Gewalt, und die Revolution sein Enkel. Und in der Zukunft sein Bezwinger; so heißt es, doch ich glaube, das ist ein und dasselbe: Wenn ich dich antreiben kann, treibe ich dich an, und wenn nicht, tue ich, was du sagst. Denn in dieser Kraft liegt die Macht, und diese Macht verschafft Geld.«

»Nicht immer, denn Geld kann man fälschen.«

»Alles eine Frage der richtigen Legierung, Señor ...«

Serafín Morata und Julián Castillo, versteckt in einer Autowerkstatt, reden, halbtot vor Hunger. Julián Castillo, professioneller Bettler, erträgt es besser. Serafín hat sich seine Sache seit geraumer Zeit überlegt. Er steigt in den Lastwagen, läßt ihn an.

»Kommst du?«

»Wohin?«

»Das weißt nur du.«

»Nein.«

»Dann mach mir das Tor zur Straße auf.«

Er fährt mit Vollgas hinaus, steuert Richtung Hafen. Er nimmt den Eingang, zermalmt einen Posten, fliegt über die Gleise, kommt nicht aus der Spur, überrollt einen Leutnant, der verzweifelt gestikuliert, stürzt mit seinem Fahrzeug ins Hafenbecken.

Der Bahnhof, von dessen Glasdach nur noch das Stahlgerippe steht, ist voller Gefangener; ebenso die Bahnsteige und Gleise. Der Zug wird weiter hinten zusammengestellt. Er fährt zwischen dem Bahnhof von Albatera-Catral und Alicante hin und her. Sie füllen einen Güterwagen mit neunzig, weil wirklich nicht einer mehr hineingeht, und dann müssen sie irgendwie auch noch Koffer und Bündel unterbringen. Schließlich ist die Strecke kurz, und daß sie sich nicht setzen können, macht nichts; es ist sogar von Vorteil, weil die Ohnmächtigen so nicht umfallen.

Viele verloren das Bewußtsein, weniger wegen der neununddreißig Kilometer und der zwei Stunden, die sie dafür brauchten, als wegen der Hitze. Schwäche, Angst, nichts wissen, Verwahrlosung, Hunger, kein Halt, Vernachlässigung, Ernüchterung, Verbitterung, Vermutungen, Hoffnungslosigkeit. In Elche warfen sie ihnen durch die vergitterten Luken ein paar Orangen hinein. In dem Waggon, in dem Cuartero sich befand, starb einer während der Wartezeit. So sehr sie auch gegen die Schiebetür donnerten, keiner kam.

»Wer hätte gedacht, daß dieser arme Hund (niemand kannte seinen Namen, er stotterte, sagte nie viel) am gleichen Ort abnippeln würde, an dem sie Hamilkar Barkas getötet haben …? Seit damals begann unser Ruf sich zu verbreiten.«

»Welcher Ruf?«

»Daß wir Barbaren sind.«

»Im Kampf gegen wen haben wir ihn errungen?«

»Gegen die Karthager, die später zurückkehrten und allen Ilicitanern, so nennt man die Leute hier, die Kehle durchgeschnitten haben.«

»Was weißt du denn, wo wir sind.«

»In Elche.«

»Und wann war das alles?«

»So im dritten Jahrhundert vor Christus.«

»So früh hat der Ärger hier angefangen?«

»Mein Lieber, dein Zweifel beleidigt mich. Wie es scheint, ließ Hamilkar, der Neffe des Getöteten, nicht einen am Leben, der davon erzählen könnte.«

»Und woher wissen Sie dann davon?«

»Irgendwelche Schlaumeier gibt es immer.«

»Und Sagunt war wohl gar nichts?« wirft einer von dort empört dazwischen.

»Doch, aber das war später. Unter den Römern. Die Stadt war das Hochzeitsgeschenk an Isabel die Katholische –

darum geht es mir – und außerdem byzantinisch und alles was ihr wollt. Habt ihr noch nie etwas von der *Dame von Elche* gehört?«

»Was ist das? Ein Gespenst?«

»Nein, Mann, eine Statue, steht im Louvre.«

»Und wieso ist sie dort, wenn sie von hier ist?« fragt einer, der halbwegs mitkommt.

»So ist das in Museen.«

»Ich habe nämlich geglaubt, Elche sei arabisch.«

»Das auch. Aber die Palmzweige für den Palmsonnntag sind fast alle von dort.«

»Ich habe noch nie gehört, daß es weiße Palmen gibt. Ich dachte, die malen sie an.«

»Sie sind nicht weiß«, sagt ein kleiner Mann, so klein, daß man ihn kaum hört und vor allem nicht sieht. »Sie decken sie ab und binden sie zusammen. Verkapuzen heißt dieses Abdecken mit alten Palmwedeln. Das ist ziemlich schwierig. Mit Leitern kommt man nicht ran, man muß also hinaufsteigen und von der Krone aus arbeiten. Und dann kann man das auch nur alle vier Jahre machen, weil die Palme sonst stirbt.«

Statt »sterben« benutzt er ein vulgäres Wort, gerade als es mit einem heftigen Ruck weitergeht, weshalb noch mehr geflucht wird.

Der Haltepunkt Albatera-Catral lag neben einer Handvoll Häuser. Ringsum nichts als Wüste; in der Ferne eine riesige Palmenpflanzung. Sie schafften den Toten raus. Mit einem Sack bedeckt ließen sie ihn im Schatten liegen und gingen los, während die verzeifelt jaulende Lokomotive abgekuppelt und vom Kopf zum Ende umrangiert wurde, um nach Alicante zurückzukehren.

Vier große Holzbaracken, zwei mit Etagenbetten. Zwanzigtausend Quadratmeter. Stacheldraht. Tausende Gefangene.

»Wie viele?«

»Also, das kann ich im Augenblick nicht sagen. Es heißt, sechzehn- oder siebzehntausend.«

Einen ganzen Tag blieben sie ohne Essen und Trinken. Wenigstens öffnete sich am nächsten Morgen der ausnahmsweise gnädige Himmel und schickte eine so unvorstellbare Menge Wasser, daß einige Probleme gelöst wurden. Etwa hundert folgten dem Beispiel des *Madrileño* und zogen sich nackt aus, so konnten sie sich waschen, zur großen Empörung der Wachen, die sich angesichts der Sintflut nicht durchzugreifen trauten, was, wie sie annahmen, ihre Pflicht gewesen wäre.

Nach zwei Tagen gab es Linsen, und mit zusammengesuchtem Material begannen sie mit dem Bau von Hütten. Die Palmen eigneten sich prächtig.

»Auch wenn das keiner glaubt, aber das hier ist eine der wüstenähnlichsten Regionen Spaniens. Doch, und das neben einer der fruchtbarsten.«

»Sieh dir den an: Was ist denn daran besonderes? Neben meinem Haus liegt ein Grundstück, das wirklich beschissen ist.«

»Wenn du das sagst.«

Das Wasser wurde in Tankwagen gebracht, aber nur ab und zu. Dafür gab es bald Nissen im Überfluß. Ihnen zu Ehren nannten sie das, was die Hauptstraße des Lagers wurde, die Läuse-Allee.

Eine der Baracken nannte sich *Hospital,* obwohl es keinerlei Medikamente gab; Ärzte um so mehr. Um den 25. tauchten Feldzelte auf, von der Division *Littorio,* die sie offensichtlich nicht mehr benötigte. Der leitende Intendanturoffizier – einer aus dem San-Quintín-Bataillon – schaffte es, die Gefangenen noch weiter auszunehmen (einige kamen nicht aus dem Hafen) und Brot oder Schokolade – aus Päckchen von Familienangehörigen der Häftlinge – gegen ihre Füllfederhalter und Uhren zu tauschen. In diesen Tagen begann der Kommandant eines Grenzschutzbataillons namens Velasco durchs Lager zu streifen, der auf republikanischer Seite unter Waffenbrüdern ein gewisses Vertrauen genoß; er denunzierte Zavala, Valldecabres, Torral und weitere nach Gutdünken. Sie wurden nach Orihuela ins Gefängnis geschafft. So weit man erfuhr, lebten sie nicht mehr lange. Allmählich verbreiteten sich Nachrichten von den Repressionen, vor allem als eine sogenannte »Einteilungskommission« eingerichtet wurde, die nicht sehr wählerisch war; Hauptsache, die Leute wurden nicht direkt nach Hause in ihr Dorf geschickt. Damit begann der Markt der Bürgschaften, für die Gutgläubigen. Jeder stellte jedem eine Bürgschaft aus, so hatte einer den anderen in der Hand. Die Rückkehrer in die Heimat wurden in drei Kategorien eingeteilt: Die einen kamen schnurstracks ins Kommissariat, die anderen ins Gefängnis des örtlichen Postens der Guardia Civil und die Glückspilze ins Gefängnis. Zwischen den ersten beiden Kategorien gab es wenig Unterschied: Prügel und danach zwei oder drei Handbreit unter die Erde, nach spätestens achtundvierzig Stunden. Die dritte Gruppe wurde üblicherweise entsprechend einem sogenannten Militärkodex abgeurteilt; einige erlebten es, daß ihre Todesstrafen in dreißig Jahre und einen Tag Haft umgewandelt wurde.

Um diese Zeit traf in Albatera das erste Pärchen Guardia-Civil-Beamter ein. Den beiden verschlug es beim Anblick von siebzehn- oder achtzehntausend Inhaftierten genauso die Sprache wie diesen, und mit einem Schlag herrschte völlige Stille.

Das Pärchen trat in die Mannschaftsbaracke. Cuartero hob ein Steinchen vom Boden auf und wog es in der Hand.

»Und?« fragte Plá y Beltrán, »schon gesehen?«

»Ja. Hattest du sie schon vergessen?«

»Ja.«

»Der Mensch ändert sich nie.«

Der Bucklige pflichtete bei.

»Der Haß auch nicht.«

Während der Republik war Albatera ein Arbeitslager gewesen, für siebenhundert Häftlinge. Die Lautsprecheranlage war gut, die auf Pfosten montierten Lautsprecher ließen keinen Zweifel zu:

»Alle aus Albacete! Aus Cádiz! Aus Carcagente!«

Die Angst, je nach Heimatort: Wen sie herausgreifen, schlagen sie halbtot, darauf folgt unweigerlich das Erschießungskommando oder der Schuß in den Nacken. Aus Huelva, aus Badajoz, aus Madrid, aus Albacete, aus Bilbao, aus Madrid, aus Castellón, aus Vinaroz, aus Madrid, aus Utiel, aus Valencia ... Drei, vier Kommissionen pro Tag.

Ein junger Bursche von der Kommission aus Catarroja. Der sieht Gaos an. Geht vorbei. Die Reihe zerstreut sich. Fünf Minuten später ist *seine* Gruppe wieder dran, in der Baracke, in Zweierreihen. Er fühlt sich verloren, ausgeliefert.

»Erinnerst du dich an mich? Du bist Gaos, oder?«

»Ja ...« (Ausgeliefert.)

»Erinnerst du dich nicht an mich? Rivera! Von den Jesuiten ... Was machst du hier?«

»Du siehst ja, der Krieg.«

»Willst du etwas?«

»Nein.«

»Dann viel Glück.«

Um Zeit zu sparen, teilten sie das Lager wenig später mit Stacheldraht mittendurch und ließen sie – zwei-, drei-, viermal am Tag – an der jeweiligen Kommission vorbeigehen. Wenn du am wenigsten damit rechnetest, zeigte ein Verräter aus Madrid mit dem Finger auf dich.

»Die aus Burriana, raus!«

Seit über zwanzig Jahren war er nicht mehr dort gewesen, wer sollte ihn erkennen?

»Alle aus Burriana sollen rauskommen!«

Es kommen viele. Sie fragen nach den Namen.

Ein Polizist mit steifem Bein:

»Wie heißen Sie?«

»José Monleón.«

»Wie heißen Ihr Vater und Ihre Mutter?«

»José und Manuela.«

»Gehen Sie rein. Worauf warten Sie? Nehmen Sie Ihren Koffer und rein.«

Alle Ausgewählten werden zwanzig Kilometer vom Lager entfernt erschossen.

»Und du? Warum du nicht?«

»Ich weiß nicht. Von dem Tag an schauten mich alle schief an.«

»Ich hatte einen Maulesel. Sie hatten ihn mir in diesem gottverlassenen Haus hingestellt, damit ich arbeite. Der Besitzer war sicher ein Freund des Oberfeldwebels, der meine Gruppe durchzählen ließ. Er sagte mir nur: ›Du gehst zum Arbeiten zu Vicente Altabaix, dorthin.‹ Ein allein stehendes und abgelegenes Haus – was sonst –, in dem sich außer dem Besitzer und einer alten Frau, offenbar seiner Mutter, niemand befand, außer dem Maulesel. Vicente Altabaix redete nicht viel, und das ist noch übertrieben: kein Wort. In der Früh hob er den Kopf und sagte guten Tag, und am Abend gab er mir mit der rechten Hand ein Zeichen, daß ich mich schlafen legen sollte. Die Alte war auch nicht freigiebiger mit Worten; sie konnte einfach nicht; nach einem Schlaganfall stotterte sie nur unverständliches Zeug und konnte gerade noch von hier nach da gehen, ein bißchen räumen und kochen. Wir verhungerten fast. Doch Vicente Altabaix war die Entbehrungen offensichtlich gewöhnt. Die Alte habe ich nie essen sehen. Das Problem war der Maulesel, meine Arbeit bestand vor allem darin, seinen Appetit zu stillen. Das Tier war wenig wählerisch und immer hungrig. Vierbeiner waren mir noch nie sympathisch, und ich weiß auch nicht, wozu sie gut sein sollen. Ich weiß, in den Bergen sind sie sehr trittsicher, sagt man, und Schmuggler benutzen sie. Ich bin kein Schmuggler. Vicente Altibaix nahm ihn, um auf seinem Rücken relativ schnell nach Orihuela zu gelangen und dort zu kaufen und – wenig – zu verkaufen, in einem Paar Satteltaschen fand schließlich kaum etwas Platz.

Ich verbrachte viel Zeit mit dem Betrachten des Tieres, das mir keinerlei Beachtung schenkte; fast immer fraß es und ignorierte offenbar völlig, daß ich die Tage mit der Suche nach seinem Futter zubrachte. Fliegen verscheuchen inklusive. Aber nach und nach setzte sich in mir die Idee fest, ihn für meine Flucht zu benutzen. Auf seinem Rücken bis Orihuela – das waren vier Stunden –, ihn verkaufen und mir mit dem Erlös den Bauch vollschlagen, in den Zug steigen und nach Madrid fahren, im Vertrauen auf Glück oder Mitreisende, die mich vor der Polizei verstecken würden. So sattelte ich eines frühen Morgens das Tier, krabbelte mehr schlecht als recht auf den Sitz und trieb es mit den Hacken und einer Gerte voran. Ich ritt hinaus auf die Felder von Albatera, entschlossen, meine Flucht zu einem guten Ende zu führen. An alles hatte ich gedacht: Wasser, Brot, Zwiebeln, Tomaten, Knoblauch – aber nicht an meine Schenkel. Ich gebe zu, es war das erste Mal, daß ich auf einem solchen Tier saß. Am Anfang – ganz am Anfang – fand ich alles wunderbar (sogar die Farbe des feinen, sich verflüchtigenden Nebels), die Höhe, von der aus sich die Landschaft eröffnete, so trocken sie auch sein mochte; der Trott des Viehs, mit dem es mich schneller als angenommen vom Ort meiner Gefangenschaft forttrug. Doch schon nach einer Viertelstunde machte sich in meiner Leistengegend ein leichter Schmerz bemerkbar, der Oberschenkel begann oben zu brennen, die Innenseite mir das Leben unmöglich zu machen, und am Schambein – so kam es mir vor – lag das Fleisch offen. Nach einer Stunde, die Beine abgespreizt, war ich am Ende und meinte, auf Nägeln zu sitzen wie ein Fakir, mit dem Unterschied, daß der sich an Rücken und Hintern martert statt an den weitaus schmerzempfindlicheren Schamteilen und dem Steißbein. Jedenfalls wurde mir die Unterhose zur Zunderhose, und kein Mensch hätte das länger ausgehalten. Schon lange weiß man: ›*Wer die Unterhose verschmäht, wird von heißer Nadel genäht*‹. Ohne Unterhose nehme ich es mit jedem auf, aber nicht, wenn das rohe Fleisch offenliegt. Jedenfalls wußte ich nicht mehr weiter: Absteigen, wie auch immer, oder in den Damensitz wechseln? Der Maulesel regelte alles für mich, denn auch mit Zwicken und Schlagen konnte ich ihm keine Richtung vorgeben, und so setzte er mich nach einigen Schleifen vor dem Tor des Lagers ab, wo man mich wie selbstverständlich in Empfang nahm. Dann brachte man mich hierher, steckte mich ins Bett, und zum Glück gab es Essig.«

»Wir sind unfähig zu großen Organisationen, deshalb sind unsere ganzen Industrien entweder Monopole oder Imitate oder in ausländischer Hand, und spanische Weltgeltung haben nur die Moralisten, die ihre Atemluft in schöne Worte kleiden. Wir sind Föderalisten, weil wir nicht an einem Staat teilhaben können, das ist nämlich kompliziert. Notgedrungen schlicht, stehen wir auf Kriegsfuß mit Problemen, wir kennen nicht einmal welche, weil wir gar nicht bis zu ihnen kommen. ›Kurzer Prozeß‹, wenn uns jemand lästig fällt, ohne daß wir der Vernunft Zeit geben, Unklarheiten oder

Unrechtmäßigkeit auseinanderzudröseln. Wir sind Anti-Bürokraten und würden niemals antichambrieren: das verletzte uns, wäre ein Schlag ins Gesicht und auf den Magen. Guerilleros, das sind wir: zur Sache, und zwar direkt, schnörkellos. Wir sind eben ein Volk von Kleinvölkern, ein Volk von Essayisten. Kant oder Hegel sind in Spanien undenkbar: Sowas paßt nicht in unseren Kopf.«

Trotz wunder Stellen und Jucken schlief ich ein, zerschlagen. Am folgenden Morgen, einen Tag, bevor sie ihn nach Valencia brachten, führte er mit einem seiner Besucher folgendes Gespräch, das ich vor allem als Beweis meines guten Gedächtnisses wiedergebe:

»Die Respektlosigkeit vor dem Menschen ist es, was am meisten wehtut. Wir sind Schafe.«

»Aber keine Maulesel.«

Der Mann im Bett nebenan, dem ich mein Mißgeschick erzählt hatte, sah mich an.

»Zum Henker mit ihnen. Nicht weil sie uns Befehle geben; während des Krieges haben das unsere Vorgesetzten auch getan; sondern weil sie mit uns anstellen, was sie wollen, ohne sich an irgendein Gesetz zu halten. Weil sie Sieger sind, halten sie sich für Übermenschen. Doch das sind sie nicht: weder das eine noch das andere. Wenn sie es wären, wären wir ihnen nicht so wichtig. Sie haben Angst vor uns.«

Ich dachte, er hat Fieber. Offenbar nicht. Er kurierte eine Tracht Prügel aus.

»Sie fühlen sich überlegen, nicht wegen ihrer Einstellungen, sondern wegen ihrer Farbe; als Katholiken gegen die Atheisten als Weiße.«

»Das sind wir auch«, wagte ich zu sagen, schließlich sah ich das mit eigenen Augen.

»Da irren Sie, mein Freund« (ich kannte ihn nicht einmal), »Sie und ich sind mindestens Mestizen, wenn nicht Neger.«

Ich hielt ihn für verrückt.

»Oder Juden.«

»Hören Sie! Keine Beleidigungen!«

»Ist das für Sie eine Beleidigung?«

»Für wen denn nicht?«

»Dann habe ich nichts gesagt.«

Er drehte mir den Rücken zu. Als ein anderer Spezi hinzukam, hörte ich sie flüstern und, offenbar bezogen auf mich: »Der ist ein Spitzel.«

Weiße Hände wecken keinen Argwohn, und auch nicht das Gerede eines Narren. Aber damit lag ich falsch. Eines Tages nahmen sie mich in einem Hohlweg in die Mangel. Ich beschwerte mich.

»Und du, warum entschließt du dich nicht, uns zu helfen?«

»Wem?«

»Uns.«

»Wie?«

»Indem du uns endlich sagst, wer wer ist. Wer sich hinter einem falschem Namen versteckt. Solche Sachen eben.«

»Ich? Wofür halten Sie mich?«

Und sie vermöbelten mich, und wie. Diesmal die anderen. Ich habe nie Glück gehabt, so sieht es aus. Ich wünsche niemandem, als ältestes von sechzehn Geschwistern zur Welt zu kommen, das macht den größten Schlaumeier zum Deppen.

»Alle aus Almansa rauskommen: eine Kommission.«

»Bist du nicht aus Almansa?«

»Doch.«

Da waren zwanzig Faktotums, dreißig aus dem Lager. Sie ließen die elende Prozedur über sich ergehen.

»Bist du nicht Juan García?«

Juan García ist höchst angenehm berührt.

»Doch.«

»Erinnerst du dich nicht an mich?«

»Aber natürlich! Mensch Luis! Wie geht's dir?«

Ein leiblicher Cousin.

»Wir wollten dich schon lange sehen.«

»Jetzt hast du mich ja.«

Nicht für lange. Von den achtundzwanzig, die sie mitnahmen, kam keiner weiter als fünf Kilometer.

Die beiden, die das berichteten, kamen nur davon, weil sie Neffen des Dorfpfarrers und – wirklich – nur aus Versehen Republikaner gewesen waren.

»Alle aus Burriana rauskommen!«

Ich bin in Burriana geboren, könnte aber nicht sagen, von dort zu sein, denn ich war kaum ein Jahr alt, als wir nach Valencia umzogen. Aber letztlich bin ich aus Burriana. Ich schöpfte Hoffnung: Natürlich würde die Delegation, die die Auswahl traf, mich niemals erkennen, und außerdem müßte mein Nachname mich retten. Mein Vater war konservativer Abgeordneter der Provinz gewesen.

Ich trat ins Zelt, machte meinen Koffer zu, ging hinaus und stellte mich in die Reihe. Es war wie immer, noch bevor sie das Lager zweiteilten und uns durch jenen schmalen Durchgang treten ließen – das ›Hobel-Tor‹, wie ein Witzbold aus Madrid es nannte –, davor die Kommission, die einen nach dem anderen musterte und ihre Auswahl traf, als wären wir Vieh: ›Der ja, der nein‹. Das war am Anfang, sie ließen uns noch irgendwo antreten, und die Kommission ging an uns vorüber anstatt wir an ihr.

Ein Alter mit Klumpfuß schrieb die Namen auf. Ich mußte mich fast am Ende anstellen. Dann kam ich dran.

»Und du?«

»José Monleón.«

»Monleón? Der Sohn von Don José?«

»Und von Doña Manuela Reverté.«

Er sah mich an, sagte:

»Nimm deinen Koffer und geh in die Baracke dort.«

Ich sagte mir: Jetzt bin ich also doch dran …

Kurz darauf kam er herein und sagte:

»Geh zurück an deinen Platz.«

Die anderen pferchten sie auf einen Lastwagen und erschossen sie zwei Kilometer – mehr oder weniger – hinter dem Lager. Es ist eigenartig, wie man sein Leben rettet, gegen alle Erwartung. Dieser Alte hatte meine Eltern gekannt. Mein Vater war so etwas wie ein Kazike. Das ist alles nicht wahr.

(Jedes Mal erzählt er es anders.)

Da Rodríguez Vega in gutem gesundheitlichen Zustand war, wurde er in ein Arbeitslager geschickt, mit mehr oder weniger neunhundert anderen. Sie bildeten Gruppen zu hundert, schliefen in Hütten, die sie aus irgendwelchen Dosen und Brettern zusammenbastelten.

Es regnete wie aus Kübeln. Wieder trocken wurden sie wenig später oder am folgenden Tag in der Sonne. Vom Krieg redeten sie schon nicht mehr. Sie erzählten sich schlüpfrige oder versaute Geschichten, je schlüpfriger oder versauter, desto besser.

Sie wußten nicht genau, wo sie waren: nur, daß es nach Albatera zwanzig oder fünfundzwanzig Kilometer sein mußten. Wozu mehr? Wer abhauen wollte, konnte das tun. An einem Tag, als einer von der Gewerkschaft Gastronomie zur Arbeit eingeteilt war (Steine schlagen und sie »dahin bringen«), gingen er und noch einer fort, mit einem einzigen Strohhut, den sie abwechselnd trugen; der jeweils andere schützte sich mit einem trockenen Palmblatt. So kamen sie zum Haltepunkt Albatera-Catral; sie betraten eine winzige Kneipe. Der andere, der von der Gewerkschaft Gastronomie – wozu seinen Namen nennen –, hatte ein wenig Geld.

»Sind Sie aus dem Lager?«

Wozu leugnen? Der Wirt verkaufte Ricardo (so hieß er nicht) einen beinahe neuen Anzug und einen Passierschein für Málaga, wer weiß, wie der aus der Schreibstube herausgelangt war. Mehr hatte er nicht. Der Zug lief ein, der von der Gewerkschaft Gastronomie stieg einfach ein, nachdem das Pärchen von der Guardia Civil seine Papiere überprüft hatte. Rodríguez Vega, der sich hinter dem Bahndamm versteckt hielt, versuchte, auf den fahrenden Zug aufzuspringen; er schaffte es nicht und blieb im Staub liegen.

»Kommen Sie ein andermal wieder, vielleicht klappt's dann.«

Juni, Juli, August ...

Rückkehr von der Erschießung.

»So sehr ich mir das Hirn martere, ich verstehe es nicht.«

»Was?«

»Daß sie uns fünf Stunden lang dort angetreten stehenlassen, um dann die drei abzuknallen.«

»Das abschreckende Beispiel.«

»Was für ein Beispiel? Sie haben sie erschossen, weil sie fliehen wollten. Oder nicht?«

»Ja.«

»Nachher wollen sie gar, daß wir nicht abhauen.«

»Schlau bemerkt.«

»Wenn sie nicht wollen, daß wir uns wie der Wind oder sonstwie vom Acker machen, wollen sie uns also lebendig – halbtot vor Hunger, aber lebendig.«

»Vollkommen richtig gedacht.«

»Warum holen sie uns dann alle oder fast alle nacheinander aus dem Lager und bringen uns hinter der nächsten Ecke um?«

»Dafür gibt es keine Erklärung.«

»Also?«

»Und du, warum soll alles wie zwei plus zwei aufgehen? Wir sind viel simpler, oder erklär mir doch, warum die Berge dort am Horizont, so winzig sie auch sind, diese Form und keine andere haben, oder warum dieser Strauch nicht zwanzig Zentimeter höher ist? Ich leugne ja nicht, daß wir nach ausgiebigen Forschungen über viele Menschenleben hinweg herausbekommen, warum der Mulhacén diese Form hat und keine andere. Warum hast du so ein Mondgesicht, und warum ist deine Nase nicht einen halben Zentimeter länger? Das sind Tatsachen, die du ohne Murren akzeptierst. Warum willst du dann nicht akzeptieren, selbst wenn es nicht greifbar ist und man etwas länger darüber nachdenken muß, daß sie Herrn X hinter der nächsten Ecke abknallen, nachdem sie uns über Monate unter Verschluß gehalten haben? Das ist wie mit den Sardinen: Man fischt sie, schlägt ihnen den Kopf ab, packt sie in die Dose, aber wer weiß, wann sie gegessen werden? Warum sollen sie deshalb schlechtere Menschen sein? Der Mensch ist ein grausames und niederes Wesen, er glaubt an seine Ziele und kann für Ideen töten, was, wie du zugeben wirst, schlimmer ist als Mord aus Eigennutz oder Leidenschaft. Zudem verbietet niemand, alle drei Motive zu bündeln ...«

Drei Monate Sardinendosen, zwei Monate Linsendosen. Rodríguez Vega war unbemerkt durchgekommen. Zu dieser Zeit verteilten sie Blätter, auf denen jeder die Namen herausragender Personen schreiben sollte, die sich im Lager befinden. Cuartero schrieb: »Ihr ergebenster Diener.« Sie brachten ihn in eine schmierige Schreibstube.

»Wir lassen uns von niemandem für dumm verkaufen.«

»Das lag nicht in meiner Absicht.«

»Wer sind Sie?«

»Der Unterzeichnende.«

»Ich habe Sie gefragt, wer Sie sind, nicht, wie Sie heißen.«

»Schriftsteller, Bühnenautor.«

»Nie gehört.«

»Selbstverständlich bin ich weder Pemán noch Benavente.«

»Was haben Sie während des Krieges gemacht?«

»Bilder bewachen.«

»Wofür halten Sie mich?«

»Ich sage die Wahrheit.«

»Dann gehen Sie zurück ins Lager und danken Sie Gott, daß Sie an mich geraten sind.«

Cuartero senkte den Kopf. Er ging gerade hinaus, als der Oberfeldwebel fragte:

»Können Sie schreiben?«

»Ja. Also, ich glaube, ja.«

»Schreibmaschine?«

»Ebenfalls.«

»Auf jeder?«

»Mehr oder weniger.«

»Welcher Partei gehörten Sie an?«

»Keiner.«

»Warum sind Sie dann hier?«

»Wenn Sie sich nicht so aufregen würden, würde ich sagen, weil ich Bilder bewacht habe.«

»Hören Sie, ich lasse mich von niemandem für dumm verkaufen. Ich hatte vor, von Ihnen ein paar Listen tippen zu lassen, aber Sie sind mir zu listig. Deshalb: raus, raus! Raus, habe ich gesagt! Außer, Sie wollen sich ein paar schöne Stunden in der Wachstube machen!«

In der Wachstube traktierten sie einen wegen nichts mit Stockhieben, und bei Denunziationen extra.

Vicente Farnals, José Jover und Luis Sanchís – der Enkel – waren nach fünf Monaten am Ende, vor allem wegen der miserablen Verpflegung; zumal sie der Überzeugung waren, draußen gäbe es alles, wenn nicht im Überfluß, so doch genug, um den quälenden Hunger zu stillen. Jover war es gelungen, zwischen den Zehen einen Tausend-Peseten-Schein zu verstecken. Luis Sanchís war schon einmal ohne große Schwierigkeiten aus dem Lager entkommen, aber ohne einen Céntimo kam er nicht weit und mußte umkehren, doch dann wollten sie ihn, der inzwischen keine Papiere mehr hatte, nicht mehr reinlassen. Er schaffte es unter anderem Namen: Er erzählte, er habe sich in den Bergen verkrochen und halte es nicht mehr aus, deshalb stelle er sich. Sie beschlossen, zu dritt zu fliehen. Rodríguez Vega wollte es ihnen ausreden. Sie kamen raus – das war nicht das Problem. In Dolores verriet sie der besagte Geldschein. Sie wurden erschossen, am Friedhof von Albatera, als abschreckendes Beispiel vor eintausendfünfhundert Häftlingen. Cuartero erbte Sanchís' falsche Papiere. Am Tag zuvor entschloß sich Rodríguez Vega erneut zur Flucht; er hatte mehr Zeit verstreichen lassen wollen, aber zwei Polizisten aus Madrid tauchten auf; es gelang ihm nicht: Sie hatten den Wachwechsel verlegt.

In zwei Monaten hatte sich die Größe des Lagers verdoppelt, trotz der ›Abgänge‹. Inzwischen – ich sagte es bereits – mußten sie nicht mehr antreten, damit die Kommissionen aus den Dörfern sie mustern konnten, sondern es wurde ein Stacheldrahtverhau durchs Lager gezogen, mit einem schmalen, von Holzstämmen markierten Durchgang in der Mitte. Hinter den setzten sich die Kommissionen und sahen sich die Festgenommenen an, die im Gänsemarsch an ihnen vorüberzogen.

»Wie heißen Sie?«

»José Rodríguez.«

»Weitergehen.«

Einer kam ihm hinterher gelaufen.

»Wie, sagten Sie?«

»José Rodríguez.«

»Zweiter Nachname?«

»Vega.«

»Bleiben Sie hier.«

Sie kannten sich gut: Amor Buitrago, ein Anarchist, recht jung, aus dem Puente-de-Villecas-Viertel.

Der Raum für die Häftlinge, die besonders gefährlich waren oder demnächst verlegt werden sollten, war eine etwa fünfzehn mal sechs Meter große Halle, frisch errichtet, ohne Frischluft, in der es bestialisch stank. Darin etwa hundert Mann. Der Wächter kannte ihn. Sie sahen sich an. Er war Gewerkschafter aus Madrid, Graphiker. Es war Nachmittag. Nach fünf Minuten rief er ihn.

»Hast du schon ausgesagt?«

»Nein.«

»Geh da rechts weiter, dann links rein, etwa zehn Meter. Dort sitzt ein Vertrauensmann. Sag ihm, wer du bist.«

Der kannte ihn auch.

»Wohin willst du gehen?«

»Nach Madrid.«

»Du weißt, daß deine Mutter gestorben ist?«

Als wäre sein Kopf weg. Ihm fehlte die Kraft, nein zu sagen. Er ging drei Meter, lehnte sich an die Wand, ließ sich innerlich fallen, heulte: Sie war das einzige gewesen, was er hatte.

»Ich werde freigelassen ...«

Langsam ging er den Weg zurück, den er gekommen war.

»Nicht da lang.«

Er machte eine Handbewegung, er konnte nicht reden. Er ging weiter, zurück in die Baracke. Weggehen, wozu?

»Was ist passiert?«

»Nichts.«

»Also, mein Lieber, du siehst aus, als ob du den Teufel persönlich gesehen hättest.«

Abhauen, wozu? Seine Mutter: Das einzige, was er gehabt hatte, was zu ihm gehört hatte. Ohne sie war Madrid nicht Madrid. Dann war es besser, sich ein letztes Mal dem Feind, den Richtern, zu stellen, zu kämpfen, obwohl er die Schlacht im voraus verloren wußte. Ihnen die Wahrheit ins Gesicht spucken. Er fing an nachzudenken, sich seine Rede zu überlegen, seine Verteidigung der Arbeiterklasse. Die Salesianerinnen. Würden die Salesianernonnen auch dort sein? Vielleicht ist dort niemand außer den Richtern. Aber das macht nichts: »Mein ganzes Leben lang habe ich für die Würde der Arbeiterklasse gestritten, und auch jetzt werde ich in meiner Aufgabe nicht ruhen. Die Arbeiter sind die einzige würdige Klasse Spaniens« (die Arbeiter, und die Bauern?). »Ich bereue nichts, was ich für sie getan habe, und wenn es nötig wäre, würde ich, ohne eine Sekunde zu zögern, wieder von vorne beginnen. Diese hungerleidende Klasse« (das Wort benutzt er, seit er es in Valladolid in einer Azaña-Rede gehört hat), »diese getretene, zerrissene, ausgenutzte Klasse« (viele Partizipien) »die als Frucht ihrer Arbeit nur den Hunger und immer wieder Hunger erntet, die von den Reichen, den Großgrundbesitzern, den Herren immer nur getreten, erniedrigt, verachtet und bekämpft wurde, sah eines Tages Licht und versuchte, die Chance zu ergreifen, und ich half dabei, so gut ich konnte, und ich werde das wieder tun, denn bei nichts fühlt sich der Mensch mehr als Mensch, als wenn er zum Wohl des Menschen arbeitet. Dies sage ich zu meiner Verteidigung, und dies werde ich immer wieder sagen. Ich, meine Herren Geschworenen« (es wird keine geben) »bin ein Arbeiter, nichts mehr und nichts weniger als ein Arbeiter, und ich hebe heute und immerfort die Hand, die Faust, um meine von Ihnen mit Füßen getretene Klasse zu verteidigen. Und meine ganze Verachtung ...«

Mutter!

»Niemals werde ich mich von meiner Pflicht abwenden.«

Wann bist du gestorben? Wann? Wie? Daran ist nichts zu rütteln, warum habe ich es nur nicht mitbekommen? »Ihr tut nichts, außer am Fortleben des Schlechten mitzuwirken. Wozu seid ihr gut? Für wen? Und ihr nennt euch Christen! Ihr knebelt die Besten des spanischen Volkes. Eilfertig dient ihr euren Herren, die es euch nicht einmal danken. Sklaven seid ihr, huldigt fremden Namen und schändet die eurer Väter. Euer Wort, das doch euer Name ist, habt ihr gebrochen. Arbeiten heißt den Menschen ehren, doch ihr könnt nur als Sklaven dienen.«

Sie werden mich nicht ausreden lassen. Werden mich zum Schweigen bringen. Aber ich werde es gesagt haben.

Wo haben sie dich begraben? Wann? Wer? Ich will dorthin, mich begraben.

Jetzt grämte es ihn, daß er sich von der Verzweiflung hatte hinreißen lassen. Der Wachwechsel war vorbei. Abwarten. Morgen.

Der Vortrag, den die Angetretenen am folgenden Tag zu hören bekamen, aus dem Mund des hochberühmten Herrn Ernesto Giménez Caballero. Eine Aneinanderreihungen von Abgeschmacktheiten über Spaniens Größe, gestern, heute und morgen, vorgetragen in hysterischem Ton:

»Spanien ist einig und groß! Franco, Franco, Franco! Spaniens imperiales Schicksal!«

»Geht dir das nicht auf den Zeiger?«

Unterdessen filzten Falangisten die Baracken. Am darauffolgenden Sonntag erledigte das ein Dominikaner, besonders gewissenhaft.

»Möchten Sie, daß ich Ihnen helfe, Vater?« fragte der *Madrileño* im Scherz.

»Nein, danke, mein Sohn.«

»Aber vorsichtig, sonst fallen Sie noch vom Moped.«

»Ich verstehe dich nicht.«

»Aber ich spreche doch nicht Latein, Vater.«

Am nächsten Tag wurden drei weitere erschossen, zwei von der CNT und ein Kommunist; sie hatten in der Nacht zu fliehen versucht. Der einzige Unterschied zu der vergangenen Vollstreckung war, daß sie diesmal mitten im Lager stattfand; daß alle Gefangenen zusammengerufen wurden, um der ›Züchtigung‹ beizuwohnen. Hinterher defilierten alle, jeweils vier zusammen, an den Leichen vorbei.

Es wurden immer mehr. In jenen Tagen trafen maurische Eliteeinheiten ein, die die Soldaten ablösten.

»Ach, wie schön war es doch mit den Wehrpflichtigen«, wie der *Madrileño* sagte.

Hunger hatten alle; wenn er auch unter den Bewachten größer war, so trieb er doch auch die Bewacher um. Ein Kommandant kam auf die Idee, ein Brot als Belohnung für jeden auf der Flucht gefaßten Gefangenen auszusetzen und dazu etwas Bargeld, gemäß einem alten arabischen Brauch. Ein besonders gewitzter Maghrebiner schnappte einen Schamhaften, der sich weiter entfernt hinhockte, um sich den Blicken der anderen zu entziehen und freier sein Geschäft verrichten zu können. Der konnte sich nicht verteidigen und fiel mit fünfzehn anderen am ersten Tag. Schnell wurden die Gefangenen vorsichtiger, und die Zahl sank, doch während die sichtbaren Hinrichtungen etwas weniger wurden, wurden die anderen, die auf die Besuche der ›Kommissionen‹ folgten, mehr.

Amor Buitrago denunzierte einhundert Mann von der CNT wie schon zuvor Rodríguez Vega; in der Halle kam einer der Anarchisten auf ihn zu, um sein Bedauern auszudrücken:

»Daß er unsereins denunziert, naja! Aber keinen Sozialisten!«

»Tröstet euch: Das kommt in den besten Familien vor.«

Rodríguez Vega stieß der Gedanke bitter auf, daß er sein Leben – sein ganzes Leben – Leuten wie diesem Amor Buitrago geopfert hatte. Seine Reaktion: einer unter Hunderten. Es war es wert. Aber jedesmal blieb ihm ein bohrender Wurm unter der Haut. Ganz zu schweigen von den Läusen, die ihm keine Ruhe ließen.

Nach drei Tagen überstellten sie ihn nach Madrid. In dem Zug, dritter Klasse natürlich, machten sich die beiden von der Guardia Civil den Spaß, ihn von Zeit zu Zeit das *Cara al Sol* singen zu lassen. In der Hauptstadt sperrten sie ihn in eine der Zellen des Gebäudes Nummer 36 in der Calle de Almagro. Sie führten ihn Journalisten vor:

»Da haben Sie ihn.«

»Das ist Rodríguez Vega.«

»Der berühmte Gewerkschaftssekretär der UGT.«

Sie brachten eine Handvoll Photos republikanischer Führer: Azaña, Largo Caballero, Negrín, Durruti.

»Die ißt du jetzt.«

Vor allen.

»Nein.«

Die Ohrfeige konnte man noch draußen auf der Straße hören. Rodríguez Vega überlegte kurz, schloß einen Augenblick die Augen. Aß sie.

Die meiste Prügel kassierten diejenigen, die erst mit dem Krieg zur Polizei gekommen waren, wobei man der Gerechtigkeit halber anmerken muß, daß die republiktreuen Polizeibeamten nicht zurückstehen mußten. Es gab viele, die nichts mit den Ordnungskräften zu tun gehabt hatten und nur noch den einen Ausweg sahen: sich aus dem Fenster zu stürzen. Von daher die Wut und der unfreiwillig komische Ausruf eines Leutnants:

»Wer sich einem Fenster nähert, um sich umzubringen, auf den schießen wir ohne Rücksicht.«

Im übrigen gab es keine großen Neuerungen: die Badewanne (wiederholtes Niederdrücken des Kopfes in eiskaltes Wasser), elektrische Schläge in die sogenannten edlen Teile.

Es war Winter geworden. Die Welt befand sich im Krieg, Polen und die Tschechoslowakei hatten aufgehört zu existieren, ebenso Estland und Litauen. Die Kommunisten sagten:

»Finne müßte man sein!«

»Es wäre gelogen zu sagen: Die Welt ist schön«, sagte Vicente Dalmases, der in Gandía inhaftiert war und demnächst abgeurteilt werden sollte. Er machte den Mund nicht auf, um nicht von Asunción zu reden.

»In der ganzen Provinz habe ich auf Parteiveranstaltungen gesprochen, fünf Jahre lang. Was sage ich, bestimmt zehn. Jeder kannte mich. Das glaubte ich zumindest. Ich war der feste Redner der Kommunistischen Partei. Wir waren nicht viele. Nicht wie die Radikal-Sozialisten oder die Nur-Radikalen, die scharenweise Anhänger hatten. Jedesmal, wenn eine ›Kommission‹ aus einem Dorf der Provinz Valencia kam, sagte ich mir: Jetzt bin ich dran. Es war mir eh egal. Seit ich Alicante verlassen hatte, lastete eine unfaßbare Müdigkeit auf mir. Aus Enguera kamen sie, aus Alberique, Chiva, Liria, Nules, Játiva, aus Carcagente, Alcira, Sagunt, aus Real de Montrol, Requena, Segorbe, aus Villareal, was weiß ich! Doch nichts. Die »Kommissionen«: diese Herrschaften in ihren schwarzen Hemden, ihren schwarzen Sombreros, ihren gegerbten Gesichtern, und dazwischen ein Jüngelchen, bestimmt Waise. Sie suchten die Kandidaten aus ihrem Dorf, fischten sie heraus, nahmen sie mit. Jeden Tag von neuem: Nules, Rafelbuñol, Viver, Utiel, Ayora, Concentaina, Benifayó, Sollana, Cullera.

Dann kam eine aus Madrid. Ruhig ging ich hinaus. Ich war nie in Madrid gewesen. Wer sollte mich kennen?

Ich ging durch die Tür, und zwei Schritte weiter hörte ich sie schnalzen, fühlte mich aber nicht angesprochen.

»Sie, Sie.«

Sie meinten mich. Und der dort saß und auf mich zeigte war der Zahlmeister der Zentrumsarmee. Und wie der mich kannte! Mich und viele andere! Alle. Wo er doch so ein dicker Freund von General Méndez war! Er arbeitete für sie als Agent. Also steckten sie mich in den Lagerbunker. Später brachten sie mich nach Portaceli, danach hierher: viermal Todesstrafe, weil es keinmal dazu kam.

Denn letztlich, was soll's? Einmal oder viermal ... Außerdem heißt es doch, der Papst interessiert sich für dich, also ... Ich rede von mir, von dem, was mir wichtig ist. Alles eine Frage der Erinnerung: Wenn du ins Haus hineinkamst, der lange, schmale Flur, der Teppich; wie könnte ich den zerschlissenen Teppich vergessen, bei dem Kette und Durchschuß schon zu sehen waren; genau in der Mitte lag er, als ob der Boden abgemessen worden wäre. Und dann die Farben: Kaffeebraun und Rotgemustert; und die Holztreppe, cremefarben, Schmutz in allen Fugen, auf den Stufen auch; und der Handlauf mit der Kugel, der war nicht schmutzig, nein, nur abgewetzt, stumpf vom vielen Anfassen. Vielleicht hätte das alles besser ausgesehen, wenn sie es mit Wasser und Seife geputzt hätten, aber Gloria wollte das nicht. Ich habe ihr das oft gesagt, doch es war nichts zu machen. So war sie. Geradeaus die Treppe, im Holz diese kleinen Zapfenlöcher. An die erinnere ich mich immer. Und an das Knarzen der zweiten Stufe, beim Hochgehen, beim Runtergehen; kurzum: nichts Besonderes. Auf halbem Weg das Bild, dieses Bild in dem weißen Rahmen, der vor sich hingilbte; warum eigentlich, alles andere war mit derselben Farbe gestrichen worden und dunkelte nicht nach? Trotzdem, es war dieselbe Farbe, ich habe sie im Laden an der Ecke gekauft, wo sie später dieses siebenstöckige Haus hingebaut haben, ein Ziegelhaus, in dem Tante Marcela wohnte, die Dicke, die sich das

Steißbein brach. Na, die, die mit diesem komischen Kerl verheiratet war, der Kröten verkaufte. Erinnerst du dich nicht? Na, die, die immer sagte: Aber ja, mein Herr. Aber ja, mein Herr. Die Farbe auf dem Rahmen ist vergilbt. Das Bild sehe ich, als hätte ich es vor mir: Zwei Hütten von vorne, eine Weinlaube, zwei Valencianerinnen in gelben Röcken, und dahinter so eine Art Bischof in violettem Ornat.

Als Gloria zum ersten Mal kam, sah ich sofort, was sie war: größer als ich, schlank, nur Haut und Knochen, sagten sie. Mit Blindheit geschlagen! Schlank, weil ihr Fleisch so fest war ... Weiß. Später wurde es gelb. Sympathisch. Gelb ist meine Lieblingsfarbe. Die Farben schlagen Wurzeln. Nein, mein Lieber, sie ist nicht an Gelbsucht gestorben, sondern an Koterbrechen. Kürzlich erst. Danke für dein Beileid, aber du brauchst mich nicht zu bemitleiden. Noch etwas? Dann sieh zu, daß du fortkommst. Geh, Junge, geh schon: hau ab, hau doch ab. Oder glaubst du, ich wüßte nicht, wozu du gekommen bist? Es hat dich gestört, daß ich sie geheiratet habe. Du hättest gerne meinen Platz im Bett gehabt, aber ich habe sie erobert. Pech gehabt, mein Junge: Es gab und es gibt keine zweite wie sie. Und jetzt hau ab, ich kann dich nicht mehr sehen. Ich weiß, was du vorhattest: Ich habe dich damals in der Nacht gehört. Ich habe dir damals nichts gesagt, womöglich wäre sie sonst mit dir gegangen. Ich habe es nicht getan, weil keiner von euch den Mut hatte, es mir zu sagen. Und ihr hattet Pech, und ich hatte sie. Jetzt bleibt mir nichts mehr, als mich im Spiegel anzusehen und mir den ganzen Tag zu sagen: Ich hatte sie. Ich, der Alte, ich hatte sie, und du nicht. Ich. Und wenn ich sterbe, will ich nur einen Spiegel haben und mich ansehen und es mir so lange vorsagen, bis sie aus dem Bild verschwindet: Ich hatte sie. Geh. Ich bleibe alleine hier. Wenn ich gehe, dann mit dem guten Gefühl zu wissen, daß du mit der Wut im Bauch sterben mußt, weil du nicht mit ihr geschlafen hast. Und das, mein Lieber, hält an. Der einzige Trost, den mir ihr Tod gibt. Der Weg in das andere Leben, wie sie das ernsthaft nennen, ist immer häßlich, aber ihren, den wünsche ich nicht einmal dir.

»Nein, ich komme gar nicht, um Ihnen mein Beileid auszusprechen.«

»Ach nein?«

»Um Sie festzunehmen.«

»Hätten sie nicht jemand anders schicken können?«

»Sie haben mich geschickt.«

»Hat es dich gefreut?«

»In gewisser Weise schon.«

»Wegen der Sache mit Gloria?«

»Ja.«

»Und weil du bei der Falange bist und ich bei der Föderalen Partei?«

»Auch.«

»So sehr haßt du mich?«

»Nicht mal das. Holen Sie sich eine Decke und kommen Sie.«

»Wohin bringst du mich?«

»Hier in die Nähe, in die Calle de Almagro.«

Und hier bin ich. Zweimal Todesstrafe, sonst nichts, einmal wegen Gloria, einmal für mich.

Gaos hat keine Lust zu reden. Er möchte in eine andere Zelle, zu einem alten Genossen aus Crevillente; auch er zum Tode verurteilt, wegen nichts: Mitglied in der Studentengewerkschaft FUE.

»In der *Federación Universitaria Española!* Können Sie sich vorstellen, was er da gemacht haben soll?«

»Ich weiß nicht, was die sich vorgestellt haben, aber das Urteil wurde im November verkündet.«

Es war kalt geworden.

Rodríguez Vega – mit anderen Papieren, er allein weiß, wer sie ihm besorgt hat – blieb in Haft, zwei Jahre verbrachte er dort, in der ›Galerie des Ehrenhaften Friedens‹, wie sie es nannten, weil Besteiro dort gesessen hatte; bevor er vor Gericht kam und verurteilt und mit einem Dekret über seine ›Ungefährlichkeit‹ kaltgestellt wurde; und es heißt, er habe es nach Mexiko geschafft.

Die Kinder von Héctor Buñuel kamen auf die Idee, auf dem Mandelfeld zu spielen, dort, wo das Lager gewesen war. Sie fanden viele Dinge. Zuerst spielten sie mit ihnen, dann fingen sie mit Tauschgeschäften an, ohne ihre Quelle zu verraten: Federhalter, Messer, Füller, sogar Geld, von dem ungültigen, das nichts mehr wert war. Aber immer noch genug, um ihren Vater, der nicht erklären konnte, woher das ganze in seinem Haus gehortete Zeug kam, für dreißig Jahre ins Gefängnis zu bringen. Die Kinder flehten, erklärten alles zehnmal, aber daß das Familienoberhaupt früher Gewerkschaftler gewesen war, reichte zu dem ernsten Verdacht, die ›dem Staat zustehenden Besitztümer‹ seien auf seine Anweisung unterschlagen worden.

»Natürlich kann ich nicht reden, aber erzählen kann ich. Schlecht, aber ich kann, wenn es Sie interessiert. Natürlich kam ich ins *Lager der bitteren Mandeln*. Es war voller Mandelbäume und kleiner frisch gesetzter Apfelbäume. Dann brachten sie uns in die Stierkampfarena. Irgendwelche Italiener, die mit ihrer wehenden Fahne paradierten, kamen uns entgegen. Mir wurde ganz anders. In der Arena wurden über fünfzig selektiert und in Feldzelte gesteckt. Ich und Tausende andere kamen nach Albatera, das ist kein Dorf. Ein Lager. Die Konsuln hatten meine Überstellung mit allen Ehren erbeten, und daß ich freigelassen werden sollte, unter Aufsicht von einem von ihnen. Bergonzoli willigte ein.«

»War es nicht Gambara?«

»Das habe ich mich auch schon gefragt. Nein, Bergonzoli.«

Ich unterbrach ihn nicht wieder. Er war sehr empfindlich; so empfindlich wie klein und stämmig.

»Ich willigte nicht ein. Ich wollte das gleiche Schicksal erleiden wie meine Soldaten und das Volk. Ich warf die Uniformjacke weg und zog eine zerrissene Tschamara an, um Volk zu sein.«

Er machte eine Pause, wiederholte:

»Um Volk zu sein. Es gab nichts zu essen dort, und ich tauschte eine goldene Uhr gegen ein Kommißbrot. Am Bahnhof. Albatera war eine einzige Scheiße, mit Verlaub. Aber man gewöhnt sich an alles. Nur nicht an die ›Abgänge‹; jedesmal, wenn der Name eines Dorfes aufgerufen wurde, drehte sich einem der Magen um. Aus allen Provinzen kamen die Falangisten und suchten sich ihre Leute raus. Die aus Teruel! Antreten! Die Galicier! Antreten! Die aus Málaga! Antreten! Die weiß der Teufel woher! Antreten! Und dann gingen die Kommissionen an die Überprüfung. Und sie wählten aus. Sie selektierten, andere erledigten später den Spaziergang. ›Ich überlege mir‹, sagte mir einer aus Cangás, ›wie ich wenigstens einen mitnehmen kann, wenn sie mich umbringen.‹ Sie holten ihn. Später erfuhr ich es. Sie stellten ihn an einen Felsvorsprung, und als das Kommando antrat, lief er vor und riß zwei mit in die Tiefe.

In Albatera standen so eine Art Holzhäuser und vergitterte Käfige und Soldaten, die Wache schoben. Man wußte nie, wer als freier Mann rausging oder als Kandidat für die Erschießung. Schon merkwürdig, nicht wahr? Man sah zu, wie die Leute hinausgingen, und wußte nicht, ob sie nach Hause gehen konnten oder abgeknallt werden würden.

Mich stellten sie vor Gericht. Vor ein Kriegsgericht. In

Alicante natürlich. Weil ich Platzkommandant gewesen war. Ich bekam einen Offizier als Pflichtverteidiger.

›Ich will mich selbst verteidigen‹, sagte ich ihnen, ›weil ich mir nicht vorstellen kann, wie ein Feind von mir mich verteidigen soll.‹

Sie verurteilten mich natürlich zum Tode; wegen militärischen Verrats, als Anti-Patriot. ›Hat der Angeklagte etwas zu seinen Gunsten anzuführen?‹ Da sagte ich ihnen: ›Ich bin kein Militär, ich bin ein Sohn des Volkes. Ich habe einen Posten übernommen, weil mein Vaterland es mir befahl. Aber wenn ihr mich im Jahr 1935 verurteilt habt, weil ich die republikanische Fahne beleidigt haben soll, und jetzt, weil ich sie verteidigt habe, mit welchem Recht nennt ihr mich dann Verräter? Verräter sind die, die ihr Wort nicht halten oder einen Schwur, und ich habe nie wie ihr mein Wort gegeben oder geschworen, eine Fahne zu verteidigen. Ich habe nur die eine Bitte: erschießt mich schnell.‹ Den letzten Satz mußte ich schreien, weil das vorher natürlich schon für genug Aufruhr sorgte. Dann sperrten sie mich in einen Raum, in dem ein Erhängter war.

›Sieh ihn dir gut an‹, sagten sie zu mir, ›stell dich drauf ein.‹

Mein Herz schlug kaum mehr, reagierte nicht mehr auf Gefühle, auf das Böse. Ich setzte mich hin und sah ihn mir an. Ich glaube, ich kannte ihn, er war einer der bekannten UGTler aus Madrid. Ich glaube, sicher bin ich nicht. Ich erinnere mich auch nicht an seinen Namen. Ich glaube weder an den Papst noch an die Pfaffen. Aber ich habe religiöse Gefühle. Ich betete für ihn, warum sollte ich Sie anlügen? Wenn es ein Jenseits gibt, kann man im Angesicht des Todes nur gewinnen.

Vier Stunden lang ließen sie mich dort. Dann holten sie mich. Ich war schon bereit, aber sie steckten mich in ein Auto, einen Hispano, und brachten mich nach Puerto de

Santa María. Dort also, am Arsch der Welt. Wie schön. Ich kannte den Ort, ich war einmal von dort nach Cádiz gefahren. Damals lag das Schiff acht Tag dort. Wieder stellten sie mich vor Gericht, wer weiß, wieso. Mir machte das schon nichts mehr aus. Diesmal verurteilten sie mich wegen ›militärischen Hochverrats‹ zum Tode. Ich sagte ihnen, ich sei gespannt, ob sie sich einigen können.

Da war ich also, allein, mit Händen und Füßen im Kerker angekettet. Man gelangte durch einen Tunnel vom Gericht aus hinein und hörte das Rauschen des Meeres. Die Tür aus Eisen, gewaltige Mauern. Der Eingang war schmal. Rechts nahmen sie meine Personalien auf und meine Fingerabdrücke. Danach gingen wir über eine Wendeltreppe nach unten. Eine Steintreppe, wie in einem Keller. Es waren uralte Zellen, man mußte sich bücken, um reinzukommen; es gab kein Licht, außer wenn sie die Luke öffneten. Vier Tage lang war ich allein. In der Dunkelheit dort war es schwierig zu erkennen, wie viele Tage vergangen sein mochten. In der Zelle nebenan waren fünf, die sich schreiend unterhielten, mit Echo. Danach steckten sie drei oder vier zu mir. Denen warfen sie vor, von der Checa, vom Geheimdienst zu sein. Wir hatten einen ständigen Bewacher.

Nach vierzehn Tagen ließen sie die Verwandten der anderen rein, natürlich nicht in die Zelle. Meine Überraschung war riesig, als ich, es muß am Nachmittag gewesen sein, ein Gesicht im Schimmer einer Zigarette erkannte. Im Gespräch mit einem Wächter.

›He, Polo!‹

›Sag niemandem, daß wir hier sind.‹

Sie unterhielten sich mit denen in der Zelle nebenan.

›Wer seid ihr dort?‹

›Zum Tode Verurteilte.‹

Fünf weitere Tage lang planten wir mit denen aus der Zelle nebenan die Flucht. Immer im Dunklen. Wenn der

Gefängniswärter das Essen brachte oder einer krank war, zielte ein Wächter mit der Waffe auf uns, während der andere wartete. Daher ihr Glaube, niemand könnte fliehen. Unter den Wächtern war einer aus der Extremadura, der Cousin eines der Häftlinge. Dann war da noch ein Galicier und sein Bruder. Mit Hilfe des Cousins aus der Extremadura planten wir die Flucht. Es gab nur einen möglichen Plan, und der sah so aus, daß wir bei Nacht, wenn der aus der Extremadura Dienst hatte, den mit dem Essen töten und die Zelle nebenan öffnen würden. So machten wir es. Wir gingen nach oben. Stürmten den Wachraum. Dort saßen vier und redeten. Wir schnappten uns eine Pistole, zwei Bajonette, zwei Gewehre. Die Wachen töteten wir mit den Bajonetten. Dann bewaffneten wir uns richtig, mit Maschinengewehren und Munition. Es war zwischen ein und zwei Uhr nachts. Wir kamen zum Tor. Dort waren fünf oder sechs und der befehlshabende Offizier. Ohne Vorwarnung eröffneten wir das Feuer. Ich weiß nicht, wieso wir mit einem Mal mehr wurden, woher sie kamen. Wir gelangten zum Bahnhof, und zwischen den Eisenbahnwaggons ging die Schießerei los. Gegen Soldaten. Die ersten vier oder fünf töteten wir leicht, aber die Wachen nahmen uns von den Türmen aus unter Beschuß. Wir gingen in die Berge. Dort schützten uns die Zigeuner, in Erdhöhlen, im Gebirge. In der Nähe von Niebla. Dort fingen wir an, die Guerilla zu organisieren, zwischen Cádiz und Huelva, die Guerilla des Südens. Alle dachten, das kann nicht lange gutgehen. Wir sprachen über den Krieg und waren uns einig, daß er aus Mangel an Einigkeit verlorengegangen war. Wir gingen in eine Höhle und ritzten einen Satz in die Wand, der ging so: ›Die politischen Parteien, sie mögen in Frieden ruhen, und die spanische Republik, sie möge in Ruhe leben.‹ Schließlich waren wir über zweihundert. Dort bildeten wir den Rat der Guerilleros und teilten uns in Zehnergruppen auf. Übel war, daß sie unseren Verbindungsmann in Niebla schnappten. Einen amerikanischen Archäologen. Dort, in Niebla, heißt es, wurde zum ersten Mal in Spanien Schwarzpulver eingesetzt. Wie man erzählt, schnitten sie zur Zeit der Mauren allen Männern und Kindern die Kehle durch und verkauften alle Frauen in einer öffentlichen Versteigerung. Da stehen noch Ruinen herum, die sind beeindruckend.

Bei der Guerilla waren Leute aller politischen Richtungen. Die Dörfer überfielen wir nur, um Essen und Medikamente zu bekommen. Natürlich waren da die Kasernen der Guardia Civil. Wir hatten Verluste, weil wir nicht auf deren Frauen und die Kinder schießen wollten. Natürlich mußten wir uns jedesmal wieder zurückziehen. Später teilten wir uns statt in Zehner- in Fünfergruppen. Es ist gut, den Feind auf siebzehnhundert Meter zu bekämpfen, zu warten, bis er auf fünfzehnhundert oder maximal auf einen Kilometer herankommt, und sich dann zu zerstreuen und zu verschwinden.

Ein baskischer Nationalist, der in meiner Gruppe mitging, hatte einen Altar in einer Flasche. Ungelogen. Ich weiß, wie sie gemacht werden. Wie Buddelschiffe, stellen Sie sich vor! Ärzte hatten wir genug. Als sich einer einen Beinschuß einfing, dieser baskische Nationalist mit der Flasche, standen gleich drei um ihn herum. Doch dieser Hund dachte, er müsste sterben, und schrie herum, er wolle beichten. Woher einen Pfarrer nehmen? Also, das erste, was ein Pfarrer tun würde, wäre, uns zu verpfeifen ... Ich wagte es trotzdem. Drei Kilometer weiter waren ein Dorf, eine Kirche und natürlich ein Pfarrer. Ich ging zu ihm. Ich ging in sein Haus, und freiheraus legte ich ihm dar, worum es ging, und dieser Bruder sagte mir, so wie zwei und zwei vier sind, daß er nicht gehen würde:

›Ich will einem Roten nicht die Beichte abnehmen und die Kommunion spenden. Aber Sie können beruhigt sein, ich kann den Mund halten, und ich denunziere niemanden wegen seiner Ideen.‹

In der Nacht stiegen wir zu fünft – damals waren wir noch in Zehnergruppen – hinunter ins Dorf. Wir nahmen uns seinen Esel. Es war vier Uhr in der Früh. Ich erinnere mich, als wäre es gestern. Wir kamen zum Haus des Pfarrers.

›Töten Sie mich nicht!‹ brüllte der Marienbruder.

›Ich komme Sie abholen‹, sagte ich.

Er zitterte. Wir brachten ihn ins Gebirge. Er bat um einen Meßdiener für die Messe. Beinahe alle hätten wir das gekonnt. Der Baske legte also seine Beichte ab, gab endlich Ruhe und starb auch nicht, von wegen. Dem Pfarrer sagte ich:

›Sie bleiben drei Tage bei uns.‹

Er blieb; naja, was hätte er auch tun sollen? Die Zeit vertrieben wir uns mit Tute-Partien.

›Ich bin zu der Überzeugung gelangt‹, sagte er uns, ›daß die ehrbaren Menschen Spaniens in den Bergen sind.‹

Er redete keinen Mist. Einmal mußten wir die Apotheke überfallen. Beim Rückzug wurde mir der Weg abgeschnitten und ich versteckte mich in seinem Haus.

›Hier, in diesem heiligen Haus‹, sagte er dem Gefreiten der Guardia Civil, ›ist niemand.‹

Nach drei Tagen waren wir dank seiner gerettet, ich und noch zwei.

Natürlich, Huelva und Río Tinto sind gut, aber nicht für immer. Ich wollte in den Norden und, wenn möglich, über die Grenze nach Frankreich. In Güterzügen kam ich nach Madrid und in einem Milchzug nach Valladolid. Dort hatte ich einen Onkel, Antonio Calderón, der in Afrika gekämpft hatte, sogar unter Franco. Er gab mir seine Papiere. Später stellten sie ihn an die Wand. Nicht, weil er mir die Papiere gegeben hatte. Davon erfuhr niemand. Mit den Papieren fühlte ich mich schon sicherer und ging nach Vitoria. Also, das mit Vitoria muß ich ausführlicher erzählen, das war wirklich gut. Ein bißchen was wußten wir, aber ich hätte nie geglaubt, daß es so gut klappen würde. Natürlich hatten wir Guerilleros keine Landkarten, ich meine: anständige Karten, Generalstabskarten, maßstabsgetreue Karten. So etwas gab es in Spanien auch nicht außer, sage ich mal, im Kriegsministerium oder so. Während des Krieges richteten die Italiener in Vitoria eine Druckerei für Militärlandkarten ein, natürlich auf italienisch, mit italienischen Namen, vom Topographischen Amt Italiens. Ich kam nach Vitoria und meldete mich zum Flandernregiment, unter dem Namen eines Mannes, von dem ich wußte, daß er eingezogen worden, aber tot war. Ich stellte mich in der Kommandantur des II. Bataillons vor, dem einzigen Infanteriebataillon in Vitoria. Ich hatte mir alles genau überlegt. Aus diesem Bataillon stellten sie Leute ab, um in der Druckerei zu putzen. Ich gab einem zweitausend Peseten und bekam die Pläne, die uns interessierten. Dann schickte ich ein verschlüsseltes Telegramm an die Genossen: ›Kameraden, seine Mutter ist tot‹, und ging für zwei Tage nach Torrelavega, zu meiner Frau; die hatte ich benachrichtigen lassen. Von dort reiste ich mit den Papieren meines Onkels über Madrid nach Huelva zurück, zum Rat der Guerilleros, der seinerzeit schon dem Republikanischen Befreiungsrat angehörte. Dummerweise wurde ich krank. Wirklich krank, vereiterter Kopf, und die Papiere meines Onkels hatte ich schon einem geschenkt, der zurück in sein Dorf wollte. Ein sehr geschickter Fälscher, ein Professioneller, der bei uns war, machte mir einen provisorischen Geleitschein, auf den Namen Valeriano Calderón, wegen Verlusts der Personalpapiere. Er machte das mit einem Faßkorken und für hundert Peseten. In Cádiz pflegten sie mich gesund. Am Sonntag sollte ich entlassen werden, aber ich weiß nicht, warum, es kam die Anordnung, mich doch noch dazubehalten. Mir gefiel das gar nicht, und dem

Doktor ebensowenig. Der war Freimaurer, ich auch. Ich bin bei allem dabei. Sie müssen wissen, meinen ersten Streik hatte ich mit dreizehn. Wir arbeiteten in einer Kneipe, in Torrelavega, von da bin ich nach Rußland gegangen, auf der *Conde de Abásalo* als Schiffsjunge. Danach war ich auf der Werft in Barcelona. In Leningrad habe ich in einer Traktorfabrik gearbeitet.

Die Zeit vergeht, aber so sehr das alle wollen, ich kann den Krieg und einige der Typen nicht vergessen. Da können Sie sagen, was Sie wollen, es war eine schöne Zeit. Denken Sie nur an den Sozialisten aus Tortosa, der sich im Lager jedesmal seine Tomatendose heißmachte, wenn sie ihn in die Mangel nehmen wollten. Einer von der Sorte, die sagen: ›Mensch, du kannst dein Beefsteak doch nicht mit der bloßen Hand essen!‹ Dem ist etwas passiert, das muß ich Ihnen erzählen: Wir waren an der Aragón-Front, und er war auf Wache, und als er geht, da ist auf dem Balken, also auf dem Donnerbalken, ein Scheißhaufen, mittendrauf. Ich stellte einen Zug zusammen, fast alle aus der Extremadura. Und nahm ihn fest. Der Mann kochte vor Zorn.

›Zwanzig Monate in vorderster Linie‹, schrie er empört, ›und dann wird man als Scheißer festgenommen!‹

›Wenn du es nicht warst, wer dann? Ich will keinen festnehmen. Ich habe das nur aus Selbstachtung getan. Ich will nicht, daß ihr solche Schweine seid. Also los, wer war's?‹

Da tritt der ganze Zug einen Schritt vor und sagt:

›Ich war's.‹

Das sind Sachen, die machen Laune. Aber als sie dann wirklich sahen, worum es ging, denn ich führte sie hin, riefen alle im Chor:

›Verdammt, das sieht ja aus, als hätten sieben Kühe geschissen!‹

Das war die Zeit, als wir schon nicht mehr viel zu essen hatten und den Esel aßen, auf dem der Furier uns den Proviant brachte. Da kam ein Hauptmann zu uns geritten, auf einem Schimmel. Er aß mit uns. Es schmeckte ihm. Alle hielten den Mund, was es war, bis er das Fell und den Kopf entdeckte. Am nächsten Tag aßen wir den Rest des Pferdes. Das waren noch Zeiten. Oder als Barroso mit Miaja kam, dem Befehlshaber. Miaja, dieser sture Fettwanst, und Barroso sagt zu ihm:

›Also, wenn bei dir oben ein Bissen reinkommt, der ist ja verwest, bevor er hinten wieder rauskommt.‹

Ich erzähle das alles, weil das wichtigste in der Zeit der Guerilla war, seine Ausscheidungen zu vergraben. Wir schafften es, ein Viertel der Provinz zu kontrollieren. Und weil Sie Arzt sind ... Die letzten zogen große Äste über die Wege und durch die Berge, damit wir keine Spuren hinterließen. Die kalte Asche und die Essensreste von jedem einzelnen mußten vergraben werden ... Später verließ mich das Glück, und sie schnappten mich. Aber schon jetzt weiß keiner mehr, wer ich bin.«

Eines Tages wurde Julián Templado gerufen.

»Hol deine Sachen.«

Es war keine Kommission angekündigt.

»Wieso können sie dich anfordern?« fragte Cuartero.

»Ich habe nicht die geringste Ahnung.«

Er hatte keinerlei Eingabe gemacht. Sich auch nicht sonderlich gesorgt, was passieren könnte. Nicht einmal, daß er Arzt war, hatte er gesagt, um nicht mehr als die anderen tun zu müssen.

In der Baracke der Lagerleitung sagte ihm der Kommandant:

»Ich habe Befehl, Sie freizulassen und unter Begleitung nach Alicante zu bringen, ins Hotel Samper.«

»Aber ...«

»Das ist alles. Glückwunsch.«

In der Eingangshalle des zerstörten Hotels traf er Lola Cifuentes.

»Hallo, Doktor.«

»Hallo, Flittchen.«

Sie hatten sich seit dem Tag nicht mehr gesehen, als er ihr geholfen hatte, über die Grenze zu kommen.

»Ich habe schon gehört, was dich die Sache mit mir damals gekostet hat.«

»Du tust das aus Dankbarkeit? Ich fasse es nicht.«

»Warum?«

»Weil das eine Empfindung ist, an die ich nicht glaube.«

»Glaubst du denn überhaupt an was?«

»Nein.«

»Du lügst.«

»Ich bin nicht so hellsichtig.«

»Lola Cifuentes, wenn mir das einer gesagt hätte!« Nicht, daß er nicht an sie gedacht hätte, aber nur so, bruchstückhaft, ab und zu. Denn eigentlich hatten sie sich in ihrer wechselseitigen Unverschämtheit gut verstanden.

»Offensichtlich hast du Beziehungen.«

»Genug, um einen Tropf wie dich aus dem Lager zu holen, ja.«

»Und, wozu bin ich dir nützlich?«

»Das mußt du selber wissen.«

»Nein. Wenn du mich gesucht hast, hat das einen Grund. Wenn ich jemanden denunzieren soll, vergiß es.«

»Bist du verrückt geworden? Oder glaubst du etwa, das schaffen die hier nicht alleine?«

Templado horchte auf die verächtliche Betonung von *die hier.* Die Schöne legte nach:

»Denn *das hier* gefällt mir gar nicht.«

»Und was erwartest du von mir?«

»Daß du mich noch einmal rausholst.«

»Wo raus?«

»Aus *dem hier.*«

»Wie?«

»Überleg mal.«

Sie gingen hoch, in eines der wenigen unbeschädigten Zimmer.

Asunción, verkleidet als Mann, kam nie ins Gefängnis von Alicante. Sie entkam vorher, fand Monse und kehrte – im Zug über Venta de Encina, ohne größere Schwierigkeiten nach Valencia zurück. Sie ging sofort zu ihrer Tante, ins Haus von Don Juanito. Großes Geschrei in allen Tonlagen, Flennen, Seufzen, nicht endende Versuche, sich zu beruhigen, untermalt von herzzerreißenden Anfällen, die aber hier nichts zur Sache tun.

Für Concha war es nicht schwer, ihre Nichte im oberen Stockwerk zu verstecken; niemand außer ihr kümmerte sich dort um das behinderte Mädchen. Vier Monate später war das unglückliche Wesen verhungert – zu dieser Zeit gab es in Valencia fast nichts zu essen. Concha und Asunción steckten sie in einen großen Koffer (die Verstorbene wog kaum zwanzig Kilo); im Morgengrauen taten sie so, als gingen sie zum Bahnhof, und ließen die Leiche stehen. Die Zeitungen interessierten sich nicht für solche Art Geschichten: der Krieg zwischen Deutschland, Frankreich und England war wichtiger, Polen war schon vergessen. Asunción trat – für alle Fälle – an die Stelle der Behinderten. Ab und an gelangte auf Umwegen eine Nachricht von Vicente zu ihr.

»Was sollen wir tun?« fragt die Dicke.

»Warten.«

»Worauf?«

»Ich weiß nicht«, sagt Asunción, mit leerem Blick.

Sie hat sich an den Sessel der Toten gewöhnt.

Don Blas, sich in seinem Sessel räkelnd, unterhält sich mit Onkel Cola.

»Vielleicht gibt es dieses Jahr wieder Stiere ...«

»Es scheint mir noch zu früh, davon zu reden.«

Anfang September, und über den Rücken des Ragudo weht es kalt herunter; oben, über den Bergen, die Sterne, und, am Boden, das Rauschen des fließenden Wassers: Quellen, Brunnen, Bewässerungsgräben. Unten, hinter Jérica und Segorbe, liegen zum Meer hin Algar, Estivella, Sagunt, El Puig; bergauf, Richtung Sarrión, der nackte, steinige Weg nach Teruel.

Manche Leute sagen, sie hätten Rafael López Serrador gesehen, als Guerillero in den Bergen ...

Nachtrag

»Entschuldigen Sie die Störung, aber ich habe Ihren Roman oder was das sein soll gelesen, den über die letzten Kriegstage in Valencia und Alicante. Natürlich, ich bin die letzte, die Ihnen sagen könnte, ob er gut oder schlecht ist. Davon verstehe ich nichts, aber ich wollte Sie auf etwas hinweisen, was nicht stimmt. Sie bemerken darin, daß Conejero, der letzte Gouverneur von Valencia, mit mehreren Genossen im Auto nach Benidorm gefahren und von dort zur Zivilverwaltung nach Valencia zurückgekehrt sei; die Stadt sei schon von Franquisten besetzt gewesen, die ihn bei der Ankunft festgenommen hätten. So war es nicht. Also, es war nicht genau so. Das heißt, er fuhr wirklich nach Valencia zurück und kam bis zur Zivilverwaltung. Dort traf er um elf Uhr vormittags ein; er unterschrieb noch irgendwelches Zeug, und als die Franquisten kurz vor dem Einmarsch standen, die maurischen Eliteeinheiten vorneweg, stieg er erneut in seinen Wagen und fuhr nach Alicante. Er begab sich zum Hafen, machte das gleiche mit wie alle, und als er hinausging – er kam weder in irgendein Lager noch in die Stierkampfarena –, brüllte einer von denen, die am Eingang standen, wie ein Besessener:

›Da, da ist der Gouverneur von Valencia!‹

Sie steckten ihn in einen Wagen und brachten ihn zurück nach Valencia in die Zivilverwaltung. Dort hielten sie ihn einige Tag fest und danach drei Monate im Modelo-Gefängnis. Sie machten ihren Schauprozeß und verurteilten ihn zum Tode.

Die Gefängnisse waren nicht voll, sondern übervoll, und nicht nur die Gefängnisse, auch die Klöster und Kasernen, die sie für ihre Zwecke benutzten. Ich kann Ihnen gerne davon erzählen, wenn es Sie interessiert. Es fällt mir sehr schwer, von diesen Dingen zu erzählen. Es war soviel auf einmal! Einer verhielt sich gut und tat alles, was in seiner Macht stand, das war Monsieur Durand, der französische Vizekonsul von Valencia: sobald er erfahren hatte, daß Molina Conejero aufgebrochen war, fuhr er nach Alicante, um ihn rauszuholen. Aber er konnte nichts machen. Er kam zu spät. Wie ich.

Ich war in Onteniente. Er schickte nach mir, mit einem Wagen, und als ich durch Ayelo de Malferit kam, nahm ich den Verwaltungsleiter des Rathauses mit. Einen jungen Mann, eng mit uns befreundet, rheumakrank; er konnte sich kaum rühren. Die Füße in Lumpen gewickelt. Er wollte partout nicht mitkommen:

›Was habe ich denn getan? Was sollen sie mir schon tun?‹

›Sie haben ja keine Ahnung. Kommen Sie.‹

Ich zwang ihn in den Wagen und nahm ihn mit. Er versteckte sich im Haus von Verwandten, denn als wir nach Valencia kamen, war schon nichts mehr zu machen; die Straßen waren schon voller Faschisten, allerdings noch nicht offen erkennbar, einige mit rotem Schal und gelbem Hemd, andere schon im Blauhemd, um keine Zweifel aufkommen zu lassen; und dann der Einmarsch der Mauren, die Dosen mit Kondensmilch und Mehltüten unter die Leute warfen, als ob sie sie glauben machen wollten, mit ihnen hielte der Überfluß Einzug. Doch, doch; sie hatten die Lager in den Vororten geplündert. Danach gab es nichts mehr, nur noch den Hunger, den wir fünf Jahre lang ertragen mußten. Sie können sich das nicht vorstellen.

Der arme Bursche war es bald leid, eingesperrt zu sein; nach drei Monaten ging er auf die Straße, und sie erwischten ihn. Mit anderen aus seinem Dorf und aus Onteniente stellten sie ihn vor Gericht; zusammen mit dem Bürgermeister, auch ein Freund von uns. Den Bürgermeister verurteilten sie zum Tode und begnadigten ihn später zu dreißig Jahren. Den armen Rheumatiker verurteilten sie zu zwanzig. Aber es nützte ihnen nichts. Dort galt nur, was die Falangisten wollten. Und eines Nachts holten sie sie raus und erschossen sie. Beide und alle anderen aus ihrem Dorf. Ich weiß nicht, warum ich Ihnen diese Sachen erzähle, man hat sie so oft gehört, daß sie schon niemanden mehr interessieren.

Über Monate hinweg wurden im Modelo-Gefängnis – in anderen war es bestimmt genauso, vielleicht nicht an denselben Tagen – Woche für Woche jeden Donnerstag, Freitag und Samstag drei Lastwagen mit Häftlingen vollgeladen; sie fuhren sie nach Paterna und erschossen sie, egal, ob verurteilt oder nicht.

Apropos Paterna, da muß ich Ihnen das mit dem Totengräber erzählen. Der hatte die Idee für ein sehr gutes Geschäft, in Absprache mit dem Bestattungsinstitut des Dorfes. Eine Goldgrube. Der Leichengräber, so ein junger Spund, schnitt noch in der Nacht ein Stück von den Anzügen der Erschossenen ab, und am nächsten Morgen ging er zu den Frauen, die in der Schlange vor dem Gefängnis standen, und fragte die, die Essen oder saubere Kleidung dabeihatten, ob sie den Anzug erkannten. Er begnügte sich mit dem Kleingeld, das sie ihm zusteckten, und der Provision des Bestattungsinstituts. Die Ärmsten kamen, um den Leichnam abzuholen, und das Bestattungsinstitut kümmerte sich um den Rest. Jedenfalls, eines Tages ging der Hauptmann der Guardia Civil von Paterna über den Friedhof, und auf vielen Gräbern entdeckte er neben dem Namen eine Kachel – die wurden in Manises gebrannt –, auf der stand: ›Für immer unvergessen.‹ Er wurde wütend:

›Aha! Sie wollen also nicht vergessen?‹ Und er zerschlug sie alle oder ließ sie mit Gewehrkolben abschlagen. Auf dem Stadtfriedhof von Valencia machten sie es genauso. Sie zerstörten jeden Grabstein und jede Inschrift, die an unsere Sache erinnerte.

Molina Conejero erschossen sie am 25. November. Von den drei Lastwagen, auf denen sie die Tagesladung wegbrachten, erschossen sie ihn und noch zwei weitere als erste:

›Da könnt ihr sehen, was euch erwartet‹, sagten sie den anderen.

Er hatte mindestens fünfundzwanzigtausend Menschen das Leben gerettet, denn die Leute wollten in den letzten Tagen die Gefängnisse stürmen, aber er widersetzte sich und schaffte es, daß nichts passierte. Das wußten die Falangisten. Ich sprach mit dem Staatsanwalt:

›Das Amt hat ihn umgebracht‹, sagte er zu mir.

›Sie haben auch ein Amt.‹

›Heute du, morgen ich.‹

Molina war überzeugt, daß sie ihn nicht umbringen würden. Ich konnte ihn alle zwei Wochen sehen. Er schickte mich hierhin und dorthin. Ich ging. Bis eines Tages im Gericht so ein Kerl an mich herantrat, ein hohes Tier, und mir sagte:

›Was wollen Sie? Wozu kommen Sie eigentlich?‹

›Ich tue, was ich kann und was man mir aufträgt.‹

Von einer Freundin, die dort arbeitete, erfuhr ich acht Tage im voraus, daß sie ihn an die Wand stellen würden. Aber ich sagte es ihm nicht. Wozu? Damit er sein Testament schrieb? Nein. Solche acht Tage will ich niemanden durchmachen lassen. Diese acht Tage, die ich durchmachen mußte. Ich bereue es nicht, daß ich es ihm nicht gesagt habe, obwohl mir das einige zum Vorwurf gemacht haben. Ich bereue es nicht. Was hätte er tun können? Was hätten Sie getan? Nach den Erschießungen sagten sie niemandem Bescheid, und wenn die Frauen zum Gefängnis kamen, sagten sie schlicht:

›Der ist nicht mehr da.‹

Mir folgten sie – das war besser, als mich festzunehmen –, um zu sehen, wohin ich ging, mit wem ich sprach, aber ich wandte mich nur an Leute, von denen ich wußte, daß sie von ihnen waren. Ich bin nicht dumm. Molinas Schwiegervater, einem Mann von achtzig Jahren, verpaßten sie eine Tracht Prügel, weil er gesagt hatte, sein Schwiegersohn sei ein anständiger Mensch.

Sie wissen nicht, wie das damals war. Meine Brüder brachten sie ins Kloster von Puig, das hatten sie zum Gefängnis gemacht. Dort waren sie ein Jahr. Einmal die Woche gingen wir Frauen hin, am Morgen, mit der Wäsche und dem Essen, das wir ihnen mitbringen durften. Dort ließen sie uns dann Schlange stehen und warten, den ganzen Tag, und manchmal sagten sie:

›Nein, morgen wieder.‹

Dann blieben wir die Nacht über dort.

Wenn sich einer am Fenster zeigte, schossen die Wächter und brachten ihn um. So ist es dem armen Kerl ergangen, der für das Einsammeln der Wäsche zuständig war. Einen Tag vor seiner Entlassung zeigte er sich am Fenster. Und sie brachten ihn um.

Ich rede von Puig, weil ich davon weiß. Sie hatten Durst, und man gab ihnen verkochtes Wasser, trübes Kochwasser, in dem die Innereien aus dem Schlachthof ausgekocht worden waren.

Schreiben Sie unbedingt, was im Frauengefängnis passiert ist, denn das wird niemand aufschreiben.

Ein Mädchen, achtzehn Jahre alt, das bedeutet, zu Beginn des Krieges war sie fünfzehn (was konnte sie vom Leben und von der Politik schon wissen?), töteten sie, weil sie einen Blaumann getragen hatte. Die Nonnen im Gefängnis sagten ihr:

›Sie werden dich nicht töten.‹

Sie konnte sehr gut singen, und an dem Morgen, als sie sie zur Erschießung mitnahmen, ließen sie sie das *Ave Maria* singen. Denen hätte ich ein *Ave Maria* gesungen!

Das Frauengefängnis, in der Polizeidirektion: mit Peitschen, doch, die Frauen. Sie rissen ihnen die Wimpern aus, die Zähne, die Fingernägel. Einer, sie war fast verhungert, gaben sie reinen Stockfisch zu essen; sie saß auf einem Stuhl, festgebunden; dann stellten sie auf den Tisch vor sie einen Krug Wasser hin. Und dann einen Liter Rizinusöl. Begreifen Sie? Einen Liter. Dann ein Fußtritt, und der Stuhl lag am Boden. Ich weiß schon, das hat es überall gegeben. Ich erzähle Ihnen von Valencia, wo ich gewesen bin. Aber in den Dörfern passierte dasselbe oder Schlimmeres; monatelang, jahrelang. In Benaguacil führten sie alle Festgenommenen durchs Dorf – das machten sie überall –, und auf dem Dorfplatz erschossen sie sie dann, wie sie es schon auf der Plaza de Toricos in Teruel gemacht hatten. Und wie dort auch räumten sie die Leichen auf eine Seite und zwangen alle anderen, die Dorfbewohner, auf dem vergossenen Blut eine Jota zu tanzen. Möglicherweise gab es welche, denen machte das Spaß.

Die Zeit vergeht, neue Zeiten werden kommen. Wie, das weiß niemand; aber die Tatsache, daß einfach so, ohne Anlaß, getötet wurde, die wird niemand verbergen können oder vergessen oder auslöschen. Nur weil einer dem andern übel wollte, mit oder ohne Grund. Das ist ein anderes Problem. Aber bei denen auf der anderen Seite wußten die, die töteten, schon immer, wer die Befehle gab. Es wurde auf Befehl und unter Befehl getötet, mit gut vorbereiteten, wohldurchdachten Listen. Im letzten Kriegsjahr gab es bei uns gar keine Erschießungen mehr. Sie töteten nach dem Krieg weiter wie zu Beginn. Das ist der Unterschied, mein Herr.

Heute ist schon viel vergessen, und in kurzer Zeit wird alles vergessen sein. Und trotzdem bleibt natürlich etwas hängen. Wie mit den Karlisten, aber das war ja fast gestern. Früher muß es ebenso gegangen sein, und wir wandeln auf derselben Erde. Ich glaube, die Erde ist aus dem Staub der Toten gemacht.

Natürlich gibt es noch das Jenseits, aber da muß ich Ihnen die Geschichte der Heiligen Jungfrau der Schutzlosen erzählen, die berühmte Geschichte der Heiligen Jungfrau der Schutzlosen. Zu Beginn des Krieges befahl der Bürgermeister, ein Republikaner natürlich, sie aus ihrem Schrein herauszuholen, und er stellte sie in die Rathausbibliothek. Er beteuerte, es werde ihr an nichts, absolut nichts fehlen. Nicht angerührt wurde sie. Das weiß ich, weil eine Freundin von mir dafür verantwortlich war, sie abzustauben. Nichts fehlte ihr, bis zu dem Tag, an dem sie einmarschierten. Später sagten sie, man habe ihr die Krone gestohlen und daß da ein Striemen in ihrem Gesicht sei. Und sie tauften sie: ›Die Verstümmelte‹ und verliehen ihr einen Orden. Und eine Kollekte wurde veranstaltet, jedermann sollte Schmuck oder Geld für eine neue Krone beisteuern, und die bekam sie. Ich wüßte gerne, wer die alte hat, die richtige. Ich versichere Ihnen, von uns ist es keiner.

Ich weiß, daß Sie mir glauben, denn Sie waren ein Freund von Doktor Peset, den ließen sie mehr als ein Jahr auf seine Erschießung warten, weil er Rektor der Universität war.

Auch er glaubte nicht, daß sie ihn töten würden, genau wie Manuel. Sehen Sie, für welche Ämter sie einen getötet haben … Dabei hätte er fortgehen können, Negrín wollte ihn mitnehmen. Er wollte nicht ohne seinen Sohn gehen. Und dann:

›Mir, warum sollten die mir etwas tun?‹

Und er war ein guter Mann, wie es sie heute nicht mehr gibt. Und ein Gelehrter, ein wirklicher Gelehrter. Dann bekommen die Leute zu essen und vergessen … Ich nicht, vielleicht, weil all das über mich hereingebrochen ist, als ich schon eine alte Frau war. Und was ich Ihnen von diesem Mädchen aus Alcira erzählt habe, die so gut singen konnte, die den Nonnen das *Ave Maria* vorgesungen hat, bevor sie sie erschossen haben … Sie hieß Amparo, wie die Jungfrau. Sie war meine Tochter.«

Anhang

Anmerkungen

von Mercedes Figueras

Seite 7

In der Art von V. H. – Vicente Huidobro (Santiago de Chile 1893–1948), chilenischer Schriftsteller. Er gehörte zu den Begründern der avantgardistischen Bewegung des *Ultraísmo,* bekannt durch die Zeitschrift *Ultra*. Huidobro ist in der spanischen Literatur als origineller Verfasser von Prosatexten, Essays und eines Filmdrehbuchs (*Cagliostro,* 1934) bekannt. Vor allem aber seine Lyrik hat der spanischsprachigen Versdichtung entscheidende Impulse gegeben. Schmerzliche Erfahrungen wie Entwurzelung und das Bewußtsein des Todes sind ein wichtiges Thema des lyrischen Hauptwerks *Altazar* (1931).

Baltasar Gracián – Baltasar Gracián y Morales (Belmonte de Calatayud 1601 – Tarazona 1658), spanischer Schriftsteller, Mitglied des Jesuitenordens und bedeutender Prediger. Seine so scharfsinnige wie pessimistische Geisteshaltung hatte insbesondere auf Denker des 19. Jhds (u.a. Schopenhauer) einen großen Einfluß.

Seite 9

Madrider Junta – Siehe Anm. zu Seite 51.

San-Carlos-Museum – Das San-Carlos-Museum wurde 1939 der Akademie der Schönen Künste unterstellt; wie diese befand es sich auf dem Gelände eines ehemaligen Karmeliterklosters. Das Kloster beherbergte seit 1860 die Säulen des 1859 zerstörten Palastes Vich.

Seite 10

José Benlliure – (Cañamelar 1855 – Valencia 1937), spanischer Maler. Seine Malerei ist vom historistischen Realismus wie vom Impressionismus beeinflußt; im Zentrum stehen religiöse Themen.

Cecilio Plá – Cecilio Plá Gallardo (Valencia 1860 – Madrid 1934), spanischer Zeichner und Maler; malte vor allem Genre- und Sittenbilder. Sein Stil ist durch den Impessionismus beeinflußt. Plá war Lehrer an der Akademia de San Fernando in Madrid.

Löwe von Bocairente – Zu den Ausstellungsstücken des San-Carlos-Museums gehörte die Plastik eines Löwens aus dem 4. Jhd. v. Chr., die man nahe des Ortes Bocairente (Prov. Valencia) gefunden hatte.

Juan de Juanes – (Fuente de la Higuera, Valencia 1523 – Bocairente 1579), eigtl. Vicente Juan Masip, Mitglied einer Malerfamilie aus Valencia. Seine Malerei wurde deutlich vom italienischen Manierismus beeinflußt. Er hinterließ mehrere Versionen des Abendmahls sowie einen Zyklus über das Leben des heiligen Stephan.

die Ribaltas – Anspielung auf die Gemälde von **Francisco Ribalta** (Solsona 1565 – Valencia 1628) sowie die seines Sohnes **Juan de Ribalta** (Madrid 1597 – Valencia 1628). Francisco Ribalta wurde von der Malerei Caravaggios stark beeinflußt.

Portaceli – Kloster in der Sierra de Portaceli (ca. 13. Jhd.) nordwestlich von der Stadt Valencia, das viele wichtige Kunstschätze besaß.

Vicente Ferrer – (Valencia 1350 – Vannes, Bretagne 1419), einflußreicher Theologe, Mitglied des Dominikanerordens. Er gilt als einer der bedeutendsten Bußprediger des Mittelalters in Spanien, Oberitalien, Südfrankreich sowie in der Bretagne. Ferrer wurde heiliggesprochen; Fest: 5. April.

Seite 11

Kirchenschisma – Gemeint ist das Große Schisma (1378 – 1417), das durch die Doppelwahl von Urban VI. (Avignon) und Klemens VII. (Rom) das Abendland in zwei Lager teilte. Das Konzil zu Konstanz, das das Schisma beendete, fand unter kaiserlichem Vorsitz und in Anwesenheit von 33 Kardinälen, 900 Bischöfen und 2.000 Doktoren statt. Unter ihnen auch der Dominikaner Vicente Ferrer. Das Konzil stimmte nach vier »Nationen« (engl., franz., ital., deutsch) über die Einheit der Kirche *(Causa unionis)*, die Reinheit der Lehre *(Causa fidei)* und die Reform der Kirche *(Causa reformationis)* ab.

Vermittler in Caspe – Nach dem Tod von König Martin I. von Aragón, der keinen Nachfolger hinterließ, kam es 1412 in der Kleinstadt Caspe (Prov. Zaragoza) zu einer Königswahl. Unter Anwesenheit des Papstes Benedikt XIII. fiel die Wahl zwischen den neun Kandidaten zugunsten des vom Stadtbürgertum unterstützten Ferdinand von Antequera (1412–1416) aus. Vicente Ferrer soll bei der Wahl seinen Einfluß auf den Papst geltend gemacht haben.

Nicolaus … Osonas … Pinturicchio –

Pedro Nicolau (gest. in Valencia 1408), spanischer Maler. Er hat den gotischen Stil, wie er in Mitteleuropa Mode war, in die valencianische Malerei eingeführt.

Rodrigo de Osona, genannt der Ältere (2. Hälfte des 15. Jhds), spanischer Maler, vermutlich seit 1463 in Valencia ansässig. Sein Werk bezeugt den starken Einfluß der italienischen Renaissance, insbesondere hinsichtlich des nuancenreichen Lichtspiels sowie der Wahl der landschaftlichen und architektonischen Bildmotive.

Pinturicchio (Perugia 1454 – Siena 1513), eigtl. Bernardino di Betto, berühmter italienischer Maler, der vor allem durch die Gestaltung des Hauses der Borgia in Rom bekannt wurde sowie durch seine Malerei in der Piccolomini-Bibliothek von Siena, die unter Mitarbeit von Raffael entstand.

Serranos-Türme – Während des Bürgerkrieges wurden viele der Kunstschätze des San-Carlos-Museums in den Kellerräumen eines der beiden Stadttürme, der Torres de Serranos, aufbewahrt.

Muñoz Degrain – Antonio Muñoz Degrain (Valencia 1841 – Málaga 1924), spanischer Maler, der in der Akademie San Carlos ausgebildet wurde. Er war Professor der Akademie der Künste San Fernando und später Direktor der Akademie der schönen Künste in Madrid. Muñoz Degrain hinterließ vor allem impressionistische Landschaftsgemälde sowie Historienbilder. Besonders bekannt wurde er durch seine von der arabischen Kultur beeinflußten Bilder, in denen sich Romantik und Modernismus stilistisch miteinander vereinen.

Seite 12

Álvarez – Julio Álvarez del Vayo (Villaviciosa de Odón, Asturien 1885 – Genf 1975), spanischer Politiker und Journalist. Er studierte in England und verbrachte einige Zeit in Deutschland, wo er in engen Kontakt zu Rosa Luxemburg trat. Seit 1915 Mitglied der PSOE (Sozialistische Arbeiterpartei), bald Führer ihres linken Flügels. Während der Republik war er Botschafter in Mexiko und in der UdSSR, von 1936 bis 1939 Staatsminister.

Uribe – Max Aub könnte hier auf Vicente Uribe Caldeano anspielen, den Herausgeber der kommunistischen Zeitung *Mundo Obrero*. Während des Bürgerkrieges war er Landwirtschaftsminister und zuständig für die Verpflegung der Republikanischen Armee.

Seite 13

Franz I. – (Cognac 1494 – Rambouillet 1547), König von Frankreich (ab 1515). Seine Regierungszeit ist gekennzeichnet durch die Rivalität mit dem spanischen König Karl V. um die deutsche Kaiserkrone und die Vorherrschaft in Europa. Der König der Franzosen unterlag nach der Kaiserwahl Karls V. in insgesamt vier Kriegen und mußte die Stärke der spanischen Soldaten anerkennen, u.a. in der Schlacht von Pavia (1525), in der Franz I. sogar in Gefangenschaft geriet.

Seite 14

Möchtegernfluß – Spanisch: *aprendiz de río*. Zitat aus dem Gedicht *Descubre Manzanares secretos de los que en él se bañan (Der Manzanares enthüllt die Geheimnisse derjenigen, die in ihm baden)* von Francisco de Quevedo (siehe Anm. zu Seite 132). Der Manzanares ist ein Fluß, der im Westen von Madrid fließt; er trägt vor allem im Sommer wenig Wasser.

Seite 22

die beiden von der Guardia Civil – Die Guardia Civil, die spanische Gendarmerie, wurde 1844 gegründet. Ihre Haltung war 1931 entscheidend für die Ausrufung der Republik. Während des Spanischen Bürgerkriegs war sie zwar auf beiden Seiten vertreten, tendierte jedoch in der Mehrheit zum franquistischen Lager. Die Mitglieder der Guardia Civil erschienen immer mindestens zu zweit im Einsatz.

Seite 26

am Jarama, in Bilbao, in Asturien – Die Jarama-Schlacht fand von Februar bis März 1937 nordöstlich von Madrid statt; die Republikaner konnten dort zunächst ihre Position halten. Der Kampf um den Norden zog sich von März bis September 1937 hin; Bilbao (Baskenland), die wichtigste Stadt des Nordens, fiel im Juli, Gijón und Avilés (Asturien) im Oktober 1937 in die Hände der nationalistischen Truppen.

Seite 27

Brunete – In der Schlacht bei Brunete (westlich von Madrid) vom 8. bis 28. Juli 1937 hatten die Republikaner Franco zwingen können, seine Truppen von der Nordfront nach Süden zu verlagern. Aufgrund der Unterstützung durch die italienische und die deutsche Luftwaffe gelang es allerdings den Franquisten Ende Juli, Brunete zu besetzen; die Republikaner mußten ihre Postion an der Nordfront aufgeben.

Seite 31

Desmoulins – Camille Desmoulins (Guise 1760 – Paris 1794), französischer Revolutionär; Schriftsteller. Desmoulins war radikaler Jakobiner und einer der Anstifter des Sturms auf die Bastille 1789. Wie Danton trat Desmoulins Ende 1793 dem jakobinischen Terror entgegen. Auf Betreiben Robespierres wurde Desmoulins zusammen mit Danton guillotiniert.

Saint-Just – Louis Antoine Léon (Decize Nièvre 1767 – Paris 1794), französischer Revolutionär, Jakobiner. Saint-Just gehörte gemeinsam mit Marat zu den »Schwertträgern« von Robespierre. War an der Terrorherrschaft der Jakobiner beteiligt (1793/4), während der allein im Monat Juli 1.251 Menschen hingerichtet wurden; unter ihnen Philipp von Orleans und die Königin Marie Antoinette. Saint-Just wurde gemeinsam mit Robespierre hingerichtet.

Seite 32

Garibaldi – Giuseppe Garibaldi (Nizza 1807 – Caprera 1882), italienischer Freiheitskämpfer und Politiker, war eine der bedeutendsten Figuren des Risorgimento. Er war für seinen ungestümen Revolutionsgeist bekannt.

Seite 33

Robespierre – Maximilien de Robespierre (Arras 1758 – Paris 1794), französischer Revolutionär. Er hatte durch seine von den Ideen Rousseaus geprägten Reden im Jakobinerklub auf sich aufmerksam gemacht und trug wegen seiner enthaltsamen Lebensweise und seines beharrlichen Eintretens für das einfache Volk den Beinamen »der Unbestechliche«. Robespierre war Mitglied der Pariser Kommune und des Nationalkonvents (1792). Er wurde Führer der Bergpartei und errichtete gemeinsam mit seinen Anhängern im Juli 1793 in Paris ein Terrorregime, in dessen Verlauf das Revolutionstribunal die Menschenrechte außer Kraft setzte. 1.251 »Verdächtige« wurden allein im Juli guillotiniert. In der Folgezeit wurde ein Ausrottungskrieg gegen Royalisten geführt. Der Terror gipfelte in der »großen Reinigung«, der auch Jakobiner zum Opfer fielen (Danton). Im Juli 1794 gelang den Gegnern der Sturz Robespierres; er wurde gemeinsam mit 21 Getreuen hingerichtet.

Blanc – Louis Blanc (Madrid 1811 – Cannes 1882), französischer Sozialist. Er hatte sich als Präsident des Amtes für Arbeit im Februar 1848 für die Errichtung von Nationalwerkstätten zur Arbeitslosenversorgung eingesetzt; deren Schließung führte zum Pariser Juni-Aufstand, der von Kriegsminister Cavaignac brutal zusammengeschossen wurde (ca. 10.000 Tote). Während der Restauration mußte Blanc aus Frankreich fliehen. Er lebte von 1854 bis 1870 in Großbritannien.

Thiers – Adolphe Thiers (Marseille 1797 – Saint-Germain-en-Laye 1877), französischer Politiker, Historiker und Journalist. Er hatte 1830 die liberale Zeitung *Le National* mitbegründet. Thiers war von 1830 bis 1836 Mitglied des Staatsrats, mehrmals Minister, dann Ministerpräsident und Außenminister. Er widersetzte sich dem Staatsstreich des späteren Kaisers Napoleon III. (1851) und wurde verhaftet. Thiers war von 1871 bis 1873 Präsident der 3. Republik; die Niederschlagung des Aufstands der Pariser Kommune (1871) durch MacMahon fällt in seine Amtszeit (»Blutige Woche«, 1871) Er hinterließ eine umfangreiche Sammlung von Geschichtswerken, in denen er zu einer positiven Bewertung der Französischen Revolution gelangt und den Kult um Napoleon I. unterstützt.

Michelet – Jules Michelet (Paris 1798 – Hyères 1874), französischer Historiker. Seine wichtigsten Werke sind *Die Weltgeschichte* und *Die Geschichte Frankreichs* (12 Bände); 1847 erschien der erste Band seiner *Geschichte der Französischen Revolution.* 1831 wurde er Leiter der Geschichtsabteilung im Französischen Nationalarchiv, 1835 Professor für Geschichte am *Collège de France,* wo er für seine liberalen und kirchenkritischen Ideen bekannt wurde. 1851 wurde er unter Louis Napoleon Bonaparte von seinem Lehrstuhl entfernt und 1852 seines Amtes am Nationalarchiv enthoben.

Seite 37

deinen Großvater ... Cucala – Wegen seines heroischen Todes durch die Hand Cucalas wurde ein Onkel der Familie zum Großvater aller Familienzweige erhoben (siehe hierzu Max Aub, *Theater der Hoffnung,* Band 2 des *Magischen Labyrinths*). **Pascual Cucala** (Bajo Maestrazgo, Castellón, 1816 – Portvendres, Frankreich 1892), Bauer. Nachdem die Regierung sein Land konfisziert hatte, schloß er sich Karlistenguerillas an und übernahm während des 3. Karlistenkrieges die Führung einer Bergeinheit. Cucala war für seine Grausamkeit bekannt.

Karlisten – Karlisten wurden die Anhänger des dynastischen Zweigs von Karl von Bourbon (1788 – 1855) genannt, der die Thronnachfolge seines Bruders Ferdinand VII. antreten sollte. Nach dem 1. Karlistenkrieg (1834 – 1840) wurde Isabel II., die Tochter Ferdinands VII., zur Königin ernannt. Karl von Bourbon kam nicht zum Zuge. Karlistenkriege werden auch zwei weitere innerspanische Kriege genannt, bei denen die ursprüngliche Frage der Thronfolge aber nur noch der äußeren Legitimation diente. Politisch gesehen stand der Karlismus für eine katholisch-konservative Agrargesellschaft. Hochburg der Karlisten war Navarra. In Aragón, Katalonien, Valencia und dem Baskenland hatten sie aufgrund ihrer scheinbar antizentralistischen Einstellung viele Anhänger.

Seite 39

Fernán Núñez – Hernán Núñez (Valladolid ca. 1475 – Salamanca 1553), genannt *Pinzian,* weil er mit dieser Bezeichnung oft seine Texte unterschrieb, oder *Der griechische Komtur* wegen seiner Bedeutung als Gräzist. Er übersetzte im Auftrag von Kardinal Cisneros für die großangelegte Bibelübersetzung an der Universität Alcalá de Henares, die als *Biblia Poliglota Complutensis* bekannt wurde, die griechischen Texte der Bibel ins Lateinische.

Ferdinand VII. 1812 die Verfassung – Ferdinand VII. (San Ildefonso, bei Madrid 1784 – Madrid 1833), König von Spanien aus dem Hause der Bourbonen (1808 bzw. 1814 bis 1833). Napoleon I. hatte bereits 1808 den Erben von Karl IV., Ferdinand VII., zum Thronverzicht gezwungen und anstelle dessen seinen Bruder Joseph als Joseph I. auf den spanischen Thron gesetzt. Diese Machtanmaßung der Franzosen führte zum spanischen Unabhängigkeitskrieg. Zu dessen Höhepunkten gehörte die Einberufung der *Cortes* in Cádiz (1812), die eine vom liberalen Geist geprägte Verfassung verabschiedeten: In der künftigen konstitutionellen Monarchie sollte die Legislative allein bei den *Cortes* liegen, die Inquisition sollte abgeschafft, das Kirchengut eingezogen werden. Als Ferdinand VII. 1814 aus dem französischen Exil nach Spanien zurückkehrte, weigerte er sich, die Verfassung von Cádiz anzuerkennen, und regierte absolutistisch.

María Cristina – Thronfolger von Ferdinand war dessen Tochter Isabel, die 1833 jedoch noch minderjährig war. Daher übernahm zunächst ihre Mutter, die Königinwitwe María Cristina, die Regentschaft. Der jüngste Bruder Ferdinands, Carlos, erkannte jedoch die weibliche Thronfolge nicht an und ließ sich als Karl V. zum Gegenkönig krönen. Der folgende blutige Bürgerkrieg (Karlistenkriege) entschied den Thronfolgestreit allerdings endgültig zugunsten Isabels.

General Miaja – José Miaja Menant (Oviedo 1878 – Mexiko 1958), General im Dienst der Republik. Miaja war der Vorsitzende der *Junta de Defensa de Madrid* (Verteidigungsjunta von Madrid), die im November 1936 vor der Umsiedlung der Regierung Largo Caballeros (PSOE) aus dem belagerten Madrid nach Valencia gegründet wurde. Der anfangs unbekannte Miaja, dessen Vorstellungen oft von denen Largo Caballeros abwichen, wurde zum legendären Verteidiger Madrids. Im März 1939 schloß er sich der Rebellion Casados gegen den Ministerpräsidenten Negrín (PSOE) an, der die Republik bis zum bitteren Ende und ungeachtet der Aussichtslosigkeit der Lage verteidigen wollte. Miaja wurde erneut Mitglied der Verteidigungsjunta, diesmal jedoch nur noch, um Casado bei den Verhandlungen mit Franco zu unterstützen (siehe hierzu Anm. zu Seite 51: Casado).

Puente del Mar ... Serranos-Brücke – Puente del Mar heißt die Brücke über dem einst schiffbaren Fluß Turia; sie liegt in Richtung Meer. Die Brücke an den Torres de Serranos, den Stadttürmen, wurde Puente de Serranos genannt. Sie war einst der wichtigste Zugangsweg in die Stadt.

Seite 46

Ateneo Mercantil – Vom lat. *Athenaeum*. Eine kulturelle Einrichtung, die eng mit dem politischen Liberalismus in Verbindung steht. Die Ateneos nahmen in Spanien eine wichtige Position im Leben der Städte ein, vor allem von der zweiten Hälfte des 19. Jhds an bis 1936. In ihnen fanden Vorträge und Lesungen statt, außerdem hatten sie eine eigene Bibliothek. Einige Ateneos waren auf bestimmte Wissens- bzw. Berufsrichtungen spezialisiert; in diesem Fall: auf den Handel.

F. C. Valencia ... Gimnástico ... Levante – Drei miteinander rivalisierende Fußballvereine.

Seite 47

CNT – *(Confederación Nacional del Trabajo)*, Anarchistischer Gewerkschaftsbund, der 1915 in Barcelona gegründet wurde. Die CNT war zu Beginn des Krieges im Juli 1936 die stärkste politische Gruppierung Spaniens. Im Laufe des Krieges verlor sie jedoch an Einfluß und Macht.

Seite 51

Temple – Sitz der Zivilverwaltung. Es handelt sich um einen im neoklassizistischen Stil erbauten Palast aus den Zeiten Karls III. (Madrid 1716–1788).

El Grao – Ein Stadtviertel am Meer. Hier liegt der Hafen von Valencia, mit vielen Werkstätten und kleineren Industrieanlagen.

Molina Conejero – Manuel Molina Conejero, von Beruf Mechaniker, hatte innerhalb der PSOE (der Spanischen Sozialistischen Arbeiterpartei) und der UGT (der PSOE-nahen sozialistischen Gewerkschaft) mehrere wichtige Posten inne. Zu der von Aub in dem Roman beschriebenen Zeit war er Zivilgouverneur von Valencia.

Oberst Casado – Segismundo Casado, Oberst im Dienst der Republik. In den letzten Kriegsmonaten war er der Oberbefehlshaber Madrids. Im Unterschied zum Regierungspräsidenten Negrín und den Kommunisten war er gegen eine Politik des Widerstands um jeden Preis. Um die sinnlose Vernichtung von Menschenleben zu beenden, setzte er sich für Friedensverhandlungen mit Franco und dessen Generalstab ein. Seine Handlungsweise ist zweifellos als Zeichen der hoffnungslosen Situation auf seiten der Republikaner ab Anfang 1939 zu werten. Nach dem Fall Kataloniens im Februar 1939 (Barcelona fiel am 28. Januar 1939) organisierte Casado einen Putsch innerhalb des eigenen republikanischen Lagers. Die ohnehin verworrene Situation in den republikanischen Linien wurde durch diesen Bürgerkrieg im Bürgerkrieg außerordentlich verschärft. Ein von den Casadisten ernannter Nationaler Verteidigungsrat, der in Gedenken an die im November 1936 gegründete Verteidigungsjunta von Madrid auch Verteidigungsjunta genannt wurde, übernahm die Macht und erleichterte letztlich den Franquisten die Übernahme der Stadt. Der von Casado und der Junta erhoffte würdige Frieden blieb aus.

Seite 54

fill meu – Katalanisch: hier im Sinne von »mein Freund«, wörtlich: »mein Sohn« (im Original valencianisch).

Seite 55

Vayo – Julio Álvarez del Vayo (siehe Anm. zu Seite 12).

Seite 56

Regierung Negrín – Juan Negrín (Las Palmas 1892 – Paris 1956), spanischer Politiker und Arzt. Seit den zwanziger Jahren Mitglied der Sozialistischen Arbeiterpartei Spaniens (PSOE) und ab 1931 Abgeordneter. Nach Kriegsbeginn war er als Finanzminister für die Organisation der Kriegswirtschaft verantwortlich. Nachdem Francisco Largo Caballero (wie er dem linken Flügel der PSOE zuzurechnen) wegen der Unruhen vor allem zwischen Kommunisten und anderen Kräften des republikanischen Lagers (bsd. CNT und POUM) im Mai 1937 in Barcelona abtreten mußte, übernahm Negrín die Regierung. Er genoß die Unterstützung fast aller republikanischen Kräfte. 1939 plädierte Negrín für die Weiterführung des Bürgerkrieges bis zu einem würdigen Frieden, der jedoch nie eintreten sollte. Obwohl Negrín und seine Vertrauten sich der Unmöglichkeit eines militärischen Sieges bewußt waren, hofften sie auf den unmittelbaren Ausbruch des II. Weltkrieges und die Unterstützung der Republikaner durch die Aliierten. Anders als Casado (siehe Anm. zu Seite 51) hatte Negrín nie geglaubt, daß sich Franco auf faire Verhandlungen einlassen würde.

Delacroix – Eugène Delacroix (Saint Maurice, bei Paris 1798 – Paris 1863), französischer Maler. Sein Bild *Die Freiheit führt das Volk an* (1830), auf das Max Aub hier anspielt, ist weltbekannt.

Seite 57

Villa – Doroteo Araujo, genannt Pancho Villa (San Juan del Río, Durango 1878 – Parral, Chihuahua 1923), kam aus ärmlichen Verhältnissen und ging als eine Art »Robin Hood« Mexikos in die Geschichte des Landes ein. Er wurde »Freund der Armen« genannt und spielte gemeinsam mit Zapata eine führende Rolle in der mexikanischen Revolution (ab 1910). Villa war in seinem revolutionären, sozial engagierten Tatendrang unermüdlich: so floh er nach seiner Verhaftung (1912) aus dem Gefängnis, um sich sogleich wieder dem revolutionären Geschehen anzuschließen. Nach der Revolution forderte er im Bundesstaat Chihuahua im Norden Mexikos die Soldaten auf, sich der produktiven Arbeit anzuschließen. In der Hauptstadt Chihuahua gründete er 50 Schulen und setzte sich für eine radikale Aufteilung des Großgrundbesitzes an die Einwohner ein. Gemeinsam mit Zapata widersetzte er sich 1917 dem Rückgriff auf die Verfassung von 1855, die bis heute gültig ist. Pancho Villa geriet 1920 in einen Hinterhalt und wurde ermordet.

Zapata – Emiliano Zapata (Anenecuilco, Morelos 1879 – Südmexiko 1919), mexikanischer Revolutionär, der sich wie Pancho Villa großer Popularität erfreute. Nachdem er sich 1910 der mexikanischen Revolution angeschlossen hatte wurde er zur führenden Persönlichkeit der Revolutionäre im Süden des Landes, die sich *Zapatistas* nannten. Seine Landreformpläne, als *Zapatismo* bekannt, wurden nie verwirklicht. Zapata wurde ermordet.

Seite 61

Weltausstellung – Autobiographische Anspielung des Autors. 1937 weilte Max Aub als Vertreter des Ministeriums für Kultur einige Monate in Paris. Er war für die Organisation des spanischen Pavillons auf der Weltausstellung verantwortlich, die im Herbst 1937 in Paris eröffnet wurde. Im Namen der republikanischen Regierung hatte Max Aub Picasso mit der Anfertigung eines Gemäldes über den Bürgerkrieg beauftragt. Es wurde das berühmte Bild *Guernica* (baskisch: Gernika).

Renau – José Renau (Valencia 1907 – Ostberlin 1982). Angesehener spanischer Maler und Graphiker, berühmt vor allem durch seine Photomontagen und Plakate. Während des Bürgerkrieges war er als Generaldirektor der Abteilung Schöne Künste verantwortlich für den Schutz aller Kunstschätze auf spanischem Boden sowie für den Aufbau des spanischen Pavillons auf der Weltausstellung in Paris 1937.

Seite 62

Stellungen um Valsequillo – Am 6. Januar 1939 besetzten die Republikaner Valsequillo, nachdem es Oberst Ibarrola gelungen war, die nationalistische Front in der Sierra Ratuca (Prov. Castellón) zu durchbrechen. Allerdings konnte dies den Einmarsch der franquistischen Truppen am 26. Januar 1939 in Barcelona nicht mehr verhindern.

Seite 65

Azaña – Manuel Azaña y Díaz (Alcalá de Henares 1880 – Montauban 1940), ein linksliberaler Intellektueller mit republikanisch-demokratischer Gesinnung. Azaña gründete 1930 die Partei *Acción Republicana* und war Mitglied des Revolutionskomitees. Als Kriegsminister der republikanischen Übergangsregierung versuchte er 1931 durch eine Heeresreform, die Loyalität des Militärs gegenüber der neuen Regierung zu sichern. Von Oktober 1931 bis November 1933 war er Ministerpräsident, 1934 gründete er *Izquierda Republicana* (siehe Anm. zu Seite 96), im Mai 1936 wurde er zum Präsidenten der Republik ernannt. Azaña legte bereits am 28. Februar 1939 von Paris aus, wohin er am 7. Februar ins Exil gegangen war, sein Amt nieder. Diese Haltung stieß auf den Widerstand vieler republikanischer Politiker und wurde als Verrat angesehen. Azaña dagegen muß sich wohl als gescheiterten Präsidenten angesehen haben, der keine politische Handhabe mehr besaß, nachdem Frankreich und Großbritannien die Regierung Francos am 27. Februar anerkannt hatten.

Die Speere – *Las Lanzas* ist die volkstümliche Bezeichnung des berühmten Gemäldes von Velázquez, dessen Titel eigtl. *Die Übergabe von Breda* (1635) lautet. Das Bild zeigt die Übergabe der niederländischen Stadt Breda an den in spanischen Diensten stehenden General Spinola im Juni 1625.

Seite 66

Roman von Baroja – Pío Baroja y Nessi (San Sebastián 1872 – Madrid 1956) gehört zu den wichtigsten Romanciers der »Generation von 1898« (siehe Anm. zu Seite 132). Er war von Haus aus Mediziner, übte den Beruf jedoch kaum aus, sondern verwaltete eine im Familienbesitz stehende Bäckerei, spekulierte an der Börse und schrieb für mehrere Zeitungen. Er war ein intellektueller Einzelgänger, antiklerikal und skeptisch. Seine Einstellung während des Bürgerkriegs war ambivalent; er floh vor den politischen Unruhen aus Spanien. Der Einfluß Schopenhauers und Nietzsches ist in seinen Romanen deutlich erkennbar.

Doktor Pasteur – Louis Pasteur (Dole 1822 – Villeneuve-l'Etang bei Paris 1895), französischer Chemiker und Mikrobiologe, Professor der Chemie an der Sorbonne, Gründer und Leiter des Pasteurinstituts. Er entdeckte u.a., daß Erhitzen zur Abtötung von Mikroorganismen führt (Pasteurisieren).

Seite 68

Guicciardini – Francesco Guicciardini (Arceti, bei Florenz 1483 – Florenz 1540), italienischer Politiker und Historiker, Jurist in florentinischen und päpstlichen Diensten. Sein Hauptwerk ist eine Geschichte Italiens, *Storia d'Italia* (1537–40). Er hinterließ auch eine Reisebeschreibung nach Spanien, aus der die Zitate über den »Charakter der Spanier« stammen.

Seite 70

Badajoz – Die Besetzung der Stadt Badajoz (Extremadura) am 14./15. August 1936 durch die nationalistischen Truppen ging in die spanische Geschichte als ein außergewöhnlich grauenerregendes Gemetzel ein, das von der Flucht der von Panik ergriffenen Bevölkerung begleitet wurde.

Seite 71

Stachanowist – Abgeleitet von: Stachanowismus, eine Methode zur Intensivierung der Arbeitsproduktivität, deren Ziel es ist, ungenutzte Zeiten auf ein Minimum zu reduzieren. Der Ursprung dieser Methode geht auf die Praxis der Teamarbeit in einem Kohlebergwerk der UdSSR in den 30er Jahren zurück, die von den Arbeitern, unter ihnen A.G. Stachanow initiiert wurde.

Prozessionen von Antequera – Während der Prozessionen am Gründonnerstag und Karfreitag rennen die Träger der Marienstatue *(paso)* die steilen Straßen von Antequera (Prov. Málaga) hoch, bis die Militärmusik, die sie begleitet, aussetzt.

Seite 72

Jota – Ein Zwei-Personen-Tanz, bei dem das Paar sich gegenüber steht und den man vor allem in Aragón tanzt.

Benavente – Jacinto Benavente (Madrid 1866–1954), spanischer Dramatiker, dessen Verdienst es ist, das spanische Theater von seinem biederen Moralismus und gekünstelten Pathos zu befreien und in Thematik wie Form dem mitteleuropäischen Theater anzupassen. Die Vielfalt seiner 170 Stücke macht eine sinnvolle Klassifizierung unmöglich. Den Höhepunkt seines Schaffens erreichte Benavente vor dem Bürgerkrieg, als er 1922 den Nobelpreis für Literatur erhielt. Politisch bezog er keine klare Position, obwohl er Sympathien für Franco hegte.

Seite 73

Gil Vicente – (Lissabon 1465 – ca. 1536), portugiesischer Dichter, Schauspieler und Musiker am Hof von Manuel I. und Joao (Johann) III. Er gilt als Begründer des portugiesischen Dramas zwischen Mittelalter und Neuzeit. Gil Vicente schrieb sowohl auf portugiesisch wie auf spanisch.

Isabel – Tochter des Königs João III. von Portugal.

Karl I. – Karl V. (Gent 1500 – Kloster San Jerónimo de Yuste, Extremadura 1558), einer der mächtigsten Herrscher der frühen Neuzeit. Als Enkel Ferdinands II. fiel ihm von mütterlicher Seite das spanische Erbe zu, er wurde spanischer König (1516–1556). Von väterlicher Seite war er zugleich Herr der habsburgischen Besitzungen in Österreich und Burgund. 1519 wurde Karl I. zum deutschen Kaiser gewählt und 1530 überdies als Karl V. zum Kaiser des Heiligen Römischen Reiches (1530– 1556) gekrönt. Mit Karl V. entwickelte sich Spanien als politisches Kernland des Kaisertums zur stärksten europäischen Macht des Jahrhunderts.

Seite 74

Fiat justitia, pereat mundus! – *Die Gerechtigkeit wird ihren Lauf nehmen, und sollte die Welt darüber zugrunde gehen!* Dieser Satz entstammt Johannes Manlius' *Locorum communium collectanea,* Basel 1562. Bei Luther nachzulesen in seiner Predigt vom 10. Mai 1535 (Weimarer Ausgabe, 41, 138).

Seite 74/75

Die CNT hat sich geirrt … Ministern – Am 4. November 1936 bildete Francisco Largo Caballero, der von September 1936 bis Mai 1937 Chef der Regierung war und von Hause aus zum linken Flügel der PSOE gehörte, seine Regierung um. Dem neuen Kabinett gehörten vier CNT-Vertreter als Minister an: Juan García Oliver (Justiz), Federica Montseny Mañé (Gesundheit und Soziales), Juan López Sánchez (Handel), Juan Peiró (Industrie). Der »Irrtum« der CNT liegt für die Romanfigur Chuliá darin, daß die CNT überhaupt Minister stellte und damit aktiv an der Regierung teilnahm. Diese Handlungsweise stand im Widerspruch zur anarchistischen Theorie.

Seite 75

Juan López – Unter Caballero Handelsminister; zudem war er Herausgeber der in Valencia erscheinenden anarchistischen Zeitung *La Fragua Social* (*la fragua,* deutsch: »die Schmiede«).

Seite 79

El Pueblo – Eine in Valencia erscheinende Tageszeitung (1894–1939). Vom Schriftsteller Vicente Blasco Ibáñez (Valencia 1867–Menton 1928) gegründet, war sie für ihre polemischen Artikel sowohl gegen monarchistische als auch gegen gemäßigt republikanische Zeitungen bekannt und ein wichtiges Sprachrohr der Radikalrepublikaner.

Sebastián de Morra – Einer der von Velázquez portraitierten »Narren« am Hof Philipps IV. Er war von kleiner Statur, ein »Zwerg«, und seit 1643 im Dienst des Infanten Baltasar Carlos. Er blieb bis zu seinem Tod 1649 am Hof.

Núñez de Arce – Gaspar Núñez de Arce ist heute hauptsächlich als Autor des Gedichts *Gritos de combate (Kampfschreie)* bekannt.

Marcelina – Bis heute ein berühmtes Restaurant in Las Arenas, einem Stadtteil von Valencia.

Seite 80

La Posada del Rincón – Gasthaus in der Altstadt von Valencia, heute verschwunden.

Paco Galán – Francisco Galán Rodríguez war Offizier der republikanischen Armee und Mitglied der Kommunistischen Partei. Er hat sich vor allem bei der Verteidigung Madrids sowie beim Kampf um Teruel, Asturien und Katalonien hervorgetan. In der letzten Kriegsphase wurde er zum Chef des Marinestützpunktes in Cartagena ernannt.

Haus der Demokratie – Eine öffentliche Einrichtung, in der kulturelle und politische Veranstaltungen stattfanden. Das Haus der Demokratie wurde vom Schriftsteller Vicente Blasco Ibáñez gegründet, einem der einflußreichsten Vertreter des republikanischen Geistes zu Beginn des 20. Jhds in Valencia.

Sanchís Requena – Gemeint ist wahrscheinlich Sánchez Requena, Mitglied der erfolglosen Syndikalistischen Partei. Er wurde zum Sekretär der am 5. März 1939 von Casado gegründeten Verteidigungsjunta von Madrid ernannt.

Gruppe der Dreißig – Eine Anzahl berühmter Anarchisten, unter ihnen Juan López (siehe Anm. zu Seite 75), unterzeichnete 1932 ein Dokument gegen den autoritären Führungsstil der 1927 gegründeten radikalanarchistischen Organisation FAI *(Federación Anarquista Ibérica)*, die Anfang der 30er Jahre einen starken Einfluß auf die CNT *(Confederación Nacional del Trabajo)* hatte. Weil die Unterzeichner 30 Personen waren, wurden sie als Gruppe der Dreißig bekannt.

Martínez Barrio – Diego Martínez Barrio (Sevilla 1883 – Paris 1962). Mitglied der ersten Übergangsregierung der Zweiten Republik sowie des *Partido Republicano Radical* (Radikale Republikanische Partei). Im Frühjahr 1933 für kurze Zeit Regierungspräsident. Martínez Barrio distanzierte sich von der immer stärker nach rechts rückenden Radikal-Republikanischen Partei und deren Führer Alejandro Lerroux. Er gründete den *Partido Radical-Democrático* (Radikale Demokratische Partei) und später die *Unión Republicana*. Er blieb ein Politiker der Mitte, war aber den demokratischen Idealen der Republik stets treu.

Seite 81

Falangismus – Eine auf den italienischen Faschismus gründende Ideologie. Die Falange war eine rechtsgerichtete Gruppe von zunächst untergeordneter Bedeutung, die sich zunehmend radikalisierte. Sie wurde 1933 von dem Anwalt José Antonio Primo de

Rivera gegründet und schloß sich 1934 mit den JONS *(Juntas de Ofensiva Nacional Sindicalistas)* zusammen. Die neue Partei hieß *Falange Española Tradicionalista (FET) y de las JONS* und bezeichnete sich explizit als nationalistisch, zentralistisch, antimarxistisch, imperialistisch, korporativ, antiliberal und wirtschaftsreformistisch. Seit dem Militäraufstand 1936 unterstützte sie die Franquisten.

Guardia de Asalto – Die Guardia de Asalto wurde 1933 als ein bewaffnetes Polizeikorps gegründet, das für die städtischen Gebiete zuständig war. Ähnlich wie bei der Guardia Civil, deren traditioneller Einsatzbereich im ländlichen Raum lag, befanden sich Mitglieder der Guardia de Asalto sowohl auf seiten der Republikaner als auch auf seiten der Franquisten. Der Anteil der Republiktreuen war jedoch unter den Guardias de Asalto weit größer als bei der Guardia Civil.

Seite 82

in den ersten Tagen der Erhebung – Der Aufstand begann am 18. Juli 1936. Die hier angesprochene Episode des Überfalls junger Falangisten auf den Sender von *Radio Valencia* eine Woche vor der Erhebung spiegelt das konfliktgeladene Klima unter den Studenten wider, das zu dieser Zeit in Valencia wie auch in anderen Städten herrschte.

Seite 88

Domínguez – Edmundo Domínguez, Mitglied der Spanischen Sozialistischen Arbeiterpartei (PSOE), war Vorstand der *Casa del Pueblo* in Madrid und Sekretär der Bauarbeitergewerkschaft. Während des Krieges wurde er zum Inspektor der Zentrumsarmee ernannt.

Air France – Wegen der obligaten Zwischenlandung der Flüge Paris – Oran in Alicante hatte Air France in dieser Stadt ein Büro eingerichtet.

Seite 91

Erschießung der Aufständischen des 2. Mai – Auf diesem beeindruckenden Bild stellt der Maler Francisco de Goya die von Marschall Joachim Murat angeordnete Exekution derer dar, die sich am 2. Mai 1808 in Madrid gegen die Besetzung der Stadt durch napoleonische Truppen erhoben hatten.

Seite 93

General Menéndez – Leopoldo Menéndez López, Offizier der Republikanischen Armee. Anfang März 1939 schloß er sich der Erhebung Casados gegen Negrín an.

Federico de la Iglesia – Republikanischer Offizier, Kommunist. Er war Mitglied des Regimentsstabs im Kommissariat der Armee im Osten *(Ejército de Levante)*, d.h. in dem Gebiet zwischen Castellón und Murcia.

Seite 94

Monzón – Jesús Monzón, kommunistischer Führer aus Navarra. In den ersten Kriegsmonaten war er Zivilgouverneur in Alicante. Auf die Bitte des Präsidenten Manuel Azaña hin bemühte er sich in dieser Funktion darum, das Leben des Falangistenführers José Antonio Primo de Rivera zu retten, der jedoch am 20. November 1936 von einem republikanischen Gericht verurteilt und hingerichtet wurde. Später wurde Monzón Zivilgouverneur in Cuenca. Zur Zeit des Romangeschehens hatte er zusammen mit *Pasionaria* Spanien bereits verlassen.

La Pasionaria – Dolores Ibárruri (Gallarta 1895 – Madrid 1989), wegen ihrer leidenschaftlichen Reden *La Pasionaria* genannt. Sie entstammte einer baskischen Bergarbeiterfamilie und beteiligte sich aktiv am Aufstand der Bergarbeiter in Asturien im Oktober 1934. Seit 1930 gehörte sie zum Führungskader der Kommunistischen Partei Spaniens (PCE). Berühmtheit erlangten ihre Worte *No pasarán!* (»Sie werden nicht durchkommen!«), die sie 1936 während des Kampfes um Madrid ausgerufen haben soll. Noch vor Ende des Krieges, im März 1939, verließen *La Pasionaria* und andere Führer des republikanischen Lagers Spanien.

Ercoli – Palmiro Togliatti (1893 – 1964) (auch ›Ercole Ercoli‹ oder ›Alfredo‹) kam 1937 nach Spanien. Der Führer der Italienischen Kommunistischen Partei im Exil übernahm in der Spanischen Kommunistischen Partei die Aufgabe eines Strategiechefs. In den letzten Kriegswochen hatten er und *La Pasionaria* den stärksten Einfluß innerhalb der Partei. Togliatti verließ Spanien am 18. März 1939 mit anderen kommunistischen Führern.

die ›Nationalen‹ – So wurde das franquistische Lager genannt.

die Huerta – Große bewässerte Anbauflächen für Obst und Gemüse. Typisch für die ganze Gegend (Castellón, Valencia, Alicante, Murcia).

Seite 96

Ignacio Mantecón – José Ignacio Mantecón wurde im Sommer 1937 Generalgouverneur von Aragón und war ab Mitte März 1939 Generalkommissar der Armee in Levante. Mantecón blieb, trotz seiner starken Sympathien für die Kommunisten, bis zuletzt Mitglied der Partei *Izquierda Republicana* (Republikanische Linke). Mantecón, der seit Mai 1940 gemeinsam mit Max Aub im französischen Konzentrationslager Le Vernet d'Ariège inhaftiert war und Ende 1940 fliehen konnte, rettete das Manuskript des Romans *Nichts geht mehr* mit ins mexikanische Exil.

Paco Ciutat – Francisco Ciutat de Miguel, republikanischer Offizier, Mitglied der Kommunistischen Partei, war Chef des Regimentsstabs der Armee im Norden, später Oberst der Levante-Armee.

Fernando Errandonea – Gemeint ist Cristóbal Errandonea, ebenfalls Offizier der Armee im Norden und Mitglied der Kommunistischen Partei. Auch er war später bei der Levante-Armee.

Republikanische Linke – Manuel Azaña (siehe Anm. zu Seite 65) gründete im April 1934 die Partei *Izquierda Republicana* (Republikanische Linke), die sich aus der *Acción Republicana* und dem linken Flügel des *Partido Socialista Radical* (Radikalsozialistische Partei) zusammensetzte. Die *Izquierda Republicana* bildete 1936 die Hauptachse der Volksfront, die die Wahlen vom 16. Februar 1936 gewinnen konnte.

Seite 98

Belagerung von Numancia – *Die Belagerung von Numancia (El cerco de Numancia),* eine Tragödie von Miguel de Cervantes (1580), handelt vom Widerstand und von der Selbstvernichtung der Stadt Numancia: Nach heldenhaftem Kampf gegen die Römer, die die Stadt wochenlang belagern, entscheiden sich die Bewohner zur Selbsttötung und zur Zerstörung der Stadt, um der Eroberung zu entgehen. Rafael Alberti (siehe Anm. zu Seite 125) bearbeitete das Stück im Sinne der aktuellen Lage und widmete es der Verteidigung Madrids gegen die Aufständischen im November 1936.

Seite 99

General Aranguren – José Aranguren Roldán (1875–1939), republiktreuer Offizier, am Anfang des Krieges General der Guardia Civil in Barcelona. In dieser Stadt war die Guardia Civil zum größten Teil der Republik gegenüber loyal geblieben. Aranguren wurde später Militärgouverneur von Valencia. Dem Aufstand Casados schloß er sich nicht an. Nach dem Ende des Krieges wurde er mit vielen anderen republiktreuen Offizieren, die nicht fliehen konnten oder wollten, erschossen.

Seite 105

»Wenn so viel Zeit ... gewähren möget« – Es handelt sich um ein leicht abgewandeltes Zitat aus dem Theaterstück *Der Verführer von Sevilla und der Steinerne Gast* von Tirso de Molina (1584–1648), einem der bedeutendsten Dramatiker des spanischen Barock. Das Stück ist eine Bearbeitung des Don-Juan-Stoffs (zweiter Akt: Don Juan im Dialog mit seinem Vater Diego).

Seite 108

Largo Caballero – Francisco Largo Caballero (Madrid 1869 – Paris 1946), Politiker und Gewerkschafter. Er trat 1890 in die UGT (*Unión General de Trabajadores,* die sozialistische Gewerkschaft) ein, 1894 in den PSOE *(Partido Socialista Obrero Español).* 1917 wurde er Generalsekretär der UGT, 1918 Abgeordneter. 1931 bis 1933 war er Arbeitsminister. Seine Auffassungen wurden zunehmend radikaler, weshalb man ihn den »spanischen Lenin« nannte. Generalsekretär der PSOE (1932–1935). Während des Krieges war er Regierungschef (Sept. 1936 bis Mai 1937), mußte dann aber zurücktreten. Als er 1939 die Grenze nach Frankreich überquerte, wurde er von der französischen Regierung festgenommen und 1943 ins KZ Sachsenhausen deportiert. Er starb 1946 in Paris.

Besteiro – Julián Besteiro (Madrid 1870 – Carmona 1940). Besteiro hatte den Lehrstuhl für Logik an der Universität Madrid inne (1912 – 1936). Er war 1928 – 1931 Präsident der PSOE und 1928 – 1933 der UGT. Zudem war er 1931 – 1933 Mitglied der *Cortes* (des spanischen Parlaments). Er gehörte zum gemäßigten Flügel der Sozialisten und stand oft in Konflikt mit Largo Caballero. 1939 war er Minister des Nationalen Verteidigungsrates.

Prieto – Indalecio Prieto (Oviedo 1883 – Paris 1950) war Journalist und einer der wichtigsten Führer der UGT sowie der sozialistischen Partei (PSOE). Als Verteidigungsminister der Regierung Negrín (ab 17. Mai 1937) spielt er im Bürgerkrieg bis 1938 in der Kriegsführung eine wesentliche Rolle.

die Neuen Ministerien – Es handelt sich um einen massiven Gebäudeblock am oberen Teil der Madrider Prachtstraße Paseo de la Castellana, der alle Ministerien beherbergen sollte. Er wurde während der Republik geplant und begonnen, aber erst nach dem Krieg beendet.

Seite 109

Zarzuela – Die Bezeichnung »Zarzuela« für die spanische Operette stammt von ihren frühen Aufführungen unter Philipp IV. (Ende des 17. Jhds) in einem eigens für Theatervorstellungen vorgesehenen Raum des Prado-Palastes – La Zarzuela. Die Zarzuela, deren Themen vorwiegend im volkstümlichen Madrid angesiedelt sind, erlebte ihre Blütezeit in der 2. Hälfte des 19. Jhds.

Seite 112

El Mono Azul – Die politisch-kulturelle Zeitschrift *El Mono Azul (Der Blaumann)* gehört zu den bedeutendsten Leistungen der im Juli 1936 gegründeten Allianz der Antifaschistischen Intellektuellen (siehe Anm. zu Seite 126). *El Mono Azul* erreichte 47 Nummern und enthielt zahlreiche Gedichte über den Krieg. Der Name der Zeitung verweist auf die traditionelle Arbeiter- bzw. Mechanikerkleidung aus blauem Stoff, die zur Uniform der republikanischen Miliz wurde.

Seite 113

Margarita Nelken – (Madrid 1896 – Mexiko 1968), Kunst- und Musikkritikerin deutsch-jüdischer Abstammung. Sie schrieb für spanische und ausländische Zeitungen und Zeitschriften. 1931 und 1936 war sie Parlamentsabgeordnete. Nachdem sie viele Jahre aktives Mitglied der Sozialistischen Partei (PSOE) gewesen war, trat sie im Dezember 1936 in die Kommunistische Partei ein. Im Exil distanzierte sie sich von der PCE.

Seite 119

Diktatur Primo de Riveras – Als Oberbefehlshaber von Katalonien führte Miguel Primo de Rivera (1870–1930) am 13. September 1923 einen Militärputsch durch. Spanien befand sich in einer politischen und sozialen Krise, und König Alfons XIII. war diese autoritäre Maßnahme willkommen. Als Regierungschef ernannte Primo de Rivera ein militärisches Direktorium und schaffte alle demokratischen Freiheiten ab. Er wurde vom Militär und von der extremen Rechten unterstützt, vor allem von der Landoligarchie und den großen Banken. In dieser Zeit wurde das spanische Protektorat in Marokko erweitert. Bei einem Teil des Heeres war er jedoch nicht unumstritten. 1930 mußte er zurücktreten.

Seite 120

Huerta – *Huerta* bedeutet große bewässerte Anbaufläche für Obst und Gemüse (siehe Anm. zu Seite 94). Gemeint ist hier allerdings die Monatszeitschrift *Murta. Mensuario de Arte. Levante de España,* von der tatsächlich sechs Nummern erschienen sind. Im Heft Nr. 3, 1932, erschien die Erzählung *Prehistoria* von Max Aub.

Seite 123

Doktor Marañón – Gregorio Marañón y Posadillo (Madrid 1887–1960), spanischer Schriftsteller und Professor für Medizin in Madrid. Neben medizinischen Büchern verfaßte er historische und literaturhistorische Essays sowie mehrere Biographien. Das hier erwähnte Buch erschien 1930.

Seite 125

Café *Granja del Henar* – Oder Café *El Henar*, ein Café im Zentrum von Madrid, das durch die regelmäßigen Diskussionsrunden *(Tertulias)* von Literaten und Intellektuellen um den bedeutenden Dichter Ramón María del Valle-Inclán (1866–1936) berühmt wurde. In diesem Café wurde Max Aub in den 20er Jahren in die intellektuellen Kreise Madrids eingeführt.

Sender ... Arderíus –

Ramón José Sender (Alcolea de Cinca, Huesca, 1902–San Diego, Kalifornien 1982), spanischer Schriftsteller und Journalist. Hauptthemen seines umfangreichen Prosawerks sind die sozialen Mißstände auf dem Land, der Bürgerkrieg und die Exilerfahrung. Im Unterschied zu manchen seiner Schriftstellerkollegen, wie z.B. Max Aub, war Sender in Spanien bereits bekannt, bevor er 1938 ins Exil floh.

Rafael Sánchez Ventura (Zaragoza 1900 – unbek.), Kunsthistoriker und Jurist; er arbeitete als Lehrer und Kunstkritiker für verschiedene Zeitungen. 1932 assistierte er bei Buñuels Film *Tierra sin pan (Land ohne Brot)* über Las Hurdes (Extremadura). Nach dem Krieg ging er ins mexikanische Exil, kehrte aber 1969 nach Spanien zurück.

José Díaz Fernández (Aldea del Obispo, Salamanca 1898–Toulouse 1940), spanischer Schriftsteller und Journalist. Von Jugend an politisch engagiert, wurde er Mitglied der Radikalsozialistischen Partei, später der *Izquierda Republicana.* Sein kritischer und pazifistischer Roman über den Marokkokrieg *El Blocao (Der Bunker)* wurde in mehrere Sprachen übersetzt und hatte vor allem in intellektuellen Kreisen Erfolg.

Joaquín Arderíus (Lorca 1890–unbek.), spanischer Schriftsteller, der sich dem psychologischen Roman widmete. In den 30er Jahren schrieb er politische Romane.

García Lorca ... Rafael Alberti –

Federico García Lorca (Fuente Vaqueros 1898–Víznar 1936, beide Prov. Granada), einer der bekanntesten und zugleich komplexesten Dichter der spanischen Moderne. Sein vielschichtiges Werk umfaßt alle literarischen Gattungen außer dem Roman; zudem besaß er ein ausgeprägtes Talent als Musiker und Zeichner. Wie kaum einem anderen Dichter der sog. »Generation von

1927« gelang es ihm, Tradition, Moderne und Politik im weitesten Sinne zu vereinen. García Lorca wurde im August 1936 von Faschisten hingerichtet.

Rafael Alberti – (Puerto de Santa María, Cádiz 1903–1999), spanischer Schriftsteller. Auch er gehörte zur »Generation von 1927«. Nach Anfängen als Maler wandte er sich der Literatur zu. Sein umfangreiches lyrisches und dramatisches Oeuvre umfaßt sowohl traditionelle als auch avantgardistische Formen. Zusammen mit seiner Frau María Teresa León, die, wie Alberti, Mitglied der Kommunistischen Partei war, gründete er 1933 die Zeitschrift *Octubre* (bis 1934). Mit den *Guerrillas de Teatro (Theaterguerillas)* gelangen Alberti und León während der Kriegsjahre denkwürdige Inszenierungen an der Front.

Seite 126

Allianz der Antifaschistischen Intellektuellen – Während des 1. Schriftstellerkongresses in Paris (1935) wurde der Internationale Schriftstellerverband zur Verteidigung der Kultur gegründet. Er sollte die wichtigste Einrichtung fortschrittlicher europäischer Kultur sein. Die Allianz wurde 1936 als die spanische Sektion dieses internationalen Kulturbundes gegründet. Ihr Präsident war der Schriftsteller José Bergamín (siehe Anm. zu Seite 132), ihr Sekretär Rafael Alberti (siehe Anm. oben).

Herrera Petere – José Herrera Petere (Guadalajara 1909–Genf 1977), spanischer Romancier, Lyriker und Dramatiker. In den 30er Jahren war er Mitarbeiter der Zeitschriften *Octubre, El Mono Azul* und *Hora de España*. Für seinen Roman *Acero en Madrid (Stahl in Madrid)* erhielt er 1938 den Nationalpreis für Literatur. Von ihm stammen die Texte vieler berühmter spanischer Kriegslieder.

Miguel Hernández – (Orihuela, Alicante 1910–Alicante 1942), Dichter. Der Ziegenhirte wurde bekannt durch leidenschaftliche Gedichte, in denen er seinen Zorn über das Leid der Menschen zum Ausdruck brachte. Zu seinen Förderern und Bewunderern gehörten die Dichter Pablo Neruda und Vicente Aleixandre. Hernández wurde mehrmals verhaftet, endgültig Ende März 1940, und von Franco zu lebenslänglicher Haft verurteilt. Er starb 1942 im Gefängnis von Alicante.

Divisionszeitung – Es handelte sich wahrscheinlich um *Al Ataque (Zum Angriff)*, das Presseorgan der Brigade von Valentín González, als *El Campesino* bekannt. González (Malcocinado, Bajadoz 1909–Madrid 1983) und seine *Brigada el Campesino* nahmen an mehreren entscheidenden Kämpfen teil, u.a. in Teruel (1937–38).

Modesto – Juan Modesto Guilloto, kommunistischer Führer, 1939 von Negrín zum General ernannt. Stand in enger Verbindung zu *El Campesino*.

Ciudad Lineal – Nachdem Madrid 1857 um drei Stadtviertel, u.a. Salamanca, erweitert worden war, kam 1875 die Ciudad Lineal (die Lineare Stadt) im östlichen Teil der Stadt hinzu. Das neue Viertel, ein Entwurf des Urbanisten Arturo Soria y Mata (Madrid 1844–1920), umfaßte ein Wohngebiet für 30.000 Einwohner sowie ein Industriegebiet.

María Teresa León – (Logroño 1903–Madrid 1988), spanische Schriftstellerin und Publizistin, Mitglied der Kommunistischen Partei. Ende der 20er und in den 30er Jahren kämpfte sie für die Frauenrechte in Spanien. Gemeinsam mit Rafael Alberti bekam sie ein Stipendium, um die Entwicklung des neuen Theaters in Europa zu untersuchen, und leitete die *Guerrillas de Teatro* (siehe auch Anm. zu Seite 125: Alberti).

Teatro de la Zarzuela – In diesem Theater, 1856 im Stadtzentrum Madrids erbaut, werden Zarzuelas, spanische Operetten, aufgeführt.

Seite 127

General Gambara – 1938 setzte Mussolini den General Gastone Gambara (1885–1962) an die Spitze der in Spanien bleibenden 12.000 Männer der *Littorio Division*. Diese Division der regulären italienischen Armee kämpfte an den Fronten in Aragón und am Ebro sowie bei der Besetzung Kataloniens durch Franco.

Seite 130

zum ›Spaziergang‹ abgeholt – Span. *dar el paseo,* wörtl. »einen Spaziergang machen«. Während des Bürgerkrieges Euphemismus für: »jemanden zum Exekutionsort bringen«. Dieser Ort lag in der Regel außerhalb der Stadt bzw. des Dorfes.

beim Fünften Regiment – Das Fünfte Regiment der Kommunistischen Partei war die eindrucksvollste republikanische Truppe. Die Kommunisten versuchten von Anfang an, in diesem Regiment straffe Disziplin einzuführen. Zur Struktur des Fünften Regiments gehörten sog. Politkommissare, die ähnlich denen der Roten Armee im russischen Bürgerkrieg die Soldaten über den Sinn ihres Kampfeinsatzes aufklärten.

Seite 132

Seneca ... Autoren der 98er Generation –

Lucius Annaeus Seneca (Corduba, heute Córdoba um 4 v. Chr. – Rom 65 n. Chr.), einflußreicher römischer Philosoph, Dichter und Politiker.

Francisco de Quevedo y Villegas (Madrid 1580 – Villanueva de los Infantes 1645), kurz Quevedo genannt, ist einer der wichtigsten Schriftsteller des spanischen Barock. Sein Werk umfaßt moralische, religiös-asketische, politische und literaturkritische Texte in Vers und Prosa. Der pikareske Roman *El Buscón* ist vielleicht sein bekanntestes Werk.

Autoren der 98er Generation – Die Bezeichnung »Generation von 1898« erhielt diese literarische Bewegung von *Azorín* (siehe Anm. zu Seite 481), einem ihrer Mitglieder. Als Spanien 1898 die letzten überseeischen Kolonien verloren hatte, forderten viele Schriftsteller und Intellektuelle sowohl eine kritische Rückbesinnung auf die nationale Kultur als auch den Anschluß an die kulturelle Entwicklung des übrigen Europa. Auch wenn die 98er weltanschaulich und ästhetisch unterschiedliche Positionen vertraten und keine einheitliche Gruppe bildeten, bestanden insofern Gemeinsamkeiten, als sie sich zum einen gegen eine Politik der Restauration wandten, d.h. gegen das monarchistische und klerikale Gesellschaftssystem, und zum anderen in der Kargheit Kastiliens das »Urspanische« entdeckten und verklärten. In den 30er Jahren bezogen die 98er zu den aktuellen politischen Ereignissen unterschiedlich Stellung.

Bergamín – José Bergamín (Madrid 1895 – San Sebastián 1983), einer der herausragendsten Schriftsteller und Intellektuellen Spaniens. 1933 gründete er die Kulturzeitschrift *Cruz y Raya* (bis 1936); 1936 wurde er Präsident der Allianz Antifaschistischer Intellektueller. Bergamín schrieb vor allem Prosa, seine bevorzugte Gattung war der Essay. Nach dem Krieg ging er ins Exil nach Mexiko.

Seite 133

von der heiligen Teresa – Teresa von Ávila (eigtl. Teresa Sánchez de Cepeda y Ahumada, Ávila 1515 – Alba de Tormes 1582), spanische Mystikerin aus einer Adelsfamilie von *Conversos* (zum christlichen Glauben konvertierten Juden). Nachdem sie 1535 dem Karmeliterorden beigetreten war, widmete sie sich – von Visionen geleitet – der Reform des Ordens und der Gründung neuer Frauenklöster.

Fray Luis – Fray Luis de León (Belmonte 1527 – Madrigal de las Altas Torres 1591) stammte aus einer Familie von *Conversos,* war Professor in Salamanca und mehrmals Gefangener der Inquisition. Man warf ihm vor, die Autorität der *Vulgata* in Frage gestellt und *Das Hohelied* übersetzt zu haben. Er versuchte, die Scholastik mit dem Humanismus der Renaissance zu verbinden, gab die Schriften des Isidor von Sevilla und der Teresa von Ávila heraus und übersetzte neben biblischen Texten Vergil und Horaz. *La perfecta casada (Die perfekte Gattin)* und *De los nombres de Cristo (Über die Namen Christi)* sind seine bekanntesten Prosawerke. In seinen Gedichten folgt er der lateinischen Tradition.

Seite 134

Blasco Ibáñez – Vicente Blasco Ibáñez (Valencia 1867 – Menton 1928), Romancier und von Jugend an militanter Republikaner. Er gründete die in Valencia erscheinende Tageszeitung *El Pueblo*. Blasco Ibáñez wurde in Valencia, der Region, mit der sein Werk eng verbunden ist, sehr verehrt.

Seite 136

Something more? – Auf deutsch im span. Original.

Where do you go? – Auf deutsch im span. Original.

Terminus – Auf franz. im span. Original.

avec deux tampons – »Mit zwei Puffern« (auf franz. im span. Original).

Seite 142

Antonio Machado – Antonio Machado y Ruiz (Sevilla 1875–Collioure 1939), der 1937 zum Sekretär vom Zentralrat des Theaters ernannt wurde, gilt als einer der bedeutendsten spanischen Dichter der Moderne. Sein Werk reicht vom Symbolismus bis hin zur poetisch-philosophischen Reflexion, die sich in scheinbar beschreibenden Gedichten über die Geschichte und Landschaft Kastiliens niederschlägt. Sein Engagement für die Republik wird vor allem in seinen apokryphen Prosatexten (z.B. *Juan de Mairena*) und seinen Essays deutlich. Er starb kurz vor Kriegsende, nach dem Fall Kataloniens Ende Januar 1939, während der Flucht über die Pyrenäen im südfranzösischen Städtchen Collioure.

Seite 142/143

Manuel ... Burgos – Manuel Machado y Ruiz (Sevilla 1874–Madrid 1974), spanischer Schriftsteller, schrieb vor allem Lyrik sowie gemeinsam mit seinem Bruder Antonio einige Theaterstücke. Im Unterschied zu diesem ergriff er Partei für die Franquisten und zog nach Burgos, in die Hauptstadt des nationalistischen Lagers.

Seite 143

Cassou – Jean Cassou (Deusto, Bilbao 1897–Paris 1986), französischer Schriftsteller und Kunsthistoriker, stand der spanischen Literatur und der spanischen Kunst sehr nahe. Er widmete sich vor allem dem literatur- und kunstkritischen Essay. Cassou war nach dem II. Weltkrieg Leiter des Museums für moderne Kunst in Paris.

Seite 144

El Retablo – Studentische Theatertruppe in Valencia, in der sich Vicente Dalmases und Asunción Meliá kennengelernt hatten. *El Retablo* spielt eine wesentliche Rolle in Max Aubs *Theater der Hoffnung* (Band 2 des *Magischen Labyrinths*).

Seite 146

Diario de Valencia … Verdad – Die Zeitung *Verdad* war seit Anfang des Bürgerkriegs das gemeinsame Organ der fusionierten Sozialistischen und Kommunistischen Jugend in Valencia und wurde in der ehemaligen Druckerei der Tageszeitung *Diario de Valencia* gedruckt. Ihre ersten Chefredakteure waren Max Aub für die PSOE und José Renau für die PCE. Paco Bolea, eine reale Figur, Mitglied der linksgerichteten studentischen Gewerkschaft FUE *(Federación Universitaria Escolar)*, schrieb regelmäßig Beiträge für *Verdad*.

Seite 148

Hernández … Checa –

Jesús Hernández gehörte zu den Führungskadern der Kommunistischen Partei Spaniens (PCE). Von 1936 bis 1938 war er Bildungsminister, bevor er 1938 zum Generalkommissar der Truppen in Mittel- und Südspanien ernannt wurde.

Pedro Checa, Mitglied der PCE, hatte im Sommer 1937 mit anderen Parteimitgliedern sowie Mitgliedern der PSOE ein Programm für die Schaffung der Kriegsindustrie, den Erhalt der öffentlichen Ordnung, die Stärkung der Volksfront sowie die Zusammenarbeit mit den Jugendorganisationen und dem Ausland erarbeitet. Checa und andere vom Nationalen Verteidigungsrat festgenommene Kommunisten wurden am 11. März 1939 wieder freigelassen.

Ángel Gaos – Mitglied der Kommission für die Evakuierung, die am 28. März 1939 in Valencia gegründet wurde. Ángel Gaos gehörte zu den Gründungsmitgliedern der intellektuellen Zeitschrift der Kommunisten in Valencia *Nueva Cultura* (1935–1936). Danach schrieb er regelmäßig für *Hora de España*, die wichtigste kulturelle bzw. intellektuelle Zeitschrift des republikanischen Spanien während des Krieges (1936–38).

Seite 150

San Miguel de los Reyes – Das Gefängnis, ein ehemaliges Kloster, wurde nach dem Dorf benannt, in dem es sich befand. Heute ist San Miguel de los Reyes ein Stadtteil von Valencia.

Blaumann – Siehe Anm. zu Seite 112.

Seite 152

1792 – Die Kriegserklärung Frankreichs an Österreich im April 1792, veranlaßt durch Invasionsdrohungen und ein preußisch-österreichisches Schutzbündnis, war das Signal zum Beginn des 1. Koalitionskriegs europäischer Mächte gegen das revolutionäre Frankreich (1792–1797). Mit dem Sieg der französischen Revolutionstruppen am 20. September 1792 in Valmy (Kanonade von Valmy) begann der Vormarsch der französischen Revolutionstruppen zum Rhein.

Seite 153

1793 Niederlagen – Großbritannien, die Niederlande und Spanien schlossen sich der 1. Koalition an, am 22. März traten auch die Reichsstände dem Krieg gegen Frankreich bei. Geschwächt durch innere Aufstände unterlag das französische Heer am 18. März bei Neerwinden in Brabant der österreichischen Armee. 1794 wendete sich das Blatt zugunsten Frankreichs.

Carnot – Lazare Carnot (Nolay 1753–Magdeburg 1823), *Le Grand Carnot* genannt, war Militäringenieur, Jakobiner, Mitglied der gesetzgebenden Versammlung und des Konvents. 1793 wurde er in den Wohlfahrtsausschuß berufen. Im selben Jahr organisierte er das französische Militärwesen und gründete das Revolutionsheer mit Hilfe der ersten Massenaushebung, der *Levée en masse*. Während der napoleonischen Zeit hatte er trotz seiner offenen Kritik am Personenkult um Napoleon verschiedene politische Posten inne.

Seite 157

Vega – Etelvino Vega, Mitglied der Kommunistischen Partei, war Oberstleutnant der Infanterie. Am 2. März 1939 ernannte ihn Negrín zum Militärgouverneur von Alicante. Am 5. März wurde er von den Anhängern Segismundo Casados (siehe Anm. zu Seite 51) festgenommen.

General Escobar – Antonio Escobar hatte am 18./19. Juli 1936 als Oberst der Guardia Civil in Barcelona eindeutig für die Republik Stellung bezogen und hielt ihr die Treue. Später wurde er zum General ernannt. Im März 1939 schloß er sich dem Putsch von Segismundo Casado an.

Seite 163

Fünfte Kolonne – Das politische Schlagwort bezeichnet einzelne Personen oder Gruppen, die, insbesondere während eines Krieges oder in Krisensituationen, durch Spionage, Sabotage o.ä. den feindlichen Kräften dienen. Der Ausdruck wurde während des Spanischen Bürgerkriegs durch den franquistischen General Emilio Mola geprägt. Dieser sagte im Jahr 1936 in einer Radioansprache, daß vier Kolonnen im Begriff seien, das von Republikanern verteidigte Madrid anzugreifen, daß aber die Stadt wohl von den getarnten Sympathisanten Francos innerhalb Madrids selbst, die er als Fünfte Kolonne bezeichnete, eingenommen werden würde.

Seite 172

Fernando Piñuela – Mitglied der PSOE, Abgeordneter und seit 1937 kommissarischer Inspektor des Heeres im Zentrum, bevor er 1938 seines Amtes enthoben wurde.

Seite 173

Santillán – Diego Abad de Santillán, eigtl. Sinesio García Fernández (Burgos 1898 – Barcelona 1983), einer der Hauptführer der anarchistischen Gewerkschaften CNT/FAI *(Confederacion Nacional de Trabajo/Federación Anarquista Ibérica)*. Er wurde im Dezember 1936 Wirtschaftsminister in der katalanischen Regierung. Abad de Santillán war Redakteur der anarchistischen Zeitung *Solidaridad Obrera,* Direktor der Wochenzeitung *Tierra y Libertad* und Gründer der Zeitschrift *Tiempos Nuevos*.

Seite 174

Melchor Rodríguez – Rodríguez hatte eine Führungsposition in der CNT inne. Er war für seine humanitäre Haltung bekannt. 1937 wurde er vom damaligen Justizminister, dem Anarchisten und CNT-Mitglied Juan García Oliver, als Generaldirektor der Gefängnisse in der republikanischen Zone eingesetzt. 1939 stand er auf der Seite Casados, der ihn zum Oberbürgermeister von Madrid ernannte.

San Andrés – Miguel San Andrés, Mitglied der Partei *Izquierda Republicana* (Linksrepublikanische Partei), unterstützte Casado.

Feliciano Benito – Anarchist, Hauptmann der Republikanischen Armee, wurde nach dem Putsch Casados anstelle von Edmundo Domínguez als Kommissar der Zentrumsarmee eingesetzt. Er erscheint ebenfalls in dem Roman *Die besten Absichten* von Max Aub. Aus dem Roman *Die Stunde des Verrats* (*Das Magische Labyrinth,* Band 4, Seite 52f.) weiß man, daß Benito, in frühen Jahren Räuberhauptmann, an einem berühmten Coup in Villaverde beteiligt war und seitdem *Padre Benito* genannt wurde, in Anlehnung an die Hauptfigur der damals sehr populären Zarzuela *Die Korsarinnen.*

Seite 175

Centaño – Es handelt sich um den Oberstleutnant José Centaño, einen der Hauptagenten des SIPM (der franquistischen Geheimagenten in der republikanischen Zone des Zentrums) und der franquistischen Organisation *Lucero verde* (Grüner Stern). Von Anfang an agierte Centaño als Hauptverbindung zwischen der Junta und Franco.

Generalísimo – Damit ist Franco gemeint. Francisco Franco Bahamonde (El Ferrol 1892 – Madrid 1975) hatte sich bereits 1934 bei der blutigen Niederschlagung des Bergbau- und Industriearbeiteraufstandes in Asturien profiliert. 1935 wurde er zum Generalstabschef ernannt, nach dem Wahlerfolg der Volksfront allerdings auf die Kanarischen Inseln versetzt. Am 20. Juli ersuchte er von Tetuán aus, wo er die Führung der afrikanischen Eliteeinheiten übernommen hatte, Mussolini und Hitler um Hilfe. Er erhielt zunächst Unterstützung in Form von Flugzeugen, um von Afrika aus Truppen nach Spanien zu transportieren. Am 26. September 1936 wurde Franco zum Obersten Befehlshaber des spanischen Heeres ernannt und konzentrierte damit im aufständischen Lager alle Macht auf sich; daher: »Generalísimo«, ein Titel, den er bis zu seinem Tod behielt. Franco war von Ende des Krieges an (offiziell am 1. April 1939) bis zu seinem Tod im November 1975 Diktator Spaniens.

Garijo und Ortega – Antonio Garijo, Oberstleutnant des Generalstabs, und Leopoldo Ortega, Major der Kavallerie, sind tatsächlich am 23. März 1939 von Barajas nach Burgos geflogen.

Seite 178

Trifón Gómez – Führungsmitglied der PSOE (Sozialistische Arbeiterpartei Spaniens), ehemaliger Sekretär der Gewerkschaft der Eisenbahner und Generalintendant der Republik.

Seite 179

Zabalza – Ricardo Zabalza hatte eine Führungsposition in der PSOE inne. Er gehörte dem Flügel Largo Caballeros an, d.h. dem linken Flügel der Sozialistischen Partei. 1937 wurde er zum Zivilgouverneur von Valencia ernannt. Im März 1939 schloß er sich dem Putsch Casados an.

Seite 180

Sánchez ... Medina – Serafín Sánchez, Gerardo Jiménez und José Monfort waren Mitglieder der PSOE; was Medina anbelangt, so handelt es sich möglicherweise um Vicente Medín; dieser war ebenfalls Mitglied der PSOE.

Seite 181

Wenceslao Carrillo – (Valladolid 1889 – Chareleroi 1963), ursprünglich Metallarbeiter, war Abgeordneter und Journalist sowie Führungsmitglied der UGT. 1928 wurde er Redakteur des PSOE-Organs *El Socialista*. Im März 1939 unterstützte er die Rebellion Casados gegen Negrín und gehörte zum Verteidigungsrat von Madrid.

Seite 182

SIM – *Servicio de Inteligencia Militar,* Militärischer Informationsdienst bzw. Geheimpolizei. Der SIM stand zunächst unter Kontrolle der Spanischen Sozialistischen Partei (PSOE), ab 1937 dann unter Kontrolle der Kommunistischen Partei. Der SIM war für seine rücksichtslosen Methoden bekannt.

Seite 184

der Eisernen Kolonne – Die Eiserne Kolonne war eine militärische Einheit der CNT, die für ihr hartes Durchgreifen besonders bekannt und gefürchtet war. Ihre Mitglieder waren zum Teil freigelassene Häftlinge, darunter nicht nur politische.

Genosse Blum – Léon Blum (Paris 1872 – Jouy-en-Josas 1950), Mitbegründer und späterer Generalsekretär der *Parti socialiste français* (Sozialistische Partei Frankreichs) (1902), französischer Ministerpräsident (1936/37 und 1938). Als Präsident der Volksfront-Regierung setzte er bedeutende soziale Reformen und das Verbot der faschistischen Wahlverbände durch. Seine Position gegenüber der spanischen Republik und der Frage einer möglichen Hilfe im Bürgerkrieg war zwiespältig: Er persönlich wollte die Republik unterstützen, aber als Ministerpräsident mußte er sich dem innen- und außenpolitischen Druck fügen und das Nichteinmischungsabkommen einhalten.

del Río – José del Río war Sekretär der *Agrupación de Unión Republicana* in Madrid und zusammen mit Casado Ratsmitglied für Bildung und Gesundheit. José del Río, der zum Verteidigungsrat Casados gehörte, hatte die unangenehme Pflicht, am 26. März 1939 der Bevölkerung mitzuteilen, daß Franco Madrid von allen Seiten angreifen würde. Er empfahl den kämpfenden Republikanern eindringlich, die weiße Fahne zu hissen und sich zu ergeben.

Seite 185

Numancia – Iberische Stadt in der heutigen Prov. Soria. Die Stadt wurde 134 v. Chr. monatelang von den Römern belagert, bis sie sich schließlich ergab. Die meisten Einwohner entzogen sich der Gefangennahme, indem sie sich das Leben nahmen und die Stadt in Brand steckten. Miguel de Cervantes nutzte den Stoff für seine Tragödie *Die Belagerung von Numancia (El Cerco de Numancia)* (1580), die von Rafael Alberti zu Ehren des republikanischen Widerstands in Madrid neu bearbeitet wurde.

Sagunt – Stadt in der Prov. Castellón, unweit der Küste, seit der Antike eine wichtige Handelsstadt. Vom 2. Punischen Krieg (219 v. Chr.) bis hin zur bourbonischen Restauration (1875) spielte Sagunt eine zentrale Rolle im politischen Geschehen Spaniens. 1868 fand in Sagunt der Militäraufstand statt, mit dem die liberale »Revolution« endete und die Restauration der bourbonischen Monarchie ihren Anfang nahm.

Seite 186

Hotel *Inglés* – Ein traditionsreiches, für politische *Tertulias* (Diskussionsrunden) und Pressekonferenzen besonders beliebtes Hotel in der Innenstadt von Valencia. Es wurde um die Jahrhundertwende erbaut.

Salmerón oder Castelar –

Nicolás Salmerón (Alhama la Seca, Prov. Almería 1838 – Pau 1908), spanischer Politiker und Intellektueller, Professor der Philosophie in Oviedo und Madrid. Er war eine der herausragenden Figuren der Demokratischen Partei in Spanien und Verfechter des Republikanismus. Während der 1. Republik (1873 – 1874) wurde er zum Präsidenten des Kongresses gewählt (1873). Wegen seiner Verteidigung des Katalanismus mußte er den Vorsitz der Partei Republikanische Union aufgeben.

Emilio Castelar y Ripoll (Cádiz 1832 – San Pedro del Pinatar, Prov. Murcia 1899), spanischer Politiker und Schriftsteller, seit 1869 Abgeordneter der *Cortes* (spanisches Parlament). Während der 1. Republik war er Außenminister, später Ministerpräsident. In der Restaurationszeit unter Alfons XII. (1875 – 1885) vertrat er im Parlament einen eher konservativen Republikanismus. Castelar war als einer der hervorragendsten Redner seiner Zeit bekannt.

Seite 199

Institución Libre – Die *Institución Libre de Enseñanza* (ILE) wurde 1876 von liberalen Intellektuellen in Madrid gegründet und faßte bald auch in anderen Teilen Spaniens Fuß. Ihrer Idee nach sollte sie eine staatlich unabhängige Bildungseinrichtung sein. Richtlinien der ILE waren der Laizismus, der politische Liberalismus sowie in der Pädagogik die Koedukation und die Theorien des ganzheitlichen Menschen. Die Begründer der ILE bekamen aufgrund ihres Anspruches auf die Nichteinmischung der Kirche in universitäre und wissenschaftliche Belange Berufsverbot. Viele Persönlichkeiten und Einrichtungen, die das intellektuelle und kulturelle Klima Spaniens entscheidend geprägt haben, sind aus der ILE hervorgegangen.

Seite 204

El Cid – Rodrigo Díaz de Vivar (Vivar, Burgos ca. 1043 – Valencia 1096), spanischer Ritter, berühmtester Held der Reconquista, bekannt als *El Cid* (»Herr«) und *El Campeador* (»Sieger im Kampf«). Die Heldentaten von *El Cid,* die auf historische Vorgänge am Hofe des Königs Alfons VI. von Kastilien zurückgehen, haben einer Vielzahl von literarischen Werken ihren Stoff geliefert, allen voran *El Cantar de Mio Cid* (1307), dem ältesten überlieferten Heldenepos Spaniens.

Almogávares – Im Mittelalter waren *almogávares* Soldaten nicht fest bestehender Infanterietruppen. Ihre Bedeutung wuchs während der Reconquista in Katalonien bzw. im Königreich Aragón unter Jaime I. Den Höhepunkt ihres Ruhmes erreichten sie im 14. Jhd. bei den Feldzügen des Königreichs Aragón in Richtung Konstantinopel.

Pedro Garfias – (Salamanca 1901 – Monterrey 1967), spanischer Schriftsteller. Er fühlte sich bereits sehr früh der literarischen Avantgarde, vor allem dem *Ultraísmo* (siehe Anm. zu Seite 7), verbunden. Am bekanntesten sind seine Gedichte über seine Exilerfahrung. Garfias entwickelte während des Bürgerkriegs eine rege Tätigkeit als Schriftsteller und Propagandist für die republikanische Seite und war politischer Kommissar der Miliz in Córdoba. Nach Ende des Krieges gelang es ihm, zuerst nach England und kurz darauf nach Mexiko zu fliehen.

Seite 205

Alfredo – Siehe Anm. zu Seite 94: *Ercoli.*

Seite 207

Teodoro Llorente – (Valencia 1836 – 1911), spanischer Schriftsteller. Er schrieb in kastilischer (spanischer) und katalanischer Sprache und war entschiedener Befürworter der *Renaixença,* einer Bewegung für die Wiederbelebung der katalanischen bzw. valencianischen Literatur. Llorente war Herausgeber der valencianischen Zeitungen *La opinión* und *Las provincias* und übersetzte u. a. Heinrich Heine ins Spanische.

Seite 219

ein großer ... Dichter – Es handelt sich um den arabischen Dichter *al-Mutanabbi* (eigtl. Abu-l-Tayyib Ahmad ibn Husayn) (Kufa 915 – Umgebung von Bagdad 975). Seine Dichtung, eine gelungene Verschmelzung vorislamischer Stoffe und Motive mit neueren stilistischen, sentenzartigen Formen, gilt als einer der Höhepunkte der klassischen arabischen Dichtung.

Seite 225

Don Marcelino – Marcelino Menéndez y Pelayo (Santander 1856–1912) war Gelehrter und Historiker, Professor der Geschichte in Barcelona, dann Leiter der Nationalbibliothek in Madrid. Er widmete sich vor allem der Erforschung der kulturellen Vergangenheit Spaniens aus einer nationalistischen, konservativ-katholischen Perspektive.

Seite 228

mit senegalesischen Wachsoldaten – In der französischen Armee dienten eigene Einheiten afrikanischer Soldaten – nicht nur aus dem Senegal –, die in den französischen Kolonien rekrutiert wurden.

Argelès – Gemeint ist das franz. Konzentrationslager Argelès-sur-Mer, unweit der spanischen Grenze.

Seite 238

Menéndez und Aranguren – Leopoldo Menéndez López, General der Levante-Armee. José Aranguren Roldán, im Juli 1936 Chef der Guardia Civil in Barcelona, 1939 Militärgouverneur von Valencia. Im Februar / März 1939 hatten sich beide Casado angeschlossen. Aranguren, der schwer krank war, wurde im selben Jahr von den Franquisten erschossen.

Seite 240

Familie Boyl – Eigtl. Boïl, eine alte Familie von Kriegsherren und Baronen von Manises (Valencia).

Seite 244/245

Climent ... Cubells –

Enrique Climent Palahi (Valencia 1887 – Mexiko 1980), spanischer Maler, studierte an der Kunstakademie San Carlos in Valencia und war Mitglied der avantgardistischen Gruppe *Los Ibéricos*. Während des Bürgerkrieges war er Mitarbeiter des Propagandaministeriums.

José Renau – Siehe Anm. zu Seite 61.

Joaquín Sorolla (Valencia 1863 – Cercedilla 1923), spanischer Maler. Er begann mit historistisch-realistischen Gemälden, entwickelte aber allmählich seinen eigenen, charakteristischen Stil, der sich dadurch auszeichnet, daß das Licht die Konturen von Menschen und Gegenständen verschwimmen läßt. Typisch für Sorolla sind maritime Motive.

Federico Madrazo (Rom 1815 – Madrid 1894), bedeutendster Vertreter einer Familie spanischer Maler im 19. und 20. Jhd., Schüler von Ingres in Paris und von Overbeck in Rom, wo er mit der Gruppe der Nazarener in Verbindung stand. In Madrid wurde er später Hofmaler von Isabel II. und widmete sich vor allem dem Porträt.

Emilio Sala (Alcoy 1850 – Madrid 1910), spanischer Maler, malte vor allem historische Szenen und Porträts in realistischem Stil.

José Obiols (Barcelona 1894 – 1967), spanischer Maler, der vom Prinzip der Nützlichkeit der Kunst ausging. Er bevorzugte eine Ästhetik der klassischen, eher üppigen Figuren, ein einfaches Kompositionsprinzip und Harmonie in den Farben. Thematisch stellte er des öfteren ein idealisiertes Katalonien dar. Zu seinen besten Werken gehören Wandmalereien an öffentlichen Gebäuden, wie z.B. im Kulturinstitut der Frau und in der Volksbibliothek in Barcelona.

Isidro Nonell (Barcelona 1873 – 1911), spanischer Maler, der Merkmale und Techniken des Impressionismus mit einem mitunter recht krassen Realismus verband. Er malte Szenen aus den ärmlichen Außenbezirken Barcelonas, Zurückgekehrte aus dem Kubakrieg u.a.; bekannt sind vor allem seine *Zigeunerinnen*.

Pablo Picasso, Pablo Ruiz Picasso (Málaga 1881 – Mougins 1973), bedeutendster spanischer Maler, Graphiker und Bildhauer, lebte ab 1904 in Paris. Er entwickelte mit Georges Braque und Juan Gris den Kubismus. Für den spanischen Pavillon der Weltausstellung in Paris 1937 malte er das berühmte Bild *Guernica,* unmittelbar angeregt durch die Bombardierung der baskischen Stadt Guernica durch die deutsche Legion Condor.

Ramón Casas (Barcelona 1866–1932), spanischer Maler, einer der wichtigsten Vertreter des *Modernismo* (des spanischen Jugendstils) und Zeitgenosse Toulouse-Lautrecs. Er weilte immer wieder lange Perioden in Paris. Mit einigen Malerkollegen (Rusiñol, Romeu, Utrillo) gründete er in Barcelona *Els quatre gats (Die vier Katzen)*, eine für literarische und künstlerische *Tertulias* beliebte Taverne, in der auch Picasso gerne verkehrte.

José Mongrell (Valencia 1870 – Barcelona 1937), spanischer Maler, Schüler Sorollas. In seiner Malerei stellt er vor allem historisch-anekdotische Szenen dar. Er zählt zu den Intellektuellen der »Generation von 1898«.

Jenaro Lahuerta oder **Genaro** (Valencia 1905–1985), spanischer Zeichner und Maler, mit dem Max Aub befreundet war. Stilistisch stand er zunächst dem *Modernismo* (span. Jugendstil) nahe. Später malte er vornehmlich Landschaften in intensiven bleischimmernden Farben und eher skizzenhaft in der Struktur.

Julio Antonio Rodríguez Hernández (Mora de Ebro, Tarragona 1889 – Villa Luz, Madrid 1919), spanischer Bildhauer. Sein Werk weist eindeutige Einflüsse der Renaissance auf, besonders der Skulpturen Donatellos. Um 1908–1910 arbeitete er an Plastiken mit spanischen Themen bzw. »Typen«, aber auch an Büsten von Künstlern und anderen Personen des öffentlichen Lebens sowie von mythologischen Figuren.

Capuz – Familie spanischer Bildhauer italienischen Ursprungs, die im 17. bis 19. Jhd. in Valencia angesiedelt war. Hier ist mit höchster Wahrscheinlichkeit José Capuz y Mansano (Valencia 1884 – Madrid 1964) gemeint, der u.a. eine Büste des Arztes und Politikers Dr. Francisco Moliner y Nicolás in Valencia gestaltete.

Enrique Martínez Cubells (Madrid 1874 – Málaga 1947), spanischer Maler, Bildhauer, Kupferstecher. Sein Werk ist stark von der zeitgenössischen Avantgarde beeinflußt.

Seite 250

Galathea – In der Nacht vom 28. zum 29. März 1939 teilte Goodman, der britische Konsul, Segismundo Casado mit, er könne am nächsten Tag in Gandía an Bord des britischen Schiffes *Galathea* gehen. Am 29. schiffte sich Casado mit weiteren 200 Leuten ein.

Palma de Mallorca – Mallorca hatte sich bereits im Juli 1936 auf die Seite der Aufständischen gestellt.

Seite 253

Franz I. ... Pavia – Siehe Anm. zu Seite 13.

El Cabañal ... Puig –

El Cabañal bildet zusammen mit La Malvarrosa das nördliche Hafenviertel von Valencia. Der Strand der Malvarrosa war ein beliebtes Ausflugsziel.

Puig, ein Hügel nördlich von Valencia in Richtung Sagunt, auf dem das Kloster *Nuestra Señora del Puig* liegt.

Seite 257

Blauhemd – Ein mittel- bis dunkelblaues Hemd und eine dunkle Hose waren die Uniform der Falange.

Seite 258

»Heb den Arm ... Hoch Spanien!« – Die Falangisten, wie alle im nationalistischen Lager, grüßten mit nach vorne gestrecktem Arm (das war der sog. römische Gruß). »Hoch Spanien!« *(Arriba España!)* war der Ausruf der Franquisten bei Versammlungen und Kundgebungen.

Atlee – Clement Richard Atlee (London 1883–1967), britischer Politiker, Mitglied der Labour Party und Oppositionsführer während der Tory-Regierung, war seit 1940 Stellvertreter Churchills und mehrmals Minister. 1945–51 war er Premierminister.

Seite 260

Rodríguez Vega – José Rodríguez Vega, Generalsekretär der UGT, blieb der Regierung Negrín treu.

Val – Eduardo del Val, Mitglied der FAI, wurde im März 1939 von Casado zum Minister für Handel und Finanzen ernannt.

Seite 261

Borgia-Papst – Das spanische Adelsgeschlecht der Borja (italien. Borgia) war seit dem 13. Jhd. in Játiva, Valencia, ansässig (zumindest der Name dort nachweisbar). Mit dem als Kalixt III. (1455–1458) zum Papst ernannte Alonso Borgia begann die politisch bedeutende Rolle der Borgia in Italien.

Blum … Citrine –

Léon Blum, siehe Anm. zu Seite 184.

Léon Jouhaux (Paris 1879–1954), französischer Gewerkschaftsführer, Generalsekretär der *Conféderation Générale du Travail* (CGT). 1951 erhielt Jouhaux den Friedensnobelpreis.

Walter McLennan Citrine (Liverpool 1887–Brixham 1983), britischer Gewerkschaftsführer, bis 1946 Generalsekretär des *Trade Union Congress* (TUC) und des Weltgewerkschaftsbundes.

Seite 264

Monteolivete – Gemeint ist das ehemalige Kloster Monteolivete in Valencia, das in den letzten Kriegsmonaten und vor allem nach dem Krieg ein berühmt-berüchtigtes Gefängnis beherbergte. Heute steht das in ein kleines Museum umgewandelte Gebäude am gleichnamigen Platz in dem im südlichen Teil Valencias gelegenen großen Stadtgarten.

Seite 265

CAMPSA-Schiff – CAMPSA *(Compañía arrendataria del monopolio de pertóleos, Sociedad Anónima)*, die monopolistische Erdöl-Aktiengesellschaft, wurde 1927 mit staatlicher Beteiligung gegründet. Aus Cartagena fuhr der Öltanker *Campilo* mit 500 Passagieren an Bord ab.

Seite 268

Acis … Polyphem – Dieser Satz bezieht sich auf das lange Gedicht *Die Fabel von Polyphem und Galathea* von Luis de Góngora (Córdoba 1561–1627). Der in Galathea verliebte Polyphem erschlägt deren Geliebten Acis und verwandelt ihn in einen Fluß, auf dem Galathea dann aber vor Polyphem fliehen kann.

Seite 270

Salgado … Marín –

Manuel Salgado, Mitglied der CNT, stand 1937 an der Spitze des Kriegsministeriums.

Oberst José García Pradas, Mitglied der CNT, Dichter und Journalist, Autor eines Zeitzeugenberichtes über das Ende des Spanischen Bürgerkriegs.

González Marín, Mitglied der CNT sowie der Verteidigungsjunta von Segismundo Casado.

Lord Faringdon – Gavin Henderson alias Lord Faringdon. In den 20er Jahren Mitglied der sog. *The bright young things,* die bei Evelyn Waugh wie auch bei Aldous Huxley vorkommen. Später entwickelte er ein starkes Interesse an öffentlichen Angelegenheiten und trat in die Labour Party ein. Während des Spanischen Bürgerkriegs war er ein leidenschaftlicher Verfechter der republikanischen Sache. Als überzeugter Pazifist trat er im II. Weltkrieg der britischen freiwilligen Feuerwehr bei.

Matallana – Manuel Matallana González (1894–1956), General der republikanischen Armee, Mitglied des Generalstabs unter General Vicente Rojo. Er spielte eine entscheidende Rolle bei der Verteidigung Madrids 1936 und war 1937/38 am Kampf um Teruel beteiligt. Im März 1939 unterstützte er Casado.

Seite 271

Gustavo Durán – Pianist und Komponist, trat zu Kriegsbeginn der Kommunistischen Partei bei und schloß sich dem Fünften Regiment an. Er stand zeitweise an der Spitze des SIM in Madrid.

Gómez Osorio – José Gómez Osorio war Zivilgouverneur von Madrid und Mitglied der PSOE.

Seite 272

»er ist Aragonese« – Ignacio Mantecón war aus Aragonien, dessen Bewohner den Ruf haben, äußerst stur zu sein. Mantecón, der ebenfalls ins mexikanische Exil ging, war für Max Aub eine der wichtigsten Informationsquellen über die letzten Wochen und Tage des Bürgerkriegs.

Seite 275

Rodríguez – Manuel Rodríguez, Mitglied der PSOE und Gouverneur von Alicante. Er ging am 29. März 1939 an Bord des britischen Schiffs *Maritime*.

Edmundo Domínguez – Edmundo Domínguez (siehe Anm. zu Seite 88) verließ El Grao, den Hafen von Valencia, am 28. oder 29. März 1939 an Bord des französischen Schiffes *Lézardrieux* in Richtung Oran.

Seite 277

Miguel de Mañara Vicentelo de Leca – (Sevilla 1626–1679), gründete das *Hospital de la Caridad* in Sevilla. In der Legende wird seine Person mit der Figur des Don Juan identifiziert.

Seite 279

Stambrook – Eigtl. *Stanbrook*. Dieses englische Schiff verließ am 29. März um 23 Uhr den Hafen von Alicante mit Tausenden von Flüchtlingen an Bord. Es war das letzte Schiff mit republikanischen Flüchtlingen, das Alicante verlassen sollte.

Lonja del Pescado – Der Fischgroßmarkt.

Seite 281

Zu Josefina und dem Kleinen – Josefina war die Frau von Miguel Hernández. Im Januar 1939 war ihr zweiter Sohn geboren worden.

Soler ... *Tipografía Moderna* – Die *Tipografía Moderna* war eine Druckerei in Valencia. Max Aub hatte dort einige seiner Texte drucken lassen und sich mit der Familie Soler angefreundet, d.h. mit dem Besitzer der Werkstatt, Manuel Soler, und seinen Kindern Vicente und Amparo.

Der Mann auf der Lauer – *El hombre acecha* von Miguel Hernández, geschrieben 1938, wurde in der Tat in der *Tipografía Moderna* gedruckt, kam aber erst nach dem Tod des Dichters heraus, der am 28. März 1942 im Gefängnis von Alicante starb.

Seite 283

***Teatro* ... Josefina** – Diese erinnerten Szenen spielen sich in *Theater der Hoffnung* (*Das Magische Labyrinth*, Band 2) ab.

***Numancia* ... María Teresa** – Siehe Anm. zu Seite 98. Eine junge Theatertruppe, zu der auch Asunción Meliá gehörte, probte dieses Stück in der Fassung von Rafael Alberti (siehe Anm. zu Seite 125) unter der Regie von Albertis Frau, María Teresa León (siehe Anm. zu Seite 126). Josefina war eine der Schauspielerinnen der Truppe.
Aub zitiert im folgenden aus der Fassung von Alberti, jedoch mit einigen Veränderungen. Die hier angegebene Übersetzung ist von U. Rothbauer. Die von Aub selbstgedichteten Verse: *dieselben Spanier ... Absicht* (Seite 284) und *Erfüllt wirst ... fremden Völker* (Seite 284f.) wurden von A. Buschmann/S. Gerhold übersetzt.

Seite 285

Auf daß ... ziehe! und **Was für ... jede Linderung** wurden ebenfalls von Buschmann/Gerhold übersetzt.

Der 5., 6. oder 7. November 1936 – Die Uraufführung der *Numancia* im *Teatro de la Zarzuela* fand am 7. November 1937 statt und nicht im November 1936, wie Aub es hier aus thematischen Gründen geschehen läßt.

Seite 291

»Herriot!« – Edouard Herriot (Troyes 1872 – Saint-Genis-Laval 1957), französischer Politiker, Mitglied der Radikalen Partei. 1924 war er französischer Außenminister; später hatte er verschiedene Ministerialposten inne. Herriot sprach sich im Mai und im Herbst 1936 entschieden gegen den Verkauf von französischen Waffen an die republikanische Regierung aus. Léon Blum (siehe Anm. zu Seite 184) tendierte zu dieser Hilfe, geriet aber unter innenpolitischen Druck. Versuche, das Waffenembargo zu unterwandern, blieben meist erfolglos.

Seite 292

***Avance* ... antikommunistische Nummer** – In dieser Zeitung wurde der Kampf zwischen Kommunisten und Casadisten geführt. Bei dem »antikommunistischen« Artikel, von dem hier die Rede ist, handelt es sich wahrscheinlich um einen sehr kritischen Aufsatz über die Sowjetunion.

Seite 293

Giner – Francisco Giner de los Ríos (Ronda, Málaga 1839–Madrid 1915), spanischer Schriftsteller, Rechtswissenschaftler und Pädagoge. Er war Mitbegründer und Motor der *Institución Libre de Enseñanza* (siehe Anm. zu Seite 199). Giner war sowohl für seine Geduld und Menschenfreundlichkeit berühmt als auch für seinen Arbeitseifer, Besessenheit für seine pädagogische Idee und seinen asketischen Lebenswandel.

Seite 294

seit 1808 – In diesem Jahr erhob sich ein Großteil des spanischen Volks gegen die Truppen Napoleons. (Siehe Anm. zu Seite 39: Ferdinand VII. und zu Seite 91: *Erschießung* ...)

Seite 297

Plá y Beltrán – Pascual Plá y Betrán, valencianischer Schriftsteller und Mitträger der kommunistischen intellektuellen Zeitschrift *Nueva Cultura.*

Líster – Enrique Líster (Ameneiro, La Coruña 1907–Madrid Anfang der 90er Jahre), war spanischer Politiker, Militär und Mitglied der Kommunistischen Partei. Einer der herausragendsten republikanischen Offiziere während des Bürgerkrieges. Er hatte als Oberst die Führung des Fünften Regiments (siehe Anm. zu Seite 130) und der XI. Division inne, die den Namen *División Líster* trug.

Seite 301

Federación Anarquista Ibérica – Siehe. Anm. zu Seite 80: Gruppe der Dreißig.

Seite 305

Falange ... wieder zugelassen – Die 1933 gegründete Falange wurde kurz nach dem Wahlsieg der Linken am 16. Februar 1936 und der anschließenden Bildung einer Volksfront-Regierung verboten.

Seite 306

Salamanca-Viertel – Das in der Mitte des 19. Jhds erbaute Viertel trägt den Namen nach seinem reichsten Finanzier und Immobilienhändler, dem Marquis von Salamanca. Es ist eine bürgerliche Wohngegend mit teuren Geschäften und wichtigen Kulturstätten. Dort befanden sich einige der bedeutendsten Literatencafés von Madrid.

Sainete ... Quintero –

Sainete ist eine Komödiengattung, deren Figuren volkstümliche Typen darstellen. Das Sainete war ursprünglich ein Zwischenspiel, das im 17. Jhd. zwischen den einzelnen Akten eines Theaterstücks aufgeführt wurde. Viele Zarzuela-Libretti beruhen auf Sainetes.

Zarzuela, siehe Anm. zu Seite 109.

Carlos Arniches (Alicante 1866 – Madrid 1943) begann als Librettist für Zarzuelas und spezialisierte sich später auf das Sainete.

Serafín (1871–1938) und **Joaquín** (1873–1944) **Alvarez Quintero** schrieben in Madrid um die Jahrhundertwende etwa 200 Theaterstücke, meist Komödien, sowie auch Sainetes vor allem über Andalusier.

Cante Jondo – Wörtl.: »Tiefer Gesang«, ein andalusischer Volksgesang, der bei den Zigeunern Andalusiens entstand und sich durch monotonen Rhythmus und melancholisch-klagenden Ton auszeichnet (nicht zu verwechseln mit dem *Flamenco*).

Seite 311

Fernando de los Ríos – (Ronda, Málaga 1879 – New York 1949), spanischer Politiker, Professor für Rechtswissenschaften an der Universität Madrid. Er gehörte dem Vorstand der PSOE an. In den verschiedenen Regierungen der 2. Republik hatte er mehrmals Ministerposten inne: Justiz, Bildung, Staat. 1945–47 war Ríos Außenminister der republikanischen Regierung im Exil.

Seite 312

1834 ... Der Karlistenkrieg und unserer –

Zu den Karlistenkriegen und zu Don Carlos (Karl von Bourbon) siehe Anm. zu Seite 37.

Francisco Martínez de la Rosa (Granada 1787–Madrid 1862), spanischer Politiker und Schriftsteller. 1814–1820 unter Ferdinand VII. wegen seiner liberalen Schriften nach Afrika verbannt, war er 1820 während des liberalen *Trienio Constitucional* (1820–1823) Außenminister. Nach dem Ende dieser liberalen Periode und der Hinrichtung ihrer wichtigsten Vertreter durch Ferdinand VII. ging er ins französische Exil. Nach Ferdinands Tod und der Amnestie von 1834 wurde der liberal-konservative Martínez de la Rosa für kurze Zeit Regierungschef. 1858 wurde er Regierungspräsident. Bis dahin hatte er verschiedene politische Ämter inne.

Seite 313

Der Bischof von Seo de Urgel ... General Concha –
Diese Angaben beziehen sich auf den 3. Karlistenkrieg (siehe Anm. zu Seite 37: Karlisten).
Die **Seo de Urgel** (Pyrenäen) ist seit dem 9. Jhd. eines der wichtigsten Bistümer Kataloniens, mit bedeutenden Privilegien und Machtbefugnissen. In den zahlreichen politischen und militärischen Konflikten des 19. Jhds spielte der Bischof von Seo de Urgel, der zugleich Mitregierender des Pyrenäenstaates Andorra war, eine wichtige Rolle. 1874–75 hatte der Karlistenführer Tristany in dieser Stadt sein Hauptquartier (3. Karlistenkrieg).
Azpeitia, Oñate und **Estella** liegen im Baskenland und in Navarra.
José Gutiérrez de la Concha (Tucumán, Argentinien 1809–Madrid 1895), spanischer General, gehörte während der Karlistenkriege der Cristinischen bzw. Isabellinischen Fraktion an. Er war Präsident im letzten Regierungsjahr Isabels II. und Senatspräsident (1881–1883).

Seite 314

Jovellar – Joaquín Jovellar (Palma de Mallorca 1819–Madrid 1892). Nachdem er 1873 zum Generalhauptmann von Kuba ernannt worden war, ließ er das Schiff *Virgilius* einnehmen und 53 Besatzungsmitglieder erschießen, weil er sie verdächtigte, Hilfe für die kubanischen Rebellen zu transportieren. Unter den

Erschossenen befanden sich Briten und Nordamerikaner, so daß er damit beinahe einen Krieg mit den USA provozierte. 1874 kehrte er nach Spanien zurück und schloß sich dem Aufstand von Martínez Campos an. 1875 war er Kriegsminister und Regierungspräsident.

Martínez Campos – Arsenio Martínez Campos (Segovia 1831 – Zarauz 1900) war während der 1. Republik (1873–1874) Militär-Gouverneur von Katalonien. Im Dezember 1874 proklamierte er in Sagunt mittels eines Aufstands Alfons XII. zum König von Spanien, der ihn gleich nach Kuba schickte. Im Februar 1878 unterzeichnete Martínez Campos mit Kuba den **Frieden von Zanjón,** der von den Kubanern jedoch nicht akzeptiert wurde. Nach seiner Rückkehr nach Spanien 1879 wurde er Präsident der konservativen Regierung unter Cánovas del Castillo. Wegen Meinungsverschiedenheiten mit diesem wechselte Martínez Campos zu den Liberalen, wurde unter der liberalen Regierung Sagastas Kriegsminister und 1895 erneut nach Kuba geschickt. Martínez Campos fühlte sich nicht in der Lage, diesen Krieg weiterzuführen und trat 1896 zurück.

Cánovas – Antonio Cánovas del Castillo (Málaga 1828 – Santa Águeda, Guipúzcoa 1897), spanischer Historiker und Politiker. Ab 1873 stand er an der Spitze der Bewegung zur friedlichen Entwicklung des Restaurationsprozesses für die Wiedereinführung der bourbonischen Monarchie, die auf einer parlamentarischen Demokratie mit liberaler Gesetzgebung gründen sollte. In der mit ihm beginnenden neuen Regierungsform wechselten sich die beiden größten Parteien – seine liberal-konservative Partei und die liberale Partei Práxedes Mateo Sagastas – regelmäßig an der Regierung ab. In bezug auf die Kolonien (Kuba und Philippinen) war die Politik Cánovas' sehr unnachgiebig. Er wurde von einem italienischen Anarchisten ermordet.

Pidal y Mon – Alejandro Pidal y Mon (Madrid 1846–1913), spanischer Politiker. Nach der Restauration der Monarchie war er wichtigster Mitbegründer der *Unión Católica*. Diese in dissidenten Karlistenkreisen entstandene Verbindung suchte eine Vereinigung aller Katholiken, die sowohl solidarisch mit der Kirche agieren als auch gleichzeitig in der komplizierten politischen Welt des spanischen Staates friedlich integriert sein sollten. Die

Verfestigung der Allianz zwischen Katholiken und Konservativen unter Cánovas, wie sie Pidal y Mon durchführte, fand die Unterstützung des Papstes Leo XIII.

Virgilius – Siehe Anm. oben: Jovellar.

El Zanjón – Siehe Anm. oben: Martínez Campos.

Die Schande von Vergara – Anspielung auf den Friedensvertrag, mit dem im August 1839 in der baskischen Stadt Vergara (bzw. Bergara, Prov. Guipúzcoa) der 1. Karlistenkrieg beendet wurde. Der zwischen den katholisch-konservativen Karlisten und den Liberalen (siehe Anm. zu Seite 37) ausgehandelte Vertrag wurde mit der Umarmung der zwei unterzeichnenden Generäle (dem Karlisten Maroto und dem Liberalen Espartero) symbolisch bekräftigt, daher ist dieses Ereignis auch als die »Umarmung von Vergara« bekannt. Der Vertrag dokumentierte den Sieg der Liberalen; die politische Ordnung Spaniens blieb jedoch weiterhin von tiefgreifenden dynastischen, regionalistischen, verfassungs- und kirchenpolitischen Gegensätzen bedroht.

Seite 315

la mer … toujours recommencée – Zitat aus *Le cimetier marin* von Paul Valéry.

Seite 319

Tute … Chamelo –

Tute und **Mus** sind beliebte Kartenspiele.
Parchís entspricht »Mensch, ärgere dich nicht«.
Chamelo ist eine Variante des Domino.

Seite 321

Zugazagoitia – Julián Zugazagoitia (Bilbao 1900–Madrid 1940), führendes Mitglied der PSOE, war 1931 und 1936 Abgeordneter der *Cortes* (spanisches Parlament), Direktor des Presseorgans der PSOE *El Socialista* (1932–1937) und Innenminister unter Negrín. Er wurde im Oktober 1940 in seinem Pariser Exil festgenommen, nach Spanien deportiert und in der Festung von Montjuich (Barcelona) erschossen. Er ist Autor einiger Arbeiterromane sowie mehrerer Biographien von führenden Mitgliedern der PSOE. Sein bedeutendstes Werk ist die 1940 erschienene

Geschichte des Krieges in Spanien (Historia de la guerra de España).

Seite 325

Henche – Rafael Henche de la Plata, Mitglied der PSOE, war Bürgermeister von Madrid.

Burillo – Die Sympathien des Oberst Ricardo Burillo galten der Kommunistischen Partei, bis er sich im Februar–März 1939 dem Aufstand der Casadisten anschloß. Es gilt als wahrscheinlich, daß er, wie viele andere Republikaner, nach dem Krieg von Franquisten erschossen wurde.

Seite 326

Seit der Sache mit Ibiza – Ibiza fiel im Juli 1936 in die Hände der Aufständischen, wurde aber schon im August desselben Jahres fast ohne Widerstand von den Republikanern unter der Führung des linksgerichteten Hauptmanns der Guardia Civil, Miguel de Uribarri, besetzt. Rafael Alberti und María Teresa León, die sich am 18. Juli in Ibiza aufhielten, wurden somit befreit. Nachdem der Anarchist Hauptmann Bayo kurz darauf in Mallorca landete, entstanden Meinungsverschiedenheiten zwischen den beiden republikanischen Offizieren, und Bayo veranlaßte, daß Uribarri und seine Truppe die Balearen verließen. Bald darauf wurde Ibiza bzw. die ganze Inselgruppe von den als »Drachen des Todes« bekannten italienischen Truppen unter Führung des Grafen Rossi besetzt.

Seite 327

Companys – Lluis Companys i Jover (El Terrós, Prov. Lérida 1883 – Barcelona 1940), Mitbegründer der Partei *Esquerra Republicana de Catalunya* (Republikanische Linke Kataloniens). Seit 1934 Präsident der Generalität (d.h. der katalanischen Regierung). Nach Ausbruch des Bürgerkrieges mußte er wohl oder übel die führende Rolle der Anarchosyndikalisten (CNT/FAI) in Katalonien anerkennen; nach den Straßenkämpfen in Barcelona zwischen Anarchosyndikalisten und Kommunisten im Mai 1937 arbeitete er allerdings mit dem PSUC *(Partit Socialista Unificat de Catalunya)* zusammen. Nachdem Katalonien Ende Januar in die Hände der Franco-Truppen gefallen war, floh er nach Frankreich. Dort wurde er von der deutschen Besatzungsmacht festgenommen und nach Spanien ausgeliefert, wo er 1940 in der Festung von Montjuich erschossen wurde.

Bayo ... Uribarri – Siehe Anm. oben: Ibiza.

Giral – José Giral (Kuba 1879 – Mexiko 1962), spanischer Intellektueller und Politiker, Mitglied der Republikanischen Linken *(Izquierda Republicana)*. Die am 19. Juli 1936 unter der Präsidentschaft Girals gebildete Regierung organisierte die Mobilisierung der Zivilbevölkerung zum Widerstand gegen die Aufständischen. 1937 bis 1938 war Giral Staatsminister. 1939 begleitete er Azaña nach Frankreich, später ging er ins mexikanische Exil.

nach der Sache in Barcelona, im Mai – In der ersten Mai-Woche 1937 kam es in der republikanischen Zone zu einer schwerwiegenden politischen Krise: Straßenkämpfe in Barcelona zwischen Anarchisten und dem mit den Trotzkisten sympathisierenden POUM *(Partido Obrero de Unificación Marxista)* einerseits und den Kommunisten andererseits legten während dieser Zeit den republikanischen Kampf gegen die nationalistische Front lahm. Die Krise brachte das Ende der Regierung Largo Caballeros und den Anfang der Regierung Negríns.

Seite 330

à nous foudroyer – »Um uns dann auszupeitschen« oder »zu erschlagen« (franz. im Original).

El Mercantil Valenciano – *El Mercantil Valenciano* war eine seit 1872 in Valencia erscheinende Tageszeitung mit deutlich republikanischer Tendenz. 1882 wurde sie das Organ des *Partido Demócrata Progresista* (Demokratische Fortschrittspartei). *El Mercantil Valenciano* erfreute sich in der Mittelschicht großer Popularität; in den 20er und 30er Jahren schrieben viele bedeutende spanische Intellektuelle für diese Tageszeitung.

Seite 332

Henche ... Vega – Siehe Anm. zu Seite 325 und Seite 260.

Pascual Tomás – Führungsmitglied der UGT und Abgeordneter der PSOE.

Seite 345

Dein Name ... Schwertes – Dieses Gedicht erschien zum ersten Mal in der Zeitschrift *Nueva Cultura* (siehe Anm. zu Seite 148: Ángel Gaos), Nr. 5, Mai 1937.

Wenn ... sterben – Erschien in *Hora de España* (Barcelona) (siehe Anm. zu Seite 148: Ángel Gaos), Nr. 18, Juni 1938.

Seite 361

Carlos Rubiera – Mitglied der PSOE, Abgeordneter der *Cortes* für Madrid und Regierungspräsident der Prov. Madrid.

Seite 368

Manolo Bonilla – Als Mitglied der FUE *(Federación Universitaria Escolar,* siehe Anm. zu Seite 146: *Diario de Valencia*) ehemaliger Mitkämpfer aus Studentenzeiten.

Seite 370

Ángel ... Cerezo –

Ángel Lafuente war Untersuchungsrichter des Gerichts in Valencia.

Luis Rubiera, Bruder von Carlos Rubiera

Enrique Cerezo war Abgeordneter der *Cortes.*

Seite 396

Vallejo – César Vallejo (Santiago de Chuco, Perú 1892 – Paris 1938) ist einer der wichtigsten Dichter spanischer Sprache im 20. Jhd.; formal steht er der Avantgarde nahe. Sein Werk umfaßt Essays, Erzähltexte und vor allem Lyrik. In seinen Gedichten setzt er sich intensiv mit Spanien und dem Bürgerkrieg auseinander. Politisch sympathisierte er mit dem Kommunismus. Das hier erwähnte Buch ist der Gedichtband *España, aparta de mí este cáliz (Spanien, laß diesen Kelch an mir vorübergehen!),* der 1939 von Manuel Altolaguirre herausgegeben wurde, mit einem Vorwort des mit Vallejo befreundeten Dichters Juan Larrea und einer Zeichnung Picassos.

Seite 397

Larrea – Juan Larrea (Bilbao 1895 – Córdoba, Argentinien 1980), spanischer Schriftsteller, im Umkreis der Avantgarde tätig. Er war mit Vicente Huidobro und César Vallejo befreundet. Nach dem Krieg emigrierte er zuerst nach Mexiko, später nach Argentinien. Sein Werk umfaßt vor allem Essays und Versdichtungen.

Fray Toribio de Benavente – Auch *Motolinía* genannt (Benavente, Prov. Zamora Ende des 15. Jhds – Mexiko 1565), Franziskaner und Missionar in Guatemala und Mexiko. In einem berühmten Brief an Karl V. polemisierte er vehement gegen Bartolomé de las Casas wegen dessen kritischer Haltung gegenüber der Eroberungspolitik Spaniens. Er zog sich von der Missionsarbeit zurück, gründete aber mehrere Klöster in seinem ehemaligen Missionsbereich.

Seite 400

José Antonio Primo de Rivera – (Madrid 1903 – Alicante 1933), spanischer Politiker und Rechtsanwalt, Mitarbeiter bei der Zeitschrift *El Fascio,* gründete im Oktober 1933 mit Ruiz de Alda und García Valdecasas die Falange (siehe Anm. zu Seite 81). Er war Abgeordneter der *Cortes* für Cádiz. 1934 wurde er zum einzigen Parteichef ernannt. Nach dem Wahlerfolg der Volksfront im März 1936 wurde er festgenommen und ins Gefängnis von Alicante gebracht. Von dort aus befahl er den Falangisten, sich am 18. Juli am Militärputsch zu beteiligen. Am 20. November 1936 wurde er erschossen.

Seite 406

La Verbena de la Paloma – Eine Zarzuela des Komponisten Tomás Bretón, wahrscheinlich die bekannteste Zarzuela überhaupt, wurde 1894 in Madrid uraufgeführt. Es handelt sich dabei um ein Eifersuchtsdrama im volkstümlichen Milieu von Madrid.

Seite 414

Je te salue, vieil océan … – Zitat aus *Les chants de Maldoror (Die Gesänge des Maldoror)* des Comte de Lautréamont (Montevideo 1846 – Paris 1870).

Seite 416

Maestrazgo-Gebirge – Gebirge an der Grenze zwischen der Prov. Teruel (Aragón) und der Prov. Castellón (Valencia).

Seite 419

Don Luis Jiménez de Asúa – Der Name des Professors der Rechtswissenschaften ist eng verbunden mit der Gründung des Berufsverbands der Jurastudenten im Jahre 1927. Dieser Verband und der Verband der Ingenieur-, Medizin- und Kunststudenten bildeten zusammen die *Federación Universitaria Escolar* (FUE) (siehe Anm. zu Seite 146).

Seite 428

Rede von Don Juanito Valcárcel – Die Rede ist angelehnt an die Rede Saint-Justs vor dem franz. Nationalkonvent am 13. März 1794.

Seite 432

Pakt von San Sebastián – Im August 1930 trafen sich in San Sebastián die Führer der Parteien und Gruppierungen der Opposition gegen die Monarchie, an deren Willen zur Konstitutionalität und zum Parlamentarismus man zweifelte. Dieser Pakt sollte den Wechsel in eine künftige Republik vorbereiten. Von der PSOE war jedoch nur Indalecio Prieto (siehe Anm. zu Seite 108) aus persönlicher Überzeugung anwesend; die CNT nahm überhaupt nicht teil.

Seite 433

die spanischen Liberalen ... unterschrieben haben – Die *Cortes* tagten zum ersten Mal im September 1810 in Cádiz und wurden in unregelmäßigen Abständen immer wieder einberufen (bis 1814). Im März 1812 wurde schließlich der zwischen 1810 und 1812 erarbeitete Verfassungstext aufgenommen, der in die Geschichte als »die Verfassung von 1812« eingegangen ist. Napoleon war es nicht gelungen, Cádiz einzunehmen. Im restlichen Spanien allerdings ging der Krieg weiter. Im August 1813, nachdem die anglo-portugiesische Armee unter Wellington San Sebastián eingenommen und fast völlig zerstört hatte, versammelten sich einige Bürger dieser Stadt in der festen Absicht, sie sofort wieder aufzubauen. Dies war der ursprüngliche Kern des Liberalismus von San Sebastián.

1823 ... 1873 –

1823, siehe Anm. zu Seite 39: Ferdinand VII.

1833, siehe Anm. zu Seite 39: María Cristina. Im Oktober 1833 begann im Baskenland der 1. Karlistenkrieg.

Baldomero Fernández Espartero, *Duque de la Victoria* (Granátula 1793 – Logroño 1879), spanischer Politiker und Militär. 1833 kämpfte er gegen die Karlisten, 1836 wurde er Oberster Führer der Nordarmee. 1839 handelte er mit dem Karlisten Maroto den Frieden von Vergara aus, 1840 gewann er den letzten Kampf gegen die Karlisten. Nach dem Krieg war er Präsident der Übergangsregierung, später Regierungschef.

Die Zeit zwischen **1854** und 1856 wurde *Bienio Progresista* (»Zwei Fortschrittliche Jahre«) genannt. Espartero war zum Chef einer fortschrittlich liberalen Regierung ernannt worden, die allerdings stark von den moderaten Kräften beeinflußt wurde.

1868, im September dieses Jahres brach die »Revolution von 1868«, die sogenannte *Gloriosa de Septiembre* (»Die Glorreiche vom September«), aus. Verschiedene politische Gruppierungen hatten sich vereint, um Isabel II. zur Abdankung zu zwingen und die Monarchie, die sie vertrat, abzuschaffen. Nach dem Erfolg der Revolution war es jedoch schwer, angesichts der sehr unterschiedlichen Interessen ein gemeinsames Programm zu finden. Trotz vieler Unruhen sind die folgenden sechs Jahre als *Sexenio democrático* in die Geschichte eingegangen, in dem es unter anderen gesetzlichen Neuerungen zum ersten Mal ein allgemeines Wahlrecht für die männliche Bevölkerung gab. In diese Zeit fällt auch die Wahl Amadeus' I. zum König von Spanien (1871–1873). Im Juni **1873** wurde die 1. Republik ausgerufen, die sich unter vielen Krisen bis Ende 1874 hielt.

Seite 440

Der Weg des Lebens – Ein russischer Film, der zur Zeit der Republik großen Erfolg hatte.

Giovinezza – Hymne der italienischen Faschisten.

Seite 447

Covadonga ... verdaut – Diese Aussage bezieht sich wahrscheinlich darauf, daß sich im September 1934 die rechtsgerichteten Gruppierungen und ihre Sympathisanten unter der Führung von Gil Robles (Salamanca 1898 – Madrid 1980), dem Führer der CEDA *(Confederación Española de Derechas Autónomas)* in Covadonga versammelten, während zur gleichen Zeit in Madrid das Begräbnis eines ermordeten jungen Kommunisten der Auftakt für eine massive Demonstration von sozialistischen und kommunistischen Arbeitern war, und daß die asturische Arbeiterjugend auf den daraufhin aufgerufenen Streik positiv reagierte. Covadonga war im Jahre 722 Schauplatz des ersten Sieges der Allianz des westgotischen Heeres und den Bergbewohnern Asturiens gegen die Moslems.

Seite 466

Spanien, einig und groß! – »Spanien, einig, groß und frei!« war der obligatorische Ausruf am Ende der Falange-Hymne *Cara al sol* und wurde bei jeder Kundgebung der spanischen Rechten ausgerufen (siehe Anm. zu Seite 537).

Seite 467

Volksmund ... in Verbindung bringt – Span. *alicantina.* Möglicherweise in Anlehnung an *(el) alicante,* dem Namen einer kleinen, sehr giftigen Vipernart Südeuropas.

Seite 468

Yagüe – Juan Yagüe (San Leonardo, Soria 1892 – Burgos 1952), spanischer General, der aktiv an der Vorbereitung des Militäraufstands im Juli 1936 teilgenommen hatte. Während des Krieges war er an der Belagerung Madrids (1936 – 1937) beteiligt, am Kampf um Teruel (1937 – 38) und an der Übernahme Barcelonas (1939).

Varela – José Enrique Varela Iglesias (San Fernando 1891 – Tetuán 1951), spanischer General, stand dem Karlismus nahe. Im Juli 1936 nahm er aktiv am Aufstand gegen die Republik teil. Er führte die nationalistischen Truppen in Cádiz, Toledo und Madrid an; er war am Kampf um Brunete (Juli 1937) und Teruel beteiligt. Nach dem Krieg war er Kriegsminister, danach Hoher Kommissar in Marokko.

Seite 479

Teresa – Teresa Guerrero, eine zentrale Figur aus *Blutiges Spiel,* dem dritten Band des *Magischen Labyrinths.* Sie war Schauspielerin in Barcelona sowie Spionin gegen die Republik, die in republikanischen Intellektuellen- und Künstlerkreisen verkehrte. Julián Templado, der sich von ihr wie von Lola Cifuentes angezogen fühlte, ging in eine von ihr gestellte Falle.

Lola Cifuentes – Fiktive Figur, die in *Theater der Hoffnung,* dem zweiten Band des *Magischen Labyrinths,* eingeführt wird. Als höchst attraktive Spionin im Dienst des SIM (siehe Anm. zu Seite 182) spielen sie und ihre Lebensgeschichte in *Blutiges Spiel,* Band 3 des *Magischen Labyrinths,* eine zentrale Rolle.

»Ein Bombardement erlaubt kein Mittelmaß« – Zitat aus *Blutiges Spiel.* Diese Aussage wird in den Mund von Mariquilla, einer Geliebten von Julián Templado gelegt. Allerdings kann man die Aussage Mariquillas zugleich als eine sich selbst erfüllende Prophezeiung für die Beziehung zwischen Templado und Lola Cifuentes interpretieren, die kurz darauf ihren Anfang nimmt.

Salomar – Luis Salomar, Intellektueller und Falangist, eine der Hauptfiguren in *Nichts geht mehr,* dem ersten Band des *Magischen Labyrinths.* Die fiktive Figur ist an die historische Person des Luis Santamarinas angelehnt, mit dem Max Aub trotz großer Diskrepanzen befreundet war, bevor sich 1936 ihre Wege trennten.

Chabás – Juan Chabás y Martí (Denia 1898 – Santiago de Cuba 1954), republikanischer Intellektueller, Romancier, Lyriker und Literaturkritiker.

Don Pío … Miguel –

Don Pío, siehe Anm. zu Seite 66.

Miguel de Unamuno (Bilbao 1846 – Salamanca 1936), Essayist, Romancier, Lyriker, Dramatiker und Philosoph, gilt als Galionsfigur der sog. »Generation von 1898« (siehe Anm. zu Seite 132). Er war Professor für Griechisch und Rektor der Universität Salamanca. Unamuno zeigte zunächst Sympathien für die Aufständischen. Im November 1936, einen Monat vor seinem Tod, wurde er jedoch seines Amtes enthoben, da er sich in einer denkwürdigen Rede in der Universität öffentlich und in Anwesenheit ranghoher Militärs für die Republik ausgesprochen hatte.

Gonzalo Queipo de Llano y Serra war neben Mola und Franco einer der für den Putsch verantwortlichen Generäle. Queipo hatte sich von einem begeisterten Republikaner zu einem entschiedenen Faschisten entwickelt. Er war als äußerst verschlagen und aggressiv bekannt: unter schwierigen Bedingungen konnte er Sevilla erobern und dort die Macht der Aufständischen festigen; bereits Ende Juli standen weitere Hauptstädte Andalusiens (Cádiz, Córdoba, Granada) unter aufständischer Kontrolle. Auf den Befehl Queipos geht die Ermordung des Dichters García Lorca zurück.

Djelfa ... Miguel – Viele Gefangene aus den französischen Konzentrationslagern, u.a. aus Vernet d'Ariège, wo Aub interniert war, vor allem französische Kommunisten und spanische Republikaner, wurden nach Djelfa in Algerien geschickt, um dort unter unmenschlichen Bedingungen an der Transsaharischen Eisenbahn zu arbeiten. Max Aub war einer von ihnen.

Federico García Lorca, siehe Anm. zu Seite 125.

Miguel Hernández, siehe Anm. zu Seite 126.

Seite 480

Erzählungen ... folgen – Der Erzähler bezieht sich hier auf die zahlreichen Erzählungen, die um den Bürgerkrieg und seine Folgen, z.B. Flucht und Exil, kreisen und deren Figuren z.T. auch in den Romanen des *Magischen Labyrinths* vorkommen. Diese Erzählungen werden von der Literaturkritik ebenfalls zum *Magischen Labyrinth* gerechnet.

Don Benito ... *Nationalen Episoden* – Benito Pérez Galdós (Las Palmas de Gran Canaria 1843 – Madrid 1920), einer der bedeutendsten spanischen Schriftsteller des 19. Jhds bzw. der Jahrhundertwende. Sein Gesamtwerk umfaßt über 100 Titel, in der Mehrzahl Romane und Erzählungen, darunter 46 Bände der sog. *Episodios Nacionales*. Es handelt sich dabei um in fünf Serien unterteilte historische Romane, in denen Galdós ein großes Panorama der spanischen Geschichte des 19. Jhds (von 1805 bis zur Restauration 1875) entwirft.

Seite 481

Azorín – Eigtl. José Martínez Ruíz (Monóvar, Prov. Alicante 1873 – Madrid 1967), Schriftsteller und Journalist. Während des Bürgerkriegs lebte er in Frankreich (1936–1939) und kehrte dann nach Spanien zurück. Sein Werk umfaßt Romane, Erzählungen und Essays, in denen ein tiefer Pessimismus durchschimmert. In seinem Essayband *Clásicos y Modernos* (*Klassiker und Moderne,* 1911) hat er die Bezeichnung »Generation von 1898« geprägt (siehe Anm. zu Seite 132). Die kritische Haltung des jungen Azorín wich in seinem späteren Werk einem elegischen Ton. Wie bei Baroja (siehe Anm. zu Seite 66) gab es in der politischen Einstellung Azoríns eine Verschiebung nach rechts, ohne daß er zum militanten Falangisten oder Franquisten geworden wäre.

Seite 484

Cervantes' Drama – Siehe Anm. zu Seite 98.

Seite 486

***Was ist geschehen mit König Don Juan? …* Jorge Manrique** – Das Zitat ist ein Vers aus Jorge Manriques bekanntem Gedicht *Coplas a la muerte de su padre* (*Verse anläßlich des Todes seines Vaters,* Übersetzung von E. R. Curtius) (1476). Manrique (Valencia ca. 1440 – Calatrava 1479), der im Duell gegen den Marquis von Villena fiel, ist ausschließlich als Autor dieser Elegie bekannt. Bei dem hier erwähnten König Don Juan handelt es sich um Juan II. de Castilla (Johann II. von Kastilien) (1406–1454).

Sanjurjo – José Sanjurjo (Pamplona 1972 – Estoril, Portugal 1936) nahm am Kubakrieg (1894–98) und mehrmals am Marokkokrieg teil. Als entschiedener Gegner der Republik unternahm er 1932 mit Hilfe einiger Offiziere und karlistischer Führungskräfte einen Putschversuch gegen die republikanische Regierung, der mißlang. Das Todesurteil gegen Sanjurjo wurde von Azaña in eine lebenslängliche Haftstrafe abgemildert. 1936 sollte er die Führung der aufständischen Generäle übernehmen, starb aber bei einem Flugzeugunglück.

Mola – Emilio Mola Vidal (1887–1937), ein überzeugter Antidemokrat, war zweifellos der wichtigste Drahtzieher des Militäraufstandes. Nach der Ausrufung der Republik 1931 wurde er wegen seiner Haltung als Chef des Sicherheitsdienstes aus dem Heer entlassen, nach dem Regierungswechsel 1934 jedoch rehabilitiert. Er wurde nach Pamplona versetzt, von wo aus er am 18. Juli 1936 den Aufstand gegen die Republik steuerte. Mola starb auf dem Weg nach Burgos, der Hauptstadt der Aufständischen, bei einem Flugzeugunglück.

Fürst Kutusow – Michail Illarionowitsch Kutusow, Fürst von Smolenk (Petersburg 1745 – Bunzlau, heute Boleslawiec, Polen, 1813), russischer Generalfeldmarschall, Befehlshaber des österreichisch-russischen Heeres in der Schlacht bei Austerlitz (1805).

Prinz Andrej – Andrej Bolkonski aus Tolstois Roman *Krieg und Frieden.*

»soviele … gegeben hat« – Ungenaues Zitat aus der berühmten Ode von Fray Luis de León *La vida retirada* (*Das zurückgezogene Leben,* erste Strophe). Der Vers lautet: *los pocos sabios que en el mundo han sido (die wenigen Weisen, die es in dieser Welt gegeben hat).*

Seite 486/487

Philipps … Velázquez – Diego Rodríguez Velázquez de Silva (Sevilla 1599 – Madrid 1660), spanischer Maler, v.a. Genrebilder und Porträts. Für sein Porträt Philipps IV. wurde er 1623 zum Hofmaler in Madrid berufen.

Seite 489

Madame Bovary … Miau –

Madame Bovary, weibliche Hauptfigur des 1857 erschienenen gleichnamigen Romans des französischen Schriftstellers Gustave Flaubert (Rouen 1821 – bei Rouen 1880).

Julien Sorel, männliche Hauptfigur des Romans *Rot und Schwarz* (1830) des französischen Schriftstellers *Stendhal* (eigtl. Marie Henri Beyle, Grenoble 1783 – Paris 1842).

Miau, Protagonist des gleichnamigen Romans (1888) von Benito Pérez Galdós (siehe Anm. zu Seite 480: Don Benito).

Céline – Louis-Ferdinand Céline (eigtl. L.F. Destouches) (Courbevoie 1894 – Meudin 1961), französischer Schriftsteller und Arzt, bekanntlich Antisemit und Faschist.

Tirso … Don Juan – Siehe Anm. zu Seite 105.

Seite 490

Vater ... Seele – Zitat aus dem Gedicht *Redoble fúnebre a los escombros de Durango (Trauertrommelwirbel für die Trümmer von Durango)* des peruanischen Dichters César Vallejo (siehe Anm. zu Seite 396).

Seite 492

Canarias ... Jupiter – Am Morgen des 31. März 1939 nahte sich dem Hafen von Alicante ein französisches Kriegsschiff, die *Tigre*. Daraufhin erschienen drei spanische Kriegsschiffe, die *Canarias*, die *Vulcano* und die *Jupiter*, und zwangen das französische Schiff unter Angriffsandrohung, die spanischen Gewässer zu verlassen.

Seite 497

Königsmarsch – Die Franquisten führten den *Königsmarsch* als spanische Nationalhymne wieder ein, einen Militärmarsch, den der Bourbonenkönig Karl III. 1710 zum Ehrenmarsch der Spanier proklamiert hatte. Die Hymne der 2. spanischen Republik, die *Hymne von Riego*, ebenfalls ein Militärmarsch, den Rafael de Riego (span. Militär und glühender Verfechter des Konstitutionalismus) 1820 in Auftrag gegeben hatte, wurde verboten.

Azañas ... freimaurerisch –

Manuel Azaña war wie viele spanische Intellektuelle, vor allem linke oder linksliberale, frankophil und bevorzugte die französische Kultur.

José Ortega y Gasset (Madrid 1883 – 1955), der 1910 Professor für Metaphysik an der Universität Madrid wurde und als einer der bedeutendsten spanischen Philosophen, Essayisten und Publizisten des 20. Jhds gilt, war ein Bewunderer der deutschen Kultur und führte vor allem Hegel und Goethe in Spanien ein. Er war vor allem in den 20er und 30er Jahren (bis 1936) einer der zentralen impulsgebenden Intellektuellen Spaniens. Die wichtigsten Zeitungen und Kulturzeitschriften dieser Zeit wurden von ihm gegründet und geleitet.

Francisco Pi y Margall (Barcelona 1824 – Madrid 1901) war von Februar bis Juni 1873 Präsident der 1. spanischen Republik. Pi y Margall war, wie nicht wenige spanische Intellektuelle, Freimaurer und gehörte zu den Befürwortern des Föderalismus.

Millán ... Intelligenz! – Während einer feierlichen Veranstaltung in der Universität Salamanca am 12. Oktober, am »Tag der Rasse« *(El día de la Raza)* des Jahres 1936, rief General José Millán Astray y Terreros (1879–1954), Gründer der spanischen Fremdenlegion, die Parole *Muera la inteligencia! (Tod der Intelligenz!)*. Dieser Ruf war eine Reaktion auf die kritischen Worte des Rektors Miguel de Unamuno (siehe Anm. zu Seite 479), der ihn und die nationalistischen Truppen in aller Öffentlichkeit scharf angegriffen hatte.

Cerveras ... denken – Die Universität Cervera (Prov. Lérida) wurde von Philipp V. nach dem Spanischen Erbfolgekrieg (1704–1714) gegründet – als Dank für die Loyalität dieser Kleinstadt während des Krieges sowie um die feindlich gesinnte Studentenschaft aus der Stadt Barcelona zu entfernen, deren Universität geschlossen wurde. Der Legende nach soll ein Mitglied des Lehrkörpers der als erzkonservativ, ja reaktionär geltenden Universität von Cervera während einer Ansprache die Parole *Hinfort von uns der unheilvolle Drang zu denken!* ausgesprochen haben. Eine andere, plausiblere Version besagt, daß dieser Satz aus dem Munde Ferdinands VII. (siehe Anm. zu Seite 39) stammt, der ihn während eines öffentlichen Aktes an der Universität geäußert haben soll.

Seite 498

Peset – Doktor Peset, Arzt; die anderen zwei Figuren sind fiktiv.

»Je sais ... heureuses!« – Zitat aus dem Gedicht *Le Balcon* aus der Gedichtsammlung *Les Fleurs du Mal (Die Blumen des Bösen)* von Charles Baudelaire (1821–1867).

Seite 504

»›Er schlief ... wie Cervantes sagt« – Anspielung auf Miguel de Cervantes' *Don Quijote von La Mancha,* 2. Buch, Kapitel 68.

Seite 505

»Du ... Calderón« – Anspielung auf das Theaterstück *La vida es sueño (Das Leben ein Traum)* von Calderón, das das Trugspiel zwischen Traum und Wirklichkeit thematisiert. Pedro Calderón de la Barca (Madrid 1600–1681) war neben Lope de Vega der bedeutendste Dramatiker des spanischen Barock. Der Widerspruch zwischen dem im Prunk lebenden Hof und dem Zerfall des Reiches war der Ausgangspunkt für seine Theateridee: die Welt als Schein und die ganze Welt als ein von Gott inszeniertes Theater.

Seite 513

Luis Vives – Juan Luis Vives (Valencia 1492 – Brügge 1540), spanischer Humanist. Er war Gegner der Scholastik und Befürworter einer experimentellen, auf unmittelbarer Beobachtung beruhenden Naturwissenschaft, wie er in seinem Hauptwerk *De Disciplinis (Über die Wissenschaft)* darlegt. In *De anima et vita (Über die Seele und das Leben)* betont er den Wert der Beobachtung seelischer Phänomene. Vives lebte von 1523 bis 1528 als Erzieher Heinrichs VIII. in London, bis dieser ihn wegen seines Widerstands gegen dessen Ehescheidung aus England verbannte. Bis zu seinem Tod lebte Juan Luis Vives in Brügge.

Seite 515

»un bel morire …« – *ch'un bel morir tutta la vita onora (ein schöner Tod ehrt das ganze Leben)* aus *Rime,* CCVII, Vers 65, von Francesco Petrarca.

Seite 516

Filón – Philon von Alexandria (Alexandria 15/10 v. Chr. – 45/50 n. Chr.), jüdisch-hellenistischer Religionsphilosoph. Seine Bedeutung lag vor allem darin, daß er religiös-theologische Probleme in die Sprache der Philosophie übersetzte.

Seite 528

Juan Guerrero – Direktor der Literaturzeitschrift *Verso y Prosa,* in deren Nr. 10, Oktober 1927, Fragmente von Max Aubs Erzählung *Geografía* erschienen waren.

Seite 529

Eugenio Montes … Alfaro –

Eugenio Montes, galizischer Schriftsteller, arbeitete für die *Gaceta literaria,* war Gesinnungsgenosse von Giménez Caballero.

Ernesto Giménez Caballero (1899–1988) war 1927 Mitbegründer und bis 1932 Leiter der Literaturzeitschrift *La gaceta literaria*. Zunächst offen für die intellektuellen und künstlerischen Bewegungen außerhalb Spaniens, wandte er sich Ende der 20er, Anfang der 30er Jahre radikal nach rechts – dementsprechend auch *La gaceta literaria*, die zum Sprachrohr seiner traditionellen Werte und antidemokratischen Ideen wurde. Er gehörte zu den Wegbereitern der Falange.

José María Alfaro, Schriftsteller und Mitarbeiter bei den in der nationalen Zone wichtigen Zeitschriften, u.a. bei der Intellektuellen-Zeitschrift *Vértice*.

Seite 535

Lasciate ogni speranza – *Non aprire quella stanza, lasciate ogni speranza (Tu, der du eintrittst, alle Hoffnung ab),* Zitat aus: *Divina Commedia* (*Die göttliche Komödie*) (1307–1321), *Hölle,* III, 9 (Übers. von Karl Vossler), von Dante Alighieri (Florenz 1265–Ravenna 1321).

Seite 537

das *Cara al Sol* – Die Hymne der Falange. Sie wurde zum ersten Mal im Februar 1936 in der Öffentlichkeit gesungen. Das Hauptbild des Textes ist der mögliche Tod des lyrischen Ichs, des Helden, mit dem Gesicht zur Sonne. Er trägt das von einem weiblichen Du mit dem roten Zeichen der Falange bestickte neue (blaue) Hemd. Am Ende der Hymne steht der Ruf: *Spanien! Einig! Spanien! Groß! Spanien! Frei! Hoch lebe Spanien!*

Seite 544

»Besser im Stehen sterben … leben« – Zitat aus einem Gedicht von Francisco de Quevedo (siehe Anm. zu Seite 132).

Seite 545

Correas – Gonzalo Correas (Jaraíz de la Vera, Prov. Salamanca 1570/71–Salamanca 1631), spanischer Philologe, Professor für Griechisch und Hebräisch an der Universität Salamanca.

Vidriera – Hauptfigur des Schelmenromans *El Buscón* von Francisco de Quevedo (siehe Anm. zu Seite 132).

Seite 548

Covarrubias – Sebastián de Covarrubias y Horozco (Toledo 1539 – Cuenca 1612) war Grammatiker und Hofkaplan. Sein Werk *Tesoro de la lengua castellana o española (Schatz der kastilischen bzw. spanischen Sprache)* (1611) war das erste etymologische Wörterbuch des Spanischen. Es nahm Bezug auf zeitgenössische Menschen und Ereignisse, wichtige Daten (der gelehrten Welt) und Legenden.

Seite 557

Antonio Josef de Cavanillas – (Valencia 1745 – Madrid 1804). Er studierte zunächst Philosophie, promovierte in Theologie (1766) und begann 1780 ein Studium der Botanik in Paris. 1801 wurde er Professor und Direktor des Botanischen Gartens in Madrid.

Seite 559

1. April ... Franco – Aub übernimmt hier wörtlich den letzten Kriegsbericht.

Seite 561

Krieg um Kuba und Manila – Beim Ausbruch des Spanisch-Amerikanischen Krieges (1898), dessen Auslöser die Explosion des amerikanischen Schiffes *Maine* vor dem Hafen Havannas war, unterstützten die Philippinen, damals noch spanische Kolonie, die USA. Diese versprachen ihrerseits den Philippinen als Gegenleistung die staatliche Unabhängigkeit. Der Vertrag von Paris Ende 1898 setzte der überseeischen Kolonialmacht Spaniens ein Ende (siehe Anm. zu Seite 314: Martínez Campos, Cánovas).

Seite 562

»Denn alles ... betrachtet« – Vollständig: *En este mundo traidor, nada es verdad ni es mentira, / todo es según el color del cristal con que se mira.* Deutsch: *In dieser verräterischen Welt gibt es weder Wahrheit noch Lüge, / denn alles hat die Farbe des Glases, durch das man die Dinge betrachtet.* Die Verse stammen aus dem Gedicht *Las dos Linternas (Die zwei Laternen)* von Ramón de Campoamor (siehe Anm. unten). Der Wortlaut ist angelehnt an

Todo es verdad y todo es mentira (Alles ist wahr, und alles ist Lüge), ein Theaterstück von Calderón.

»Der Traurige … stirbt« – Zitat aus *El tren expreso (Der Schnellzug)*, einem Gedicht von Ramón de Campoamor (2. Strophe, III. Gesang).

Campoamor – Der spanische Dichter **Ramón de Campoamor** (1817–1901). Er war 1849 Gouverneur von Alicante. Sein Erfolg, besonders in bürgerlichen Kreisen, lag an der gelungenen Mischung von romantischen Elementen und bürgerlicher Vernunft.

Seite 563

»Das Leben … Schuld« – Zitat von Campoamor (siehe Anm. oben).

Der Schnellzug – Siehe Anm. oben.

Seite 565

Tuñón – Manuel Tuñón de Lara (1915–1997) war Jurastudent und während der Republik und des Bürgerkriegs politisch engagiert. Nach dem Krieg blieb er zunächst in Spanien, dann flüchtete er nach Frankreich, wo er als Professor für Geschichte an der Universität Toulouse arbeitete. Er wurde zu einem der einflußreichsten spanischen Historiker der Nachkriegszeit.

Seite 577

Unsere Leben … ergießen – Bekanntester Vers der Elegie von Jorge Manrique (siehe Anm. zu Seite 486).

Seite 579

Garcilaso … Donau – Garcilaso de la Vega (Toledo 1501 – Nizza 1536), einer der bedeutendsten spanischen Lyriker der Renaissance, der das Sonett in spanischer Sprache zur Vervollkommnung brachte und den Petrarkismus in Spanien einführte. Er war Mitglied des Hofes Karls V. und nahm an den Feldzügen des Kaisers teil. Im Jahr 1531 wurde er von Karl V. für einige Monate aus Spanien auf eine Donauinsel nahe Regensburg verbannt, weil er der heimlichen Hochzeit seines Neffen mit einer Adeligen beigewohnt und damit das ausdrückliche kaiserliche Verbot übergangen hatte. 1536 wurde Garcilaso bei einem Angriff der kaiserlichen Truppen in Frankreich nahe der französisch-italienischen Grenze tödlich verwundet.

Luis – Wahrscheinlich Luis Salomar (siehe Anm. zu Seite 479), der ein Bewunderer Garcilasos war.

Seite 583

»… in einem Dorf … erinnere« – Anspielung auf die Anfangszeilen des *Don Quijote von La Mancha: An einem Orte der Mancha, an dessen Namen ich mich nicht erinnern will* … (Übers. von Ludwig Braunfels).

Seite 588

Mein Leben für einen Spiegel! – Anspielung auf die berühmte Zeile im *Richard III.* von William Shakespeare: »My Kingdom for a Horse!«

Seite 595

Sacco und Vanzetti … Gemälde Goyas –

Niccola Sacco (1891–1927) und **Bartolomeo Vanzetti** (1888–1927), zwei in die USA eingewanderte italienische Anarchisten, wurden 1927 des Mordes angeklagt und auf dem elektrischen Stuhl hingerichtet, ohne daß die Beweislage geklärt wurde. Ihre Hinrichtung löste weltweit heftige Proteste aus.

… jene des Ersten Mai: Am 1. Mai 1889 gab es bei einer Demonstration in Chicago für den Achtstundentag schwere Zwischenfälle, und einige der Arbeiterführer wurden hingerichtet. Die II. Internationale (gegr. in Paris 1889) beschloß ihnen zu Ehren, den 1. Mai als internationalen Tag der Arbeit festzulegen.

die des Zweiten … Gemälde Goyas: Siehe dazu Anm. zu Seite 91.

Seite 597

Giménez, Areilza –

Ernesto Giménez Caballero, siehe Anm. zu Seite 529.

José María Areilza (Portugalete, Vizcaya 1909). Während des spanischen Bürgerkriegs kämpfte er auf der Seite der Franquisten. 1937–38 war er Bürgermeister von Bilbao. 1941 schrieb er mit einem Kollegen *Reivindicaciones españolas (Spanische Rückforderungen),* in denen die imperialen Ambitionen des

Régimes deutlich werden. Nach dem Krieg änderte er allmählich seine politische Einstellung und wurde zu einem liberal-konservativen Politiker mit demokratischen und proeuropäischen Einstellungen.

Seite 598
›tragischen Lebenskonzepts‹ – Anspielung auf das Buch *El sentimiento trágico de la vida en los hombres y en los pueblos (Das tragische Lebensgefühl bei den Menschen und bei den Völkern)* (1913) von Miguel de Unamuno (siehe Anm. zu Seite 479).

Seite 601
Erinnerungen von jenseits des Grabes – *Memorias de ultratumba*, d.h. *Mémoires d'outre-tombe* (1848–50) von François-René Vicomte de Chateaubriand (bei St. Malo 1768 – Paris 1848), eines der Hauptwerke dieses Dichters, in dem er über sich selbst und seine Epoche reflektiert.

Seite 609
das Kloster von Las Huelgas – Bernardinerinnen-Kloster, 1180 gegründet, stilistisch eine Mischung aus Romanik und Gotik mit zahlreichen Elementen spanisch-muslimischen Stils. Das Kloster liegt am Stadtrand von Burgos, der Hauptstadt des franquistischen Spaniens während des Bürgerkriegs. In Las Huelgas fand die erste Nationale Ratsversammlung der Falange und die Vereidigung ihrer Mitglieder statt.

Seite 613
Campo de la Bota – Der Stadtteil Campo de la Bota, das sogenannte Barackenviertel, liegt im Nordosten Barcelonas, nahe der Mündung des Flusses Besós. Während des Bürgekriegs sowie in der Zeit danach fanden dort Hinrichtungen statt.

Seite 614
der Tag ... Godea – General Manuel Godea (San Juan de Puerto Rico 1882 – Barcelona 1936), gehörte zu den Putschisten von Melilla. Er führte die aufständischen Truppen im Kampf um Barcelona an. Am 19. Juli 1936 wurde Godea gefangengenom-

men und Anfang August von einem Militärgericht zum Tode verurteilt. Er wurde in Barcelona erschossen.

Seite 615

Verschmelzung ... der jüdischen – Die These, daß die spanische Kultur sich aus dem Zusammenwirken der jüdischen, islamischen und christlichen Kultur entwickelt habe, wird vom Intellektuellen und Essayisten Américo Castro (Cantagallo, Brasilien 1885 – Lloret de Mar 1972) in seinen Werken *España en su historia* (1948) und *La realidad histórica de España* (1956) vertreten. Nach dem Bürgerkrieg lehrte Castro in Princeton. Der Gedanke tauchte aber nicht erst in diesen Werken auf, sondern wurde bereits Ende der 20er, Anfang der 30er Jahre von mehreren Intellektuellen Spaniens geäußert.

Seite 617

Pepe Díaz ... Hernández –

Pepe Díaz, José Díaz Fernández (siehe Anm. zu Seite 125).

Antonio Mije war Mitglied der PCE. Er gehörte zur Exekutive der Kulturzeitschrift *Octubre* (bis 1934). 1936 wurde er zu einem der politischen Vizekommissare der Miliz ernannt; in der Zeit spielte er eine wesentliche Rolle im Organisationsbereich. Bis 1939 hatte er verschiedene Ministerialämter inne.

Uribe, siehe Anm. zu Seite 12.

Jesús Hernández, siehe Anm. zu Seite 148.

Seite 620

Carrillo Carrillo – Zu **Wenceslao Carrillo** siehe Anm. zu Seite 181.

Santiago Carrillo (Gijón 1915), Sohn Wenceslaos, nahm als Generalsekretär der sozialistischen Jugend an der Oktoberrevolution 1934 in Asturien teil. Er organisierte die Vereinigung der sozialistischen und kommunistischen Jugendorganisationen. Später distanzierte er sich von der PSOE und trat der Kommunistischen Partei (PCE) bei. Nach dem Krieg lebte er vor allem in Frankreich. 1977 kehrte er als Generalsekretär der PCE nach Spanien zurück.

Seite 621

Sie bewegen sich ... so gut sie können – Anspielung auf Aristoteles' *Metaphysik*, I (5. *Die Ursachen in der vorplatonischen Philosophie: Pythagoreer und Eleaten*; 8. *Kritik der vorplatonischen Philosophie*).

Seite 635

»E quindi uscimmo a riveder le stelle« – Zitat aus Dante Alighieris *Divina Commedia (Die göttliche Komödie)* (1307–1321) *Inferno*, XXXIV, 139. Der letzte Vers des letzten Gesangs aus dem Inferno markiert den Übertritt von der Hölle zum Läuterungsberg.

Seite 636

»Ein untadeliger Mann kann falsche Vorstellungen ... « – Zitat aus Michel de Montaignes *Essais*.

Seite 640

Die Erinnerung an Badajoz – Siehe Anm. zu Seite 70.

Seite 649

Luis Salomar – Siehe Anm. zu Seite 479.

Seite 649/650

»die Bibliothek ... Bilder mitnehmen« – Genau dies geschah mit den Büchern und Bildern von Max Aub.

Seite 650

Xavier de Bosch – Eigtl. Xavier de Salas, Kunsthistoriker, der nach dem Krieg Direktor des Prado-Museums in Madrid wurde.

Seite 659

Céntimo – Früher die kleinste spanische Währungseinheit (1 Pesete entsprach 100 Céntimos).

Seite 670

Modesto Lafuente – Das gelbliche Papier, den Vordruck, die Flucht hat Aub dem Bericht eines Gefangenen entnommen, der in Wirklichkeit Ángel Lafuente hieß und dem es gelang, am 13. Juli 1939 Spanien zu verlassen.

Seite 681

Narváez – Ramón María Narváez, Herzog von Valencia (Loja, Prov. Granada, 1800 – Madrid 1868), spanischer Militär und Politiker, der zunächst engagierter Liberaler war, sich gegen Ende der 1830er Jahre zu den Moderaten *(Moderados)* bekannte und dadurch zum größten Feind Esparteros wurde, dessen Sturz (1843) er mitverursachte. 1844 – 1851 war er Regierungspräsident. Immer stärker werdende Korruptionsvorwürfe und politische Unruhen verursachten jedoch seinen Rücktritt. Nach den »zwei fortschrittlichen Jahren« (August 1854 – November 1855) stand er erneut an der Spitze der Regierung: 1856 – 1857, 1864 – 65 und 1866 – 67 (siehe Anm. zu Seite 433).

Castelar – Siehe Anm. zu Seite 186.

»Emovere – convincere – placere« – Die drei Begriffe stammen aus dem Werk *De rerum natura* des lateinischen Dichters und Philosophen Lukrez (ca. 98 – 55 v. Chr.).

Cabanellas – Miguel Cabanellas, spanischer General. Er schloß sich im Juli 1936 dem Militäraufstand gegen die Republik an. Im Juli 1936 war er Gründungsmitglied der Junta der Nationalen Verteidigung in Burgos und wurde ihr Präsident. Es waren die Mitglieder dieser Junta, alles Offiziere, die im September desselben Jahres Franco zum »Chef aller Militärkräfte und zum Regierungschef des spanischen Staates« ernannten.

Seite 684

Hamilkar Barkas – (ca. 290 – 229 v. Chr. bei Helice, heute wahrsch. Elche, Prov. Alicante), Feldherr aus Karthago, Vater von Hannibal. 237 eroberte er den südlichen Teil Spaniens. Bei dem Versuch Helice einzunehmen, wurde er besiegt und im Kampf erschlagen.

Seite 685

Dame von Elche – *La Dama de Elche,* eine iberische Büste in Naturgröße (3. Jhd. v. Chr.) aus feinem Kalkstein, früher bemalt. Es handelt sich wahrscheinlich um eine sitzende Dame in ihrer besten Kleidung. Sie wurde 1897 in Elche (Prov. Alicante) in den Ruinen einer römischen Siedlung gefunden.

Seite 697

der Mulhacén – Höchster Gipfel der Iberischen Halbinsel (3.478 m) in der Sierra Nevada (Prov. Granada).

Seite 698

Pemán – José María Pemán (Cádiz 1898–1981), spanischer Schriftsteller. Er hinterließ Theaterstücke, Romane, Lyrik, Chroniken und Zeitungsartikel. In Burgos, d.h. im nationalistischen Spanien, hatte er einige politische Ämter inne, insbesondere in den Bereichen Bildung und Kultur. Ideologisch stand er der katholischen Rechten nahe.

Seite 708

FUE – Siehe Anm. zu Seite 146.

Seite 709

Bergonzoli – General Annibale Bergonzoli kam im Februar 1937 an der Spitze der *Littorio Division* (siehe Anm. zu Seite 127) nach Spanien und blieb bis zum Ende des Bürgerkrieges im Einsatz.

Nachwort

Der Schlußstein
Max Aubs *Bittere Mandeln*

»Von *Bittere Mandeln,* dem letzten Roman des *Magischen Labyrinths,* könnte ich tatsächlich sagen, daß ich fünfzehn oder zwanzig Jahre an ihm geschrieben habe. Ungelogen! Sobald ich jemanden traf, irgend jemanden, der die drei letzten Kriegstage in Alicante miterlebt hat, fragte ich ihn nach seinen Erlebnissen. Wenn das Schreiben ist, habe ich fünfzehn Jahre daran geschrieben. [...] So lange habe ich gebraucht, um das Material zu sammeln.« Mit diesen Worten skizzierte Max Aub 1968, im Erscheinungsjahr von *Bittere Mandeln,* in einem Interview die Entstehungsgeschichte seines Romans. Dabei lag die Grundidee noch weiter zurück: »Habe Lust, endlich die *Geschichte von Alicante* zu schreiben«, notierte er schon 1945 in sein Tagebuch. Zu diesem Zeitpunkt lebte Max Aub erst seit drei Jahren im mexikanischen Exil und hatte zwei Bände seines *Magischen Labyrinths* veröffentlicht; daß diese Geschichte der Schlußstein seines gigantischen literarischen Bauwerks werden sollte, stand ihm offenbar bereits damals vor Augen.

Ursprünglich hatte Aub vor, seinen Protagonisten Vicente Dalmases schon in *Die Stunde des Verrats,* dem 1963 erschienenen vierten Band des Zyklus, im letzten offenen Hafen der Republikaner, nämlich in Alicante, ankommen zu lassen; doch die Handlung des vierten Bandes, die Darstellung des Casado-Putsches und der chaotischen Ereignisse im belagerten Madrid, wuchs sich so weit aus, daß der Autor für die *Geschichte von Alicante* noch einmal und mit neuem Atem ansetzte. So ist es zu verstehen, daß die ersten zweihundert Seiten von *Bittere Mandeln* vor allem als Bindeglied zu den vielen einzelnen Vorgeschichten der Tragödie von Alicante, das heißt zu den vorausgehenden Romanen des *Magischen Labyrinths,* konstruiert sind. Aus *Theater der Hoffnung* und *Stunde des Verrats* begegnet man Vicente und Asunción wieder, den Liebenden aus der kommunistischen Jugend, die schon lange nicht mehr in ihrer Theatergruppe spielen, sondern bis zuletzt ihren Idealismus in den Dienst der Republik stellen; wer hingegen die früheren Bände nicht gelesen hat, dem werden die nötigen Informationen in den Erinnerungen der Figuren und in knappen Dialogen nachgereicht. Auf diese Weise sind auch viele andere Figuren in Szene gesetzt: Ambrosio Villegas, der Jugendfreund des Falange-Gründers Luis Salomar aus dem ersten Band *Nichts geht mehr;* Cuartero und Templado, die in allen Bänden auftreten, sowie all die historischen Figuren, Politiker und Generäle, die die Geschicke des republikanischen Spaniens bestimmt haben. So legt dieser gewissermaßen sammelnde erste Teil den Grundstein, auf dem *Bittere Mandeln* als *Summa* des *Magischen Labyrinths* fußt.

Beinahe alle Figuren schlittern auf den ersten 250 Seiten in dieselbe tragische historische Situation: Nach drei Jahren Krieg ist für die Republikaner der Kampf gegen den Faschismus verloren, General Franco kann das Datum seines Triumphs, seines Einmarsches in Madrid, nach eigenem Gutdünken festlegen, und das demokratische Europa interessiert sich keinen Deut für den drohenden Massenmord in Alicante. Das war so überraschend nicht: bereits beim Münchener Abkommen vom Herbst 1938 waren Frankreich und England vor Hitlers und Mussolinis Drohkulissen eingeknickt und hatten ihren Verbündeten Tschechoslowakei unter anderem zum Verzicht auf das Sudentenland genötigt. Denn auf einen Krieg waren die Demokratien zu diesem Zeitpunkt nicht vorbereitet, weshalb versucht wurde, den großen Konflikt mit den Achsenmächten möglichst lange hinauszuzögern. Ende Februar gewährten sie der Franco-Regierung die diplomatische Anerkennung – und Hitler durfte am 15. März 1939 nach Böhmen und Mähren einmarschieren. All dies deutliche Zeichen, daß die untergehende Republik vom demokratischen Europa wenig Hilfe erwarten durfte. Umgekehrt traf die letzte große Waffenlieferung, die Stalin dem republikanischen Spanien auf Kreditbasis gewährt hatte, zu spät ein, um den Zusammenbruch Kataloniens und damit den Anfang vom Ende zu verhindern. In dieser Situation kümmerte sich kein europäischer Spitzendiplomat um das Schicksal der 20.000 oder 30.000 in Alicante eingeschlossenen Republikaner.

Also zieht sich im zweiten Teil von *Bittere Mandeln* die Schlinge zu, und den Flüchtlingen im Hafen – täglich werden es mehr – wird allmählich bewußt, daß andere über ihre Zukunft entscheiden: Engländer und Franzosen, die entgegen ihren Zusagen keine Schiffe zur Evakuierung schicken, Italiener, die als erste in Alicante einrücken und einen gewissen Schutz vor rachedurstigen Falangisten bieten. Die letzten Hoffnungen verfliegen, Selbstmorde häufen sich, und als die Italiener abziehen, beginnt der Todesmarsch in die Lager.

Der dritte Teil schließlich, der den Weg der Figuren in und durch die Lager schildert, den Weg in Tod oder Vergessen, greift über Max Aubs ursprüngliches Projekt hinaus, die letzten Tage Alicantes vor dem 1. April zu schildern. Der Erzähler Aub erläutert auf den »Blauen Seiten« den Grund. Der Lauf der Geschichte habe nicht am 1. April geendet, sie gehe mit der Ermordung ihrer Protagonisten oder ihrer Auslöschung aus dem kollektiven Gedächtnis weiter, und ebenso wie die Geschichte des Bürgerkriegs sei die Geschichte der darauffolgenden Jahre von den Siegern entstellt worden.

Ließe er das Buch an dieser Stelle enden, hieße das, die Opfer ein weiteres Mal zu demütigen. Und so verfolgt der Erzähler, wie sich die Spuren der Protagonisten verlieren. Vicente verschwindet irgendwo in Madrid, Asunción in Valencia, einige kommen um, andere können fliehen, neue Namen tauchen auf und verschwinden wieder im Nichts wie die immergleichen Tage der Gefangenschaft ohne Hoffnung, ohne Zukunft. Die Zeit versickert, die Geschichte scheint stillzustehen, denn für die gefangenen Republikaner, die an ein anderes, an ein freies Spanien glaubten, gibt es keine Geschichte mehr. Von nun an sind sie Ausgestoßene, aus dem Volkskörper Ausgeschiedene, und Aub nutzt mehrmals den (kaum so knapp übersetzbaren) Doppelsinn des spanischen Wortes »evacuación«, das ebenso Evakuierung wie (körperliche) Ausscheidung bedeutet – am deutlichsten zu erkennen in der Episode von den Häftlingen in Albatera, die sich, um ihr Geschäft zu verrichten, möglichst weit von den Baracken entfernen und deshalb erschossen werden.

Diese und andere von Aub geschilderte Grausamkeiten, die er bevorzugt im Modus mündlicher Authentizität erzählen läßt, sind dokumentiert – wenn nicht in jedem Fall für die erwähnten Lager, so doch für das Spanien der Nachbürgerkriegszeit; neuere Veröffentlichungen und Exhumierungen von Massengräbern in jüngster Zeit lassen für Relativierungen und Zweifel keinen Raum. Franco hatte nicht das geringste Interesse an einer Versöhnung mit den Verlierern; vielmehr sollten die engagierten Republikaner, die seinen bewußt als Abnutzungskrieg geführten »Kreuzzug gegen die Feinde Spaniens« überlebt hatten, möglichst weiter dezimiert werden. Nach vorsichtigen Schätzungen sind nach dem 1. April 1939 noch 200.000 Republikaner in Lagern und Gefängnissen ermordet worden. Nicht einmal die katholische Kirche, Francos einflußreiche geistige Stütze, schritt gegen diesen Massenmord ein – kaum verwunderlich, wenn man sich an die Worte erinnert, mit denen Papst Pius XII. sich am 16. April 1939 an die spanische Nation wandte:

> Die Absichten der göttlichen Vorsehung, geliebte Söhne, haben sich wieder einmal im heroischen Spanien offenbart. Die Nation, die von Gott [...] zum uneinnehmbaren Bollwerk des katholischen Glaubens bestimmt wurde, hat soeben den Anhängern des materialistischen Atheismus unseres Jahrhunderts den erhabensten Beweis dafür geliefert, daß über allem die Werte der Religion und des Geistes stehen.

Im Glauben an seine göttliche Sendung regierte Franco bis 1975, bis zuletzt ließ er den 1. April als »Tag des Sieges«, später als »Tag der Streitkräfte«, feiern.

Doch zurück zum dritten Teil von *Bittere Mandeln* und dem zweifachen Ende des Romans. Zunächst schließt das Buch mit einem wörtlichen Zitat aus den ersten Seiten des ersten Bandes des *Magischen Labyrinths:*

> Anfang September, und über den Rücken des Ragudo weht es kalt herunter; oben, über den Bergen, die Sterne, und, am Boden, das Rauschen des fließenden Wassers: Quellen, Brunnen, Bewässerungsgräben. Unten, hinter Jérica und Segorbe, liegen zum Meer hin Algar, Estivella, Sagunt, El Puig; bergauf, Richtung Sarrión, der nackte, steinige Weg nach Teruel.
> Manche Leute sagen, sie hätten Rafael López Serrador gesehen, als Guerillero in den Bergen ...

Der Verweis auf Rafael Serrador, die Hauptfigur des ersten Bandes, ist eine Vision: Serrador, so stand es am Ende von *Nichts geht mehr,* war doch schon 1936 gestorben. Die Protagonisten des Bürgerkriegs, zumindest die der republikanischen Seite, so das Bild Aubs, leben nur noch in der Imagination. Für das literarische Projekt ist das Zitat der Schlußstein, im Kontext der politisch-historischen Weltsicht des Autors steht es für eine immer wiederkehrende, zeitlos aktuelle Alternative. Zwei Wege standen und stehen Spanien offen: »bergauf, Richtung Sarrión, der nackte, steinige Weg nach Teruel«, womit der beschwerliche Weg der Republik Richtung Zentrum, Richtung Madrid, gemeint sein dürfte, und der Weg hinunter in die Ebene, zum Meer, also auch nach Alicante, in die Niederlage der demokratischen Ideale. Die zweite Option unterfüttert Aub mit der Metaphorik des Wassers, die das *Magische Labyrinth* von den ersten Seiten an durchzieht. Man denke an die von Rinnsalen, Sturzbächen, Bewässerungsgräben gespeiste Fruchtbarkeit der Huerta de Valencia im ersten Band, an das Gespräch, in dem Vicente das Ziel seines Kampfes formuliert:

> Wenn wir gewinnen ... Was wir dann nicht aus Spanien machen werden! Ein freies Spanien, in dem überall gearbeitet wird, ein neues Spanien, in dem jeder hat, was er braucht. Ein Spanien, in dem die Bauern Herren sind über die Erde, die sie bebauen, ein Spanien, in dem alle lesen können, ein Spanien, in dem es genügend Wasser gibt. Jawohl, wir schaffen ein Spanien, in dem es genügend Wasser gibt. (*Theater der Hoffnung*, Seite 234)

Im letzten Band schließlich strömen nicht nur die Menschen zur Küste, sondern auch das Wasser bleibt nicht in Spanien, sondern findet seinen letzten metaphorischen Ort: das Mittelmeer, in dem es sich verliert, während es in der Wüste von Albatera – bis auf einen Regenguß – gänzlich fehlt. In einem Interview hat Aub die Linie des Wassers als »Führer« durch das *Magische Labyrinth*, als »moralischen Leitfaden«

bezeichnet: »Das Wasser fließt immer weiter, den ganzen Krieg hindurch. Danach nicht mehr. Es verliert sich, es versickert in der Wüste, und es gibt kein Wasser mehr.« Das Wasser steht gewissermaßen für die Kerngedanken der republikanischen Modernisierung: mit der Niederlage gegen Franco werden sie ausgespült und leben, mit den überlebenden Exilanten, allenfalls in Übersee weiter; in Spanien sind sie verdorrt und tot. Mit diesem Schluß ist die innere Architektur des *Magischen Labyrinths* vollendet.

Welche Funktion aber hat dann jener »Nachtrag«, der nun noch folgt? Bereits 1966 war der Bericht der Frau des Gouverneurs Molina Conejero unter dem Titel »Die Heilige Jungfrau der Schutzlosen« in der Zeitschrift *Cuadernos Americanos* erschienen. Erst kurz vor Drucklegung des Romans fügte Aub diese zehn Seiten dem ersten Schluß an, wie man in der Dokumentation der seit 2002 erscheinenden spanischen Gesamtausgabe nachlesen kann (*Obras Completas* Vol. III – B, herausgegeben von Joan Oleza Simó, kritischer Apparat von Francisco Caudet und Luis Llorens Marzo, Biblioteca Valenciana, Valencia 2002). Die Wirkung dieser Veränderung ist bei zweiter Lektüre deutlich zu spüren. Der erste Schluß, ein ruhiger Schluß, der das »geschichtslose« Ritardando des dritten Teils durchhält, legt den Akzent auf die innere Geschlossenheit des Zyklus. Er entspricht dem analytischen Blick des außenstehenden Autors. Demgegenüber ist der zweite Schluß des deutlich schneller erzählten »Nachtrags«, trotz der resignierten Feststellung, daß sich heute ja niemand mehr für solche Geschichten interessiere, wütend und empört. Er gibt die Innensicht einer Frau wieder, die das Franco-Regime und seine nach Vergessen gierende Gesellschaft noch immer täglich erlebt. Dieser Schluß bewegt den Leser noch ein letztes Mal; insofern steht er für Aubs bei allen Enttäuschungen bis zuletzt nicht aufgegebene Hoffnung, auch politisch aufrütteln zu können.

In dieser Hinsicht hatte sich Aubs Intention zwischen 1939, als er den ersten Band schrieb, und 1968, als er den letzten veröffentlichte, nicht verändert. Weiterentwickelt hatte er jedoch seine Stilmittel: *Nichts geht mehr* mit seinen zahlreichen Wortspielen, seinen liebevollen Landschafts- und Szenebeschreibungen, seinem Protagonisten Rafael Serrador und dem im Hintergrund ordnenden Erzähler, ist noch deutlich traditionellen Romanformen verpflichtet, trotz des Einsatzes etwa expressionistischer Metaphorik. In *Bittere Mandeln* ist es beinahe umgekehrt: die äußere Romanform ist aufgebrochen, die Sprache kommt beinahe gänzlich ohne poetische Bilder aus. Weitgehender Verzicht auf szenische Beschreibungen, dem Theater entlehnte Dialogformen sowie die Wiedergabe von Briefen, Zeugnissen und amtlichen Schriftstücken betonen den dokumentarischen Charakter und damit die Abwesenheit des Autors. »Einen toten Roman schreiben«, so läßt Aub Ferrís das Ziel formulieren, »einen Brocken. Der nichts weiter wäre als er selbst, ohne Beziehung zu irgend etwas. Den Gipfel der Reinheit, der Entmenschlichung. Einen Roman, der zwar existiert, aber keinen Schatten wirft. Eine Geschichte ohne Vorgeschichte, ohne Ziel, in der nichts passiert. Einen Roman aus Stein …«. Zugleich wird diese innere Form der Dokumentation – als »Chronik« bezeichnet Aub das *Magische Labyrinth* – gebrochen, indem der Autor auf den »Blauen Seiten« explizit (und implizit in Ferrís' Notizbuch) kommentierend in die Handlung eingreift. Und mit der Auflösung der Handlung in eine kaum zu überschauende Vielzahl von parallelen Strängen verabschiedet Aub endgültig den einen Helden des traditionellen historischen Romans zugunsten seiner von Roman zu Roman radikalisierten choralen Erzählweise. Über weite Strecken bleibt der Leser, der sich von Sequenz zu Sequenz neu orientieren muß, auf Augenhöhe mit den Figuren, weiß kaum mehr als sie, ist inmitten der Menschenmassen hin-

und hergerissen zwischen rasant wechselnden Bildern und retardierenden Reflexionen während der quälenden Warterei – eine gewissermaßen hyperrealistische Doppelung der Situation der Figuren in der Lektüre. Mit diesen Verfahren gewinnt *Bittere Mandeln* wie das gesamte *Magische Labyrinth* jenseits der dokumentarischen Leistung und der politischen Anklage seinen besonderen und einzigartigen ästhetischen Wert, der für Aub immer oberstes Ziel war. »Was letztlich zählt, ist die Frage, ob mein Werk literarischen Wert hat. Wenn es als solches nicht zählt, sind die Vorstellungen, die es enthält, bei jedem anderen Autor besser aufgehoben.« (Tagebuch, 25.3.1954)

»Ich müßte mir pausenlos Notizen machen, sobald mir etwas einfällt. ... Und Gott sprach: Du sollst schreiben«, so hatte Ferrís seine Obsession als Autor benannt. Vierzig Jahre lang hat Max Aub selbst dieses Programm erfüllt. Von 1938 an, als er mit der Erzählung »Der Klumpfuß« (in: *Der Mann aus Stroh,* Erzählungen, Eichborn, Berlin/Frankfurt 1997) zum ersten Mal über den Bürgerkrieg schrieb, bis zum Erscheinen von *Bittere Mandeln* 1968 ließ ihn die Tragödie seiner spanischen Heimat nicht los, fand er keinen Weg aus seinem spanischen Labyrinth; einem Labyrinth, wie es Cuartero und Templado beschreiben:

> Templado: Werden wir aus diesem Labyrinth herausfinden?
> Cuartero: Welches Labyrinth?
> Templado: Das, in dem wir festsitzen.
> Cuartero: Niemals. Das Labyrinth ist Spanien.

Weil Max Aub sich so hartnäckig wie kein zweiter erinnerte, ist sein *Magisches Labyrinth* das ausgreifendste und umfassendste literarische Werk, das bis heute dem Spanischen

Bürgerkrieg gewidmet ist. Und so könnte man über Aubs Bücher dasselbe sagen, was er einmal über die *Nationalen Episoden* des von ihm sehr geschätzten Benito Pérez Galdós schrieb: »Ginge sämtliches historisches Material über jene Jahre verloren und nur Galdós' Werke würden gerettet, es wäre nicht schlimm. Da steht es, das Leben der Nation, vollständig, lebendig, wirklich. Für immer existieren seine Hunderte und Aberhunderte historischer und imaginierter Figuren, die einen so wahr wie die anderen.«

Albrecht Buschmann
Mercedes Figueras